Sylvia Voigt

Rügener Vergeltung

Originalausgabe – Erstdruck

Sylvia Voigt

Rügener Vergeltung

Kommissarin Burmeisters vierter Fall

Insel-Krimi

Schardt Verlag

Bibliographische Information der Deutschen Bibliothek:

Die Deutsche Bibliothek verzeichnet diese Publikation in Der Deutschen Nationalbibliografie; detaillierte bibliographische Daten sind im Internet über www.d-nb.de abrufbar.

Titelbild: Nordreisender / photocase.de

Die Handlung und alle Personen des Textes sind frei erfunden, nicht alle Lokalitäten existieren wirklich. Alle möglichen Ähnlichkeiten mit tatsächlichen Vorgängen oder Ereignissen bzw. mit lebenden oder verstorbenen Personen sind rein zufällig.
Das erwähnte „Feierobnd-Lied“ stammt aus der Feder des Volksdichters Anton Günther und entstand im Jahr 1903.

2. Auflage 2020
1. Auflage 2019

Schardt Verlag
Metzer Straße 10 A
26121 Oldenburg
Tel.: 0441-21 77 92 87
Fax: 0441-21 77 92 86
E-Mail: kontakt@schardtverlag.de
www.schardtverlag.de

ISBN 978-3-96152-202-6

Prolog

Der Eiseswind stürmte ungebremst auf die Küste zu. Die mächtigen und stolzen Bäume stemmten sich mit aller Kraft gegen die Böen. Dunkle Wolkenfetzen huschten tief über das Meer, dessen Wellen sich mit Gewalt und heftigem Tosen am schroffen Ufer auflösten.

Zwei Gestalten kämpften sich in gebückter Haltung vorwärts. Ein geradezu lächerlich kleiner Lichtstrahl einer Taschenlampe zuckte durch die Finsternis der Nacht. Die beiden Menschen marschierten zielstrebig Seite an Seite auf dem Hochuferweg, immer tiefer in den Buchenwald hinein. Es war völlig unklar, was sie zu dieser späten Stunde antrieb, ausgerechnet hier spazieren zu gehen. Es war stockdunkel. Nur selten riss die Wolkendecke auf und ließ das spärliche kalte Licht des abnehmenden Mondes hindurchdringen. Aber das reichte nicht aus, um auch nur annähernd den Weg auszuleuchten. Von Zeit zu Zeit legten die beiden eine kurze Pause ein. Wahrscheinlich mussten sie verschnaufen und neue Kräfte sammeln. Der Sturm hier oben war gefährlich. Mehr als einmal krachten in unmittelbarer Nähe dicke Äste zu Boden. Die aufgepeitschte See und der in den Baumwipfeln tobende Sturm verursachten einen Lärm, der eine Unterhaltung unmöglich machte. Eine der Gestalten deutete immer wieder nach vorn, während sich die zweite mühsam an einem Baum festklammerte und augenscheinlich am Ende ihrer Kräfte war. Jetzt kehrte die erste zurück und griff der anderen unter den Arm. Gemeinsam schoben sie sich voran. Einmal gerieten sie ins Taumeln, als eine besonders heftige Sturmbö sie frontal erwischte.

Hinzu kam, dass es zu schneien begonnen hatte. Schwere, große Flocken stoben über das Land. Ein einziger Blitz sorgte für den Bruchteil einer Sekunde für taghelles Licht. Und hätte es hier einen Zeugen gegeben, hätte dieser klar und deutlich erkannt, wie eine der beiden Gestalten von der Steilküste fiel. Ob sie schreiend oder lautlos vor Schreck die circa sechzig Meter im freien Fall zurücklegte, war aufgrund des Tosens nicht auszumachen. Aber darauf kam es auch gar nicht an. Zum einen gab es keinen Zeugen in der Nacht vor dem dritten Advent. Und zum anderen war das Ziel erreicht. Es gab einen Menschen weniger auf Rügen.

Die andere Gestalt kauerte sich auf allen vieren nieder und starrte angestrengt nach unten. Irgendwann erhob sie sich schwerfällig. Der nasse Schnee fiel teilweise von ihr ab. Anstatt den Rückweg anzutreten, lenkte sie ihre Schritte immer tiefer in den Wald hinein.

EINS

Ich habe Urlaub eingereicht und genehmigt bekommen. Und Andy „Bolle“ Bollermann, mein junger Kollege aus Sachsen, hat mich überredet, den Rest der Vorweihnachtszeit in besagtem Freistaat zu verleben. Es war nicht schwer, mich zu überzeugen. Denn mein Sohn Sebastian ist tatsächlich für ein Jahr nach Skandinavien ausgewandert. Auch wenn es bei Weitem kein Kinderspiel war, alle Kriterien für den einjährigen Aufenthalt zu erfüllen. Gemeinsam mit seiner veganen und allzu dürren Freundin ist er vor drei Wochen in den Flieger nach Bergen gestiegen. Franziska, die ich Schneewittchen nenne, hat sich seitdem immerhin zweimal bei mir gemeldet. Es gehe ihnen gut, und alles wäre schön, lautete ihr kurzer Kommentar. Wohingegen mein Sohn nicht bereit war, mit mir zu reden. Dies lässt in mir eine dunkle und sehr böse Ahnung aufsteigen. Und obwohl ich nun schon unzählige Therapiestunden bei Herrn Gunthau hinter mir habe, gelingt es mir nicht, den Teufelskreis immer wiederkehrender und zermürbender Gedanken zu durchbrechen. Mit ungeahnter Intensität steigt urplötzlich mächtiges Mitleid in mir auf. Mitleid mit allen Psychotherapeuten dieser Welt. Wahrscheinlich gelingt es nur wenigen, ihre Patienten dauerhaft auf die richtige Bahn zu lenken und zu leiten und dort zu halten. Immerhin hat Herr Gunthau erreicht, dass ich mir um meine eigenen Wehwehchen keinerlei Gedanken mehr mache. Es ist mir völlig egal, ob und wo und wie lange es irgendwo zwickt oder zwackt. Ich habe gelernt, dass es irgendwann wieder vorbeigeht. Und dass man seinem Körper Zeit, mitunter viel Zeit geben muss. Es war von bis zu zwei Jahren die Rede. Schon bei dem Wort Vorsorge muss ich heute lächeln. Bedeutete es für mich vor wenigen Monaten noch das blanke Überleben, halte ich es nun für reine Abzocke und außerdem für eine geradezu offensichtlich blöde Wortschöpfung. Man soll sich sorgen, bevor man eine Krankheit hat. VOR-SORGE. Wie dämlich ist das denn? Und mal angenommen, ich gehe heute zum Hautcheck, wer garantiert mir, dass ich nicht zwei Wochen später mitten unter meiner stolzen Haarpracht keinen Krebs wuchern habe? An einer Stelle also, die sowieso von der Untersuchung außen vor bleibt.

Mit einem tiefen Seufzer lehne ich mich zurück. Das Fahren in meinem neuen Škoda, den ich auf den Namen Jakub getauft habe, ist mehr als angenehm. Ich fühle mich als stolzer Kapitän eines sacht dahingleitenden riesengroßen Flaggschiffes. Nebenbei höre ich amerikanische Weihnachtslieder. „Santa Claus is coming to toooooown“, krächzt es mir entgegen. Obwohl die amerikanischen Lieder bei Weitem nicht so viel Sentimentalität verströmen wie die deutschen, verfalle ich plötzlich in Melancholie.

Schluchzend folge ich Bolle in seinem Wagen, der mir zuliebe nur mit 120 Stundenkilometern seiner Heimat entgegenfährt. Seit wir mein geliebtes Mecklenburg-Vorpommern verlassen haben und uns auf die Berliner Region zubewegen, wächst meine Nervosität. Der schlagartig aufkommende Verkehr hat mich fast in Stase versetzt. Ich merke, wie verspannt ich bin, und registriere Nacken-, Schulter und Rückenschmerzen. Da hilft auch der beste und komfortabelste Straßenkreuzer nicht. Mit vor Schreck geweiteten Augen starre ich auf die unendlich lange Schlange von Lkw rechts vor mir. Links von mir rasen die Mutigen oder Lebensmüden mit geradezu irrem Tempo vorbei. Ein Verkehrsschild kündigt eine in sechs Kilometern befindliche Baustelle an, und mein ohnehin knapp bemessener Mut geht rapide den Bach runter. Die angestaute Angst muss raus. Ich fluche laut, kräftig und deftig und beschimpfe alle neben und vor mir Fahrenden. Als dann kurz vor Bolle ein Laster völlig idiotisch ausschert, um den Kollegen vor sich zu überholen, verspüre ich den irren Drang, mit meiner Waffe auf seine Reifen zu schießen. Schade nur, dass es eine Bestimmung gibt, wonach man seine Waffe nicht mit in den Urlaub nehmen darf. „Du bescheuertes Riesenarschloch“, keife ich in meinem Jakub, während ich stetig das Tempo auf die vorgegebenen sechzig Stundenkilometer drossele. Aus den drei Spuren werden zwei. Und es wird eng. Für meinen Geschmack viel zu eng. Plötzlich beginnt Jakub zu vibrieren. Der neben mir fahrende Laster kommt ihm aufgrund leichter Schwankungen in der Fahrweise bis auf zwei Zentimeter näher.

Ich verfluche mich für meine umnachtete Entscheidung, Bolle nach Sachsen zu begleiten. Wie schön wäre es jetzt zum Beispiel auf meiner Insel. Ich könnte mutterseelenallein durch den traumhaft schönen Jasmunder Nationalpark spazieren, auf das grenzenlose Meer blicken und die erhabene Stille und Ruhe genießen oder am Kap Arkona sitzen und dort mein Lager als Eremit aufschlagen. Auf jeden Fall hätte ich keine beschränkten Vollpfosten neben mir.

Irgendwann ist die Baustelle tatsächlich vorbei, und die gereizten Autofahrer geben gemeinschaftlich Gas. Auch Bolle scheint die Schnauze voll zu haben. Mein Tacho zeigt mir an, dass wir mit 150 Stundenkilometern Sachsen anvisieren. Komischerweise gewöhne ich mich schnell an dieses Tempo. Und es hat den Vorteil, dass wir bei Einbruch der Dämmerung Bolles Heimatstadt Freiberg erreichen. Ich bekomme schon mal einen ersten kleinen Schimmer davon, was Weihnachten im Erzgebirge bedeutet. So viele von Schwibbögen erleuchtete Fenster habe ich noch nie gesehen.

Ich wohne im komfortablen Hotel „Kreller“ und unternehme am Abend einen Bummel über den Freiberger Weihnachtsmarkt, obwohl laut den Medien ein Angriff der Russen unmittelbar bevorsteht. Vom sibirischen Frost soll vor allem Sachsen betroffen sein. Man muss froh sein, dass es Russland gibt. Sonst müsste sich Deutschland ein neues Feindbild suchen. Man munkelt, es könnten bis zu fünf Grad unter null werden. Davon spüre ich noch nicht viel. Aber es ist angenehm frisch, und die kühlen Temperaturen passen allemal besser zur vorweihnachtlichen Zeit und dem Überangebot an Bratwürsten und Glühwein. Ich genieße einen Eierpunsch und bin danach stockbesoffen. Keine Ahnung, aus welchen Zutaten der gebraut wurde. Auf jeden Fall schwanke ich durch die Menschenmassen. Unter dem wunderschönen riesigen Weihnachtsbaum genieße ich eine Bratwurst und komme langsam wieder zu mir. Das sanierte Rathaus ist geschmückt und leuchtet festlich. Ich freue mich auf die kommenden Tage. Bolle will mir unbedingt seine Stadt und das weihnachtliche Erzgebirge zeigen.

Während auf der Bühne ein Chor Weihnachtslieder über den Freiberger Obermarkt schmettert, kehrt meine innere Ruhe zurück. Ich bin nun doch froh, dass mich Bolle zu einem Ortswechsel überredet hat. Ich kaufe mir noch zwei Scheiben Stollen und – weil es so schön war – noch einen Becher Eierpunsch. Derart beladen schleiche ich mich vom Weihnachtsmarkt in das nur wenige Schritte entfernte Hotel. Ich plumpse auf das Bett und staune, wie fantastisch der sächsische Stollen schmeckt. Nach dem Eierpunsch falle ich vollends um und schlafe augenblicklich tief und fest ein.

Nach einem tollen Frühstück stehe ich pünktlich und in froher Erwartung im Foyer des Hotels. Auch Bolle schafft eine Punktlandung. Wir schlittern auf der Burgstraße in Richtung Dom, wo wir den Klängen einer der schönsten Silbermann-Orgeln lauschen.

Danach rutschen wir zum Schlossplatz. Als es mir zum vierten Male die Füße fast wegzieht, henkle ich mich bei Bolle ein. „Bei Glätte und Schnee geben die Fahrzeuge des Freiberger Winterdienstes grundsätzlich den anderen Verkehrsteilnehmern den Vortritt“, klärt er mich auf. Trotz des fehlenden Winterdienstes ist er fest entschlossen, mich in die „terra mineralia“ zu zerren, der seiner Meinung nach schönsten Mineralienausstellung der Welt. Er ignoriert meinen Einwand, dass ich mit Steinen nichts am Hut habe. Bereits nach wenigen Minuten bedanke ich mich bei ihm. Die Ausstellung ist großartig. Bolle hat Mühe, mich nach zwei Stunden wieder hinauszuschieben. „Wir haben noch mehr vor“, begründet er seinen Hang zur Eile und schleppt mich zum Freiberger Polizeirevier. „Ich muss unbedingt einen Kumpel aufsuchen. Es dauert nicht lange."

Zehn Minuten später weiß ich, dass unser Polizeirevier in Sassnitz nicht das hässlichste ist. Ich bin fassungslos. Wir stehen vor einem riesigen, zerfallenen Gebäude, das mich an so viele zerfallene Gebäude erinnert, die vor langer Zeit zu jedem Bahnhof gehörten. Nur waren sie damals noch intakt. Und es gab auf den vielen intakten Bahnhöfen viele arbeitende Menschen. Mit Wehmut denke ich an die mit einer grünen Kelle schwenkenden Mitarbeiter, ohne deren Signal kein Zug abgefahren ist.

„Das ist nur eine Interimslösung", klärt mich Bolle auf. „Bald ziehen die wieder um." Er stellt mich seinem Freund Jens Heidrich vor, dem man ansieht, dass er einen Großteil seiner Freizeit mit sportlichen Aktivitäten verbringt. Heidrich entpuppt sich als unsagbar netter Beamter, den ich am Ende des Gespräches frage, ob er für ein Tauschgeschäft bereit wäre. „Wir bieten Sachsen eine nordische, hohle Leitkuh. Und Sie kommen zu uns auf die Insel." Heidrich schmunzelt verschmitzt und verspricht, darüber nachzudenken.

Am Nachmittag lenkt Bolle seine Schritte ins Café „Markgraf Otto", und ich genieße die unschlagbar köstliche Freiberger Eierschecke, die so ganz anders als alle anderen Eierschecken aussieht. Ziemlich flach und etwas laufig.

Abends fährt mich Bolle zum Schacht „Reiche Zeche". Menschen ohne Platzangst können hier 150 Meter in die Tiefe fahren und die unterirdische Silberstadt erkunden. Ich für meinen Teil bin mit der Aussicht auf das hell erleuchtete Freiberg zufrieden.

Am nächsten Tag geht es in Richtung Erzgebirge. Ich gestatte Bolle, den Fahrkomfort meines Neuen zu genießen, und krabbele bereitwillig auf den Beifahrersitz. Bolle zeigt sich von Jakub begeistert. Er erliegt den männlichen Genen. Während er fährt, hangelt er sich von einem Modus in den anderen.

Ich hingegen habe mit den hügeligen und kurvenreichen Straßen zu kämpfen. Ich bin es gewohnt, geradeaus bis zum Horizont blicken zu können. Wer im Norden gute Augen hat, erkennt sogar das Ende der unendlich langen, schnurgeraden Straße. Im Erzgebirge kann man nur hoffen, dass kein Lebensmüder auf der falschen Seite über die Kuppe geschossen kommt. Außerdem macht es mich nervös, dass Bolle nur mit einem Auge auf die Straße guckt. Soeben probiert er die Ambientebeleuchtung aus. Ich fühle mich daher verpflichtet, auf den Verkehr zu achten. „Rot, Mensch!", brülle ich irgendwann an einer Ampel. Bolle tritt auf die Bremse, und wir kommen mit quietschenden Reifen und einem Ruck zum Stehen.

„Ich sollte das Erzgebirge genießen“, halte ich Bolle vor, der schuldbewusst nickt. „Wenn du noch einmal während der Fahrt an irgendeinem Knopf herumdrückst, schmeiß ich dich raus.“

Bolle erklärt sich einverstanden, und dann kann ich tatsächlich die Rundreise auskosten.

Wie es scheint, haben die Russen in der Nacht ihre Drohung wahrgemacht. Das ganze Land ist wie weiß überzuckert. Ansonsten ist es ein grauer und trüber Tag, der aber wunderbar passt. Dadurch kann ich schon am Vormittag das weihnachtliche Lichter-Wunder-Land genießen. In jedem Vorgarten leuchtet ein Weihnachtsbaum, in fast jedem Fenster ein Schwibbogen. Als wir durch das Lichterdorf Mauersberg fahren, fühle ich mich wie ein Kind. Mit großen Augen und offenem Mund starre ich nach draußen. Ich habe das Gefühl, es gibt mehr Schwibbögen als Fenster. Nicht einmal Keller- oder Bodenfenster sind von der weihnachtlichen Lichterflut ausgenommen. Und dann nähern wir uns dem Spielzeugdorf Seiffen, und mir verschlägt es endgültig die Sprache. Zunächst einmal fehlen mir die Worte, weil man überall am Ortseingang Straßensperren aufgestellt hat. „Suchen die einen Schwerverbrecher?“, erkundige ich mich bei Bolle, der daraufhin schallend lacht. „Neee“, meint er, „der kleine Ort ist einfach überfüllt. Mal schauen, wohin man uns lotsen wird.“

Wir ergattern mit viel Glück einen Parkplatz am Ortsrand. Und dann stürze ich mich mit Bolle an meiner Seite ins Weihnachtsgetümmel. Bolle hatte recht. Im Stadtkern ist längst alles dicht. Menschenmassen bevölkern die Haupt- und die kleinen Nebenstraßen.

Bolle strahlt mich an und klatscht in die Hände. „Und, was sagst du dazu?“

Ein paar Minuten brauche ich, um mich zu sammeln. Eine derart festliche Weihnachtsstimmung hatte ich nicht erwartet. Ich habe noch nie eine Stadt besucht, die es mit dem Flair von Seiffen annähernd aufnehmen kann. Natürlich sind auch hier die Häuschen prachtvoll geschmückt. Außerdem steht eine Bude an der anderen. Neben unzähligen Fressalien werden die typischen erzgebirgischen Weihnachtsartikel angeboten. Gleich an der ersten Bude stelle ich mich an und will sie leerkaufen.

„Na, warte erst mal ab“, sagt Bolle und zerrt mich in Richtung Seiffener Kirche. „Wir fangen dort oben in den Geschäften an und hangeln uns dann sukzessive von einem Laden zum anderen“, gibt er das Kommando vor. Nach zwei Stunden haben wir nicht einmal annähernd die Hälfte der Läden besucht. Unzählige Touristen verstopfen Geschäfte und Straßen. Es hat fast den Anschein, als hätte ein hochansteckendes Weihnachtsvirus von ihnen Besitz ergriffen. Irgendwie sorgt Seiffen trotz der Menschenmassen für fröhliche Ausgelassenheit.

Langsam bin ich völlig geschafft. Bisher habe ich nur in den überfüllten Geschäften gestanden und gestaunt, dass es circa eine Million verschiedene Räuchermännchen gibt. Bolle hat mir strikt verboten, Rauchmann zu sagen. „Das ist völlige Scheiße, so drückt sich hier niemand aus", lauteten seine ernst gemeinten Worte.

Bei der Parade der Räuchermännchen ist alles vertreten: konventionelle und hochmoderne. Für jeden Geschmack und für fast jeden Geldbeutel. Wobei letztgenannter nicht schmal sein darf. Bolle schlägt vor, mich in mein Hotel zu fahren und dort gemeinsam zu essen. „Du bist doch noch ein paar Tage hier", meint er. „Schau dir morgen noch mal in aller Ruhe alles an. Dann kannst du immer noch genug kaufen." Ich willige ein. Und so fahren wir im Schritttempo die Hauptstraße in Richtung „Landhotel zu Heidelberg". Ziemlich am Ortsausgang liegt das familiengeführte Traumhotel. Schon der Eingangsbereich zeugt von viel Liebe zum Detail. Die weihnachtliche Dekoration setzt sich im gesamten Hotel fort. Das wohnliche Ambiente sorgt dafür, dass ich mich sofort wie zu Hause fühle. Der Chef persönlich begrüßt uns mit Handschlag und führt mich in mein Zimmer. Staunend genieße ich den Ausblick auf eine verschneite Traumlandschaft. Genau gegenüber dem Hotel befindet sich ein Freilichtmuseum, auf dessen Anlage viele historische Bauwerke und Werkstätten stehen.

Bolle wartet bereits im Panoramawintergarten auf mich. Aber da muss er noch ein Weilchen länger warten. Beim Durchqueren des Restaurants komme ich nicht weit. Die Dekoration beeindruckt mich über alle Maßen. An jedem Fenster – wie sollte es auch anders sein – prangt jeweils ein prächtiger Schwibbogen. Jeder sieht anders, aber gleichermaßen schön aus. Vor allem einer gegenüber dem Tresen, der den Seiffener Weihnachtsmarkt darstellt, hat es mir angetan. Die illuminierten und beweglichen Miniaturen wecken in mir geradezu kindliche Freude.

Irgendwann reiße ich mich los und steuere auf Bolle zu, der ein bisschen entnervt dreinschaut. „Entschuldige, aber ich bin einfach stark beeindruckt", gebe ich eine kurze Erklärung ab.

„Na ja, so soll's ja auch sein." Bolle zeigt sich versöhnt. Mein Studieren der Speisekarte verlangt ihm erneut viel Geduld ab. Ich kann mich einfach nicht für eine der vielen Köstlichkeiten entscheiden. Schließlich wird es Bolle zu viel. Er bestellt für uns beide. Ich verstehe nur so viel, dass ich ein

Gericht mit Ardäppln erhalten werde. Diese entpuppen sich als Kartoffeln, und während wir essen, frage ich Bolle unumwunden, ob er wirklich vorhat, wieder nach Freiberg zu ziehen.

Bolle schaut mich entgeistert an. „Wie kommst du denn darauf?"

Vor Erleichterung und Freude kommen mir fast die Tränen. Seit Wochen schleppe ich diese Unsicherheit nun schon mit mir herum. Trotz dringenden Anratens meines Therapeuten, Bolle einfach nach seinen Zukunftsplänen zu fragen, um dann Gewissheit zu haben, schiebe ich diese Frage immer wieder vor mir her. Jetzt fällt eine Zentnerlast von mir ab. Und natürlich verfluche ich mich, nicht dem Rat von Herrn Gunthau gefolgt zu sein. „Winterstein hat mir erzählt, du würdest wieder nach Freiberg wollen", murmele ich.

„Also, der Kerl spinnt aber auch manchmal", zeigt sich Bolle verärgert. „Ich habe nur gesagt, dass ich Sachsen während der Weihnachtszeit schmerzlich vermisse."

„Er hat dich sicher missverstanden", nehme ich meinen cholerischen Kollegen Wilfried Winterstein ein wenig in Schutz, obwohl ich ihn bei genauer Betrachtungsweise am liebsten in der Luft zerreißen würde. Immerhin hat er mit seinem blöden Gerücht dafür gesorgt, dass ich wieder einmal unzählige belastende Tage verlebt habe. „Den Trottel knöpfe ich mir vor, sobald ich wieder zurück bin", relativiere ich mein Mitgefühl für Winterstein.

„Da habe ich nicht den geringsten Zweifel", stimmt Bolle mir lachend zu. Wir genießen noch eine Flasche Wein, und dann rennt Bolle mit federndem Schritt zur nächstgelegenen Bushaltestelle. Aufgrund des Alkoholspiegels renne ich federnd neben ihm her und warte mit ihm gemeinsam auf das öffentliche Verkehrsmittel. Als es über den Hügel kommt, drücke ich zuerst Bolle, und dann drücke ich ihm ein kleines Geschenk in die Hand. „Frohe Weihnachten!"

Bolle schaut ungläubig auf das kleine Päckchen. „Du machst vielleicht einen Scheiß", sagt er verlegen und fährt sich durch seine Lockenpracht. „Ich hab kein Geschenk für dich", druckst er herum und wird ganz rot.

„Nun mach mal kein Drama draus", entgegne ich betont ruppig, „du bekommst es auch nur deshalb, weil du nicht in Freiberg bleiben willst." Dann schiebe ich Bolle zum Bus hinein.

„Trotzdem ist es mir peinlich", ruft er mir zu.

„Na, das war doch auch mein ureigenstes Anliegen", rufe ich fröhlich zurück und winke dem Bus nach, bis er aus meinen Augen verschwunden ist.

Bevor ich wieder von meinen depressiven Gefühlen eingeholt werden kann, laufe ich die Dorfstraße dem Bus nach und stürze mich noch einmal in die Menschenmassen. Ich kaufe ein Räuchermännchen, einen sogenannten Korbhändler, an dem fast zwanzig kleine Körbchen hängen, und bezahle dafür einen abartig hohen Preis. Auch die Seiffener Kirche nehme ich mit, wenn auch nur als mittelgroßes Lichterhaus. Ein naturfarbener Schwibbogen mit Waldmotiven hat es mir im nächsten Geschäft angetan. Unbeabsichtigt gerate ich ebenfalls in einen Kaufrausch. Zuletzt erwerbe ich ein beleuchtetes Fensterbild. Dann schließen zum Glück nach und nach die Geschäfte. Als ich aus dem letzten heraustrete, nimmt es mir fast die Luft. Ein gewaltiger Sturm hat eingesetzt. Und die Temperaturen sind wahrscheinlich um mindestens zehn Grad gesunken. Mir reißt es fast die Pakete vom Arm. Nach wenigen Schritten bekomme ich klamme Hände, obwohl ich Fausthandschuhe trage. Ich stelle die Pakete ab und ziehe meine dicke Wintermütze fest über beide Ohren. In diesem Moment fängt es zu schneien an. Erst langsam, aber binnen weniger Minuten wird daraus ein irres Schneetreiben. Begeistert bleibe ich stehen. Der Lichterglanz in den Fenstern und der Straßenlaternen mit ihren Bundglasscheiben gepaart mit der eisigen Luft und dem Schneefall wirkt fast surreal. In vielen Vorgärten und an den Straßenrändern stehen beleuchtete Ausstellungsvitrinen mit allen nur erdenklichen Weihnachtsfiguren. Es ist mir ein Rätsel, dass diese Schätze nicht Dieben zum Opfer fallen. Vielleicht liegt das an dem dörflichen Charakter von Seiffen. Echte Gauner vermuten hier kein lohnenswertes Diebesgut.

Alle paar Meter bestaune ich meterhohe Nussknacker oder Pyramiden. Über den Straßen sind leuchtende Girlanden gespannt, und unzählige Herrnhuter Sterne in allen möglichen Größen und Farben erhellen die Nacht. Lichterketten verströmen ihr warmes Licht, egal, wohin man auch sieht. Ich fühle mich, als würde ich als Statist in einem Weihnachtsfilm mitwirken. Unglaublich!

Dann stapfe ich los. Es gibt nur einen Weg vom Zentrum bis zum Hotel. Immer die einzige Hauptstraße entlang. Immer bergauf. Und immer kommen Sturmböen und Schnee von vorn. Der Winterdienst scheint hier jedoch zu funktionieren. Mehr als einmal werde ich von Schneepflügen überholt beziehungsweise kommen sie mir entgegen. Außerhalb des Örtchens gibt es keinen Fußweg mehr. Ich springe also in die am Rand entstehenden Schneewehen, und nach der Hälfte der Strecke lässt meine Begeisterung über die winterliche Märchenidylle ein wenig nach. Ich habe Eisfinger und Eisesfüße. Meine Nase ist wahrscheinlich erfroren. Nichtsdestotrotz schwitze ich aus allen Poren. Der Sturm zerrt an meinen Paketen, die ich mit den taub gewordenen Händen kaum noch halten kann. Ich bin nahe dran, alles in den Straßengraben zu werfen. Endlich erkenne ich die Lichter des Hotels. Es strahlt Wärme und Geborgenheit aus.

Völlig am Ende stolpere ich die wenigen Stufen hinauf und versuche zu atmen. Herr Krallert, der Hotelinhaber, kommt mir lachend entgegen und nimmt mir hilfsbereit die Pakete ab. „Ein toller Wintertag heute, nicht wahr?“, ruft er mir begeistert zu.

Vor Erschöpfung murmele ich nur, dass ich nichts mehr gewöhnt bin. In meinem Zimmer versuche ich, alle meine erfrorenen Körperteile wieder zum Leben zu erwecken. Der Frost ist mir unter die Fingernägel gekommen, und vor Schmerzen jaulend laufe ich in meinem Zimmer hin und her. Irgendwann springe ich unter die heiße Dusche. Dann gönne ich mir ein üppiges Abendessen. Der Grillteller kann es getrost mit jedem Gourmetrestaurant aufnehmen. Der spezielle Haustee schmeckt fantastisch und passt zum Schneetreiben. Versöhnt mit mir und der Eiseswelt schaue ich nach draußen. Noch nie in meinem ganzen Leben habe ich einen derartigen Winter erlebt.

In der Nacht wache ich nur einmal auf, als ich das Gefühl habe, der Sturm könnte das Dach abheben. Es knackt und ächzt im Gebälk. Aber dann schlafe ich sofort wieder tief und fest ein.

Am Morgen ist Seiffen verschwunden. Vielleicht auch nur im Schnee versunken. Auf jeden Fall ist Jakub auf dem Parkplatz unter einer dicken Schneeschicht begraben. Der Sturm hat merklich nachgelassen, und es schneit auch nicht mehr. Dafür scheint die Sonne und verwandelt alles in eine glitzernde Zauberwelt. Der Schnee verschluckt alle Geräusche. Ich öffne das Fenster, und eine erhabene Stille umgibt mich. Stille und Eiseskälte. Seiffen liegt fest in sibirischer Hand. Nach dem Frühstück hält mich nichts mehr zurück. Ich spaziere die Dorfstraße hinunter ins Zentrum und genieße diesen einzigartigen Wintertag. Nachmittags entspanne ich in der Wellness-Oase des Hotels. Und abends erhalte ich einen Anruf von Staatsanwalt Richard Vogel. „Na, Frau Burmeister, wie geht es Ihnen?“

Du scheinheiliges Aas, denke ich und schließe die Augen, als könnte ich damit meine unheilvollen Ahnungen unsichtbar machen. „Nehmen Sie es nicht persönlich, aber Ihre Stimme löst bei mir gerade ein sehr merkwürdiges Gefühl aus. Es ähnelt dem von Brechreiz“, beschreibe ich meine wahren Empfindungen.

Vogel quält sich ein hüstelndes Lachen ab. „Ach, Frau Burmeister, Sie sind immer so direkt“, meint er und lässt ein paar Sekunden verstreichen.

„Was wollen Sie?“, frage ich.

„Könnten Sie zurückkommen und Ihren, wie ich finde, wohlverdienten Urlaub unterbrechen?“

„Nein.“

„Bitte wie?“

„Nein.“

„Frau Burmeister …“

„Nein.“

„Ich finde, Sie sollten mich erst einmal aus …“

„Nein.“

„Wir haben eine männliche Leiche in unserem wunderschönen Sassnitz. Und es besteht kein Zweifel, dass es sich um ein Gewaltverbrechen handelt.“

„Ich komme trotzdem nicht zurück.“

Schweigen breitet sich aus. Ich höre Vogel atmen. Dann unternimmt er einen neuen Versuch. „Frau Leitmeyer-Mummelthey …“

„Richtig“, unterbreche ich ihn sofort. „Frau Leitmeyer-Mummelthey ist im Dienst. Ich denke, bei ihr liegt der Fall in den allerbesten Händen.“ Die Lüge kommt mir federleicht über die Lippen, und ich lache mich lautlos halbtot.

„Frau Leitmeyer-Mummelthey liegt mit einer schweren Angina im Bett“, antwortet Vogel.

„Na, mit wem auch immer. Aber das ist nicht meine Schuld. Und daher komme ich auch nicht zurück.“

„Nun seien Sie mal nicht so stur“, wettert Vogel am anderen Ende.

„Ich unterbreche doch nicht meinen traumhaften Winterurlaub, bloß um zu irgendeiner Leiche zurückzukehren“, brülle ich in mein Handy. „Ich bin gerade erst angekommen! Und außerdem kann auch Winterstein die Ermittlungen übernehmen.“

„Das hat er auch schon getan“, antwortet Vogel mit betont ruhiger Stimme. „Allerdings schleppt er sich mit letzter Kraft zum Dienst. Er hat eine starke Erkältung und fast vierzig Fieber. Ich habe es selbst überprüft.“

Ich lache mich wieder halbtot. Aber dieses Mal laut und deutlich. Es kann doch nicht sein, dass ich meinen Urlaub abbrechen muss, bloß weil alle meine Kollegen simulieren.

„Haben Sie dem Winterstein persönlich das Fieberthermometer in den Hintern gesteckt?“, erkundige ich mich gehässig. Ich sehe meine Felle davonschwimmen und stemme mich mit aller Macht gegen den Rückruf unseres Staatsanwaltes.

„Das war nicht nötig“, antwortet Vogel allen Ernstes. „Die modernen Fieberthermometer müssen nicht mehr eingeführt werden.“

Ich plumpse mit einem kehligen Laut auf die Couch. Der Sturm ist zurück und rüttelt an den Fenstern. Auch das Schneetreiben hat wiedereingesetzt. Ich recke den Hals und schaue auf die Straße. Erst vor einer Stunde ist der Winterdienst gefahren, und trotzdem steckt jetzt ein Auto in einer hohen Schneewehe fest. Es hat ein Berliner Kennzeichen. War ja klar. Alles Stümper in der Hauptstadt.

„Ich bin eingeschneit“, sage ich und unternehme damit einen letzten verzweifelten Versuch, die Heimreise nicht antreten zu müssen.

„Hier schneit es auch“, sagt Vogel nur.

Eine ohnmächtige Wut steigt in mir auf. Ich beende das Gespräch und stelle mein Handy auf lautlos. Das Display zeigt mir einen eingehenden Anruf an. Ich stehe auf und werfe das verfluchte Teil in den Kleiderschrank. Dann gehe ich in das aus allen Nähten platzende Restaurant. Zwei Busgesellschaften haben sich niedergelassen und lauschen einem Duo, das erzgebirgische Musik trällert. Zwischendurch erzählen die beiden Künstler von typischen erzgebirgischen Weihnachtsbräuchen. Ich stelle erstaunt fest, dass das Sächsisch von Andy Bollermann nicht im Entferntesten der erzgebirgischen Mundart ähnelt. Es ist mir ehrlich gesagt nicht einmal ganz klar, ob es sich überhaupt um eine Sprache handelt. Der Sänger erzählt gerade, dass man am „Weihnachtsobnd Neinerlaa“ isst und bittet dann die Gäste, in das Lied „Bleibn mer noch e wing do“ einzustimmen. Die Stimmung ist prächtig, es wird mitgesummt und tüchtig geschunkelt. Ich setze mich auf einen Barhocker am Tresen und bestelle einen Schoppen Wein. Nach dem dritten Glas bilde ich mir ein, die Mundart bestens zu verstehen. Der etwas beleibtere Künstler scheint das nächste Lied anzukündigen. Bei dem Titel brandet bei den älteren Damen und Herren im Publikum Beifall auf. Ich lausche mit offenem Mund den Strophen und singe den Refrain laut und falsch mit.

De Sonn steigt hintern Wald drübn nei,
besaamt de Wolken rut,
e jeder legt sei Warkzeig hi
on schwenkt zen Gruß senn Hut.
’s is Feierobnd, ’s is Feierobnd.
Es Togwark is vullbracht,
’s gieht alles seiner Haamit zu,
ganz sachte schleicht de Nacht.

On übern Wald e Vögele
fliegt noch senn Nastel zu,
ven Därfel drübn e Glöckel klingt,
dos maant: Legt eich ze Ruh!
’s is Feierobnd, ’s is Feierobnd.
Es Togwark is vullbracht,
’s gieht alles seiner Haamit zu,
ganz sachte schleicht de Nacht.

Do zieht’s wie Frieden dorch der Brust,
es klingt als wie e Lied,
aus längst vergangne Zeiten rauscht’s
gar haamlich dorch’s Gemüt.
’s is Feierobnd, ’s is Feierobnd …

Nach mehreren Zugaben ist dann wirklich Feierabend, und ich torkele beschwipst in mein Zimmer. Mit müden Augen blinzele ich aus meinem Fenster. Noch immer schneit es heftig. Nach wie vor nicht ganz klar im Kopf, rede ich mir ein, dass die Rückrufaktion von Staatsanwalt Vogel nur ein böser Traum gewesen ist. Ich tapse ins Bad und putze mir die Zähne. Dann krieche ich in mein Bett und ziehe mir die Decke über beide Ohren.

ZWEI

Mit schwerem Kopf wache ich am nächsten Morgen auf. Auch die Dusche ändert nicht viel an meinem erbärmlichen Zustand. Das Frühstück ist super. Während ich vor dem reichhaltigen Buffet stehe und nicht weiß, was ich zuerst auf den Teller laden soll, tritt der Hotelchef von hinten an mich heran. Entweder gibt es den Mann zweimal, oder er ist tatsächlich rund um die Uhr für seine Gäste vor Ort. „Ein Herr Vogel möchte Sie sprechen“, sagt Herr Krallert und zeigt auf das Telefon hinter dem Tresen.

„Richten Sie ihm bitte aus, dass ich heute Nacht ein Opfer von Putin wurde und erfroren bin.“

Mit diesen Worten nehme ich mir Rührei und gebratenen Schinken. Der Hotelchef sieht mich ungläubig an und verharrt in seiner Haltung. Er tut mir ein bisschen leid. Schließlich kennt er keinerlei Zusammenhänge. Also schiebe ich eine Erklärung nach. „Sagen Sie bitte Herrn Vogel, dass ich gestern Abend einen über den Durst getrunken habe. Und dann fügen Sie an, ich hätte den Winter im Erzgebirge unterschätzt und die ganze Nacht auf einer Bank im Freien verbracht."

„Und wird dieser Herr Vogel mir das wirklich glauben?" Tiefe Zweifel mischen sich in die Stimme von Herrn Krallert.

„Das mit dem Saufen kauft er Ihnen sofort ab. Das mit dem Erfrieren liegt ganz in Ihrer Hand. Das müssen Sie glaubhaft rüberbringen." Ich schaue Herrn Krallert mit einem schmachtenden Blick an.

„Ich kann es ja mal versuchen", meint er irritiert und geht zum Telefon.

Während ich es mir schmecken lasse, beobachte ich den Hotelinhaber, wie er wild gestikulierend in das Telefon spricht. Er nickt, schaut in meine Richtung und hält mir den Hörer hin. Ich schüttle den Kopf und blicke nach draußen.

Ich trinke drei Tassen Kaffee und gehe viermal zum Buffet. Dann klingelt das Telefon erneut. Ich tausche einen Blick mit Herrn Krallert und nehme selber ab. „Der Vogel zerreißt dich in der Luft, wenn du nicht augenblicklich zurückkommst", krächzt Winterstein hustend in mein Ohr.

„Bist du Arschloch mal wieder hemdsärmelig durch die Kälte gelatscht?", donnere ich in das Telefon. „Und ich kann die Scheiße jetzt ausbaden! Du hast mir meinen Urlaub versaut, Winterstein! Das verzeihe ich dir nie! Und die Leiche kann sich auch auf was gefasst machen! Ihr könnt euch schon mal beide warm anziehen. Hast du mich verstanden? Und ich komme nicht vor morgen! Hörst du? Das kannst du auch gleich dem Vogel ausrichten. Ich muss nämlich erst mal den Angriff der Russen abwehren und meinen Jakub aus zehn Metern Schnee ausgraben! Und überhaupt könnt ihr mich alle mal kreuzweise!"

Vorsichtig lege ich den Hörer auf und lächle Herrn Krallert huldvoll an. „Das war mein Kollege", erkläre ich mit Engelsstimme.

„Spätestens ab heute bin ich froh, dass ich mein eigener Herr bin", entgegnet er.

„Wie auch immer", säusele ich, „ich schaufle heute mein Auto frei und reise morgen ab. Bitte stellen Sie die übrigen Nächte meiner Dienststelle in Rechnung."

„Das ist nicht nötig", wehrt der Hotelchef ab, „das Zimmer bekomme ich sofort wieder los."

„Ich bestehe aber darauf." Meine Stimme hat sich dem Wetter angepasst. Sie klingt frostig.

„Ja, wenn das so ist", murmelt Herr Krallert ergeben.

Das Schaufeln tut mir gut. Zumal ich das Schicksal mit allen anderen Autobesitzern teile. Gemeinschaftlich schaufeln wir um die Wette und haben viel Spaß dabei. Außerdem werden wir vom Hotelchef mit Heißgetränken versorgt.

Am nächsten Morgen ist Jakub erneut zugeschneit. Nach einer Stunde habe ich ihn vom Neuschnee befreit. Ich verstaue meinen Koffer und die Pakete. Auf meine Bitte hin hat mir das Personal ein Lunchpaket bereitet, das mir das Überleben für mehrere Tage sichert. Nur für den Fall, dass ich kurz hinter dem Ortsausgang im Schnee stecken bleibe. Worauf ich stark hoffe.

Obwohl die Straßen gut geräumt sind, muss ich mich höllisch konzentrieren. Als Nordländerin bin ich eine geschlossene Schneedecke nicht gewöhnt. Aber dann merke ich, dass es sich wunderbar darauf fahren lässt, und leider bleibe ich nicht in einer Schneewehe stecken. Unterwegs lege ich zwei Pausen ein und lasse mir das Essen vom Superhotel schmecken. Gegen Abend bin ich wieder auf unserer Insel. Nasskaltes Wetter empfängt mich. Ich halte auf dem rückwärtigen Parkplatz unseres Präsidiums und erfahre, dass bis auf die Bereitschaft habenden Beamten niemand mehr vor Ort ist. Daraufhin tobe ich wie eine Irre durch die leeren Gänge und fahre nach Hause. Als ich meine ebenfalls leere und zudem kalte Wohnung betrete, breche ich in Tränen aus.

Das hartnäckige Klingeln meines Festnetztelefons holt mich aus dem Tiefschlaf. Ich schäle mich aus drei Decken und gehe missmutig durch das Wohnzimmer. „Wer stört?“, raunze ich in den Hörer. Aber erst nachdem ich mich vergewissert habe, dass auf dem Display nicht „Nervenklau“ steht. Meine Mutter darf ich nicht gleich am frühen Morgen verärgern. Seit Sebastian nach Norwegen aufgebrochen ist, vergeht kein Tag, an dem sie mir nicht völliges Versagen vorwirft.

„Oh“, höre ich die freudig krächzende Stimme von Winterstein an meinem Ohr, „du bist also wieder zu Hause.“

„Nein“, sage ich schniefend. Ich habe in der vergangenen Nacht ewig lange geheult. Meine Nase ist immer noch ganz geschwollen.

„Wann bist du im Präsidium?“ Winterstein hustet wie irre durch den Hörer. „Ich würde dir gern alles übergeben und dann in mein Bett kriechen.“

Ich schließe die Augen und versuche, durch die Nase zu atmen. „Koch Kaffee“, befehle ich. Dann lege ich auf und bleibe eine angemessene Zeit im Bad. Die Augen sehen aus wie meine Nase: rot und geschwollen. Ich verzichte auf jegliches Make-up. Sollen doch alle sehen, dass es mir genauso scheiße geht wie Winterstein. Nur darf ich nicht ins Bett kriechen, sondern werde aus dem Urlaub zurückgepfiffen. Vor Wut knalle ich die Wohnungstür hinter mir zu.

Um im Präsidium nicht zu explodieren, entscheide ich mich zu laufen. Mit weit ausholenden Schritten beginne ich den Tag. Bei der nächsten Kurve rutsche ich auf der dünnen Schicht aus nassem Schneematsch aus und lande auf dem Hintern. Das ist das Todesurteil für Staatsanwalt Vogel! Mühsam rappele ich mich auf und fluche wie ein Rohrspatz. Der Wind pfeift eisig über unsere Insel, mein Hintern ist nass, und ich bin so mies drauf wie lange nicht. Und das will wirklich was heißen.

Wenigstens ist Winterstein seiner Pflicht nachgekommen. Ein verführerischer Kaffeeduft empfängt mich bereits im Flur. Aus seinem Büro höre ich ihn husten. Es klingt schrecklich. Ein ganz klein wenig Mitgefühl steigt in mir auf. Also hole ich aus unserer Teeküche den Kaffee und betrete Wintersteins Büro. Mein Kollege sieht genauso aus wie ich. In hohem Maße erbärmlich. „Gott sei Dank bist du jetzt da“, lauten die Begrüßungsworte von Willi. Auf seiner Stirn stehen Schweißperlen. Fahrig wischt er sich mit einem Taschentuch die Glatze ab. Er atmet schwer und schnell und weckt mit seiner bedauernswerten Gesamterscheinung alle meine mütterlichen Gefühle. „Wo hast du dich denn derart erkältet?“, erkundige ich mich, während ich uns Kaffee einschenke und meine Hand auf seine Stirn lege.

„Zu Hause“, gibt Willi zu. „Die Heizung ist kaputt. Ich habe gerade mal 16 Grad und nur kaltes Wasser. Und die Firmen haben scheinbar viel zu tun. Wer weiß, ob die noch vor Weihnachten kommen können.“

Vielleicht bilde ich es mir nur ein, aber sein Blick ähnelt dem von Sally. Sally ist eine junge Hündin, die sich Willi als Ersatz für seine Noch-Ehefrau angeschafft hat. Das russische wogende Busenwunder Elena wurde von Willi endlich vor die Tür gesetzt. Ausschlaggebend war ihre Umarmung mit dem Therapeuten, der eigentlich die Eheprobleme meines Kollegen beheben sollte. Die Umarmung fand im Bett von Willi statt und war nur der kleinste Teil einer einstündigen intimen Beziehung.

„Nun trink erst mal einen kleinen Schluck“, bitte ich Willi und setze mich ihm gegenüber. „Und dann erzähl mal, was passiert ist.“

„Viel zu erzählen gibt es da nicht. Zwei Touristen sind bis zum Leuchtturm gelaufen und haben dort eine Leiche gefunden. Sie saß schön aufrecht an der Rückwand des Leuchtturms, die Hände fein säuberlich im Schoß zusammengefaltet. Laut unserem Ekel saß sie dort mindestens schon zwei Tage. Wenn er sich nicht geirrt hat, dann wäre der dritte Advent der vermeintliche Todestag. Tja, bei diesem Wetter geht eben kaum jemand spazieren. Und schon gar nicht bis ans Ende der Mole.“

Bei unserem Ekel handelt es sich um Dr. Henning Wahlberg. Er ist Rechtsmediziner, ein menschliches Desaster und mit steigender Tendenz der Freund unseres jungen IT-Mitarbeiters Oliver Teichert.

„Vielleicht wollte der Mann ja sterben", gebe ich zu bedenken.

„Wohl kaum. Sein Kopf baumelte sozusagen an einem Faden. Wahlberg rätselt noch, mit welchem Gegenstand ihm eine derartige Verletzung zugefügt worden sein könnte. Komischerweise hat er keinerlei Abwehrspuren festgestellt. Es sieht so aus, als ob sich der Mann freiwillig hingesetzt hat, um sich dann den Hals durchschneiden zu lassen."

Dann schiebt mir Willi einen Ordner über den Tisch. Ich schlage die Deckseite auf und schaue auf die Fotos, die Wahlberg gemacht hat. Die Leiche ist von einer feinen Raureifschicht überzogen. Auf dem ersten Foto sitzt der Mann nur so da. Er ruht friedlich an der kalten Mauer des Leuchtturms. Sein Kopf ist nach vorn geneigt und liegt auf der Brust. Dann hat Wahlberg den Mann bewegt und auf den Boden gelegt. Winterstein hat recht. Der Hals wurde fast komplett durchtrennt. Das Merkwürdige ist dabei, dass es sich nicht einfach nur um einen tiefen Schnitt handelt. Der Hals des Opfers weist zwei Schnitte auf, die sich unterhalb des Kehlkopfes in der Mitte treffen.

„Wie gesagt, nur Reste der Nackenmuskulatur haben verhindert, dass der Kopf des Mannes in seinen Schoß gefallen ist", wiederholt mein Kollege.

„Hm", antworte ich. „Weißt du, um wen es sich handelt? Und hast du bereits Anhaltspunkte oder Verdachtsmomente oder potenziell Verdächtige?"

„Nun mach mal halblang, ja? Wenn ich schon alles wüsste, hätte ich Vogel nicht gebeten, dich zurückzuholen. Der Mann hatte weder Papiere noch ein Handy bei sich. Es gibt auch keine Vermisstenmeldung. Die Kollegen sind gerade dabei, die Fahrzeuge zu prüfen, die im Parkhaus und in der Umgebung abgestellt sind. Vielleicht finden sie ein Auto, das seit ein paar Tagen nicht bewegt wurde."

„Hm", sage ich wieder. „Was soll das eigentlich bringen? Was ist, wenn der Mann gar kein Auto gehabt hat?"

„Viel mehr ist uns erst mal nicht eingefallen", antwortet Winterstein mürrisch. Mit uns meint er sich. Aber ich sage nichts dazu. „Du solltest als Nächstes die Hotels und Pensionen überprüfen", empfiehlt er mir.

„Warum?"

Winterstein hustet sich erst mal die Seele aus dem Leib, schnäuzt die Nase, wischt sich die Stirn trocken und stöhnt auf. „Oh Gott", jammert er, „ich habe das Gefühl, mein Kopf platzt gleich."

„Was hat der Arzt gesagt?"

„Er hat mir Bettruhe verordnet und angeraten, mich in Geduld zu üben. Antibiotika würden nicht helfen, meinte er. Aber vielleicht ist auch nur das Budget am Jahresende aufgebraucht", orakelt Willi mit vorletzter Kraft.

„Hm", lautet mein Kommentar. „Wer ist denn sonst noch im Dienst, der mir helfen könnte?"

Willi lächelt mitleidig. „Niemand."

„Hm", sage ich nun ein viertes Mal. Dann rufe ich Willi ein Taxi, wünsche ihm schnelle Genesung und verspreche, heute Abend bei ihm vorbeizuschauen. „Ich bin so einsam", erklärt Winterstein und fügt an, dass auch Sally ein bisschen Auslauf benötigt. „Ich kann sie zwar in den Garten lassen, aber eigentlich möchte ich nicht, dass sie den zuscheißt."

„Hm."

Willi trottet mit hängenden Schultern den Flur entlang, und ich tue es ihm gleich. Mein Weg führt mich in das Totenreich unseres Rechtsmediziners. Bevor auch er sich in den Weihnachtsurlaub verabschiedet, möchte ich ihm wenigstens noch ein paar Fragen zu unserem Mordopfer stellen.

Die Etage unserer rechtsmedizinischen Abteilung, die im Grunde genommen nur aus Dr. Wahlberg besteht, wirkt verlassen. Mein Hallo verhallt ungehört in den Gängen. Die gespenstische Ruhe veranlasst mich, stehen zu bleiben. Langsam richten sich meine Nackenhaare auf. Hinter meinem Rücken höre ich eine Tür quietschen. Sie führt in den Obduktionssaal. Ich warte, aber niemand erscheint. Dann glaube ich, ein leises Geräusch wahrgenommen zu haben. Es hört sich an, als ob jemand barfuß durch das Zimmer tapst. Ich denke an den Neuzugang und stelle mir vor, dass im nächsten Moment unsere Leiche mit einem sehr wackeligen Kopf hinter der Tür zum Vorschein kommt. Unbewusst halte ich den Atem an. Auch dann noch, als sich die Tür mit einem neuerlichen Quietschen ein paar Zentimeter wie von Geisterhand öffnet. Dann höre ich wieder die schlurfenden Schritte. Ich hole tief Luft und ziehe meine Dienstwaffe. Dann kracht im Obduktionssaal scheppernd irgendetwas zu Boden, und ich drücke ab. Der Knall ist ohrenbetäubend. Drinnen schreit jemand auf, zeitgleich mit mir. Wahlberg kommt aus seinem Büro gestürmt, gefolgt von Oliver Teichert. „Was ist denn in Sie gefahren!", schreit mich Wahlberg an. Teichert sieht kalkweiß aus. Aufgeregt watschelt er hinter seinem Lebenspartner her.

„In Ihrem blöden Saal schleicht jemand herum“, gebe ich wutentbrannt Auskunft. Dann gehe ich energisch über den Flur und trete mit aller Wucht die Tür auf. „RAUS!“, brülle ich, noch immer die Waffe im Anschlag.

Ein junger, großgewachsener Mann schiebt sich mit erhobenen Armen langsam in mein Blickfeld.

„Ich arbeite hier“, gibt er bereitwillig Auskunft.

„Herr Mehlhorn absolviert sein Praktikum bei uns“, erklärt Wahlberg und tippt sich unmissverständlich an die Stirn.

„Und woher soll ich das wissen?“, schnaufe ich und stecke meine Waffe wieder ein.

„Das müssen Sie nicht wissen“, raunzt Wahlberg. „Kümmern Sie sich um Ihren eigenen Dreck. Da haben Sie genug zu tun. Und überhaupt, erschießen Sie grundsätzlich jeden, der ohne Ihr Wissen in unserem Präsidium arbeitet?“

„In der Regel ja. Burmeister mein Name, herzlich willkommen“, begrüße ich dann Herrn Mehlhorn und gebe ihm die Hand. Er murmelt so etwas wie „ganz meinerseits“. Seine Hand ist sehr feucht.

Wahlberg murrt noch immer, wird aber von Teichert gebremst. „Frau Burmeister hat sich doch nur erschrocken, weil es in deiner Totenkammer Geräusche gegeben hat.“

„Trotzdem muss die Alte hier nicht wild rumballern“, flucht Wahlberg. Dann geht er wortlos wieder in sein Büro.

„Wollen Sie mit uns frühstücken?“, fragt Teichert, und dankend nehme ich das Angebot an. Wahlberg sitzt in seiner neuen gemütlichen Ruheecke und belegt ein Brötchen mit reichlich Wurst. Er will gegen meine Anwesenheit protestieren, wird von Teichert aber zum Stillschweigen verdonnert. Ich nehme Wahlberg gegenüber Platz. Neben mich setzt sich Herr Mehlhorn. Seine Hand zittert etwas, als er Teichert seine Tasse hinhält, damit dieser ihm Kaffee einschenken kann.

„Wenn Sie erst eine Weile hier arbeiten, werden Sie merken, dass meine Schießwut im Vergleich zur Anwesenheit von Dr. Wahlberg geradezu eine Erholung ist“, sage ich liebenswert lächelnd zu Herrn Mehlhorn, der daraufhin vorsichtig nickt und schüchtern über den Tisch schielt.

„Und was wollten Sie nun eigentlich?“, schnorrt Wahlberg übellaunig.

„Mich nach den Einzelheiten zu unserer neuen Leiche erkundigen.“

„Der Mann ist Ende dreißig, Anfang vierzig. Eine Identifizierung anhand seines Zahnstatus erscheint mir als wenig aussichtsreich. Das Opfer hatte ein tadelloses Gebiss. Nicht einmal Karies ist ansatzweise zu erkennen. Trotzdem wollen wir diese Möglichkeit nicht völlig ausschließen. In den Zahnarztpraxen stehen ja gewaltig teure Geräte herum, die finanziert werden müssen. Mein Zahnarzt röntgt jedes Jahr mein komplettes Gebiss. Insofern haben wir vielleicht Glück. Andere auffällige Erkennungsmerkmale sind ebenfalls nicht vorhanden."

Wahlberg widmet sich seinem Frühstück und schweigt.

„Winterstein machte mich auf die beiden tiefen Schnittwunden am Hals aufmerksam. Haben Sie da schon eine Vermutung, mit welchem Gegenstand der Täter vorgegangen sein könnte?", taste ich mich weiter vor. Sachlich und ruhig bleiben, lautet die Devise, wenn man einen ganz normalen Arbeitstag mit Wahlberg unbeschadet überstehen will.

„Hmm", brummt Wahlberg unheilvoll, „die Schnitttiefe ist fast identisch. Ich kann mir nicht vorstellen, dass der Täter ein Messer zweimal angesetzt hat. Zumal bereits ein Schnitt in dieser Intensität ausgereicht hätte, um das Opfer zu töten. Ich tendiere zu einer Heckenschere."

Herr Mehlhorn neben mir nickt zustimmend. Vielleicht war es ja auch seine Idee, die Wahlberg nun als sein geistiges Eigentum anpreist.

„Eine Heckenschere. Die sind doch ziemlich groß und relativ schwer", gebe ich zu bedenken. So richtig anfreunden will ich mich mit dem vorgeschlagenen Mordinstrument noch nicht.

„Denken Sie sich doch selber was aus", raunzt Wahlberg. „Der Fantasie sind keine Grenzen gesetzt."

„Im Bericht steht, dass das Opfer scheinbar keinerlei Gegenwehr geleistet hat", bringe ich das Gespräch in eine andere Richtung. „Haben Sie dafür eine Erklärung? Man setzt sich doch nicht einfach so hin und lässt sich den Kopf abschneiden."

Wahlberg schenkt sich Kaffee nach und blickt Mehlhorn an. „Übernehmen Sie mal. Beim Frühstücken brauche ich meine Ruhe."

Ich bin schwer bemüht, unserem Praktikanten die Angst vor mir zu nehmen. Lächelnd nicke ich ihm aufmunternd zu.

„Die toxikologische Untersuchung hat zu keinem Ergebnis geführt", erklärt er mir. „Wir haben keine Reste von chemischen Substanzen im Körper gefunden. Also weder Barbiturate, Benzodiazepine, Antihistaminika oder dergleichen. Aber Sie wissen vielleicht selbst, dass die sogenannten K.o.-Mittel nur eine relativ kurze Zeit nachweisbar sind. Im Blut werden sie nach circa acht Stunden, im Urin nach maximal zwölf Stunden abgebaut. Insofern ließ sich dahingehend leider nichts mehr machen."

„Falsch", donnert Wahlberg dazwischen. „Ihre Argumentation trifft bei lebenden Personen zu, bei denen der Stoffwechsel noch funktioniert. Bei Toten hält sich das Zeug viel länger im Körper. Wir hätten Reste gefunden.

Vermutlich wurde dem Opfer GHB verabreicht. Gammahydroybuttersäure wird sehr schnell abgebaut."

Mehlhorn lässt den Kopf hängen.

„Wir machen alle mal einen Fehler", sage ich und verstärke mein Lächeln. Dann denke ich nach und esse schweigend. Das Opfer kann von überall hergekommen sein. „Herr Teichert", wende ich mich an unseren IT-Mann, „suchen Sie mal die Vermisstenmeldungen durch, die bundesweit in letzter Zeit aufgegeben wurden."

Teichert nickt und verspricht mir, gleich nach dem Frühstück zu beginnen.

Dann denke ich weiter nach. Laut Winterstein prüfen die Beamten gerade, ob irgendwo vorzugsweise in Sassnitz ein Auto parkt, dessen Besitzer verschollen sein könnte. Das ist immerhin ein Anfang. Dann überlege ich, welche Arbeit für mich im gegenwärtigen Stadium übrig bleibt. Ich kann ja schlecht von Haus zu Haus laufen und jedem Einwohner das Foto des Toten unter die Nase halten. Die Hotels und Pensionen zu überprüfen, ist nicht völlig abwegig. Ich könnte recherchieren, ob ein Gast nicht wiederaufgetaucht ist, obwohl ich das für wenig wahrscheinlich halte. Denn dann wäre sicher eine diesbezügliche Meldung bei uns eingegangen. Aber solange die Identität des Opfers im Verborgenen ist, habe ich keine Ansatzpunkte, die ich verfolgen könnte.

Ich bedanke mich für das Essen und verabschiede mich. „Kommen Sie nicht gleich wieder", ruft mir Wahlberg nach. Ich zeige ihm den Stinkefinger, ehe ich aus seinem Blickfeld verschwunden bin.

In meinem Büro ist es angenehm warm. Ich schaue nach draußen auf die vorbeihastenden Menschen und verspüre unsagbar große Sehnsucht nach Bolles Winter-Wunder-Land. Hier ist alles grau in grau. Der nass-kalte trübe Tag passt jedoch hervorragend zu meiner Gemütsverfassung. Ich denke mit zunehmendem Grauen an den unausweichlich näher rückenden Weihnachtsabend. Ohne Sebastian und ohne Schneewittchen-Franziska, die mir wenigstens ein bisschen fehlt, würde ich am liebsten das angeblich schönste Fest des Jahres verbieten. Der Gedanke, dass ich mit meiner zeternden Mutter allein in ihrer Wohnung sitze und die Minuten und Stunden zähle, bis ich wieder gehen darf, setzt mir zu.

Staatsanwalt Richard Vogel erlöst mich aus meinen deprimierenden Gedanken.

„Danke, dass Sie Ihren Urlaub unterbrochen haben", lauten seine Worte.

„Sparen Sie sich Ihre Scheinheiligkeit", reagiere ich viel aggressiver als beabsichtigt. „Was blieb mir denn anderes übrig?"

Vogel atmet tief und setzt sich. „Tja, es tut mir nun mal wirklich aufrichtig leid, aber bei unserer dünnen Personaldecke hatte ich keine andere Wahl. Das verstehen Sie doch."

„Nein", sage ich einsilbig.

„Wie werden Sie jetzt die Ermittlungen angehen?", erkundigt er sich.

„Teichert sucht nach Vermisstenmeldungen, die im ganzen Land aufgegeben wurden. Ich gehe von einem Hotel zum anderen und halte dem Personal ein Foto unserer Leiche unter die Nase. Dr. Wahlberg meinte, dass eine Identifizierung schwer wird. Die Leiche weist keine auffälligen Merkmale auf und hat ein tadelloses Gebiss. Das ist alles."

Man sieht Vogel an, dass er angestrengt nachdenkt. Dann nickt er kaum merklich. „Ich finde, mehr können wir momentan nicht tun. Ich bin noch ein paar Tage im Dienst", kündigt er beim Hinausgehen an. „Wenn Sie Hilfe brauchen, lassen Sie es mich wissen."

Ich antworte mit einem verächtlichen Schniefen. Dann suche ich mir ein Foto aus der Mappe, das mir für eine mögliche Identifizierung geeignet erscheint, und verlasse das Präsidium.

Draußen empfängt mich ein ekliger Sprühregen. Er kommt von allen Seiten, und sogar unter dem Schirm regnet es weiter. Entnervt klappe ich ihn zusammen und ziehe mir die Kapuze über den Kopf. Da ich den ganzen Tag Zeit habe, laufe ich langsam. Irgendwie empfinde ich meine Aktion als Arbeitsbeschaffungsmaßnahme. Sassnitz besteht zwar nicht ausschließlich aus Hotels und Pensionen, aber ihre Anzahl ist stattlich. Und ich verspreche mir absolut keinen Erfolg vom Klinkenputzen. Das macht mein Vorhaben nicht gerade leichter. Dann fällt mir ein, dass es auch viele Ferienwohnungen gibt. Und dort wird ein Verschwinden wahrscheinlich frühestens am Abreisetag bemerkt, oder noch später, wenn die Vermieter nicht ortsansässig sind, was in vielen Fällen vorkommt. „Scheiße aber auch", fluche ich vor mich hin.

Missmutig betrete ich das erste Hotel. Ich habe mir keine Reihenfolge zurechtgelegt. Ich fange einfach mal unten an der Hafenstraße an und werde mich im nächsten halben Jahr bis an die Stadtränder vorarbeiten. Die Rezeption ist verlassen. Tropfend stehe ich ein paar Minuten herum, dann räuspere ich mich vernehmlich. Danach rufe ich laut „Hallo". Eine junge Frau mit müden Augen und augenscheinlich fehlendem Elan biegt aufreizend langsam um die Ecke. „Ja", sagt sie tonlos.

Ich zücke meinen Ausweis und das Foto. „Kommt Ihnen dieser Mann bekannt vor, oder vermissen Sie eventuell einen Gast, der diesem hier ähnlich sieht?“

Die junge Frau schüttelt den Kopf. „Zweimal nein“, meint sie nur.

Gruß- und wortlos drehe ich um und laufe zum nächsten Hotel. Dort wiederholt sich das ganze Procedere, nur mit dem Unterschied, dass an der Rezeption ein sehr freundlicher Herr seinen Dienst versieht, der mir wortreich Auskunft gibt.

Am Nachmittag habe ich eine Vielzahl Hotels und Pensionen abgeklappert. Wie ich befürchtet hatte, blieb der Erfolg aus. Das Frühstück bei Wahlberg ist längst verdaut. Ich bin also hungrig, klatschnass und durchgefroren. Dann erinnere ich mich, was ich Winterstein versprochen habe. Ich gehe nach Hause, stelle mich unter die heiße Dusche und fahre mit Jakub einkaufen.

Im Supermarkt kaufe ich Rosenkohl und Kalbsschnitzel. Und wenig später stehe ich bei Winterstein in der Küche und beginne mit dem Kochen. Willi sitzt zusammengesunken und hustend auf einem Küchenstuhl und strahlt mich dennoch aus trüben Augen an. Zu seinen Füßen liegt Sally und wedelt mit dem Schwanz.

„Dass du mal für mich kochen würdest, hätte ich nie für möglich gehalten“, krächzt er.

„Na ja, ich habe selber Hunger“, bremse ich ihn aus. Mein Lieblingssender Hitradio Antenne Mecklenburg-Vorpommern spielt ein Weihnachtslied, während der Rosenkohl beginnt, seinen typischen Pupsmief zu verbreiten. „Wenn Sie einen dunklen und feuchten Keller haben und Finsternis und Nässe gewöhnt sind, sind Sie in den nächsten Tagen im Vorteil“, meint der Moderator. „Denn das derzeitige trübe und nasskalte Wetter bleibt uns noch eine Weile erhalten.“ Dann lacht er lauthals los. Ich denke traurig an das verschneite Seiffen und decke den Tisch. Auf meine Frage beschreibt mir Willi, wo ich Kerzen und Servietten finde. Auf Alkohol verzichten wir beide. Dafür koche ich Tee, süße ihn mit Kandiszucker und presse frischen Zitronensaft aus.

„Wahnsinn“, murmelt Willi mit dankbarem Blick.

„Trink, bevor der Tee kalt wird“, weise ich ihn an.

Winterstein ist von meinen Kochkünsten ganz angetan. Entgegen seiner Art fühlt er sich verpflichtet, mich mehrfach zu loben. Nachdem ich den Geschirrspüler bestückt habe, nehme ich Sally an die Leine und gehe mit ihr Gassi. Winterstein hat mir eine Tüte fürs Geschäft mitgegeben. Sally scheißt einen riesengroßen Haufen. Obwohl ich Gummihandschuhe trage, kann ich mich einfach nicht durchringen, den warmen Batzen anzufassen. Ich schiele nach allen Seiten, ob es Zeugen gibt. Es gibt keine. „Komm, lass uns abhauen", sage ich zu ihr und gebe Fersengeld. Sally nutzt die Gunst der Stunde und saust laut bellend neben mir her. Nach hundert Metern geht mir die Puste aus, und wir laufen gemächlich die Runde zu Ende.

Im Flur schüttelt sich Sally ihr nasses Fell aus. Es spritzt nach allen Seiten. Aber es ist ja nicht mein Flur. Winterstein liegt im Wohnzimmer auf dem Sofa. Er hat noch immer hohes Fieber. Ich hole ihm eine Tablette, die er nur widerwillig einwirft.

„Hast du gewusst, dass fast alle Medikamente in Indien und China hergestellt werden", krächzt er mühsam. „Wer weiß, was die dort zusammenrühren. Letzten Endes gewinnt man so auch einen Krieg."

„Aber du kämpfst doch gar nicht an vorderster Front", sage ich beruhigend und stelle Winterstein frisch gekochten Tee und ein Glas Wasser auf den Tisch.

„Du bist so lieb zu mir", haucht er.

„Nun werde mal nicht gefühlsduselig." Ein zutiefst dankbarer Winterstein verunsichert mich. Seine cholerischen Aussetzer bin ich gewöhnt. Der Rest will so gar nicht richtig zu ihm passen.

Ich ziehe die Haustür hinter mir zu, nachdem ich dem Drängen von Willi nachgegeben und mir einen Schlüssel genommen habe. „Vielleicht liege ich morgen tot im Haus. Dann musst du nicht erst noch den Schlüsseldienst holen", begründete er seinen Wunsch.

Ich fahre auf den verlassenen Straßen nach Hause und krieche in mein Bett. In der Nacht kommt Sturm auf, und ausgerechnet das Klappern der morschen Fensterläden wiegt mich in den Schlaf.

Am nächsten Tag mache ich dort weiter, wo ich zuvor aufgehört habe. Ich laufe von Hotel zu Hotel und weiteren Übernachtungshäusern und leiere meine Frage herunter. Vom Sturm durchgeschüttelt und vom Starkregen aufgeweicht, genehmige ich mir ein sehr spätes Mittagessen im Café Gumpfer am Fuße der längsten Außenmole Europas. Ich blicke auf eine mächtig aufgewühlte See. Das Grau des Wassers geht am Horizont nahtlos über in das Grau der schweren und tiefhängenden Regenwolken. Die Strandpromenade ist menschenleer. Die kunterbunten Ausflugskähne, die im Sommer gnadenlos von den Touristen gekapert werden, schaukeln verlassen im Stadthafen. Sogar die Möwen sitzen träge und – wie ich mir einbilde – traurig auf allem, was sich ihnen bietet. Die Unternehmungslustigsten unter ihnen watscheln langsam auf der Kaimauer. Egal, wohin ich blicke, begegnen mir trübes Grau und Verlassenheit. Eine große Schwermut nimmt mit ungeheurer Wucht von mir Besitz. Ich spüre körperlich, wie mich die Gefühle nach unten ziehen. Ich scheiße auf alle dienstlichen Bestimmungen und bestelle mir einen Doppelten. Außerdem habe ich fast schon Feierabend. Während ich bezahle, wartet eine Familie sehnsüchtig auf den freiwerdenden Tisch. Die wenigen Urlauber, die derzeit bei uns Erholung suchen, scheinen sich alle bei Gumpfer zu treffen. Auf dem Weg ins Präsidium werde ich noch einmal völlig durchnässt.

Der diensthabende Beamte im Foyer sieht mich merkwürdig an. „Haben Sie Kummer?", fragt er mich.

„Nur der Regen", antworte ich ausweichend. Ich bin mir nicht sicher, ob ich geweint habe.

Dann schaue ich bei Teichert vorbei. Seit einiger Zeit gleicht sein Cyberraum keiner Kloake mehr. Er hat es geschafft, sein stinkendes Büro zu entrümpeln und ist noch nicht wieder rückfällig geworden. Aufgrund meiner gegenwärtigen nervlichen Zerrüttung freue ich mich geradezu überschwänglich, ihn zu sehen. Das fast schon ausgestorbene Präsidium wirkt auf mich bedrückend. Aber wo drückt es mich derzeit eigentlich nicht?

Teichert jedenfalls hat es sich gemütlich gemacht. Er hat seinen Rauchmelder abgeklebt und fünf Teelichter angezündet. Ein Räucherhäuschen verbreitet gemütlichen Duft. Sein Lachen ist Balsam auf meine Seele. „Kommen Sie rein, und genießen Sie mit mir die Gemütlichkeit. Die Suche in unserer Datenbank ist fast abgeschlossen", unterrichtet er mich, während er sich eine Orange schält. In letzter Zeit versucht er ein paar Pfunde loszuwerden, indem er massenweise mit Pestiziden verseuchtes Obst isst. Aber das tun wir ja alle.

„Bisher konnte ich keine Übereinstimmung zu unserem Mordopfer feststellen", erklärt er. „Die Altersangaben und Beschreibungen passen allesamt nicht zu unserer Leiche."

„Haben Sie für mich auch eine Apfelsine?"

„Natürlich." Teichert holt aus seinem Schreibtisch ein großes Exemplar. Gedankenverloren beginne ich zu schälen. Der Geruch des Räucherkerzchens und der Duft der Zitrusfrüchte vermischen sich zu einem typisch weihnachtlichen Aroma. Im Glanz der Teelichter hocke ich Teichert gegenüber und sinniere über den Sinn und Irrsinn von Weihnachten nach. Ich merke nicht einmal, dass Vogel eingetreten ist.

„Ist mit Ihnen alles in Ordnung?", fragt er mich. „Geht es Ihnen gut?"

„Sehe ich etwa so aus?" Wie eine Ertrinkende schnappe ich regelrecht nach Luft. Wenn mich jetzt noch jemand tröstend in die Arme nimmt, erleide ich einen tödlichen Weinkrampf. Aber Vogel hat keine Lust, als Trostspender zu fungieren. Und das rettet mich für den Moment. „Frau Burmeister, ich muss Sie bitten, sich zusammenzureißen! Bei allem Verständnis für Ihre Lage. Aber ich erwarte von Ihnen schon eine gewisse Professionalität. Niemand von uns kann dafür, dass dieser arme Mann einem Mord zum Opfer gefallen ist. Je schneller Sie den Fall aufklären, umso eher können Sie wieder in den Urlaub gehen."

„Oh, oh", sagt Teichert leise und schaut ängstlich in meine Richtung.

Ich bin jedoch meilenweit davon entfernt, gebührend zu reagieren.

„Haben Sie mich verstanden?", raunzt mich Vogel an, der mit meiner wortkargen Art anscheinend überfordert ist.

„Klar und deutlich", antworte ich wahrheitsgemäß.

Unser Staatsanwalt tritt unschlüssig von einem Fuß auf den anderen. Wahrscheinlich überlegt er, ob ich ihn provozieren will. Meine verbalen Gefechte sind weit über die grauen Mauern unseres Präsidiums hinaus bekannt.

„Wieso brennen hier eigentlich Kerzen?", lenkt Vogel vom Thema ab. Er sieht seinen einstigen Ziehsohn böse an und beugt sich abrupt nach vorn.

„Blasen Sie dem Teichert ja nicht die Lichter aus!", grunze ich.

Unser Staatsanwalt sieht mich fast glücklich an. „Na endlich reagieren Sie wieder, wie man das von Ihnen gewöhnt ist." Erleichtert atmet er auf. Dann informiert er sich nach ersten Ergebnissen. Da ich keine vorzuweisen habe, ist die Gesprächsrunde vorüber. Vogel wünscht uns einen schönen Feierabend und weist mich an, gemeinsam mit Teichert die Teelichter zu löschen, ehe wir gehen. Wir versprechen es ihm, essen gemeinsam ein Kilogramm Apfelsinen auf und verlassen Seite an Seite unser zweites Zuhause.

Den neuen Morgen beginne ich teilnahmslos in meinem Büro sitzend. Ich verspüre nicht die geringste Lust, den dritten Tag in Folge durch Sassnitz zu latschen. Wie angekündigt, hat sich das aufs Gemüt drückende Wetter hartnäckig eingenistet. Der Regen klatscht an meine Fensterscheiben. Der Sturm faucht um unseren Plattenbau.

Und ich nehme zunächst einmal ein Telefonat meiner Mutter entgegen. Heute beginnt sie mit einer ausführlichen Schilderung ihrer vergangenen Nacht, in der sie aus Kummer und Wut um Sebastians Auswandern kein Auge zugemacht hat. Dann fragt sie mich zum hundertsten Mal, wo Norwegen auf der Landkarte zu finden ist. Meine Mutter war noch nie in Geografie bewandert. Und wenn ich sagen würde, Norwegen ist die Hauptstadt von Kuala

Lumpur, würde sie mir das auch abkaufen. Also antworte ich so einfach wie möglich. „Norwegen liegt im Norden von Europa."

Meine Mutter schweigt daraufhin und stellt dann fest, dass Weihnachten näher rückt. „Hast du Wünsche?", fragt sie mich kurz angebunden.

„Eigentlich nicht", antworte ich und frage anstandshalber nach ihren.

Meine Mutter meint, ihr sehnlichster Wunsch bestünde darin, die ganze Familie an einem Tisch zu haben. „Aber du hast deinen Sohn ja aus der Wohnung geekelt." Das macht die Sache für mich leicht. Ich lege nach einem kurzen Gruß einfach den Hörer auf.

Dann wappne ich mich und warte auf den neuen Anruf meiner Mutter. Aber nichts passiert. Das ist ungewohnt, aber schön. Irgendwann läutet das Telefon dann doch wieder. Der diensthabende Beamte in unserer Zentrale informiert mich, einen aufgeregten Bürger am anderen Ende der Leitung zu haben, und stellt durch. Es klickt kurz, und dann habe ich einen Herrn Lück an meinem Ohr.

„Hinter meiner Scheune befindet sich ein großes Feld", erläutert Herr Lück. „Am Rand des Feldes wiederum befindet sich eine sehr große, alte, stolze deutsche Eiche. Verstehen Sie? Eine mächtig stolze deutsche Eiche."

„Hat Ihr Anruf einen patriotischen Hintergrund?", erkundige ich mich vorsichtig.

Daraufhin schweigt Herr Lück einen Moment. „Und an dieser deutschen Eiche baumelt ein Mann."

Gut. Es geht ihm weniger um die deutsche Eiche als vielmehr um das an ihr baumelnde Opfer. Erhängen deutet zwar eher auf Selbstmord hin. Dennoch sollte ich mal kurz bei Herrn Lück vorbeischauen. Ich lasse mir die Adresse geben und verspreche, in den nächsten Minuten vorzufahren. Wahlberg geht nicht ans Telefon. Er hat eine Rufumleitung geschaltet, und ich spreche ihm auf sein Mobilteil, dass wir eventuell und gegebenenfalls ein weiteres Mordopfer haben.

Das Büro von Teichert ist noch abgeschlossen. Staatsanwalt Vogel ist ebenfalls noch nicht im Haus. Seine Sekretärin, Frau Lippe, hat zum vierten Mal geheiratet und heißt jetzt Barsch. Ihre Angewohnheit, sich schon zu melden, ehe sie den Telefonhörer richtig am Ohr hat, hat sie beibehalten. Was in diesem Fall kein Vorteil ist. Ich habe mich noch immer nicht an ihren neuen Namen gewöhnt.

„Herr Vogel wird sicher jeden Moment eintreffen", meint Frau Barsch. „Soll ich ihm etwas ausrichten?"

„Sagen Sie ihm bitte, ein Mann baumelt an einer deutschen Eiche. Ob er freiwillig im Sturm flattert oder nicht, versuche ich zu klären."

Mühelos finde ich die angegebene Adresse und parke vor dem Anwesen von Herrn Lück. Er erwartet mich bereits. Mit Mütze, Schal und Handschuhen steht er an der Gartenpforte. „Sie sind Frau Burmeister?"

„Jawohl", antworte ich und zeige ihm meine Legitimation.

„Und Sie kommen ganz allein?"

„Jawohl", sage ich wieder und bleibe neben ihm stehen. Herr Lück ist groß, hager, Ende fünfzig und allem Anschein nach sehr erstaunt über die schwache Präsenz der örtlichen Einsatzkräfte.

„Gut, dann kommen Sie bitte mal mit." Er läuft mit weit ausholenden Schritten vor mir her. Das Grundstück von Herrn Lück ist riesig. Hinter seinem frisch verputzten Haus befindet sich ein großer Garten mit unzähligen alten Obstbäumen, die ihre jetzt kahlen, dürren Äste nach allen Seiten strecken. „Das hier ist meine Scheune", erklärt Herr Lück überflüssigerweise. „Und hier an diesem Zaun endet mein Grundstück", sagt er und zeigt auf den hohen Gartenzaun. Er öffnet eine Tür und stapft mit zunehmendem Tempo über das matschige Feld. Ich könnte mir in den Hintern beißen, keine Gummistiefel angezogen zu haben. Nach wenigen Schritten versinke ich bis zu den Knöcheln im Schlamm. Meine neuen modischen Stiefeletten werden diese Tortur vermutlich nicht überleben. Fast bin ich geneigt, umzukehren und Herrn Lück als Wache bei der baumelnden Leiche zurückzulassen. Aber dann verwerfe ich diesen Gedanken und nehme seine Verfolgung auf. In der Ferne erkenne ich den angepriesenen stolzen Baum und die wenig Stolz verströmende Leiche. Mein Instinkt sagt mir, dass sie dort nicht freiwillig hängt. Es dauert eine Weile, bis ich angekommen bin.

„Sehen Sie", sagt Herr Lück und zeigt nach oben.

Ich starre nach oben, während ich langsam im Matsch versinke. Der Mann baumelt über meinem Kopf in einer Höhe von fast vier Metern. Ich halte es für ausgeschlossen, dass er so weit hochgeklettert ist, um sich dann selber aufzuknüpfen. Und die tiefen Reifenspuren nicht weit entfernt sprechen dann auch eine andere Sprache. Ich zücke mein Handy und rufe Wahlberg erneut an. Dieses Mal meldet er sich bereits nach dem ersten Klingelton.

„Beeilen Sie sich", sage ich nur. „Der Regen geht nicht gnädig mit den Reifenspuren um. Und über mir hängt ein toter Mann. Der will bestimmt runter und ins Trockene."

Wahlberg sagt mir sein sofortiges Kommen zu. Herr Lück schaut mich nachdenklich und schweigend an. Ich reiße mich zusammen und signalisiere eine gewisse Gesprächsbereitschaft. „Sie haben den Mann demnach heute Morgen entdeckt“, vergewissere ich mich und zücke mein Notizbuch.

„Richtig. Ich denke aber, dass er dort oben schon länger hängt.“

Mein Blick wandert erneut nach oben. „Sie meinen, weil der ziemlich steif ist und sein Gesicht auch nicht mehr richtig taufrisch aussieht. Gut beobachtet.“

Herr Lück schenkt mir ein kleines, mitleidvolles Lächeln. „Na ja. Man muss nicht studiert haben, um zu erkennen, dass der Tote steif wie ein Brett ist.“

„Auch wieder wahr“, relativiere ich mein Lob. „Wieso haben Sie die Leiche eigentlich nicht früher entdeckt?“

Herr Lück sieht mich traurig an. Vielleicht wirke ich aufgrund meines derzeitigen Gemütszustandes nicht wie eine polizeiliche Koryphäe.

„Ich gucke nicht jeden Tag auf das abgeerntete Feld“, sagt er ruhig. „Die letzten Tage waren trüb und grau und verregnet. So toll ist die Aussicht nun auch wieder nicht.“

„Hm“, akzeptiere ich vorläufig seine Ausführungen. Dann blicke ich mich um. Das Haus von Herrn Lück steht auf einem kleinen Hügel. Von den Häusern in seiner Nachbarschaft erkenne ich gerade einmal die Dächer. Insofern leuchtet es mir ein, dass die im nasskalten Winterwetter baumelnde Leiche niemandem aufgefallen ist.

„Der Baum ist wohl auch von der anderen Seite nicht einsehbar?“, erkundige ich mich.

„Das Feld zieht sich bis zum Waldrand hin. Es gibt auch keine Straße in der Nähe. Hier sagen sich wirklich noch Hase und Fuchs gute Nacht.“

„Na schön.“ Ich schaue auf die Uhr und hoffe, dass Wahlberg bald eintreffen wird. „Kommt Ihnen der Mann bekannt vor?“

„Bedaure, aber ich glaube nicht, dass ich den schon mal gesehen habe.“

Endlich höre ich die Stimme unseres Rechtsmediziners hinter mir. Ich bedanke mich bei Herrn Lück und schicke ihn erst einmal wieder ins Haus. „Sofern ich noch Fragen habe, melde ich mich bei Ihnen.“

„Ich bitte meine Frau schon mal, einen Kaffee zu kochen, falls Sie eine Tasse möchten.“

Wahlberg stapft fluchend durch den Schlamm. Hinter ihm läuft unser Praktikant. Der arme Kerl muss fast das ganze Equipment alleine schleppen.

„So ein Scheißmatsch aber auch“, echauffiert sich Wahlberg. Er hat zwar keine Stiefeletten an, aber trotzdem nicht das passende Schuhwerk. „He, warten Sie mal“, raunzt er Mehlhorn an, der sich anschickt, die schweren Taschen fallen zu lassen. „Ich lege hier erst einmal eine Plane ab, sonst versauen wir uns alles." Ächzend breitet Wahlberg die Plane aus. Ich gebe mir einen Stoß und helfe ihm. Dann schauen wir drei einträchtig nach oben.

„Wie ist denn der dort hochgekommen?", fragt unser Praktikant.

„Wahrscheinlich nicht ohne fremde Hilfe", antworte ich und deute auf die mit Regenwasser vollgelaufenen Reifenspuren. „Vielleicht hat ihn jemand hochgezogen."

„Wie soll denn das gegangen sein?", schnauzt Wahlberg herum.

„Mit einer Seilwinde", schlage ich vor. „Oder das Seil wurde an eine Anhängerkupplung gebunden. Dann musste man nur noch Gas geben, und das Opfer wurde langsam nach oben gezogen. Das ist doch vorstellbar, oder?"

Wahlberg schnieft verächtlich. Dann bohrt er sich in einem Ohr herum und guckt, was er zutage gefördert hat. Ich tausche einen Blick mit Mehlhorn. „Die Frage, die ich mir stelle, lautet wie folgt", sagt Wahlberg. „Wer holt den von dort oben runter?"

Er sieht mich und dann Herrn Mehlhorn an. Ich grinse nur, zeige Wahlberg einen Vogel und schüttle den Kopf. Mehlhorn guckt angestrengt an dem Stamm hoch und tritt unsicher auf der Stelle. Dann erlöse ich ihn und rufe die Kameraden der Feuerwehr. Wahlberg vertreibt sich die Zeit mit Fotografieren, während ich die nähere Umgebung absuche.

Herr Lück hatte völlig recht. Im weiten Umkreis gibt es keinen Weg und auch keine Straße. Die Reifenspuren sind mal mehr und mal weniger gut erkennbar. Ich sehe keinen Grund, ihnen immer weiter zu folgen. Die Wahrscheinlichkeit, dass ich am Ende der Spur auf das Auto stoße, liegt dann doch bei null.

Als ich bei meinen beiden Kollegen wieder eintreffe, sind auch die Kameraden mit der entsprechenden Technik vor Ort. „Seid bloß vorsichtig da oben!", brüllt Wahlberg. „Lasst die Leiche nicht runterfallen, hört ihr?"

„Wir sind nicht ganz so blöd wie wir aussehen", ruft einer der beiden Kameraden hinunter, während die Drehleiter langsam nach oben gleitet. Dann murmelt er noch etwas Unverständliches zu seinem Kollegen. Ich stelle mich an die Seite von Mehlhorn und beobachte sie bei ihrer undankbaren Arbeit.

„Vorsicht, Mensch!", brüllt Wahlberg völlig ohne Grund. „Man ist heutzutage nur noch von Stümpern umgeben", mault er und schaut mich finster dabei an.

Ich hülle mich in Schweigen. Ein Blick auf meine teuren und nagelneuen Schuhe treibt mir eine kleine Träne in die Augen. Endlich ist der Tote geborgen und wird auf die ausgebreitete Plane gelegt. „Zum Glück scheint es ein Deutscher zu sein", raunt der Ältere seinem Kollegen zu. „Sonst würde unsere Insel gleich als rassistisch in die Schlagzeilen geraten." Dann schielt er zu uns, ob wir Einwände haben.

„Das wurde aber auch Zeit", lautet der Kommentar von unserem Ekel. „Da heißt es immer, die Feuerwehr wäre schnell."

„Das ist unser hochgeschätzter Rechtsmediziner, Herr Dr. Henning Wahlberg." Schnell ergreife ich das Wort, da ich den Kameraden ansehe, dass sie nahe dran sind, Wahlberg aufzuknüpfen. „Leider sind seine Fähigkeiten, mit lebenden Menschen einigermaßen erträglich umzugehen, extrem unterbelichtet. Daher kümmert er sich ausschließlich um die Toten. Und auch die bedauere ich aufrichtig", erkläre ich.

„Sie muss man bedauern", meint einer der beiden.

Ich nicke heftig und bedanke mich für das Mitleid. Wahlberg winkt nur ab und beugt sich über den Toten. „Nun stehen Sie dort nicht nur rum, sondern helfen mir mal", weist er unseren Praktikanten an. Ich verabschiede mich mit einem festen Handschlag und netten Dankesworten bei den Kameraden der Feuerwehr. Dann meditiere ich im Matsch und warte, was Wahlberg mir zu sagen hat.

„Keinerlei Anzeichen für einen Kampf oder von Gegenwehr", sagt Wahlberg irgendwann. „Der Mann wurde seelenruhig aufgeknüpft. Zumindest sind das meine ersten Erkenntnisse. Ihnen ist klar, dass Sie die Obduktion abwarten müssen."

„Selbstverständlich", erwidere ich gelassen. „Und wie sieht es mit Papieren aus?"

Wahlberg brummelt etwas, was ich zum Glück nicht verstehe. „Die Hosen- und Jackentaschen sind alle leer", stößt er dann keuchend hervor. Nun ja. Wenn es läuft, dann läuft es eben.

„Kann ich Ihnen sonst noch irgendwie behilflich sein?", frage ich anstandshalber, hauptsächlich in Richtung unseres Praktikanten.

„Das wäre eine ganz neue Erfahrung. Die will ich gar nicht erst machen", sagt Wahlberg.

„Sie habe ich auch gar nicht gefragt", stelle ich klar. Dann nicke ich unserem Praktikanten zu und laufe langsam zurück. Dankbar bin ich für das Kaffee-Angebot von Herrn Lück. Das Ehepaar erwartet mich bereits an der Haustür. Frau Lück guckt entsetzt auf meine Schuhe, die ich selbstverständlich vor dem Haus stehenlasse. „Geben Sie mal her", fordert sie mich auf. „Vielleicht kann ich sie ein wenig saubermachen."

„Ganz nett von Ihnen." Ich reiche ihr zwei Klumpen Erde, unter denen sich meine Schuhe verbergen. Herr Lück bittet mich in ein gemütliches und vor allem warmes Wohnzimmer. Er ist gerade dabei, den Weihnachtsbaum anzuputzen. „Die Bäume sind viel zu teuer, als dass man sie erst am Heiligabend aufstellen sollte."

„Da haben Sie bestimmt recht." Dankbar greife ich nach meiner Tasse mit heißem Kaffee. „Haben Sie in den letzten Tagen irgendwelche Beobachtungen gemacht?", frage ich. „Vielleicht haben Sie ein Auto oder einen Traktor gesehen, der über das abgeerntete Feld gefahren ist."

„Tut mir leid. Aber weder mir noch meiner Frau sind Fahrzeuge auf dem Feld aufgefallen. Man sieht den Baum auch nur vom Obergeschoss. Und wir haben es uns in letzter Zeit angewöhnt, ausschließlich im Erdgeschoss zu wohnen. Die steile Treppe schafft man in jungen Jahren problemlos. Aber diese Zeit ist schon lange vorbei."

Erstaunt schaue ich Herrn Lück an.

„Ich bin siebzig", erklärt er mit unverhohlenem Stolz.

„Da haben Sie sich aber toll gehalten", zolle ich ihm meinen Respekt.

Frau Lück betritt das Wohnzimmer. „Mehr konnte ich nicht für Ihre Schuhe tun."

„Aber die sind doch wie neu", freue ich mich.

„Wohl kaum. Die Sohlen beginnen sich zu lösen. Die Schuhe werden Sie wohl entsorgen können."

Niedergeschlagen nehme ich mein ramponiertes Schuhwerk entgegen. Zum Tausch hinterlasse ich meine Visitenkarte, für den Fall, dass Herrn oder Frau Lück vielleicht doch noch eine Kleinigkeit einfällt. „Und falls Sie jemanden in den nächsten Tagen auf dem Feld sehen, rufen Sie mich sofort an", bitte ich sie zum Abschied.

Es ist spät geworden. Die Temperaturen bewegen sich um den Gefrierpunkt, und in den Regen mischen sich ein paar verirrte Schneeflocken. Mit Wehmut denke ich an das winterliche Wetter im Erzgebirge.

Ich stelle das Auto auf unserem Parkplatz ab und gehe in unsere Kantine. Im Präsidium munkelt man, dass unser Koch auf der Suche nach einer anderen Stelle ist. Er musste sich in den letzten Monaten viel Kritik anhören. Sein zeitgemäßes Essen schmeckt den wenigsten.

„Na, Hermann", rufe ich ihm wohlwollend zu, „hast du noch ein paar Reste für mich?"

Hermann ist nicht taubstumm, aber maulfaul. „Jalapeños, gefüllt, Wedges, Chicken double-Sticks", lautet seine Antwort.

„Na, gib her." Ich nehme den Teller entgegen und verziehe mich in die entlegenste Ecke. Mutterseelenallein stochere ich auf dem Teller herum.

Wenigstens ist das Essen schön heiß. Viele Gedanken kreiseln durch meinen Kopf. Zwei Leichen haben wir innerhalb weniger Tage gefunden. Die Männer sind im annähernd gleichen Alter und leisteten keinerlei Widerstand. Zwangsläufig drängt sich mir die Vermutung auf, dass ihnen ein Betäubungsmittel verabreicht worden sein muss. Und die nächste Schlussfolgerung lautet, dass beide Fälle miteinander in Verbindung stehen könnten. Dann könnte es sein, dass es sich um ein und denselben Täter handelt. Es könnte der Beginn einer Serie sein – wenn wir viel Pech haben. Und dann könnten wir es natürlich mit weiteren Opfern zu tun bekommen.

Ich entscheide, „könnte" erst einmal aus meinem Wortschatz zu streichen. Es ist viel zu früh, um erste Mutmaßungen anzustellen. Die Worte meines Psychotherapeuten fallen mir ein, wonach man nicht im Nebel stochern darf. Wilde Spekulationen bringen nichts Verwertbares ein.

Energisch stehe ich auf. Hermann guckt mich finster an. „So schlimm war es heute gar nicht", tröste ich ihn, als ich den halbleeren Teller zurückbringe.

In unserer Teeküche hole ich mir einen Kaffee. Und dann suche ich unseren Staatsanwalt auf.

„Frau Burmeister, treten Sie ein", ruft mir Vogel froh entgegen und bietet mir einen Platz an. „Frau Barsch hat mir bereits ausgerichtet, dass es einen weiteren Toten gibt. Handelt es sich denn um ein Verbrechen?"

„Dr. Wahlberg ist der Meinung, dass unser zweites Opfer keinerlei Widerstand geleistet hat. Diese Tatsache deckt sich mit unserem ersten Toten am Fuße des Leuchtturms. Ich glaube an keinen Selbstmord. Der Mann hing circa vier Meter über der Erde. Wer klettert so hoch, nur um sich an einem Ast aufzuhängen?"

„Vielleicht ein Artist?", schlägt Vogel vor. Für einen Moment bin ich geneigt, laut loszulachen. Aber unser Staatsanwalt macht nie Scherze.

„Das halte ich eher nicht für wahrscheinlich."

„Ich finde das alles sehr beunruhigend", meint er folgerichtig. „Gibt es noch mehr Neuigkeiten?"

Ich lege den Kopf schief und schlürfe den Kaffee. „Nun ja. Obwohl wir bisher natürlich kaum Fakten vorweisen können, gibt es Parallelen bei den Opfern. Wie schon erwähnt, leisteten die Männer keinen Widerstand. Außerdem scheinen sie im gleichen Alter zu sein. Wir haben weder Papiere noch Mobiltelefone gefunden. Das sind vier Übereinstimmungen, die aus meiner Sicht nicht auf einen Zufall deuten."

Vogel schließt kurz seine Hühnerhabichtsaugen, ehe er mir die zu erwartende Frage stellt. „Wie gehen Sie weiter vor?"

„Vermutlich in Socken", antworte ich und deute auf meine in Auflösung befindlichen Schuhe. „Die waren nagelneu und extrem teuer", erkläre ich unserem Staatsanwalt, der meine Anklage immerhin zur Kenntnis nimmt. „Ansonsten hat die Auswertung in der Vermisstendatei keine Ergebnisse gebracht, was unsere erste Leiche anbelangt. Mal sehen, welchen Todeszeitpunkt Dr. Wahlberg bei unserer neuen Leiche festlegt. Vielleicht haben wir dann sogar die fünfte Übereinstimmung. Meiner Meinung nach sollten wir die regionalen Medien um Unterstützung bitten."

Vogel stöhnt auf. „Ich weiß nicht. So kurz vor Weihnachten sollten wir die Bevölkerung nicht mit zwei Toten konfrontieren."

„Aber das ist doch Blödsinn", ereifere ich mich. „Die beiden Männer haben wahrscheinlich Familien, und die werden Weihnachten auch nicht im Ungewissen verbringen wollen."

Unser Staatsanwalt zieht einen Flunsch. „Ich schlage Folgendes vor: Wir warten erst einmal ab, ob Wahlberg den zweiten Toten schneller identifizieren kann. Moment bitte", wehrt er meinen Einwand ab, den ich mit blitzenden Augen und einem tiefen Atemzug angedeutet habe. „Wenn wir innerhalb von zwei Tagen kein Ergebnis in den Händen haben, schalten wir die lokalen Medien ein."

Ich schlucke die Antwort tapfer hinunter. Das war ganz eindeutig kein Vorschlag, sondern ein Befehl.

„Tja, Frau Burmeister", meint er abschließend. „Wenn Ihnen die Arbeit über den Kopf wächst, lassen Sie mich das bitte wissen. Dann …"

„Welche Arbeit soll mir momentan denn über den Kopf wachsen?", fauche ich. „Da wir über beide Tote nichts wissen, kann ich momentan eigentlich nur auf ein Wunder warten. Und ehrlich gesagt verstehe ich immer noch nicht, warum Sie mich aus dem Urlaub zurückgerufen haben, wenn wir uns nicht an die Öffentlichkeit wenden sollen, um mal voranzukommen."

Ich sehe, wie Vogel fest die Lippen aufeinanderpresst. Dann tut er so, als hätte er meine Einwände überhört. „Sollte Ihnen die Arbeit zu viel werden, müssen wir Andy Bollermann ebenfalls aus dem Urlaub zurückholen", sagt er allen Ernstes. „Denn sobald die Identität der Männer feststeht, werden sich die Ereignisse erfahrungsgemäß überschlagen. Schade, sehr schade, dass Frau Leitmeyer-Mummelthey durch die Angina ans Bett gefesselt ist. Sie …"

„Was soll denn daran schade sein?", unterbreche ich Vogel, der daraufhin mal wieder die Augen gen Himmel verdreht. Er hat es sich mittlerweile zur Angewohnheit werden lassen, ständig zu stöhnen. „Aber da Sie das

Thema Leitmeyer-Mummelthey nun mal angesprochen haben“, ergreife ich die Gunst der Stunde und lege nach: „Es interessiert mich mächtig, wie die Frau zu ihrem derzeitigen Posten gekommen ist. Diese Frage wollte ich Ihnen schon lange stellen.“

„Im Gegensatz zu Ihnen hat sie sich beworben“, antwortet Vogel. Dabei schenkt er mir wieder einmal einen seiner Raubvogelblicke. Ich winke nur ab.

„So viel ist mir auch klar“, entgegne ich. „Aber auf die Nachfolge von Dieter Oertel hatte es viel mehr Bewerber gegeben. Und ausgerechnet die unfähigste Person wurde vom Auswahlgremium berufen, dem Sie ebenfalls mit angehören. Hat denn wirklich niemand gemerkt, dass die Frau komplett unfähig ist, ein Team zu leiten?“

„Frau Burmeister.“ Vogels Stimme erinnert an die eines Pfarrers, der zum Sonntagsgebet die Gläubigen begrüßt. „Sie wissen doch selber, wie das manchmal so abläuft. Da spielen auch gewisse … nun, sagen wir mal, Beziehungen und Empfehlungen eine nicht zu unterschätzende Rolle.“

„Das meinen Sie doch nicht im Ernst“, fahre ich ihm in die Parade. „Die Leitkuh soll Empfehlungen gehabt haben? Die ist höchstens weggelobt worden.“

„So etwas kommt häufiger vor, als Sie denken.“

„Na toll. Ich hätte es wissen müssen. Und mein Psychotherapeut hatte wieder mal recht.“

„Was hat er denn gesagt?“, fragt Vogel wissbegierig.

„Dass nur die größten Idioten Chefposten beziehen, weil sie selber zum Denken zu blöd sind“, lautet meine Antwort. Dass sich Herr Gunthau nicht ganz so drastisch ausgedrückt hatte und auch von Ausnahmen sprach, behalte ich für mich.

„Solche Meinungen vertreten Psychotherapeuten?“

Ich nicke heftig. „Die sagen immer die Wahrheit. Darum sind solche Sitzungen auch nicht immer angenehm. Also, die Leitmeyer hatte Fürsprecher“, komme ich dann noch mal auf das eigentliche Thema zurück, „und wir dürfen jetzt deren Entscheidung ausbaden.“

„Was meinen Sie denn mit ausbaden? Präzisieren Sie doch bitte mal Ihren Rundumschlag“, sagt Vogel und faltet die Hände auf seinem beginnenden Kugelbäuchlein wie zum Gebet.

„Die Frau hat sich vom ersten Tag an in ihrem Büro vergraben“, lege ich los. Ich hoffe, mir fallen alle Defizite unserer Leitkuh ein, und mir geht die Luft nicht vorzeitig aus. „An unseren Besprechungen nimmt sie höchstens mal sporadisch teil. Und wenn, übernimmt sie die Rolle des unbeteiligten

Zaungastes. Sie kann sich nicht einmal die drei Namen ihres Ermittlerteams merken. Sie liest keine Besprechungsnotizen und ist telefonisch nie erreichbar, weil sie angeblich in einem Funkloch wohnt und einen festen Schlaf hat. Die Frau schläft schon den ganzen Tag in ihrem Büro. Und wie oft hat sie Initiative ergriffen oder die Vorgehensweise vorgegeben? Das kann ich Ihnen an einem halben Finger aufzählen. Nur wenn es um die Präsenz in den Medien geht, wird die Frau aktiv. Die soll froh sein, wenn ihr dümmliches Gesicht nicht auf den Titelseiten erscheint!" Vogel öffnet den Mund, aber ich bin nicht zu bremsen. „Frau Leitmeyer-Mummelthey kommuniziert nicht mit uns. Sie motiviert ihr Team nicht, sondern hackt permanent auf ihren Kollegen herum. Ich spreche nicht von gerechtfertigter Kritik. Ich spreche von kindischen Anschuldigungen und haltlosen Unterstellungen! Anstatt Konflikte sozialverträglich zu lösen, sorgt sie ständig dafür, dass überhaupt erst welche entstehen! Jedem von uns erzählt sie was anderes. Dann kann sie sich nicht merken, was sie erzählt hat, und am Ende sind wir in ihren Augen bescheuert. Also, Herr Staatsanwalt, die Frau steht mir bis hier."

Vogel schweigt und starrt auf meine nassen Schuhe. „Ich sehe keine andere Möglichkeit, als dass sie beide aufeinander zugehen. Wie soll denn sonst auf Dauer unsere gemeinsame Arbeit funktionieren?"

„Auf Frau Leitmeyer-Mummelthey gehe ich nur zu, wenn sie kurz vor einem Abhang steht. Und auf gemeinsame Arbeit legt diese Frau keinen Wert. Die arbeitet nämlich gar nicht."

Ich stehe auf und stapfe wutentbrannt los. Dabei fallen die Sohlen meiner Schuhe ab. Vogel guckt zerknirscht auf das Stillleben, sagt aber nichts mehr. Ich klaube meine Sohlen zusammen und stürme aus dem Zimmer.

Quasi auf Socken schaue ich bei Teichert vorbei.

„Es gibt einen zweiten Toten. Besuchen Sie Ihren Henning und schauen sich das Opfer an. Und danach beginnen Sie von vorn und recherchieren in der Vermisstendatenbank. Es kann nicht sein, dass zwei junge Männer fast zeitgleich verschwinden und von niemandem vermisst werden."

Teichert sieht mich nachdenklich an. „Und wenn es Singles sind", gibt er zu bedenken. „Vielleicht haben die sich hier sogar treffen wollen, um Weihnachten gemeinsam zu verleben. Dann würde niemand nach ihnen suchen."

„Single hin oder her. Aber wenigstens einer der beiden wird doch wohl noch eine Familie haben."

„Viele Familien sind zerstritten."

„Prüfen Sie die die Datenbank bitte trotzdem noch einmal."

„Logisch“, schmettert er mir sein Lieblingswort entgegen, „ich halte Sie natürlich auf dem Laufenden.“

Ich tapse in mein Büro und durchwühle meine Schreibtischfächer nach Wechselsocken, die ich irgendwann einmal deponiert habe. Letztendlich finde ich sie in der untersten Ecke meines Kleiderschrankes. Dort stehen auch ein Paar Ersatzschuhe. Sie sind schon sehr alt und maximal für eine Kurzstrecke im Hochsommer geeignet.

Mein anschließendes Telefonat mit Wahlberg ist nur kurz. Er vertröstet mich auf den kommenden Tag. Kaum habe ich den Hörer aufgelegt, ruft mich Winterstein an. Er klingt erbärmlich. Und das hat nicht nur mit seiner Erkältung zu tun. Eigentlich bin ich froh, dass er um meinen Besuch bettelt. Es zieht mich absolut nicht in meine leere Wohnung. Ich einige mich schnell mit Willi. „Ich fahre einkaufen, und dann komme ich zu dir.“

Zum Glück finde ich unmittelbar vor seinem Grundstück einen Parkplatz. Während ich Jakub auslade, erkenne ich Willi, der im hell erleuchteten Zimmer hinter der Gardine steht und mein Tun beobachtet. Ich schleppe zwei Einkaufskörbe und kann nur mit Mühe den Angriff der schwanzwedelnden Sally abwehren, ohne auf dem Hintern zu landen. Sally ist unglaublich schnell gewachsen und kaum zu bändigen. „Du musst die Gute mal erziehen lassen“, rufe ich Willi zu, der mir im Bademantel entgegenkommt und die Körbe abnimmt.

„Ich dachte, ich schaffe das selber“, krächzt er. „Aber vielleicht bin ich zu weich“, mutmaßt er, während er kontrolliert, was ich eingekauft habe. „Was essen wir eigentlich?“

„Matjes, Remouladensoße und Bratkartoffeln“, rufe ich aus dem Bad. Das Händehandtuch sieht sehr mitgenommen aus, so dass ich meine Hände lieber lufttrockne. Dann beginne mit den Vorbereitungen für unser Essen. Nebenbei erzähle ich ihm von meiner derzeitigen dienstlichen Misere.

Winterstein hört aufmerksam zu und macht sich sogar ein paar Stichpunkte, was mich verwundert, weil ich keine handfesten Fakten liefern kann.

Unterdessen brutzeln die Kartoffeln in der Pfanne, und ich decke wieder einmal den Tisch. Dann sitzen wir uns gegenüber und genießen das Essen. Winterstein zeigt sich erneut von meinen Kochkünsten begeistert. Er sieht noch immer elend aus. Und sein verblichener Bademantel, der ihm früher bestimmt mal gepasst hat, verstärkt den Eindruck des Notleidenden.

Wie schon bei meinem letzten Besuch räume ich den Geschirrspüler ein. Und dann schnappe ich mir Sally, eine Küchenrolle, Gummihandschuh und eine Tüte. Mein Vorhaben, Sally dazu zu bringen, auf die Küchenrolle zu scheißen, geht gründlich daneben. So, wie sie sich gebärdet, scheint sie mich völlig misszuverstehen. Sie schnappt nach dem Papier, dreht sich um sich selber und bellt leidenschaftlich. Kurzum, sie veranstaltet ein Affentheater.

„Aus, Sally!“, befehle ich, aber auch das versteht sie nicht. Ihre Kläfferei ist im weiten Umkreis zu hören. Ich unternehme einen letzten Versuch, breite vier Lagen Papier aus und versuche, sie mit Macht in die gewünschte Position zu drücken. Aber da hört bei Sally der Spaß auf. Sie steht wie eine Eins und knurrt. Entnervt gebe ich auf. Sally macht einen Haufen, der sich sehen lassen kann. Exakt neben dem Papier. Angewidert streife ich mir die Handschuhe über und lege Papier über das Ergebnis einer ausgiebigen Fütterung. Und dann versuche ich, den Haufen irgendwie in die Tüte zu bekommen. Ich kämpfe tapfer gegen den Brechreiz. Am Ende bleibt der Hering in meinem Magen, und der überwiegende Teil von Sallys Hinterlassenschaft ist verstaut.

„Sally“, sage ich, „du bist ein Schwein. Das war heute das letzte Mal, dass ich deine Rückstände in die Tüte geschaufelt habe. Das sage ich dir. Ab morgen kann Willi das wieder erledigen. Und wenn er auf allen vieren hinter dir herkriecht.“ Sally ist einverstanden. Sie bellt und springt an mir hoch. Einträchtig spazieren wir nach Hause.

Winterstein nimmt zur Kenntnis, dass ich seine Hündin nicht mehr Gassi führen werde. Dafür verspreche ich, auch weiterhin für ihn da zu sein. Ich hoffe nur, ihm ist klar, dass daraus keine Gewohnheit werden darf.

DREI

Am nächsten Morgen werde ich bereits sehnsüchtig von Oliver Teichert erwartet. „Kommen Sie, Frau Burmeister“, ruft er mir schon auf dem Flur zu, „es gibt frischen Kaffee und belegte Brötchen.“

In seinem Büro ist es viel gemütlicher als bei mir zu Hause. Teichert hat einen riesigen Adventsstrauß aufgestellt und mit goldenen und roten Kugeln geschmückt. Aus einem Räucherhäuschen qualmt es. Ich liebe den Duft von Räucherkerzchen, seit Bolle mir erklärt hat, welche ich kaufen muss. Ich meide strikt den neumodischen Duft, der genau genommen keiner ist, sondern halte mich an die Original Crottendorfer Räucherkerzen.

Teichert schaltet das kalte Neonlicht aus und zündet wieder die Teelichter an. Dann schenkt er uns Kaffee ein.

„Seit Sie aus Ihrem versifften Stall ein ordentlich aufgeräumtes Büro gemacht haben, sitze ich gern bei Ihnen. Und dann noch die herrliche weihnachtliche Atmosphäre", lobe ich unseren IT-Fachmann, der gar nicht mehr aus dem Strahlen herauskommt. Nach dem ersten Brötchen frage ich ihn, was es Neues gibt.

„Eine Vermisstenmeldung", ruft Teichert aus und reicht mir ein Blatt Papier. „Lesen Sie sich bitte die Details durch! Die treffen alle auf unseren Toten zu, der am Baum gehangen hat. Alter, Größe und vor allem die Haarfarbe."

Teichert betrachtet mich voller Ungeduld. Vermisst wird demnach ein Michael Markgraf aus unserem heimischen Bergen. Seine Frau Elvira hat sich bei der Polizei gemeldet, da ihr Mann seit ein paar Tagen nicht mehr mobil zu erreichen ist. Augenscheinlich konnte sie die Beamten überzeugen, dass ihr Mann nie und nimmer für mehrere Tage ohne ein Lebenszeichen von zu Hause fernbleibt.

„Da könnten Sie auf eine Spur gestoßen sein", gebe ich zu und falte das Blatt Papier fein säuberlich zusammen.

„Vielleicht erfahren wir in diesem Zusammenhang auch gleich noch die Identität des ersten Opfers."

„Ganz langsam, Herr Teichert", dämpfe ich seine hohen Erwartungshaltungen. „Zunächst einmal suche ich Dr. Wahlberg auf. Mal abwarten, was er mir zu sagen hat. In der Zwischenzeit finden Sie bitte heraus, wo Elvira Markgraf genau wohnt. Sollte sich herausstellen, dass es sich bei dem Toten tatsächlich um ihren Mann handelt, finden sich eventuell Hinweise auf eine Verbindung zu unserem ersten Opfer. Also, immer schön der Reihe nach und keine vorschnellen Rückschlüsse ziehen."

„Ich dachte nur an die Möglichkeit, dass die beiden Mordfälle in Zusammenhang stehen könnten und wir es vielleicht mit einem Serientäter zu tun haben. Stellen Sie sich mal vor, es passieren weitere Morde. Alle mehr oder weniger grausam. Der Mörder steigert sich vielleicht in einen Rausch und versucht, die Morde immer spektakulärer in Szene zu setzen. Das erste Opfer hat immerhin fast den Kopf verloren. Und das zweite Opfer baumelte wie eine Trophäe weit oben für alle sichtbar an dem Baum. Diese Inszenierungen sind doch nicht normal. Der Mörder ist ein hohes Risiko eingegangen. Er hätte den Markgraf in einer stillen Ecke erdrosseln und verscharren können. Aber er hat ihn richtig drapiert. Vielleicht hat er Sie sogar beobachtet, als Sie unter dem Baum standen."

Teichert hat sich richtig in Rage geredet. Seine Wangen glühen, und aufgeregt geht er in seiner Weihnachtsstube hin und her.

Ich sitze ein bisschen wie vor den Kopf gestoßen da. Teichert hat mich mit seiner emotionalen Rede auf dem falschen Fuß erwischt. Seine Verdachtsmomente kann ich nicht als reine Spinnerei abtun. Ich merke, wie die Unruhe von Teichert auf mich überspringt. Ein Serienmörder in Sassnitz kurz vor Weihnachten auf der einen Seite. Ich auf der anderen. Hochgradig nervös geworden, stelle ich die Kaffeetasse ab.

„Mensch, Teichert", sage ich tief Luft holend, „jetzt haben Sie mich fast aus der Bahn geworfen. Ihre Überlegungen fußen durchaus auf plausiblen Verdachtsmomenten. Nichtsdestotrotz müssen wir einen kühlen Kopf bewahren. Nur so können wir gegebenenfalls einen weiteren Mord verhindern."

„Logisch", sagt Olli Teichert. Er plumpst wieder auf seinen Stuhl und frühstückt weiter.

Mir ist der Appetit vergangen. Aber komplett. Und dann staune ich, dass ich nicht selbst auf die von Teichert geäußerten Gedankengänge gekommen bin. Zumindest nicht in vollem Umfang. Wenn ich es genau betrachte, dann hat mich Teichert nicht aus der Bahn geworfen, sondern wieder in die Spur gebracht.

Mit einem Mal wird mir schlagartig bewusst, dass ich bisher nicht richtig bei der Sache war. Zu viele Faktoren haben mich von meiner Arbeit abgelenkt, die mich im Moment belasten. Kein Wunder, dass ich meine eigentliche Aufgabe nicht mehr gesehen habe. Ich gebe mir einen Ruck und stehe abrupt auf. Teichert lässt vor Schreck sein belegtes Brötchen fallen.

„Teichert, Ihre Ansprache kam zur rechten Zeit. Sie kennen Ihre Aufgabe, und ich kenne jetzt meine."

Unser Rechtsmediziner steht am Seziertisch und beugt sich gerade über unsere zweite Leiche, an deren Füßen wiederum steht Herr Mehlhorn. Als ich eintrete, hebt Wahlberg für den Bruchteil einer Sekunde den Kopf. „Und das am frühen Morgen", murmelt er, ohne mich eines weiteren Blickes zu würdigen.

Ich stelle mich ihm gegenüber und tausche einen freundlichen Gruß mit Herrn Mehlhorn.

„Alles wie gehabt", schnorrt Wahlberg plötzlich über den Tisch.

Hilfesuchend blicke ich auf unseren Praktikanten.

„Wir haben keinerlei Abwehrspuren festgestellt", erklärt er mir. „Das Opfer weist weder Hämatome noch Zeichen von anderen Gewalteinwirkungen auf. Aber eine Identifizierung anhand des Zahnstatus sollte problemlos möglich sein. Das Opfer hat ein stark saniertes Gebiss. Da müssten wir recht bald wissen, um wen es sich handelt."

„Danke für Ihre Ausführungen. Bei dem Toten könnte es sich um einen gewissen Michael Markgraf handeln“, erläutere ich. „Seine Frau hat ihn als vermisst gemeldet.“

„Na, wenn das so ist, wissen Sie ja schon alles“, grunzt Wahlberg.

„Noch handelt es sich um Halbwissen.“ Nachdenklich blicke ich auf das Opfer. „Dass es noch junge Menschen ohne Tattoos gibt, ist erstaunlich“, murmele ich.

Wahlberg murmelt auch etwas, das ich aber nicht verstehen kann. „Jedenfalls haben wir es mit einem professionellen Täter zu tun. Einen Menschen aufzuknüpfen, ohne irgendwelche Spuren an ihm zu hinterlassen, das deutet auf eine eiskalt geplante Tat hin. Da ist jemand sehr überlegt vorgegangen.“

„Da haben Sie wahrscheinlich recht“, stimme ich unserem Ekel zu. „Der Mörder wird vermutlich ganz gezielt das Terrain erkundet und einen geeigneten Baum ausgesucht haben.“

„Hm“, brummt Wahlberg. „Wie gesagt. Alles wie gehabt. Nur kam dieses Mal keine Heckenschere zum Einsatz, sondern ein Strick.“

Wahlberg reicht mir den Strick in einer durchsichtigen Tüte über den Tisch.

„Können Sie mir dazu irgendetwas Brauchbares mitteilen?“, erkundige ich mich, während ich auf die Tüte starre.

„Nicht wirklich. Es gibt sehr saubere Schnittkanten. Am Boden haben wir keine Reste gefunden. Der Täter hatte auf diesem gottverlassenen Feld ja auch genügend Zeit, um aufzuräumen.“

Nachdenklich schaue ich unseren Rechtsmediziner an. „Wie hat der Täter bloß die Leiche dort hochbekommen? Wie hat er das bewerkstelligt? Er muss sein Opfer doch irgendwie hochgezogen haben. Aber wie genau hat er das bewerkstelligt?“

„Darüber haben wir uns auch unsere Gedanken gemacht“, antwortet Mehlhorn. „Sie hatten ja selbst schon die Möglichkeit einer Seilwinde angesprochen. Am plausibelsten kommt wohl eine Drehleiter oder ein Teleskopmast in Betracht.“

„Ein Teleskopmast“, echoe ich erstaunt. „Das ist doch richtig schwere Spezialtechnik. Das erscheint mir fast undenkbar.“

„Mit einem Ballon wird der Täter aber auch nicht auf dem Wipfel des Baumes gelandet sein“, schließt Wahlberg eine Option schon mal aus. „Ich tendiere zu einer Drehleiter.“

„Sie meinen also, das Opfer könnte auf dem gleichen Weg hinaufgekommen sein, wie es von der Feuerwehr heruntergeholt wurde? Demnach hat der Mörder sein Opfer betäubt, dann in den Korb verfrachtet, ist hinterher geklettert und hat mittels Fernbedienung die Leiter auf die gewünschte Höhe ausgefahren. Als er oben ankam, hat er sein Opfer an dem Ast aufgeknüpft. So weit, so richtig?"

„Vollkommen richtig", bestätigt Mehlhorn und schaut zu Wahlberg. Der steht nur so da und hat augenscheinlich keine Lust, sich an unserem Gespräch zu beteiligen.

„Was ist mit den Reifenspuren?", bohre ich weiter. „Waren die noch verwertbar?"

„Nein", sagt Wahlberg kurz und knapp.

„Die waren leider viel zu aufgeweicht. Da war nichts mehr zu machen", ergänzt Mehlhorn freundlich.

„Und der Todeszeitpunkt?"

„Nach so langer Zeit im Freien lässt sich der Zeitpunkt nicht mehr minutiös festlegen", antwortet Wahlberg. „Das Zeitfenster lässt sich jedoch einigermaßen gut eingrenzen. Ich lege mich mal fest, dass der Tod um den dritten Advent herum eintrat."

Bingo.

„Demnach wären möglicherweise beide Morde an einem Tag geschehen", fasse ich zusammen.

„Es sieht ganz danach aus", antwortet Wahlberg lakonisch.

Ich nicke freundlich in die Runde. Und erwartungsgemäß nickt nur einer freundlich zurück.

In meinem Büro sitze ich erst einmal ein paar Minuten nur so da. Dann lege ich auf unserem Mitarbeiterverzeichnis einen neuen Ordner an. Stichpunktartig fasse ich die derzeitigen Erkenntnisse zusammen.

Im Anschluss wähle ich die Nummer des Polizeihauptreviers in Bergen. Ich muss wissen, was die Kollegen in der Vermisstenanzeige von Elvira Markgraf bereits unternommen haben. Ich werde mehrere Male durchgestellt, bis ich endlich bei dem zuständigen Beamten bin. Linus Heider scheint der Stimme nach zu urteilen ein junger Kollege zu sein. Er ist freundlich und unüberhörbar locker und heiter drauf. Vielleicht gehört er zu den Menschen, die sich tatsächlich auf das Weihnachtsfest freuen.

„Also, Kollegin, was haben wir im Fall Michael Markgraf zu bieten? Lassen Sie mich mal sehen", schallt es in mein Ohr. Dann höre ich Heider auf die Tastatur tippen. „So, ich bin drin. Markgraf wurde von seiner Frau am 18. Dezember als vermisst gemeldet. Das war der Montag nach dem dritten Advent. Sie wirkte gefasst, aber hochgradig beunruhigt. Sie beschrieb ihren Mann als absolut zuverlässig. Da er sich am Adventssonntag nicht gemeldet hatte und auf seinem Handy nicht zu erreichen war, stand für seine Frau fest, dass etwas Schlimmes passiert sein musste. Einen Unfall können wir ausschließen. Das haben wir überprüft. Wir sind derzeit dabei, das Umfeld von Markgraf zu sondieren. Er wollte sich in Sassnitz für ein paar Tage mit ein paar Freunden treffen. Leider konnte uns Frau Markgraf keine Namen nennen. Und ihr ist auch nicht bekannt, wo ihr Mann übernachten wollte. Wir checken momentan die Telefonverbindungen. Finanziell scheint Familie Markgraf ein tiefes Tal zu durchschreiten", liest Linus Heider vor. „So lautete zumindest die Aussage seiner Frau. Wir haben da erst einmal nicht näher recherchiert. Ihr Mann betreibt ein kleines Hotel. Aber großen Gewinn wirft es nicht ab."

„Sie haben eine ganze Menge schon zutage gefördert", stelle ich fest. „Herr Markgraf ist doch wahrscheinlich mit dem Auto unterwegs gewesen? Wurde es zur Fahndung ausgeschrieben?"

„Logisch", sagt Linus Heider. Für einen Moment sehe ich Teichert vor meinem geistigen Auge. „Darf ich mal fragen, warum Sie sich für Michael Markgraf interessieren?"

„Aber selbstverständlich", antworte ich und informiere den Kollegen über unsere beiden Todesfälle, die genau genommen derzeit meine alleinigen Fälle sind.

„Oh je", lautet der Kommentar von Heider. „Da hoffe ich mal, dass keiner der beiden Toten dieser Markgraf ist."

„Und warum hoffen Sie das?"

„Elvira Markgraf erwartet ihr zweites Kind."

Ich schlucke. Für ein paar Sekunden schweigen wir beide. „Noch eine letzte Frage", nehme ich dann das Gespräch wieder auf. „Das Handy von Markgraf lässt sich nicht mehr orten, nehme ich an?"

„Sie sagen es. Da ist absolute Funkstille."

„Könnten Sie mir Ihre derzeitigen Ergebnisse senden?", bitte ich abschließend Heider um einen Gefallen. Während er wiederum mich bittet, ihn über meine Ermittlungsfortschritte zu informieren, registriere ich in meinem Eingangsordner bereits die angeforderten Unterlagen. Ich bedanke mich für das nette und konstruktive Gespräch und lege nachdenklich auf.

Dann vertiefe ich mich in die Ermittlungsergebnisse. Markgraf war mit einem giftgrünen Opel unterwegs. Ich versuche vergeblich, irgendeinen Beamten in unserem Präsidium telefonisch zu erreichen, um das polizeiliche Kennzeichen durchzugeben.

Ersatzweise rufe ich Wahlberg an. „Falls es sich bei dem zweiten Toten um Michael Markgraf handelt, stammt er aus Bergen. Vielleicht kontaktieren Sie zunächst die dortigen Zahnarztpraxen."

„In Ordnung", antwortet Wahlberg kurz und legt auf.

Mein knurrender Magen sendet mir untrügliche Zeichen, dass ich die Mittagszeit mal wieder verpasst habe. Und zwar gründlich. Unsere Kantine hat bereits geschlossen. So kurz vor Weihnachten scheint die Hälfte der Belegschaft nur noch halbtags zu arbeiten. Anstatt vor Wut zu schäumen, drehe ich mich einfach auf dem Absatz um und gehe in unseren verwaisten Besprechungsraum. Ich beginne, die ersten Moderationskärtchen zu beschriften. Elvira Markgraf & Michael Markgraf steht auf dem ersten Schild. Daneben hefte ich mit einem großen Fragezeichen versehen das Foto des zweiten Toten. Und auch das Foto des ersten Toten pinne ich fest. Auch hier male ich ein großes Fragezeichen.

Hinter mir räuspert sich Staatsanwalt Vogel. Er scheint in letzter Zeit durch das Präsidium zu schleichen. Jedenfalls habe ich ihn nicht eintreten hören.

Ich deute auf die fast leere Pinnwand. „Viel mehr kann ich derzeit nicht bieten", antworte ich, obwohl mich Vogel noch gar nichts gefragt hat. Wir betrachten ein paar Minuten schweigend die wenigen Fakten.

„Können Sie mir noch ein paar Erläuterungen dazu geben?", bittet er mich.

„Elvira Markgraf vermisst ihren absolut zuverlässigen Mann seit dem dritten Advent. Wahlberg hat diesen Tag als möglichen Todeszeitpunkt für beide Mordopfer auserkoren. Ob Markgraf tatsächlich derjenige ist, der am Baum aufgeknüpft wurde, sollten wir recht bald wissen. Wahlberg ist da optimistisch in Bezug auf den Zahnstatus. Das Auto von Markgraf wurde zur Fahndung ausgeschrieben. Meinen Sie, es gibt noch einen Beamten in unserem Präsidium, der nicht in Urlaub ist? Der könnte dann prüfen, ob ein giftgrüner Opel hier in Sassnitz geparkt ist."

„Ich kümmere mich sofort darum", verspricht Vogel. „Sagen Sie mal, hören Sie das auch?"

„Was denn?"

„So ein komisches Knarzen."

„Das ist mein Magen", antworte ich und stehe auf. In diesem Moment klingelt mein Handy. Winterstein fragt, was es heute Abend zu essen gibt. So langsam verplant mich mein Kollege also auch schon. Hoffentlich kommt er meiner Mutter mal nicht in die Quere. Da würde dann auch ein Winterstein den Kürzeren ziehen. Wenn ich es mir richtig überlege, spricht nichts dagegen, wieder mit Willi zu essen. Also sage ich kurz, dass er sich überraschen lassen soll.

„Sie kümmern sich um Kollegen Winterstein", stellt Vogel fest. Es klingt neutral.

„Er ist allein. Ich bin allein", sage ich lapidar.

Richard Vogel mustert mich mit einem merkwürdigen Blick. „Bitte grüßen Sie Herrn Winterstein von mir, und richten Sie ihm meine allerbesten Genesungswünsche aus."

Dann verlassen wir unseren Besprechungsraum und wünschen uns einen schönen Feierabend und einen wunderschönen vierten Advent.

Im Supermarkt erhalte ich eine SMS von Winterstein. Er schickt mir einen Einkaufszettel, der gar kein Ende nimmt. Auch Hundefutter für Sally soll ich mitbringen.

Als ich vorgefahren komme, sehe ich Winterstein wie beim letzten Mal bereits am Fenster stehen. Gewisse Parallelen zu meiner Mutter tun sich langsam auf. Wie sie scheint auch er schon eine Weile auf mich gewartet zu haben. Sein kahler Kopf verschwindet, und zwei Sekunden später steht Willi in der Haustür. Er trägt erneut seinen verschlissenen Bademantel, darunter einen ziemlich ausgeleierten Pullover und eine nicht minder ausgeleierte Trainingshose. Weiße Socken in roten Pantoffeln runden Willis markantes Erscheinungsbild ab. Ich hieve zwei bis oben hin gefüllte Tragetaschen aus dem Kofferraum. Stöhnend nähere ich mich dem Gartentor. Auf dem Weg kommt bereits Sally laut bellend auf mich zu.

„Mensch, Mädel", ruft mir Winterstein entgegen, „du bist ja schwer beladen! Warte mal kurz."

Ich gehorche.

„Stell lieber eine Tasche ab und geh zweimal!"

Im ersten Moment lache ich laut auf, weil ich an einen Scherz von Willi glaube. Aber dann dreht sich mein Kollege um und geht zurück ins Haus. Meine glucksenden Laute sterben abrupt ab. „Dein Herrchen hat eine Vollmeise", erkläre ich Sally wütend. „Winterstein, hilf mir gefälligst beim Tragen!", brülle ich dann. Vergeblich. Also bugsiere ich die Taschen allein ins Haus. Winterstein sitzt in der Küche. Ein nicht enden wollender Hustenanfall rettet ihn vor meinen Beschimpfungen. Alles deutet auf keinerlei Besserung hin. „Du solltest vielleicht noch mal zum Arzt", rate ich ihm, während ich frische Champignons schneide und Kartoffeln aufsetze. „Es ist bald Weihnachten. Und dann haben alle Praxen geschlossen. Und wenn du Pech hast, triffst du in der Notaufnahme auf einen verkleideten Schauspieler, der den Bereitschaftsarzt mimt."

Winterstein scheint mein Späßchen nicht aufzumuntern. „Den Verdacht habe ich schon lange", krächzt er. Immerhin deckt er heute den Tisch. Ich gebe die Steaks in das heiße Fett und koche für Willi einen Riesenkübel Hustentee. Während des Essens erzähle ich ihm von meinem Ermittlungsstand und den neuesten Erkenntnissen.

„Sobald ich wieder einigermaßen auf dem Damm bin, komme ich zurück in den Dienst", kündigt er schniefend an.

„Du kurierst dich erst mal aus!"

„Wieso gehst du von nur einem Täter aus?", fragt mich Winterstein.

Ein paar Sekunden überlege ich. „Angewohnheit von mir. Du hast jedoch vollkommen recht mit deinem Einwand. Vor allem bei dem zweiten Mord muss man zwei Täter in Betracht ziehen. Sie hätten es leichter gehabt, den Markgraf aufzuhängen."

Dann spüre ich die feucht-kalte Schnauze von Sally auf meinem Arm. Mit schiefgelegtem Kopf schaut sie mich an. „Schäm dich! Ein so großer Hund imitiert keinen Dackelblick", sage ich und kraule ihren Rücken. Winterstein sagt nichts. Aber sein Blick kann es mit dem seiner Hundedame problemlos aufnehmen.

„Ich bin noch so wacklig auf den Beinen."

Ich hole tief Luft. „Dein Hund scheißt riesengroße Haufen", versuche ich den Spaziergang mit Sally abzuwenden.

„Na, was auch sonst?"

„Was gibst du ihr eigentlich zu fressen? Die Haufen sind größer als der ganze Hund."

Winterstein guckt zerknirscht, und Sally stupst mich an. Ich gebe auf.

„Also gut. Ich gehe heute noch mal mit ihr raus. Aber ich räume nicht wieder den Haufen weg. Ich hab's versucht. Sogar mit Handschuhen und einem Kilogramm Papier. Aber ich wühle nicht wieder in der Scheiße rum. Da muss ich kotzen. Das lehne ich ab. Das mache ich nicht mehr. Das kann niemand von mir verlangen. Ich werde nicht ..."

Winterstein lacht und hustet sich anschließend die Seele aus dem Leib. „Scheiß drauf und lass den Haufen liegen", meint er treffend, während ich mit Sally an der Leine das Weite suche.

VIER

Ich habe endlich wieder einmal tief und fest und traumlos geschlafen. Während ich frühstücke, ruft mich Andy Bollermann an.

„Wieso bist du denn schon munter?“, rufe ich statt eines netten Grußes in den Hörer. Bolle erklärt mir, dass sich in seinem Elternhaus nach und nach die Verwandtschaft einfindet. Darunter leider auch sein Bruder mit zwei Kleinkindern. Man hört wildes Geschrei im Hintergrund und mehrmaliges Türknallen. Noch mehr muss er mir nicht erklären.

„Wie kommst du voran?“, erkundigt er sich. Der Lärm im Hintergrund wird lauter. Irgendetwas geht scheppernd zu Bruch. Und eine Kinderstimme heult laut auf. „Jetzt herd aber uff zu blähgn!“, schreit Bolle. „Haste dir den Däähds eingehaun, nor? Und nu rumfäänsen. Das kansch leidn. Da muss mor äbn uffpassn. Und nu guck ni so bedeppert. Hätteter ma weiter gebooft. Aber nee. Glei am Morgn rumdoobn.“

Irgendeine andere Männerstimme mischt sich in den Monolog von Bolle ein. Nach ein paar Sekunden wird es ruhig.

„Das hält doch kein Mensch aus“, jammert Bolle. „Und nun erkläre mir doch bitte mal ausführlich, warum dich unser Vogel zurückkommandiert hat.“

Ich bin dankbar, dass mir jemand zuhört. Ausführlich schildere ich meinem jungen Kollegen, was sich in den letzten Tagen in Sassnitz ereignet hat.

„Zwei Morde an einem Tag“, fasst Bolle zusammen. „Kommst du allein zurecht?“

„Geht so.“

„Und was macht Winterstein?“

„Der ist leider immer noch krank. Dem armen Kerl geht es echt schlecht“, gebe ich mit mitleidsvoller Stimme bereitwillig Auskunft. „Er sieht elend aus. Er steht auf wackeligen Beinen. Und er hustet sich sein Inneres nach außen. Wenn ich mich nicht verzählt habe, war ich schon dreimal in Folge bei ihm. Ich koche nämlich für ihn und nebenbei noch für mich. Und Sally führe ich auch aus. Nur um die Haufen kann ich mich nicht kümmern. Da wird mir schlecht.“

„Hm“, sagt Bolle. „Und was macht unsere Leitkuh?“

„Die ist Gott sei Dank auch noch immer krank“, rufe ich enthusiastisch aus. „Angeblich teilt sie ihr Bett mit einer Angina. Ich gönne ihr diese Beziehung von Herzen. Die Leitmeyer brauche ich nun wirklich nicht.“

„Hm“, sagt Bolle erneut. Und nach einer kleinen Pause fragt er: „Soll ich zurückkommen?“

Im ersten Moment liegt mir schon ein Ja auf den Lippen. Aber ich kann es gerade noch abwürgen. Bolle ist selten zu Hause. Und wahrscheinlich hat Jesus den Menschen als seine Hinterlassenschaft den unerschütterlichen

Drang in die Wiege gelegt, wenigstens Weihnachten zu Hause zu sein. Sofern man ein Zuhause hat.

„Danke dir, Bolle“, sage ich daher nur. „Das ist ganz lieb von dir. Aber bleib du mal schön in deinem weiß verschneiten Erzgebirge. Ich komme hier schon zurecht.“

„Hier ist nichts mehr weiß.“ Ich höre, wie enttäuscht Bolle klingt. Er hatte sich fest vorgenommen, mal wieder Ski zu laufen.

„Sag bloß, die ganze weiße Pracht ist schon wieder getaut?“ Auch ich bin enttäuscht.

„Vier Tage hatten wir gerade mal Schnee. Und die Idioten bei den Medien redeten schon wieder von einem schlimmen Wintereinbruch. Kannst du mir mal erklären, warum man ständig nur noch verblödet wird?“

„Winterstein würde dahinter eine gewisse Methode vermuten“, antworte ich ausweichend.

„Hm“, sagt Bolle erneut. „Und ich soll wirklich nicht zurückkommen?“

Es hat fast den Anschein, als ob Bolle lieber heute als morgen seinen Urlaub abbrechen würde. „Aus meiner Sicht musst du das nicht machen“, winde ich mich diplomatisch heraus. „Entscheide du. Bedenke aber, dass deine Familie vielleicht ein bisschen traurig sein könnte, wenn du schon wieder abreist.“

Bolle stöhnt auf. „Na toll. Rede mir ruhig ein schlechtes Gewissen ein. Also gut. Ich bleibe und zähle die Tage, bis ich wieder arbeiten darf. Sollte dir eine dritte Leiche über den Weg laufen, ruf mich an. Dann komme ich auch ohne deine Zustimmung.“

Ein bisschen gekünstelt lache ich auf und erkläre, dass ich eigentlich nicht mit einem beginnenden Massenmord auf unserer Insel rechne. Komischerweise lacht Bolle nicht mit. „Ich rufe jetzt den Winterstein mal an. Und du grüß bitte den Teichert und den Vogel von mir“, sagt er zum Abschied.

Eine Weile sitze ich noch am Tisch. Die Weile wird immer länger. Mein morgendlicher Elan sickert kontinuierlich aus mir heraus. Zu nichts kann ich mich aufraffen. Und dabei hatte ich mir für das Wochenende so viel vorgenommen. Erst ein zweiter Anruf bringt mich dann wieder auf Trab. Meine Mutter lässt keinen Zweifel aufkommen, dass sie zum vierten Advent fest mit mir rechnet.

„Ich komme zum Kaffeetrinken“, sage ich und gebe meiner Stimme einen harten Klang. Manchmal macht das auf meine Mutter einen gewissen Eindruck. Ich habe Glück. Es scheint mal wieder zu wirken. Sie unternimmt zwar einen schwachen Versuch, mich umzustimmen, um mich für den ganzen Tag zu vereinnahmen. Aber heute sitze ich ausnahmsweise am längeren Hebel.

Also raffe ich mich auf und nehme die Dinge in Angriff, die ich schon längst erledigt haben wollte. Endlich entsorge ich meine verblühte und erbärmlich aussehende Herbstpflanzung auf meiner Dachterrasse. Es ist eine Heidenarbeit. Ich kann die Balkonkästen kaum anheben. Die nasse Erde ist schwer wie Beton. Als ich es geschafft habe, sind die Kübel dran. Und als die leer sind, sind die Biotonnen auf unserem Hof voll. Argwöhnisch schaue ich von einem Fenster zum anderen. Soll bloß einer kommen und mich anpöbeln. Aber niemand kommt. Nun ja. Wenn keine Nachbarn da sind, die sich mit mir anlegen wollen, ist das nicht zu ändern.

Anschließend gehe ich in den Keller und schleppe ein paar Weihnachtsutensilien nach oben. Ich hänge den großen roten Herrnhuter Stern auf den Balkon. Dann stelle ich den neuen Schwibbogen auf. Und auch das neue Räuchermännchen und das Lichterhaus finden ihren Platz. Am späten Nachmittag, als es bereits merklich finster wird, schleiche ich mich zum Wäschegarten. Hier stehen prachtvolle Blaufichten und hoch aufgeschossene Koniferen. Ich mause mir einen ordentlichen Strauß zusammen und stelle ihn in eine Bodenvase. Den schmücke ich sogar noch mit Strohsternen.

Und dann verlässt mich mit einem Schlag jegliche Kraft. Ich vernehme das gleiche Geräusch wie gestern. Mein Magen rebelliert gewaltig. Allerdings habe ich null Bock, mir jetzt auch noch Abendbrot zu machen. Kurz entschlossen springe ich unter die Dusche und laufe dann zum „Gastmahl des Meeres“. Ich genieße ein tolles Essen und zwei Schoppen Wein. Nebenbei sende ich eine SMS an Sebastian und hoffe, dass ich nicht ähnlich nervig wie meine Mutter bin. Ich schreibe, dass ich gern mal mit ihm sprechen würde, und frage, wie er sich mit Schneewittchen in Norwegen eingelebt hat. Mit einem Mal fällt mir ein, dass ich schon längst das Weihnachtspaket zur Post hätte bringen müssen. Ein eisiger Schreck durchfährt mich, als wäre ich bei einem Mord ertappt worden. Und außerdem habe ich noch kein Geschenk für meine Mutter. Und ich habe einen völlig leeren Kühlschrank. Denn ich habe noch nichts, aber rein gar nichts für die bevorstehenden Festtage eingekauft. Ein bisschen panisch bestelle ich ein drittes Glas Wein. Ich mahne mich zur Ruhe und rufe auf meinem Handy den Kalender auf. Erleichterung macht sich breit. Ich habe noch Zeit, um wenigstens das Lebensnotwendigste einzukaufen, sofern die Regale im Supermarkt noch was hergeben. Nur für das Paket könnte es zu spät sein.

Zu fortgeschrittener Stunde verlasse ich das Restaurant. Ein paar Schneeflocken wehen über das Meer. Die reichen aus und sorgen für ein kleines Glücksgefühl. Weihnachten und Schnee gehören für mich zusammen. Das lasse ich mir auch nicht von den Medien ausreden. Bei mir muss man stärkere Geschütze auffahren, wenn die Gehirnwäsche funktionieren soll.

Den Sonntagvormittag füllt meine Mutter mit mehreren Anrufen aus. Nach dem fünften Telefonat kapituliere ich und kaufe im Café Gumpfer Kuchen, Torte und Weihnachtskekse. Derart beladen stapfe ich zu meiner Mutter. Sie steht im Hausflur hinter der Glastür und sieht mich an, als wäre ich einer der drei Geister aus Charles Dickens' Weihnachtsgeschichte.

„Ich hatte nicht mehr mit dir gerechnet." Ihre Stimme klingt eisig. „Hoffentlich hast du was zum Essen mitgebracht."

„Es sollte für uns reichen", entgegne ich und hole zwei Kuchenpakete und die Kekstüte aus der Tragetasche.

„Na, wollen wir das Beste hoffen", erwidert meine Mutter, setzt sich an den Tisch und beobachtet mich mit Argusaugen. Wenn sie ihre Blicke auf mich fixiert, fange ich zu zittern an. „Du könntest mal eine Weihnachts-CD einlegen", sage ich, um sie irgendwie von mir abzulenken.

„Was ist denn eine CD?", herrscht mich meine Mutter an. Das ist mal wieder einer dieser Momente, die mir schwer zu schaffen machen. Wie die Hausärztin kann auch ich nicht einschätzen, ob meine Mutter tatsächlich Aussetzer hat. Oder ob sie sie nur vorspielt, um noch mehr Aufmerksamkeit zu bekommen.

„Das sind die Scheiben, auf denen Musik drauf ist", erkläre ich.

„Das weiß ich selber", faucht meine Mutter. „Aber an der Technik vergreife ich mich nicht. In meinem Alter fängt man gar nicht erst mehr damit an."

Ich stelle den Kuchenteller auf den Tisch, zünde Kerzen an und schenke Kaffee ein. Dann frage ich artig, welche CD ich einlegen soll. Meine Mutter erwidert, dass ihr das weihnachtliche Gedöns auf den Geist geht. Daraufhin lege ich DJ Ötzi ein.

„Was gibt es Neues?", stellt meine Mutter die Standardfrage zu Beginn eines jeden Gespräches.

„Winterstein ist sehr stark erkältet."

„Na ja, das interessiert mich nun wirklich nicht."

„Bolle ist nach Hause gefahren über die Feiertage."

„Das kann er doch auch machen."

„Natürlich."

„Und sonst? Ist das alles?"

„Nun bin halt ich nur noch übrig. Und ausgerechnet jetzt wurden zwei Morde verübt.“

„Du hast doch noch deine liebenswerte Chefin an deiner Seite“, widerspricht meine Mutter. „Eine kompetentere Chefin wie Frau Leihmeyer findest du nirgends, das sage ich dir.“

Daraufhin sage ich nichts.

„Auf welcher Insel ist Sebastian?“, wechselt meine Mutter das Thema.

„In Norwegen.“

„So was Dämliches“, kommentiert sie das Unternehmen der Jugend. „Was erhofft er sich denn da? Hier hat er alles gehabt. Ein schönes Zuhause. Gute Arbeit. Einen schönen Verdienst. Und nun lässt er mich Weihnachten allein. Das hätten wir uns früher mal wagen sollen. Undenkbar wäre das gewesen.“

„Die Arbeit war nicht toll. Und er hat nur den Mindestlohn verdient“, werfe ich ein. „Und Norwegen ist ein wunderschönes Land. Sozial haben die Deutschland schon vor Jahren überholt. So schlecht ist die Entscheidung von Sebastian keineswegs“, nehme ich ihn in Schutz.

„Das ist ja mal wieder klar, dass du mir nicht recht gibst“, meint meine Mutter. „Du hast mir noch nie recht gegeben. Egal, was ich auch sage. Du widersprichst mir grundsätzlich. Das ist geradezu lächerlich. Was ich mich da schon geärgert habe! Mach ruhig so weiter. Nimm bloß keine Rücksicht. Ich bin Kummer durchaus gewöhnt.“

„Ein Stern, der deinen Namen trägt“, singt DJ Ötzi lauthals, während es an unserem Kaffeetisch schlagartig still wird. Ich schenke Kaffee nach und quäle mir ein Stückchen Torte rein. Dann vibriert mein Handy. Ich stürze mich darauf in der Hoffnung, es könnte Sebastian sein. Aber es ist Winterstein. „Falls du nichts Besseres vorhast, lade ich dich zum Adventskaffee ein.“ Seine Stimme klingt heiser, und ich kann ihn kaum verstehen.

„Oh“, rufe ich. „Wenn Gefahr in Verzug ist, komme ich natürlich sofort. Das ist doch selbstverständlich.“

„Wieso bin ich denn in Gefahr?“, erkundigt sich der begriffsstutzige Winterstein.

„Ja, warum denn nicht?“, antworte ich ausweichend. Schnell beende ich das Gespräch.

„Du musst fort?“ Meine Mutter zieht ein beleidigtes Gesicht und schaut stur an mir vorbei. Sie tut mir ein wenig leid, und trotzdem will ich nicht bleiben.

„Sei nicht traurig. In wenigen Tagen ist Weihnachten. Da bin ich doch schon wieder hier.“

„Ich scheiße auf Weihnachten in diesem Jahr“, kündigt meine Mutter an. „Ohne Sebastian hat das alles gar keinen Sinn. Ich kaufe auch nichts ein. Und ich werde auch nichts kochen. Damit das schon mal klar ist.“

Ich bleibe noch ein paar Minuten sitzen. Aber dann halte ich es nicht mehr aus. Ich muss raus. So freundlich wie möglich verabschiede ich mich von meiner Mutter.

„Wir hätten uns so schön unterhalten können“, sagt sie.

Auf dem Weg zu Winterstein versuche ich einen klaren Kopf zu bekommen. Willi hat sich in Schale geworfen. Der Kaffee schmeckt sehr gut. Und der Kuchen kommt mir bekannt vor. Willi hat dieselben Sorten bei Gumpfer gekauft wie ich.

Zwei Stunden plaudern wir über Gott und die Welt, Sally liegt mir zu Füßen und genießt die Streicheleinheiten, im Hintergrund spielt André Rieu Weihnachtslieder, und ich fühle mich sauwohl. Auf dem Heimweg ruft mich dann sogar Sebastian an. Ich setze mich auf eine Bank und merke vor Freude gar nicht, wie ich langsam zu einem Eisblock gefriere. „Die Eltern von Franzi haben uns eine ziemliche Stange Geld überwiesen“, erzählt er. „Wir haben jetzt eine tolle kleine Zwei-Raum-Wohnung am Rande von Bergen. Es ist super. Der Strom ist hier fast umsonst. Die haben ja fast den ganzen Winter über kaum Tageslicht. Und damit das Volk nicht durchdreht, gibt's halt die Energie vom Staat. Ich kann dir sagen …“

Ich erkenne Sebastian kaum wieder. Es ist äußerst selten, dass er freiwillig was sagt. Und noch seltener kommt es vor, dass er in einen Redeschwall gerät. Am Ende des Gespräches bin ich überzeugt, dass Sebastian mit Franziska derzeit sehr glücklich ist. Beide arbeiten und verdienen so viel, dass sie gut leben können. „Genießt diese Zeit“, wünsche ich Sebastian zum Schluss.

Steif gefroren, aber unendlich glücklich laufe ich nach Hause. Voller Euphorie rufe ich meine Mutter an, um ihr vom Glück ihres einzigen Enkelsohnes zu erzählen. „Sebastian hat mich gerade angerufen“, beginne ich das Telefonat.

„Mich hat er nicht angerufen“, sagt meine Mutter und legt auf.

FÜNF

Die neue Woche bringt Gewissheit. Bei unserem zweiten Todesopfer handelt es sich um Michael Markgraf. Ohne Zeitverzug informiere ich unseren

Staatsanwalt. „Ich suche auf keinen Fall allein die Ehefrau auf", erkläre ich mit aller Entschiedenheit.

Vogel sieht mich verwundert an. „Aber Sie überbringen doch nicht zum ersten Mal eine Todesnachricht."

„Elvira Markgraf ist schwanger. Die Frau erwartet ihr zweites Kind. Nie und nimmer gehe ich allein zu ihr", wiederhole ich kategorisch.

Vogel nickt. „Das verstehe ich natürlich. Ich überlege gerade, wer aus unserem Präsidium noch im Dienst und geeignet ist, Sie zu unterstützen. Mir fällt da momentan niemand ein. Wir haben derzeit nur noch eine Schrumpfmannschaft vor Ort."

Angestrengt denke ich nach. „Ich frage mal die Kollegen in Bergen. Linus Heider heißt der Beamte, der sich mit dem Vermisstenfall beschäftigt hat. Vielleicht erklärt er sich bereit."

„Sehr gute Idee", pflichtet Vogel mir bei. Allem Anschein nach ist er froh, erst mal aus dem Schneider zu sein.

Von meinem Büro aus rufe ich Heider an. Der zeigt sich jedoch alles andere als begeistert. Er druckst herum und erklärt, dass auch das Revier in Bergen derzeit unter Personalmangel leide. Mir ist schon nach wenigen Worten klar, dass ich auf seine Hilfe nicht hoffen kann. „Ich hab's verstanden", sage ich kurz angebunden.

„Ja, also dann wünsche ich Ihnen alles Gute", sagt Heider deplatziert. „Und wenn Sie wieder mal meine Hilfe brauchen, sehr gern."

Wortlos lege ich auf. Zwei Minuten später hat mich Vogel wieder am Hals. „Der junge Kollege aus Bergen fühlt sich außerstande, mich zu Frau Markgraf zu begleiten."

„Ich finde, das ist eine Unverschämtheit", mokiert sich Vogel und haut mit der flachen Hand auf den Tisch. Dann bittet er seine Sekretärin, den Revierleiter in Bergen anzurufen und das Gespräch zu ihm durchzustellen. Ich wohne dem Gespräch bei und muss Vogel bescheinigen, dass er sich redlich um die Lösung des Problems bemüht. Zunächst schlägt er einen sachlichen und freundlichen Ton an. Im Verlaufe des Telefonates wird der Ton rüder. Und mit jedem Satz wird Vogel lauter und ungehaltener. Schließlich schlägt er wieder mit der flachen Hand auf den Tisch. „NEIN!", ruft er in den Hörer. „Wir haben keinen Mitarbeiter vom Kriseninterventionsdienst in unseren Reihen! Wie ich Ihnen bereits klarzumachen versuchte, haben wir derzeit überhaupt keinen Mitarbeiter, der Kriminalhauptkommissarin Burmeister begleiten könnte. Ihr Revier ist doch größer als unseres! Also ersuche ich Sie mit aller gebotenen Nachdrücklichkeit um Unterstützung!" Vogel trommelt nervös mit der linken Hand auf den Tisch, während er einen langen Monolog aus Bergen verfolgt. Obwohl ich meine Ohren spitze, kann ich leider nichts verstehen. „Ja", sagt Vogel irgendwann, „ich denke, damit können wir leben." Dann legt er auf. „Wo bleibt bloß die Solidarität unter Kollegen?", fragt er mich.

„Gibt es denn das Wort noch?", lautet meine Gegenfrage.

Vogel winkt ab. „Sie sollen sich im Revier melden. Der Leiter hat mir zugesichert, Ihnen jemanden zur Verfügung zu stellen."

Mit einem flauen Gefühl in der Magengegend steige ich in unseren Dienstwagen und fahre nach Bergen. Linus Heider schaut mich nicht gerade freundlich an. Er ist groß und muskulös und miesgelaunt. „Es ist nicht meine Schuld, dass Sie mich nun doch begleiten müssen", erkläre ich ihm. „Unser Staatsanwalt hat mit Ihrem Revierleiter telefoniert. Und das ist dabei rausgekommen."

Heider fährt sich durch sein raspelkurzes schwarzes Haar und brummelt etwas Unverständliches in seinen nicht vorhandenen Bart. Wortlos setzt er sich auf den Beifahrersitz.

„Wo müssen wir hin?", frage ich. Dann gebe ich die Adresse in das Navi ein, und kurze Zeit später halte ich am Rande von Bergen vor einem Doppelhaus. Der Kontrast könnte kaum größer sein. Prunkstück gegen Ruine. Die rechte Haushälfte scheint frisch saniert zu sein. Die Fenster sind weihnachtlich geschmückt. Auch der Garten sieht gepflegt und sauber aus. Vor einer Doppelgarage steht ein Audi A8.

Die linke Haushälfte dagegen lechzt nach diversen Handwerkern. Das Dach müsste dringend erneuert werden. Die Fenster sind noch aus tiefsten DDR-Zeiten. Den Holzrahmen würden weder Kitt noch Farbe helfen. Und die Scheiben wären auch nach dem Putzen noch blind. Der Garten ist verwildert, und vor einer kleinen Garage steht ein uralter VW Golf.

„Müssen wir links oder rechts klingeln?", frage ich Heider.

Der steht mit einem völlig verbiesterten Gesicht neben mir, die Hände hat er in den Hosentaschen vergraben. Statt einer Antwort zuckt er mit den Schultern. Die Augen zu schmalen Schlitzen zusammengekniffen, starrt er mich finster an. Das kann ich nicht dulden.

„Jetzt passen Sie mal genau auf. Mir macht das alles auch keinen Spaß. Ich habe nicht darauf bestanden, dass Sie mich begleiten. Aber nun sind wir beide hier. Und ich erwarte, dass Sie sich gefälligst zusammenreißen, Mann. Sie müssten Ihr Gesicht mal sehen. Da wirken die Toten auf dem Tisch unseres Rechtsmediziners ja fröhlicher! Es ist doch nicht meine Schuld, dass der Markgraf aufgeknüpft wurde! Sie sind Polizeibeamter! Und dazu gehört es auch, dass man sich Aufgaben stellen muss, die alles andere als schön sind. Dafür werden Sie bezahlt. Haben Sie mich verstanden?"

Er ist von meinem Anschiss schwer getroffen. Allerdings kann ich nicht ausmachen, was in seinem Kopf vor sich geht. Möglicherweise fühlt er sich zu Unrecht angegangen. Dann gibt er sich endlich einen Ruck.

„Und wenn die Frau in Tränen ausbricht?", fragt er. Heider wirkt völlig verunsichert. So habe ich mir meine moralische Unterstützung nicht vorgestellt.

„Wir können die möglichen Szenarien nicht erst durchspielen", antworte ich. Mittlerweile habe ich das verblasste Namensschild entziffert und weiß, dass Frau Markgraf die linke Doppelhaushälfte bewohnt. Auf mein Klingeln öffnet mir ein älterer Herr. Ich weise mich aus und stelle Heider vor. „Und wer sind Sie bitte?", frage ich.

„Klaus Hofmann. Ich bin der Vater von Elvira." Klaus Hofmann schaut von mir zu Heider und zurück. Natürlich hat er aus dem Gesicht meines jungen Kollegen gelesen, dass wir nicht als Glücksboten kommen. Klaus Hofmann wird aschfahl. Mit zittrigen Händen deutet er an, dass wir eintreten sollen. Heider neben mir stöhnt auf.

„Ist Ihre Tochter zu Hause?", erkundige ich mich.

Hofmann räuspert sich mehrmals, ehe ich ein schwaches Ja vernehme.

Ich folge ihm in eine Küche. An einem in die Jahre gekommenen Herd steht Elvira Markgraf und rührt in einem Topf. Als wir eintreten, wendet sie sich um. Noch ist von ihrer Schwangerschaft nichts zu sehen, was in mir eine Art trügerische Scheinberuhigung auslöst. Mein erster Eindruck von Frau Markgraf ist, dass es sich um eine sportliche, resolute und sehr unzufriedene Frau handelt. Sie schlägt den Quirl einmal fest auf den Topf und legt ihn neben dem Herd ab. Dann verschränkt sie die Arme vor der Brust und sieht mich und Heider streng an. „Sie sind von der Polizei?"

Es hört sich wie ein Befehl an. Fast bin ich geneigt, mit Jawohl zu antworten. Stattdessen zeige ich ihr meinen Ausweis und stelle uns vor. „Frau Markgraf", beginne ich mit der üblichen Einleitungsfloskel für die unausweichliche Nachricht.

„Julina, geh mit Opa in dein Zimmer", befiehlt Frau Markgraf ihrer Tochter, die in die Küche gekommen ist. Ich schätze sie auf sieben oder acht Jahre. Herr Hofmann zieht sich am Tisch hoch und schlurft seiner Enkeltochter entgegen. „Na komm, wir spielen was Schönes zusammen", sagt er und nimmt Julina an die Hand.

Kaum hat sich die Tür geschlossen, nimmt Frau Markgraf mir die Arbeit ab. „Mein Mann ist tot", sagt sie mit fester Stimme.

„Ja", bestätige ich. „Wir haben Ihren Mann …"

Frau Markgraf hebt eine Hand und gebietet mir zu schweigen. Sie dreht den Kopf zur Seite und sieht aus dem verschmutzten Fenster. Es ist mir nicht möglich, in ihrem Gesicht zu lesen. Ich schaue zu Heider. Der öffnet seine Jacke und wischt sich den Schweiß von der Stirn. Es ist mucksmäuschenstill. Nur die Suppe blubbert in ihrem Topf vor sich hin. Auch mir wird jetzt warm. Und ich frage mich, wer von uns dreien zuerst weiche Knie bekommt.

„Ich würde gern weinen", sagt Frau Markgraf plötzlich. Ihre Worte unterbrechen die Stille so unverhofft, dass ich erschrecke.

„Und ich würde mich gern setzen", ergreife ich die Gelegenheit, um einen Sitzplatz zu ersuchen. Frau Markgraf hat mir entweder nicht zugehört, oder sie ignoriert meine Bitte.

„Aber über das Weinen bin ich schon lange hinaus", fügt sie an. Sie schenkt sich ein Glas Wasser ein und trinkt es in einem Zug leer. „Ich bin mir nicht einmal mehr sicher, ob ich Michael irgendwann einmal geliebt habe", sinniert sie über ihre Ehe. Gedankenverloren schaut sie wieder hinaus. Heider schält sich aus seiner Jacke. „Wir dürfen doch Platz nehmen?", fragt er. Da Frau Markgraf keinen Weinkrampf oder Schlimmeres erlitten hat, befindet er sich wieder auf dem aufsteigenden Ast. Ohne ihre Antwort abzuwarten, zieht er sich mutig einen Stuhl heran. Ich setze mich unerlaubt auf die Eckbank.

Dann hat Frau Markgraf ihre Analyse abgeschlossen. „Ich habe ihn nie geliebt."

„Gut, dass das jetzt geklärt ist", erwidere ich. Es wird Zeit, das Gespräch zum Laufen zu bringen. So kommen wir nicht weiter. „Ihre fehlende Liebesbeziehung ist eine gewisse Erklärung für Ihre gefasste Reaktion. Trotzdem hatten Sie Ihren Mann als vermisst gemeldet. Wenigstens hielten Sie ihn für zuverlässig, sonst hätte Sie sein ausgebliebener Anruf nicht beunruhigt. Was wollte Ihr Mann in Sassnitz?"

„Wenn ich das wüsste", entgegnet Frau Markgraf.

„Sie wissen nicht, warum Ihr Mann für ein paar Tage nach Sassnitz reiste?", wundere ich mich. Dann fällt mir ein, dass Heider ein Treffen mit ein paar Freunden erwähnt hat. Ich schaue ihn an. Aber bei ihm scheint nichts zu klingeln.

„Er hat was von einem Treffen erzählt", murmelt dann auch die Witwe.

„Er wollte sich mit Freunden treffen, nicht wahr?", vergewissere ich mich. „Sie haben das meinem Kollegen gegenüber ausgesagt."

„Hab ich das?", fragt Frau Markgraf mich.

Ich meditiere zwei Sekunden, ehe ich mich weiter mühsam vorantaste. „Und zu diesem Treffen können Sie keine Einzelheiten sagen?"

„Es hat mich nicht interessiert", sagt Frau Markgraf in einem Ton, der über jeden Zweifel erhaben ist.

Ich entscheide, das Thema zu wechseln. „Wie läuft es mit Ihrem Wellness-Hotel? Läuft es gut? Haben Sie finanzielle Schwierigkeiten?"

Frau Markgraf lacht hysterisch auf. „Sehen Sie das nicht? Gucken Sie sich doch diese heruntergekommene Bude mal an!"

„Um Himmels willen", entfährt es mir. „Das hier ist Ihr Wellness-Hotel?"

Frau Markgraf stutzt und tippt sich an die Stirn. „Blödsinn!", herrscht sie mich an. „Hier wohnen wir. Und beim nächsten Sturm fallen uns garantiert die Ziegel vom Dach! An diesem Haus ist nichts mehr in Ordnung! Michael war immer ganz groß unterwegs. Mit Worten. Nur mit Worten. Der hat nicht nur mir den Himmel auf Erden versprochen. Wenn er einmal im Redefluss war, überzeugte er alle. Das wird der Grund gewesen sein, warum ich blöde Kuh damals auf dem Standesamt Ja gesagt habe. Er wollte uns ein Superhaus errichten. EIN SUPERHAUS!"

Auf dem Gesicht und dem Hals von Frau Markgraf zeichnen sich hektische rötliche Flecke ab. Wie eine Furie läuft sie hin und her. Heider schaut panisch in meine Richtung. Wenn hier jemand psychologischen Beistand benötigt, dann ist er es. Frau Markgraf hat sich schon wieder gefangen. „Sehen Sie sich unser imaginäres Superhaus an. Wir haben es günstig erworben. Es war ein Schnäppchen. Michael hatte die alten Eigentümer mal wieder mit Worten umgarnt. Letzen Endes haben sie ihr Haus für den halben Preis hergegeben. Aber auch der halbe Preis überstieg unser nicht vorhandenes Vermögen. Wir mussten natürlich einen Kredit aufnehmen. Und kurz danach hatte Michael die Idee mit diesem Hotel. Ein Wellness-Hotel im Zentrum von Bergen mit Blick auf den Bahnhof. Mein Gott! Wie bekloppt bin ich gewesen, dass ich da mitgemacht habe! Die Touristen kommen nach Rügen wegen der Ostsee und der herrlichen Landschaft. Aber Bergen hat keine Ostsee zu bieten. Und der Blick auf einen Bahnhof hat rein gar nichts Bezauberndes an sich. Jedenfalls hat Michael seinen Freund überzeugt, in das Geschäft mit einzusteigen."

„Wie heißt der Freund?", unterbreche ich Frau Markgraf.

„Dennis Luttkus. Die beiden kannten sich von der ersten Klasse an."

„Woher nahm Ihr Mann das Geld für das Hotel?"

Frau Markgrafs verächtliches Lachen klingt nicht gut. „Zunächst steckte er das Geld, was für diese Ruine gedacht war, dort hinein. Aber das langte weder hinten noch vorn. Letzten Endes hat mein Vater sein Haus verkauft“, sagt sie. „Die Banken wollten uns nicht noch einen weiteren hohen Kredit geben. Michael lag meinem Vater jeden Tag in den Ohren. Irgendwann ist er dann eingeknickt. Jetzt wohnt er zur Miete in einem lächerlich kleinen Appartement.“

„Und sieht das Hotel genauso aus wie Ihr Haus?“, frage ich.

Frau Markgraf versucht, mich mit ihren Blicken an die Wand zu nageln. „Der Dennis hat die Fäden in die Hand genommen“, erklärt sie dann. „Das Hotel ist super geworden. Wir haben eine kleine Sauna drin, einen Wellness-Bereich, ein paar Fitnessgeräte. Es ist alles da. Nur die Gäste fehlen.“ Frau Markgraf nimmt mir gegenüber Platz. Sie holt tief Luft und haut mit der Faust auf den Tisch. „Kein Mensch will bei uns übernachten. Wir hatten eine Putzfrau und eine Küchenhilfe eingestellt. Die sind seit Monaten nicht mehr bei uns, weil wir sie nicht mehr bezahlen konnten. Gott sei Dank sind sie weg. Sonst wären die verhungert.“

„Was sagt dieser Dennis Luttkus zu der ganzen Misere?“, frage ich, während ich mir eilig ein paar Notizen mache.

„Der ist ebenfalls am Ende. Nervlich und finanziell. So wie ich“, sagt Frau Markgraf.

Ein merkwürdiger Geruch steigt mir in die Nase. „Ich glaube, Ihre Suppe brennt an“, rufe ich.

Frau Markgraf springt auf. Sie nimmt den Topf und schmeißt ihn in die Spüle. Es scheppert gewaltig. Der Inhalt spritzt in alle Richtungen. Und dann erleidet sie den zu Beginn erwarteten Weinkrampf. Linus Heider springt auf und verlässt fluchtartig die Küche. Ich nehme mir vor, ihn bei der erstbesten Gelegenheit eine runterzuhauen. Jetzt gilt es erst einmal, Frau Markgraf zu beruhigen. „Ich denke, Sie brauchen dringend psychologische Hilfe. Ich kümmere mich darum, dass noch heute jemand zu Ihnen kommt. In Ordnung? Das alles ist viel zu viel für Sie.“

Frau Markgraf hört zu weinen auf. Innerhalb von zwei Sekunden verebbt ihr Schluchzen. „Ich brauche keine Hilfe“, presst sie hervor.

„Das sehe ich anders.“

„Tun Sie, was Sie nicht lassen können.“

Ich stecke mein Notizbuch ein und verabschiede mich. Frau Markgraf hat sich bereits wieder erstaunlich gut gefasst. „Können Sie mir erklären, warum ich mich auf ein zweites Kind eingelassen habe?“, fragt sie mich.

„Tut mir leid“, entgegne ich. „Nach allem, was Sie mir erzählt haben, habe ich darauf keine Antwort parat.“

Auf dem Flur steht Herr Hofmann mit seiner Enkeltochter. „Ich rufe jemanden vom psychologischen Dienst an“, erkläre ich ihm. „Ihre Tochter braucht dringend professionelle Hilfe.“

„Die brauchen wir alle“, entgegnet Herr Hofmann.

„Ich melde mich wieder“, kündige ich an. „Sie haben nicht vor, während der Feiertage zu verreisen?“

Herr Hofmann kommt einen Schritt auf mich zu. Für einen Moment habe ich das Gefühl, er will mir eine Ohrfeige verpassen. Zumindest holt er aus. Sein Gesicht gleicht einer Fratze. „Soll ich mich mit einem Hut auf den Markt stellen?“, raunt er mir zu. „Oder sollte ich mir ein Zimmer im leeren Hotel meines toten Schwiegersohnes reservieren lassen?“

Es gibt Momente, da muss man die Notbremse ziehen. Wortlos drehe ich mich auf dem Absatz um und verlasse das Haus.

Dort wartet Heider auf mich. Nichts deutet darauf hin, dass ihm sein Benehmen peinlich wäre. Wahrscheinlich sieht er mir an, dass ich drauf und dran bin, die Beherrschung zu verlieren. „Ich kann mit heulenden Frauen nichts anfangen“, sagt er. Das scheint ihm als Erklärung für sein Verhalten ausreichend zu sein.

„Sie sollten auch nichts mit Frau Markgraf anfangen!“, schreie ich ihn an. „Erklären Sie mir bitte mal, warum Sie Polizeibeamter geworden sind! Wo liegt Ihr Problem, Heider?“

„Das ist eben Neuland für mich“, presst er hervor. Dabei scharrt er mit den Fußspitzen im Dreck und guckt demonstrativ an mir vorbei.

„Ihr pubertierendes Gehabe sollten Sie sich schleunigst abgewöhnen!“, schnauze ich ihn an. „Von Ihnen hat niemand Unmögliches verlangt. Jeder wird irgendwann mit Neuem konfrontiert. Sie können doch nicht jedes Mal die Flucht ergreifen, verdammt noch mal! Die Frau war geradezu unverschämt gut gefasst. So viel Glück hat man selten, wenn man Todesnachrichten überbringt. Und bei der ersten Träne hauen Sie ab!“ Wutschnaubend greife ich zu meinem Handy. „Wie lautet die Nummer Ihres Revierleiters?“

„Was haben Sie vor?“ Heider schaut mit funkelnden Augen zu mir herab.

„Was soll das denn jetzt? Ihr Chef soll sich auf die Suche nach einem Psychologen machen und ihn zu Frau Markgraf schicken. Was dachten Sie denn? Dass ich Sie verpfeife? Merken Sie sich eins, Heider. Ich habe noch nie jemanden angeschwärzt. Probleme regle ich grundsätzlich allein. Ich habe in Sassnitz eine Kollegin an meiner Seite, deren Unkollegialität und Unvermögen mehr zum Himmel stinken als ein Haufen verdorbener Fische.

Wenn ich die ständig verpetzen würde, käme ich aus dem Zimmer unseres Staatsanwaltes gar nicht mehr raus."

Der Revierleiter, ein Herr Täuberich, verspricht mir, sich um einen Psychologen zu kümmern. „Wie ist es denn gelaufen?"

„Ich hatte noch nie so einen … Mitarbeiter wie Herrn Heider an meiner Seite", antworte ich.

Wutentbrannt klemme ich mich hinter das Lenkrad. Heider steht unbeweglich vor meinem Dienstwagen. „Steigen Sie ein? Oder soll ich Sie über den Haufen fahren?", brülle ich.

Heider macht keine Anstalten, sich zu bewegen. Also haue ich mit der Faust auf die Hupe. „Kommen Sie nun rein oder nicht?!"

Heider schüttelt den Kopf, dreht sich um und trabt zu Fuß los. Was für ein Arschloch.

Ich trete aufs Gaspedal und fahre mit quietschenden Reifen los.

Auf der Rückfahrt geht mir Heider nicht mehr aus dem Kopf. Nach unserem ersten Telefonat hatte ich das Gefühl, er wäre ein fachlich kompetenter Kollege. Aber nach dem Affentheater eben habe ich meine Meinung komplett revidiert. Auch Frauen irren sich. Manchmal.

Jedenfalls ist mir der Kerl mächtig auf den Magen geschlagen. Das ist zugleich das Stichwort für meinen nächsten Gang, der mich in die menschenleere Kantine führt. Unser chronisch schlecht gelaunter Koch mutet mir Karotten-Kürbis-Suppe mit Ingwergeschmack zu. Ekel Wahlberg sitzt verlassen in einer Ecke und lässt es sich augenscheinlich schmecken. Freiwillig setze ich mich natürlich nicht an seinen Tisch. Also gehe ich demonstrativ in die andere Ecke des leeren Speisesaales. Die Suppe ist schön heiß. Das muss man ihr lassen.

„Ein Genuss, was?", brüllt Wahlberg zu mir herüber.

„Ich könnte kotzen", antworte ich laut und deutlich.

Wahlberg holt sich einen Nachschlag. Entgegen meiner Befürchtungen setzt er sich nicht zu mir, sondern er geht wieder an seinen Tisch zurück.

„Dr. Wahlberg", rufe ich ihm zu. „Suizid können wir bei dem zweiten Opfer, diesem Michael Markgraf, definitiv ausschließen, oder?"

„Wieso haben Sie plötzlich Zweifel?", brüllt er zurück.

„Ich möchte nur sichergehen!"

„Sie haben doch selber gesagt, dass Sie es für ausgeschlossen halten, dass der allein so weit hochgeklettert ist. Haben Sie sich den Stamm mal angesehen? Der war aalglatt. Und dann hing der Kerl exakt in der Mitte eines starken Astes. Da hätte er ja noch wie ein Affe klettern müssen. Dieses

Szenario halte ich für völlig ausgeschlossen. Außerdem konnte ich keinerlei Hautabschürfungen finden. Und weiterhin gab es Reifenspuren. Vergessen Sie mal nicht die wichtigen Dinge."

„Alles klar", schreie ich.

Erst jetzt merke ich, dass unser Koch unfreiwilliger Zeuge unseres Gespräches war. „Das vergessen Sie jetzt alles sofort wieder", verlange ich von ihm. Dann reiche ich ihm den halbvollen Teller über den Tresen und gehe in mein Büro.

Ich will mir einen genauen Überblick über die finanziellen Verhältnisse von Markgraf verschaffen und kontaktiere die Bundesanstalt für Finanzdienstleistungsaufsicht, wie sie sich klangvoll nennt. Zunächst führe ich mit einem Beamten ein Telefonat, um ihm die Dringlichkeit meiner Anfrage zu schildern. Aufmerksam hört er zu. Dann stelle ich die entscheidende Frage. „Wann senden Sie den Beschluss an das betreffende Kreditinstitut zur Offenlegung der Konten?" Aus dem Hörer vernehme ich ein unterdrücktes Lachen. „Heute nicht mehr", antwortet der arbeitsgeile Typ. „Wir haben bald Weihnachten", klärt er mich dann auf. Nachdem ich mir Luft gemacht habe, weiß ich, dass ich in spätestens zwei Tagen die gewünschten Auskünfte erhalten werde.

Dann stattet mir Vogel einen Besuch ab. „Wie war das Gespräch mit der Witwe?"

„Bei weitem nicht so schlimm wie erwartet. Frau Markgraf wollte von mir wissen, warum sie so dämlich war, mit ihrem Ehemann ein zweites Kind zu zeugen. Die Frau steht praktisch vor dem Nichts. Das Haus ist marode. Das Hotel eine Totgeburt. Wie hoch der Schuldenberg ist, erfahre ich in den nächsten Tagen."

Mein Magen grummelt. Die paar Löffel Möhrensuppe sind schon durchgerutscht. Vogel spitzt die Ohren. „Sie machen doch keine Abmagerungskur, oder?", erkundigt er sich.

„Habe ich das nötig?", frage ich und schaue auf den kleinen Ring oberhalb des Hosenbundes.

Vogel geht beinahe in Deckung. „Aber keineswegs", versichert er mir. Dann kommt er zum Thema zurück. „Ihre Schilderungen deuten darauf hin, dass Frau Markgraf ein Motiv gehabt haben könnte. Ist dem so?"

„Auf jeden Fall. Aber nicht nur sie. Es gibt derzeit drei Kandidaten."

Mit großen Augen schaut Vogel mich an. „So viele Anwärter haben wir selten", meint er ernst. „Das ist ja ganz toll. Um wen handelt es sich noch?"

„Um den Vater von Elvira Markgraf. Klaus Hofmann hat sein Anwesen verkauft, weil die jungen Leute keinen zweiten Kredit für das Hotel bewilligt bekamen. Er wohnt jetzt sehr bescheiden. Jeden Tag sieht er das Elend, in das seine Tochter geschlittert ist. Vielleicht sind ihm die Nerven durchgegangen."

Nachdenklich wiegt Vogel den Kopf hin und her. „Das ist nicht abwegig. Und wer ist die dritte Person?"

Schnell schlage ich mein Notizbuch auf. „Dennis Luttkus. Er und Markgraf waren alte Schulfreunde. Markgraf hat nach Aussage seiner Frau den Freund überreden können, sich an dem Hotelprojekt zu beteiligen. Finanziell dürfte auch der am Ende sein."

„Das ist gut", kommentiert Vogel den aktuellen Ermittlungsstand. „Was wissen wir noch?"

Ich hebe bedauernd die Schultern. „Leider nicht viel mehr. Der Markgraf hat sich in Sassnitz mit jemandem treffen wollen, vielleicht mit seinem Geschäftspartner", mutmaße ich. „Ich werde ihn morgen kontaktieren. Ansonsten tappe ich noch völlig im Dunkeln."

Unser Staatsanwalt zuckt kurz zusammen. „Richtig. Sie ermitteln ja ganz alleine in der Sache. Wenn Ihnen alles über den Kopf wächst, geben Sie mir Bescheid. Dann muss ich notfalls Hilfe aus anderen Revieren anfordern."

Heider erscheint vor meinem geistigen Auge. „Bloß das nicht."

Vogel guckt mich mit hochgezogenen Augenbrauen an. „Na, wie Sie meinen. Ich … äh, kann Ihnen wohl nicht helfen?"

„Sie könnten sich einen Ruck geben und die Medien einschalten. Das würde mir schon reichen."

Unser Staatsanwalt streicht sich über sein wachsendes Kugelbäuchlein. „Sie haben vielleicht recht. Sonst wirft man uns am Ende noch Hinhaltetaktik vor. Sie können ja schon mal einen Presseentwurf vorbereiten."

Damit lässt er mich in meinem Elend allein zurück. Ein Blick auf die Uhr sagt mir, dass ich längst Dienstschluss habe. Halbherzig beginne ich, die Pressemitteilung zu schreiben. Dann fällt mir ein, dass ich das Weihnachtspaket für Sebastian und sein Schneewittchen noch immer nicht aufgegeben habe. Wie eine Irre malträtiere ich die Tastatur. Aber viel Gescheites kommt unter derartigem Druck nicht heraus. Entnervt breche ich das Vorhaben ab. Ich springe auf, hole das Paket aus meinem Schrank, springe in Jakub und gebe fünf Minuten später das Paket bei der Post ab. Es ist groß. Es ist schwer. Und es soll so schnell wie möglich in Norwegen eintreffen. Die Summe, die ich bezahle, hat inflationären Charakter. Dann fahre ich zum Supermarkt. Die Menschenmassen schieben sich hektisch durch die Regalreihen, während es aus den Lautsprechern tönt, dass die gnadenbringende Zeit vor unserer Tür steht.

An den Kassen sitzen bedauernswerte Ganzjahresheldinnen, wie man in den sozialen Medien die neuen deutschen Sklaven gern tituliert und zu denen auch Pfleger und Paketzusteller zählen. Allesamt Opfer des Systems, die vom Fest wahrscheinlich nicht mehr viel mitbekommen.

Vor meiner Tür steht dann Winterstein. An seiner Seite die allmählich zu einem Werwolf mutierende Sally. „Hast du den langen Weg tatsächlich zu Fuß zurückgelegt?“, begrüße ich ihn.

„Ich kann leider nicht auf ihr reiten.“

Ich freue mich riesig über den unverhofften Besuch und unterziehe Winterstein einer kritischen Begutachtung. Aus meinem Frontalangriff, ihn mit dem Ausladen meiner Einkäufe zu beauftragen, wird nichts. Winterstein sieht trotz Rasur erbarmungswürdig aus. „Sag mal, hast du immer noch Fieber?“

„Kann sein. Ich würde dir gern helfen, aber ich kann mich gerade mal selber auf den Beinen halten.“

„Geh schon mal hoch“, fordere ich ihn auf und gebe ihm meinen Wohnungsschlüssel.

„Was mach ich mit Sally?“

„Sie soll sich ihr feuchtes Fell hier ausschütteln. Und dann nimmst du sie mit nach oben.“ Willi bemüht sich nach Kräften, seiner Hündin zu erklären, was ich gefordert habe. Am Ende ist der Kofferraum leergeräumt, aber die beiden stehen noch immer vor der Haustür und diskutieren. „Das wird nichts“, erklärt Winterstein. Also betreten wir drei gemeinsam meine tiefengesäuberte Wohnung. Kaum steht Sally im Flur, schüttelt sie sich Wassertropfen und Dreck aus dem Fell. Ich schaue Hund und Herrchen wortlos an. Bildlich gesprochen ziehen beide den Schwanz ein.

„Hast du einen Lappen?“, fragt Willi.

„Genau aus diesem Grund kann ich nicht verstehen, warum Hunde in Restaurants erlaubt sind“, rege ich mich auf, während ich Winterstein Eimer und Lappen reiche. „Ich liebe Hunde wirklich“, versichere ich dem am Boden ächzenden Winterstein, „aber aus hygienischen Gründen halte ich diese Regelung für absolut indiskutabel.“

Winterstein arbeitet schweigend und schwitzend. Sally weise ich an, vor der Küche stehen zu bleiben, während ich mich mit den Vorbereitungen für das Abendbrot beschäftige. Meine als eiserne Reserve vorgesehenen Steaks wandern in die Pfanne, und Sally steht ständig neben mir. „NEIN!“, rufe ich ihr zu. Dann deute ich auf den Platz, den ich für sie vorgesehen habe.

„SITZ!“, lautet mein Befehl. Sally und Willi sind fassungslos. Für einen Moment erscheint es mir, als ob sich die beiden bereits optisch annähern. Große, staunende Augen, keine Haare auf dem Kopf und ziemlich klobig. Sally jedenfalls hat verstanden, was ich von ihr möchte. Winterstein ist begeistert.

Während des Essens lässt er sich von mir auf den neuesten Stand bringen. Lange Zeit sagt er nichts. „Zwei Männer werden am gleichen Tag ermordet“, fasst er dann zusammen. „Du solltest als Erstes herausfinden, ob es sich bei dem Toten am Leuchtturm um den Freund von Markgraf handelt.“

Nachdenklich greife ich zu meinem Glas Wein. „Das war auch meine Idee. In diesem Fall hätten die Freunde einen gemeinsamen Feind gehabt. Es könnte aber auch sein, dass die beiden Fälle gar nichts miteinander zu tun haben. Wahlberg ist sich zwar relativ sicher, dass beide am dritten Advent starben. Aber ein klitzekleines Restrisiko konnte oder wollte er nicht ausschließen.“

„Ist denn das relevant?“

Über Wintersteins Einwand denke ich nach. Dann zucke ich die Schultern. „Vielleicht nicht.“

„Wenn die beiden Mordfälle nicht zusammenhängen und nur rein zufällig fast zeitgleich erfolgten, könnte es sich um zwei Täter handeln“, sinniert Winterstein.

„Es könnten in jedem Fall zwei sein“, gebe ich zu bedenken.

„Auch wieder wahr.“

Noch lange tauschen wir Gedanken aus und fachsimpeln. Winterstein schlürft seinen Tee, ich genieße meinen Wein. Sally erhält ein Würstchen. Am Ende des Abends schaut mich Willi mit fiebrigen Augen an. Ihm stehen Schweißperlen auf der Stirn, und er hat Schüttelfrost. Ich schwanke, ob ich ihm anbieten soll, bei mir zu übernachten. Aber dann müsste ich wahrscheinlich morgen in der Früh mit Sally eine Runde um den Block drehen.

Und ich müsste ihren Morgenhaufen entsorgen.

Ich müsste uns ein voluminöses Frühstück machen.

Und ich müsste jetzt noch das Bett für Willi beziehen.

Und ich müsste die Bettwäsche waschen.

Und ich müsste …

„Kann ich bei dir schlafen?“, reißt mich Winterstein aus meinen Überlegungen.

„Aber ja“, antworte ich.

Am nächsten Morgen werde ich vom Klappern der maroden Fensterläden geweckt. Fluchend drehe ich mich auf die Seite. Noch im Halbschlaf registriere ich einen etwas komisch riechenden Atem in meiner Nase. „Winterstein“, murmele ich schlaftrunken, „dreh dich bitte auf die andere Seite.“ Etwas Feuchtes stößt mich daraufhin an. „Spinnst du?“, fahre ich Willi an und öffne endlich die Augen. Mit einem Urschrei springe ich aus dem Bett. Sally hat sich fürchterlich erschrocken. Sie bellt und rennt quer durch die Wohnung. Winterstein kommt aus dem Zimmer geschossen. Er trägt Boxershorts und ein altes Shirt von Sebastian. Und er geht auf die sechzig zu. Und er ist krank. Und daher erschrecke ich ein wenig, als er so vor mir steht. Sally hat sich auf meine Sitzlandschaft geflüchtet. Winselnd sieht sie mich an. „Jetzt beruhigen wir uns alle drei“, ordne ich an.

Winterstein erklärt, dass er ganz ruhig sei. „Ihr seid zwei attraktive Frauen“, sagt er dann. Etwas verlegen schaue ich an mir herunter. Ich trage ein ziemlich ausgeleiertes Nachthemd und graue Pantoffeln. Prüfend mustere ich Willi, ob er mich verarscht hat. Aber dessen Augen glänzen, und so früh am Morgen vielleicht nicht aus fiebrigen Gründen. Daher fühle ich mich geschmeichelt und bin trotzdem von der Situation unangenehm berührt. „Geh du mal wieder ins Bett“, murmele ich. Dann sause ich in mein Zimmer und ziehe mich an. Sally ist auf unserer ersten Runde noch ein wenig zurückhaltend. Dann taut sie im doppelten Sinne auf, und ich habe die Scheiße wieder am Hals. „Du bist kein Hund, sondern ein Schwein“, stelle ich zum wiederholten Male fest und bin froh, noch nicht gefrühstückt zu haben. So röhre ich halt nur pure Luft aus mir heraus wie in meinen ersten Schwangerschaftswochen.

Winterstein hat tatsächlich Frühstück gemacht. Dann schmeißt er mich aus meiner Wohnung. „Du hast genug zu tun. Ich mach mich hier noch ein bisschen nützlich. Und dann trotten wir beide wieder nach Hause, ja?“, fragt er Sally.

„Ruf mich an, wenn es dir mies geht“, sage ich zu Winterstein.

Ich fahre gar nicht erst ins Präsidium, sondern sofort nach Bergen. Auf der Fahrt kontaktiere ich die dortigen Kollegen und informiere sie über meine Aktivitäten. Ich erfahre, dass sich Linus Heider krankgemeldet hat. Wahrscheinlich wird er mich verklagen, weil ich ihn seelisch unter Druck gesetzt habe und bei ihm ein lebenslanges Trauma ausgelöst wurde.

„Weichei, Blödmann, Trottel“, fluche ich. Dann halte ich vor dem ungleichen Doppelhaus.

Frau Markgraf öffnet nach dem ersten Klingeln. „Was wollen Sie denn schon wieder hier?“, fährt sie mich an. Nun ja, die Zeiten der freiwilligen oder staatlich inszenierten Willkommenskultur sind vorbei. Immerhin ringt sich Frau Markgraf durch, mich nicht vor der Tür stehen zu lassen. „Na, kommen Sie schon rein."

Ich lege meine Winterjacke ab und mache es mir in der Küche bequem. Auch Herr Hofmann ist wieder da. Julina hört man im Haus herumtoben.

Auf der Fahrt nach Bergen habe ich intensiv über mein Gespräch mit Winterstein nachgedacht. Erst während unseres Gedankenaustausches war mit bewusst geworden, dass mich weder die Witwe noch ihr Vater nach den Umständen gefragt haben, die zum Tod von Michael Markgraf geführt haben. Beide erkundigten sich ebenfalls nicht nach dem Todestag. Winterstein brachte es dann auf den Punkt. „Die beiden mussten nicht nachfragen, weil sie über alles Bescheid wissen", lautete seine Theorie. So weit lehne ich mich erst mal nicht aus dem Fenster. Ich tendiere eher dazu, dass Vater und Tochter einfach kein Interesse haben, die Details kennenzulernen.

„Schön, dass ich Sie beide antreffe", sage ich ehrlich. Die Familie hat anscheinend gerade ihr Frühstück beendet. Frau Markgraf schenkt sich noch einmal Kaffee nach.

„Und was ist daran schön?", fragt sie mich.

„Ich spare Zeit, wenn ich mit Ihnen gemeinsam reden kann", erkläre ich und komme zur Sache. „Wissen Sie, nach unserem gestrigen Gespräch habe ich mir ein paar Fragen gestellt." Ich lege eine kurze Pause ein und schaue Vater und Tochter an. Frau Markgraf erwidert meinen Blick. Es ist eine Mischung aus Desinteresse und Misstrauen. Vater Hofmann stiert in seine leere Tasse.

„Die erste Frage lautet: Warum haben Sie mich nicht nach dem Todestag gefragt?"

Dann warte ich. Klaus Hofmann ignoriert mich weiterhin. Allerdings fällt mir ein komisches Klappern auf. Er bewegt permanent seine Kinnlade und scheint auf die Zähne zu beißen. Das Geräusch ist nicht schön.

Elvira Markgraf rührt gelangweilt in ihrer Tasse. Ihre Körpersprache signalisiert mir, dass sie von mir genervt ist.

„Interessiert es Sie gar nicht, wann Ihr Mann gestorben ist?"

„Ich vermute mal, er ist am dritten Advent gestorben", antwortet Frau Markgraf. „Immerhin ist er an diesem Tag nicht mehr an sein Handy gegangen."

Die Antwort lasse ich gelten. „Dann wäre diese Frage geklärt. Nun komme ich zu Frage zwei. Warum haben Sie mich nicht gefragt, unter welchen Umständen Ihr Mann beziehungsweise Ihr Schwiegersohn gestorben ist? In der Regel wollen Angehörige das wissen. Sie scheint es aber überhaupt nicht zu interessieren, oder?“

„Sie haben völlig recht“, sagt Klaus Hofmann. „Es interessiert mich nicht.“

Ich blicke zu Elvira Markgraf. „Und Sie? Ist es Ihnen auch vollkommen egal, wie Ihr Mann gestorben ist?“

Sie zuckt die Schultern. „Eigentlich schon.“

„Ich muss zugeben, dass mich Ihre Antworten ziemlich verblüffen“, sage ich. „Ein derartiges Desinteresse ist mir noch nicht untergekommen. Ich sage Ihnen trotzdem, wie wir Ihren Mann gefunden haben. Er hing an einem Baum.“

„Dass ich nicht lache!“, brüllt Klaus Hofmann los. „Was erzählen Sie da? Der Kerl hat sich niemals den Strick genommen. Der war doch viel zu feige! Immer nur mit der Schnauze vorneweg. Und dann kam eine ganze Weile nichts. Und erst dann kam mein Herr Schwiegersohn mit jeder Menge unausgegorener Ideen und einem Berg Schulden im Gepäck.“

Mir fällt auf, dass es keinen Spaß macht, Herrn Hofmann zuzuhören. Das liegt nicht nur daran, dass aus seinem Mund nur Hasstiraden kommen. Hauptsächlich liegt es daran, dass seine Zähne klappern. Vor allem, wenn er sich aufregt und laut spricht. Es klingt, als hätte er eine zu große Zahnprothese. Es irritiert mich mächtig.

„Was den Suizid anbelangt, haben Sie völlig recht“, stimme ich Herrn Hofmann zu. „Ob Ihre anderen Vorwürfe berechtigt sind, kann ich nicht beurteilen.“

„Michael hat sich nicht das Leben genommen?“, beteiligt sich nun endlich auch einmal die Witwe an unserem Gespräch.

„Nein. Es hat sich jemand sehr viel Mühe gegeben, Ihren Mann aufzuknüpfen. Er hing knapp vier Meter über dem Erdboden. Der Baum stand so ziemlich am Rand von Sassnitz. Daher wurde Ihr Mann erst mehrere Tage später entdeckt.“

Ein paar Minuten gehen ins Bergen-Land. Frau Markgraf hat die Augen geschlossen. Vielleicht versucht sie sich vorzustellen, wie ihr Mann tagelang vom Sturm hin- und hergeschaukelt wurde. Vater Hofmann schweigt. Nach ein paar Minuten klappert er wieder drauflos. „Das ist so typisch für meinen Herrn Schwiegersohn. Lässt sich einfach so den Strick um den Hals legen. Der war nie ein Kämpfertyp. NIE! Ich habe dich vom ersten Tag an vor diesem Versager gewarnt“, herrscht er seine Tochter an. „Aber du warst ja so unsagbar stur und dickköpfig. Du hättest jeden haben können. Aber nein. Die werte Tochter musste sich ausgerechnet an den König der Idioten klammern."

Herr Hofmann schweigt endlich. Nur sein Gebiss klappert noch nach. Ich staune, dass Elvira Markgraf die Hassrede ihres Vaters so gelassen hinnimmt.

„Nun wissen Sie also, wann und wie Ihr Mann ums Leben gekommen ist", wende ich mich an Elvira Markgraf. „Und daher frage ich Sie nun beide nach Ihrem Alibi."

„Wieso benötigen wir ein Alibi?", fragt mich Herr Hofmann. Er reibt sich sein hageres Gesicht.

„Wir ermitteln in einem Tötungsdelikt. Da überprüfen wir rein routinemäßig die Alibis aller Personen aus dem Umfeld des Opfers."

„Das ist ja lächerlich. Ich habe meinen Schwiegersohn nicht auf dem Gewissen. Da ist mir jemand leider zuvorgekommen."

„Ich teile Ihr Bedauern."

Hofmann sieht mich böse an. „Was soll denn das heißen?"

„Es wäre mir eine Freude gewesen, Sie zu verhaften. Falls Sie mir die Wahrheit gesagt haben, muss ich leider weitersuchen." Dabei bemühe ich mich um ein liebes Lächeln. Es ist immerhin bald Weihnachten. Das Fest der Hektik und der vermehrten Suizide.

„Und?", frage ich dann noch einmal in die Runde. „Haben Sie nun ein Alibi, oder nicht?"

Herr Hofmann steht kurz davor, die Beherrschung zu verlieren. Er ballt die Fäuste und holt tief Luft. Allem Anschein platzt ihm schnell der dreckige Kragen. Seine Tochter gibt ihm unter dem Tisch einen Tritt. „Wann genau ist Michael denn gestorben?", deutet sie pflichtbewusst einen Hauch von Interesse an.

„Die Uhrzeit kann unser Rechtsmediziner leider nicht exakt festlegen."

„Wie kann denn das sein?", fragt Frau Markgraf. „Sie haben doch heutzutage unendlich viele Möglichkeiten, jedes noch so kleine Detail hervorzukramen."

„In der Regel trifft das auch zu, aber Ihr Mann hing leider mehrere Tage an einem Baum. Und da kann dann auch ein Rechtsmediziner nicht mehr auf die Stunde genau den Todeszeitpunkt zweifelsfrei bestimmen."

„Am dritten Advent habe ich gemeinsam mit meiner Tochter Julina in diesem verfluchten Haus gesessen", antwortet Frau Markgraf. „Das Wetter war Scheiße. Und daher sind wir nicht vor die Tür getreten."

„Und Sie?", wende ich mich an Herrn Hofmann.

„Vermutlich habe ich irgendwie versucht, den Tag rumzubekommen."

„Nehmen wir mal an, Sie beide haben wirklich nichts mit dem Verbrechen zu tun“, stelle ich eine vage Möglichkeit in Aussicht. „Wer hätte dann ein Motiv haben können?“

Vater und Tochter schauen sich fragend an. Aber ich erhalte keine Antwort.

„Ihnen ist schon klar, dass Ihr Schweigen Sie nicht gerade entlastet?“, erkundige ich mich. Dann krame ich in meiner Tasche und lege ein Foto des noch unbekannten Toten auf den Tisch. „Dieser Mann wurde ebenfalls am dritten Advent ermordet. Bitte schauen Sie sich sein Gesicht genau an. Handelt es sich um den Freund Ihres Mannes?“

„Sie meinen den Dennis Luttkus?“ Lange betrachtet sie das Foto. Dann schiebt sie es ihrem Vater über den Tisch. „Was meinst du?“

Hofmann wirft nur einen kurzen Blick darauf. „Ganz miese Aufnahme.“

„Der Mann war bereits zwei Tage tot, ehe er gefunden wurde. Insofern muss man Abstriche bei dem Erscheinungsbild akzeptieren.“ Der stinkende Alte geht mir ungemein auf die Nerven.

„Wieso finden Sie die Opfer immer erst einige Tage später?“, fragt Frau Markgraf. Falls ich mich nicht verzählt habe, ist es die erste sachliche Frage seit unserer ersten Begegnung. „Das Wetter war extrem schlecht. Und beide Männer starben an verlassenen Gegenden.“

„Komisch“, sagt Frau Markgraf.

„Wären Sie bereit, mich nach Sassnitz zu begleiten, um den Mann zu identifizieren?“ In diesem Moment leuchtet das Display meines Handys auf. Staatsanwalt Vogel hat mir eine SMS geschickt. „Ist nicht mehr nötig“, sage ich und stehe auf. Auch Frau Markgraf hat sich erhoben. „Ich wäre gern mitgefahren“, sagt sie sichtlich enttäuscht. „Ich komme ja hier kaum noch raus.“

„Die Identität ist geklärt“, antworte ich kurz angebunden.

„Und?“, fragt Elvira Markgraf. „Ist der Tote nun der Dennis?“

„Ja. Daran besteht kein Zweifel.“

„Da habe ich jetzt dieses Scheißhotel ganz alleine an der Backe“, schlussfolgert Frau Markgraf richtig. Dann geht irgendwo im Haus irgendwas zu Bruch. Julina quiekt auf und kommt die Treppen heruntergeflitzt. „Was hast du denn nun wieder kaputt gemacht?“, brüllt Frau Markgraf ihre Tochter an, die daraufhin in Tränen ausbricht. „Du träumst nur in der Weltgeschichte herum! Du machst mich fertig!“

Julina presst eine Puppe an sich und schluchzt auf.

„Warum bist du denn nicht in der Schule?“, frage ich sie.

„Weil sie krank ist“, sagt ihre Mutter und hält mir unmissverständlich die Haustür auf. Kaum bin ich draußen, knallt sie die Tür hinter mir zu. Vielleicht irren wir uns ja alle, und der Markgraf hat sich entgegen den Behauptungen seines Schwiegervaters und entgegen den Schlussfolgerungen unseres Rechtsmediziners doch freiwillig aufgeknüpft. Ich könnte ihn verstehen.

Langsam und nachdenklich schlendere ich durch die Stadt. Bei einem Fleischer nutze ich das Imbissangebot und kaufe mir eine Bratwurst. Dann rufe ich Teichert an und bitte ihn um die Adresse von Dennis Luttkus. Entgegen meiner Annahme wohnte er nicht in Bergen, sondern in Sassnitz, wie mir Teichert versichert.

Auf der Rückfahrt führe ich laute Selbstgespräche. Mir ist bewusst geworden, dass ich völlig umsonst die Hotels abgelaufen bin und an den Rezeptionen das Foto von Luttkus hochgehalten habe. Dann grübele ich, warum ich die einseitige und engstirnige Betrachtungsweise von Winterstein vorbehaltlos aufgegriffen habe. „Warum haben wir von Anfang an geglaubt, dass der Tote kein Einheimischer ist?“, frage ich mich. Weil ich krank war und nicht richtig nachgedacht habe, der Vogel keine Ahnung in ermittlungstechnischen Angelegenheiten hat und du vor lauter Wut deinen Verstand im Arsch hattest, antwortet der imaginäre Winterstein. „Da ist was dran“, gebe ich zu.

Ich fahre auf den verwaisten Parkplatz hinter unserem Präsidium. Mal sehen, ob noch irgendein Mensch keinen Urlaub genommen hat. In unserer Teeküche treffe ich schon mal auf zwei. Und das ist nicht gut. Oliver Teichert und Henning Wahlberg haben sich umarmt und küssen sich leidenschaftlich. Es ist mir ein Rätsel, wie man Wahlberg küssen kann. Vor Schreck kehre ich um und klopfe bei unserem Staatsanwalt an die Tür. Das Vorzimmer ist bereits leer. Frau Barsch freut sich auf ihre vierten Flitterwochen und hat alle Hände mit den Reisevorbereitungen zu tun. Vogel springt auf und kommt mir sogar entgegen. „Bitte nehmen Sie Platz. Wie kommen Sie vorwärts?“

„Wie es sich für einen Einzelkämpfer gehört. Das Tempo ist mäßig.“

„Und sonst?“

„Und sonst habe ich festgestellt, dass weder Elvira Markgraf noch ihr Vater Klaus Hofmann ein Alibi für den fraglichen Tag vorweisen können. Die Sache mit dem Alibi ist in diesem Fall auch nicht ganz einfach. Wahlberg konnte den Todeszeitpunkt nicht exakt bestimmen. Insofern mache ich mir da keine falschen Hoffnungen.“

„Stimmt“, brummt Vogel.

„Aber nun erklären Sie mir bitte, wieso wir plötzlich wissen, um wen es sich bei dem ersten Opfer handelt."

„Die Eltern von Dennis Luttkus haben sich gesorgt, weil ihr Sohn telefonisch nicht mehr erreichbar war. Also sind sie heute zu ihm nach Hause gefahren. Dort stellten sie fest, dass er einen Übernachtungsgast hatte. Sie fanden unter anderem einen kleinen Koffer mit Männerkleidung. Und sie fanden ein Namensschild an dem Koffer."

„Lassen Sie mich raten", unterbreche ich Vogel. „Der Koffer gehört Michael Markgraf."

„Jawohl", bestätigt Vogel meine Vermutung. „Jedenfalls haben die Eltern die richtige Schlussfolgerung gezogen, nachdem sie sich in der Wohnung umgesehen hatten. Die Pflanzen waren nicht gegossen, die Lebensmittel verdorben. Die Luft roch muffig. Also kamen die Eltern zu uns ins Präsidium, um eine Vermisstenanzeige aufzugeben. Zum Glück war der diensthabende Beamte intelligent genug und hat Wahlberg sofort informiert. Daher haben wir jetzt Gewissheit über die Identität des Toten."

Einen Moment schweige ich. „Die beiden kannten sich bereits seit frühester Kindheit. Und nun sind sie am selben Tag unter sehr mysteriösen Umständen gestorben."

„Höre ich da irgendeine Vermutung aus Ihren Worten?"

„Ich weiß nicht, was Sie hören, aber da muss es eine Verbindung geben."

„Ich stimme Ihnen vorbehaltlos zu. Was gibt es zu dieser Witwe und ihrem Vater zu sagen?"

„Klaus Hofmann ist ein verbitterter Mann. Er hasst seinen Schwiegersohn. Er gibt ihm die alleinige Schuld für die missliche Lage seiner Tochter. Außerdem ist er schnell auf der Palme. Und unkooperativ ist er obendrein."

Vogel nickt vehement. „Aber das sind doch, wenn ich mich nicht verzählt habe, vier handfeste Gründe, die als Motiv in Frage kommen. Ich finde, das ist doch ganz vorzüglich."

„Das ist richtig. Die Witwe hat aber auch ernste Motive", gebe ich zu bedenken. „Sie steht bald mit zwei Kindern und völlig leeren Händen da. Aus meiner Sicht muss sie das Hotel schnellstens loswerden. Bei der ungünstigen Lage erscheint mir das schwierig. Und dann kann sie nur hoffen, dass ihre Doppelhaushälfte beim nächsten Sturm nicht umkippt. Ihre Worte waren, dass sie ihren Mann nie geliebt hat. Er hat sie in den finanziellen Ruin und ins Unglück gestürzt."

„Hm“, schließt sich Vogel meiner Meinung an. „Hass ist ein nicht zu unterschätzendes Motiv. Aber halten Sie denn Frau Markgraf für fähig, ihren Mann mithilfe einer Drehleiter aufzuhängen?“

„Sagen wir mal so: Frauen sind erfinderisch. Sie entwickeln, wenn es sein muss, gewaltige körperliche Kräfte. Sie sind viel ausdauernder. Sie sind viel intelligenter. Sie …“

„Na, na, Frau Burmeister“, unterbricht mich Vogel. Wahrscheinlich fühlt er sich verpflichtet, sein Geschlecht in Schutz zu nehmen. „Übertreiben Sie da nicht ein wenig?“

„Nein. Und Frauen sind nicht weniger brutal als Männer. Daher möchte ich Frau Markgraf als potentiell Verdächtige nicht ausschließen.“

„Und wenn Tochter und Vater gemeinsam gehandelt haben?“

„Auch das ist denkbar.“

„Und Ihre nächsten Schritte sehen wie aus?“

„Ich spreche mit den Eltern von Dennis Luttkus. Wo finde ich sie?“

Vogel sieht mich bedauernd an. „Sie sind nach Hause gefahren. Frau Luttkus erlitt einen Schwächeanfall. Tut mir sehr leid. Aber da werden Sie morgen wohl nach Putbus fahren müssen.“

Mit einem Male ist bei mir die Luft raus. Ich verabschiede mich und schaue fix noch bei Teichert rein. Er sitzt glücklicherweise allein vor seinen Monitoren.

„Herr Teichert, ich habe mal wieder was zu tun für Sie.“

„Oh, da unterbreche ich erst mal meine Tätigkeit.“

„Was machen Sie denn gerade?“, erkundige ich mich der Höflichkeit halber.

„Wir müssen unsere Präsenz in den sozialen Medien stärken“, kommt Oliver Teichert wieder daher.

„Haben Sie sich schon mal Gedanken darüber gemacht, warum man die elektronischen Medien sozial nennt?“, frage ich. Es ist offensichtlich, dass Teichert derlei Gedankengut noch nicht in seinem Repertoire hatte.

„Äh …“, sagt er dann auch nur.

„Ja, das habe ich mir schon gedacht“, schnorre ich ihn an. „Ich halte das Wort sozial für komplett fehl am Platz. Man kann heute Menschen innerhalb weniger Minuten weltweit durch die Scheiße ziehen. Menschliche Tragödien werden verbreitet, und Angehörige erfahren teilweise vom Tod ihrer Lieben, bevor wir eine Chance haben, sie von Mensch zu Mensch zu unterrichten.“

Teichert sieht mich merkwürdig an. „Ihre Argumente kann man nicht einfach so vom Tisch wischen.“

„Das kann man nie.“

Teichert kratzt sich das Stoppel-Doppelkinn. „Ich wollte eigentlich unseren Staatsanwalt noch einmal daran erinnern, unseren Blog über Twitter zu realisieren. Das Vorhaben liegt immer noch auf Eis. Sie erinnern sich vielleicht? Die Bürger könnten die Tweets retweeten …“

Energisch winke ich ab. „Teichert, lernen Sie doch zunächst erst einmal Deutsch. Wenn unser Staatsanwalt Sie versteht, hört er Ihnen vielleicht sogar zu.“

Teichert staunt Bauklötze. „Diese Möglichkeit habe ich nicht bedacht.“

„Na fein. Und jetzt machen Sie mal was Sinnvolles. Sie überprüfen die Telefonlisten von Elvira Markgraf, Klaus Hofmann und den beiden Opfern Michael Markgraf und Dennis Luttkus. Meinen Sie, das bekommen Sie auch ohne geretweetete Twitter-Tweets auf die Reihe?“

„Logisch“, murmelt Teichert.

Danach trete ich den Heimweg an. Winterstein hat meine Wohnung geradezu vorbildlich verlassen. Sein Bett ist ordentlich gemacht. Das saubere Geschirr hat er auf die Spülmaschine gestellt. Ich bin zufrieden. Meine Zufriedenheit erhält einen Dämpfer, als ich in meinem Kühlschrank schaue. Winterstein hat tatsächlich die beiden übrig gebliebenen Steaks mitgenommen. Vor Wut und Hunger kommen mir fast die Tränen. Niedergeschlagen überlege ich, ob ich gleich hungrig ins Bett kriechen soll. Aber dann verwerfe ich meinen trotzigen Anfall und brate mir Eier und Speck. Und nachdem ich mich überzeugt habe, dass Sally keine Haare hinterlassen hat, kuschele mich in die Ecke meiner Sitzlandschaft. Ich schaue mir eine neue Folge von Hubert ohne Staller an und bin der Meinung, dass es richtig war, die Serie ohne Staller fortzuführen. Er fehlt mir nicht.

Spät am Abend ruft dann noch Winterstein an. Er hat Glück, dass meine Wut mittlerweile verflogen ist. „Sehen wir uns morgen wieder?“, fragt er mich mit weinerlicher Stimme.

„Nur, wenn meine Mutter nicht nach mir verlangt“, dämpfe ich seine Hoffnungen. Dann wünschen wir uns eine gute Nacht. Ich liege schon im Bett, als mir einfällt, dass unsere Führungsperson Barbara Leitmeyer-Mummelthey die Einzige ist, die sich überhaupt nicht meldet. Angina hin oder her. Aber dass sie nicht einmal in der Lage ist, per E-Mail nachzufragen, was sich bei uns im Präsidium so abspielt, ist erbärmlich. Und es ist wieder einmal so typisch für diese Frau. „Dämliches, faules Miststück“, raunze ich und schlafe ein.

SECHS

Das nasskalte Wetter hält sich. Die Fahrt nach Putbus strengt mich an. Unzählige Nebelbänke zwingen mich, beständig auf die Bremse zu treten. Die Sichtweite beträgt mitunter kaum dreißig Meter. Nur in waldigen Abschnitten wird die Sicht klarer.

„Oh du fröh-li-che-heee ...“, plärrt es aus dem Radio unseres alten Dienstwagens. Ich suche einen anderen Sender. „Rudolph the red nosed reindeer ...“, singt die Kelly-Family. Das zieht mich nicht ganz so runter, aber einen dritten Versuch unternehme ich noch. Mein Lieblingssender Hitradio Antenne Mecklenburg-Vorpommern ordnet sich den weihnachtlichen Erwartungen ebenfalls unter. Wham schmachtet „Laaaast christmas, I gave you my heart ...“ Genervt schalte ich aus.

Putbus, das fürstliche Paradies am Greifswalder Bodden, zieht vornehmlich in den Sommermonaten gewaltig viele Touristen an. Die meisten lockt das einmalige Städteensemble aus Architektur, Kunst und Landschaft. Putbus hat seine Berühmtheit einem Mann namens Wilhelm Malte zu verdanken. Das werden die wenigsten Besucher wissen, und es wird sie vielleicht auch nicht interessieren. Aber dieser Fürst Wilhelm Malte I. ist der Stadtgründer, und er hatte eine Vorliebe für majestätische Gebäude im Stil des Klassizismus. Unangefochten auf Platz 1 des Bekanntheitsgrades liegt der sogenannte Circus. Es handelt sich dabei um einen als Rondell ausgeführten Platz, der von einer Vielzahl klassizistischer Häuser gesäumt ist.

Heute ist Putbus verhältnismäßig verlassen und einsam. Ich kann ohne Probleme am Circus parken. Ich schiebe den unausweichlichen unangenehmen Besuch noch ein paar Minuten vor mir her und drehe eine Runde um den Platz. Dabei ist nicht zu übersehen, dass die meisten der alten Gebäude nicht mehr ganz so weiß strahlen wie in den Reiseprospekten. Ich schaue auf den neunzehn Meter hohen Obelisken, der in der Mitte des Platzes steht. Er überragt die kahlen Bäume, unter denen man im Sommer angenehmen Schatten findet.

Nachdem ich meine Ehrenrunde beendet habe, nehme ich den Besuch der Eltern in Angriff. Ich habe heute Morgen mit dem Vater telefoniert und mein Kommen angekündigt. Familie Luttkus wohnt am Rande des berühmten Schlossparkes. Vier Mietparteien teilen sich ein sehr gepflegtes Häuschen. Reinhold Luttkus, ein kleiner, untersetzter Mann, öffnet mir die Tür. „Kommen Sie bitte herein“, sagt er leise, noch bevor ich meinen Ausweis hervorgeholt habe. „Wenn Sie ablegen möchten“, bietet er mir an und deutet auf die Garderobe.

„Ja, gern", bedanke ich mich und folge ihm in das Wohnzimmer.

Karin Luttkus sitzt mit angezogenen Beinen in einem Sessel, die Arme hat sie um ihre Knie geschlungen. Als ich das Zimmer betrete, nickt sie mir zu. „Mein Name ist Burmeister. Ich möchte Ihnen versichern, dass mir bewusst ist, dass Sie eine schreckliche Zeit durchleben. Es tut mir leid, Sie unter diesen Umständen aufsuchen zu müssen." Ich lege eine kurze Pause ein und hoffe auf irgendeine Reaktion. Die bleibt aber leider aus. „Fühlen Sie sich in der Lage, mir ein paar Fragen zu beantworten?", wende ich mich an Herrn Luttkus, der mir gefasster erscheint als seine Frau.

„Ja, natürlich." Er zeigt auf den anderen Sessel. „Nehmen Sie bitte Platz."

Während ich mich setze, mustere ich die Eltern verstohlen. Frau Luttkus scheint völlig abwesend zu sein. Vielleicht hat sie ein Beruhigungsmittel eingenommen. Reinhold Luttkus knetet seine Finger und wiegt den Oberkörper vor und zurück. Seine müden Augen blicken ins Leere. Die beklemmende Atmosphäre springt auf mich über. Nur mit Mühe kann ich mich konzentrieren. Dann gebe ich mir einen innerlichen Ruck. Es bringt nichts, wenn wir zu dritt schweigend nebeneinandersitzen.

„Herr Luttkus, Ihr Sohn ist einem brutalen Tötungsdelikt zum Opfer gefallen." Bewusst verzichte ich auf Phrasen oder jedwede Beschönigung der Situation. „Haben Sie einen Verdacht, wer ihm Schaden zufügen wollte? Gibt es Personen, mit denen er Streit hatte? Hat Ihr Sohn in letzter Zeit Andeutungen gemacht, deren Sinn Ihnen vielleicht erst jetzt bewusst wird? Hatte er sich verändert? Wirkte Dennis verschlossen oder unnahbar?"

Herr Luttkus schlägt die Hände vor sein Gesicht. Dann schüttelt er den Kopf. Eine gefühlte Unendlichkeit nimmt ihren Lauf. Die Ruhe in diesem Raum legt sich wie ein Gewicht auf meine Schultern. Frau Luttkus hat ihre Arme derart fest um ihre Knie geschlungen, dass die Knöchel ihrer Hände weiß hervortreten.

Ich muss mich räuspern. „Kennen Sie im Umfeld Ihres Sohnes Personen, mit denen er Auseinandersetzungen hatte?", wiederhole ich eine Frage. „Wenn Sie nur schweigen, bringt uns das nicht weiter. Bitte bedenken Sie: Mit Ihrer Hilfe gelingt es uns wahrscheinlich schneller, die Person zur Verantwortung zu ziehen, die Ihren Dennis auf dem Gewissen hat."

Immerhin nimmt Herr Luttkus jetzt die Hände vom Gesicht. Offensichtlich sucht er nach den passenden Worten. Mir fällt auf, dass er beständig meinem Blick ausweicht. „Ja bitte, Herr Luttkus", ermuntere ich ihn. „Was möchten Sie mir sagen?"

Während ich auf eine Antwort warte, schaue ich mich im Zimmer um. Nichts deutet auf den bevorstehenden Weihnachtsabend hin. Komischerweise reagiert Herr Luttkus ausgerechnet auf diese Nichtigkeit zuerst. „Wir haben die gesamte weihnachtliche Dekoration gestern noch in den Keller geschafft", sagt er. Erleichtert atme ich auf. Damit hat er zwar noch keine meiner Fragen beantwortet, aber wenigstens spricht er mit mir. „Unseren Baum habe ich den Nachbarn geschenkt", erzählt Herr Luttkus weiter. „Ich glaube auch nicht, dass wir irgendwann einmal wieder die Sachen aus dem Keller holen werden. Wozu? Dennis wird nie wieder gemeinsam mit uns Weihnachten feiern." Die Stimme von Herrn Luttkus bricht. Ich schaue zu Frau Luttkus. Ihre Körperhaltung ist unverändert.

„Es war bestimmt richtig, dass Sie die Dekorationen erst einmal entfernt haben. Weihnachten ist nur dann wirklich schön, wenn man keine Sorgen hat. Das ist zumindest meine Überzeugung."

Zum ersten Mal sieht mich Herr Luttkus an. „Da haben Sie recht", meint er. Ich hoffe, dass damit unsere Unterhaltung nicht am Ende angekommen ist.

„Dennis hatte keine Feinde", sagt Herr Luttkus dann. Mir fällt ein Stein vom Herzen. Ich bin erleichtert, dass nun wenigstens der Vater in der Lage ist, ein paar Worte zu sprechen. Bevor er erneut ins Grübeln versinkt, knüpfe ich an seine Aussage an. „Sind Sie sicher? Schauen Sie, die Art und Weise, wie Dennis getötet wurde, bestärkt mich in der Annahme, dass es sich um ein geplantes Verbrechen handelt. Ihr Sohn wurde am Fuß des Leuchtturms gefunden. Vielleicht ist er mit seinem Mörder sogar gemeinsam bis zum Ende der Mole gelaufen. Oder er war dort mit ihm verabredet. Die Wahrscheinlichkeit, dass Dennis seinem Mörder zufällig begegnet ist, ist sehr gering."

Ich lege eine Pause ein, um den Eltern Zeit zu geben, meine Theorie zu verarbeiten. „Wir kennen niemanden, der unseren Dennis so gehasst haben soll, dass er ihm ... dass er ihm ..." Herr Luttkus bricht in Tränen aus. Frau Luttkus schließt die Augen. Ich hole tief Luft. Es war ein Fehler, die Eltern allein aufzusuchen. Heute wäre die Unterstützung eines Mitarbeiters des Kriseninterventionsdienstes nötiger gewesen als bei Frau Markgraf.

„Herr Luttkus, bitte." Ich entscheide, einen resoluteren Ton anzuschlagen. Das hilft mitunter mehr, als mit den Hinterbliebenen gemeinsam in Traurigkeit zu versinken. „Ihr Sohn fiel einem Verbrechen zum Opfer. Bitte überlegen Sie. Hatte er Ärger? Gab es Probleme? Soviel ich weiß, lief das Hotel nicht gut. Wissen Sie, ob Ihr Sohn finanzielle Schwierigkeiten hatte?"

„Das Hotel!“, ruft Herr Luttkus. „Sie haben recht. Das Hotel hat Unglück über ihn gebracht. Er hätte sich niemals darauf einlassen dürfen. Aber dieser Markgraf ließ nicht locker. Der hatte etwas an sich, das konnte durchaus bedrohlich wirken. Wenn der sich erst einmal was in den Kopf gesetzt hatte, dann ließ der nicht mehr locker.“ Herr Luttkus nickt heftig zur Bestätigung. „Das war schon in der Schule so. Der Markgraf bestimmte immer, wo es langging. Unser Dennis trabte dann hinterher. Das war ihm aber gar nicht bewusst. Nicht einmal, als sie älter wurden.“ Herr Luttkus mustert mich mit zusammengekniffenen Augen. „Sie denken, der Markgraf hat etwas mit dem Tod von unserem Dennis zu tun?“

Ich hebe abwehrend beide Hände. „Wie kommen Sie auf so eine Schlussfolgerung?“

„Ich dachte ja nur so. Weil … also, Sie haben recht. Das Hotel lief gar nicht gut. Wir haben unserem Dennis so viel Geld zugesteckt. Sie hätten das Haus mal sehen sollen. Es war so verfallen. Und dann hat er sich richtig dahintergeklemmt. Er war permanent auf der Baustelle. Ständig ist er den Handwerkern auf die Pelle gerückt. Es ist alles so toll geworden. Aber die Gäste bleiben aus.“ Herr Luttkus legt eine kleine Pause sein. „Das liegt nicht nur an der schlechten Lage. Man findet beispielsweise das Hotel im Internet nicht. Der Markgraf meinte, diese Präsentation hätten sie nicht nötig. Gutes würde sich von selbst herumsprechen. Er war generell gegen jede Art von Werbung.“

Ich merke, dass wir in einer Sackgasse gelandet sind. „Herr Luttkus“, versuche ich den Vater wieder in die von mir gewünschte Richtung zu lenken. „Hatte sich Ihr Sohn trotz Ihrer finanziellen Unterstützung verschuldet? Hat er sich bei einem Freund vielleicht Geld geborgt?“

„Nein, das hätte er uns erzählt. Einen Kredit musste er aufnehmen. Das ging gar nicht anders. Der Schuldenberg wurde auch immer größer. Schließlich mussten die laufenden Ausgaben wie Miete, Versicherung und Strom bezahlt werden. Ich glaube, in letzter Zeit hat sich Dennis nicht mehr so gut mit dem Markgraf verstanden. Sie wollen doch bestimmt meine ehrliche Meinung wissen?“

„Unbedingt“, bestätige ich und nicke heftig.

„Ich bin überzeugt, dass der Markgraf etwas mit dem Tod unseres Sohnes zu tun hat.“ Herr Luttkus schlägt zur Bekräftigung mit der Faust auf den Tisch.

„Das halte ich für ziemlich ausgeschlossen“, erwidere ich. „Auch Michael Markgraf wurde ermordet.“

Zum ersten Mal registriere ich eine Art Reaktion bei Frau Luttkus. Sie sieht zunächst ihren Mann an und dann mich. Herr Luttkus klappt der Mund auf. „Was?“, haucht er fassungslos. „Aber … wie ist denn das möglich? Wie ist denn der Mark… der Michael gestorben?“

Ich überlege kurz, ob ich diese Information an die Eltern gebe, und entscheide mich dann dafür. „Er wurde erhängt.“

„Macht man das in der Regel nicht selber?“, fragt Herr Luttkus. Seine Betroffenheit ist augenscheinlich sehr groß.

„Da stimme ich Ihnen zu. Aber es gibt auch Ausnahmen.“

„Sie glauben also nicht, dass er etwas mit dem Tod von Dennis zu tun hat?“

„Das halte ich zum gegenwärtigen Zeitpunkt für ausgeschlossen.“

„Wann ist denn der Ma… Michael gestorben?“

„Unser Rechtsmediziner glaubt, dass Ihr Sohn Dennis und Michael Markgraf am selben Tag getötet wurden.“

Die Luttkus tauschen einen Blick aus, den ich nicht deuten kann. „Ja?“, hake ich sofort nach. „Fällt Ihnen in diesem Zusammenhang etwas ein? Hatten Dennis und Michael vielleicht Streit mit derselben Person?“

„Da kenne ich niemanden.“ Die Stimme von Herrn Luttkus zittert.

Fragend schaue ich Frau Luttkus an. Aber die hat sich wieder in ihr Schneckenhaus zurückgezogen.

„Vielleicht denken Sie doch noch einmal nach. Wenn sich in der Gegenwart keine Motive für die Ermordung der jungen Männer finden lassen, müssen wir in der Vergangenheit suchen. Gab es in vielleicht einmal eine Auseinandersetzung mit Schulkameraden? Oft spielt die erste große Liebe eine wichtige Rolle. Hat Dennis vielleicht das gleiche Mädchen verehrt wie einer seiner Schulfreunde? Oder können Sie sich an ein Ereignis erinnern, das schon lange zurückliegt und dem Sie damals keine Bedeutung beimaßen? Mitunter …“

„NEIN“, kreischt Frau Luttkus auf. Vor Schreck kullert mir der Kugelschreiber auf den Boden. „Nein“, wiederholt sie leise. „So etwas hat es nie gegeben.“

Damit nimmt sie ihre Haltung wieder ein. Verdutzt schaue ich sie an. Dann wandert mein Blick zu Herrn Luttkus. Der schluckt schwer und erschrickt, als er merkt, dass ich ihn mustere. „Meine Frau hat völlig recht. Da ist nie etwas vorgefallen. Wenn dem so wäre, hätten wir das gemerkt.“

„Und da sind Sie sich beide sicher, ja?“

„Absolut. Unser Dennis ist tot. Warum sollten wir Ihnen etwas verheimlichen? Aber Sie sehen, dass es meiner Frau nicht gut geht. Wenn Sie jetzt bitte gehen würden."

Ein paar Sekunden bleibe ich noch sitzen. Dann suche ich auf allen vieren meinen Kugelschreiber und folge Herrn Luttkus in den Flur. Langsam ziehe ich meine Winterjacke über. „Herr Luttkus", versuche ich, ihm ins Gewissen zu reden. „Sie sollten noch einmal mit Ihrer Frau sprechen. Vielleicht habe ich mich getäuscht. Aber es kam mir so vor, als wäre ihr etwas eingefallen. Ich gebe Ihnen meine Visitenkarte. Rufen Sie mich an, und warten Sie nicht zu lange damit." Meine Bemühungen, ihn eindringlich anzuschauen, schlagen fehl. Er sieht an mir vorbei, während er mir die Tür aufhält.

Von der Wendung des Gespräches und dem plötzlichen Gefühlsausbruch von Frau Luttkus bin ich so überrascht worden, dass ich ein paar Minuten brauche, um mich zu sortieren.

Nachdenklich schlendere ich durch den Schlosspark zu meinem Auto zurück. Der prachtvolle Park ist im Sommerhalbjahr mit seinen riesigen Mammut- und Tulpenbäumen eine Augenweide. Heute wirken die stolzen alten Bäume wie Geister auf mich, die ihre nackten Äste nach mir ausstrecken. Mutterseelenallein durchquere ich den nebelverhangenen Park. Es fällt mir schwer, mich nicht zu fürchten. Ab und zu knackt es im Unterholz. Einmal erschrecke ich mich fürchterlich, als unmittelbar neben mir jemand wie verrückt im feuchten Laub scharrt. Am Ende ist es nur eine Amsel, die mich mit schiefgelegtem Köpfchen neugierig beäugt. Mein Psychotherapeut hätte seine helle Freude mit mir. Da habe ich schon das Privileg, bewaffnet sein zu dürfen, und trotzdem gruselt es mich. Ich tröste mich, dass es kein helllichter Tag, sondern ein neblig-trüber ist.

Auf der Rückfahrt nach Sassnitz geistern unausgegorene Gedanken durch mein Gehirn. Dort angekommen, zieht es mich nicht in unsere Kantine. Ich brauche einen klaren Kopf und ein ordentliches Essen. Daher entscheide ich mich für mein Lieblingsrestaurant. Ich genieße den frischen Fisch und den freien Blick auf die graue, raue See. Der Wind hat merklich aufgefrischt. Die Meteorologen glauben an Sturm und Schnee. Ich glaube, dass mir eine schwere Zeit bevorsteht. Und obwohl das Essen wieder vorzüglich war, liegt es mir schwer im Magen.

Im Präsidium ist auch alles grau. Und leer. Mich beschleicht das Gefühl, in einem Endzeitfilm die beschissene Rolle der letzten Überlebenden übernommen zu haben. Niedergeschlagen ziehe ich mich in mein Büro zurück.

Mir fehlen Winterstein und Bollermann. Mir fehlt der Gedankenaustausch. Mir fehlt Sebastian. Sogar Schneewittchen fehlt mir ein bisschen. Um mich abzulenken und etwas Nützliches zu tun, fertige ich ein Protokoll über meinen Besuch bei Familie Luttkus an.

Ich schaue aus dem Fenster in die graue Nebelbrühe und blase Trübsal. Irgendwo, in den unendlichen Weiten unseres kleinen Präsidiums, klappt eine Tür zu. Ich packe meinen Krempel zusammen und beschließe, Wahlberg aufzusuchen. Er soll mich in die Wohnung von Dennis Luttkus begleiten.

Teicherts Büro ist verlassen. Auch das Vorzimmer von Vogel ist nicht besetzt. Frau Barsch feiert Überstunden ab. Ich lausche, ob aus dem Büro von unserem Staatsanwalt ein Geräusch zu vernehmen ist. Ist es nicht. In meinem derzeitigen Dasein als Eremit würde ich sogar einen Hühnerhabicht-Blick von Dr. Vogel als willkommene Abwechslung empfinden.

Im Foyer hinter dem Empfangstresen sitzt ein einsamer Beamter. Wir freuen uns überschwänglich, einander zu begegnen. Er versucht, ein Geschenk mit Weihnachtspapier einzupacken, und scheitert kläglich.

„Soll ich mal?“, biete ich ihm an. Ich gebe mein Bestes, und am Ende sind wir beide mit dem Ergebnis zufrieden.

In den Räumen unseres Rechtsmediziners setzt sich die gähnende Leere fort. Stimmen kommen jedoch aus dem Büro von Wahlberg. Die Tür ist zwar geschlossen, aber er spricht laut und deutlich. „Bleib mal so stehen“, höre ich. Ich bleibe also stehen und warte, was noch so kommt. Seine Stimme schnurrt wie die eines liebestollen Katers. „So ist es gut“, haucht Wahlberg. „Oh ja“, bekräftigt er. „Und nun, noch ein bisschen tiefer“, weist er jemanden an. „Tiefer, noch tiefer! Ohhh, jaaa.“

„Ich kann nicht mehr“, stöhnt Teichert.

„Doch, doch“, widerspricht Wahlberg, „das schaffst du schon. Nur noch ein paar Minuten.“

„Ahhh“, macht Teichert. Und dann rumpelt und poltert es gewaltig. Und es wird schlagartig still. Vor Aufregung krame ich in meiner Handtasche nach einem Kaugummi. Drei Stück werfe ich mir ein. Und ich untersage meinem Gehirn, Bilder vom nackten Wahlberg und seinem Freund Teichert zu produzieren.

„Es tut mir leid, Henning.“ Teicherts Stimme klingt sehr niedergeschlagen. „Aber so viel Ausdauer habe ich nicht. Es tat so weh.“

„Ist schon gut“, flötet Wahlberg mit sanfter Stimme. „Ich habe zu viel gewollt. Und dabei hätte es noch tiefer sein müssen.“

Ich bin dankbar, dass meine DDR-Amalgam-Zahnfüllungen für die Ewigkeit gemacht sind und der irren Belastung standhalten. Ich kaue wie eine Bekloppte und registriere, wie Gefühlswallungen aus Neugier und Fremdschämen tsunamiähnlich über mich hinwegrollen.

Dann öffnet Wahlberg plötzlich mit einem Ruck die Tür. „Oha, hallo", stottere ich.

Er mustert mich misstrauisch. „Stehen Sie etwa schon lange hier rum?"

„Nein", sage ich wie aus der Pistole geschossen.

„Sie machen einen Eindruck auf mich, als hätte ich Sie bei einer üblen Tat erwischt", stellt er fest. Dabei kneift er die Augen zusammen und röntgt mich.

„Ach was, ja?", stammle ich und werde dunkelrot. Ich könnte mir in den Arsch treten.

„Wären Sie mal reingekommen, Frau Burmeister", tönt er. „Wir hätten Ihre Hilfe gut gebrauchen können."

Ich pruste laut los und tippe mir an die Stirn. „Bei Ihnen ist wohl ein Rad ab, Wahlberg! Ich werde mich hüten, Ihnen bei Ihren amourösen Handlungen behilflich zu sein. Damit müssen Sie schon allein klarkommen."

„Sie sind ja nicht ganz dicht", stellt Wahlberg daraufhin fest. Teichert guckt um die Ecke. „Hallo Frau Burmeister", ruft er aufgewühlt. „Schauen Sie doch mal mit dem Blick einer Frau. Henning möchte das Bild möglichst tief angebracht haben. Ich denke aber, es käme etwas weiter oben viel besser zur Geltung. Was meinen Sie?"

Ein merkwürdiges Gefühlschaos aus Wut und Verlegenheit breitet sich rasant in mir aus. Ärgerlich spucke ich den Kaugummiklumpen in ein Papiertaschentuch und quetsche mich am dämlich grinsenden Wahlberg vorbei. Der Künstler des Bildes hat weiße Zick-Zack-Linien auf schwarzem Hintergrund produziert, in deren Mitte ein großer roter Kreis irgendwas darstellen soll. Vielleicht einen Kreis. Oder ein rotes Loch. Oder was weiß ich.

„Ich meine, Sie sollten das Bild zerhacken", raunze ich. Teichert guckt bedröppelt drein.

„Haben Sie etwa das Bild Herrn Wahlberg geschenkt?", frage ich erschrocken. Aber Teichert verneint. „Also doch zerhacken", sage ich in Richtung Ekel.

„Was wollten Sie noch außer Stunk verbreiten?", erkundigt sich Wahlberg.

„Ich wollte Sie fragen, ob Sie mich in die Wohnung von Dennis Luttkus begleiten würden." Ich bemühe mich zutiefst, das eben Erlebte auszublenden.

„Na, von mir aus“, knurrt Wahlberg. Er sucht seine sieben Sachen zusammen, und ich nutze die kurze Wartezeit, um Teichert nach seinen Fortschritten zu fragen.

„Das läuft“, antwortet der. Seinem Gesichtsausdruck nach zu urteilen, scheint er vergessen zu haben, worum ich ihn gebeten hatte. Meinem Gesichtsausdruck entnimmt er genau das Richtige. „Ich werde meine Pace dann mal schlagartig erhöhen“, murmelt er.

„Da kann ich Ihnen nur beipflichten. Legen Sie einen gewaltigen Zahn zu, Teichert. Sie werden die Weihnachtsfeiertage wahrscheinlich nicht in unserem anheimelnden Präsidium verleben wollen. Und vergessen Sie nicht zu prüfen, ob unsere beiden Opfer übereinstimmende Kontakte hatten.“

Teichert wuselt an mir vorbei. Wahlberg schaut ihm verliebt hinterher. „Ist er nicht goldig?“

„Im Moment nur lahmarschig. Und, haben Sie Ihre Sachen beisammen?“

Wahlberg kann sich von der rückwärtigen und ausladenden Fassade seines Partners kaum losreißen. „Wahlberg. Bewegen Sie zur Abwechslung mal Ihren Hintern. Ich will heute irgendwann auch mal Feierabend haben.“

Mit einem eingeschnappten Ekel an meiner Seite betrete ich wenig später eine schöne Dreiraumwohnung in der zweiten Etage eines Mehrfamilienhauses in der Nähe des Jasmunder Nationalparks. Wahlberg schlüpft in seinen Schutzanzug, ich belasse es bei Handschuhen und Schuhüberziehern. „Nach was suche ich hier eigentlich?“, knurrt Wahlberg.

„In erster Linie nach Fingerabdrücken und DNA-Spuren. Was dachten Sie denn?“

Wahlberg verschwindet beleidigt im Bad. Ich inspiziere erst einmal im Schnelldurchgang die komplette Wohnung. Im Gästezimmer schaue ich in alle Schränke und durchwühle die Kleidungsstücke in der Hoffnung, ein Handy von Markgraf zu finden. Auch eine Notiz wäre mir willkommen. Oder ein Laptop. Aber ich kann nichts dergleichen zutage fördern.

Dann schaue ich mich im Wohnzimmer um. Es ist modern und geschmackvoll eingerichtet. Klare Linien, wenig Schnickschnack, ein paar Grünpflanzen, die die Abwesenheit mühsam überlebt haben. Zwei tolle Bilder dienen als Blickfang. Ganz eindeutig war Luttkus ein Fan der norwegischen Naturschönheiten. Beim Betrachten des Geirangerfjordes überfällt mich tiefe Wehmut. Meine letzte Urlaubsreise durch die norwegische Bilderbuchlandschaft liegt schon ein paar Jahre zurück. Ich nehme mir fest vor, Sebastian und Schneewittchen in Kürze zu besuchen.

Auch hier durchsuche ich die Schränke und werde fündig. Akribisch beschriftete Ordner warten darauf, von mir unter die Lupe genommen zu werden. Es handelt sich um Schriftwechsel mit diversen Firmen, um Rechnungen und Mahnungen. Sechs Ordner zähle ich. Ich klemme mir jeweils drei Stück unter die Arme und bugsiere sie in Wahlbergs Dienstwagen. Dann suche ich weiter nach einem Laptop oder einem stinknormalen Computer. Aber im Wohnzimmer habe ich kein Glück. Bleibt noch das Schlafzimmer. Die Wäsche im Kleiderschrank ist militärisch akkurat zusammengelegt und sogar nach Farben sortiert. Auch wenn es sinnlos ist, versuche ich, die Ordnung beizubehalten. Immerhin werden die Eltern in Kürze die Wohnung ausräumen müssen, und sie sollen ein möglichst unverfälschtes Bild von ihrem Sohn in Erinnerung behalten. Im Schrank finde ich nichts. Dann wandert mein Blick durch das Zimmer. Einzig eine Schlafdecke, die über einen Sessel geworfen wurde, stört die vorherrschende Ordnung. Ich hebe einen Zipfel an und nicke erleichtert. „Na, komm zu Mami“, sage ich liebevoll zu dem Laptop.

Wahlberg ist mittlerweile im Wohnzimmer angekommen. Er kniet vor einem Glastisch und pinselt jeden Millimeter ein. „Wie sieht es aus?“, erkundige ich mich.

„Jede Menge Fingerabdrücke“, stöhnt unser Rechtsmediziner. „Im Bad habe ich zwei Zahnpflegesets gefunden. Der Luttkus lebte wohl nicht allein.“

„Er hatte zumindest Besuch. Und zwar von Michael Markgraf. Irgendwo muss dessen Koffer hier in der Wohnung rumstehen.“

Ich will Wahlberg auf keinen Fall drängen. Daher schleiche ich ins Treppenhaus und klingle bei den Nachbarn. Ein junges Wesen öffnet mir die Tür. Aussehen und Statur lassen keine gesicherten Rückschlüsse auf das Geschlecht zu. Es handelt sich also um einen 1A-Vertreter der Genderbewegung.

„Ja bitte?“ Auch die Stimme hilft nicht bei der Zuordnung.

„Mein Name ist Burmeister, ich komme von der Polizei“, stelle ich mich vor und zeige meinen Ausweis. „Und Sie sind?“

„Schwanitz mein Name“, antwortet das Gender-Wesen.

„Ich würde mich gern mit Ihnen über Ihren Nachbarn Dennis Luttkus unterhalten. Dürfte ich für ein paar Minuten reinkommen?“

Das Wesen überlegt kurz und tritt dann höflich zur Seite. „Selbstverständlich.“ Ich lande in einem Wohnzimmer, dass aber mal so gar nichts mit der wohltuenden Ordnung von Luttkus gemein hat. „Nehmen Sie doch Platz.“

Ich schiebe einen Berg Kleidungsstücke zur Seite und setze mich auf eine arg ramponierte Couch.

„Äh“, sage ich. Dann weiß ich nicht weiter. Die übliche Anrede mit Frau oder Herr kommt nicht in Frage. Und ich bin auch nicht im Bilde, ob es bereits eine geschlechtsneutrale Anrede gibt. Mir bleibt daher nichts anderes übrig, als diese Klippe gekonnt zu umschiffen. „Wissen Sie bereits, dass Herr Luttkus einem Tötungsdelikt zum Opfer gefallen ist?“

Herr oder Frau Schwanitz sieht mich verständnislos an. „Einem Tötungsdelikt.“ Kraftlos lässt sich mein Gegenüber auf den Boden sinken. Zielgerichtet steuert es den kleinen Flecken an, der nicht mit Büchern und Zeitschriften bedeckt ist. „Dennis ist einem Mord zum Opfer gefallen?“

„So ist es leider. Ich arbeite bei der Mordkommission und bin mit den Ermittlungen beauftragt. Können Sie mir zu Ihrem Nachbarn relevante Hinweise geben? Ist Ihnen jemand aufgefallen, der ihn oft besuchte? Hatte er eine Freundin oder einen Freund?“

Schwanitz versinkt in Gedanken. Dem Gesicht nach zu urteilen in sehr trübe und traurige, was durchaus angemessen erscheint. Ein paar Minuten warte ich. Dann sage ich erneut „Äh“, um das Gespräch wieder in Gang zu bringen. Im letzten Moment schlucke ich die Anrede hinunter. „Ist Ihnen etwas aufgefallen, äh …?“

Schwanitz nickt. „Ein Mann war in den letzten Tagen hier. Ich konnte ein Gespräch verfolgen zwischen Dennis und seinem Gast. Sie sprachen sehr laut auf dem Balkon.“

Ich zerre vor Aufregung mein Notizbuch aus der Tasche. „Ja bitte, worum ging es in diesem Gespräch?“

„Der Gast war sehr erregt. Hoch emotional aufgewühlt. Er fragte Dennis immer wieder, was das bedeuten könne. Ob er sich auch Gedanken machen würde. Und er wiederholte mehrmals, dass alles durchaus schlimm für sie enden könnte. Dennis versuchte, seinen Gast zu beruhigen. Er meinte, sie müssten doch keine Angst haben und sollten einem Gespräch offen gegenüberstehen. Ja, so in etwa drückte er sich aus.“

Nachdenklich starre ich auf meine Notizen. „Irgendwelche Namen sind in diesem Gespräch nicht genannt worden?“

Schwanitz presst die Hände aneinander und schließt die Augen. Wahrscheinlich versucht das Wesen, sich das Gespräch ins Gedächtnis zu rufen. Während mein Gegenüber nachdenkt, betrachte ich es eingehend. Wie meine Mutter es ausdrücken würde, hat das Geld beim Friseur nur für eine Hälfte gereicht. Diese Seite ist so kurz geschoren, dass man nur den Flaum der nachwachsenden Haare erkennt. Die Haare auf der anderen Seite fallen glatt in mehrfarbigen Strähnchen bis auf die schmalen Schultern. Gender-Schwanitz ist ganz eindeutig ein Fan der Piercing-Szene. Diverser Schmuck ragt aus den Augenbrauen, der Nasenscheidewand und der Oberlippe. Die getunnelten Ohren machen mir Angst. Die Ohrlöcher sind riesig. Ich räuspere mich verhalten. Schwanitz schlägt die mit einem fetten Lidstrich umrandeten Augen auf und schüttelt den Kopf. „Nein, ich bedaure. Aber Namen sind nicht genannt worden."

„Und sonst? Ist Ihnen sonst jemand aufgefallen, der Herrn Luttkus besucht hat? Bitte denken Sie nach. Oder hat sich Dennis Luttkus mal vor dem Haus mit jemandem getroffen?"

Einen Vorwurf kann ich dem Mischwesen nicht machen: Keinen Willen erkennen zu lassen. Wie es aussieht, fällt es wieder in so eine Art Trance. Beinahe zieht es mir die Augen zu. Dann trägt die Meditation Früchte. Oder besser gesagt, erst mal eine Frucht. „Dennis ist in einen gelben Audi eingestiegen."

Bevor ich mich wieder einlullen lasse, schieße ich ein Fragenbombardement ab. „Wann war das? Wie oft ist Ihnen das Auto aufgefallen? Konnten Sie das Kennzeichen erkennen? Wer saß am Steuer? Ein Mann? Oder eine Frau? Oder ein, äh … was auch immer?"

Schwanitz lächelt verhalten. „Zweimal habe ich das Fahrzeug gesehen. Es könnte zwei oder drei Wochen her sein. Der Fahrer war ein großgewachsener stämmiger Mann mit Bauchansatz. Dunkle, kurze Locken. Er trug eine Brille mit schwarzem Gestell. Er rauchte und war offenkundig Fan von altmodischem Goldschmuck. Ich schätze ihn auf Mitte vierzig."

„Ihre Personenbeschreibung ist beeindruckend. Wie kommt es, dass Sie den Fahrer so detailliert in Erinnerung haben?"

„Er stand lange neben dem gelben Audi und wartete auf Dennis."

„Sie sollten mit Ihrer Beobachtungsgabe zur Polizei gehen", empfehle ich Schwanitz mit einem Augenzwinkern. „Sie haben mir sehr geholfen. Falls Ihnen noch irgendetwas einfällt, rufen Sie mich bitte an." Ich reiche Schwanitz meine Visitenkarte. Die Hände von Schwanitz sehen aus, als wären sie aus feinem Meißner Porzellan. Zart und feingliedrig, aber der Händedruck hat es in sich. Vom Gefühl her drückt mir ein Skelett gerade die Knochen kaputt. Wenigstens der Händedruck verdient das Adjektiv männlich.

Im Treppenhaus wartet Wahlberg mit verkniffenem Gesicht auf mich. Er mustert Schwanitz mit finsterem Blick, ehe der oder sie die Tür schließt. „Wenn Sie sich wieder einmal ohne vorherige Absprache verpissen, lasse ich Sie zurück. Egal, wo auch immer das sein wird", plärrt er mich voll.

„Ist recht“, versuche ich einen verbalen Schlagabtausch im Keim zu ersticken. Mir gehen viel zu viele Gedanken durch den Kopf, als dass ich auf eine kriegerische Auseinandersetzung mit Wahlberg erpicht wäre. Schwanitz hat mir konkrete Hinweise gegeben, die nicht zu verachten sind. Das Gespräch zwischen Luttkus und Markgraf ist als solide Basis für meine weitere Ermittlungsarbeit nicht zu verachten. Und auch die Personenbeschreibung des Fahrers eines gelben Audi lässt gewisse Hoffnungen aufkommen.

Schweigend setze ich mich auf den Beifahrersitz. Wahlberg mustert mich scharf. Er legt den Sicherheitsgurt an und stellt mir eine Frage, die an mir vorbeiplätschert. Mein Blick fällt auf die Rückbank und die Ordner, die unter Umständen ebenfalls viel Brauchbares beherbergen.

Im Unterbewusstsein registriere ich, wie Wahlberg den Motor startet. Ansonsten bekomme ich nicht viel von meiner Umgebung mit. Zu stark bin ich mit den Aussagen von Schwanitz beschäftigt. Abrupt latscht Wahlberg auf die Bremse. Erschrocken schreie ich auf. „Was soll denn die Scheiße?“, fahre ich ihn an. Wir stehen bereits wieder auf dem Parkplatz unseres Präsidiums, und es gab nicht einmal ansatzweise Grund für eine Gewaltbremsung.

„Ich wollte nur mal testen, ob bei Ihnen wenigstens noch die Reflexe funktionieren“, sagt Wahlberg. „Seit Sie aus der Wohnung dieses Hybriden gekommen sind, scheint eine gewisse geistige Trägheit von Ihnen Besitz ergriffen zu haben, die sich am Rande des klinischen Todes bewegt. Was hat denn dieser zwischengeschlechtliche Typ mit Ihnen angestellt?“

Entgegen meiner sonstigen Gepflogenheiten, auf Wahlbergs Sarkasmus mit Gift zu antworten, lache ich lauthals los. Erschrocken springt er aus dem Auto. Während er sein Equipment aus dem Kofferraum hebt, klettere ich auf die Rückbank. Drei Ordner stapele ich übereinander und jongliere sie mühsam die Treppen hinauf. Mit jeder Stufe werden sie schwerer. Ich keuche und fluche und stolpere vorwärts. „TEICHERT!“, brülle ich auf dem Flur. Aber Teichert kommt nicht. Es kommt auch sonst niemand. Die letzten Meter renne ich, und dann schmeiße ich die Last mit letzter Kraft auf meinen Bürotisch. Mein Blick fällt auf das Display des Telefons. Ich erkenne, dass ich vier Anrufe versäumt habe, und ich erkenne auch die Uhrzeit. Kein Wunder, dass auf mein Schreien niemand reagiert hat. Schon längst haben die letzten unserer Schrumpfmannschaft Dienstschluss.

„Ganz toll“, maule ich, während ich zum Wagen zurückkehre, um die restlichen Ordner zu holen. „Hier ist jeder nur zum Glück auf der Welt. Außer mir. Ich frage mich, was ich verbrochen habe.“ Wahlberg hat wenigstens so viel Geistesgegenwart besessen, um neben seinem Auto auf mich zu warten. Wenn er auch noch über Anstand verfügen würde, müsste ich jetzt nicht die Ordner ächzend und wutschnaubend von der Rückbank zerren. „Vielen Dank, Wahlberg“, presse ich hervor.

„Gern geschehen.“

Ich gehe mit hocherhobenem Haupt zurück, bis ich aus dem Blickfeld von Wahlberg verschwunden bin. Dann verlässt mich meine Beherrschung. Ich rutsche regelrecht in mich zusammen. Und die Ordner rutschen mir aus den Händen. Einer fällt auf meinen Fuß, dessen hervorstehendes Merkmal eine Hammerzehe ist. Vor Schmerzen brülle ich auf. Dann bekommt jeder Ordner einen Tritt, ehe ich in der Lage bin, den Gang nach oben erneut anzutreten. Mir fehlt sogar die Luft zum Fluchen. In meinem Büro landen die Ordner dann ein zweites Mal auf dem Boden. Wenigstens den schmerzende Hammerzeh kann ich aus der Gefahrenzone heraushalten. Ich lösche das Licht, schließe die Tür und gehe meiner Wege.

Zwei neue Anrufe warten zu Hause auf mein Gehör. Entgegen meiner Vermutung sind sie nicht von meiner Mutter. Die erste Nachricht stammt vom krächzenden Winterstein. Er jammert, dass er sich schlechter fühlt als jemals zuvor. Im Hintergrund gibt Sally ihren Senf dazu.

Die zweite Nachricht stammt von meiner allerbesten Freundin Andrea. Vor Überraschung und Freude jubele ich laut auf. Andrea, der Unglücksvogel. Es begann mit ihrem Vornamen, den sie ihren Eltern nie verziehen hat. Ich bin zwar der Meinung, dass es viel schlimmere gibt. Aber Andrea war wohl hauptsächlich deswegen enttäuscht, weil sie ein Junge werden sollte. Und als das nicht der Fall war, strichen die Eltern einfach das S, und fertig war der Lack. Und um das Kraut fett zu machen, heiratete sie dann tatsächlich einen Mann namens Andreas. Es ist sein Nachname, wohlgemerkt. Andrea Andreas, im Freundeskreis nur AA genannt, hat vier Söhne, die allesamt ihre Eltern vor schwere Probleme stellen. Keiner steht mit beiden Beinen fest im Leben. Bei jedem der vier wackelt ständig die Existenz. Andrea hat ein Jahr unbezahlte Freistellung und einen vorübergehenden Umzug nach Bayern auf sich genommen, um ihrem Jüngsten Halt und Unterstützung zu geben. Und vielleicht hat sie ihm auch in den Arsch getreten. Jedenfalls haben wir nur noch sporadisch telefoniert. Sehr zur Freude meiner Mutter. Sie kann meine Freundin nicht leiden, wie alle Menschen, die sich mir auf Rufweite nähern. Einem ersten Impuls folgend, will ich Andrea sofort zurückrufen. Aber dann fällt mir ein, dass ich heute noch nicht mit meiner Mutter gesprochen habe. Unser obligatorischer Abendanruf steht noch aus. Also wähle ich gehorsam ihre Rufnummer. „Kaum zu glauben, dass du dich mal meldest“, knurrt sie mich an. „Was willst du denn?“

„Eigentlich nichts“, antworte ich ehrlich, aber unüberlegt.

„Dann musst du mich auch nicht anrufen.“

„Ich dachte nur.“

„Ja was?“

„Na ja, eigentlich rufst du abends immer an. Und ich wollte dir mal zuvorkommen.“

„Aha. Wenn das alles war, können wir jetzt auflegen.“

Ich lege auf und rufe Andrea an. „Hast du schon mit deiner Mutter telefoniert?“, fragt sie, noch ehe wir überhaupt ein Wort gewechselt haben. Ich beruhige sie, dass meine Mutter heute kein Mitteilungsbedürfnis verspürt. Wir reden fast eine Stunde. Dann registriere ich einen eingehenden Anruf auf dem Festnetz. Es kann nur meine Mutter sein. Vier Minuten später klingelt es auf dem Handy. Es ist meine Mutter. Ich bekomme Schweißausbrüche. Und weitere fünf Minuten später klingelt es an meiner Tür. „Andrea, warte bitte mal einen Moment. Ich muss nachsehen, wer was von mir will.“ Im Treppenhaus steht Herr Gärtner. Er wohnt im Erdgeschoss und geht locker, aber rüstig auf die Achtzig zu. Trotzdem keucht er jetzt schwer. „Ihre Mutter hat uns angerufen“, bringt er stoßweise hervor. „Sie sollen auflegen und sie zurückrufen.“

„Ach“, bekomme ich nur heraus.

Immerhin bedanke ich mich noch bei Herrn Gärtner, der ärgerlich abwinkt. „Bringen Sie Ihrer Mutter bei Gelegenheit mal bei, nicht ständig bei uns anzurufen“, murmelt er auf dem Weg nach unten.

„Wieso denn ständig?“, rufe ich ihm fassungslos nach. Aber Herr Gärtner gibt keine Antwort.

„Andrea“, rufe ich in mein Telefon. „Wir müssen aufhören. Meine Mutter …“

„Schon klar“, antwortet Andrea und legt auf.

Ich stoße einen Fluch aus und rufe meine Mutter an.

„Was willst du?“, herrscht sie mich an.

„Gar nichts. Aber du wolltest allem Anschein nach etwas von mir.“

Drei Sekunden vergehen. Dann brechen bei meiner Mutter alle Dämme. „Wenn du mit deiner blöden Andrea telefonierst, bin ich komplett vergessen. Wie kann man bloß so lange reden? Was erzählt ihr euch eigentlich? Mit mir sprichst du kaum mal fünf Minuten am Stück. Aber mit dieser unmöglichen Frau redest du stundenlang.“ Meine Mutter legt eine kurze Pause ein.

„War das alles, was du mir sagen wolltest?“

„Es macht mich irre, wenn du so lange mit dieser Andrea redest“, faucht mich meine Mutter an.

„Und deswegen klingelst du bei meinen Nachbarn und scheuchst den alten Herrn Gärtner durch das Haus?“, rufe ich aufgebracht in den Hörer.

„Dem werden die paar Stufen schon nicht geschadet haben“, keift meine Mutter.

„Wenn du noch einmal bei den Nachbarn anrufst und sie zu mir schickst, dann kannst du dein blaues Wunder erleben!“, brülle ich entnervt.

„Du bist so herzlos“, stellt meine Mutter daraufhin fest. „Wie kann ein Mensch nur so bösartig sein? Nein, das habe ich nicht verdient.“ Meine Mutter beginnt, einen Weinkrampf vorzutäuschen und legt auf.

Ich sitze mit einem Klumpen Wut im Bauch apathisch da. Dann fällt mir Winterstein ein. Ich beschließe, dass mir ein Spaziergang guttut.

Willi freut sich überschwänglich über mein Kommen. Seine Freude lässt nach, als er merkt, dass ich nichts zu essen mitgebracht habe. Wir durchwühlen gemeinsam den Kühlschrank. Ich finde Eier und schmierige Wurst. Winterstein findet verschimmeltes Brot. Da kann man nichts machen, außer zu hungern. Missmutig koche ich frischen Tee. Gemeinsam schlürfen wir das mir verhasste Getränk. Es ist saukalt im ganzen Haus. „Was macht die Heizung?“, frage ich anstandshalber.

„Mal heizt sie, mal nicht.“

Dann sitzen wir uns frierend und schweigend gegenüber. Sally fiept und guckt von einem zum anderen. Dann klemmt sie ihren Schwanz zwischen die Beine und rollt sich auf ihrer Decke zusammen. Der Ärger über meine Mutter setzt mir noch immer zu. Ich verspüre nicht einmal Lust, mich mit Willi über die Ermittlungen auszutauschen. Nach einer guten Stunde lässt meine Wut nach. Willi hockt blass und hustend auf seiner Couch. Er tut mir schrecklich leid. Ich rufe einen Pizzaservice, obwohl ich Pizza nicht sonderlich mag, und renne mit Sally fünf Minuten um den Block. Als wir zurück sind, fährt das Lieferauto gerade wieder weg. Winterstein ist glücklich. Während wir essen, informiere ich ihn nun doch über die Neuigkeiten. „Wenn du willst, kannst du mir die Ordner von dem Luttkus herbringen“, bietet er an.

„Das wäre mir eine echte Hilfe.“

Im Glanz von eintausend Kerzen verabreiche ich Willi ein paar Hustentropfen, obwohl er meint, dass die sein nahendes Ende nur beschleunigen würden.

„Warum bist du nur so pessimistisch?“, frage ich. Dabei beobachte ich mit Argusaugen die langsam hervorquellenden Tropfen und zähle langsam bis zwanzig.

„Die Pharmaindustrie macht doch nur Experimente mit uns. Das passt zu einem gewinnorientierten sogenannten Gesundheitssystem. Alles pervers und menschenverachtend. Medizinische Versorgung muss kostenfrei sein. Alles andere ist ein Verbrechen.“

„Nimm die Tropfen trotzdem.“

„Bitte, wenn du darauf bestehst. Bin ich morgen eben tot“, orakelt Willi.

„Falls du die Nacht nicht überlebst, dann nur wegen der Kälte in deinem Haus.“

Ich bringe Willi ins Bett und gehe durch die leeren Gassen von Sassnitz nach Hause.

SIEBEN

Weihnachten und meine Mutter sitzen mir mächtig im Nacken. Das Fest der glückseligen Familien rückt unbarmherzig immer näher. Noch zwei Tage bleiben mir, um mich mit Arbeit abzulenken.

Teichert zelebriert mit Hingabe weihnachtliche Bräuche. Sein Büro gleicht einer erzgebirgischen Weihnachtsstube.

„Ich bin da auf was gestoßen“, informiert er mich, während er auf einem Brötchen kaut.

„Spucken Sie es aus“, sage ich und hoffe, er nimmt es nicht wörtlich. Aber unsere große Portion Mann hängt natürlich viel zu sehr am Essen. Er schluckt erst mal alles runter, ehe er antwortet.

„Michael Markgraf und Dennis Luttkus haben in letzter Zeit sehr häufig mit einem Klaus-Heiner Gröhmling telefoniert. Der ist Antiquitäten- und Kunsthändler in Bergen. Hier ist seine Adresse.“ Teichert schiebt mir einen Merkzettel über den Tisch. „Und das ist noch nicht alles: Markgraf und Luttkus standen mit einem Maurice Hammermann permanent in Kontakt, der vor drei Wochen abrupt endete. Es gibt keine weiteren Anrufe, keine E-Mails oder sonstigen Verbindungen in den sozialen Netzwerken.“

Teichert kramt auf seinem Schreibtisch herum. „Where is my notepad?“, murmelt er. „Dieser Hammermann wohnt auf dem Darß in Zingst. Der Vater ist vor vielen Jahren verstorben. Die Mutter wohnt in Dranske.“

„Mensch Teichert“, sage ich anerkennend. „Da haben Sie sich aber tüchtig reingekniet. Das war sehr gute Arbeit.“

Teichert verfärbt sich dunkelrot.

„Schauen Sie mal“, sage ich und schiebe nun meinerseits ein Laptop über den Tisch in seine Richtung. „Das Gerät gehört Dennis Luttkus, dem ersten Opfer. Ich habe es in seiner Wohnung gefunden. Tauchen Sie ab in sein tiefstes elektronisches Inneres. Sie fördern bestimmt Nützliches zutage.“

„Logisch.“ Beflügelt von meinem Lob, legt Teichert sein angebissenes Brötchen ab. Eine Minute später nimmt er mich nicht mehr wahr. Seine Finger rasen über die Tastatur.

In meinem Büro rufe ich einen der wenigen Kollegen an und frage, wo es am dritten Advent Verkehrskontrollen auf unserer Insel gegeben hat, vorzugsweise in und um Sassnitz. Ich zähle ihm drei Namen auf. Er verspricht mir, mich sofort zu kontaktieren, sollte er fündig werden.

Dann wäge ich kurz ab, was ich als Nächstes machen werde. Entweder suche ich in Bergen diesen Klaus-Heiner Gröhmling auf. Oder ich fahre auf das Fischland Darß nach Zingst zu Maurice Hammermann. Bergen oder Zingst? Bei diesem feucht-grauen Wetter zieht es mich weder da noch dort hin. Trotzdem entscheide ich mich zunächst für den Antiquitäten- und Kunsthändler. Wenn ich Glück habe, bessert sich bis morgen das Wetter. Und dann käme mir der Ausflug nach Zingst gelegener.

Nach dreißig Minuten bin ich in Bergen, und nach weiteren zwei Minuten habe ich die Adresse von Klaus-Heiner Gröhmling gefunden. Ich steige aus unserem Dienstfahrzeug und bleibe mit offenem Mund stehen. Im Garten des gepflegten Anwesens parkt ein gelber Audi A8. Das Haus ist frisch saniert, die Fenster sind weihnachtlich geschmückt. Es handelt sich um die Doppelhaushälfte, die in so starkem Kontrast zum Haus von Elvira Markgraf steht. „Donnerwetter“, entfährt es mir. Nachdenklich schaue ich auf die zerfallende Hälfte, in der Elvira Markgraf wohnt. Die Dame des Hauses steht hinter der Gardine. Ganz anders als die meisten ihrer Mitmenschen geht sie nicht in Deckung. Sie öffnet sogar das Fenster. Und trotz der relativ großen Entfernung erkenne ich, dass sie mich böse anfunkelt. „Wollen Sie etwa schon wieder zu mir?“, schreit sie.

„Ein andermal nehme ich Ihre Einladung gern an“, schreie ich zurück. Frau Markgraf knallt das Fenster zu, das erstaunlicherweise nicht zerbricht. Dann klingle ich bei Herrn Gröhmling. Nach dem vierten Klingeln vernehme ich unverständliche Wortfetzen aus der Gegensprechanlage. „Burmeister, Polizei“, rufe ich hinein.

„…lei?“, höre ich. „…men Sie … ei…“

Es summt, und ich betrete den gepflegten Weg. Unter meinen Schritten knirschen die weißen Kieselsteine. Die Haustür öffnet sich. Und ich muss voller Ehrfurcht dem Genderwesen Schwanitz ein weiteres Mal eine vorbildliche Auffassungsgabe und Personenbeschreibung bescheinigen. Zweifellos ist Gröhmling der von Schwanitz beschriebene Mann, in dessen gelben Audi Dennis Luttkus eingestiegen ist.

Gröhmling ist einen halben Kopf größer als ich. Mit weit ausgestrecktem Arm begrüßt er mich. Meine Hand versinkt in einer großen, weichen, teigigen feucht-warmen Hand. Ich versuche meinen Instinkt zu unterdrücken und mich nicht vor Ekel zu schütteln. Am kleinen Finger trägt Gröhmling einen riesigen Goldring. „Habe ich Sie richtig verstanden? Sie sind von der Polizei?", vergewissert er sich, während er mich hineinkomplimentiert. Ich halte Gröhmling meinen Ausweis unter die Nase, aus der büschelweise die Haare herauswachsen. Dass Schwanitz dies aufgrund der Entfernung nicht erkannt hat, findet mein Verständnis. Ansonsten stimmen die Details.

„Wenn Sie Platz nehmen möchten?", bietet Gröhmling an und deutet auf eine rote Ledercouch. „Was um alles in der Welt führt denn die Polizei in mein Haus?"

„Ihre Bekanntschaft mit Dennis Luttkus", antworte ich. Dabei lasse ich Gröhmling nicht eine Sekunde aus den Augen. Gröhmling guckt wie ein Mensch, der halt so guckt. Weder erschrocken noch überrascht oder argwöhnisch. Stattdessen schürzt er seine fleischigen Lippen und zieht seine buschigen Augenbrauen nach oben.

„Das erstaunt mich jetzt aber", meint er nur und setzt sich.

„In welchem Verhältnis stehen Sie zu Herrn Luttkus?", beginne ich meine Fragerunde.

Gröhmling schlägt ein Bein über das andere. Die schwarze Hose rutscht nach oben, und ich blicke auf eine käsig weiße, dicht behaarte Männerwade. Er wirft den Kopf nach hinten und versucht auf diese Weise, eine tief in die Stirn fallende Locke in die entgegengesetzte Richtung zu lenken, damit ihm die Sicht nicht versperrt wird. Gröhmling hat offensichtlich eine starke Sehschwäche. Er beobachtet mich aufmerksam. Wegen der hohen Dioptrien wirken seine Augen riesig, was mich mächtig nervös macht.

„Der Herr Luttkus besitzt ein kleines Hotel hier in Bergen. Aber die Gäste bleiben aus. Und ich bin sehr am Kauf dieser Immobilie interessiert."

„Sie möchten das Hotel übernehmen?"

„Wo denken Sie hin?", wehrt er ab. „Ein Hotel zu führen, kommt für mich nicht in Frage. Nein. Ich würde in diesem Gebäude mein Antiquariat einrichten. Und in der oberen Etage könnte man eine Kunstgalerie eröffnen."

„Und möchte denn der Herr Luttkus das Hotel verkaufen?", pirsche ich mich vor.

„Er tut sich schwer damit", meint Herr Gröhmling. „Er kann das leider nicht allein entscheiden. Da gibt es noch einen Geschäftspartner. Und der stellt sich wohl ein wenig quer."

„Einen Geschäftspartner."

„Richtig."

Ich warte, ob Gröhmling von selbst erzählt, dass es sich bei diesem Partner um seinen Nachbarn handelt. Irgendwie würde sich das jetzt anbieten. Aber Gröhmling schweigt. Daher sage ich erst einmal nur: „Aha. Und wie sieht Ihre weitere Strategie aus?"

Gröhmling blinzelt mich hinter seiner Lupe an. „Warum interessiert Sie das alles? Es ist doch nicht verboten, jemandem ein Haus abzukaufen."

Ich wiege den Kopf ein wenig hin und her. „Im Normalfall ist ein Hauskauf keine Straftat. Aber wenn damit Mord und Totschlag einhergehen, dann sieht die Sache schon anders aus."

Gröhmling sperrt die Augen weit auf. Durch seine dicken Brillengläser wirken allein seine Pupillen größer als die Augen anderer Menschen. Ich staune, dass Gröhmling Auto fahren darf. Vermutlich hat er viel Geld für ein Gutachten bezahlt, das ihm Fahrtauglichkeit bescheinigt.

„Mord und Totschlag", wiederholt er.

„Jemandem den Kopf fast abzutrennen, erfüllt den Tatbestand des Mordes", erläuterte ich.

„Wer hat denn wem den Kopf abgetrennt?" Gröhmling legt seine weichen Hände auf den Bauchansatz. Ansonsten ist ihm keine Erregung oder Nervosität anzumerken. Eine Spur Ungläubigkeit schwingt in seiner Stimme. Aber das ist kein verdächtiges Indiz.

„Den Täter suche ich noch. Aber das Opfer haben wir gefunden. Es handelt sich um Dennis Luttkus."

Gröhmling springt mit einer Behändigkeit auf, die mich sehr überrascht. „Der Luttkus ist tot?"

„Setzen Sie sich doch bitte wieder." Ich habe das ungute Gefühl, dass Gröhmlings Augen gleich auf mich herabfallen. Nur zögerlich kommt er meiner Bitte nach.

„Sie tauchen hier einfach so auf und konfrontieren mich mit dieser ungeheuerlichen Nachricht."

„Das bedaure ich. Aber es ist sozusagen meine Berufung.“ Gröhmling schweigt und wendet Gott sei Dank endlich mal seinen Blick von mir ab.

„Sie haben Luttkus zu Hause aufgesucht. Was genau wollten Sie bei ihm?“

„Woher wissen Sie das?“ Gröhmling guckt mich schon wieder mit weit aufgerissenen Augen an. Ich erwäge, ihm für heute keine weiteren Fragen mehr zu stellen.

„Ich arbeite bei der Polizei. Und es gibt einen Zeugen, der Sie mindestens zweimal vor dem Haus von Dennis Luttkus gesehen hat.“

„Na, wenn das so ist. Ich wollte den Verkauf des Hauses beschleunigen. Daher war ich bei ihm. Auch das ist nicht strafbar.“

„Völlig richtig. Aber dass sich Herr Markgraf gegen den Verkauf stellte, hat Sie mächtig gestört, oder?“

Der Antiquitätenhändler zuckt ein ganz klein wenig zusammen. „Wer ist denn nun wieder Markgraf?“, fragt er mich allen Ernstes. Er nimmt seine Brille ab und beginnt, sie umständlich und sehr intensiv zu putzen.

„Herr Gröhmling, Sie sollten mit mir kooperieren und mich nicht für blöd verkaufen. Oder wollen Sie mir weismachen, Ihren Nachbarn nicht zu kennen?“

Gröhmling hört für den Bruchteil einer Sekunde auf, seine Brillengläser zu polieren. Dann fährt er mit seinen kreisförmigen Bewegungen fort.

„Ach, Sie sprechen von meinem Nachbarn. Hätten Sie gleich vom Michael gesprochen. Ich habe ihn noch nie mit dem Familiennamen angeredet. Da hatte ich wohl eben einen kleinen Aussetzer“, lenkt Gröhmling ein.

„Und kann es sein, dass Sie auch schon mal einen großen Aussetzer hatten?“

„Inwiefern?“

„Als Sie Ihren Nachbarn an einen Ast hängten und diese Straftat dann einfach so verdrängten?“

Gröhmling fällt die Brille aus den Händen. Zum Glück landet sie unversehrt auf einem dicken Teppich. Der Händler sieht mich endlich mal ohne Brille an. Er kneift die Augen zusammen, schiebt den Kopf nach vorn und zwinkert mir zu. Ich vermute, um mich besser erkennen zu können, und nicht, um mich versöhnlich zu stimmen.

„Der Michael ist auch tot?“ Gröhmlings Stimme hört sich ziemlich schwach an.

„Und das ist Ihnen neu?“ Meine Stimme klingt umso fester. Eine große Portion Zweifel schwingt noch mit.

Gröhmling tastet nach seiner Brille. Umständlich setzt er sie auf. Ich bemerke, wie stark seine Hände zittern. Seine buschigen Augenbrauen hängen weit über den schwarzen Brillenrand. Ein Stöhnen entfährt ihm. „Natürlich höre ich heute zum ersten Mal von Michaels Tod. Wieso zweifeln Sie daran?"

„Ihr Nachbar Michael Markgraf war zugleich der Geschäftspartner von Luttkus. Ich kann nicht glauben, dass Ihnen dieser Zusammenhang nicht bekannt war."

Wieder ruhen Gröhmlings Riesenaugen auf mir. „Ich bin in letzter Zeit sehr zerstreut."

Darauf sage ich nichts. Nachdenklich schaue ich Gröhmling an. Langsam gewöhne ich mich an seine Riesenaugen. Sein Blick beginnt zu flattern.

„Wann ist denn der Michael gestorben?"

Ich sehe keinen Grund, ihm diese Frage nicht zu beantworten. „Er starb am selben Tag wie Dennis Luttkus." Ich lasse bewusst genug Spielraum für eigene Interpretationsmöglichkeiten. Wenn ich viel Glück habe, sagt Gröhmling gleich: „Ach so, am dritten Advent also."

„Dennis Luttkus und Michael wurden ermordet", haucht Gröhmling stattdessen. Er wird kreidebleich und atmet in intensiven Stößen.

„Sie werden jetzt aber nicht ohnmächtig", weise ich ihn an. „Atmen Sie langsam, und beruhigen Sie sich."

Gröhmling nickt zaghaft. Ich gebe ihm ein paar Minuten, sich zu sammeln.

„Der Michael wurde erhängt?", fragt Gröhmling dann leise. „Wer macht denn so etwas? Und warum?"

„Sehen Sie, auf all diese Fragen muss ich Antworten finden", erkläre ich. „Und ich hatte gehofft, Sie könnten mir dabei helfen. Immerhin haben Sie ständig mit Luttkus und Markgraf telefoniert. Warum haben Sie überhaupt mit Markgraf telefoniert? Hätte es sich nicht angeboten, mit Ihrem Nachbarn einfach mal so von Angesicht zu Angesicht zu reden?"

Gröhmling winkt verächtlich ab. „Das ging doch gar nicht. Die Elvira hat ihren Mann keinen Moment aus den Augen gelassen. Der stand unter Dauerbeobachtung. Und dann der Schwiegervater erst. Gemeinsam mit seiner Tochter hat er dem Michael die Luft zum Atmen genommen, wenn Sie mich fragen."

Ich tue Gröhmling den Gefallen. „Warum denn das?"

„Die Elvira war krankhaft eifersüchtig. Wenn der Michael nur die Postbotin grüßte, hielt sie ihm das schon vor. Und Klaus Hofmann mischte kräftig mit."

„Hatte Frau Markgraf denn Grund zur Eifersucht?“

Gröhmling zuckt mit den Schultern. „Das kann ich nicht so genau beurteilen“, weicht er aus. „Eine kleine Freundin hatte der Michael wohl.“

„Wie klein darf ich mir die Freundin vorstellen? Bezieht sich Ihre Wortwahl tatsächlich auf die Körpergröße oder auf eine eher lockere Verbindung?“

„Eher auf die Verbindung.“

„Können Sie zu dieser Freundin noch mehr sagen? Ein Name wäre super. Eine Beschreibung wäre vorteilhaft.“

„Ein Rasseweib ist das“, entfährt es Gröhmling. Erschrocken blickt er mich an.

„Könnten Sie diesen Begriff mit noch ein paar Details untermalen?“

„Groß, schlank, üppiger Busen und lange, knallrote Locken“, schwärmt Gröhmling. „Aber mit einem Namen kann ich Ihnen nicht dienen. Ich glaube, die Elvira hat mit Absicht die Pille weggelassen“, erklärt er plötzlich. Erstaunt blicke ich ihn an. „Sie wollte wohl mit einem zweiten Kind den Michael fester an sich binden“, erzählt Gröhmling freimütig.

„Woher wissen Sie das?“

„Das hat der Michael mir erzählt.“

Ich spare mir die Frage, ob am Telefon oder in einem günstigen Moment von Nachbar zu Nachbar. Das ist nicht wirklich von Bedeutung. „Herr Gröhmling, wo waren Sie am dritten Advent?“, stelle ich die für heute letzte entscheidende Frage.

Der Kunsthändler wischt sich mit einem Taschentuch den Nacken ab. Unter seinen Achseln hat sich sein pinkfarbenes Hemd dunkel verfärbt.

„In Zingst“, antwortet er dann.

Bei dem Wort unterziehe ich Gröhmling einer eingehenden Musterung. Ich gucke scheinbar strenger als beabsichtigt. Jedenfalls schrumpft er förmlich vor mir zusammen.

„Was wollten Sie in Zingst?“

„Es gefällt mir dort einfach“, sagt Gröhmling kurz und knapp. Dann steht er auf und zeigt zuerst auf seine goldene Armbanduhr und dann auf die Tür. „Wenn Sie mich jetzt bitte allein lassen würden. Ich habe in wenigen Minuten einen wichtigen Termin.“

„Kein Problem“, erwidere ich und reiche ihm meine Visitenkarte. „Sofern Ihnen noch etwas einfällt, was für meine Ermittlungsarbeit relevant sein könnte, rufen Sie mich bitte an.“

„Selbstverständlich.“

Kaum bin ich über die Schwelle getreten, schließt er die Tür hinter mir. Ich höre, wie er noch einmal dagegen drückt, um sich zu vergewissern, dass sie auch wirklich zu ist. Wahrscheinlich befürchtet er, dass ich was vergessen haben könnte.

Ich atme tief durch und gönne mir eine kurze Sauerstoffdusche für mein Gehirn. Das Gespräch mit Gröhmling war ziemlich interessant und hat einige Zweifel in Bezug auf seine Glaubwürdigkeit ausgelöst. Ob sich daraus mal eine verwertbare Spur entwickelt, wird sich zeigen.

Nach fünf Minuten habe ich feuchte Haare und kalte Hände. Also gehe ich zur Nachbarin und klingle dort.

„Das gibt es doch nicht“, fährt mich Frau Markgraf an. „Ich habe weiß Gott andere Sorgen, als mich ständig mit Ihnen zu unterhalten. Immerhin muss ich meinen Mann unter die Erde bringen.“

„Aber das hat Ihnen doch schon jemand abgenommen“, halte ich dagegen. Ich kann nicht verhindern, dass mir die Witwe immer unsympathischer wird. Frau Markgraf holt tief Luft und macht keine Anstalten, mich ins Haus zu bitten. „Möchten Sie rauskommen, oder darf ich reinkommen?“

„Weder noch.“

Man kann nicht behaupten, dass die Witwe konfliktscheu ist. Aber das bin ich auch noch nie gewesen. Insofern blase ich ohne einleitende Worte zum Frontalangriff.

„Sie haben die Pille weggelassen, weil Sie glaubten, mit einem zweiten Kind Ihren Mann wieder für sich gewinnen zu können. Aber der fühlte sich trotzdem mehr zu seiner attraktiven Freundin hingezogen.“

Frau Markgraf hält sich schnell am Türrahmen fest. Sie wird ein bisschen durchsichtig. Ich glaube nicht, dass sie schauspielert. Aber solange sie sich schön festhält, kann ja nicht viel passieren. Also lege ich nach. „Für das Hotel gab es einen Kaufinteressenten. Komischerweise wollte aber ausgerechnet Ihr Mann nicht verkaufen. Hing diese Entscheidung vielleicht mit seiner Freundin zusammen? Wollte er mit ihr das Hotel weiterführen? Wenn die Frau ein wenig vor dem Hotel auf und ab gegangen wäre, hätte die Gästeflaute wahrscheinlich nachgelassen“, wage ich eine Prognose.

Elvira Markgraf erinnert mich für einen Moment an ihren Vater, als der mit letzter Kraft verhindern konnte, mir eine runterzuhauen. „Verschwinden Sie“, faucht sie mich an. „Ich muss meinen Mann beerdigen.“

„Das dürfen Sie erst, wenn der Leichnam von uns freigegeben wird. Und so weit sind wir noch lange nicht. Wie heißt die Freundin Ihres verstorbenen Mannes?“

„Arschloch“, sagt Frau Markgraf und schlägt die Tür zu.

Auf der Rückfahrt nach Sassnitz gehen mir sehr viele Gedanken durch den Kopf. Für die kurze Strecke sind es eindeutig zu viele. Im Café Gumpfer genehmige ich mir eine Trinkschokolade und ein Stück Sahnetorte. Mit Erschrecken stelle ich fest, dass die Dämmerung bereits einsetzt. Mir bleibt gerade noch Zeit, um im Präsidium ein Protokoll vom heutigen Tag anzufertigen. Und ich zwinge mich, in unserem verwaisten Besprechungsraum in paar Ergänzungen an die Pinnwand zu heften.

Ich beschrifte das Foto des bisher unbekannten Toten mit dem Namen Dennis Luttkus. Ein weiteres Schild mit den Namen Karin und Reinhold Luttkus findet seinen Platz neben dem Schild ihres toten Sohnes. Hinzu kommen neue Moderationskärtchen mit dem Namen Klaus-Heiner Gröhmling | Antiquitäten- und Kunsthändler. Auf ein weiteres Kärtchen male ich die Umrisse eines Gesichtes mit wallenden roten Locken. Arschloch von Michael Markgraf schreibe ich darunter. Und in Klammern setze ich das Wort Freundin.

Auch der Vater der streitsüchtigen Witwe Elvira Markgraf erhält ein eigenes Kärtchen. Und ich beschrifte noch ein Kärtchen mit dem Namen Maurice Hammermann, den ich morgen in Zingst besuchen werde.

„Du lieber Himmel“, sagt Staatsanwalt Dr. Richard Vogel hinter mir. „Die Pinnwand hat aber mächtigen Zulauf erhalten. Alle Achtung.“

„Es gibt ein paar interessante neue Aspekte“, sage ich und setze mich auf einen Tisch. Vogel klettert neben mich und hört aufmerksam zu.

„Dieser Gröhmling ist Antiquitätenhändler. Ich traue ihm nicht über den Weg. Er stand mit beiden Opfern in Kontakt, weil er das Hotel kaufen wollte. Allerdings gaukelte er mir vor, vergessen zu haben, dass einer der Hotelinhaber sein Nachbar war.“

„Ich finde, das ist in der Tat sehr verdächtig.“

„Genau. Und am Tag des Doppelmordes hielt er sich angeblich in Zingst auf.“

„Das ist nicht strafbar“, meint Vogel.

„Nicht strafbar, aber komisch. Denn in Zingst wohnt Maurice Hammermann.“

Ich zeige auf das neue Moderationskärtchen. „Und zu diesem Hammermann hatten ebenfalls beide Opfer regelmäßig Kontakt, der vor drei Wochen endete.“

„Das sind merkwürdige Zusammenhänge“, lautet das Fazit von Vogel.

Eine Weile sitzen wir noch einträchtig nebeneinander. „Machen Sie Feierabend“, sagt Vogel dann. „Als Einzelkämpferin haben Sie eine gewaltige Menge an Daten ermittelt. Für einen Tag reicht das völlig.“

„In Ordnung." Ich springe vom Tisch, winke Vogel zu und fahre in den Supermarkt. Dort ist der Weihnachtswahnsinn ausgebrochen. Menschenmassen schieben überladene Einkaufswagen vor sich her. Kinder schreien und quengeln, Männer gucken griesgrämig drein, weil sie von ihren Frauen mit dem Einkaufswagen in Seitengängen geparkt werden. Die Frauen suchen mit dem Zettel in der Hand notwendige und überflüssige Utensilien zusammen. Zum Lärm und zur Hektik gibt es die passende Beschallung: Stille Nacht, heilige Nacht.

Während ich in der Menschenschlange an der Kasse stehe, nehme ich aus den Augenwinkeln unsere verhasste Führungsperson Barbara Leitmeyer-Mummelthey wahr. Sie trägt einen viel zu kleinen roten Hut und einen bis zu den Knöcheln reichenden roten Mantel. Fehlt bloß noch der weiße Bart …

Im Einkaufswagen steht ein irrsinnig großer Präsentkorb. Ich frage mich, wen sie beschenken wird. Und dabei fällt mir auf, dass ich nicht weiß, ob die Leitkuh irgendjemanden an ihrer roten Seite hat. Während ich meine Einkäufe auf das Band lege, klingelt mein Handy. Winterstein hegt die Hoffnung, dass ich mit ihm zu Abend esse. Genau so drückt er sich aus. Ich sprinte zurück zur Fleischtheke und lange nach der erstbesten Verpackung. Dann renne ich zur Gemüseabteilung und greife mir eine Tüte Paprika.

Während ich wenig später bezahle, verlässt die Leitmeyer den Supermarkt. In respektvoller Entfernung steuere ich mit meinem Einkaufswagen den Parkplatz an. Verstohlen beobachte ich die Leitkuh, die plötzlich stehen bleibt und sich suchend umsieht. Schnell öffne ich meinen Kofferraum und tauche ab. Während ich meinen Einkauf verstaue, steht die Leitkuh weiterhin unbeweglich nur so da. Dann fällt ihr ein, wo sie ihren Wagen geparkt hat. Während sie den Präsentkorb in den Kofferraum hievt, fegt ihr eine Sturmbö den Hut vom Kopf, der daraufhin in irrsinnigem Tempo auf einer Kante rollend den Parkplatz überquert. Die Leitkuh nimmt die Verfolgung auf. Als der Hut auf mich zukommt, springe ich in Jakub und fahre mit quietschenden Reifen zu Winterstein.

Mein Kollege hat den Tisch bereits geradezu fürstlich eingedeckt. Ich kümmere mich um den Rest und beginne, die Paprika gründlich zu waschen und zu würfeln. Während ich schufte, erzähle ich Willi vom heutigen Tag.

„Eine merkwürdige Konstellation ist das", meint er und denkt angestrengt nach.

Dann klingelt der Kurzzeitwecker, und wir genießen unser Essen. Willi und seine Heizung scheinen auf dem Weg der Besserung zu sein. Wintersteins Stirn fühlt sich kalt an, die Heizung ist lauwarm.

Nach dem Essen bestückt er den Geschirrspüler. Und ich hole aus meinem Auto drei Ordner, die ich in der Wohnung von Dennis Luttkus gefunden habe. „Hier. Da hast du morgen ganz viel zu tun. Wenn du fertig bist, kann ich dir die nächsten drei vorbeibringen."

Wir sitzen noch fast zwei Stunden zusammen und sprechen über Gott und die Welt. Als ich mich von Willi verabschiede, merke ich, dass ihm etwas auf dem Herzen liegt. „Nun spuck es schon aus", versuche ich Willi, sein Geheimnis zu entlocken. Der druckst aber nur rum und meint, es wäre nicht weiter wichtig. Sally schießt mit einem Jaulen an uns vorbei, rennt zum erstbesten Baum und hinterlässt einen großen Haufen Scheiße in Wintersteins Garten. „Erstklassiger Dünger", tröste ich Willi, der zugibt, heute nicht Gassi gegangen zu sein.

Ich starte am nächsten Morgen von meiner Wohnung aus. Herr Hammermann hat mir am Telefon versichert, zu Hause auf mich zu warten. Auf der knapp zweistündigen Fahrt mache ich es mir in meinem Jakub gemütlich. Das Wetter ist tatsächlich besser geworden. Die Wolkendecke reißt immer öfter auf, und eine tiefstehende Wintersonne schickt weißliche Strahlen über das kahle Land.

Ich bin bisher erst einmal auf dem Darß gewesen. Wenn man auf Rügen wohnt, hat man schließlich alles Schöne vor der eigenen Haustür. Trotzdem muss ich zugeben, dass der Darß etwas Besonderes hat. Vor allem die Zugvögel und Kraniche, die sich im Frühjahr und Herbst hier zu Zehntausenden niederlassen, ziehen die Touristen in Schwärmen an.

Die Straßen sind relativ leer, und ich bin früher in Zingst als vermutet. Ich stelle Jakub auf dem verlassenen Parkplatz am kleinen Hafen ab und spaziere zu Fuß durch das Örtchen.

Die Temperaturen liegen knapp unter dem Gefrierpunkt, und ein eisiger Wind bläst mir entgegen. Ich ziehe mir die Pudelmütze so tief wie möglich ins Gesicht und beschleunige meine Schritte. Das Haus von Maurice Hammermann befindet sich in einer der unzähligen wunderschönen Gassen. Es ist kein Prunkbau, aber klein und fein. Herr Hammermann scheint hinter der Tür auf mich gewartet zu haben. Er öffnet zeitgleich mit meinem Klingeln. „Kommen Sie bitte herein", sagt er und wirft nur einen kurzen Blick auf meine Legitimation.

Ich folge ihm in ein modern eingerichtetes Wohnzimmer und nehme in einem bequemen Sessel Platz. Maurice Hammermann setzt sich mir gegenüber in den zweiten Sessel. Er sitzt nur auf dem vorderen Teil und wirkt sehr verkrampft. Seine Aufregung ist fast körperlich zu spüren.

„Herr Hammermann“, beginne ich. Weiter komme ich nicht. Der Angesprochene zuckt zusammen, als hätte ich ihn an eine Starkstromleitung angeschlossen.

„Sagen Sie es einfach. Nehmen Sie keine Rücksicht auf mich. Die Ungewissheit zu ertragen, ist weitaus schlimmer.“ Hammermann schluckt schwer und knetet seine Finger.

Fragend und einigermaßen verdutzt sehe ich ihn an. „Kann es sein, dass hier ein Missverständnis vorliegt? Ich wollte mich nur nach Ihrer Verbindung zu Dennis Luttkus und Michael Markgraf erkundigen.“

Maurice Hammermann muss meine Aussage erst einmal verdauen. Nach und nach entspannt er sich. Aber nur für einen kurzen Moment. Dann scheinen ihn Angst und Nervosität erneut zu beherrschen. Sein Blick flackert unruhig.

„Luttkus? Markgraf?“, fragt er tonlos. Dann schlägt er die Hände vor sein Gesicht und beginnt leise zu weinen.

Ein bisschen fühle ich mich wie der junge Beamte Linus Heider. Hilflos und überrumpelt. Während ich überlege, wie ich weiter vorgehen sollte, mustere ich Hammermann intensiv. Er ist mittelgroß und sehr schlank. Ich schätze ihn auf Ende vierzig. Er hat volles, zum Teil graumeliertes Haar.

„Sie wissen vom Tod der beiden Männer?“, frage ich nach einigen Minuten.

Unvermittelt endet das Weinen von Hammermann. „Woher denn?“ Er schnäuzt sich intensiv die Nase und tupft sich vorsichtig seine Augen trocken.

„Sie waren dabei, sich in Tränen aufzulösen. Ich nahm an, der Tod der beiden Männer nimmt Sie sehr mit.“

„Aber die kenne ich doch gar nicht.“

Ich blinzle und bewundere mich selber, weil ich so ruhig bleibe. Wenn potentiell Verdächtige derart plumpe Ablenkungsmanöver starten, verliere ich schnell die Geduld. Irgendetwas läuft hier anders als erwartet. „Unsere Recherchen belegen zweifelsfrei, dass Sie bis vor circa drei Wochen permanent mit den beiden Todesopfern in Verbindung standen.“

„Sie sprechen von Maurice“, sagt Hammermann.

Alles, was mir dazu einfällt, ist ein langgezogenes „Ähhh“. Dann guck ich erst einmal dumm aus der Wäsche.

„Maurice ist mein Mann. Wir haben vor zwei Monaten geheiratet. Mein Name ist Tobias. Und ich habe seit über drei Wochen keinerlei Kontakt mehr zu Maurice. Ich nahm an, Sie überbringen mir seine Todesnachricht.“

Mir wird plötzlich heiß. Ich ziehe meine Winterjacke aus und hole tief Luft. „Sie sind gar nicht Maurice Hammermann?"

„Nein."

Ich erwäge, Teichert in der Luft zu zerreißen. Von wegen gute Arbeit! Ich weiß zwar, dass der Vater von Maurice verstorben ist und die Mutter in Dranske wohnt, aber dass er verheiratet war, hat der denglische Trottel nicht herausgefunden.

Ich schlage eine neue Seite meines Notizbuches auf und halte mich am Kugelschreiber fest, der mir aufgrund einer schweißnassen Hand langsam durch die Finger gleitet.

Tobias Hammermann holt eine Flasche Wasser und schenkt uns ein. Ich wische meine Hand an der Jeans trocken und trinke das Glas leer.

„Haben Sie Ihren Mann bei der hiesigen Polizei als vermisst gemeldet?" Endlich habe ich meinen Schreck überwunden und kann wieder einigermaßen klar denken.

„Nein."

Bevor ich nach dem Grund fragen kann, spricht Hammermann unaufgefordert weiter. „Maurice hat sich im letzten Jahr sehr verändert. Er war unruhig, aufgewühlt, nervös. Er schlief sehr schlecht und war mitunter sehr gereizt. Nächtelang spazierte er durch das Haus, ohne auch nur ein Auge zuzumachen. Sein Zustand verschlechterte sich zusehends. Irgendetwas bedrückte ihn. Er war depressiv und dann wieder streitsüchtig. Aber obwohl ich ihn angefleht habe, sich mir anzuvertrauen, wollte er nicht darüber sprechen. Es war ein furchtbares Jahr. Wir haben beide extrem gelitten." Tobias Hammermann schweigt und schließt die Augen. „Bitte verachten Sie mich jetzt nicht", flüstert er dann, „aber für einen Moment verspürte ich sogar Erleichterung, als ich annahm, Sie kommen wegen seines Todes zu mir."

„Wenn das letzte Jahr so furchtbar war, warum haben Sie dann vor Kurzem geheiratet?"

Tobias Hammermann sieht mich verständnislos an. „Weil wir uns lieben", lautet seine lapidare Antwort.

„Und trotzdem haben Sie Ihren Partner nicht als vermisst gemeldet. Erklären Sie mir bitte diesen Widerspruch."

Tobias Hammermann schließt wieder die Augen. Es kommt mir so vor, als wäre er am Ende seiner körperlichen und nervlichen Kräfte. Mein Blick wandert durch das kleine Zimmer. Auf einer Anrichte stehen mehrere Fotos von Maurice und Tobias Hammermann. In der Mitte der Fotogalerie steht das größte Bild, aufgenommen am Tag der Hochzeit. Maurice Hammermann ist ein außergewöhnlich attraktiver Mann mit markanten Gesichtszügen und rehbraunen Mandelaugen. Sein Partner reißt mich aus der Betrachtung.

„Maurice verschwand im letzten Jahr immer mal für ein paar Tage. Meistens kündigte er an, wenn er fortging. Es kam aber auch vor, dass er mir nichts sagte. Aber spätestens nach einer Woche tauchte er dann unversehrt wieder auf. Er meinte, die Tage der Meditation würden ihm guttun. Ich habe also auch dieses Mal gewartet. Zunächst eine Woche. Dann einen weiteren Tag. Und noch einen Tag. Ein Tag reihte sich an den anderen." An dieser Stelle legt Hammermann eine kleine Pause ein. „Ich habe am Fenster gestanden und Maurice vor meinem geistigen Auge gesehen, wie er mit seinem Rucksack aus dem Taxi steigt und mir zuwinkt. Ich habe mir vorgestellt, wie plötzlich alles wieder gut wird. Aber ich glaube, es wird nie ... nie wieder gut werden." Tobias Hammermann wird von einem heftigen Weinkrampf geschüttelt.

Mir bricht erneut der Schweiß aus. Ich schenke Wasser nach und reiche Hammermann das Glas. „Trinken Sie einen Schluck", fordere ich ihn auf. Gehorsam folgt er meiner Anweisung.

„Sie wissen demnach nicht, wo sich Ihr Partner jetzt aufhalten könnte?"

„Nein", haucht Hammermann.

„Und wann genau hat Ihr Partner das Haus verlassen?"

„Kurz vor dem Totensonntag."

„Ach herrje, wie makaber", entfährt es mir.

„Im Nachhinein betrachtet nehme ich das als schlechtes Omen", flüstert Hammermann.

„Da würde ich nicht zu viel hineininterpretieren."

„Sie haben recht. Ich steigere mich wohl zu stark in dunkle Vorahnungen hinein."

„Richtig. Lassen wir die Vorahnungen jetzt mal beiseite und widmen uns den Fakten. Hatte Maurice Gepäck bei sich? Sie erwähnten vorhin einen Rucksack."

Hammermann nickt. „Der Rucksack war ein Geschenk von mir. Er hatte ihn immer bei sich, wenn er auf Reisen ging."

„Und hatte Maurice diesen Rucksack auch bei sich, als er kurz vor dem Totensonntag Ihr Haus verließ?"

„Ja, den hatte er bei sich."

„Und Ihr Mann hat Ihnen gegenüber keinerlei Andeutung gemacht, wohin er reisen wollte?"

„Wenn es so wäre, hätte ich doch schon längst selber versucht, ihn zu finden."

„Hm", brumme ich. „Und er hat auch nicht erwähnt, wie lange er fortbleiben wollte?"

Tobias Hammermann wirkt hochgradig angespannt. Sein gesamter Körper ist in Bewegung. Er wippt mit den Füßen. Seine Hände kreisen auf den Knien. „Den Morgen, an dem Maurice unser Haus verließ, werde ich nie vergessen. Rückblickend habe ich gespürt, dass ich ihn nie wiedersehen werde. Ich habe ihn angefleht, doch zu bleiben. Aber Maurice lehnte das kategorisch ab. Zunächst reagierte er sehr liebevoll. Er nahm mich in die Arme und murmelte, dass er keine andere Wahl habe. Ich habe das überhaupt nicht verstanden. Und natürlich habe ich ihn gefragt, was er damit meinte. Aber Maurice wurde zusehends aggressiver. Und am Ende ließ er mich stehen. Er schrie mich an. Den genauen Wortlaut habe ich vergessen. Je häufiger ich darüber nachdenke, umso weniger Details fallen mir ein. Es waren vielleicht seine letzten Worte. Es ist alles so furchtbar." Hammermann erleidet den nächsten Weinkrampf. Mir bleibt nur abzuwarten, bis er sich beruhigt hat.

„Herr Hammermann, Sie wissen, dass ich in zwei Mordfällen ermittle", nehme ich den Faden wieder auf. „Michael Markgraf und Dennis Luttkus wurden getötet. Diese beiden Männer standen in regen Kontakt zu Ihrem Partner. Kannten Sie sie wirklich nicht?"

„Nun ja", druckst Hammermann, „nur deren Namen. Maurice hat immer mal von ihnen gesprochen. Die drei kannten sich aus Kindheitstagen. Mehr kann ich Ihnen dazu leider nicht sagen."

Mit einem Male spüre ich, wie eine große Müdigkeit von mir Besitz ergreift. Es kann am Sauerstoffmangel liegen. Oder die neuen Umstände, mit denen mich Tobias Hammermann konfrontierte, waren zu viel für mich. Für den Moment fällt mir auch keine weitere Frage mehr ein. Ich erkundige mich, ob Hammermann psychologische Hilfe benötigt. Immerhin steht das nervenaufreibende Weihnachtsfest auch vor den Türen von Zingst. Aber Hammermann lehnt dankend ab. „Ich suche Trost in der Kirche", meint er lächelnd.

„Tatsächlich? Suchen Sie hier oben im Norden noch nach einer Kirche oder nur den Trost?"

Tobias Hammermann lächelt vielsagend und – wie es mir vorkommt – vergebend. Auf jeden Fall nimmt er mir das Versprechen ab, sofort anzurufen, sobald wir Maurice finden. Tot oder lebendig.

„Sie kontaktieren mich bitte ebenso unverzüglich, sollte Ihr Mann wieder zurückkommen."

„Ich habe die Hoffnung aufgegeben."

Ich erspare mir blödsinnige Phrasen. Weder widerspreche ich lautstark, noch wünsche ich frohe Weihnachten. Ich sage einfach nur Auf Wiedersehen.

Dann trete ich auf die Straße. Das Gespräch hat mich ziemlich aufgewühlt. Ich muss unbedingt ein paar Schritte laufen, also spaziere ich von einer wunderschönen Gasse zur nächsten. Mal links, mal rechts herum. Zingst besticht durch traumhaft hübsche Gässchen mit gepflegten Anwesen, die wahrscheinlich miteinander wetteifern. Endlich habe ich mich aus dem Labyrinth herausgefunden und wandere auf der Strandstraße in Richtung Meer. Der Sturm weht mich beinahe um. Ich kämpfe mich mit Mühe bis an das Ende der Seebrücke. Die kalte Wintersonne taucht die vom Sturm aufgepeitschte See in ein leuchtendes Blau, die Schaumkronen reichen bis zum Horizont. Völlig durchgefroren trete ich den Rückzug an.

Meine Einkehr beim „Skipper" bringt mich schließlich auf bessere Gedanken. Das urige Fischrestaurant ist gut besucht. Ich finde hinter dem Tresen an einem Zwei-Personen-Tisch Platz und genieße die Wärme, einen heißen Sanddornsaft und eine noch heißere Fischsuppe. Während ich auf den Hauptgang warte, schaue ich mich interessiert um. Der „Skipper" ist das Pendant zu unserem „Gastmahl des Meeres". Fast bekomme ich ein schlechtes Gewissen, denn ich finde es hier nicht weniger gemütlich. Nach dem üppigen Essen bin ich sehr, sehr satt und sehr, sehr müde. Um während der Fahrt nicht einzuschlafen, schiebe ich einen USB-Stick ein und höre Weihnachtslieder in einer Lautstärke, die Jakub an seine Grenzen bringt. Kurz vor Sassnitz singt Frank Zander mit den Schlümpfen „Schneeflöckchen Weißröckchen", und der kleine Schlumpf-Max lässt die Flocken rieseln, rieseln, rieseln.

Im Präsidium werde ich schon erwartet. Staatsanwalt Vogel sitzt in Teicherts gemütlicher Weihnachtsstube und schlürft Tee, der merkwürdig nach Grog duftet. Bei meinem fragenden Blick wird Vogel tatsächlich rot. „Es ist ja fast Weihnachten", sagt er, und ich nicke verständnisvoll. Teichert glüht schon mächtig. Er gießt mir ein Glas ein und zeigt auf einen großen Haufen Pfefferkuchen. „Die habe ich selber gebacken", erzählt er sichtlich voller Stolz.

Ich habe zwar immer noch keinen Hunger, greife aber anstandshalber zu. „Ganz fantastisch", lobe ich Teichert, während ich hoffe, mir keine Zahnfüllung auszubrechen. Leider kommt auch unser Rechtsmediziner zu unserer Mini-Weihnachtsfeier. „Danke für die Einladung, mein Hasi." Wahlberg umschließt Teicherts Kopf mit seinen Wurstpranken und drückt ihm einen Kuss auf die Wange. Vogel räuspert sich, und ich greife zum Rum und fülle mein Glas auf.

Dann übernimmt es Vogel, eine kleine Rede zu halten. „Ich finde es schade, dass wir in diesem Jahr keine Weihnachtsfeier organisiert haben.“ Traurig schaut er von einem zum anderen. „Nun ja, das lässt sich nicht mehr ändern. Welche Gründe es auch immer waren, wir sollten zukünftig wieder mehr auf ein soziales Miteinander auch außerhalb des Dienstes achten. Ich habe Herrn Teichert daher ausnahmsweise erlaubt, heute im kleinen Rahmen so eine Art Ersatzweihnachtsfeier abzuhalten. Deswegen der Alkohol.“ Vogel sieht mich entschuldigend an.

„Finde ich super“, beruhige ich unseren Staatsanwalt.

„Bevor wir dann das Weihnachtsfest genießen, muss ich trotzdem noch einmal dienstlich werden. Wie hat sich denn unser derzeitiger Fall entwickelt?“ Vogel sieht in meine Richtung. Wohin auch sonst?

Ich trinke zunächst ein paar Schlucke, fülle mein Glas wieder mit Rum auf und informiere die Herren dann in aller Ausführlichkeit über meine heutigen Erkenntnisse.

Vogel schweigt sichtlich beeindruckt.

„Nach den Feiertagen werde ich in der Vergangenheit von Markgraf und Luttkus und diesem Maurice Hammermann kramen“, schlage ich schließlich vor. „Kollege Winterstein schaut zu Hause die Ordner durch, die ich bei Luttkus gefunden habe. Teichert, konnten Sie aus dem Laptop schon etwas Verheißungsvolles herauskitzeln?“

Der ist aber in einer ganz anderen Welt. Er himmelt Ekel Wahlberg an und glüht mittlerweile bis über die Ohren. Ich hole tief Luft, aber Vogel hebt schnell die Hand. „Ich denke, das hat auch noch Zeit bis nach Weihnachten“, flüstert er mir schnell zu.

Aus Prinzip will ich aufmucken, aber kurz vor dem Heiligen Abend sollte man auch mal die Schnauze halten und auf bissige Kommentare verzichten. Daher wünsche ich allen nur frohe Weihnachten. Die drei Herren stehen tatsächlich auf, und wir reichen uns einträchtig die Hände.

In meinem Büro fertige ich noch ein Protokoll meiner heutigen Ermittlungsarbeit an. Dabei nehme ich mir viel Zeit, um dem Rum eine Chance zu geben, meinen Körper wieder zu verlassen. Ich gieße meine Pflanzen, verschließe das Fenster, schalte den PC aus, lösche das Licht, schließe mein Büro ab und werde auf dem Parkplatz vom eisigen Sturm fast aus der Bahn geworfen. Ich schaue zum Himmel. Zwischen den fliegenden Wolkenfetzen funkeln klar und kalt die Sterne. Ich denke wieder an Sebastian und schlucke schwer. Dann fällt mir ein, dass ich die Geschenke für meine Mutter noch abholen muss. Ein Blick auf die Uhr sagt mir, dass ich mich beeilen sollte. Ich fahre zunächst in die Gärtnerei und dann in den Supermarkt. Auf dem Parkplatz drehe ich fluchend mehrere Runden. Ich stehe kurz vor dem Nervenzusammenbruch und will schon kapitulieren, als endlich ein Platz frei wird. Ich setze den Blinker und warte geduldig, bis der ältere Fahrer endlich die Kupplung, den Rückwärtsgang und das Gaspedal gefunden hat. Mit dem Schulterblick klappt es im fortgeschrittenen Alter auch nicht mehr. Und vielleicht ist sein Blick auch schon ein bissel trüb und erkennt nur noch Schemen im Rückspiegel. Wie auch immer. Langsam, aber zielstrebig kommt er rückwärts auf mich zu. Der Abstand wird beängstigend klein. „He, du alter Saftsack!“, brülle ich voller Angst und dresche mit der Faust auf die Hupe. Jetzt wird es gefährlich. Denn wahrscheinlich hört der alte Mann auch schlecht. Unbeeindruckt kommt er meinem Jakub immer näher. Hastig gucke ich in den Rückspiegel, lege den Rückwärtsgang ein und gebe Gas. Der tüdelige Verkehrsteilnehmer fährt langsam und ahnungslos davon. Während ich ihm kopfschüttelnd hinterher blicke, schnappt mir ein anderer „meinen“ Parkplatz vor Jakubs Nase weg. Fassungslos starre ich den Fahrer an, der mit einem galanten Hüftschwung aus seinem BWM steigt. Sein herablassendes Grinsen ist es, was mich veranlasst, aus dem Auto zu springen. „Gefahr in Verzug“, sage ich und zücke meinen Dienstausweis.

„Das interessiert mich einen Scheiß“, sagt der junge Schnösel. Es trifft sich gut, dass ich vergessen habe, meine Dienstwaffe in den Tresor zu schließen. Das hat den Vorteil, dass ich dem arroganten Arsch jetzt auch noch mein Schießeisen unter die Nase halten kann. „Sie verpissen sich augenblicklich von diesem Parkplatz. Sondereinsatzkommando Weihnachtsfrieden“, zische ich und wedele mit meiner Waffe. „Also hauen Sie ab!“

Es dauert keine zehn Sekunden, bis ich meinen Parkplatz habe. Mit mir und der Welt zufrieden tätige ich die letzten Einkäufe. Schnell nehme ich noch einen guten und preisintensiven Likör für Winterstein mit. Und am Abend läute ich das bevorstehende Fest mit einem Grand Marnier ein. Nebenbei schaue ich mir zum vierzigsten Male „Schöne Bescherung“ mit dem trotteligen Clark Griswold an, der seine noch trotteligere Verwandtschaft um sich schart und in ein einziges weihnachtliches Chaos schlittert.

In der Nacht träume ich, dass mein Fest chaotischer wird.

ACHT – DAS WEIHNACHTSKAPITEL

Der Heilige Abend beginnt am Morgen mit Sturm und Temperaturen im zweistelligen Plus-Bereich. Das treibt mich gleich nach dem Aufstehen schon mal an den Rand des Wahnsinns. Hinzu kommt ein wolkenloser

Himmel, so dass die tiefstehende Sonne jede Ecke meiner mit Laminat ausgelegten Wohnung erreicht und mir aufzeigt, was ich für ein Schwein bin. Fassungslos starre ich auf die Staubfussel. Ich entscheide, sie zu ignorieren und stelle mich in konservativer Art und Weise für den Rest des Vormittages in die Küche. Ich bereite Kartoffelsalat vor, schneide Rotkohl und brate zwei preiswerte ungarische Enten an, die ich vermutlich von einem beschissenen kurzen Leben erlöst habe. Gegen Mittag ruft meine Mutter an und fragt, wo ich bleibe.

„Ich komme pünktlich zum Kaffee", verspreche ich mit meiner verführerischsten Stimme.

„Das will ich hoffen", entgegnet meine Mutter mit grantiger Stimme. „Es ist immerhin Weihnachten. Und wenn mein Enkelsohn es schon nicht für wichtig hält, mich zu besuchen, dann sollte wenigstens die Tochter mal vorbeikommen."

„Natürlich", flöte ich. Dann widme ich mich dem Obstsalat. Ich werde nur noch zweimal von weiteren Anrufen meiner Mutter unterbrochen. „Als du sagtest, pünktlich zu kommen, meintest du welche Uhrzeit?" Ihr Tonfall ist ziemlich giftig.

„So gegen fünfzehn Uhr", schlage ich vorsichtig vor.

„Aber wir reden schon von heute?"

„Jaha", sage ich leise.

Das dritte Telefonat gestaltet sich dann noch mal ein klein wenig schwieriger.

„Der Tisch ist gedeckt, und der Kaffee läuft schon durch", sagt meine Mutter ohne ein Wort der Einleitung. „Wann kommst du denn nun endlich?"

Es ist gerade einmal vierzehn Uhr. „Ich muss noch unter die Dusche", sage ich mit meiner gutmütigsten Stimme.

„Du kannst auch bleiben, wo der Pfeffer wächst", murmelt meine Mutter gut hörbar in den Apparat. Dann legt sie auf.

Ich bleibe tiefenentspannt, trete unter die Dusche und stehe bewegungslos eine gefühlte halbe Stunde unter dem heißen Strahl. Dann verstaue ich Speisen und Geschenke und fahre zu meiner Mutter.

Sie öffnet mir mit einem strahlenden Lächeln die Tür. „Lass dich mal drücken, mein liebes Mädchen", sagt sie und bedeutet mir, mich nach unten zu beugen. „Endlich kann ich dich mal wieder in die Arme nehmen." Nebenbei zerwuselt sie mir die frisch frisierten Haare.

Schon immer hat es meine Mutter geschafft, mich zu verblüffen. Noch nie hat sie so reagiert, wie ich es erwartet habe. Und so wird es wohl auch immer bleiben.

„Ach, ist das schön, dass du so zeitig gekommen bist", sagt sie und hilft mir, indem sie mir zeigt, wo der Kühlschrank steht. „Du kannst alles verstauen. Hoffentlich ist mein Kühlschrank groß genug", scherzt sie. Vielleicht meint sie es aber auch ernst. „Ich würde mich im Übrigen freuen, wenn du heute mal nicht so maulfaul wärst", bringt meine Mutter ihre weihnachtlichen Erwartungen zum Ausdruck, während ich noch die Geschenke aus dem Auto hole. „Ach, Mädchen, was hast du denn hier angeschleppt", ruft meine Mutter und taxiert den Präsentkorb und den überdimensionalen Weihnachtsblumenstrauß. Mit den sieben roten Amaryllis und den leuchtend roten und goldenen Kugeln sieht er richtig edel aus. Und auch teuer.

„Oh", sagt meine Mutter, „der ist hübsch, oder?" Und dann fügt sie schnell an: „Du sollst mir doch nichts mehr schenken."

Aus Ermangelung an Ideen spare ich mir eine Antwort. Da meine Mutter keine Anstalten macht, eine Vase zu holen, übernehme ich das. „Stell den Präsentkorb auf die Anrichte", weist mich meine Mutter an, ohne ihn eines Blickes gewürdigt zu haben. Ich arrangiere Strauß und Korb, zünde die Kerzen mal wieder an und übernehme auch sonst die Rolle der Gastgeberin.

Nach zehn Minuten geht uns der Gesprächsstoff aus. Wie immer.

„Wollen wir Musik hören?", frage ich, da ich die Stille nicht ertragen kann.

„Aber keine Weihnachtslieder", befiehlt meine Mutter.

Aus lauter Verzweiflung lege ich die erstbeste CD ein, die mir in die Hände fällt. Und so kommt es, dass uns kurz darauf Andreas Gabalier sein „Hulapalu" um die Ohren haut und „Hodi odi ohh di ho di eh" singt. Meine Mutter zeigt sich relativ zufrieden, und ich habe das Bedürfnis, mit dem Kopf gegen die Wand zu laufen.

Verstohlen schiele ich auf die Uhr. Zwei Stunden habe ich bereits überstanden. Draußen setzt die Dämmerung ein. Sofort springt meine Mutter auf – was man halt so aufspringen nennt – und sperrt das letzte Tageslicht und potenzielle Einbrecher aus. Sie weiß, dass ich geschlossene Jalousien nur schlecht ertrage. Darum legt sie viel Wert darauf, keine noch so kleine Ritze offen zu lassen.

„Ach", meint sie plötzlich, „ich habe dir doch noch gar nicht dein Geschenk gegeben." Sie kramt in einer Schublade und kommt mit zwei identischen Päckchen zurück. Das Papier sieht sehr gebraucht aus. Und das Geschenkband passt weder zur Farbe des Papiers noch zur Größe der Päckchen. Es flattert ziemlich haltlos herum. „Du weißt, ich hasse es, Pakete einzupacken …“

„Das ist doch nicht schlimm“, lüge ich und entnehme dem Papier eine Schachtel Pralinen. Es ist eine Sorte, die mir noch nie geschmeckt hat. Meine Mutter weiß das. Zumindest wusste sie es noch bis vor Kurzem. „Die schmecken dir doch, nicht wahr?“, fragt sie.

„Na sicher“, stimme ich zu. Beim zweiten Päckchen verschlägt es mir dann die Sprache.

„Darum habe ich dir gleich zwei von der Sorte gekauft.“

Dann schleppt sie sich dahin – die Zeit. Irgendwann übernehme ich erneut die Initiative und erwärme die Würstchen, decke den Tisch und hole meinen Kartoffelsalat aus dem Kühlschrank. Meine Mutter hantiert eigenhändig und stellt einen dritten Teller auf den Tisch. „Du wirst staunen, wer mich jetzt gleich besuchen wird“, kündigt sie an. Ich spule schnell alle Möglichkeiten ab. Es gibt keine. Also bin ich genauso schnell damit fertig. Dann klingelt es. Wie ein Wiesel flitzt meine Mutter an mir vorbei. „Ich freue mich ja soooooooooooooooooo“, sagt sie zu einer Person, die zwei Sekunden später die Wohnung betritt.

Er kommt mir sehr bekannt vor. Der Präsentkorb. Und hinter ihm steht Barbara Leitmeyer-Mummelthey. Mit der Schüssel voller Kartoffelsalat stehe ich bewegungsunfähig im Korridor. „Guten Abend“, sagt die Leitkuh.

„Na, wie heißt es denn?“, fragt mich meine Mutter und dreht dabei die Augen in alle Richtungen. „Warum grüßt du denn nicht?“, raunt sie mir zu. „Bitte treten Sie ein, meine liebe Frau Murmelleyh“, ruft meine Mutter enthusiastisch und schiebt sie an mir vorbei in Richtung Wohnzimmer.

„Das ist aber ein herrrrrrlicher Präsentkorb“, beginnt meine Mutter zu schwärmen. Sie schiebt meinen zur Seite und macht Platz für das Geschenk der Leitkuh, die vom Gewicht des Korbes mächtig in die Knie gezwungen wird. Meine Hoffnung, dass sie den Korb fallen lässt oder wenigstens einen Hexenschuss erleidet, erfüllt sich nicht.

Noch immer stehe ich mit meinem blöden Kartoffelsalat nur so da. Ich erwäge, die Schüssel an die Wand zu schmeißen, nach draußen zu rennen und am Hochuferweg nach einer Stelle zu suchen, die für einen Selbstmord besonders geeignet ist. Stattdessen gebe ich noch zwei Würstchen ins heiße Wasser und sitze dann zum Abendbrot artig und leise am Tisch. Meine Mutter redet wie ein Wasserfall, und ich suche Blickkontakt zur Leitkuh. Aber immer, wenn sich unsere Blicke begegnen, wird sie rot und guckt schnell auf ihren Teller. „Der Kartoffelsalat schmeckt ganz vorzüglich“, lobt sie meine Kochkünste.

„Das freut mich“, flötet meine Mutter. „Ich habe mir auch besonders große Mühe gegeben.“ Sie beugt sich auffällig zu mir und zwinkert mir versöhnlich zu.

Ich zwinkere nicht. Stattdessen verabschiede ich mich wenige Minuten nach dem Essen. Meine Mutter legt keinen Widerspruch ein. Ich darf für sie und die Leitkuh noch eine Flasche Wein öffnen. Dann gehe ich geschlagen vom Feld.

Eine halbe Stunde sitze ich in meinem Jakub. Sebastian erlöst mich mit seinem Anruf. Im Hintergrund höre ich Stimmengewirr, lautes Lachen und Musik. „Wir grillen im Schnee und fahren dann Ski durch den erleuchteten Wald“, erzählt er. Mit wir sind mehrere junge Leute gemeint. Auch Schneewittchen spricht kurz mit mir. Sie ist vom norwegischen Winter ganz begeistert.

Nach dem Telefonat geht es mir besser. Ich starte den Motor und fahre zu Winterstein.

Willi kann sein Glück kaum fassen. Er drückt mich spontan und lässt mich nicht mehr los. Zumindest sehr spät. Während er sich fein macht und tatsächlich Hemd und Schlips anzieht, stelle ich ihm mein Geschenk auf den Tisch. Ich habe die Flasche in goldene Folie verpackt und diese mit diversen grünen Zweigen und kleinen Zapfen verziert. Winterstein vergießt tatsächlich ein Tränchen.

Natürlich hat er für mich kein Geschenk. Aber ich tröste ihn mit warmen Worten. Und dann nehmen wir uns den Likör vor. Ich erzähle von meinem heutigen Erlebnis und ernte echte, tiefe Anteilnahme. Willi schüttet mir sein Herz aus, weil er von seinen beiden Töchtern völlig ignoriert wird. Nach zwei Stunden ist die Flasche leer. Wir rücken eng zusammen. Da die Heizung mal wieder eine Pause einlegt, legt Willi eine Decke um uns beide. Im Hintergrund spielt André Rieu. Sally beobachtet uns misstrauisch.

Und dann passiert es.

Ich erlebe die heißeste Nacht meines Lebens.

Gegen sieben Uhr werde ich munter. Ungläubig schaue ich mich um. Ich liege auf der Couch im Wohnzimmer von Winterstein. Mir brummt der Kopf, und ich bin schweißgebadet. Willi kommt polternd die Treppe herunter und klopft an. „Bist du schon auf?“, ruft er laut.

„Komm ruhig rein.“

„Hast du auch so geschwitzt?“, fragt Willi. „Ich dachte, mein Fieber wäre zurück.“

„Die Heizung ist in der Nacht angesprungen. Ich bin aufgewacht, weil es unerträglich heiß wurde.“

„Mannomann. Das ist vielleicht eine Scheiße.“

Willis drei Haare kleben ihm auf dem Kopf, und ich mache erst einmal im ganzen Haus Durchzug. Dann frühstücken wir ausgiebig. Winterstein druckst herum und nimmt mehrmals Anlauf, irgendetwas zu sagen.

„Hast du für heute schon Pläne?“, platzt er endlich heraus.

„Für das Festessen hat mich meine Mutter verplant“, murmele ich. Dann keimt Hoffnung in mir auf. „Oder sie hat mich durch unsere Leitkuh ersetzt.“

Willi mustert mich kurz. „Aber irgendwie tut dir das schon weh, oder?“, fragt er mit viel Gefühl in der Stimme. „Ich weiß ja, dass du eine gestörte Beziehung zu deiner Mutter hast. Aber dass sie sich ausgerechnet mit der dümmsten Person unseres Präsidiums so toll versteht, macht dich fertig. Hab ich recht?“

Ich spiele mit meinem weichgekochten Ei, ehe ich antworte. „Die beiden werden die ganze Zeit über mich herziehen“, sage ich leise. Dann wähle ich die Nummer meiner Mutter, die mir berichtet, wie herrlich der gestrige Abend verlaufen ist, und dass sie sich auf mich und den Entenbraten freut.

„Nach dem Mittag können wir gemeinsam was unternehmen“, schlage ich Willi vor, mit dem ich eine Million Mal lieber die Ente essen würde.

„Wir machen eine kleine Spritztour. Ich hole dich bei deiner Mutter ab.“

Das Essen mit meiner Mutter verläuft dann wider Erwarten ohne gravierende Störungen und vor allem ohne die Leitkuh. Ich genehmige mir zwei Gläser Rotwein und bringe es fertig, in Ruhe und Gelassenheit die Stunden abzuarbeiten, bis ich Willi vorfahren sehe. Meinen unmittelbar bevorstehenden Aufbruch kommt entgegen, dass meine Mutter eine gewisse Nervosität erkennen lässt. Ich ahne, warum. „Hast du was vor?“, frage ich.

Meine Mutter nickt freudestrahlend. „Die liebe Frau Leihmummel holt mich zum Kaffeetrinken ab.“

Mit ungeheuer großen zwiespältigen Gefühlen, die mich an Paranoia erinnern, verabschiede ich mich. Natürlich wünsche ich meiner Mutter einen schönen Nachmittag.

Meiner wird weniger schön. Ich hätte es wissen müssen. Denn Wilfried Winterstein gehört zu den typischen männlichen Autofahrern. Er schimpft auf jeden, der sich ihm von hinten nähert. Sobald ein Fahrzeug am Horizont auftaucht, beginnt er wie ein Rohrspatz zu schimpfen, weil er sich bedrängt fühlt. Ich gucke in den Seitenspiegel. Der Abstand ist völlig ausreichend. Wenigstens der nach hinten. Nach vorn sieht es schon viel beängstigender aus. Winterstein hat in diese Richtung eine ganz andere Sicht der Dinge. Er steckt dem Vordermann schon fast im Kofferraum. „Lass Abstand, Mensch“, ereifere ich mich.

„Was fährt der auch so langsam?“, brummt Winterstein. „Wenn er nicht fahren kann, muss er das Auto eben stehen lassen. Der provoziert mich doch nur. Aber den krieg ich.“

Damit schraubt Winterstein den Kopf in die Höhe und setzt zum Überholmanöver an. „Du bleibst hinter dem“, weise ich Willi energisch an. „Der fährt doch schon fast hundert. Entspanne dich gefälligst. Warum seid ihr Männer als Autofahrer eigentlich permanent auf der Jagd? Fehlen euch die Kriege? Oder woran liegt es, dass ihr ständig den Vordermann als potenziellen Feind betrachtet? Jeder von euch denkt, nur er kann fahren. Das kotzt mich an.“

Winterstein sagt nichts. Er geht vom Gas, lässt einen viel zu großen Abstand und zuckelt für den Rest unserer Ausfahrt mit konstant fünfzig Stundenkilometern über zum Teil völlig leere Straßen. Ganz klar, Kind Willi tut dumm.

Erst beim Kaffeetrinken zeigt er sich wieder versöhnlich. Aber das gemeinsame Abendbrot erspare ich mir. Ein wenig Freiraum brauche ich. Wenigstens bis zum zweiten Weihnachtsfeiertag.

Der verläuft nicht viel anders als der erste. Ich esse mit meiner Mutter die zweite Ente. Oder zumindest Teile davon. Statt Rotkohl mit Klößen habe ich Rosenkohl mit Kartoffeln serviert. Meine Mutter ist satt und unzufrieden. Denn zufrieden ist sie nie. Da ihre Nachbarin, mit der sie ständig im Clinch liegt, sie zu einem Verdauungsschnäpschen einlädt, entgehe ich einem Anschiss wegen vorzeitigen Abgangs.

Willi holt mich wieder ab. Auf meine Anweisung hin aber zu Fuß. Das Wetter ist für nordische Verhältnisse extrem winterlich. Zwei Grad unter null und leichter Schneegriesel. Mir gefällt es fantastisch.

Wir spazieren zunächst an der Hafenstraße weiter zur Strandpromenade und laufen dann planlos durch die fast menschenleeren Gassen.

„Guck dir das an“, sagt Willi irgendwann. „Ohne Touristen ist unsere herrliche Stadt fast tot. Richtig ausgestorben ist es hier.“

„Wir sind auf dem Friedhof.“

Winterstein guckt sich verdutzt um. „Das habe ich gar nicht bemerkt. Was wollen wir hier?“

„Wir sind einfach ziellos herumgelaufen", sage ich und kann im letzten Moment verhindern, dass Sally ihrem Haufen freien Lauf lässt. Winterstein zerrt sie an der Leine vom Friedhofsgelände. Dort packt er dann die Rückstände vorbildlich in eine Tüte. Und zu dritt wandern wir zum Hafen, um bei „Gumpfer" Kaffee zu trinken. Sally schüttelt sich mit Hingabe und Ausdauer die Nässe und diverse Mitbewohner aus dem Fell. Freiheit für alle Flöhe und anderes Getier.

Wir genießen Torte und Kaffee und den traumhaft schönen Blick auf die raue See. Mit Einsetzen der Dämmerung brechen wir auf.

„Ich bin heilfroh, dass die Weihnachtsscheiße vorbei ist", sagt Willi mit Inbrunst.

„Ich auch."

„Aber wir haben das Beste draus gemacht, oder?"

„Mehr war nicht drin", sage ich und lache erleichtert. Noch nie war ich so froh, wieder arbeiten gehen zu dürfen. „Wann kommst du zurück in den Dienst?"

„Ich hab es mir für das neue Jahr fest vorgenommen." Das genaue Datum lässt er offen.

„Gib mir Bescheid, falls du in den Ordnern von Dennis Luttkus auf eine Spur stößt", bitte ich Willi überflüssigerweise. „Und wenn du Nachschub brauchst, melde dich ebenso."

„Aber sicher doch", verspricht Winterstein. Dann trottet er mit Sally an seiner Seite langsam nach Hause.

In meiner Wohnung angekommen, atme ich erst einmal tief ein und aus. Geschafft, denke ich wie Clark Griswold am Ende des Heiligabends.

NEUN

Unser Präsidium bleibt ausgestorben. Die paar Tage zwischen Weihnachten und Silvester verbringen die meisten zu Hause oder weit weg von zu Hause. Aber eben nicht hier. Mir fällt ein, dass ich nicht einmal weiß, ob Staatsanwalt Vogel und Olli Teichert im Dienst sind. Beide Türen sind verschlossen. Also scheine ich auf unserer Etage tatsächlich die Einzige zu sein, die nichts Besseres zu tun hat, als zwei Mordfälle aufzuklären. Bei genauer Betrachtungsweise ist das eigentlich schon sehr traurig.

Ich setze mich an meinen Schreibtisch und überlege, was zu tun ist. Irgendwie ist mir auch der rote Faden abhandengekommen. Also lese ich erst mal meine Protokolle, um wieder in die Spur zu finden. Mehrere offene Punkte gilt es abzuarbeiten, und ich durchsuche zunächst meine E-Mails.

Entgegen meinen Befürchtungen hat der BaFin-Mensch tatsächlich noch gearbeitet, und ich kann in die roten Konten von Elvira und Michael Markgraf Einsicht nehmen. Pleite zu sein, bedeutet in der Regel, dass man kein Geld mehr hat. Elvira Markgraf steht schlimmer da. Auf jeden Fall hätte sie gute Gründe gehabt, ihren Mann ins Jenseits zu befördern.

Die nächste E-Mail macht mir große Freude. Der nette Beamte, den ich um Prüfung diverser Verkehrskontrollen gebeten hatte, war ebenfalls nicht faul. Er hat mir die Verkehrssünder aufgelistet, die am dritten Advent in die Falle tappten.

Am Ortseingang von Sassnitz wurde vor einiger Zeit ein nagelneuer fester Blitzer installiert, der schon vielen Ahnungslosen zum Verhängnis wurde. Zu ihnen zählt zu meiner Erbauung auch Klaus Hofmann. Mit großen Augen, einem verkniffenen Mund und der vermutlich klappernden Zahnprothese guckt er mich an. Die Aufnahme entstand um exakt 10:49 Uhr. Ärgerlich ist nur, dass Hofmann im alten Opel seiner Tochter Elvira sitzt und nicht in einem Auto mit Drehleiter. Aber diesem Detail räume ich erst einmal nur eine geringe Bedeutung ein. Fest steht, dass mich Hofmann angelogen hat. Ausgerechnet am Todestag seines verhassten Schwiegersohnes war Hofmann in Sassnitz. Es gibt durchaus dumme Zufälle, aber der ist mir zu dumm.

Ich werde folglich noch einmal mit ihm plaudern.

Und dann habe ich noch eine E-Mail von Oliver Teichert erhalten. Er hat sie mit hoher Wichtigkeit gekennzeichnet. Auf dem Laptop von Dennis Luttkus ist pünktlich einen Tag vor dem Heiligen Abend eine E-Mail eingegangen. Ich lese sie. Erst einmal. Dann blinzle ich. Und dann lese ich sie ein zweites Mal.

Hallo, meine lieben Freunde. Wenn Ihr diese Nachricht lest, dann bin ich vermutlich tot. Seid bitte nicht traurig. Ich wollte mich von Euch gern persönlich verabschieden. Aber dies hat nicht funktioniert. Lebt wohl und haltet auch weiterhin zusammen. Weint nicht an meinem Grab. Denn Ihr wisst ja: Musketiere sind wahre Männer und vergießen keine Tränen.

P.S. Hoffentlich habe ich keinen Fehler begangen, den Ihr teuer bezahlen müsst. Verzeiht mir. Es war keine Absicht.

Die Nachricht stammt von Maurice Hammermann. Für einen Moment schnappe ich nach Luft. Im zweiten Moment überlege ich fieberhaft, was das zu bedeuten hat. Eine endlose Frageliste hämmert durch meinen Kopf: Ist Hammermann tatsächlich tot? Ist er am Vorweihnachtsabend gestorben? Oder hat er diese E-Mail schon eher geschrieben, sie aber zeitverzögert abgeschickt? Und vor allem: wie ist er gestorben? Freiwillig? Oder nicht freiwillig? Und unabhängig davon, wo ist er gestorben? Und welchen Fehler meinte er? Und warum glaubte er, dass Luttkus und Markgraf diesen teuer bezahlen würden? Und vor allem: wie teuer? Mit ihrem Tod?

Instinktiv springe ich auf und will zu Bolle ins Büro. Dann fällt mir ein, dass ich Einzelkämpfer bin. Niedergeschlagen setze ich mich wieder hin.

Langsam arbeitet sich der nüchterne Beamtenverstand zurück an die Oberfläche. Das ist gut. Ich rufe zunächst Tobias Hammermann an, denn ich bin mir sicher, dass er ebenfalls eine Nachricht von seinem Partner erhalten hat und erhoffe mir ein paar hilfreiche Details. Wahrscheinlich hat Maurice seinem Mann einen viel ausführlicheren Abschiedsgruß geschickt.

Tobias Hammermann meldet sich mit fester Stimme. Also scheint er tatsächlich eine Kirche und sogar noch Trost gefunden zu haben. Ein Weihnachtswunder eben.

Ein paar Sekunden warte ich, ob er mir was zu erzählen hat. Aber Hammermann schweigt und wartet offensichtlich, was ich ihm zu sagen habe. Und da schwant mir, dass es ein Fehler war, ihn anzurufen. Mit schonungsvollen Worten erzähle ich ihm von der E-Mail seines Partners. Dann mache ich mir Vorwürfe, Tobias Hammermann nicht persönlich aufgesucht oder Beamte vor Ort um Unterstützung gebeten zu haben. Er ist völlig verwirrt und scheint dabei zu sein, sich seelisch aufzulösen. Man kann nur hoffen, dass die Kirche heute nicht verschlossen ist.

Mit Mühe gelingt es mir, ihn einigermaßen wieder zu stabilisieren. „Haben Sie denn wirklich keine Nachricht erhalten?“, frage ich zweifelnd. Es kommt mir merkwürdig vor, dass Maurice Hammermann aus dem Leben geschieden sein soll, ohne seinen Mann zu informieren.

Tobias Hammermann verneint kategorisch.

„Vielleicht hat Ihnen Ihr Partner einen Abschiedsbrief hinterlassen.“

„Ich werde danach suchen“, flüstert Tobias Hammermann.

„Und Sie hatten wirklich keinerlei Kontakt mehr zu Ihrem Partner, nachdem er Ihr Haus verlassen hatte?“

„Nein. Maurice besitzt … besaß nicht einmal ein Handy. Er hasste es, permanent erreichbar zu sein. Er hielt diese Erfindung für den Untergang der Menschheit.“ Bevor er auflegt, höre ich ihn leise schluchzen.

Ziemlich mitgenommen bleibe ich ein paar Minuten auf meinem Stuhl sitzen. Dann gehe ich zu Punkt zwei meines heutigen Planes über. Ich rufe Klaus Hofmann an. Gereizt gibt er Auskunft, bei seiner Tochter zu sein und dort auf meinen Besuch zu warten.

Ich drucke sein Foto aus und fahre durch plötzlich einsetzendes dichtes Schneetreiben nach Bergen.

Zum dritten Mal innerhalb kurzer Zeit parke ich unser Dienstfahrzeug vor den ungleichen Doppelhaushälften von Elvira Markgraf und Klaus-Heiner Gröhmling. Der gelbe Audi steht geschützt unter einem Carport, wie man zu Deutsch sagt. Der alte, verrostete VW Golf hockt standesgemäß ungeschützt vor der windschiefen Garage.

Julina Markgraf versucht, aus dem nassen Schnee einen Schneemann zu bauen. „Hallo", grüße ich sie.

„Hm", antwortet Julina. Sie ist klitschnass und sieht ziemlich erfroren aus.

„Kommen Sie schon rein", ruft mir Hofmann zu. Er guckt sowohl mich als auch seine Enkeltochter böse an. Wohlerzogen wie ich bin, ziehe ich meine Stiefel im Vorraum aus, um keine hässlichen Pfützen zu hinterlassen.

„Machen Sie es kurz", fletscht Herr Hofmann mich über den Küchentisch an. Die Zahnprothese sitzt nicht nur schlecht. Sie sitzt gar nicht. Hofmann kaut auf ihr wie auf einem Kaugummi herum. Irgendwie zieht es mir den Magen zusammen.

Ich schiebe Herrn Hofmann sein unverwechselbares Konterfei über den Tisch.

„Das sind Sie", kläre ich ihn auf und warte.

Elvira Markgraf schielt auf das Foto. Sie guckt schnell in ihre Kaffeetasse. Ein wenig verliert sie an Gesichtsfarbe.

Hofmann greift nach dem Blatt und hält es weit von sich. „Das kann schon sein. Und wenn schon? Jeder wird mal geblitzt. Ist es etwa verboten, blöd in die Kamera zu gucken?"

„Jeder sieht halt so aus, wie er aussieht", beruhige ich Herrn Hofmann. „Mich stört an dieser Aufnahme auch weniger Ihr Gesichtsausdruck. Mich stört vielmehr, dass Sie mich angelogen haben. Sie meinten, den dritten Advent irgendwie rumbekommen zu haben. An mehr konnten Sie sich angeblich nicht erinnern. Ich glaube Ihnen nicht, dass Sie Ihren Ausflug nach Sassnitz vergessen hatten. Sie wollten sich mit Ihrem Schwiegersohn treffen."

Sofort geht Hofmann hoch wie ein Silvesterböller. „Quatsch! Ich war doch froh, wenn ich den Kerl nicht sah! Warum sollte ich dem nach Sassnitz hinterherfahren? Außerdem wusste ich doch gar nicht, wo der wohnte!"

Ich werfe ein Gegenargument in die Waagschale. „Man kann einen Treffpunkt ausmachen."

„Warum hätte ich mich ausgerechnet in Sassnitz mit dem Versager treffen sollen?“ Hofmanns Augen funkeln, und seine Prothese rutscht haltlos hin und her. Ein paar Speichelbläschen rinnen über den grauen Bart.

„Vielleicht wollten Sie Ihren Schwiegersohn in aller Ruhe aufknöpfen?“, gebe ich zu bedenken.

Elvira Markgrafs Blick huscht von ihrem Vater zu mir und zurück.

Hofmann springt auf und läuft auf und ab. „Das ist doch Bockmist!“

Wenn ich mich nicht täusche, trägt er das gleiche speckige Hemd und die vor dreißig Jahren modischen Cordhosen wie bei meinem letzten Besuch. Ein paar mehr Gebrauchsspuren sind dazugekommen.

Hofmann vergräbt die Hände in den Hosentaschen und baut sich vor mir auf. „Denken Sie wirklich, ich hätte meinen Schwiegersohn aufgeknüpft? Wie hätte ich denn das machen sollen, hä? Wenn ich ihn umgebracht hätte, dann mit einfacheren Methoden. Ich hätte eine Axt genommen und ihm den Schädel eingehauen.“

„Das wäre wirklich die weniger anspruchsvolle Variante gewesen. Aber trotzdem muss ich wissen, was Sie in Sassnitz wollten.“

„Mach doch einfach das Maul auf und sag es ihr“, zischt Elvira Markgraf ihren Vater an.

„Ich war mit zwei Freunden zum Essen verabredet“, quält sich Hofmann eine Antwort ab.

„Ganz erstaunlich.“

„Was ist denn daran erstaunlich?“

„Dass Sie Freunde haben. Ich hätte bitte gern deren Namen und die Adressen.“

„Nö“, sagt Hofmann. „Das tut auch nichts zur Sache. Die sind nämlich beide nicht gekommen.“

Wie ein Pilot, der sich mit dem Schleudersitz aus dem abstürzenden Flugzeug rettet, springe ich hoch. „Sie denken wohl, ich lasse mich von Ihnen verarschen? Sie reden hier pausenlos verquirlte Scheiße! Was erlauben Sie sich? Ihr Schwiegersohn wurde brutal ermordet. Und Sie haben ein Motiv! Geht das in Ihren verbohrten Schädel rein? Ich werde diesen Fall mit oder ohne Ihre Hilfe aufklären und nicht kampflos das Feld räumen, nur weil Sie mir blöd kommen! Sie machen sich strafbar, wenn Sie meine Ermittlungen mit Falschaussagen boykottieren. Was also wollten Sie in Sassnitz?“

Hofmann sieht plötzlich um Jahre gealtert aus. Fragend sieht er seine Tochter an. Die zuckt mit den Schultern.

„Also gut“, räumt Hofmann ein. „Ich wollte meinen Schwiegersohn in Sassnitz treffen, um ihn zur Vernunft zu bringen.“

„Inwiefern und mit welchen Methoden?“

„Ich wollte, dass er endlich dem Verkauf des blöden Hotels zustimmt. Ich hatte mir fest vorgenommen, ihm die Fresse zu polieren, wenn er sich weiterhin querstellen würde. Er hatte uns erzählt, dass er bei Luttkus wohnt. Aber niemand öffnete auf mein Klingeln. Also bin ich zurückgefahren. Und das ist alles.“

„Bei meinem ersten Besuch haben Sie ausgesagt, dass Sie nicht wüssten, wo Ihr Mann übernachtet hätte“, halte ich der Witwe vor.

„Ich hatte es vergessen.“

„Sie halten sich beide ab sofort zu meiner Verfügung! Haben Sie mich verstanden? Sie bewegen sich keinen Zentimeter von dieser Insel ohne meine vorherige Erlaubnis. Habe ich mich klar und verständlich ausgedrückt?“

Hofmann lässt sein Gebiss tanzen. Sein Gesicht ist vor Wut verzerrt.

„Hat Sie in letzter Zeit mal ein tollwütiger Hund gebissen?“, frage ich, ehe ich schnell nach meiner Tasche greife.

„Ihnen ist hoffentlich klar, dass Sie mir einen Mord beweisen müssen“, fletscht Hofmann hinter meinem Rücken.

„Es gibt auch Ausnahmen“, fletsche ich zurück.

Elvira Markgraf schiebt sich zwischen ihren Vater und mich. „Wenn das jetzt alles war ...“, mischt sie sich ein und deutet zur Tür. „Dort geht es hinaus.“

„Merken Sie sich, Frau Markgraf: Dort komme ich auch wieder herein. Und zwar so oft, bis ich keine weiteren Fragen mehr habe.“

Es stört mich gewaltig, wie mich Vater und Tochter beobachten, während ich meine Schuhe anziehe. Ich bin immer wieder zu rücksichtsvoll. In dieser Bruchbude wären Dreckpfützen überhaupt nicht aufgefallen.

„Auf Wiedersehen.“

Vater und Tochter bilden eine Mauer des Schweigens. Ich erinnere mich an meine Spezialität, Wohnungen oder Häuser spektakulär zu verlassen. Mit einem ohrenbetäubenden Knall schließe ich hinter mir die Tür.

Julina sitzt neben ihrem traurigen Schneemann. Wortlos sieht sie mich an.

„Geh mal rein zur Mutti und zieh dir frische Kleidung an. Du frierst doch bestimmt.“ Sie nickt, bleibt aber sitzen. Ihre Mutter beobachtet uns hinter der dreckigen Fensterscheibe. Wenn mich nicht alles täuscht, raucht die werdende Mama. Angewidert verziehe ich den Mund. Ich zähle langsam bis zehn und stapfe zum Nachbarn. Wenn ich schon mal da bin, kann ich bei Gröhmling auch gleich weitermachen. Anscheinend hat er mich schon erwartet. Er öffnet die Tür, bevor ich klingeln kann.

„Sie schon wieder."
„Ich bin schwer abzuschütteln."
Gröhmling lacht anstandshalber zweimal kurz auf.
„Bitte nehmen Sie es mir nicht übel, aber ich will fort", meint er. Das kann stimmen, denn er trägt einen dicken Wintermantel, Mütze, Schal und Handschuhe. Falls seine Heizung nicht ebenfalls defekt ist, bin ich gewillt, ihm Glauben zu schenken.
„Ich habe nur eine Frage", beruhige ich ihn. „Was wollten Sie bei Maurice Hammermann?"
Mir ist erst vor wenigen Minuten eingefallen, dass ich Gröhmling mit dieser Behauptung konfrontieren könnte. Ein Schuss ins Blaue hat noch nie geschadet. Schlimmstenfalls liege ich völlig falsch, und Gröhmling lacht sich krumm und schief. Aber Gröhmling lacht gar nicht. Er reißt die Augen weit auf.
„Aber den kenne ich doch gar nicht", unternimmt er einen erbärmlichen Versuch, mich aufs Glatteis zu führen. Seine zittrige Stimme und seine nervös zuckenden Augenlider sprechen eine deutliche Sprache. Ich sage nichts, sondern gucke ihn einfach unverwandt an. Gröhmling windet sich wie ein Aal. Er lockert den Schal.
„Kann ich jetzt gehen?" Ruhelos tritt er von einem Bein auf das andere.
„Aber sicher."
Gröhmling atmet erleichtert auf.
„Aber nur, wenn ich mitkommen darf. Dann können Sie mir unterwegs erzählen, was Sie von Maurice Hammermann wollten."
„Also gut", kapituliert Gröhmling. „Sie werden es ja sowieso erfahren. Ich liebe Maurice Hammermann."
Mich beschleicht das Gefühl, dass sich zumindest in meiner unmittelbaren Umgebung derzeit fast nur Männer tummeln, die den Geschlechtsorganen von Frauen eher verschlossen gegenüberstehen.
„Seit wann?"
„Schon immer", antwortet Gröhmling.
„Also wie jetzt?", taste ich mich vorwärts. „Sind Sie zur selben Zeit wie Hammermann im selben Kreißsaal zur Welt gekommen und haben gespürt, dass er der Mann Ihres Lebens werden wird?"
Mein Gesprächspartner wird rot. „Nein. Wir haben uns in einer Schwulenbar kennengelernt. Das war vor zehn Jahren. Es war Liebe auf den ersten Blick."
„Von wessen Blick sprechen Sie? Nur von Ihrem? Oder erwiderte Maurice Hammermann Ihre Gefühle?"

„Natürlich beruhte die Liebe auf beiderseitigem Interesse“, schwört Gröhmling. Dann verstummt er.

„Bis zu dem Tag, als dann Tobias auftauchte“, setze ich das Gespräch fort.

Der Antiquitätenhändler schaut auf seine Schuhspitzen. „Oh ja, von da an veränderte sich alles. Zunächst glaubte ich an eine gute Freundschaft zwischen Maurice und Tobias. Wir unternahmen sogar zu dritt kurze Urlaubsreisen. Alles war wunderbar. Aber irgendwann schöpfte ich Verdacht. Maurice wich mir aus. Er kam nicht mehr jeden Abend nach Hause und begründete das mit längeren Dienstreisen. Ich fing an, ihm nachzuspionieren. Und so kam ich den beiden auf die Schliche.“

Ich warte auf eine Fortsetzung der Erzählung, aber es kommt nichts. „Gut, Sie mussten feststellen, dass sich Maurice und Tobias näherkamen. Oder mehr noch. Tobias übernahm Ihre Rolle des Liebhabers. Wie haben Sie darauf reagiert? Haben Sie Maurice Hammermann zur Rede gestellt?“

Gröhmling schnauft verächtlich. „Was dachten Sie denn? Dass ich schweigend und freiwillig das Feld räume? Natürlich habe ich um unsere Liebe gekämpft.“

„Mit legalen Methoden?“

„Wie denn sonst? Aber es war sinnlos. Maurice entfernte sich immer mehr von mir. Er war von diesem Tobias geradezu besessen. Irgendwann packte er seine Sachen und zog einfach aus. An diesem Tag brach für mich eine Welt zusammen.“

„Wann war das?“, erkundige ich mich, während sich auf meiner Mütze und den Schultern langsam aber sicher eine dicke, nasse Schneeschicht setzt.

„Vor drei Jahren.“

„Und was wollten Sie vor wenigen Tagen in Zingst von Ihrem ehemaligen Partner?“

Eine Weile druckst Gröhmling herum. „Weihnachten stand vor der Tür.“

„So wie ich jetzt“, werfe ich mit bibbernden Zähnen ein. Aber Gröhmling ignoriert meine Schüttelfrosteinlage und mein Bedürfnis nach Wärme. Im Gegensatz zu mir scheint ihm heiß zu sein. Er nimmt seine Mütze ab und knöpft den Mantel auf.

„Also gut“, fasse ich zusammen, „Weihnachten stand vor der Tür. Und Sie nahmen dieses Ereignis zum Anlass, um bei Ihrem ehemaligen Partner an die alten Gefühle zu appellieren.“

Ein verzagtes Nicken ist die Antwort.

„Ja und weiter? Trafen Sie Maurice Hammermann an oder nicht? Und falls ja, wie reagierte er auf Ihr Ansinnen?“

„Maurice war nicht zu Hause", antwortet Gröhmling. „Tobias öffnete mir die Tür. Er verlor sofort die Beherrschung und schrie mich an, ich solle verschwinden. Er drohte sogar, die Polizei zu rufen. Er war außer sich. Dass mein Erscheinen bei ihm keine Freude auslösen würde, war verständlich. Aber seine Reaktion war völlig übertrieben."

„Haben Sie ihn zur Rede gestellt?"

„Ja", nickt Gröhmling. „Er hatte wohl seit einiger Zeit Verdacht geschöpft, Maurice könnte zu mir zurückgekommen sein. Aber das war völliger Unsinn."

„Wie kam Tobias auf diesen Verdacht?"

„Das habe ich ihn auch gefragt", sagt Gröhmling. „Und Tobias antwortete, Maurice und mich ein paarmal gemeinsam gesehen zu haben. Das stimmt aber wirklich nicht. Und ich habe für diese Behauptung auch keine vernünftige Erklärung. Manchmal denke ich, der Tobias war krank vor Eifersucht und hat dem armen Maurice etwas angetan."

Ich überlege, ob die Vermutung im Bereich des Möglichen liegt, und ob ich weitere Fragen habe. In warmer Umgebung vielleicht. Aber ich gehe langsam in den gefrorenen Zustand über. Für heute habe ich genug.

„Warum interessieren Sie sich für meine gescheiterte Beziehung zu Maurice Hammermann?", fragt Gröhmling. „Und warum ist es wichtig, ob ich in Zingst gewesen bin?"

„Die beiden Gewaltopfer Michael Markgraf und Dennis Luttkus kannten Maurice Hammermann. Und Maurice ist seit dem Totensonntag verschwunden."

„Verschwunden", wiederholt Gröhmling. „Maurice ist verschwunden." Dann legt er eine Pause ein. „Was bedeutet das denn? Maurice würde niemals einfach so verschwinden. Niemals. Das würde er mir nicht antun. Es sei denn, dieser Tobias hat damit etwas zu tun. Eifersucht ist ein ganz klassisches Mordmotiv."

„Das hätte ich an Ihrer Stelle jetzt nicht erwähnt."

Gröhmling versteinert. Und ich muss dringend ins Warme. „Bitte halten Sie sich zu unserer Verfügung", sage ich mit klirrenden Zähnen zum Abschied.

ZEHN

Ich kann schlecht schlafen und krabbele aus dem Bett, bevor der Wecker zum Zug kommt. Für mein Frühstück nehme ich mir ausgiebig Zeit. Der neue Schwibbogen sorgt für gemütlichen und dezenten Lichterglanz. Auf meinem Balkon spielt der Sturm mit dem rot leuchtenden Herrnhuter Stern. Er tanzt wild hin und her.

Während des Essens blättere ich immer wieder in meinem Notizbuch. Die Liste der offenen Fragen und merkwürdigen Zusammenhänge wird immer länger. Ich stelle fest, dass alle Personen, die meinen Ermittlungsweg kreuzen, gemeinsame Berührungspunkte haben. Das betrifft die toten Markgraf und Luttkus, den eventuell toten Maurice Hammermann und die noch lebenden Tobias Hammermann, Klaus-Heiner Gröhmling, natürlich Elvira Markgraf und den tollwütigen Klaus Hofmann. Alle scheinen sich mehr oder weniger gut zu kennen. Was für eine illustre Gesellschaft.

Ich male Kringel um die Namen, gebe mir einen Ruck und fahre ins Präsidium.

Das mausgraue Geisterhaus empfängt mich standesgemäß mit Totenstille. Alle Büros sind verlassen. Ich muss mich nicht einmal an der Tür von unserer Leitkuh vorbeischleichen. Nur unsere stinkfaule Putzfrau Anne-Marie Dänzel-Trentzsch kommt mir entgegen. Sie hat heute keine Chance, Beamte oder Angestellte von ihrer Arbeit abzuhalten, indem sie mit ihnen sinnfreie Gespräche führt. Dementsprechend mürrisch schaut sie auch aus. Mit Mühe quält sie sich einen Gruß ab.

„Meine liebe Frau Dänzel-Trentzsch“, flöte ich. „Wenn ich Ihnen mal was zeigen dürfte?“

„Aber immer.“

„Hier“, sage ich und deute in die obere linke Ecke des Flurs. „Und hier“, führe ich weiter aus und zeige in die entgegengesetzte Ecke. „Und hier. Und hier. Und da. Und dort. Und auch dort noch.“ Dabei zeige ich in alle möglichen Nischen, Ecken, Kanten, auf Türrahmen, Fensterbretter und unter Tische, Stühle und weiteres Mobiliar.

„Und was soll dort sein?“

„Dreck, Frau Dänzel-Trentzsch. Umgangssprachlich Dreck. Überall wachsen Spinnweben und tummeln sich Wollmäuse. Ihr geschulter Blick scheint diese rekordverdächtige Ansammlung von Staub und Unrat täglich zu umschiffen. Da Ihnen heute niemand über den Weg laufen kann, toben Sie sich mal nicht mit Ihrem losen Mundwerk aus, sondern machen Sie das, wofür man Sie bezahlt. Machen Sie einfach mal sauber.“

Auf eine miese Nacht folgt manchmal ein echt guter Start in den neuen Tag. Ich bin sehr zufrieden und gehe in mein Büro. Dabei überhöre ich geflissentlich den Kommentar der Dänzel-Trentzsch. „Bei Ihnen ist wohl eine Schraube ab?“

Zunächst prüfe ich meinen Posteingang. Aber es gibt keine weitere E-Mail mit erschreckendem oder rätselhaftem Inhalt. Auch die Anrufliste ist leer. Kein Aas will was von mir. Auf dem Flur hantiert die Putzfrau. Es scheppert laut, und ich höre sie deftig fluchen.

Ich überlege, ob ich Tobias Hammermann noch einmal anrufe und mit meinen Fragen konfrontiere. Aber sofort gestehe ich mir ein, dass das ein blödsinniger Plan ist. Ich kann ihn von der Liste potenziell Verdächtiger nicht ausschließen. Also kann ich ihn nicht telefonisch befragen. Da entgeht mir unter Umständen ein verräterischer Wimpernaufschlag oder ein nervöses Zucken. Bevor ich jedoch die Strecke nach Zingst ein zweites Mal in Angriff nehme, vergewissere ich mich, ob Hammermann zu Hause ist.

Bereits nach dem zweiten Klingelton nimmt er ab. Er behauptet, sich auf meinen Besuch zu freuen und verspricht mir zu meinem Leidwesen heißen Tee. Ich heuchle Freude und kündige an, in spätestens zwei Stunden bei ihm zu sein.

Zuvor zieht es mich in unseren Besprechungsraum. Ich möchte die Pinnwand mit weiteren Notizen ergänzen.

Draußen tobt der Sturm. Der meteorologische Dienst warnt mal wieder vor gefährlichen Sturmböen. Trotzdem bin ich guter Dinge. Ich verspreche mir von dem Gespräch mit Tobias Hammermann ein paar Fortschritte und bin optimistisch, dass sich die Meteorologen mal wieder geirrt haben. Mit Schwung und Elan verlasse ich mein Büro. Und im nächsten Moment sitze ich da. Ein Bein nach vorn ausgestreckt, das andere im rechten Winkel nach hinten verdreht. Ich habe Ähnlichkeit mit einer Eiskunstläuferin, die bei der Pirouette über ihre eigenen Füße gestürzt ist. Für einen Moment staune ich nur, wie schnell man auf dem Boden landen kann. Dann spüre ich Schmerzen in meinem linken Knie. Danach spüre ich Nässe am Arsch. Fluchend rappele ich mich auf und tobe über den Flur. „Frau Dänzel-Trentzsch!“, brülle ich aus Leibeskräften. „Das war ein folgenschwerer Fehler! Sie haben mit vollem Vorsatz den kompletten Eimer ausgeschüttet! Das hat weitreichende Folgen für Sie! Jawohl! Sie haben hier das letzte Mal so getan, als ob Sie geputzt hätten! Ich werde für Ihre Entlassung sorgen!“

Dann lausche ich. Aber entweder lacht sich unsere Putzfrau in irgendeiner dreckigen Ecke hoffentlich tot, oder sie ist längst über alle Berge.

Ich schlurfe in unseren Besprechungsraum und nehme mit nassen Hosen auf meinem Stuhl Platz. Bevor mir jetzt die Tränen kommen, schreite ich zur Pinnwand und hefte die Ergänzungen fest. Mit Pfeilen kennzeichne ich die Verbindungen zwischen unseren derzeitigen Protagonisten. Es sieht herrlich unübersichtlich aus. Ich erlaube mir einen tiefen, zu Herzen gehenden Seufzer.

Im Foyer halten heute zwei andere diensthabenden Beamten die Stellung. Sie spielen Karten. Ich beneide sie. Immerhin sind sie zu zweit.

Ich gönne mir den Luxus, mit Jakub die Reise zum Fischland Darß anzutreten. Im Nu wird es warm, und die Sitzheizung verhilft mir innerhalb kurzer Zeit zu einer trockenen Hose. Gegen Mittag halte ich vor dem Haus von Tobias Hammermann. Nach dem ersten Klingeln öffnet er.

„Geht es Ihnen nicht gut?“, erkundige ich mich mitfühlend. Die Phrase hätte ich mir sparen können. Hammermann sieht elend aus.

„Ich fühle mich momentan furchtbar“, antwortet er und geleitet mich in eine fast schon penibel aufgeräumte und sehr moderne Küche. „Trotz allem geht das Leben irgendwie weiter. So hört und liest man es doch immer, nicht wahr? Und komischerweise ist das auch so.“ Hammermann guckt mich mit einem schwer definierbaren Blick an. Es ist eine Symphonie aus Erstaunen, Verzweiflung und Verachtung. „Ich habe uns Pizza gemacht“, reißt er mich aus meiner Betrachtung.

„Das ist aber sehr nett von Ihnen“, erwidere ich und schaue neugierig, was Hammermann aus dem Herd holt. Es handelt sich eindeutig um keine industriell gefertigte.

„Ich habe die Pizza mit Serrano-Schinken, frischen Champignons, frischer Ananas und Mozzarella belegt. Hoffentlich schmeckt es Ihnen.“

„Sie sind ja ein richtiges Genie.“ Mit einem Anflug von Trübsinn stelle ich fest, dass ich noch nie von Männern umgeben war, die irgendwann einmal für mich gekocht hätten.

Hammermann quält sich ein Lächeln ab. „Das hat Maurice auch immer zu mir gesagt. Ich koche leidenschaftlich gern, wissen Sie? Gern probiere ich Neues aus. Ich sehe mir fast jede Kochsendung an. Kochen ist etwas Wunderbares. Und wenn man dann sieht, wie es dem Liebsten schmeckt, dann ist dies das größte Glück.“ Hammermann sinkt mir gegenüber auf einen Stuhl und weint still und leise vor sich hin. Schnell ziehe ich meine Hand zurück, die schon auf dem Weg zum größten Stück Pizza unterwegs war. „Aber bitte greifen Sie doch zu“, fordert Hammermann mich auf. „Sie bleiben doch sicher ein paar Stunden.“ In seiner warmen Stimme schwingt eine große Portion Hoffnung mit. Und dann schenkt er mir statt des angekündigten Tees ein Glas Wein ein.

„Na ja“, lenke ich ein. „Stundenlang bleibe ich nicht. Aber ich warte so lange, bis der Alkohol wieder abgebaut ist.“

„Sehr schön.“ Hammermann lächelt. „Außer Maurice habe ich leider keine weiteren Freunde.“

„Aber Sie haben doch die Kirche und den Pfarrer an Ihrer Seite?“

„Bitte wie?“ Tobias Hammermann verschluckt sich heftig. Erst nach ein paar Minuten bekommt er wieder genügend Luft. „Ja, schon“, krächzt er. „Ich sprach nicht vom kirchlichen Beistand. Ich meinte meine Familie. Und die hat sich von mir abgewendet, als ich Maurice heiratete. Weder meine Mutter noch mein Vater scheinen das Wort Toleranz zu kennen.“

„Tja“, entgegne ich. „Mit der häufig zitierten Toleranz ist das so eine Sache. Wo fängt sie an? Wo sollte sie aufhören? Und lässt sie sich erzwingen? Ich habe schon Mörder kennengelernt, die der Meinung waren, die Polizei müsste toleranter sein und sie laufen lassen.“

Hammermann nickt verhalten. „Kann schon sein. Trotzdem tut es weh, wenn die Eltern sich abwenden.“ Darauf sage ich nichts mehr. Ein paar Minuten widmen wir uns schweigend der Pizza.

„Sie müssen mir bitte unbedingt das Rezept für den Teig geben“, wende ich mich an den Spitzenkoch. Ich esse bereits mein drittes Stück und habe fast vergessen, warum ich eigentlich hier bin.

„Haben Sie Neuigkeiten für mich?“, hilft Hammermann mir auf die Sprünge.

„Es gibt keine weiteren Erkenntnisse zu Maurice. Nach wie vor wissen wir nicht, ob er tatsächlich tot ist. Allerdings habe ich mit seinem ehemaligen Freund gesprochen. Klaus-Heiner Gröhmling erzählte mir, dass Sie ihn in Begleitung von Maurice gesehen haben wollen. Sind Sie sich da absolut sicher?“

Hammermann isst zunächst sein Stück Pizza auf. Dann schenkt er uns beiden nach. Ich hebe abwehrend die Hand. Hammermann wischt meinen wortlosen Einwand vom Designertisch. „Wir gehen nach dem Essen gemeinsam ein Stück spazieren“, sagt er mit Nachdruck in der Stimme.

„Ach tatsächlich?“ Der Wein, ein lieblicher Gewürztraminer, ist echt sehr verlockend. Insofern gebe ich meinen ohnehin kaum vorhandenen Widerstand auf.

„Ja“, sagt Hammermann.

„Ihr Ja bezieht sich jetzt worauf?“

„Ich habe diesen Gröhmling gemeinsam mit Maurice gesehen.“

Während ich das Notizbuch aus meiner Tasche krame, stelle ich die nächsten obligatorischen Fragen. „Und wann war das? Und wo haben Sie sie gesehen?“

„Zwei Wochen vor Totensonntag.“ Tobias Hammermann nimmt sein Weinglas in die zartgliedrige Hand und hält es schräg gegen das Licht. Gedankenverloren dreht er es leicht hin und her. „Sieht das nicht wunderschön aus?“

„Natürlich. Aber wo haben Sie Maurice und Gröhmling gesehen?“

„Bei Ihnen in Sassnitz.“

„Sie sind Ihrem Mann demnach gefolgt?“

„Ja. Und dafür schäme ich mich. Ich habe Maurice nachspioniert. Ist das nicht furchtbar?“, fragt er mich mit schuldvollen Augen.

„Es ist nicht gerade die feine englische Art. Aber eine Todsünde sieht halt auch anders aus“, versuche ich ihn mit dem einzigen mir bekannten Wort aus dem Christentum zu beruhigen.

Sein Lächeln wirkt zum ersten Mal nicht gequält.

„Ihre Art gefällt mir.“

„Das hat noch nie jemand behauptet“, entfährt es mir. Und wir brechen beide in schallendes Gelächter aus. „Wo genau haben Sie denn Maurice und Gröhmling gesehen?“, werde ich wieder ernst.

„Sie trafen sich am Busbahnhof und liefen dann Seite an Seite in den Jasmunder Nationalpark. Ich bin ihnen mit großem Abstand gefolgt. Sie spazierten den Hochuferweg entlang. An den Wissower Klinken bogen sie dann in Richtung Wald ab und liefen zurück nach Sassnitz. Das war am Samstag. Und am Sonntag trafen sie sich ein zweites Mal. Gröhmling holte Maurice im Hotel ab, und gemeinsam spazierten sie zum Leuchtturm.“

„Sie haben tatsächlich zwei Tage lang Ihren Mann nicht aus den Augen gelassen?“

Hammermann nickt verlegen. „Verstehen Sie doch“, ruft er leidenschaftlich aus. „Ich war zutiefst verunsichert. Maurice hatte mir nicht erzählt, dass er sich mit Gröhmling treffen wollte. Er deutete nur an, einen alten Bekannten in Sassnitz wiedersehen zu wollen. Meinen Fragen, um wen es sich handelt, wich er immer wieder aus. Er wurde sogar richtig böse, als ich immer tiefer in ihn eindrang.“ Hammermann bricht ab und wird rot. Verlegen guckt er mich an.

„Ich kann die Doppeldeutigkeit Ihrer Aussage durchaus unterscheiden“, beruhige ich ihn, woraufhin er wieder laut lacht. „Und Sie sind sich ganz sicher, dass es Gröhmling war, mit dem sich Maurice traf?“

„Da ist jeder Zweifel absolut ausgeschlossen. Sie kennen doch diesen Gröhmling. Seine Statur, die Haare, der feiste Stiernacken. Der wird auf Ihrer Insel doch keinen Doppelgänger haben.“

„Wohl kaum. In welchem Hotel hat Maurice übernachtet?“

„Im Rügen-Hotel."

Hammermann steht auf und holt ein prächtig ausschauendes Dessert aus dem Kühlschrank. „Kirschen mit Quark-Mascarpone-Creme", klärt er mich auf. Genussvoll verdrehe ich die Augen.

„Das ist ein Gedicht", sage ich anerkennend.

„Sie wiederholen ständig die Worte meines geliebten Maurice." Voller Wehmut leert Hammermann sein drittes Glas Wein. Mir schwant, dass jeder weitere Tropfen unserer Unterhaltung nicht förderlich sein wird. Mit feuchten Augen löffelt Hammermann missmutig seine köstliche Weihnachtskreation aus. Am liebsten würde ich mich jetzt aus dem Staub machen. Ich habe alle relevanten Fakten erfahren und bin satt und zufrieden. Aber zwei Gläser Wein kommen mir in die Quere. Ich könnte mich ohrfeigen, dass mich Hammermann so leicht überreden konnte.

„Los jetzt", weise ich Hammermann an. „Wir räumen das Geschirr ab, und dann gehen wir spazieren. Das war immerhin Ihr Vorschlag." Damit stehe ich auf, und Hammermann reißt sich zusammen. Bevor wir das Haus verlassen, bitte ich ihn um ein Foto von seinem Mann. Tobias Hammermann gibt mir ausgerechnet das Hochzeitsbild. „Im Moment tut die Erinnerung an diesen herrlichen Tag einfach nur weh", begründet er seine Entscheidung. Ich verspreche ihm, dass er die Aufnahme selbstverständlich zurückbekommen wird, und stecke sie vorsichtig ein.

Dann führt mich Hammermann durch das malerische Gassen-Labyrinth in Richtung Bodden. Wir kommen am kleinen Hafen vorbei, der sehr einsam und verlassen aussieht. Und dann wandern wir einträchtig nebeneinander immer weiter und weiter und weiter.

Ich sehe neben mir, vor mir und hinter mir unendliche Wiesen und Seen.

„Hier versammeln sich im Frühjahr und Herbst Wildgänse und Kraniche", erzählt Hammermann. „Schauen Sie mal zurück. Dort hinten liegt die Insel Kirr. Kein Mensch darf sie betreten. Im Sommer weiden Kühe dort. Aber das ist auch schon alles. Die Insel ist vor allem für die Kraniche ein sicherer Zufluchtsort. Aber es werden von Jahr zu Jahr weniger. Die Felder werden immer besser abgeerntet, und die Pestizide setzen der Natur mächtig zu. Aber die politischen Marionetten können und wollen sich gegen die Lobbyisten nicht durchsetzen. Kein Wunder, dass unsere Welt am Ende ist." Hammermann stöhnt dramatisch auf. Ein paar Wildgänse fliegen zeternd über unsere Köpfe. Ich versuche, mich von den Endzeitgefühlen nicht anstecken zu lassen, sondern einfach die Natur zu genießen. Und sei es auch wirklich nur der kümmerliche Rest.

Wir kommen an einem fast leeren Campingplatz vorbei. „Das ist das Wellness-Camp Düne 6“, erklärt mir Hammermann. „Im Sommer ist es fast immer ausgebucht.“ Damit haben wir unsere Umrundung von Zingst beendet. Auf der Seestraße laufen wir wieder in Richtung Zentrum zurück. Der kalte Wind frischt merklich auf. Ich hoffe, die Sturmböen warten, bis ich wieder zu Hause bin.

Vor dem Anwesen des Ehepaares Hammermann wartet ein hagerer Mann, der als Schutz gegen den kalten Wind die Arme eng um seinen Oberkörper geschlungen hat. Für einen Moment hoffe ich, dass es Maurice sein könnte, werde aber enttäuscht.

„Tobias, wie geht es dir?“ Der Mann eilt mit großen Schritten und weit geöffneten Armen auf Hammermann zu.

„Ich fühle mich so einsam und bin innerlich so zerrissen. Den wenigen Minuten, in denen ich wieder Lebensmut schöpfe, folgen unendlich lange Stunden der tiefen Trauer.“ Die beiden Männer umarmen sich herzlich. Mir kommt es so vor, als würde der Fremde Tobias gar nicht mehr loslassen wollen. Der windet sich dann auch resolut aus der Umarmung. „Darf ich vorstellen? Das ist Kriminalkommissarin Burmeister. Und das ist Pfarrer Gehrke. Er ist derzeit meine ganze Stütze. Ohne seinen moralischen Beistand stünde es schlecht um mich.“

Der Pfarrer scheint über meine Anwesenheit genauso erstaunt zu sein wie ich über seine. „Die Polizei befasst sich mit der Abwesenheit von Maurice?“ Pfarrer Gehrke blickt mich aus grauen munteren Augen an.

„Das tun wir. Kennen Sie Maurice?“

„Leider nein. Er ist kein Mitglied unserer Gemeinde. Wie ist es mit Ihnen?“

„Ich kenne Maurice ebenfalls nicht.“

„Meine Frage bezog sich auf die Mitgliedschaft.“

„Ach so.“

Zum ersten Mal in meinem Leben stehe ich vor einem Geistlichen, was mich ziemlich erstaunt. Gehrke kann meine Gedanken lesen und lächelt wehmütig. „Sie haben demnach auch mit der Kirche nichts am Hut.“

„Sie haben Unrecht. Ich liebe an Kirchen die Buntglasfenster, wenn das Sonnenlicht hindurchscheint. Und das Glockenläuten mag ich auch.“

Der Pfarrer schlägt die Augen nieder und scheint ein Vaterunser zu beten. Falls man das heute überhaupt noch so nennen darf.

Tobias Hammermann guckt verlegen auf seine Schuhe. Ich entscheide, dass es an der Zeit ist, den Rückzug anzutreten.

„Einen Abschiedsbrief von Maurice haben Sie nicht gefunden?", komme ich am Ende meines Besuches noch einmal auf das Wichtige zu sprechen.

Hammermann schüttelt bedauernd den Kopf. „Ehrlich gesagt, weiß ich auch gar nicht, wo ich danach suchen soll. Sind Sie absolut von seinem Tod überzeugt?"

„Nein, nein", wehre ich ab. „Wir haben nur diese ominöse E-Mail. Doch da Maurice nicht auffindbar ist und von ihm jedes Lebenszeichen fehlt, müssen wir diese Möglichkeit natürlich in Betracht ziehen. Hatte Ihr Ehemann berufliche Sorgen oder Engpässe finanzieller Art?"

„Weder noch. Wir verdienen beide recht gut. Ich arbeite als Koch, Maurice war … ist bei einer Firma tätig, die Ferienanlagen betreut." Ich reiche Hammermann zum Abschied die Hand, die er aber nicht wahrnimmt. „Soll ich Ihnen mal was sagen?", fragt er mich stattdessen.

„Natürlich."

„Maurice würde niemals einfach so verschwinden. Niemals. Das würde er mir nicht antun." Für einen Moment verschlägt es mir die Sprache. Es sind haargenau dieselben Worte, die ich schon von Gröhmling zu hören bekam. „Maurice hätte sich von mir verabschiedet, wenn er tatsächlich geplant hätte, sein Leben zu beenden. Ich hatte Ihnen schon erklärt, wie unerträglich das zurückliegende Jahr manchmal war. Je länger ich darüber nachdenke, umso sicherer bin ich, dass Maurice eine große Veränderung durchmachte. Sein ganzes Wesen veränderte sich, verstehen Sie?"

„Nicht wirklich", antworte ich ehrlich.

Hammermann nickt und sieht gedankenverloren in den Himmel. „Das kann man auch nur schwer verstehen. Es war, als hätte eine fremde Macht von ihm Besitz ergriffen."

Ich schiele zum Pfarrer, dem ich eine solche Wortwahl eher zugestehen würde. Aus dem Mund von Tobias Hammermann klingt es mir eine Spur zu dramatisch. Doch Hammermann hat Fahrt aufgenommen. „Mein lieber Maurice war von einem Dämon befallen. Und dieser Dämon ist niemand anderes als Gröhmling. Ich habe in den letzten Wochen intensiv darüber nachgedacht. Und jetzt ergibt auch alles einen Sinn. Gröhmling wollte Maurice zurück. Deswegen besaß er die Unverfrorenheit, vor unserer Tür zu stehen und sich nach meinem Maurice zu erkundigen. Können Sie sich das vorstellen?"

„Gröhmling hat es mir selbst erzählt. Warum reagierten Sie derart aggressiv?"

„Das fragen Sie mich noch? Das liegt doch auf der Hand. Gröhmling wollte unsere Ehe kaputt machen. Er versuchte, sich zwischen uns zu drängen. Und Sie wundern sich tatsächlich, warum ich mich nicht gefreut habe, ihn zu sehen?“

„Ich wundere mich nur, dass Sie die Polizei rufen wollten. Gröhmling wurde doch nicht ausfallend oder gar handgreiflich.“

„Ich war außer mir!“, ruft Tobias Hammermann leidenschaftlich aus. Das Kirchenoberhaupt klopft ihm beruhigend auf die Schuler. „Zum einen aus Sorge um Maurice. Und zum anderen vor Wut, als dieser Gröhmling einfach so plötzlich hier auftauchte. Das ist doch menschlich verständlich.“

Hammermann sieht mich mit funkelnden Augen an.

„Warum sagten Sie, dass Maurice von einem Dämon befallen war?“

Hammermann blinzelt irritiert. „Na gut“, räumt er ein, „da habe ich mich eben ein bisschen sehr theatralisch ausgedrückt.“

„Sie haben in der Vergangenheit gesprochen. Ich stoße mich weniger an dem Wort Dämon, als vielmehr an dem Wörtchen *war*. Es hörte sich so an, als wüssten Sie, dass Maurice tot ist. Vielleicht wollte Maurice zu Gröhmling zurück? In diesem Fall hätten Sie ein Mordmotiv gehabt. Es nennt sich Eifersucht.“

Tobias Hammermann entfährt ein kehliger Laut. Hilfesuchend wendet er sich an den Vertreter Gottes auf Erden. „Sagen Sie doch was.“

Der Pfarrer legt einen Arm um Hammermann. „Frau Burmeister tut nur ihre Pflicht. Sie darf keine Möglichkeit außer Acht lassen. Beruhige dich, Tobias. Alles wird wieder gut. Du darfst die Hoffnung nicht aufgeben. Gott wird Maurice wieder sicher nach Hause geleiten.“

Hammermann nickt, scheint aber seine Zweifel zu haben.

Ich verabschiede mich von den beiden Männern. Gehrke hat Tobias Hammermann noch immer fest im Griff. Und dessen Blick macht mir plötzlich Angst. Für den Bruchteil einer Sekunde habe ich das Gefühl, dass Hammermann mich hasst. Mit einem merkwürdigen Kribbeln auf dem Rücken steige ich in meinen edlen Straßenkreuzer.

Nachdenklich blicke ich in den Rückspiegel. Mich beschleicht ein sehr eigentümliches Gefühl. Mit einem Male kann ich mich des Eindruckes nicht erwehren, Tobias Hammermann könnte mit mir ein falsches Spiel spielen. Er verzaubert mich mit gutem Essen und glaubt so, mich in eine Falle locken zu können. „Das funktioniert nicht“, sage ich leise. „Ich lasse mich von niemandem ködern.“

Die Rückfahrt kann ich dann so gar nicht genießen. Ich nehme mir vor, die Meteorologen zu verklagen. Denn sie hatten recht mit ihrer Ankündigung. Und damit konnte ja nun wirklich niemand rechnen. Ich gerate mit Jakub von einer heftigen Sturmbö in die andere. Mit Mühe kann ich ihn in der Spur halten. Vor allem dort, wo der Wind über leere Felder ungebremst über das Land fegen kann, wird mir angst und bange. Im letzten Moment kann ich einem dicken Ast ausweichen, der auf die Straße kracht. Vor Schreck kreische ich laut auf. Ich fahre mit maximal achtzig Stundenkilometern durch die einsetzende Dämmerung. Hinter mir ziehe ich eine nicht enden wollende Autoschlange her. „Nun überholt mich schon, ihr Idioten", fluche ich. Mir geht es wie Winterstein. Plötzlich fühle ich mich bedrängt. Aber niemand tut mir den Gefallen. Die Sturmböen werden immer stärker. Zum Glück hat man die Rügenbrücke noch nicht dichtgemacht. „Lass mich bloß nicht im Stich", raune ich Jakub voller Angst zu. Dann bin ich zum ersten Mal froh, dass man längs der neuen B96 allerhand Bäume gefällt hat. Das ist eine völlig falsche Einstellung, aber momentan sichert mir der Kahlschlag möglicherweise das Überleben. Durchgeschwitzt und völlig überdreht komme ich in Sassnitz an. Mit zitternden Händen bugsiere ich Jakub in seine enge, aber windgeschützte Tiefgarage. Ich brauche erst einmal ein paar Minuten, bis ich mich beruhigt habe. Dann zieht es mich magisch an die See. An stürmischen Tagen wie diesen kann ich nicht widerstehen. Ich brauche das beruhigende Gefühl, dass die Natur stärker als der Mensch ist, und hege nach wie vor die Hoffnung, dass wir zeitnah und ohne Ansehen von Rasse, Religion und Vermögen in die unendlichen Weiten des Universums geblasen werden.

Mittlerweile ist die Dunkelheit hereingebrochen. Ich ziehe mir die Mütze über beide Ohren, wickle den Schal ein bisschen zu fest um den Hals, schnappe nach Luft und marschiere los. Dann setze ich mich auf die unterste Stufe neben der „Ostseeresidenz", einem weißen Pracht-Beton-Bau, der keine zwanzig Meter entfernt vom Ufer steht. Trotzdem oder gerade deswegen sind fast alle Wohnungen nach wie vor leer. Unbezahlbar eben, wie der vielgepriesene unverbaubare Meeresblick. Das Tosen der aufgewühlten See ist ohrenbetäubend. Links von mir ist nichts weiter als tiefe Finsternis. Neben der „Ostseeresidenz" hört Sassnitz auf und damit auch die Beleuchtung. Dafür fängt der Nationalpark an. Ungläubig blinzle ich und stelle meine Augen auf scharf. Aus der fast undurchdringlichen Schwärze kommt ein beängstigendes Wesen auf mich zu. Es ist schätzungsweise einen Meter achtzig groß und bellt. Nach gefühlten einhundert angstvollen Minuten entpuppt sich die Statur als Wilfried Winterstein. An seiner Seite trottet Sally.

„Mensch, habt ihr mich erschreckt", rufe ich erleichtert aus.

Willi lacht und setzt sich ächzend neben mich, während Sally wie eine Irre über die Wiese rast. „Na, wie war dein Tag?", erkundigt er sich freundlich. Ausführlich erzähle ich von meinem Gespräch mit Tobias Hammermann.

„Na, das ist ja mal eine vertrackte Geschichte", pflichtet mir Winterstein bei. „Lieben eigentlich Männer manchmal auch noch Frauen?", fragt er mich dann und deutet nach rechts. Ich folge seiner ausgestreckten Hand. Unter einer Straßenlampe stehen Oliver Teichert und Ekel Henning Wahlberg eng umschlungen und starren ebenfalls auf die meterhohen Wellen. „Ich frage mich immer, wie Schwulsein funktioniert", spricht Winterstein weiter.

„Wollen wir darüber jetzt echt eine Diskussionsrunde eröffnen?", versuche ich das Thema abzuwenden.

„Nö", wehrt Willi ab. „Aber ich hatte mal eine Darmspiegelung. Ich wollte ein Held sein und verzichtete auf eine Spritze. Ich kann dir sagen, das ist kein Spaß, wenn einem was in den Hintern geschoben wird."

„Eine Darmspiegelung soll auch keinen Spaß machen."

„Aber das Prinzip ist doch das gleiche", glaubt Willi.

Dann beginnt Wahlberg, Steine in die aufgewühlte See zu werfen. Teichert tut es ihm gleich. Das Lachen der beiden dringt trotz des tosenden Meeres bis zu uns. Sally bricht ihre Raserei abrupt ab. Sie spitzt die Ohren und schaut zu Wahlberg und Teichert. „Fass", raunt Winterstein ihr zu. Ich knuffe ihn an. Aber Sally hört sowieso nicht auf ihr Herrchen. Stattdessen rennt sie bellend auf das Ufer zu, klettert auf die aufgeschichteten Wellenbrecher und springt ins Wasser, den Steinen von Wahlberg und Teichert hinterher.

„SALLY!", brüllt Winterstein. Er springt auf und rennt auf das Ufer zu. „Komm raus! Was machst du denn um Himmels willen?"

Wahlberg und Teichert schauen erschrocken auf Sally und Winterstein. Sie kommen beide angehastet. Sally jault und wird von den Wellen hin- und hergeworfen. Sie kämpft ums blanke Überleben. Entsetzt springe ich ebenfalls auf und wähle den Notruf. Inzwischen hat sich Winterstein die Kleidung vom Leib gerissen und klettert auf die Steine, um Sally zu retten. „Winterstein, bist du wahnsinnig? Bleib hier!", brülle ich. Endlich höre ich eine beruhigende und sachliche Stimme am Notruftelefon. „Ein Hund ist in das eiseskalte Wasser gesprungen und droht zu ertrinken", rufe ich aufgeregt in mein Handy und beschreibe unseren Aufenthaltsort.

„Wir kommen so schnell wie möglich", beruhigt mich der Kollege. „Ein Hund muss also gerettet werden, ja?"

„Und ein Irrer ist gerade noch dazugekommen!", brülle ich wie von Sinnen. Dann beende ich das Gespräch und renne zu Wahlberg und Teichert, die beide fassungslos am Ufer stehen und Winterstein beobachten, der wie Sally unterzugehen droht. Voller Panik schaue ich mich nach irgendetwas um, das wir wenigstens Willi zuwerfen könnten, aber nirgends liegen irgendwelche Äste am Boden. Nichts liegt hier.

Jetzt reißt sich auch Teichert die Kleidung herunter. „Du bleibst hier!“, brüllt Wahlberg ihn an. „Du kannst nicht in die eisigen Fluten! Mein Hasi! Was soll denn das?“ Henning Wahlberg zerrt an Teichert. Aber der ist nicht mehr zu halten. Er schüttelt Wahlberg einfach ab und klettert auf allen vieren über die Wellenbrecher. „Geben Sie mir Ihren Schal!“, schreit er mir zu. Er hockt auf dem größten Stein und hält seine Hand auf. Ich wickle in Sekundenschnelle meinen Schal ab. Dann gehe ich auf den mittlerweile erstarrten Wahlberg zu und reiße ihm seinen vom Hals. Ich verknote beide und krieche ebenfalls auf einen Stein, um näher an Teichert zu gelangen. Die Gischt der heranstürmenden Wellen durchnässt mich sofort. Ich reiche Teichert den Schal. Der wickelt sich das eine Ende einmal um die Hand. Den Rest wirft er Winterstein zu. Ich versuche, Teichert zu halten, damit er nicht abrutscht und ebenfalls im Wasser landet. Aus Verzweiflung kralle ich mich an seinem Slip fest. Ich kann nur hoffen, dass die Chinesen reißfestes Gummi verwendet haben.

In der Ferne ertönt das Rettungssignal. „Winterstein!“, brülle ich, „halte dich am Schal fest!“ Aber Winterstein schlägt mit den Armen nur wild um sich und wird immer wieder von den Wellen überrollt. Sallys Kopf taucht auf. Mit letztem Willen paddelt sie zu ihrem Herrchen. Dann geht alles sehr schnell. Die Kameraden der Feuerwehr sind da. Die Rettungsaktion dauert nur zwei Minuten, und Winterstein und Sally sind an Land. Aus einem Rettungsfahrzeug springen zwei Sanitäter und ein Arzt. Willi und sein Hund werden fachmännisch versorgt. Ich bitte um eine Decke für Teichert und helfe ihm dann beim Anziehen. Vor Kälte kann er kaum noch seine Finger bewegen. „Sie waren super“, sage ich.

„Lllllo…Illogigisch.“

„So ein dämlicher Hund“, zetert Wahlberg. Er läuft aufgeregt hin und her und schaut böse von Sally zu Winterstein sowie Teichert und mir.

„Kein Wort gegen meine Sally“, motzt Winterstein, der auf einer Liege festgezurrt wird.

„Ich meine doch dich“, faucht Wahlberg Willi an.

Sally guckt mit unglaublich traurigen Augen aus ihrer Decke hervor. Ich kauere mich neben sie, streichle ihren Kopf und rede beruhigend auf sie ein.

„Jessica!“

Ich springe auf und gehe zu Winterstein. „Du kümmerst dich doch um Sally, ja? Du musst es mir versprechen, ehe ich sterbe.“

„Warum willst du denn sterben?“, frage ich, während mir der Sanitäter zu verstehen gibt, dass man abfahren möchte.

„Das eiseskalte Wasser wird mir den Rest geben“, haucht Willi. „Und wenn nicht das Wasser, dann die Ärzte.“

„Winterstein“, flüstere ich meinem Kollegen ins feuchte Ohr, „jetzt reiß dich gefälligst zusammen. Und lass deine Aversion gegenüber Ärzten wenigstens heute mal außen vor. Ich glaube nicht, dass die dich unter die Erde bringen wollen.“

Winterstein ächzt verächtlich und winkt ab.

„Die werden dich schon am Leben erhalten. Du sagst doch immer, es geht nur ums Geld. Wenn du tot bist, verdient doch das Krankenhaus nichts“, werfe ich ein unbezahlbares Argument in die Waagschale.

Willi brummt. „Könnte was dran sein.“

„Und nun mach dich nicht unbeliebt. Sally nehme ich mit zu mir nach Hause. Mach dir keine Gedanken.“

„Du bist ja sooo lieb zu mir“, schluchzt Winterstein auf. Dann wird er mitsamt seiner Liege in das Rettungsfahrzeug verfrachtet. Der Sanitäter knallt die Tür zu, und ich starre mit einer winselnden Sally dem sich mit Blaulicht entfernenden Fahrzeug hinterher.

„Man weiß gar nicht, wer dümmer ist“, meldet sich Ekel Wahlberg zu Wort. „Der Hund oder sein Herrchen.“

„Wir kennen uns doch“, sagt ein Kamerad der Feuerwehr zu ihm. „Sie sind doch dieser unausstehliche Mensch von der Rechtsmedizin. Passen Sie bloß auf, dass Sie nicht ins Wasser fallen. Ich habe jetzt nämlich Feierabend.“

Ich grinse und nicke ihm mit aufgestelltem Daumen zu. Olli Teichert guckt dagegen sehr finster drein.

„Du kannst so gemein sein, Hennilein“, wirft er seinem Partner vor.

In diesem Moment klingelt mein Handy. Staatsanwalt Vogel erkundigt sich nach mir und meinen Ermittlungen. Oder wohl doch nur nach den Ermittlungen.

„Kollege Winterstein ist soeben ins Wasser gefallen“, beginne ich meinen Bericht zur Lage der Nation. „Dr. Wahlberg hat Steine ins Meer geworfen und auf diese fiese Art und Weise Sally dazu gebracht, in die aufgewühlte See zu springen. Daraufhin ist Winterstein ihr nach. Er glaubt jetzt, dass die Ärzte ihm den endgültigen Garaus machen werden. Ansonsten habe ich herausgefunden, dass Maurice Hammermann sowohl mit Tobias als auch mit Klaus-Heiner Gröhmling rumgemacht hat, wenn auch nicht zeitgleich. Und es könnte einen dritten Toten geben. Der hat aus dem Jenseits eine E-Mail verschickt und seinen toten Freunden mitgeteilt, dass er nun auch hops gegangen ist. Was aus seiner Sicht ein Fehler gewesen sein könnte."

Die Kameraden der Feuerwehr starren mich mit weit aufgerissenen Augen an. Wahlberg murmelt, es sei ihm ein Rätsel, warum nur Vollpfosten bei der Kripo arbeiten dürfen, während Teichert mir auf die Schulter klopft und behauptet, alles würde wieder gut werden. Staatsanwalt Vogel hat aufgelegt. Zumindest glaube ich das. Aber dann höre ich ein Räuspern. „Frau Burmeister, ist mit Ihnen alles in Ordnung?"

„Das wäre mir neu", gebe ich bereitwillig Auskunft. Daraufhin kündigt Vogel an, seinen Urlaub zu unterbrechen und beordert mich für den nächsten Tag zu einer Krisensitzung ins Präsidium.

ELF

Ich habe eine ziemlich schlaflose Nacht hinter mir. Sally war kaum zu beruhigen. Immer wieder jaulte sie und suchte nach ihrem Herrchen. Zum Glück hat mir Winterstein seinen Hausschlüssel anvertraut, sodass ich wenigstens ohne größere Umstände an das Futter herankam. Allerdings habe ich keine Ahnung, wie viel Sally verdrückt und wann sie ihr Fresschen bekommt. Daher lege ich fest, dass sie mit mir frühstückt. Nachdem sie den ersten Napf leergefressen hat, sieht sie mich genauso hungrig an wie vorher. Ich öffne also eine zweite und dann noch eine dritte Dose. Danach scheint sie satt zu sein. Ich verzichte darauf, mit Jakub ins Präsidium zu fahren. Er ist noch neu und ohne Flecken und Hundehaare. Und so soll es auch bleiben.

Mit Sally an der Leine laufe ich los. Der Hof unseres Präsidiums erscheint ihr für einen ausgiebigen Haufen geeignet. Wenigstens setzt sie ihn an den Rand des schmalen Grünstreifens. Ich mustere währenddessen die rückwärtige Fensterfront meiner Dienststelle und renne, hoffentlich ungesehen, mit ihr in unseren Besprechungsraum. Punkt zehn Uhr trifft Richard Vogel ein. Damit sind wir komplett. Die Krisensitzung kann beginnen.

Zunächst einmal holt Vogel tief Luft. Dann legt er die neueste Ausgabe der Ostseezeitung auf den Tisch. Er dreht die Titelseite zu mir. *„Polizei von Sassnitz erhält eine Nachricht aus dem Jenseits"*, lautet die Überschrift. Vogel sieht mich mit einem schwer definierbaren Ausdruck an. „Das wird für viel Gesprächsstoff sorgen. Wie kommt es, dass die Medien davon Wind bekommen haben, Frau Burmeister?"

„Die Kameraden der Feuerwehr scheinen mich gestern Abend während meines Telefonates wohl etwas missverstanden zu haben."

„Es wäre sicher besser gewesen, wenn Sie nicht in deren Hörweite telefoniert hätten."

„Mein Fehler", gebe ich zu.

„Wenigstens räumen Sie Ihren Fehler ohne Umschweife ein."

„Ich stehe zu meinen Fehlern", stelle ich klar, obwohl ich sitze. „Ausreden verwende ich nur gegenüber unserer Leitkuh. Ansonsten tue ich nicht so, als ob mein eigener Furz nicht stinken würde."

Vogel zuckt zusammen. Dann wartet er eine angemessene Zeit, um zum eigentlichen Thema zu kommen. „Nun erzählen Sie mir bitte noch mal von vorn, was Sie gestern Abend am Telefon zum Ausdruck bringen wollten", fordert mich unser Staatsanwalt auf.

„Luttkus, Markgraf und Maurice Hammermann kennen sich aus Kindheitstagen. Wenn wir viel Pech haben, sind alle drei tot …"

Vogel nickt und reibt sich nachdenklich das Kinn, während ich ihm eine Zusammenfassung gebe. Mir fällt auf, dass er heute mal ausnahmsweise nicht rasiert ist. „Ich entsinne mich, dass die Eltern von Dennis Luttkus ziemlich schroff reagierten, als Sie sie nach einem möglichen Ereignis fragten, das schon längere Zeit zurückliegen könnte", sagt er dann.

„Das stimmt. Daher werde ich heute noch einmal die Wohnung von Dennis Luttkus gründlich durchsuchen. Vielleicht finde ich einen brauchbaren Hinweis."

Unser Staatsanwalt ist einverstanden. „Wie geht es denn unserem Kollegen Winterstein?"

„Ich habe noch nicht mit ihm telefoniert. Falls man ihn heute nicht aus dem Krankenhaus entlässt, gehe ich ihn besuchen."

„Das ist gut", meint Vogel. „Ich habe eine Flasche Orangensaft mitgebracht. Wenn Sie die bitte mitnehmen und baldige Genesungswünsche ausrichten würden?"

„Das mache ich gern."

Unter dem Tisch beginnt Sally zu fiepen.

„Was ist das denn?", fragt mich Vogel.

„Die Hündin von Winterstein."

Vogel beugt sich unter den Tisch und fährt erschrocken zurück. „Meine Güte! Das sieht mir eher wie ein ausgewachsener Wolf aus."

„Ein Werwolf", nicke ich und kraule Sally hinter den Ohren.

Vogel geht ein paar Schritte auf Abstand und wiegt dann den Kopf hin und her. „Dann bin ich also in deinen Haufen getreten“, sagt er streng und hält mit Sally Blickkontakt, die daraufhin den Schwanz einzieht und hilfesuchend zu mir guckt.

„Das kann nicht sein“, widerspreche ich sofort. „Mir wäre aufgefallen, wenn Sally sich auf dem Hof erleichtert hätte.“

„Ich habe ja noch gar nicht gesagt, wo ich reingetreten bin“, stellt Vogel daraufhin fest. Dann winkt er Sally zu und verlässt unseren Besprechungsraum.

„Wegen dir hat mein tadelloser Ruf jetzt Schaden genommen“, raunze ich Sally an und mache mich auf den Weg. Dann frage ich die beiden Beamten im Foyer, ob sie auf die Hündin aufpassen wollen. Sie stimmen sofort zu und legen ihre Kreuzworträtsel beiseite. „Irgendwo hab ich vor Kurzem einen Ball gesehen“, behauptet der Jüngere und spurtet los.

„Benimm dich ausnahmsweise mal“, fordere ich Sally auf. Mit dem Dienstauto fahre zunächst zum „Rügen-Hotel“. Ein hochaufgeschossener junger Mann hinter dem Tresen bearbeitet seine Tastatur, und wenige Minuten später weiß ich, dass Maurice Hammermann vor einigen Wochen für eine Nacht zu Gast war. Ob er sich tatsächlich mit Gröhmling verabredet hatte, bleibt erst einmal offen. Auf seinen Namen wurde keine Buchung vorgenommen. Und auch sonst taucht sein Name nicht auf.

Wenige Minuten später steige ich vor dem Haus von Dennis Luttkus aus. Ich entferne das Siegel an der Wohnungstür und trete ein. Die Luft riecht abgestanden. Zuerst reiße ich die Balkontür weit auf und dann die übrigen Türen.

Luttkus war ein überaus ordentlicher Mensch mit einem Hang zur Pedanterie. Geschirr, Bücher und der wenige Nippes sind allesamt akkurat ausgerichtet. Ich nehme jedes Buch aus dem Schrank und schüttele es vorsichtig aus. Aber keine Notiz und kein verräterisches Foto fallen heraus. Nachdem ich das Wohnzimmer abgegrast habe, setze ich meine Suche im Schlafzimmer fort. Ich gebe mir die größte Mühe, keine Unordnung zu hinterlassen, während ich zwischen Pullovern, Hemden, Unterwäsche und Socken schaue. Nachdem ich jede Schublade inspiziert habe, bin ich sicher, nichts übersehen zu haben. „Scheiße“, ziehe ich ein erstes Zwischenresümee.

Mein nächstes Ziel ist die Küche. Die Tassen stehen exakt in eine Richtung, alle Henkel zeigen nach rechts. In den Hängeschränken bewahrte Luttkus die üblichen Utensilien auf. Ich finde kein Zuckerkrümel und kein Salzkörnchen, aber auch sonst nichts von Bedeutung. Stattdessen bekomme ich immer mehr das Gefühl, dass ich eine Schlampe bin, die es mit der Hygiene nicht so genau nimmt. Und ich hätte bis heute Morgen vor jedem Gericht der Welt geschworen, dass ich eine überaus saubere Frau bin.

Dann gehe ich ins Bad. Hier dauert meine Suche nicht so lange. Der blitzeblanke Badschrank beherbergt wenige Kosmetikartikel. Im unteren Teil ist Toilettenpapier zu einer Pyramide aufgestellt. Ich trage sie ab, erspare mir aber, die einzelnen Papierrollen abzuwickeln. Die Wahrscheinlichkeit, dass Luttkus im Kern einer Papierrolle etwas versteckt haben könnte, ist mir dann doch zu abwegig.

Missmutig gehe ich in das Gästezimmer, in dem Michael Markgraf zuletzt gewohnt hat. Aber auch hier ist das Ergebnis meiner Suche niederschmetternd. Ich setze mich auf einen Stuhl und denke intensiv nach. So lange, bis mir die beiden Bilder mit der herrlichen norwegischen Landschaft einfallen. Mit neuem Elan sause ich los und nehme die Bilder vorsichtig von der Wand. Dahinter verbirgt sich schon mal gar nichts. Nicht einmal Spinnweben. „War ja so klar“, murmele ich und entferne die Rückwände der Bilder. Ungläubig blinzle ich. Es ist nichts da. Und ich war mir so sicher, irgendetwas zu finden. Zumindest mehr als gar nichts.

Also hänge ich die beiden Bilder wieder an die Wand. Ich schließe die Wohnungstür und bringe ein neues Siegel an. Aus den unteren Etagen dringen Stimmen zu mir herauf. Gender-Schwanitz kommt mit einem Nachwuchs-Genderlein im Arm die Treppen hoch, gefolgt von einer jungen Frau.

„Hallo Frau Burmeister“, ruft Schwanitz. „Ich darf die beiden Damen miteinander bekanntmachen? Das ist Frau Kriminaloberkommissarin Burmeister, und das ist meine Schwester Pia. Und das hier ist unser ganzer Stolz Jamie.“ Schwanitz hält mir den Neffen oder die Nichte vor die Nase. Der geschlechtsneutrale Name lässt erwartungsgemäß keine Rückschlüsse zu, ob Schwanitz der Onkel beziehungsweise die Tante eines Jungen oder eines Mädchens ist. Für einen Moment muss ich lächeln. „Oh, wie schön! Es ist ein Menschenkind“, höre ich die Stimme der geburtshelfenden Person.

„Du bist ja niedlich“, umschiffe ich gekonnt die Geschlechterfrage. Es ist schon erstaunlich, wie die Welt so langsam aus den elementaren Fugen gerät. Es soll ja sogar schon Eltern geben, die ihren Nachwuchs geschlechtsneutral erziehen. Weder weiß ich, wie das geht, noch begreife ich den Sinn dieses Anliegens. Denn große Teile der Menschheit wollen ja angeblich wieder zurück zur Natur. Und die hat nun mal ihre Lebewesen in männlich und weiblich eingeteilt, denke ich.

Schwanitz unterbricht meine philosophischen Gedanken mit einem Räuspern. Leider hat er keine Neuigkeiten für mich. „Ich bedaure, aber mir ist nichts mehr eingefallen, was für Sie eine Bedeutung haben könnte."

„Ich bin Kummer gewöhnt", sage ich und gehe langsam die Treppen nach unten. Ich überlege, ob ich sofort den Keller durchsuche oder Mittag essen fahre. Ich entscheide mich für den Keller. Der sieht aufgeräumter und sauberer aus als manche Wohnung. Die Regale beherbergen Winterschuhe, ordentlich gestapelte und nach Jahrgängen geordnete Sportzeitschriften, ein paar Weihnachtskartons, allesamt mit Etiketten versehen und beschriftet, und massenweise Fotoalben. Nach einer Stunde habe ich den Großteil der Alben durchgesehen. Ergebnis gleich null. Zwei Alben warten noch auf ihre Durchsicht. Aber mein Magen und meine Nerven sind am Ende. Ich kann mich nur noch aufraffen, die Alben wieder an ihren angestammten Platz zu legen. Die beiden übriggebliebenen nehme ich mit. Dann fahre ich in das „Gastmahl des Meeres", bestelle mir ein Fischgericht und hoffe, dass Winterstein aus dem Krankenhaus entlassen wird.

Winterstein wird nicht nur entlassen, sondern brutal rausgeworfen. So lautet seine SMS, die ich wenige Minuten später erhalte. Ich rufe ihn an und erfahre, dass Willi keine bleibenden Schäden behalten wird. Oder wenigstens sind keine neuen dazugekommen. Und seine Entlassung hat er wohl mehr oder weniger erzwungen. „Die haben mich gestern noch an einen Tropf gehängt. Wer weiß, was ich jetzt ausbrüten werde. Für die Chinesen sind wir doch willkommene Versuchskaninchen."

„Dann hole ich mal Sally im Revier ab und komme zu dir nach Hause."

Winterstein jubelt. Er rechnet fest damit, dass ich ihn bekoche. Auch wenn meine Mutter meistens das Gegenteil behauptet – aber im Grunde bin ich kein schlechter Mensch. Daher gehe ich einkaufen und danach ins Präsidium. Als ich das Foyer betrete, kehrt ein Kollege gerade Glasscherben zusammen. „Wir hätten mit dem Hund nicht Ball spielen dürfen", räumt er ein. Sally springt auf und haut mich beinahe um. Mit meinen Fressalien im Rucksack spaziere ich mit ihr zu Winterstein. Als ich um die Ecke biege, steigt er gerade aus einem Taxi. Für Sally gibt es kein Halten mehr. Bellend reißt sie sich los und rast auf ihr Herrchen zu. Zum Glück ist außer dem Taxi weit und breit kein anderes Fahrzeug zu sehen. Sally hechtet, und Winterstein fällt um.

„Das Vieh müssen Sie besser erziehen", sagt der Taxifahrer, ehe er kopfschüttelnd davonfährt.

„Hast du das gehört, wie dieser Lümmel dich bezeichnet hat, mein Sallylein?“, fragt Willi, während Sally mit ihrer meterlangen Zunge sein Gesicht abschlabbert. „Und hat meine Gute denn ein kleines Hunger-Bauchi?“, horcht er seine Hündin aus. „Und hast du heute Morgen auch fein ein Häufilein gemacht?“

Ich verdrehe die Augen und latsche schon mal vorneweg. Da ich erst spät zu Mittag gegessen habe, gibt es für uns beide Schonkost. Ich bereite Hühnerfrikassee und Reis zu. Willi zeigt sich dankbar und begeistert. „Du hast ja keine Ahnung, was die mir im Krankenhaus vorgesetzt haben. Das Essen ist echt das Letzte. Wenn man länger dort drin zubringen muss, müssen die gar keine Keime freisetzen. Dann ist man eh bald verhungert.“

Geduldig höre ich mir Wintersteins Jammern an. Nach dem Essen hat er dann endlich seinen Frust abgebaut und ein offenes Ohr für mich. „Die Dinge gestalten sich immer unübersichtlicher“, lautet sein Fazit. Wir fachsimpeln noch über zwei Stunden. Danach haben wir das Gefühl, dass unsere dienstliche Unterhaltung so zielführend war wie eine zweistündige Fahrt durch den Kreisverkehr. „Bring mir morgen die drei anderen Ordner von diesem Dennis Luttkus vorbei“, bietet er an. „Ich muss den Tag ja auch irgendwie sinnvoll rumkriegen.“ Dann starrt er lange misstrauisch seine Antibiotika an, die er einnehmen soll.

„Die wissen, dass du ein Bulle bist. Kein Arzt der Welt würde einem Bullen Zyankali verabreichen“, versuche ich Willi gut zuzureden.

„Da kann man nicht sicher sein. Und ich möchte auf keinen Fall von Wahlberg obduziert werden.“

„Das werde ich verhindern“, verspreche ich ihm. Dann verabschiede ich mich und trabe langsam nach Hause.

Mein Anrufbeantworter hat zwei Nachrichten für mich. Die erste ist von meiner Freundin Andrea. Sie fragt, ob wir uns vielleicht noch einmal im alten Jahr treffen könnten. Ich nehme mir vor, sie morgen umgehend anzurufen.

Die zweite Nachricht ist von meiner Mutter: „Ich frage mich, wo du dich herumtreibst. Du denkst wohl auch, weil wir uns Weihnachten gesehen haben, kannst du mir für die nächsten Wochen aus dem Weg gehen? Ich bin eine alte und einsame Frau. Und leider habe ich nur eine Tochter, die es nicht für nötig hält, sich nach meinem Befinden zu erkundigen. Eine Schande ist das.“

Ich stelle mich unter die Dusche und überlege, ob meine Mutter recht hat. Tendenziell eher nein, aber im Laufe der vielen Jahre hat mich meine Mutter derart dressiert, dass ich immer häufiger ins Schwanken gerate. Ich muss dringend zu Herrn Gunthau. Alles, was er mühevoll aufbaut, reißt meine Mutter mühelos wieder ein. Das ist ein Ungleichgewicht, das ich nicht hinnehmen will.

Nach dem Duschen massiere ich hingebungsvoll eine abnorm preisintensive Nachtcreme ins Gesicht. Der Hersteller verspricht, dass Falten aller Art über Nacht verschwinden. Das finde ich toll, und ich trage eine zweite Schicht der Verarsche-Wunder-Creme auf. Danach hülle ich mich in eine Decke und nehme mir die beiden Fotoalben von Dennis Luttkus vor. Die obligatorische Flasche Grand Marnier leistet mir Gesellschaft.

Das erste beherbergt hauptsächlich Aufnahmen, die während verschiedener Klassenfahrten entstanden sind, als Luttkus auf dem Gymnasium war. Das andere zeigt ihn in Kindertagen. Es erstaunt mich, dass Dennis Luttkus dieses Album bei sich aufbewahrte. In der Regel behalten die Eltern diese Erinnerungen in ihrem Haushalt. Das Album beginnt, was nicht unlogisch ist, mit einem Foto kurz nach der Geburt von Dennis im August 1978. Es folgen weitere, die im Kindergarten, meistens zu Faschingsfeiern oder anderen Festivitäten, aufgenommen wurden.

Dann steht Dennis Luttkus stolz mit seiner Zuckertüte vor der Schule. Aufnahmen von verschiedenen Kindergeburtstagen folgen. Da sind sie: Die drei Freunde Dennis Luttkus, Michael Markgraf und Maurice Hammermann strahlen als Indianer in die Kamera. Ein Jahr später haben sie die Fronten gewechselt und sind zu Cowboys geworden. Für einen Moment halte ich inne. Damals waren diese Kostüme einfach nur herrlich normal, während man den Kindern heute die Empfehlung gibt, sich als neutrale Waldbeere zu verkleiden. Ich blättere die nächste Seite um. *Klassenaufnahme, Februar 1995*, hat Dennis Luttkus fein säuberlich unter ein Foto geschrieben. Aber das Foto fehlt. Ich erkenne nur noch die vier kleinen Punkte, mit denen es befestigt war. Auch auf den folgenden Seiten sind Fotos und deren Bildunterschriften entfernt worden. Ich halte die Seiten gegen das Licht, kann aber leider keine Schriftfragmente mehr erkennen. Da haben die Beamten der KTU etwas zu tun.

Ich nippe an meinem französischen Orangenlikör. Was ist damals passiert? Warum wurden die Fotos entfernt? Welches Geheimnis werden wir zutage fördern?

Irgendetwas blendet mich. Es sind die Strahlen der aufgehenden Sonne. Verdutzt schaue ich auf den Wecker. Es geht auf neun Uhr zu.

„Das kann doch gar nicht sein", murmele ich und springe aus dem Bett. Ich untersuche meinen Wecker. Er hätte sicher geklingelt, wenn ich ihn gestellt hätte. Dann fällt mir ein, dass im Präsidium sowieso niemand auf mich wartet. Erleichtert atme ich auf. Allerdings straffe ich mein morgendliches Ritual. Ich sitze nur halb so lange wie sonst am Frühstückstisch. Dann rufe ich die Eltern von Dennis Luttkus an. Der Vater meldet sich umgehend. Er gibt vermutlich hinter vorgehaltener Hand meine Frage, ob ich kommen darf, an seine Frau weiter. „Na, dann kommen Sie eben", lautet seine Antwort. Ich lege das lückenhafte Fotoalbum auf die Rückbank von Jakub und fahre Richtung Putbus. Das Wetter ist gigantisch. Nach den grauen trüben und regnerischen Wochen ist die weißlich leuchtende Wintersonne geradezu eine Wohltat. Ich genieße die entspannende Fahrt durch Dörfer, in denen winterliche Ruhe eingekehrt ist, und in denen mitunter sogar im Sommer die Zeit stehen zu bleiben scheint. Die abgeernteten Felder ermöglichen einen freien Blick auf eine weiß überzuckerte Märchenlandschaft.

Reinhold Luttkus öffnet mir wieder die Tür. Er sieht müde aus. „Was wollen Sie denn schon wieder von uns?"

„Ich möchte herausfinden, wer Ihren Sohn getötet hat. Mordermittlungen gestalten sich in der Regel recht langwierig. Und ich benötige jede nur erdenkbare Hilfe. Auch Ihre."

Luttkus nickt einsichtig und bittet mich, Platz zu nehmen.

Karin Luttkus sitzt genauso da wie bei meinem letzten Besuch. Man könnte meinen, sie habe sich seitdem nicht bewegt, wäre da nicht ihre schwarze Kleidung. Fast unmerklich nickt sie mir zu. Ich komme ohne Umschweife auf das Album zu sprechen. „Mir sind zahlreiche Lücken aufgefallen", erkläre ich und drücke es Herrn Luttkus in die Hand.

Widerstrebend greift er zu.

„Würden Sie es sich bitte ansehen. Ich muss wissen, welche Fotos aus dem Album entfernt worden sein könnten. Und vor allem interessiert mich, welche Schule Ihr Sohn besucht hat."

Reinhold Luttkus tauscht einen schnellen Blick mit seiner Frau. Die beißt so fest die Zähne zusammen, dass ich es unangenehm knirschen höre.

„Bis zur vierten Klasse besuchte Dennis die ‚Brückenschule' in Göhren, danach wechselte er auf das Gymnasium in Bergen. Muss ich mir wirklich die Fotos anschauen?"

„Wenn die Fotos Sie emotional zu stark aufwühlen, können wir es gern auf einen späteren Zeitpunkt verlegen."

„Was versprechen Sie sich davon?"

„Hilfreiche Rückschlüsse für unsere Ermittlungsarbeit. Vielleicht ist auf den Fotos jemand abgebildet, an den Dennis aus irgendeinem Grund nicht mehr erinnert werden wollte."

Reinhold Luttkus wirkt hochgradig nervös. „Ja, wenn das so ist", murmelt er. Mit fahrigen Bewegungen beginnt er, das Album durchzublättern. Auf dem einen oder anderen Foto verweilt sein Blick eine Ewigkeit. „Sieh nur, Karin, Dennis mit Michael und Maurice. Die drei Musketiere. Mein Gott." Reinhold Luttkus schluchzt auf. Liebevoll streichelt er das Foto. Seine Frau reagiert nicht. Ich spüre einen Kloß im Hals. Trotzdem bringt es nichts, wenn ich jetzt unverrichteter Dinge gehe. Mit meiner einfühlsamsten Stimme stelle ich die nächste Frage.

„War Dennis bereits in der Grundschule mit Michael und Maurice befreundet?"

„Die waren schon im Kindergarten unzertrennlich." Luttkus schiebt das Album energisch wieder in meine Richtung. „Tut mir leid, aber ich kann Ihnen nicht weiterhelfen. Ich weiß nicht, welche Fotos fehlen."

Prüfend schaue ich ihn an. Sein Blick gleicht dem eines trotzigen Kindes. Nur mit dem Unterschied, dass einem Kind nicht der Schweiß ausbricht, wenn man es lange ansieht. Trotzdem sage ich nichts. Stattdessen reiche ich das Album an Karin Luttkus weiter. „Wenn Sie bitte mal nachsehen würden?"

Es kostet sie augenscheinlich eine extreme Überwindung. Anders als ihr Mann erhebt sie jedoch keinen Einspruch. Langsam blättert sie Seite für Seite um. Aufmerksam beobachte ich sie aus den Augenwinkeln. Karin Luttkus lässt keinerlei Emotionen erkennen. Ich bin mir nicht einmal sicher, ob sie sich die Fotos wirklich ansieht. Langsam, fast schon behutsam, klappt sie das Album zu und reicht es mir zurück. Ich registriere, dass ihre Hände nicht zittern.

„Wir können Ihnen da leider nicht helfen", sagt sie. Ihre Stimme ist fest, und zum ersten Mal schaut sie mich direkt an.

„Frau Luttkus", beginne ich. Aber sie hebt energisch eine Hand, um mir Stillschweigen zu gebieten.

„Wir wissen nichts", sagt sie. „Was auch immer damals passiert sein mag oder auch nicht, wir haben es nie erfahren. Dennis war von heute auf morgen ein anderes Kind geworden. Aber was wir auch anstellten, um ihn zum Reden zu bewegen, es schlug fehl. Irgendwann gaben wir es auf. Dennis wurde zunehmend aggressiver und zog sich mehr und mehr zurück. Wir wollten unser Kind nicht verlieren. Im Laufe der Jahre normalisierte sich die Situation. Wir haben nie wieder darüber gesprochen."

Reinhold Luttkus atmet tief ein und aus. Ich spüre, dass Frau Luttkus alles gesagt hat, was es zu sagen gab.

„Das Fotoalbum erhalten Sie umgehend zurück, sobald unsere Ermittlungen abgeschlossen sind“, erkläre ich den Eltern.

„Das hat keine Eile“, antwortet der Vater. „Die Fotos sind derzeit nicht gut für uns. Wir behalten unseren Dennis lieber in unserem Gedächtnis.“

„Natürlich“, stimme ich zu und bedanke mich für das Gespräch, auch wenn es aus meiner Sicht wenig gebracht hat.

Wieder zu Hause, stelle ich Jakub in der Tiefgarage ab und spaziere los. Mein Ziel ist der Leuchtturm. Ich will dort stehen, wo Dennis Luttkus zwei Tage unbemerkt gesessen hat.

Zunächst steuere ich die Fußgängerbrücke an, die hinunter zum Hafen führt. Der Sturm der vergangenen Tage hat nachgelassen, trotzdem sorgt der raue Wind für Gänsehaut und hohe Wellen, die sich an der längsten Außenmole Europas brechen und deren Gischt durch die Sonnenstrahlen regenbogenfarben leuchtet. Das Wasser strahlt heute in einem kräftigen Dunkelblau. Die klare Sicht ist phantastisch. Die Möwen kreisen laut schreiend über dem Hafengelände und der See. Die bunten Ausflugsboote schaukeln auf dem Wasser. Eine traumhaft schöne Kulisse lädt zum Staunen und Bewundern ein. Nur wegen des kalten Windes reiße ich mich von diesem Anblick los. Unten angekommen, fällt mir ein älterer Mann auf, der an einem Brückenpfeiler lehnt und ins Leere starrt. Verstohlen mustere ich ihn aus den Augenwinkeln. Vollbart und Haare haben die gleiche Länge. Er trägt eine gelb-grün-graue Bommelmütze, einen abgewetzten dicken Wintermantel und schiefgetretene Stiefel. Auf den zweiten Blick ist er viel jünger, als ich dachte.

„Fertig?“

„Oh, Entschuldigung“, sage ich und gehe schnell weiter. Auf der Mole werde ich dann vom Wind kräftig durchgeschüttelt. Sogar meine Kapuze ziehe ich mir noch über. Der Blick auf Sassnitz ist von hier aus wunderschön. Wie Puppenhäuser wirken manche der am Hang gebauten Ferienheime. Das „Rügen-Hotel“ überragt den Rest der Stadt.

Dann stehe ich lange am Fuß des Leuchtturms. Ich schließe die Augen und rufe mir die Aufnahmen des toten Dennis Luttkus ins Gedächtnis. Die Beine leicht gespreizt, die Hände im Schoß gefaltet, saß er zwei Tage einsam und verlassen und vor allem tot in der Kälte. Ich frage mich, was in dem Mörder vorgegangen sein könnte, als er den fast Enthaupteten zurückließ. War es Zufall, dass der Kopf nicht völlig abgetrennt war? Falls Wahlberg sich nicht geirrt hat, verwendete der Täter eine Heckenschere für die Hinrichtung. Jemanden auf diese perfide Art und Weise den Hals zu durchtrennen, erfordert eine Menge Kraft und noch mehr Hass. Ich öffne die Augen und schaue auf die weißen Schaumkronen der auf das Land zurollenden Wellen. Wer hasste Dennis Luttkus so sehr, dass er ihn auf diese brutale Weise tötete? Ich drehe mich um und blicke in die Richtung, wo Michael Markgraf mehrere Tage ebenfalls einsam und verlassen an einem Baum hing.

Bleibt die Ungewissheit über den Verbleib von Maurice Hammermann. Ich stelle mir die Frage, welche hinterhältige oder spektakuläre Tötungsart noch in Frage kommen könnte. Instinktiv schaue ich auf die bewegte See in Erwartung einer vorbeitreibenden aufgeblähten Wasserleiche. Damit hätte ich immerhin schon Erfahrung. Aber so sehr ich das Wasser nach allen Seiten absuche, nirgends schwimmt Hammermann.

Plötzlich steht der Mann mit der Bommelmütze neben mir. Vermutlich ist er erst Anfang dreißig. Das verfilzte Haar und der ungepflegte Bart lassen das Gesicht jedoch älter erscheinen. Aber die Augen blicken munter. Und Falten kann ich auch keine entdecken. „Sie sind von der Polizei“, sagt er. Es ist keine Frage, sondern eine Feststellung.

„Woher wollen Sie das wissen?“, frage ich, obwohl es mir nicht zum ersten Mal passiert, dass fremde Menschen meinen Beruf erahnen.

„Sassnitz ist keine Millionenmetropole“, erklärt mir der Mann. Daraufhin sage ich „Hm“, obwohl die Antwort meine Frage offenlässt.

Dann stehen wir schweigend nebeneinander. Mit jeder verstreichenden Minute wird mir unbehaglicher. Plötzlich spricht der junge Mann weiter. „Ich bin Künstler und treibe derzeit diesbezüglich Menschenstudien.“

„Und welche Art von Künstler sind Sie?“

„Lebenskünstler. Momentan auf dem Selbstfindungstrip.“

„Und was gedenken Sie zu finden außer sich selbst?“

„Ungehemmte Lebensfreude, zufriedene und glückliche Menschen, die optimistisch in die Zukunft schauen …“

„Da suchen Sie sicher schon sehr lange und ziemlich erfolglos, oder?“

„Haben wir denn Grund, optimistisch in die Zukunft zu schauen?“

„Kommt ganz drauf an“, sinniere ich. „Wenn man gesund ist und ein fettes Konto hat, gibt’s eigentlich keinen Grund, düster an die Zukunft zu denken.“

„Aber wer ist schon gesund und reich?“

„Viele. Ich bin schon einigen begegnet.“

„Tatsächlich?“

„Doch. Schon. Und ein paar von denen sind immer noch gesund und reich. Aber eingesperrt.“

Der Mann lächelt still vor sich hin. „Möchten Sie das Wort reich definieren?"

„Eigentlich nicht." Ich friere jämmerlich. Und ich habe keine Lust, mich mit dem Unbekannten am Arsch der Welt, oder am Ende der Mole, auf einen Disput über Armut und Reichtum einzulassen.

„Na gut", meint er. „Sprechen wir ein andermal weiter. Ich bin mir sicher, wir sehen uns bald wieder." Dann schlendert er langsam auf der Mole zurück.

„Wie meinen Sie das?", rufe ich ihm nach.

„Sassnitz ist ein Dorf!"

„Noch lange kein Grund, dass du mir wieder über den Weg läufst", murmele ich. Dann klingelt mein Handy.

„Ich würde gern bei Gumpfer eine Tasse Kaffee mit dir trinken", sagt meine Freundin Andrea.

Ich bin zwar eher nicht der spontane Typ, aber das sollte ich schaffen. „Wo bist du denn?"

„Im Café", antwortet Andrea lachend. Ich nehme zunächst die Beine in die Hand und fünfzehn Minuten später meine Freundin in die Arme.

Andrea hat unglaublich viel zu erzählen. Bei vier mehr oder weniger missratenen Söhnen hört die Liste der Enttäuschungen und Sorgen halt nicht auf. Die beiden Ältesten haben schon Nachwuchs und sind dabei, die Sorgen der Eltern zu vergrößern. Beide haben sich von ihren Partnerinnen getrennt. Der Zweitjüngste scheint jedoch den größten Ärger zu verbreiten. Warum er glaubt, ausgerechnet in Bayern dahoam zu sein, obwohl er dort nie wirklich angekommen ist, bleibt sein Geheimnis. Andrea zieht das Unglück magisch an. Zumindest glaubt sie fest daran. Und Hans Andreas, dem sie den vermaledeiten Nachnamen zu verdanken hat, ist zwar ein gutmütiger Trottel, aber keine Stütze für meine Freundin.

Nach gut einer Stunde werde ich unruhig. Es passiert einfach so, ohne dass ich es will. Aber wenn ich mich privaten Vergnügungen hingebe, was weiß Gott selten genug der Fall ist, spüre ich die Anwesenheit meiner Mutter körperlich. Ich spüre sozusagen ihren Atem in meinem Nacken. Meine Mutter hat nicht den Hauch von Verständnis, wenn ich meine Freizeit ohne sie verbringe.

Die hochsensible und feinfühlige Andrea schaut mich prüfend an. „Musst du dich immer noch bei deiner Mutter anmelden und abmelden und zwischendurch melden?"

„Daran wird sich nichts mehr ändern."

„Dann rufe sie doch an und sage ihr, dass du mit mir im Café bist."

Der Vorschlag meiner Freundin ist für mich nicht realisierbar. Denn meine Mutter würde ausrasten. Und davor habe ich schlicht und ergreifend Angst. Daher habe ich stets Notlügen parat, um den Attacken meiner Mutter zu entgehen.

„Sprich ruhig weiter“, bitte ich Andrea, obwohl ich hoffe, dass sie bald am Ende ihrer Erzählungen angekommen ist. Und natürlich höre ich nur noch mit einem Ohr zu. „Eigentlich müsstest du mir jetzt von dir alle Neuigkeiten erzählen“, meint sie irgendwann.

„Ein andermal.“

Andrea lächelt milde. „Du machst dir das Leben selber schwer“, stellt sie dann fest.

„Das haben wir gemeinsam.“

„Jedenfalls toll, dass wir uns doch noch im alten Jahr getroffen haben“, meint sie zum Abschied.

„Wann kommt denn das neue?“

Andrea lacht auf. „Soviel ich weiß, haben wir übermorgen Silvester.“

„Ach du Scheiße“, rufe ich leidenschaftlich aus. „Dann muss ich morgen ja noch Besorgungen machen. Und wahrscheinlich werde ich Silvester wieder bei meiner Mutter sein und bis Mitternacht durchhalten müssen.“

„Du sieht plötzlich ganz schlecht aus“, stellt Andrea fest.

Am späten Abend führe ich zwei Telefonate. Ein schönes mit Winterstein. Ein sehr unschönes mit meiner Mutter. Danach führe ich ein sehr langes Selbstgespräch, werfe mir eine hochdosierte Tavor ein und schlafe lange und traumlos bis zum nächsten Morgen. Der Wecker versieht seinen Dienst. Und drei Stunden später sitze ich neben unserem Staatsanwalt in der Pressekonferenz. Das Interesse der hiesigen Medien ist riesengroß. Leider kann ich unter den anwesenden Redakteuren nirgends meine alte Jugendliebe Olaf Naumann entdecken. Vielleicht hat er sich wieder einmal eine Auszeit genommen und genießt das Leben in Norwegen. Bei genauer Betrachtungsweise scheinen allerhand Personen aus meinem Umfeld dieses Land als ihren vorübergehenden Lebensmittelpunkt auserkoren zu haben. Ein bisschen traurig bin ich, dass sich Olaf seit unserer letzten Begegnung nicht wieder gemeldet hat. Wiederum habe ich ihn auch nicht kontaktiert. Trotzdem hätte …

„… die ermittelnde Beamtin, Kriminaloberkommissarin Burmeister“, sagt Vogel und nickt mir zu. Ich nicke freundlich lächelnd zurück, beuge mich zu ihm und frage flüsternd, wo er stehengeblieben war. Vogel täuscht einen Hustenanfall vor und schreibt auf einen Zettel, *sagen Sie einfach irgendwas.*

„Nun denn“, ergreife ich das Wort. „Wie sich in unserer Stadt mittlerweile wohl herumgesprochen hat, ermitteln wir in zwei Mordfällen. Bei der Grausamkeit der Tötungsarten schließen wir definitiv Totschlag im Affekt aus. Gewisse Parallelen deuten auf einen Einzeltäter hin. Weiterhin gibt es Hinweise, dass die beiden Morde aus Rachemotiven heraus geschehen sind. Aber da befinden wir uns erst am Anfang unserer Recherchen.“

„Sehr gut“, flüstert mir Vogel zu, und ich grinse breit zurück.

„Stimmt es, dass Sie nach einem Vermissten suchen?“, ruft ein mir unbekannter Redakteur eine störende Frage in den Raum. Ich tausche einen Blick mit Vogel. „Das ist richtig“, sage ich. Nicht mehr und auch nicht weniger.

„Um wen handelt es sich hierbei? Stammt diese Person aus Sassnitz?“

„Seit wann wird er vermisst?“

„Warum haben Sie die Medien noch nicht um Hilfe gebeten? Wir sprechen also bereits von drei Mordopfern?“

Die Fragen prasseln von allen Seiten, oder eher nur von vorn, auf Vogel und mich herein. Unser Staatsanwalt rutscht nervös auf seinem Stuhl hin und her. „Sie haben uns missverstanden“, komme ich ihm zu Hilfe. „Von drei Mordopfern war zu keinem Zeitpunkt die Rede. Erwachsene Menschen dürfen durchaus für eine Zeitlang verschwinden. Dass sich ihre Familien oder Freunde dann sorgen, ist völlig legitim. Aber trotzdem ist eine vermisst gemeldete Person nicht zwangsläufig tot.“

„Wunderbar“, raunt mir Vogel zu.

„Sofern dieser Vermisste ermordet wurde, könnte diese Tat dann mit den beiden anderen Morden in Verbindung stehen?“, arbeitet ein Redakteur des „Rüganer Anzeigers“ hartnäckig seinen Fragenkatalog ab.

„Das sind zu viele Spekulationen“, wiegele ich ab. „Polizeiarbeit besteht nicht aus puren Vermutungen und vagen Mutmaßungen.“

„Ganz fantastisch“, wispert Vogel, während er sich den Schweiß von der Stirn tupft. Am Ende der Pressekonferenz bittet Vogel die Medienvertreter, die Bevölkerung um Mithilfe zu ersuchen. Er gibt die relevanten Fakten heraus und bedankt sich für das außerordentlich hohe Interesse.

„Das war beeindruckend“, lobt mich Vogel in seinem Büro. Ich gebe meinem Therapeuten recht, als er meinte, dass sich jeder Mensch nach Anerkennung sehnt. Eine Glückswoge durchflutet mich. Dann wünschen wir uns den unausbleiblichen guten Rutsch in das neue Jahr.

Ich entscheide mich, Mehrarbeitsstunden abzufeiern und beeile mich, in den Supermarkt zu kommen. Ein paar Kleinigkeiten gilt es einzukaufen. Für das Silvestermittagessen habe ich unser traditionelles Gericht, bestehend aus Bratwurst mit Sauerkraut, eingeplant. Abends gibt es ein kaltes Buffet. Während ich wieder einmal weitere zehn Minuten meines Lebens an der Kasse anstehe und überzeugt bin, dass es mir währenddessen schlimmer geht als den bedauernswerten Kassiererinnen, fällt mir ein, dass ich heute noch keinen Anruf meiner Mutter erhalten habe. Kaum bin ich zu Hause, wähle ich ihre Nummer. Ich sage mir, dass meine Mutter eine alte Frau ist und vielleicht hilflos auf dem Boden liegt. Aber das tut sie natürlich nicht. Wie schon in den vorhergehenden sechsundsiebzig Jahren nicht.

„Ich hätte nicht gedacht, dass du dich noch mal im alten Jahr meldest", stellt sie grantig fest. Daraufhin fällt mir nichts mehr ein. Erst auf Nachfrage erzähle ich kurz von der Pressekonferenz und dem Abenteuer von Wilfried Winterstein.

„Der Mann ist ja völlig bekloppt", sagt meine Mutter. „Einem Köter ins Wasser hinterherzuspringen. Und mit solchen Leuten gibst du dich ab."

Daraufhin fällt mir erst recht nichts mehr ein. „Also dann bis morgen", sage ich noch schnell und beende das Telefonat.

Bis zum Abend stehe ich in der Küche. Ich fertige Heringssalat, Eiersalat, kleine Hackfleischbällchen, Obstsalat und Tiramisu. Dann falle ich auf die Couch und schicke meinem Sohn eine SMS. „Wie verbringt ihr Silvester?", frage ich kurz und knapp in der Hoffnung auf eine ausführliche Antwort oder gar einen Anruf. In der Nacht knallen mal wieder die maroden Fensterläden gegen die Hauswand. Ein untrügliches Zeichen für aufgekommenen Sturm. Ich bin jedoch zu faul, um aufzustehen und die Fensterläden mühsam mit einer altmodischen Handkurbel zu schließen. Daher schlafe ich mehr schlecht als recht und träume beängstigende Dinge. Mein Unterbewusstsein schmeißt die Ereignisse der vergangenen Tage in einen Topf. Ich werde von einem Mann mit Bommelmütze verfolgt, der wie irre ein Lasso schwingt, um mich aufzuknüpfen. Herr Lück stellt sich mir in den Weg und zeigt mit klapperndem Gebiss auf eine deutsche Eiche. Voller Panik stoße ich ihn zur Seite, woraufhin er im Matsch versinkt. Mit Grauen sehe ich, wie sich der Schlamm über seinem Kopf schließt. Mühsam stolpere ich vorwärts. Der Bommelmützenmann kommt bedrohlich näher. Aus dem Lasso ist eine Heckenschere geworden. Schreiend renne ich um mein Leben. Mir schnürt es vor Angst die Kehle zu. Mit einem Aufschrei komme ich zu mir. Und mit einem völlig zerfledderten Gemüt schäle ich mich aus dem Bett.

Der Sturm hat sich gelegt. Von Zeit zu Zeit schafft es die Sonne sogar, ein paar Lücken zu entdecken und das ansonsten eher triste Land in spärliches Licht zu tauchen.

Bis zum Mittag wundere ich mich, warum ich wieder keinen Anruf meiner Mutter erhalte. Eher als geplant breche ich zu ihr auf. Im Kofferraum habe ich so viel Mengen an Esswaren verstaut, dass der halben Sassnitzer Bevölkerung das Überleben mindestens drei Tage lang gesichert wäre.

Meine Mutter öffnet mir mit einem strahlenden Lächeln die Tür. Und sie hat sich mächtig in Schale geworfen. Sie trägt sogar ein Tuch, das ich ihr zum Geburtstag geschenkt habe.

„Na, das ist ja mal eine Überraschung", ruft sie aus.

„Überraschung? Seit fast zwanzig Jahren komme ich Silvester zu dir", sage ich, während ich in beiden Händen jeweils einen bis oben hin gefüllten Korb trage.

„Man kann ja auch mal von den Traditionen abweichen", sagt meine Mutter und macht keine Anstalten, mich hereinzubitten.

„Von den Traditionen abweichen?", frage ich ungläubig nach.

„Ja warum denn nicht?", beantwortet sie meine Frage mit einer Gegenfrage. Noch immer stehe ich mit den Körben beladen vor ihrer Wohnungstür. „Und soll ich nun hereinkommen oder nicht?", ringe ich mich endlich zu der alles entscheidenden Frage durch.

Meine Mutter schaut auf ihre Armbanduhr. Es ist die gute für gute Tage. Die, die sie sich vor dreißig Jahren gekauft und seitdem höchstens zehnmal getragen hat. „Ach, weißt du, die liebe Frau Leihmeyer-Mummel wird gleich kommen. Wir fahren nach Stralsund und gehen dort ins Theater und gemeinsam essen. Ich hoffe, du kriegst das jetzt nicht in den falschen Hals, sondern freust dich für mich. Ich erlebe ja sonst nichts weiter. Wann waren wir eigentlich das letzte Mal gemeinsam im Theater?", fragt meine Mutter, während mir Gesicht und Hände einschlafen.

„Wir wären beinahe vor wenigen Wochen dort gewesen, wenn du nicht vorher abgesagt hättest", presse ich heraus.

„Ach was? Tatsächlich? Daran entsinne ich mich nicht mehr."

Es klingelt. Meine Mutter wirbelt herum und betätigt den Türöffner. Und herein schreitet die dämliche, blöde, hohle, affig grinsende Leit-Arsch-Kuh. Wenn es Momente gibt, in denen ich mir den Weltuntergang wünsche, dann gehört dieser unbedingt dazu. Dieser Moment ist sozusagen der Vater aller Momente.

Und dann stehen wir uns gegenüber. Wir alle drei. Was sich gerade in meinem Inneren abspielt, ist schwer in Worte zu fassen. Ich würde meiner

Mutter am liebsten den Eiersalat auf den Kopf stülpen und den Kopf der Leitkuh in den Heringssalat tunken. Meine Mutter hüstelt. „Wenn ich Sie nicht hätte, liebe Frau Leihmurmel, dann würde ich heute wieder einen dieser öden Silvesterabende verbringen müssen. Schön, dass Sie da sind."

Die Leitkuh gaggert affektiert und schielt mich mit Augen an, die mich an erschrockene Glubschaugen von Kühen erinnern. Zum ersten Mal fallen mir ihre komischen runden Augen auf.

„Sie haben also Ihre Angina auskuriert." Ich erkenne meine Stimme selber kaum wieder. „Erstaunlich, dass Ihre ersten Aktivitäten nach Ihrer Genesung der Kultur und kulinarischen Genüssen gelten. Es wäre schön gewesen, wenn Sie sich zunächst nach dem aktuellen Ermittlungsstand erkundigt hätten. Sie hätten Ihren unmittelbaren Kollegen vielleicht auch mal eine nette Nachricht zukommen lassen können. Beispielsweise mit allen guten Wünschen zum Weihnachtsfest oder dem Jahreswechsel. Aber auf solche Ideen kommen Sie ja gar nicht. Das gibt Ihr Intellekt einfach nicht her."

„Aber Kind", schreit meine Mutter auf, „so spricht man doch nicht mit der Chefin! Da muss man sich ja für dich schämen."

Meine Mutter kann von Glück reden, dass ich sie ignoriere. Stattdessen habe ich meinen Blick fest auf die Leitkuh fixiert, deren Gesicht eine imposante rötliche Färbung annimmt. „Ich muss schon sagen, dass mich die Art und Weise Ihres nicht vorhandenen Pflichtbewusstseins als Führungsperson mehr als abstößt. Wie Sie sich passiv durch Ihr Arbeitsleben hangeln, ist fast schon bewundernswert. Wenn der Staat Sie für Ihre Leistungen bezahlen würde, könnten Sie mit Ihrem Hut in der Hand betteln gehen."

„Sei still!", quiekt meine Mutter.

„Nichtdestotrotz wünsche ich Ihnen einen wunderschönen Silvesterabend. Auch dir wünsche ich viel Spaß", sage ich zu meiner Mutter.

„Ach, hör doch auf", keift sie mich an. „Das meinst du doch sowieso nicht ehrlich. Außerdem habe ich mich gerade derart über dich geärgert, dass du mir jegliche Freude genommen hast. Das ist wieder mal so typisch. Du gönnst mir einfach nichts Schönes."

Noch immer habe ich die schweren Körbe in den Händen, meine Arme werden immer länger. Doch ich halte mich weiterhin krampfhaft daran fest. Dann drehe ich mich auf dem Absatz herum, rempele mit einem Korb die Leitmeyer an und stakse davon.

Jakub öffnet auf einen angedeuteten Fußtritt meinerseits gehorsam den Kofferraum. Mit steifen Armen hieve ich mühsam die vollen Körbe hinein. Und dann plumpse ich auf den Sitz und gebe Vollgas. Unterwegs werde ich von einem mobilen Blitzer erwischt. Wahrscheinlich zu spät stecke ich meine Zunge raus und halte den Stinkefinger in die Höhe. Dann halte ich vor dem Grundstück von Winterstein. Der kann sein Glück gar nicht fassen und hilft mir doch tatsächlich beim Tragen. „Ich will ehrlich zu dir sein“, sage ich zu ihm, während wir gemeinsam den Kühlschrank mit meinen Köstlichkeiten bestücken. „Ich nahm an, dass meine Mutter mich wieder verplant hatte, so wie in den Jahren zuvor. Aber ich war heute nicht willkommen. Sie fährt mit unserer Leitkuh nach Stralsund ins Theater.“

Willi nimmt mich spontan in die Arme, zieht mich zu sich heran und sagt nur: „Ach, mein armes Mädel.“

„Eigentlich müsste ich froh sein, dass ich nicht wieder die Stunden bis Mitternacht zählen muss“, erwidere ich meine zwiespältigen Gefühle, „aber dass meine Mutter ausgerechnet mit der Leitkuh Silvester verbringt, das macht mir zu schaffen.“

„Das ist doch kein Wunder“, meint Willi, während er Kaffee aufsetzt. „Darf ich auch ehrlich zu dir sein?“

„Darum bitte ich.“

„Da haben sich zwei gesucht und gefunden. Beide sind niederträchtig und gemein, vor allem zu dir. Es liegt doch auf der Hand, dass sich die zwei Weiber so gut verstehen.“

Sally kommt schwanzwedelnd auf mich zu und genießt ihre Streicheleinheiten. Willi deckt den Tisch, schneidet Kuchen in mundgerechte Stücke und mimt auch sonst sehr gekonnt den tollen Gastgeber. Für eine kurze Zeit werden wir noch mal dienstlich an diesem letzten Tag des Jahres. Willi hat keinen gravierenden Hinweis in den drei Ordnern von Dennis Luttkus gefunden. Rechnungen, Mahnungen und diversen Schriftwechsel mit der Bank – mehr hat er nicht zutage gefördert. Ich erzähle ihm von der gestrigen Pressekonferenz und den nächsten Aufgaben, die auf uns warten. Damit beenden wir das Thema und machen das, was der Großteil der übrigen Menschheit macht: Wir warten auf Mitternacht und versuchen, so entspannt wie möglich die Zeit bis dahin totzuschlagen.

ZWÖLF – Prosit Neujahr

Für das Abendessen nehmen wir uns viel Zeit. Das Fernsehprogramm ist wie jedes Jahr flächendeckend auf allen Kanälen scheiße. Eine Vielzahl singender Möchtegern-Künstler erhält eine Chance und darf sich vor einem animierten Publikum produzieren. Die künstliche Stimmung im künstlich angeheizten Publikum ist einfach nur erbärmlich. Wir schalten aus.

Dafür lobt Willi mein kaltes Buffet über alle Maßen. Wir trinken zunächst Bier und nach dem Essen lieblichen Wein. Gegen dreiundzwanzig Uhr entscheiden wir, einen Spaziergang zum Leuchtturm zu unternehmen. „Aber zieh dich dieses Mal warm an", befehle ich Winterstein in Erinnerung eines länger zurückliegenden nächtlichen Ausfluges, bei dem es saukalt war und Willi nicht viel mehr als ein kurzärmeliges Hemd trug.

Willi nimmt seine Sally vorsichtshalber an die Leine. „Sie ist die Böller noch nicht gewöhnt", erklärt er. Dann marschieren wir mit leicht schwankenden Schritten Arm in Arm los. Der Sturm bläst uns heftig entgegen. Wir kommen am ehemaligen Gleisbahnhof vorbei, wo früher die Fähren an- und ablegten. Für einen kurzem Moment bleiben wir stehen. Der Saal ist brechend voll. „Vielleicht sollten wir für den nächsten Silvesterabend Plätze bestellen", schlägt Willi vor.

„Vielleicht", antworte ich.

Unten am alten Stadthafen haben sich eine Menge Leute eingefunden. Ein paar probieren die ersten Raketen aus. Es wird viel gelacht und gekreischt. Und manch einer der alkoholisierten Männer brüllt seinen Rausch schon mal in die dunkle Nacht hinaus. Wir drei laufen weiter bis zur Mole. Auch auf dem einen oder anderen Schiff wird lautstark gefeiert. Wir entscheiden uns, nur bis zur Hälfte der Mole zu gehen. „Wie spät ist es?", frage ich.

„In zehn Minuten beginnt ein neues beschissenes Jahr", antwortet Willi und zaubert aus seiner Jacke eine kleine Flasche Sekt und zwei Gläser. Und dann überschlagen sich die Ereignisse.

Zunächst ruft doch tatsächlich mein Sohn Sebastian an. „Sebbl!", freue ich mich. „Das ist so lieb von dir, dass du an deine alte Mutter denkst." Mein Sohn brummelt etwas Unverständliches. Dann erfahre ich, dass er mit Schneewittchen und diversen norwegischen Neufreunden unterwegs ist. Man ist dabei, mit drei Pferdeschlitten die Zivilisation hinter sich zu lassen. „Mal schauen, ob wir pünktlich ankommen", ruft er in sein Handy. „Die Kutscher sind ganz schön zugedröhnt. Wenn nicht, halten wir im Nirgendwo an und lassen es so richtig krachen."

„Passt bloß auf, dass die Pferde nicht durchgehen", rufe ich erschrocken. „Dann steht ihr in der Finsternis und holt euch vielleicht den Tod." Sebastian macht das, was er immer macht, wenn ich Gefahren am Horizont sehe. Er lacht sich krumm und schief. „Schon gut, Mutter", ruft er.

Dann spricht auch noch Schneewittchen mit mir. „Es ist sooo geiiil hier. Es schneit ohne Ende. Und die Norweger nehmen das Leben so leicht. Die haben einfach nur Spaß. Das ist sooo ansteckend, du hast ja keine Ahnung.

Du musst uns unbedingt bald besuchen“, schnattert es drauflos. Im Hintergrund brummelt mein Sohn, dass das keine Eile habe. Wir wünschen uns gegenseitig einen guten Rutsch.

Danach ruft mich Bolle an. „Was treibst du gerade?“, erkundigt er sich. Im Hintergrund höre ich wieder Kindergeschrei.

„Ich bin mit Willi und seiner Hündin auf der Mole“, erkläre ich, während Willi schon mal einschenkt.

„Mensch, habt ihr's gut“, sagt Bolle. Dann spricht er leiser und erzählt, dass ihm die Verwandtschaft langsam aber sicher auf die Nerven geht. Nach ein paar Minuten reiche ich das Handy an Winterstein weiter. Willi zählt von zehn ab rückwärts, und dann wünschen wir uns ein gesundes und glückliches neues Jahr. Bei Bolle wird das Zischen und Knallen der Raketen von Kindergeschrei übertönt. „Die gehn mor aber alle sowas von uff de Eior“, lauten Bolles letzte Worte, ehe wir das Telefonat beenden.

Ich stoße mit Willi an. Wir trinken aus und umarmen uns lange. „Vielleicht hält das neue Jahr für uns auch mal was Gutes bereit“, murmele ich. Willi starrt gedankenverloren an mir vorbei. „Das war jetzt aber komisch“, sagt er. Ich drehe mich um, kann aber nichts Merkwürdiges entdecken und schaue ihn fragend an. „Eigentlich fliegen Raketen doch nach oben, oder?“ Willi fährt sich mit der Hand über die Augen.

„Sollten sie schon“, sage ich und mache „Hicks“.

„Eben flog aber eine brennende Riesenrakete nach unten. Und zwar vom Dach des ‚Rügen-Hotels‘“, erklärt Winterstein.

„Rede doch keinen Scheiß.“

In der Zwischenzeit ist das Gedöns am nächtlichen Himmel gewaltig angewachsen. Im Licht der Raketen erkennt man riesige Rauchwolken, die sich nach allen Seiten ausbreiten. Direkt über den Dächern von Sassnitz hat sich bereits eine Art Giftgaswolke angestaut, die vom Sturm mehr oder weniger auseinandergepustet wird. „So viel zum vielzitierten Klimaschutz“, sage ich und halte das Glas prüfend in die Höhe. Es bleibt leer.

„Das Klima interessiert doch sowieso kein Aas“, sagt Willi und reibt sich noch immer die Augen. „Das gehört alles nur zur Gehirnwäsche dazu. Wenn man das Problem tatsächlich ernsthaft bekämpfen würde, müsste man alle öffentlichen Verkehrsunternehmen verstaatlichen und die Menschen kostenfrei transportieren. Und zwar rund um die Uhr in alle entlegenen Winkel dieses Landes.“

Ich mache erneut „Hicks“ und staune, dass Winterstein ausgerechnet in der Silvesternacht so tiefgreifende Gedanken ausspricht. In diesem Moment klingelt erneut mein Handy. „Das wird doch nicht meine Mutter sein“, orakele ich. Mit zusammengekniffenen Augen versuche ich die Schrift auf dem Display zu entziffern. Ich erkenne nur so viel, dass dort nicht Nervenklau steht, sondern irgendeine fremde Nummer angezeigt wird.

„Ignoriere es", empfiehlt mir Willi.

„Hicks", stimme ich zu und stecke das Handy in meine Jackentasche. Sally schaut verstört auf das knallende und bunte Inferno am Nachthimmel. Sie jault und bellt abwechselnd und geht hinter ihrem Herrchen in Deckung. Dann klingelt mein Handy erneut. „Es ist wieder die fremde Mobilnummer", sage ich und reiche Willi mein Handy. „Sag, dass die falsch verbunden sind."

„Sie sind hier falsch!", brüllt Winterstein und reicht mir mein Mobilteil zurück. „Schmeiß das Ding ins Wasser, wenn es erneut klingelt."

Das tut es keine zwei Sekunden später. Ich werfe mein Handy nicht ins kalte Meer. Stattdessen brülle ich „Ruhe!" Und danach kappe ich die Verbindung. Im nächsten Moment klingelt es wieder.

„Das führt zu nichts", sehe ich trotz meiner alkoholisierten Vernebelung ein und drücke auf die grüne Taste. Dann vernehme ich eine männliche, resolute Stimme. „Polizei", dröhnt es in meinem Ohr. Völlig perplex gucke ich mein Handy an. „Da weiß jemand, dass ich bei der Polizei bin", wispere ich Willi zu. Der nickt heftig. „Wir werden alle rund um die Uhr ausspioniert."

„Woher wissen Sie, dass ich bei der Polizei bin?", frage ich streng und ernte ein kurzes Schweigen.

„ICH bin von der Polizei", erklärt mir die männliche Stimme. „Spreche ich mit Kriminalhauptkommissarin Burmeister? Vor wenigen Minuten meldete sich unter dieser Nummer ein Mann."

„Der Mann war mein Kollege. Und ich bin die Burmeister."

„Na, Gott sei Dank. Ich dachte schon, wir müssten das alleine schaffen. Wir stehen unterhalb des ‚Rügen-Hotels' vor einem Toten. Wo halten Sie sich derzeit auf? Könnten Sie bitte schnellstmöglich kommen?"

Ich sage „Hicks" und danach „Ja". Deprimiert schaue ich auf mein Mobiltelefon, ehe ich es so tief wie möglich wieder in meine Jackentasche stecke. „Es war keine Rakete."

Willi sieht mich verständnislos an.

„Es war ein Mensch, der als brennende Fackel vom Dach gesprungen ist."

Ich schaue mein leeres Glas an und schmeiße es vor Wut ins Meer. „War ja so was von klar, dass das neue Jahr mit einer Leiche beginnt", raunze ich herum. Ich spüre, wie sich der angenehm versoffene Zustand aufgrund der Hiobsbotschaft unaufhaltsam auflöst. „Du kommst doch mit?"

„Selbstverständlich. Ich bin ja ab heute auch nicht mehr krankgeschrieben."

Vor dem „Rügen-Hotel" steht ein Dienstfahrzeug mit zuckendem Blaulicht. Zwei Beamte versuchen, die alkoholisierten, neugierigen und fast ausnahmslos männlichen Zuschauer zurückzuhalten. Einige Idioten versuchen, über das im heftigen Wind flatternde Absperrband zu klettern. Fast jeder hat sein Handy gezückt, um vom Toten ein Foto zu machen oder ein Video in die von mir gescholtenen sozialen Medien zu stellen.

Der jüngere Beamte, der schon mal auf Sally aufgepasst hat, kommt uns im Stechschritt entgegen. „Die besoffene Meute ist kaum aufzuhalten", sagt er genervt.

„Haben Sie schon mal in die Luft geschossen?", frage ich.

Er sieht mich zweifelnd an. „Ist das Ihr Ernst?"

„Die bekommen aufgrund ihres Alkoholkonsums doch kaum noch was mit", erkläre ich ihm. „Wenn der Erste unter dem Band durchkriecht, gibt es auch für den Rest des Pöbels kein Halten mehr. Wollen Sie warten, bis es so weit ist oder bis die wieder nüchtern sind? Die latschen in ihrem Suff noch auf die Leiche. Außergewöhnliche Zeiten erfordern außergewöhnliche Maßnahmen." Dann trete ich vor die Masse, stelle mich breitbeinig auf und stemme die Hände in die Hüften. Winterstein steht wie ein Mann hinter mir. Insofern fühle ich mich schon mal gut.

„Unterlassen Sie es, den Toten zu fotografieren oder zu filmen!", brülle ich mit autoritärer Stimme. „Und behindern Sie nicht unsere Arbeit. Treten Sie augenblicklich zurück!"

Ein Pärchen kommt meiner Aufforderung nach. Der Rest grölt und heizt sich gegenseitig an und auf. Diverses Blitzlichtgewitter setzt ein.

„Los", raunt Willi. „Nun belle schon." Irritiert schaue ich mich zu ihm um.

Er knufft Sally in die Seite, die daraufhin wie irre dem Befehl nachkommt. Willi gibt ihr viel Leine, und Sally springt auf die besoffenen Trottel zu. Die meisten wanken und stolpern ein paar Schritte zurück. Der junge Beamte staunt.

„Konnten Sie mit ein paar dieser versoffenen Gestalten schon sprechen? Ist denen irgendwas oder irgendwer aufgefallen?"

„Ich habe erst mit fünf Personen gesprochen. Ein Mann behauptete, auf dem Hoteldach zwei Gestalten erkannt zu haben."

„Tatsächlich? Von hier unten? Und welcher von denen war das?“

„Das ist jetzt sicher eine schlechte Nachricht für Sie. Aber der Mann ist nicht mehr da“, antwortet der Beamte.

„Nicht mehr da“, echoe ich. „Aber seine Personalien haben Sie aufgenommen?“

Das einsetzende Schweigen werte ich als ein Nein.

„Na, was soll's“, zeige ich mich von meiner gutmütigen Seite. „Vielleicht war der auch nur besoffen und hat alles doppelt gesehen.“

Erleichtert atmet der Beamte auf. Ich fordere ihn auf, die Personalien der johlenden Meute aufzunehmen und die Handys zu konfiszieren. Ein vielstimmiger Aufschrei der Empörung schallt ihm entgegen.

„DAS!!! REICHT!!! JETZT!!!“, brülle ich in die mit Rauch angefüllte stinkende Neujahrsnacht. Danach muss ich heftig husten. Wie immer, wenn ich zu laut schreie. Ich hole meine Waffe hervor, und Winterstein tritt mit der sich fast schon abartig gebärdenden Sally dem Mob entgegen. „Entweder ihr haltet sofort den Rand! Oder ihr bekommt eine Anzeige wegen Behinderung polizeilicher Ermittlungsarbeit!“, brüllt er. Warum auch immer. Es wirkt. Schlagartig wird es still. Nur ein versoffenes Element sagt noch „Oihhh“.

Der junge Beamte nimmt die Personalien aller Umstehenden auf und steckt die Handys in Tüten. Mit strengem Tonfall erklärt er, dass die Besitzer es nach Auswertung der Daten zurückerhalten. „Was mach ich denn jetzt ohne mein Teil?“, fragt weinerlich ein junger, eben noch inbrünstig krakeelender Mann.

„Du hast dein Teil in der Hose“, raunzt Willi ihn an. „Und nun verpiss dich.“

Nach und nach leert sich der Platz. Nur einige Mitarbeiter vom Hotel stehen verstört und frierend mit gebührendem Abstand zum Absperrband und warten auf Anweisungen. Ein hagerer Mittvierziger mit Vollglatze und hervorstehenden Wangenknochen kommt auf mich zu. „Wie sollen wir uns denn jetzt verhalten?“

„Sorgen Sie dafür, dass niemand das Hotel verlässt“, ordne ich an. „Keiner darf ohne unsere Erlaubnis verschwinden. Weder zum Vordereingang noch durch diverse Hintertüren.“

„Selbstverständlich. Sie können sich darauf verlassen“, antwortet er.

„Wir sind gleich bei Ihnen!“, rufe ich ihm nach. Dann wähle ich die Nummer unseres Rechtsmediziners. Es dauert eine Weile, bis er sich meldet. „Oooooooooo sooooooooooooole mioooo“, kreischt er. Ich drücke die Taste, so dass Willi mithören kann. „Sind Sie das, Wahlberg?“, vergewissere ich mich. „Jahaaaaaaaaa, jahaaaaaaaaaaaa, jaha“, grölt er im Tonfall des Liedes. Im Hintergrund singt Oliver Teichert mit.

„Die haben sich ebenfalls zugedröhnt“, sagt Willi.

„Wahlberg, jetzt werden Sie mal ernst“, weise ich unser Ekel an. „Ich stehe mit Winterstein vor dem ‚Rügen-Hotel‘ neben einer Leiche. Sie ist brennend vom Dach gestürzt. Wir brauchen Ihre Hilfe.“

Wahlberg schießt. Könnte man denken. Aber natürlich lacht er nur. Seine Lachsalven klingen wie Maschinengewehrstöße. „Tut mir leid. Ich sitze mit Hasi-Mausi in einer finnischen Sauna. Und wir sind ziemlich besoffen.“

„Der Wahlberg sitzt mit Hasi und Mausi vermutlich völlig nackt in einer Sauna“, raune ich überflüssigerweise Willi zu. Der steckt sich den Finger etwas zu weit in den Mund und kann im letzten Moment verhindern, dass ihm mein kaltes Buffet hochkommt. „Wahlberg! Bewegen Sie Ihren nackten Arsch aus dieser finnischen Sauna und kommen Sie her!“

Wieder schießt Wahlberg. Jetzt mischt sich Teichert ein. „Frau Burmeister“, ruft er. „Wir sind out of order! Wir hüpfen gleich in den finnischen Schnee, und dann gehen wir zurück in die Sauna. Das macht very viel Fun. Henning“, ruft er seinem Partner zu, „let’s go, I’m ready!“ Ich gucke ungläubig mein Handy an.

„Hat der gesagt, ich bin ein Rettich?“, fragt Winterstein.

Entnervt schalte ich mein Telefon aus. „So eine verdammte Scheiße“, fluche ich lauthals. „Alle vergnügen sich. Meine Mutter hüpft durch Stralsund, Sebastian feiert in Norwegen und die fette Scheißhausmade Wahlberg bringt den finnischen Schnee mit seinem Arsch zum Schmelzen. Nur wir zwei Idioten stehen hier neben einer Leiche rum. Das ist doch nicht zum Aushalten. Das ist ungerecht. Das ist nicht fair. Das ist …“ Mehr fällt mir nicht ein.

Winterstein zuckt nur mit den Schultern. „Ich schau mir jetzt mal ausgiebig die Leiche an.“ Ich lasse ihm großzügig den Vortritt und gucke lieber in den Nachthimmel, der noch immer von Raketen erhellt wird. Dann vernehme ich die erschrockene Stimme von Willi. „Ohgottohgottohgott, das ist ja widerlich. Guck da bloß nicht hin, mein Mädel“, rät er fürsorglich.

„Ich werde da wohl hingucken müssen.“ Dann registriere ich, dass Willi gar nicht mit mir gesprochen hat. Besorgt hält er Sally die Augen zu.

Ich stoße einen derben Fluch aus und schaue mir die Leiche eingehend an. Dann wird mir schlecht, und ich schwanke. Die Kleidung des Mannes ist ziemlich verbrannt. Das würde ich verkraften. Aber der Anblick des völlig zerplatzten Kopfes, unter dem sich eine immer größer werdende Blutlache ausbreitet, befördert mein Mageninneres nach oben. Gerade noch rechtzeitig kann ich wenigstens meinen Kopf abwenden und zwei Schritte zur Seite rennen. Dann übergebe ich mich lauthals und ohne Ende. Es ist unglaublich, wie viel Essen mein Magen aufnehmen konnte. Jedes Mal, wenn ich denke, dass ich fertig bin, kommt es mir erneut hoch. Der Geschmack ist widerlich. Winterstein neben mir gibt auch schon komische Laute von sich. Ich zerre ein Taschentuch aus meiner Hose und wische mir mit zittrigen Händen den Mund sauber. Willi führt Sally hinter das Einsatzfahrzeug und bindet sie am Türgriff fest. Der junge Beamte reicht mir eine Flasche Wasser, die ich dankend in drei Zügen leere. Dann kann ich nicht verhindern, lauthals zu rülpsen.

„Bist du nun fertig?", erkundigt sich Winterstein mitfühlend. „Dir beim Kotzen zuzugucken, hält ja kein Mensch aus. Im Moment könnte ich nicht mal eine Entscheidung treffen, was schlimmer aussieht. Der zermatschte Kopf oder dein übelriechender Mageninhalt."

Ich atme tief und langsam ein und aus. Vor meinen Augen dreht sich alles.

„Geht es?", fragt Willi halbherzig.

„Eben nicht!", brülle ich. „Oder seh ich etwa so aus, als ginge es mir wieder super?" Die zwei Beamten tauschen vielsagende Blicke. Ich stützte mich mit den Händen auf meinen Knien ab und gucke auf meine Fußspitzen. Mein erbrochener Haufen ist mir unglaublich peinlich. Er sieht so gar kein bisschen schön aus. Mit viel Fantasie wie Eintopf. Dann schiele ich vorsichtig wieder zum Todesopfer. Ein Röcheln entfährt meinen bleichen Lippen. Ansonsten gibt es nichts mehr, was ich hervorwürgen könnte. Mein Magen ist komplett leer. Bis auf das Wasser. Und das gebe ich nicht wieder her. Mein eigener Gestank zwingt mich, zur Seite zu treten. Dann wähle ich die Nummer von unserem Praktikanten Jan Mehlhorn. Er meldet sich umgehend und scheint stocknüchtern zu sein. Jedenfalls klingt seine Stimme fest und deutlich. Mehlhorn verspricht, in weniger als zehn Minuten vor Ort zu sein.

Winterstein umkreist derweil die Leiche. Er geht zwei Schritte, schaut dann nach oben und wiederholt das Ganze mehrere Male. Währenddessen rufe ich Richard Vogel an. Es dauert ein paar Minuten, bis er sich meldet.

„Burmeister hier", sage ich.

„Lassen Sie mich raten. Das neue Jahr fängt furchtbar an", orakelt Vogel. Mein Lachen ähnelt den Gewehrsalven von Wahlberg. Dann erzähle ich unserem Staatsanwalt, mit wem ich vor wem stehe.

„Bloß um Missverständnisse auszuschließen", sagt Vogel. „Kollege Winterstein ist nicht gesprungen?"

„Nein." Dann rege mich auf, dass Wahlberg in Finnland Urlaub machen darf. Das überhört Vogel. Stattdessen erkundigt er sich, ob wir Hilfe benötigen. Ich schaue fragend zu Winterstein. Der schüttelt den Kopf. „Der Mehlhorn ist gleich da. Und die besoffenen Gaffer sind weg."

„Wir könnten im Hotel Hilfe gebrauchen", raune ich Willi zu. Der zuckt mit den Achseln. „Mach, was du für richtig hältst."

„Wir brauchen Hilfe", sage ich zu Vogel.

„Ich versuche, ein paar Beamte ausfindig zu machen, die Sie vor Ort unterstützen", verspricht er.

Inzwischen fährt Mehlhorn vor. Er trägt einen blauen Schutzanzug und einen großen Koffer. „Ein frohes und glückliches neues Jahr", ruft er uns zu.

„Dafür ist es zu spät", antwortet Winterstein.

„Ihnen auch", sage ich und deute auf die am Boden zerschmetterte Leiche.

„Oh", ruft Mehlhorn, „das sieht übel aus. So etwas habe ich noch nie gesehen. Ist der vom Dach oder aus einem der oberen Stockwerke gestürzt?"

„Vom Dach, und zwar brennend", füge ich an.

„Aber das ist nicht von dem, oder?" Mehlhorn zeigt auf meine riesengroße Kotzlache.

„Nein, die ist von mir."

„Brauchen Sie was zur Beruhigung Ihres Magens?"

„Unbedingt."

Mehlhorn holt aus seinem Koffer eine Packung Tabletten und schnipst mir eine in die noch zitternde Hand. „Einfach schön unter der Zunge zergehen lassen", rät er mir. Dann umkreist er wie Winterstein die Leiche. Zunächst macht er unglaublich viele Fotos, dann beginnt er mit den ersten Untersuchungen. Mittlerweile bin ich derart gefestigt, dass ich mühelos zuschauen kann. Viel ist vom Kopf wirklich nicht mehr übrig. Und das Wenige kommt mir nicht bekannt vor.

„Meinst du, dass es sich bei dem Mann um Maurice Hammermann handelt?", fragt mich Willi, der plötzlich neben mir steht.

„Der ist schon so lange verschwunden. Und ausgerechnet heute fällt der hier runter", antworte ich zweifelnd. „Hat er Papiere bei sich?", frage ich Mehlhorn.

„Sorry", ruft er. „Alle Taschen sind leer. Keine Ausweise. Kein Mobiltelefon. Nichts."

„Die Wahrscheinlichkeit, dass das Hammermann ist, wird größer", gebe ich zu. „Bitte prüfen Sie, ob der Mann irgendwelche Medikamente im Blut hat."

Mehlhorn nickt.

„Falls tatsächlich Verstärkung eintreffen sollte, schicken Sie die Beamten bitte ins Hotel. Sie sollen eine vollständige Gästeliste anfertigen. Und auch die Namen des anwesenden Personals benötigen wir", sage ich zu den beiden Polizisten, die bei Mehlhorn bleiben.

„Was machen wir?", fragt Willi.

Vage deute ich in den nächtlichen Himmel. „Wir steigen dort hinauf."

Im Foyer wartet eine Menschentraube auf uns. Der hagere Mittvierziger kommt auf uns zu. „Mein Name ist Wonterra", stellt er sich vor. „Ich bin der Chef des Hauses. Wir sind alle zutiefst bestürzt. So etwas hat es in unserer Geschichte noch nie gegeben. Mitten in der Silvesternacht einen Suizid. Unser Ruf wird garantiert nachhaltig geschädigt. Das ist furchtbar." Damit endet abrupt sein Redefluss.

Ich zücke meinen Ausweis und stelle Winterstein vor, der seinen nicht bei sich hat. Aber niemand zweifelt an seiner Identität. „Bitte sorgen Sie dafür, dass sich alle Gäste und das Personal in einem Raum versammeln", weise ich Wonterra an. „Wir müssen die Personalien aufnehmen. Haben Sie Videoüberwachung?"

Wonterra nickt. „Der Eingang und die Tiefgaragen werden überwacht."

„In Ordnung. Die Filme schaue ich mir später an. Ich gehe mit meinem Kollegen erst einmal aufs Dach. Danach möchten wir mit allen sprechen. Sie schaffen es doch bestimmt, die Anwesenden vollzählig in einem Raum zu versammeln? Denken Sie auch an die Gäste, die eventuell schon zu Bett gegangen sind."

Herr Wonterra wagt einen Einspruch. „Wir können doch unsere Gäste zu dieser Stunde nicht wecken."

„Aber sicher doch", widerspreche ich. „Immerhin haben Sie meine Erlaubnis."

Dann steuere ich auf die Tür mit der Aufschrift Treppenhaus zu.

„Du willst doch nicht nach oben laufen?", ruft mir Winterstein nach.

„Aber sicher doch", sage ich ein zweites Mal. Ich beginne mich zu ärgern, den Vorschlag meines Therapeuten bisher ignoriert zu haben und die Benutzung eines Lifts in seinem Beisein zu trainieren. So bleibt mir in dieser Nacht nichts anderes übrig, als auf eine Beförderung zu verzichten.

Ich gehe die neun Stockwerke mit normalem Tempo an. Irgendwann bin ich oben. Willi versichert mir, noch nicht lange auf mich gewartet zu haben. Wir ziehen uns Gummihandschuhe an und Einwegschuhe über und treten hinaus aufs Dach. Nach zwei Schritten haut es mich um. Der Sturm hier oben übertrifft alle meine Erwartungen. Auch Winterstein fuchtelt mit den Armen und lässt sich auf alle viere nieder. Wir versuchen uns zu orientieren und kriechen Seite an Seite und Meter für Meter vorwärts. Unsere Taschenlampen werfen ein flackerndes Licht über das Dach, das mit einem Draht überspannt ist. „Könnte der Blitzableiter sein!“, brüllt mir Willi ins Ohr. Vorsichtig kriechen wir darüber hinweg. Die Orkanböen zerren an meiner Jacke. Ich habe Angst, runtergeweht zu werden. „Da!“, schreie ich und deute auf ein Stückchen Stoff, das sich an einem der Drähte verhakt hat. Willi reicht mir seine Taschenlampe und steckt den Stofffetzen in ein Tütchen, das er sich in die Manteltasche schiebt. Aber mehr als den kleinen Stoffrest finden wir nicht. „Es sieht nicht so aus, als hätte hier oben ein Kampf getobt, oder?“, brülle ich Willi zu.

„Wie müsste denn dann das Dach deiner Meinung nach aussehen?“

Ich robbe so vorsichtig wie möglich zum Rand des Daches. Eine Sturmbö fegt mir die Mütze vom Kopf.

„Was glaubst du, dort unten zu entdecken?“, kreischt hinter mir Winterstein. Ich fühle, wie seine Hände meine Fußgelenke packen. Ich schiebe meine Nase über den Rand und starre nach unten. Mehlhorn hat Strahler aufgestellt. Ich erkenne glasklar die Leiche und die riesige Blutlache. Auch Mehlhorn, die beiden Beamten und Sally. Außerdem kommt tatsächlich ein weiteres Einsatzfahrzeug vorgefahren, aus dem zwei Polizisten steigen. Ich zwinge mich, weiter nach unten zu blicken. Die Hände von Winterstein fühlen sich an wie Fußfesseln. Ich denke an meinen Therapeuten und überlege, wie lange ich so liegen muss, um angstfrei runterzuspringen.

Langsam trete ich den Rückzug an, und gemeinsam krabbeln wir zur Tür zurück. Endlich sind wir wieder drinnen. Winterstein untersucht das Schloss der Tür. „Sieht nicht so aus, als wäre es aufgebrochen worden.“

„Das muss sich Mehlhorn genauer anschauen“, entgegne ich.

Der Speisesaal befindet sich zum Glück in der neunten Etage. Als wir ihn betreten, kommt schon wieder Herr Wonterra auf uns zu. „Die Gäste sind vollzählig. Aber ungeduldig“, erklärt er uns. „Und einige sind bereits ungehalten. Wie soll es denn jetzt weitergehen? Sie können uns doch nicht stundenlang festhalten. Denken Sie an unseren guten Ruf.“

„Ich denke an nichts anderes“, beruhige ich den Chef, ehe ich ihn zur Seite schiebe und mich im weiten Rund umschaue. „Wie viele Personen sind das?“

„Einhundertzwanzig Gäste und achtzehn Mitarbeiter.“

Jetzt kommen auch die beiden Polizisten herein, die Vogel aus den unendlichen Weiten des Landes Mecklenburg-Vorpommern zu uns geschickt hat. Vielleicht kommen sie auch nur aus dem nahegelegenen Bergen. Wir geben uns die Hand und wünschen uns das obligatorische glückliche neue Jahr. Dann wende ich mich an die Gäste und das Personal. „Ich bitte um Ihre Aufmerksamkeit“, rufe ich. Aber niemand bekommt das mit. „Ruhe bitte“, wiederhole ich lauter. Willi fummelt an meiner Waffe. „Gib mal her, ich feuere einen Warnschuss ab“, schlägt er vor. Ich zeige ihm einen Vogel, schaue mich kurz um, trete dann an das Buffet und öffne eine Flasche Sekt. Es knallt, eine Frau kreischt auf, und dann wird es augenblicklich mucksmäuschenstill.

„So geht es natürlich auch“, mault Willi.

Ich trete vor und beginne meine Rede. „Im Zusammenhang mit dem Todesfall ist es erforderlich, dass wir Ihre Personalien aufnehmen. Außerdem bitte ich Sie, den Beamten mitzuteilen, wo Sie sich zwischen dreiundzwanzig Uhr und Mitternacht aufgehalten haben. Sofern Ihnen Personen aufgefallen sind, die sich merkwürdig oder verdächtig benommen haben, teilen Sie dies bitte auch den Beamten mit. Ich danke Ihnen für Ihre Kooperation und Ihr Verständnis.“ Mit dieser sinnfreien Floskel endet meine Neujahrsansprache an das versammelte Volk.

Ein ungehaltenes Murmeln setzt ein. „RUHE!“, donnert Winterstein. „Wir haben uns diesen Neujahrstag auch anders vorgestellt. Also murren Sie nicht, sondern arbeiten Sie kooperativ mit uns zusammen.“

„Ein rüder Ton ist das“, piepst eine vornehme Dame. Ihr Herr Gemahl versucht, seine empörte Angetraute zu beruhigen, aber sie geifert weiter und erntet von den unmittelbar Umstehenden großen Zuspruch.

„Ihre Proteste können Sie sich sparen“, erklärt Winterstein lautstark. „Je eher Sie begreifen, dass wir hier das Sagen haben, umso besser für alle. Also Ruhe jetzt im Karton.“

Stille macht sich breit. Willi und die beiden Polizisten beginnen, sich mit der sprachlosen Meute auseinanderzusetzen. Ich bitte Herrn Wonterra, mir die Videoaufnahmen zu zeigen.

Auf dem Weg ins Foyer unterziehe ich den Chef gleich einem kleinen Verhör. „Wer besitzt Schlüssel für den Dachausstieg?“

„Ich habe einen, unser Hausmeister ebenso. Und ein Ersatzschlüssel hängt in einem Schlüsselkasten. Der befindet sich in einem Raum hinter dem Empfangstresen."

„Und wer hat einen Schlüssel für diesen Schlüsselkasten?"

„Dafür haben wir keinen Schlüssel."

„Dann kann sich also jeder zu jeder Zeit die Schlüssel nehmen."

Ein tiefer Atemzug des Chefs ist die Antwort.

Am Empfangstresen angekommen, frage ich überrascht: „Wo ist denn Ihr Personal?"

„Na, oben im Frühstücksraum. Immerhin haben Sie doch angeordnet, dass sich jeder einzufinden hat."

„Das bedeutet aber nicht, dass Sie den Eingangsbereich Ihres Hotels völlig ohne Aufsicht hinterlassen sollten", fahre ich Wonterra ungehalten an. „Mensch, da könnten in den letzten Minuten ja Hunderte Personen raus- oder reingekommen sein. Das kann doch nicht wahr sein!"

Der Hotelchef funkelt mich böse an. „Sind Sie von der Polizei oder bin ich es?", lautet seine Quizfrage. „Warum steht denn keiner Ihrer Beamten hier im Foyer?", schiebt er die Königsfrage hinterher.

Ich schaue ihn vernichtend an, dann stößt es mir sauer auf. Vermutlich, weil mein Magen leer ist und mir Besserwisser in der Regel auf besagtes Körperorgan schlagen.

„Klugscheißer", murmele ich und latsche auf die Eingangstür zu. „MEHLHORN!", brülle ich durch die Nacht. Unser Praktikant schaut um die Ecke. „Schicken Sie einen der Beamten hier rein. Und zwar dalli. Er soll sich im Foyer postieren!" Mehlhorn nickt, und ich gehe zu Wonterra zurück.

„Zunächst zeigen Sie mir bitte mal den Schlüsselkasten", fordere ich ihn auf. Wortlos schreitet er vor mir her und zeigt auf ein großes Regal an der Wand. „Das ist doch kein Kasten", raunze ich herum. Ich schiebe mir die Brille auf die Nase und trete näher heran. Wenigstens sind die Schlüssel ordentlich und gut lesbar beschriftet. „Verstehe ich das richtig? Das ist eine Generalschließanlage. Es gibt einen Generalschlüssel, der alle Zimmer schließt. Es gibt Gruppenschlüssel für diverse Bereiche und die stinknormalen Zimmerschlüssel."

„Hm."

„Haben Sie ein Verzeichnis über die Anzahl der Schlüssel?"

„Ich nehme es an."

„Das klären Sie bitte sofort", sage ich und erkenne, dass der Einzelschlüssel für die Tür zum Dach an seinem Haken hängt. „Welcher Gruppenschlüssel schließt die Tür zum Dach auf?"

„Dieses Insiderwissen hat nur unser Hausmeister Herr Ulmen."

„Ich benötige diese Auskunft im Laufe des Tages."

„In Ordnung."

„Und jetzt würde ich gern die Videoaufzeichnungen anschauen."

Wortlos führt mich Wonterra hinter den Tresen. Zwei große Monitore stehen auf einem Beistelltisch. Ich laufe um den Tresen herum. „Die Gäste können fast ungehindert auf die Monitore blicken", stelle ich fest.

Herr Wonterra verschränkt die Arme vor der Brust und kommt einen Schritt auf mich zu. „Und warum auch nicht?"

„Vielleicht aus datenschutzrechtlichen Gründen", schlage ich vor. Der Hotelchef bleibt mir eine Antwort schuldig. Ich nehme vor den Monitoren Platz. „Ich möchte die vorangegangenen zwei Stunden im Schnelldurchlauf anschauen. Zunächst bitte die Aufzeichnungen vom Foyer."

Wonterra spult zurück, und ich vertiefe mich in das Fernsehbild. „Bitte etwas langsamer."

Der Hotelchef drückt auf die entsprechende Taste, und ich lehne mich zurück und starre auf die Aufzeichnung. Das Begängnis ist enorm. Permanent kommen und gehen einzelne Personen oder Menschengruppen. Auf die Schnelle ist hier gar nichts zu machen. Außerdem ist die Qualität ziemlich mies.

„Bitte speichern Sie das Material auf einem Stick. Ich hätte gern die Aufzeichnungen vom Foyer und von der Tiefgarage der letzten vierundzwanzig Stunden."

„In Ordnung", sagt Herr Wonterra, der sich beruhigt zu haben scheint.

„Und dann drucken Sie mir bitte die Gästeliste der letzten zwei Wochen aus. Das sollte vorerst reichen", zeige ich mich großzügig. Während Wonterra beschäftigt ist, frage ich ihn, wo er sich in der bewussten Zeit aufgehalten hat.

„Ich muss doch sehr bitten. Als Hotelchef ist es meine Aufgabe, mich ständig um das Wohl unserer Gäste zu kümmern."

„Und haben Sie das getan? Und wenn ja, wo?"

„Ich bin durch alle Räume gegangen, in denen unsere Silvesterparty stattfand. Ich habe überall nach dem Rechten gesehen."

„Und ist Ihnen rechts oder links jemand aufgefallen, der sich merkwürdig verhalten hat? Hatten vorzugsweise zwei Personen Streit?"

Wonterra legt die Stirn in Falten. „Hmmm", brummt er. „Dochdochdochdochdoch, wenn Sie mich so fragen, dann sind mir zwei Männer aufgefallen. Das war sehr merkwürdig, müssen Sie wissen. Einmal lagen Sie sich in den Armen, und dann wiederum stritten sie heftig. Und das Ganze wiederholte sich ständig."

„Wo saßen die beiden? Waren es Hotelgäste? Ich brauche unbedingt deren Namen. Und eine Beschreibung benötige ich ebenfalls."

„Wir fangen mal mit dem Tisch an", schlägt Wonterra vor.

Fünf Minuten später stehe ich schwer atmend erneut in der neunten Etage vor einem Zwei-Personen-Tisch mit unschlagbar fantastischem Blick auf das Meer, auch wenn man mitten in der Nacht nur wenig dort draußen erkennt. „Und waren diese beiden Männer nun Übernachtungsgäste, oder waren sie nur zur Silvesterparty gekommen?", wende ich mich an Wonterra. Der schaut sich suchend um und winkt eine junge Frau herbei. Ich riskiere einen Blick in die weite Runde. Die Befragung der anwesenden Personen ist in vollem Gange.

„Das ist Frau Süß", stellt Wonterra seine Angestellte vor.

„Frau Süß, ich muss wissen, wer an diesem Tisch gesessen hat, und ob es sich um Party- oder Übernachtungsgäste handelte", erkläre ich der übermüdet wirkenden Frau.

„Da muss ich in den Computer sehen", antwortet sie.

„Unten im Foyer?", frage ich.

Sie nickt, und daraufhin gehen wir zu dritt wieder nach unten. Herr Wonterra sieht sehr blass aus. „Ihre Arbeitsweise ist auch nicht gerade die effektivste", murmelt er.

„Das ist der denkbar ungünstigste Moment, sich über meine Arbeitsweise negativ auszulassen oder um sich mit mir anzulegen", knurre ich.

Frau Süß befragt den Computer. „Also, am Tisch Nummer vier saßen die Herren Gröhmling und Hammermann. Beide hatten sich für zwei Nächte ein Doppelzimmer genommen."

„Gröhmling und Hammermann?"

Frau Süß nickt.

Ich registriere ein kurzes Schwindelgefühl. „Dann würde ich jetzt gern das Doppelzimmer in Augenschein nehmen", wende ich mich an den Hotelchef.

Herr Wonterra stöhnt verhalten auf. „Ich laufe nicht mit Ihnen in die achte Etage."

Eine Minute später bin ich wieder auf dem Weg nach oben. Ganz allein.

„Idioten", schimpfe ich auf die beiden Männer, von denen einer jetzt mit hoher Wahrscheinlichkeit zerschmettert am Fuße des Hotels liegt. „Wieso darf … man hier … so weit oben wohnen? Das … müsste man … verbieten", stoße ich zwischen heftigen Atemstößen ein paar Wortfetzen hervor.

Wonterra wartet mit verschränkten Armen und einem süffisanten Lächeln auf mein Eintreffen.

„Wenn Sie dann bitte aufschließen würden", schnaufe ich.

„Schon geschehen", antwortet Wonterra und macht Anstalten, vor mir einzutreten.

„Vielen Dank, aber ich gehe allein da rein", herrsche ich ihn an, während ich mir zum zweiten Mal Einwegschuhe und Gummihandschuhe überstreife. „Ab sofort haben hier nur noch meine Kollegen und die Beamten unserer Spurensicherung Zutritt."

Wonterra guckt mich sauertöpfisch an. Ganz wortlos will er das Feld dann aber nicht räumen. „Wie lange wird denn die Befragung noch andauern?"

„Bis zum Ende", antworte ich, trete ein und knalle die Tür hinter mir zu. Dann rufe ich erst einmal Mehlhorn an und bitte ihn, nach der Arbeit auf dem Dach zu mir in besagtes Zimmer zu kommen. Danach rufe ich auch Winterstein an. „Du findest mich in Zimmer 804", sage ich ihm.

Nachdenklich schaue mich um. Die Betten sind ordentlich gemacht. Auch sonst erkenne ich keinerlei Anzeichen, dass bis vor wenigen Stunden zwei Menschen hier drin gewohnt haben sollen. Alles steht an seinem Platz. Keine Kleidungsstücke liegen herum. Ich sehe auf den ersten Blick keine Reisetasche. Dabei bleibt es. Auch nach dem zweiten und dritten Blick. Das geräumige Bad sieht ebenfalls unbenutzt aus. Ich stürme nach draußen und stoße fast mit Wonterra zusammen. „Haben die beiden Herren wirklich hier genächtigt, oder haben sie nur das Zimmer gebucht?"

Wonterra zückt sein Handy und gibt meine Fragen vermutlich an Frau Süß weiter. Aufmerksam hört er zu. Ab und zu sagt er „Hm" oder „Aha". Dann steckt er sein Handy wieder ein.

„Ihre Fragen lassen sich nicht so ohne Weiteres beantworten", erklärt er mir. „Auf jeden Fall wurde das Zimmer im Voraus bezahlt."

„Mit Karte?"

Wonterra holt tief Luft und kontaktiert erneut Frau Süß. „In bar", sagt er.

„Ich schaue mich trotzdem noch einmal gründlich hier drinnen um", kündige ich an. „Wenn Sie mir bitte Ihre Rufnummer geben könnten? Sofern ich Ihre Hilfe brauche, melde ich mich bei Ihnen", stelle ich in Aussicht.

„Das habe ich befürchtet", antwortet der Hotelchef und stakst davon.

Nachdem ich allein bin, stehe ich erneut lange Zeit mitten im Raum. Je länger ich hier stehe, umso sicherer bin ich mir, dass weder Gröhmling noch Hammermann das Zimmer je betreten haben. Ich überlege, was das zu bedeuten hat. So im Handumdrehen fällt mir leider keine plausible Erklärung ein.

Es klopft. Willi kommt mich besuchen.

„Willst du hier schlafen?", fragt er mich und gähnt herzhaft und langanhaltend.

„Angeblich haben hier Gröhmling und Hammermann genächtigt."

Willi schaut mich fragend an.

„Gröhmling ist der Nachbar der verwitweten Elvira Markgraf, der ehemalige Geliebte von Maurice Hammermann und Kaufinteressent des bankrotten Hotels von Michael Markgraf und Dennis Luttkus", fasse ich zusammen.

„Damit ist Gröhmling sozusagen eine Schlüsselperson", kommentiert er die tragende Rolle unseres Protagonisten.

„Wie weit seid ihr gekommen?", erkundige ich mich.

Willi setzt sich auf einen Sessel. „Fast fertig. Die beiden Polizisten machen ihre Sache echt gut. Obwohl sie ursprünglich vom Festland kommen."

„Und habt ihr was herausgefunden?", horche ich meinen Kollegen aus, dem fast die Augen zufallen.

„Oh, dochdochdoch", ruft Willi aus.

Irritiert schaue ich mich um, ob sich Wonterra in einem Winkel versteckt hat. Hat er nicht.

„Zwei Männer hatten ziemlich häufig und lautstark Streit. Wir sind noch dabei, die Personenbeschreibungen abzugleichen."

„Wetten, dass es sich bei diesen Männern um Gröhmling und Hammermann gehandelt hat?"

„Sicher. Denn diese Tussi von eben saß mit ihrem Gatten am Nebentisch und fühlte sich enorm belästigt."

„Inwiefern?"

„Die beiden Männer hätten meist heftig und lauthals gestritten. Aber es hätte auch Phasen von Zuneigung gegeben. Madame fand weder die eine noch die andere Phase gut", führt Winterstein aus. Er rutscht auf dem Sessel ein Stückchen nach unten und schließt die Augen.

„So etwas Ähnliches hat auch der Hotelchef erzählt. Um was ging es bei den ständigen Streitereien?"

„Einer der beiden habe ständig von Erlösung gesprochen", murmelt Willi.

„Von Erlösung? Was soll denn das bedeuten?“

Winterstein ist eingeschlafen.

Ich rufe Mehlhorn an.

„Bin schon da“, ruft mir unser Praktikant freundlich lächelnd zu, der plötzlich in der Tür steht.

„Sind Sie schon fertig?“

„So viel gab es auf dem Dach nicht zu tun.“

„Hier vermutlich auch nicht“, entgegne ich. „Aber unterziehen Sie bitte das Appartement trotzdem einer gründlichen Prüfung. Angeblich haben hier zwei Männer gewohnt, und einer der beiden ist mit hoher Wahrscheinlichkeit Ihr neuer Gast in der Rechtsmedizin.“

„Ich gebe mein Bestes.“

„Und nehmen Sie sich den Schlüsselkasten hinter dem Empfangstresen vor. Es ist weniger ein Kasten als vielmehr ein Regal. Bitte sichern Sie alle Fingerabdrücke auf allen Schlüsseln. Vielleicht haben wir Glück, und Gröhmling oder Hammermann hat einen davon in der Hand gehabt.“

„Geht in Ordnung“, ruft Mehlhorn aus dem Bad.

„Hoffentlich kommt Wahlberg nie wieder“, äußere ich einen Wunsch für das neue Jahr. Ich ziehe die schweren Vorhänge auf und schaue verwundert und beeindruckt zugleich auf das unendliche Meer. Es ist bereits taghell. Die Aussicht von hier oben lässt sich kaum beschreiben. Ich habe für den Bruchteil einer Sekunde sogar die kindische Idee, eine Sommernacht im Hotel zu verbringen, nur um die Aussicht zu genießen. Dann zieht es mich schlagartig krumm. Ich habe Magenkrämpfe und stöhne auf. Das hätte ich vermeiden sollen. Denn nun merke ich, dass ich auch üblen Mundgeruch habe. Ich wähle die Nummer des Hotelchefs. „Jaa doch“, meldet er sich gut hörbar außerordentlich gereizt.

„Gibt es bei Ihnen ein ordentliches Frühstück?“

„Aber selbstverständlich“, ruft er begeistert. „Bedeutet das, dass Sie mit Ihrer Arbeit fertig sind?“

„Wir sind gut vorangekommen“, bremse ich ihn etwas. Herr Wonterra fragt, wo wir unser Frühstück einnehmen möchten. „Im Frühstückssaal unter dem Dach oder lieber in einem kleinen separaten Raum im Erdgeschoss?“

„Unbedingt hier oben“, antworte ich. Ich setze mich Winterstein gegenüber und lasse ihn ein paar Minuten schlafen. Dann klopfe ich ihm auf die Schulter. „Komm“, sage ich, „es gibt was zu essen.“

Willi stapft mit schwerem Schritt hinter mir her. Als er jedoch das Frühstück sieht, strahlt er über das ganze Gesicht. „Ist das immer so toll, oder will der uns bestechen?“ Er zeigt auf Wonterra, der mit elastischen Schritten auf unseren Tisch zusteuert.

„Ich hoffe, alles ist zu Ihrer Zufriedenheit. Wenn nicht, bitte zögern Sie nicht, das Personal anzusprechen.“

„Wenn Sie bitte meiner Sally ein kleingeschnittenes Würstchen geben könnten“, wendet sich Willi an den Hotelchef und schiebt die Erklärung gleich nach. „Sally ist mein Kampfhund und wartet vor dem Hotel.“

„Ah ja“, sagt Wonterra und verspricht, die Fütterung des Kampfhundes selbst zu übernehmen.

Der Frühstückssaal ist mittlerweile gähnend leer. Ein sicheres Zeichen dafür, dass unsere Unterstützung mit der Aufnahme der Daten fertig ist. „Wo sind denn die zwei Beamten, die uns Vogel herbeigezaubert hat?“, frage ich Willi, der nur müde mit den Achseln zuckt.

Ich will nicht gleich im neuen Jahr Schuld auf meine Schultern laden und suche nach ihnen. Ich folge Stimmen und trete in die Herrentoilette. Beide stehen nebeneinander und geben dem Wasserkreislauf etwas Inhalt zurück. „Lassen Sie sich nicht stören“, sage ich großzügig. Für den Älteren kommt mein Rat zu spät. Sein Wasserfall kommt abrupt zum Erliegen. „Ich wollte Sie nur zum Essen einladen.“

„Danke, wir kommen gern“, sagt der Jüngere. Er lässt sich tatsächlich nicht stören und schüttelt hingebungsvoll den letzten Tropfen ab. Ich ziehe mich schnell zurück und rufe auch noch Mehlhorn an. Er will jedoch erst seine Pflichten erledigen.

Wir frühstücken ausgiebig was Zeit und Mengen anbelangt. Ich kann nicht aufhören, diese atemberaubende Aussicht zu genießen, während ich zum ersten Mal in meinem Leben aus Rücksicht auf meinen Magen den Tag mit einem Glas Tee beginne. Willi grunzt und schmatzt wohlgefällig. Nebenbei tauschen wir auch ein paar dienstliche Gedanken aus.

„Im Hotel sind wir erst einmal fertig, oder?“, frage ich am Ende unseres Marathonfrühstücks.

„Denke schon“, stimmt Willi mir zu. „Machen wir heute noch weiter? Oder heben wir uns die Arbeit für morgen auf?“

Einen Moment denke ich nach. „Viel können wir heute zum Feiertag sowieso nicht erledigen“, sage ich. Winterstein stimmt mir zu. Wir beenden das Frühstück und bedanken uns bei den ehemaligen Festland-Polizisten für ihre tolle Hilfe.

Ich bringe an der Tür zum Zimmer 804 ein polizeiliches Siegel an, für den Fall, dass Mehlhorn vielleicht doch eine Kleinigkeit übersehen haben könnte. Dann laufe ich mit Willi an meiner Seite gemächlich nach unten.

Herr Wonterra übergibt mir einen Speicherstick mit den Videoaufzeichnungen. Im Hintergrund hantiert unser Praktikant. „Vergessen Sie nicht Ihr Frühstück“, rufe ich ihm zu.

Der Hotelchef atmet sichtlich auf, als wir sein Etablissement endlich verlassen. Sally wirft vor Freude fast ihren Schwanz ab, als sie ihr Herrchen kommen sieht. „Dann können wir jetzt wohl auch gehen?“, fragt mich der jüngere Beamte.

„Oder Sie frühstücken erst mal“, schlage ich vor, was große Freude hervorruft.

Noch einmal schaue ich auf die Stelle, wo Hammermann aufschlug. Zumindest tendiere ich zu der Annahme, dass nicht Gröhmling das brennende Flugopfer war. Auch wenn der Kopf völlig zerschmettert war, wäre dessen Körperumfang voluminöser gewesen. Ein Großteil des Blutes ist mittlerweile eingetrocknet. Verstört trete ich ein paar Schritte näher. „Die Wucht des Aufpralls war so groß, dass sich sogar Risse in den Wegplatten gebildet haben“, sage ich zu Winterstein.

„Kein Wunder, wenn circa achtzig Kilogramm aus fünfundzwanzig Meter Höhe aufschlagen.“

Wortlos nicke ich. Dann mache ich um meine Ausscheidungen einen großen Bogen, finde in einem Busch tatsächlich meine Mütze wieder und laufe langsam nach Hause.

Mein Anrufbeantworter hat nur eine Nachricht für mich. Und nein. Sie ist nicht von meiner Mutter. Ich hoffe halbherzig, sie wurde von der Leitkuh nicht in Stralsund vergessen.

Die Nachricht ist von Sebastian, seinem veganen Schneewittchen und einer Horde stinkbesoffener norwegischer Freunde. „Happy New Yeaaar“, kreischt ein Chor ohne Pause. Im Hintergrund knallen Raketen. Und am Ende der Nachricht schält sich die Stimme meines Sohnes aus dem Stimmengewirr. „So, nu reicht es. Schnauze jetzt“, ruft er. Ich vermute, er meint nicht mich. Abrupt endet die Aufnahme. „Danke, euch auch“, sage ich leise.

Im weiteren Verlauf des Neujahrstages fertige ich eine Liste an, die immer umfangreicher wird. Es handelt sich um die anstehenden Ermittlungsaufgaben für die kommenden Tage.

Zwischendurch rufe ich Tobias Hammermann an. Ich möchte ihn so schonend wir nur möglich um ein Utensil von Maurice bitten, mit der wir die DNA des Todesopfers vergleichen können. Er meldet sich nicht. Obwohl ich es immer wieder versuche. Vielleicht wurde er versehentlich von Pfarrer Gehrke in der Kirche eingeschlossen. So groß ist der Zulauf der

Gotteshäuser im hohen Norden nicht. Es könnte also sein, dass der Pfarrer sein einziges Mitglied übersehen hat.

Spät gehe ich zu Bett. Und ich liege lange Zeit wach. „Irgendetwas stimmt hier ganz und gar nicht", führe ich ein Selbstgespräch. „Nichts ergibt irgendeinen Sinn. Aber alles läuft falsch." Mit derlei Erkenntnissen schlafe ich irgendwann ein.

DREIZEHN

Meine Nachtruhe ist eine einzige Qual. Die endlos lange Liste spukt sogar noch in meinen Träumen herum. Völlig gerädert schäle ich mich bereits gegen fünf Uhr aus dem Bett. Der Sturm ist mit in das neue Jahr gekommen und fegt heulend um das Haus. Vorsichtshalber fahre ich mit Jakub ins Präsidium. Meist ist die Hälfte unserer Dienstfahrzeuge kaputt, sodass wir nur über ein fahrtaugliches Auto verfügen.

Beim Betreten unseres mausgrauen Plattenbaus atme ich erleichtert auf. Endlich trifft mich die Leere nicht mehr wie ein Keulenschlag. Das übliche Gewusel empfängt mich. Bis ich in meinem Büro angekommen bin, sage ich gefühlt tausendmal „Ihnen auch". Denn meistens sind die anderen schneller, um mir ein gesundes und frohes neues Jahr zu wünschen.

Meine erste Neujahrsamtshandlung besteht darin, meinen Vorsatz umzusetzen. Und daher tippe ich meine handschriftliche Liste ab und speichere sie in unserem gemeinsamen Mitarbeiterverzeichnis im Ordner „Todesfälle Luttkus | Markgraf". Noch zögere ich, den Ordner mit dem Namen Hammermann zu ergänzen.

Danach versorge ich meine Pflanzen mit Wasser, lasse die verbrauchte Luft des vergangenen Jahres entweichen, und dann steht auch schon unser Staatsanwalt vor mir.

Er lässt sich von mir in aller Kürze auf den neuesten Stand bringen. Nachdem ich fertig bin, seufzt er hochemotional auf. „Drei Tote", stellt er sachlich fest. „So viele hatten wir noch nie auf … äh …"

„… einen Haufen", sage ich.

„Ich finde, das klingt hart. Aber wie auch immer. Wann sollten wir unser Team zur Lagebesprechung zusammenrufen?"

„Ein Telefonat muss ich noch erledigen. In fünfzehn Minuten vielleicht?", schlage ich vor. Das findet Vogels Zustimmung.

Damit wähle ich die erste Nummer des Tages. Lange lausche ich dem Klingelton. Ich will schon auflegen, als sich doch noch eine Stimme meldet.

„Hallo ihr da draußen. Leider sind Tobias und Maurice nicht zu Hause. Sagt uns, was ihr wollt. Und wenn ihr wollt, rufen wir euch zurück.“ Dann hört man die beiden Männer lachen, und danach sagt der Anrufbeantworter „Piep“.

„Burmeister hier noch mal“, beginne ich mein Verslein aufzusagen. „Bitte rufen Sie mich zurück. Ich warte dringend auf Ihren … Rückruf“, verhaspele ich mich und lege wütend auf.

„Mensch, bin isch froh, dass die Weihnachtsscheiße rum is“, stöhnt Bolle, als ich sein Büro betrete. Strahlend kommt er auf mich zu. Wir umarmen uns, und ich wünsche Andy ein glückliches Jahr, in dem die schönen Momente überwiegen sollen.

Winterstein und auch Mehlhorn warten schon. Unmittelbar danach kommt Staatsanwalt Vogel. Und hinter ihm betritt unsere Führungsperson Barbara Leitmeyer-Mummelthey den Schauplatz des Geschehens. Ich kann nicht verhindern, dass mir die Gesichtszüge entgleiten.

Vogel macht es sich zur Aufgabe, eine kleine Begrüßungsrede zu halten. In deren Mittelpunkt bringt er nicht ganz uneigennützig seine Hoffnung zum Ausdruck, dass wir möglichst schnellen Ermittlungserfolg verbuchen können.

„Sie wissen alle, dass Frau Burmeister in den letzten Tagen auf sich allein gestellt war. Ich habe mit ihr permanent in Kontakt gestanden und kann ihr eine ausgezeichnete Arbeit bescheinigen. Als alleinige Ermittlerin hat sie erstaunlich viele Fakten gesammelt. Dafür gilt Ihnen mein besonderer Dank.“ Vogel schaut mich fast schon ehrfurchtsvoll an. Am liebsten würde ich ihn küssen. Stattdessen strahle ich nur und bedanke mich ehrlich und artig.

„Wenn Sie dann bitte gleich die heutige Zusammenkunft eröffnen würden“, gibt Vogel den Staffelstab an mich weiter.

Unser Praktikant hat bereits die Technik eingeschaltet. Der neue Beamer, den ein neuer Hausmeister an der Decke montiert hat, wartet darauf, in Betrieb genommen zu werden. Ich ziehe mir unseren ebenfalls neuen Laptop heran und öffne meine auf unserem Mitarbeiterverzeichnis eingestellte Liste, so dass jeder mitlesen kann, was ich zu sagen habe. Ich beginne mit einer Einleitung. Das halte ich für angemessen, da außer mir niemand lückenlos an unserem derzeitigen Fall gearbeitet hat.

Als ich schließlich auf Teichert zu sprechen komme, stutze ich. „Wo sind die Kollegen Teichert und Wahlberg?“, frage ich Vogel.

„Sie haben heute noch Urlaub.“

„Sauerei", murre ich. Vogel schweigt. Daraufhin fahre ich mit meinen Ausführungen fort: „Die Todesopfer kennen sich aus jüngster Kindheit. Sie waren bis zu ihrem Tod weiterhin befreundet oder standen in regem Kontakt. Der Täter kennt mit großer Wahrscheinlichkeit alle drei."

„Wieso?" Die Leitkuh hat eine Frage. Das bedeutet, dass sie immerhin versucht, meinen Ausführungen zu folgen.

„Ich halte es für ausgeschlossen, dass der Täter rein zufällig drei Freunde ermordet hat. Wer kommt als möglicher Täter infrage? Hauptverdächtiger ist derzeit Klaus-Heiner Gröhmling, Nachbar von Markgraf, Kaufinteressent für das Hotel und ehemaliger Liebhaber von Maurice Hammermann. Außerdem hatte er für die Silvesternacht ein Doppelzimmer im ‚Rügen-Hotel' gebucht."

„Ganz fantastisch", ruft Vogel aus. „Da freue ich mich doch sogar auf die nächste Pressekonferenz."

„Moment", bremse ich ihn aus. „Denn es gibt ein großes Aber. Aus jetziger Sicht hatte Gröhmling kein Motiv für den Mord an Markgraf und Luttkus. Markgraf wollte das Hotel zwar nicht mehr verkaufen. Aber allein aus diesem Grund gleich zwei Männer zu töten und dann zwangsläufig die Aufmerksamkeit auf sich zu ziehen, das halte ich für zu weithergeholt."

„Warum wollte Markgraf nicht mehr verkaufen?", erkundigt sich Bollermann.

„Grund war dessen angebliche Freundin mit roten lockigen Haaren. Deren Existenz ist aber nicht gesichert. Elvira Markgraf zeigte sich unkooperativ. Entweder sie kennt deren Namen nicht, oder sie will ihn nicht nennen. Stattdessen titulierte sie die Freundin als Arschloch. Daher wird sie bis auf Weiteres als solches geführt."

Die Leitkuh lacht laut auf.

„Kurz und gut. Selbst wenn Markgraf dem Verkauf noch abwartend gegenüberstand, reicht das aus meiner Sicht nicht als Mordmotiv. Nächste Frage: Warum sollte Gröhmling noch einen dritten Mord ausführen? Ausgerechnet jetzt, wo er weiß, dass er im Fokus unserer Ermittlungen steht? Das ergibt keinen Sinn."

Bolle räuspert sich und hebt die Hand. „Und wenn nun Gröhmling vom Dach gestoßen wurde?"

„Die Statur des Opfers deutete eher auf einen schlanken Mann hin. Aber du hast recht, Bolle. Das ist nur eine Vermutung. Denn viel war eigentlich von einer klaren Struktur nicht mehr zu sehen." Hilfesuchend schaue ich zu Mehlhorn. Der hebt bedauernd beide Hände. „Tut mir leid. Aber mit einer Identität kann ich noch nicht dienen."

„Gut“, räume ich ein. „Dann müssen wir erst recht Gröhmling aufsuchen, um wenigstens in diesem Aspekt Gewissheit zu haben.“

„Gibt es weitere Verdächtige?“ Wieder ist es Andy Bollermann, der eine neue Frage aufwirft.

„Im Falle des erhängten Markgraf haben sowohl dessen schwangere Frau als auch deren Vater ein Motiv. Bei ihr könnte neben dem finanziellen Ruin auch noch Eifersucht ins Spiel kommen, sofern die Rothaarige tatsächlich existiert. Bei dem Vater Klaus Hofmann ist es Hass. Er machte kein Geheimnis daraus, dass er seinen Schwiegersohn am liebsten selbst ins Jenseits befördern wollte. Belastend kommt hinzu, dass er sich am Tag des Mordes in Sassnitz aufgehalten hat. Er wurde am Vormittag um exakt 10:49 Uhr am Ortseingang geblitzt. Vorher bestritt er, in Sassnitz gewesen zu sein. Erst auf mein Drängen hat er eingeräumt, dass er sich mit seinem Schwiegersohn treffen wollte, um ihn ein paar aufs Maul zu hauen. Allerdings habe er ihn nicht angetroffen. Das müssen wir erst einmal zur Kenntnis nahmen. Motive für den Tod an Dennis Luttkus und Maurice Hammermann hat Hofmann nach gegenwärtigen Erkenntnisstand keine. Aber das müssen wir selbstverständlich noch genauer recherchieren. Fakt ist, dass weder die Witwe noch ihr Vater ein Alibi vorweisen können.“

An dieser Stelle lege ich eine Pause ein. Vogel nickt zustimmend. „Zunächst einmal finde ich, dass uns Frau Burmeister ganz vortrefflich ins Bild gesetzt hat“, sagt er. „Ich möchte noch darauf verweisen, dass wir schnellstens die Identität des dritten Toten klären müssen. Gibt es ansonsten noch Fragen?“ Er schaut in die Runde. Aber meine beiden Kollegen verneinen. Die Leitkuh starrt auf das Bild an der Wand, das uns der Beamer vermittelt, und macht sich ständig irgendwelche Notizen.

„Wenn allen alles klar ist“, sage ich und schaue zweifelnd die Leitmeyer an, „dann schlage ich vor, dass uns Herr Mehlhorn seine ersten Erkenntnisse mitteilt.“

Unser Praktikant lächelt mich freundlich an und bedankt sich, dass ich ihm das Wort erteilt habe. Ich sende ein Stoßgebet nach Finnland, dass Wahlberg von meterhohen Schneemassen begraben wird und nie wiederkommt.

„Der Todeszeitpunkt des dritten Opfers ist eindeutig. Der Mann lebte, als er vom Dach des Hotels fiel.“

Mir fällt auf, dass sich Mehlhorn sehr diplomatisch ausdrückt. Eine kleine Unruhe ergreift von mir Besitz, während ich den Ausführungen lausche.

„Seine brennende Kleidung wurde vom Personal des Hotels relativ schnell gelöscht. Die Verbrennungen am Körper sind eher gering. Auffällige Merkmale wie Tätowierungen oder Operationen weist das Opfer nicht auf. Anhand seines Zahnstatus sollte eine Identifizierung möglich sein. Jetzt komme ich zu dem Detail, das so gar nicht zu den beiden anderen Todesfällen passen will. Der Mann wurde nicht wehr- und willenlos gemacht. Ich konnte in seinem Blut keinerlei Rückstände von K.-o.-Tropfen finden."

Mir klappt der Unterkiefer weg.

Mehlhorn setzt seine Ausführungen fort. „Allerdings wies das Opfer einen hohen Promille-Wert auf. Das ist jedoch für eine Silvesternacht wiederum nichts Ungewöhnliches. Fremde DNA konnte ich weder an der verbliebenen Kleidung noch am Opfer sicherstellen. Es gibt keinen Hinweis auf Gegenwehr. Ebenso wenig habe ich auf dem Dach des Hotels Spuren gefunden, wie sie bei einem Kampf entstanden wären. Letztendlich lässt sich nicht zweifelsfrei klären, warum der Mann vom Dach gefallen ist."

„Er brannte lichterloh", werfe ich ein. „Vielleicht ist er in Panik gesprungen."

„Möglich", räumt Mehlhorn ein. „Er kann aufgrund seines hohen Alkoholpegels aber auch nur gestolpert sein."

„Und vorher hat er sich als Silvesterböller verkleidet?", äußere ich meine Zweifel.

Mehlhorn guckt, als wäre er bei einem Dummejungenstreich ertappt worden. „Das ist unwahrscheinlich", gibt er zu. „Da liegt dann wohl doch die Vermutung nahe, dass er von der zweiten Person gestoßen wurde."

„Woher nehmen Sie die Gewissheit, dass eine zweite Person beteiligt war? Es gibt Menschen, die sich aus Verzweiflung selbst anzünden."

„Die sehr gut erhaltenen Fingerabdrücke auf der Türklinke stammen definitiv nicht vom Toten", entgegnet Mehlhorn. „Es sieht so aus, als ob zwei Personen in aller Freundschaft auf das Dach gestiegen sind, und einer von beiden ist dann als lodernde Fackel gesprungen."

Mehlhorn schweigt. Vogel bedankt sich aufrichtig. „Tolle Arbeit", lobt er ihn.

Ich setze noch ein Lob obendrauf. Denn schließlich ist es nicht die Schuld unseres Praktikanten, dass die Angelegenheit immer mysteriöser wird. „Danke schön. Kurz und prägnant vorgetragen. Und vor allem noch mit einem Lächeln und einem freundlichen Ton. Das sind wir hier nicht gewohnt." Mehlhorn strahlt und verfärbt sich dunkelrot. „Sie sprachen von sauber erhaltenen Fingerabdrücken, die nicht dem Toten gehören."

„Richtig. Und Sie stammen auch definitiv nicht vom Hausmeister oder einem anderen Mitarbeiter des Hotels. Die Prüfung ist abgeschlossen.“

„Und können Sie schon etwas zu diesem Stofffetzen sagen, den wir auf dem Dach fanden?“

„Nur so viel, als dass es sich um dunkelgrauen Cordsamt handelt. Einen Stoff, der schon vor Jahren aus der Mode gekommen ist. Mehr Details konnte ich aber noch nicht herauskitzeln.“

Mir fällt ein, dass der muffelnde Klaus Hofmann eine solche Hose trug, als ich ihn in der Ruine seiner Tochter aufsuchte.

„Und wie sieht es mit weiteren Fingerabdrücken aus?“, erkundige ich mich. „Gab es welche im Appartement?“

„Ja. Aber diese sind ausschließlich dem Personal zuzuordnen.“

„Sie haben keine Übereinstimmung mit denen von besagtem Türgriff zum Dachausstieg gefunden?“

„Nein.“

„Das erlaubt die Schlussfolgerung, dass diese Person das Appartement nie betreten, geschweige denn bewohnt hat.“

„So kann man es ausdrücken“, pflichtet mir Mehlhorn bei.

Ich stelle die nächste Frage einfach mal so in den Raum. „Wieso hat diese Person ihre Abdrücke an der Türklinke so offensichtlich hinterlassen?“

„Da war jemand nicht vorsichtig oder einfach nur leichtsinnig“, meint Bolle.

„Oder der Täter war in Hektik“, schlägt Willi vor.

Ich überlege, ob es weitere Optionen gibt. „Oder dem Täter war es egal.“

„Egal“, wiederholt Bolle. „Das würde ja bedeuten, dass es ihm auch egal wäre, wenn er gefunden würde.“

„Oder er will gefunden werden“, ergänze ich.

Winterstein grunzt verächtlich. „Das halte ich für unwahrscheinlich. Da hätte er doch gleich auf dem Dach auf uns warten können.“

Daraufhin entsteht eine kleine Pause.

Vogel fragt, wie ich mir die nächsten Schritte vorstelle. Eigentlich müsste er diese Frage an unsere Pseudo-Ermittlungsleiterin richten, die sich jetzt mit einem Hüsteln an unserer Besprechung beteiligt.

Ich deute auf meine erstellte Liste an der Wand. „Die Aufgaben sind klar und eindeutig. Ich fahre im Anschluss an unsere Besprechung mit Kollegen Winterstein zu Gröhmling. Kollege Bollermann sucht nach den Eltern von Michael Markgraf. Ich habe bisher nur mit dessen Frau und deren Vater gesprochen. Weiterhin müssen wir Tobias Hammermann erreichen. Wir benötigen von Maurice Material zum DNA-Abgleich. Das sollte allemal schneller gehen, als auf die Ergebnissuche des Zahnstatus' zu warten."

„Warum kann dieser Tobias seinen Ehemann nicht identifizieren?" Die Leitkuh stellt bereits eine zweite Frage. Sie beginnt das neue Jahr mit einem Rekord.

„Der Körper schlug vom Hoteldach ungebremst auf Beton auf", antworte ich. „Vom Kopf des Opfers ist eine verstörende Masse übrig geblieben. Meinen Sie, dass wir Tobias mit diesen sterblichen Überresten konfrontieren sollten?"

Vogel räuspert sich. „Frau Burmeister, fahren Sie bitte fort."

„Wir müssen mit der Mutter von Maurice sprechen. Sofern der Tote nicht Maurice ist, hat sie vielleicht Hinweise zum Verbleib ihres Sohnes."

„Aber der ist doch tot." Die Leitkuh hört einfach nicht auf, unsere Besprechung zu sabotieren.

„Aber genau das steht ja noch nicht fest", stelle ich klar.

„Ähem", hüstelt Vogel.

„Weiterhin kontaktieren wir die schulischen Einrichtungen der drei Freunde. Die Auswertung des Videomaterials vom Hotel und das der konfiszierten Handys könnte Frau Leitmeyer-Mummelthey übernehmen", sage ich zum Schluss. Das tue ich aus gutem Grund. So halte ich mir die Leitkuh wenigstens für das nächste halbe Jahr vom Hals. Drei Monate wird sie brauchen, bis sie das Material gesichtet hat. Und die anderen drei Monate wird sie versuchen, sich zu erinnern, nach wem sie suchen sollte. Wenn ich viel Glück habe, fängt sie wieder von vorn an. Und morgen kann ich Teichert mit derselben Aufgabe betrauen. So kommen wir diesbezüglich vielleicht sogar voran.

Ich betätige die Fernbedienung des Beamers, und an der Wand erscheint das eingescannte Hochzeitsfoto von Tobias und Maurice Hammermann. „Sollte es sich bei dem Toten nicht um Maurice Hammermann handeln, können wir anhand dieser fast aktuellen Aufnahme nach ihm suchen."

Gemeinsam starren wir auf das überdimensional große Foto.

„Wer ist wer?", fragt Winterstein.

„Der attraktive Mann ist Maurice", erkläre ich. Und da Männer manchmal einen anderen Geschmack haben, gehe ich auf Nummer sicher. „Der auf der linken Seite."

Vogel findet, dass er meiner ausgezeichneten Arbeitsaufteilung nichts mehr hinzuzufügen hat. Die Leitkuh scheint an ihrer Aufgabe keinen Gefallen zu finden. Sie sieht mich wieder einmal böse an. Das Lob von Vogel verleiht mir Flügel, und ich zwinkere ihr freundlich zu.

Dann rufe ich von meinem Büro aus Gröhmling an. Er meldet sich sofort, und ich bitte ihn, die Wohnung nicht zu verlassen. Fair wie ich bin, kündige ich unseren Besuch an. Gröhmling erwidert, dass er wohl eh keine andere Chance hat, und verspricht, auf uns zu warten.

Entgegen aller Vernunft überlasse ich Winterstein das Fahren mit unserem Dienstwagen. Ich bezahle einen harten Preis für meinen geistigen Aussetzer. Willi ist zu alt und viel zu sehr Mann, als dass er sich und seine Fahrweise ändern könnte. Er beschimpft alle vor und hinter ihm Fahrenden, fühlt sich entweder bedrängt oder aufgehalten. Bis Bergen hat er fast zwanzig Autos beinahe von der Fahrbahn gerammt und ebenso viele Personen als Trottel eingestuft. Als wir vor dem mittlerweile berühmt-berüchtigten Doppelhaus halten, bin ich schweißgebadet und am Ende meiner nervlichen Belastbarkeit. Willi ergeht es nicht anders. Offensichtlich ist er von seiner eigenen Fahrweise angepisst. Aber das gibt er natürlich nicht zu. „Es fahren nur noch Idioten auf den Straßen. Hoffentlich gesteht der Gröhmling gleich alles", bringt er seine Hoffnung zum Ausdruck. „Momentan habe ich gerade sehr wenig Geduld. Wie war das gleich? Der Mann hat eigentlich keinen Grund für drei Morde, oder?"

Ich bleibe Willi eine Antwort schuldig und steuere auf die Haustür zu. Gröhmling steht mit trotzigem Gesichtsausdruck vor uns.

„Guten Morgen und ein glückliches neues Jahr", ringe ich mir den letzten Funken Anstand ab. „Das ist mein Kollege Winterstein", stelle ich den griesgrämig dreinblickenden Willi vor. „Dürfen wir reinkommen?"

„Von mir aus." Gröhmling scheint auch nicht gerade die beste Laune zu haben. Da sind wir also schon drei. Und ich habe von allen die mieseste.

„Herr Gröhmling, lassen Sie es mich kurz machen. Da Sie ganz offensichtlich nicht tot sind und zerschmettert am Boden unterhalb des ‚Rügen-Hotels' liegen, bleibt nur, dass Sie Ihren ehemaligen Liebhaber vom Dach gestoßen haben. Nun meine Frage: Warum haben Sie das getan? Und warum haben Sie ein Doppelzimmer reserviert, wenn Sie es gar nicht benutzt haben? Und da wir gegenwärtig von einem Täter ausgehen, stelle ich Ihnen gleich noch eine weitere Frage. Warum haben Sie auch Ihren Nachbarn Michael Markgraf und seinen Freund Dennis Luttkus umgebracht? Uns erschließt sich das Motiv leider nicht. Daher nennen Sie uns bitte Ihre Beweggründe. Als Dank nehmen wir Sie anschließend nach Sassnitz mit. Wenn Sie kooperieren, fahre ich. Wenn Sie sich querstellen, fährt mein Kollege."

Damit nehme ich Platz.

„Das ist eine echt abgefahrene Taktik", bescheinigt mir Winterstein.

Klaus-Heiner Gröhmling bleibt wie angewurzelt stehen. Er schaut mich an, dann Willi. Wie ein Karpfen auf dem Trockenen öffnet und schließt sich wortlos sein Mund.

„Ich habe von Ihrer Rede kein Wort begriffen", sagt er endlich. „Auf welchem Boden liege ich zerschmettert?"

„Na, eben nicht", poltert Winterstein. „Dort lag nachweislich ein anderer. Wie meine Kollegin bereits erklärte, handelt es sich mit großer Wahrscheinlichkeit um Maurice Hammermann. Eifersucht und Liebe haben schon Zehntausende das Leben gekostet. In unserem Fall handelt es sich nur um ein Opfer. Das Sie auf dem Gewissen haben."

Gröhmlings Fassungslosigkeit ist entweder überragend gespielt. Oder – im schlimmsten Fall der Fälle – sogar echt. Wie versteinert steht er vor uns.

Ich überlege blitzschnell unsere weitere Vorgehensweise. Es gibt an den Opfern keinerlei fremde DNA-Spuren, und im Hotelzimmer konnte Mehlhorn ebenfalls nichts Signifikantes bergen. Da meine Überrumpelungstaktik nichts gebracht hat, rudere ich zurück.

„Herr Gröhmling, nehmen Sie doch bitte erst einmal Platz", fordere ich ihn auf. Er beäugt mich misstrauisch, nimmt aber meine Einladung an.

„Mit wem waren Sie in der Silvesternacht im ‚Rügen-Hotel'?", beginne ich noch mal von vorn und so ruhig wie möglich.

Winterstein hat mittlerweile neben mir eine sitzende Position eingenommen. Das ist gut. Ich sehe ihm an, dass er hochgradig genervt ist. Wenn er die Grenze zum Erlaubten überschreiten sollte, kann ich ihm fix auf die Füße treten. Wie schon so oft in unseren gemeinsamen Dienstjahren.

„Ich bin Silvester in gar keinem Hotel gewesen", antwortet Gröhmling. Zwei Äußerlichkeiten fallen mir auf. Gröhmling ist völlig entspannt. Und er trägt eine verlodderte Cordsamthose.

„Ihr Name ist in der Gästeliste der Silvesterparty aufgeführt. Sie saßen an Tisch Nummer vier gemeinsam mit Herrn Hammermann. Gemeinsam mit Maurice haben Sie ein Doppelzimmer gebucht. Und zwar, um exakt zu sein, Zimmer 804", erkläre ich.

Man sieht Gröhmling an, dass er beginnt, an meinem Verstand zu zweifeln. „Das stimmt doch alles gar nicht. Dabei kann es sich nur um ein Missverständnis handeln."

„Sie wurden von verschiedenen Personen gesehen", halte ich ihm vor.

„Dann lügen diese Personen", behauptet unsere Schlüsselfigur mit fester und überzeugender Stimmlage.

Mir schwant etwas. Denn plötzlich, aber zu spät, geht mir ein Licht auf. Gröhmling könnte die raffinierteste harte Nuss meiner bisherigen Karriere sein. Es wäre günstig gewesen, wenn wir das vorliegende Video- und Fotomaterial schon ausgewertet hätten. Falls Gröhmling zu sehen gewesen wäre, könnten wir ihm den Beweis jetzt präsentieren.

Falls Gröhmling keine harte Nuss ist, bleibt nur die Schlussfolgerung, dass er nicht lügt und nicht im ‚Rügen-Hotel' gewesen ist. In diesem Fall wäre uns besagtes Material ebenfalls eine große Hilfe gewesen. Denn ich hätte mir die Fahrt mit Willi sparen können.

Ich hole tief Luft und starre die Decke an. Die lobenden Worte von Vogel verdampfen vor meinem geistigen Auge erschreckend schnell. Wir sind ohne Sinn und Verstand durchs Rügenland gefahren und sitzen jetzt als Volltrottel vor Gröhmling. Winterstein neben mir schweigt.

Gröhmling hat seinen Blick fest auf mich geheftet. Seine übergroßen Augen scheinen in mich hineinkriechen zu wollen. Das stört mich beim Nachdenken.

„Also gut", lenke ich ein, „wo sind Sie dann an Silvester gewesen?"

Gröhmling breitet die Arme aus und sagt: „Hier."

„Waren Sie allein hier?"

Wortlos nickt Gröhmling.

„Welche Schulen haben Sie besucht?"

Der Kunst- und Antiquitätenhändler ist immer noch die Ruhe in Person. Das ist erstaunlich. Die meisten kommen nicht klar, wenn man ihrer Meinung nach völlig zusammenhanglose Fragen stellt. „Ich habe in Boltenhagen die Grundschule besucht. Dann sind meine Eltern nach Stralsund gezogen. Hier bin ich in das Juri-Gagarin-Gymnasium gegangen. Das war der erste Mensch im All", fügt Gröhmling an.

Die Antwort lasse ich gelten. „Ist mir bekannt", sage ich. „Ich bin einundsiebzig."

„Und immer noch im Dienst." Gröhmlings Stimme trieft vor Ironie. Er scheint zu spüren, dass sich die Waage zu seiner Seite neigt, und nutzt die Gunst der Stunde, um einen dämlichen Witz an die Frau zu bringen.

„Der war gut", meint Willi.

Ich lache nicht, sondern pirsche mich weiter in unbefestigtes Terrain vor. „Seit wann kannten Sie Ihren Nachbarn?"

„Vor acht Jahren habe ich dieses Haus gekauft. Ein Jahr später bin ich eingezogen. Seitdem kennen wir uns."

„Haben Sie von Maurice Hammermann vor Kurzem einen Brief erhalten oder eine elektronische Nachricht?"

„Nein."

„Und Sie sind sich absolut sicher, Silvester allein zu Hause gefeiert zu haben?“

„Zweimal ja, einmal nein.“

Ich versuche, geistvoll dreinzublicken. Gröhmling durchschaut mich.

„Ja, ich bin mir absolut sicher. Ja, ich war allein zu Hause. Und nein, ich habe nicht gefeiert“, erläutert er mir.

„Und Sie hatten auch nie geplant, den Silvesterabend im ‚Rügen-Hotel‘ zu verleben?“

„Zu keinem Zeitpunkt.“

„Waren Sie zu einem früheren Zeitpunkt in diesem Hotel, um sich mit Maurice zu treffen?“

„Nein.“

„Wenn Sie lügen, finden wir das heraus.“

„Das ist anzunehmen.“

Ich bin am Ende. Hilfesuchend schaue ich zu Winterstein. Der deutet fast unmerklich mit dem Kopf in Richtung Tür. Rückzug soll das wohl heißen.

„Wir würden Sie gern von der Liste unserer Verdächtigen streichen“, versuche ich, das Kampffeld nicht ganz würdelos zu verlassen. „Dazu benötigen wir Ihre Fingerabdrücke und Ihre Hose.“

Gröhmling guckt mich empört an. „Darf Ihre Kollegin mir einfach die Hose wegnehmen?“, wendet er sich an Winterstein. Aber dessen cholerische Energie ist verpufft. So, wie er zusammengesunken auf der Couch sitzt, hat er gar keine Energie mehr. Vielleicht ist Willi zu ähnlichen Schlussfolgerungen gekommen wie ich. Er nimmt den Blick von Gröhmling gar nicht wahr.

„Wir haben auf dem Dach des Hotels einen Stofffetzen sichergestellt und müssen diesen mit Ihrer Hose vergleichen“, erkläre ich.

„Meine Hose ist nicht kaputt.“

„Ziehen Sie sie trotzdem aus!“, fahre ich Gröhmling an.

„Na, von mir aus“, lenkt er ein und verlässt das Zimmer.

„Ich glaube, wir waren zu optimistisch und haben falsche Prioritäten gesetzt“, äußere ich kleinlaut.

„Wenn sich herausstellt, dass Gröhmling nicht der Täter ist, ist das immerhin auch ein Ergebnis“, versucht Willi, unserer temporären Niederlage einen positiven Aspekt abzugewinnen. Ich bitte ihn, die Folie aus unserem Dienstfahrzeug zu holen, damit wir von Gröhmling die Fingerabdrücke sichern können. Winterstein schlurft davon.

Gröhmling kommt zurück und überreicht mir seine Hose.

„Haben Sie noch weitere dieser Art?", erkundige ich mich.

„Nur diese."

Willi ist wieder zurück und kümmert sich um den Antiquitätenhändler und dessen Fingerabdrücke. Gröhmling zeigt sich zwar nicht begeistert, stellt sich aber auch nicht quer.

„Dann auf Wiedersehen", sage ich.

„Bloß das nicht", antwortet Gröhmling.

Eine Minute verschnaufe ich an der frischen Luft. Die Verhaftung von Gröhmling ist in weite Ferne gerückt. Wenn wir Pech haben, wird es auch nie dazu kommen. Ich erinnere mich an unseren letzten Fall und tröste mich damit, dass es besser ist, wenn man gar nicht erst den Falschen verhaftet oder einen Mörder beinahe laufen lässt.

„Wie häufig kommt es vor, dass eine Person alle drei Mordopfer kennt und mit hoher Wahrscheinlichkeit trotzdem nicht der Mörder ist?", frage ich Willi. Der kann mit meiner Frage nicht viel anfangen. „Ach, leckt mich alle", murre ich und latsche zur verfallenden Doppelhaushälfte. Nach dem ersten Klingeln öffnet Klaus Hofmann.

„Sie schon wieder!", fährt er mich an und verliert beinahe seine Zahnprothese. Ich frage mich, ob er sie mal irgendwo gefunden hat.

Ich verzichte auf einen netten Neujahrsgruß. „Wie heißt die rothaarige Freundin Ihres Schwiegersohnes, Herr Hofmann? Außerdem benötigen wir Ihre Fingerabdrücke und sämtliche Cordhosen. Und das Ganze jetzt mal zackig", ordne ich an.

Haltlos klappert die Prothese des fassungslosen Eigentümers hin und her. „Willi, übernimm du das bitte. Wir wollen ja auch irgendwann mal wieder zurück."

Winterstein wedelt mit einer neuen Folie. „Das machen wir drinnen", erklärt er Hofmann. Dann schiebt er ihn beiseite und bedankt sich, dass er hereingebeten wurde. Ich schiebe mich hinterher und an Hofmann vorbei, der uns anschreit, uns nicht hereingebeten zu haben. Wutschnaubend ist er uns auf den Fersen. Ihn umhüllt auch heute wieder eine dicke Miefwolke. Willi ist bereits in der Küche angekommen und fordert Hofmann auf, gefälligst kooperativ zu sein. Ich mische mich nicht ein, weil ich weiß, dass das nicht nötig ist. Während die beiden Herren miteinander einen lautstarken Disput austragen, betritt Elvira Markgraf die Küche. Mit Unverschämtheit kommt man mitunter schneller ans Ziel als mit Zurückhaltung und Erklärungen. Ich gehe mit großen Schritten auf die heute adrett geschminkte Witwe zu und baue mich vor ihr auf. Mal schauen, ob mein Angriff Erfolg bringt. „Das rothaarige Arschloch Ihres toten Mannes heißt wie?“ Meine Stimme klingt wie die eines Korporals.

„Sandy Kollinger.“

„Die Adresse lautet?“

Elvira Markgraf beißt sich auf die Lippe und funkelt mich vernichtend an. „Keine Ahnung.“

Inzwischen sind die beiden Herren fertig miteinander. Willi nickt mir zufrieden zu. „Auch Ihre Fingerabdrücke benötigen wir“, herrsche ich die Witwe an. Ihren Protest ersticke ich im Keim. „Keine Widerrede. Wir ermitteln in drei Todesfällen, und ich habe weder Zeit noch Lust, mich ständig mit Ihnen herumzustreiten.“

Elvira Markgraf zischt etwas Unverständliches, kommt meiner Aufforderung dann aber nach. Widerwillig vertraut sie sich Winterstein an.

„Ziehen Sie Ihre Hosen aus“, befehle ich Hofmann. Der macht sich nicht die Mühe, erst das Zimmer zu verlassen. Er knöpft den Hosenstall auf und lässt die viel zu weite Hose einfach an seinen dürren Käsebeinen herunterrutschen. „Aufheben müssen Sie sie selber“, klappert er.

Ich streife mir Gummihandschuhe über und verziehe vor Ekel gut sichtbar mein Gesicht. Dann stopfe ich die verdreckte Keimschleuder in eine Tüte. „Haben Sie weitere Cordsamthosen? Wenn ja, dann bringen Sie die her!“

Entgegen seiner Art, sich andeutungsweise auf mich stürzen zu wollen, verlässt er wortlos die Küche. Ich schaue ihm nach. Das dünnbeinige Scheusal müsste dringend seinen Slip wechseln. Falls linierte Slips nicht gerade der neueste Modeschrei sind, verdankt die braune Linie ihren Ursprung der mangelnden Hygiene des übellaunigen und übelriechenden Hofmann.

Es poltert im Obergeschoss, und zwei Minuten später ist Hofmann zurück. Über den Arm hängt eine zweite Hose aus längst vergangenen Jahrzehnten. Vermutlich ist Hofmanns gesamte Kleidung einem permanenten Wechsel ausgesetzt. Sie ist in Mode und dann wieder aus der Mode und so weiter.

Hofmann steht als Jammergestalt vor mir und schafft es tatsächlich, dass meine Hormone Ping-Pong spielen. Der Mann liegt mir eigentlich mächtig quer im Magen, nicht nur wegen seines abartig verbreitenden Gestanks. Jetzt tut er mir ein klitzekleines bisschen leid. „Sie haben doch hoffentlich noch eine dritte Hose?“, erkundige ich mich fürsorglich.

„Das geht Sie einen Scheiß an.“

Mein Mitleid verabschiedet sich. Wir tun es auch und verlassen so schnell wie möglich den barbeinigen Griesgram und seine böse Tochter.

„Wie kann man bloß so leben?“, sinniert Winterstein, während er tief die frische und saubere Winterluft inhaliert.

Ich schaue mich kurz um. Drei Augenpaare starren uns nach. Gröhmling mit Hilfe seiner Brille, Hofmann und Elvira Markgraf ohne Sehhilfe, aber mit versteinertem Gesichtsausdruck.

Die Rückfahrt verläuft größtenteils schweigend. Ich muss mich auf den Verkehr konzentrieren. Und Willi ist eingeschnappt, weil er nicht fahren darf. Erst kurz vor Sassnitz entscheiden wir, wieder miteinander zu kommunizieren.

„Gehen wir was essen?“, erkundigt sich Winterstein.

„Gumpfer?“, frage ich. „Oder ins Gastmahl des Meeres?“

„Völlig egal“, meint Willi. „Hauptsache nicht in unsere Kantine.“

Wir stellen unser Dienstfahrzeug im Parkhaus in der Nähe des Stadthafens ab und entscheiden uns, das späte Mittagessen im urigen Fischrestaurant einzunehmen und für den Nachmittagskaffee bei „Gumpfer“ einzukehren. Das lässt sich toll vereinbaren, denn die beiden Aushängeschilder in Sachen kulinarischer Köstlichkeiten liegen maximal eine Gehminute voneinander entfernt.

Während des Essens reden wir wieder nicht viel. Das liegt auch daran, dass ich mir eingestehen muss, viel zu viel erwartet zu haben. Letzten Endes ein Geständnis von Gröhmling. Und das war nun weiß Gott eine völlig überzogene Herangehensweise. Außerdem kommt hinzu, dass der Antiquitätenhändler auf mich ziemlich ehrlich wirkte. Ich hatte zwar vor einiger Zeit schon einmal mit zwei tollen und leider auch perversen Schauspielern zu tun, von denen einer ein ziemlich abgebrühter Mörder war, aber dass sich dieses Szenario so schnell wiederholt, halte ich für relativ unwahrscheinlich.

Winterstein reißt mich aus meinen Gedanken. Er übernimmt die Rechnung, und wir schlendern ins Café. Wir nehmen hinter einem kleinen Sichtschutz an einem Zwei-Personen-Tisch Platz, von dem man herrlich auf die aufgewühlte See blicken kann. Ich sitze da und starre nach draußen. Die Gedanken kreisen. Drei tote Männer innerhalb weniger Tage. Und vor uns liegt ein riesengroßer Berg Fleißarbeit. Und ich muss aufpassen, dass ich mir nicht selber Druck aufbaue. „Im Moment sehe ich kein Land, Willi“, gebe ich zu.

„Würde mich auch wundern“, antwortet der. „Du guckst immerhin aufs Meer.“

Willis Antwort entlockt mir ein klitzekleines Lachen, dann verfalle ich wieder in Grübelei.

Nach einem köstlichen Latte Macchiato mit Karamellgeschmack brechen wir auf. Im Präsidium angekommen, schlägt Winterstein vor, dass er sich zunächst die drei verbliebenen Ordner von Luttkus vornimmt. „Da haben wir schon mal eine Baustelle abgearbeitet", begründet er seine Entscheidung. Ich stimme zu. Denn ich weiß, dass Willi absolut verlässlich die Seiten durchforsten wird. Wenn er nichts findet, dann gibt es auch nichts, was man finden könnte.

„Willi", halte ich ihn kurz auf, „kannst du bitte die Aussagen von Gröhmling prüfen?"

„Welche denn?"

„Dass er zunächst in Boltenhagen und später in Rostock zur Schule gegangen ist. Ich will sicher sein, dass sich die Männer nicht schon früher begegnet sind."

„Geht klar."

„Und bringst du bitte auch die Folien mit den Fingerabdrücken zu unserem Praktikanten?"

„Aber sicher doch."

Dann trete ich auf der Stelle. Willi beobachtet mich und steckt die Hände in die Hosentaschen. „Ist noch was?"

„Sollten wir die Partygäste kontaktieren und deren Fotos auswerten? Bestimmt sind die beiden Männer irgendwo verewigt."

Willi holt tief Luft. „Hätten wir bereits vor unserem Besuch bei dem Gröhmling machen sollen. Aber wäre es nicht zielführender, zunächst das Videomaterial des Hotels so schnell wie möglich zu sichten?"

„Stimmt", räume ich ein. „Das wollte ich dem Teichert aufhalsen."

Willi greift sich den ersten Ordner und macht es sich hinter seinem Tisch bequem. „Kann ich sonst noch was für dich tun?"

„Ruf bitte noch im Hotel an und erinnere den Hausmeister an seine Pflichten. Ich warte noch immer auf seine Auskunft, ob ein Schlüssel gestohlen wurde."

„Und was bringt uns das?"

„Falls wir tatsächlich mal einen Tatverdächtigen haben sollten, könnten wir bei ihm nach dem Schlüssel suchen."

„Hm", brummt Winterstein. „Und jetzt raus!"

In meinem Büro setze ich mich dann mit der Brückenschule in Verbindung. Die Schule, in der Dennis Luttkus und seine beiden Freunde ihre schulischen Laufbahnen begannen. Der Direktor, ein gewisser Herr Zeinert, bringt mir großes Verständnis entgegen. Allerdings verlangt er meine Legitimation. Das ist sein gutes Recht. Innerlich fluche ich, aber nach außen zeige ich mich verständnisvoll. Und so gehen wir als Freunde auseinander.

Dann kontaktiere ich die örtlichen Kollegen in Göhren und bringe mein Anliegen vor. Ich nenne einem netten Beamten die Namen der drei Todesopfer und bitte ihn, entsprechend zu recherchieren. Zugleich räume ich ein, dass es derzeit noch einen gewissen störenden Umstand gibt. „Wir konnten die Identität des dritten Opfers noch nicht zweifelsfrei feststellen. Aber alle Fakten deuten darauf hin, dass es sich um einen gewissen Maurice Hammermann handelt." Ich ernte ein verständnisvolles Brummen. „Uns interessiert, ob damals irgendeine Katastrophe passiert ist."

Der gemütlich brummelnde Beamte fragt nach, was ich mir unter einer Katastrophe vorstelle.

„Ich habe keine Ahnung", gebe ich zu. Das scheint ihm Anlass genug zu sein, keine besondere Eile an den Tag zu legen. Er stellt eine zeitnahe Antwort in Aussicht. „Könnten Sie das Wort zeitnah präzisieren?" Ich höre ihn genüsslich schmatzen und ab und zu ein Getränk schlürfen. In Göhren scheint es geruhsam zuzugehen. Er schlägt einen Zeitraum von drei bis vier Wochen vor. Das lehne ich ab. Ich erläutere ihm, dass wir in Sassnitz derzeit eine hohe Sterberate verzeichnen und von drei ehemaligen Jugendfreunden mit hoher Wahrscheinlichkeit niemand mehr übrig ist. Das überzeugt ihn. „Ich rufe Sie in den nächsten zwei Tagen an", verspricht er mir.

Mittlerweile ist es spät geworden. Schnell schaue ich noch bei Bolle vorbei. „Wie ist dein Tag verlaufen?", erkundige ich mich. Mein junger Kollege hat rotgeäderte Augen. Die Brille fehlt mal wieder. „Versuchst du immer noch, mit Kontaktlinsen klarzukommen?"

Bolle nickt. „Ich sollte es vielleicht aufgeben", räumt er ein.

Ich versichere ihm, dass er mir mit Brille eigentlich besser gefällt. Bolle blinzelt mir zu. Wohl mehr wegen der Kontaktlinsen. Eine Träne läuft ihm über die Wange.

„Ich habe die Eltern von Michael Markgraf gefunden. Sie wohnen sozusagen gleich nebenan. Derzeit sind sie jedoch im Winterurlaub. Sie haben einen Spruch auf ihrem Anrufbeantworter hinterlassen. Demnach sind sie bis zum Wochenende in Tirol. Erstaunlich, wie sorglos manche Menschen sind. Naja, das ist nicht unser Problem. Ich habe daher versucht, die Mutter von Maurice Hammermann zu kontaktieren. Sie arbeitet in einem Discounter."

„Und wo schuftet sich Frau Hammermann kaputt?"

„So ziemlich am Ende der Welt."

„Am Nordkap?“ Voller Hoffnung, dass ich meinem Sohn Sebastian dienstlich plötzlich ganz nahe kommen könnte, falle ich Bolle ins Wort.

„In Dranske“, holt mich Bolle auf den Boden der ernüchternden Tatsachen zurück. Stimmt. Das hatte mir Teichert bereits erzählt.

„Und dort gibt es einen Einkaufsmarkt?“, hege ich Zweifel.

„Nun übertreibe mal nicht. Dort oben hat sich in den letzten Jahren auch einiges getan. Sogar schicke Ferienhäuser sind entstanden.“

„Na, was auch sonst. Hast du mit ihr schon telefoniert?“

„Ich habe es versucht. Aber es schaltete sich stets der Anrufbeantworter ein. Mit einer Ausnahme, die sehr merkwürdig war.“

„Inwiefern?“

„Bei meinem letzten Versucht ging Frau Hammermann bereits nach dem zweiten Klingelton an den Apparat.“

„Und das war merkwürdig?“

„Nein, natürlich nicht. Aber die Schreie im Hintergrund waren es. Sie klangen fast unmenschlich.“ Bolle hält inne und denkt angestrengt nach. „Ja, das trifft es. Unmenschlich. Dann hörte ich unverständliche Laute. Ich glaube, die Person war nicht imstande, sich klar zu artikulieren.“

„Ein Besoffener?“, schlage ich vor.

„Könnte was dran sein.“

„Und was hat Frau Hammermann zu dir gesagt?“

„Nicht viel. Sie war sehr aufgeregt und bat um Entschuldigung. Und dann legte sie auf.“

„Morgen fahre ich nach Dranske“, kündige ich an. „Ich spreche mit ihr. Frau Hammermann kann mir sicher Material für den DNA-Abgleich geben.“

Damit stehe ich auf, aber Bolle hält mich zurück. „Wir müssen herausfinden, wer die Hotelübernachtung auf die Namen Gröhmling und Hammermann vorgenommen hat. Ich habe ein ganz merkwürdiges Gefühl. Irgendetwas übersehen wir. Oder uns will jemand auf eine falsche Fährte locken.“

Gemeinsam verlassen wir unser Präsidium. Die unheilvollen Worte meines jungen Kollegen machen mich nervös. Und sie verfolgen mich bis nach Hause.

Den Abend beginne ich mit einem Telefonat. Da die Leitkuh zurück nach Sassnitz gefunden hat, gehe ich davon aus, dass auch meine Mutter wieder angekommen ist.

„Ich wünsche dir ein schönes neues Jahr“, sage ich. „Und viel Gesundheit“, füge ich an.

Daraufhin lacht meine Mutter verächtlich auf. „Das kannst du dir sparen“, erwidert sie eisig. „Mir tun jeden Tag alle Knochen weh. Und es ist ganz erstaunlich, dass ich bereits heute mal was von dir höre. Ich dachte schon, du hättest mich völlig vergessen.“

Mein Psychotherapeut erscheint vor meinem geistigen Auge. Er lächelt weise und hebt den Dudu-Finger. Bevor er auch noch altklug zu sprechen beginnt und mich fragt, warum ich mal wieder zuerst den Kontakt gesucht habe, raffe ich mich auf und frage, wie es im Theater gewesen ist.

„Heeeerrrrrrrrrlich“, schreit meine Mutter. „Endlich habe auch ich mal was erlebt. Du unternimmst ja nichts mit mir. Da hat man schon eine Tochter. Aber was bringt einem das? Nichts.“

„Wollen wir das Telefonat beenden?“

„So schnell? Warum hast du mich denn überhaupt angerufen, wenn du mir nichts zu sagen hast“, sagt meine Mutter und legt auf.

Ich ziehe meine handschriftliche Liste heran und ergänze sie um weitere Punkte. Der Berg der vor uns liegenden Aufgaben wird höher und höher. Ich bin heilfroh, dass Willi und Andy wieder im Dienst sind. Ein klein wenig freue ich mich sogar auf Teichert. Viel Arbeit wartet auch auf ihn. Ich hoffe, er kommt mit Elan und Tatendrang zurück.

VIERZEHN

Oliver Teichert kommt mir zunächst mit einer Schüssel voller Obst auf dem Flur entgegen. Das ist gut so. Denn ich habe das Gefühl, dass er mich vor lauter Glück sonst umarmen würde. So wünschen wir uns ohne körperliche Nähe ein tolles neues Jahr.

„Sind Sie voller Saft und Kraft?“, frage ich ihn und hefte mich gleich an seine Fersen.

„Beides im Übermaß vorhanden.“

Teicherts Büro gleicht noch immer einer Weihnachtsstube. Sogar die Zweige sehen noch frisch aus. „Was muss ich denn alles erledigen?“, erkundigt er sich und fährt seinen Computer hoch.

„Passen Sie auf. Die Lage ist ernst.“

Teichert nimmt Haltung an und nickt schon mal.

„Wir haben einen dritten Toten. Er stürzte in der Silvesternacht vom Dach des ‚Rügen-Hotels‘. Sie erinnern sich?“

Teichert nickt.

„Gut. Wir haben eine Menge Handys konfisziert. Eine Meute alkoholisierter Bürger hatte sich versammelt und Fotos und Videos aufgenommen. Schauen Sie, ob Sie irgendetwas finden, was uns weiterbringt. Vielleicht fällt Ihnen jemand auf, der sich im Hintergrund hält und schon nach oben schaut, bevor der Mann nach unten stürzt. Und werten Sie so schnell wie möglich das Videomaterial vom Hotel aus. Angeblich waren Gröhmling und Hammermann in der Silvesternacht auf der Party. Aber dieser Gröhmling bestreitet das. Und das Schlimme ist, dass ich ihm das sogar glaube. Schauen Sie, ob Sie ihn trotzdem entdecken. Und suchen Sie nach Hammermann. Es gibt ein aktuelles Hochzeitsfoto von Maurice und Tobias. Das dürfte Ihnen die Arbeit erleichtern. Wer waren diese beiden Männer, die sich abwechselnd stritten und umarmten? Klären Sie das so schnell wie irgend möglich."

„Ich hänge mich voll rein", verspricht mir Teichert.

„Da ist noch etwas." Um Vertraulichkeit zu signalisieren, senke ich die Stimme. „Frau Leitmeyer-Mummelthey widmet sich auch schon diesen Aufgaben. Stellen Sie es also geschickt an. Sie muss nicht merken, dass Sie das Material ebenfalls sichten."

Über Teicherts Gesicht huscht ein Grinsen. „Es kann nur gut sein, wenn zwei Augenpaare darüber schauen. Wie schnell übersieht man manchmal etwas", sagt er und zwinkert mir zu.

„Super. Aber das war noch immer nicht alles. Dieser Maurice Hammermann hatte seinen beiden ehemaligen Schulfreunden doch diese E-Mail geschrieben. Ich muss wissen, wo diese E-Mail abgeschickt wurde. Finden Sie den Standort heraus."

Teichert macht große Augen. „Ich kann es versuchen."

„Für den Anfang reicht mir das. Und prüfen Sie das Bewegungsprofil von Gröhmling. Er war laut Aussage von Tobias Hammermann ein komplettes Wochenende in Sassnitz, um sich mit Maurice zu treffen, der kein Mobiltelefon besitzt."

Natürlich geht Teichert bei meinem letzten Satz ab wie eine V1. „Menschen ohne Mobiltelefon gibt es nicht mehr auf diesem Planeten. Das wären ja … wie soll ich mich ausdrücken? Das wären ja Höhlenmenschen!"

„Aber schon noch Menschen, oder?" Dann klopfe ich mit dem Finger auf die Tischkante. „Herr Teichert, legen Sie los. Sie haben genug zu tun."

Oliver Teichert hält die Luft an und nickt. „It's showtime", flüstert er.

„Aber sicher doch", erwidere ich und sause davon. Die Tür zum Büro der Leitkuh ist weit geöffnet. Mein erster Impuls besteht darin, zurück in Teicherts Büro zu stürmen, um von dort aus dem Fenster zu springen. Aber ich gehe langsam weiter und komme unbehelligt in meinem Büro an.

Schnell schließe ich die Tür hinter mir. Ich überlege, wohin ich zuerst fahren soll. Zur Auswahl stehen das Gymnasium in Bergen oder Jutta Hammermann in Dranske.

Da ich mich nicht entscheiden kann, rufe ich an. Und zwar Tobias Hammermann. Im Abstand von jeweils zehn Minuten versuche ich dreimal mein Glück. Aber ich habe keins. Jedes Mal schaltet sich der Anrufbeantworter ein, und ich höre die Stimmen des Ehepaares Hammermann. Es berührt mich unangenehm, die beiden Männer am Ende gemeinsam lachen zu hören. Jetzt, wo Maurice mit an Sicherheit grenzender Wahrscheinlichkeit tot ist. Nach meinem dritten fehlgeschlagenen Versuch hinterlasse ich wieder eine Nachricht. Aber dieses Mal konzentriere ich mich und komme nicht ins Stottern.

Bei Jutta Hammermann habe ich gleichfalls kein Glück. Sie geht nicht ans Telefon, und auch der Anrufbeantworter schaltet sich nicht ein. Ich versuche es im Discounter. Dort glaubt man mir, dass ich von der Polizei bin, und ich erfahre ohne Umschweife, dass Frau Hammermann kurzfristig einen Tag freigenommen hat. Ich bedanke mich artig und schubse diese Aufgabe in meinem Outlook-Kalender in den morgigen Tag.

Bleibt also Zeit für das Gymnasium. Zunächst melde ich mich telefonisch an. Und ich frage schon mal vorsorglich nach, bis zu welchen Jahrgängen das Archiv schulische Unterlagen beherbergt. Die Sekretärin stöhnt auf. Meint aber, sie werde sich bis zu meiner Ankunft kundig machen. Sie klingt sehr unterkühlt.

Ich schaue aus dem Fenster. Wenn ich ganz ehrlich sein soll, ist mir der Enthusiasmus abhandengekommen, um schon wieder nach Bergen zu fahren. „Was muss, das muss“, sporne ich mich an.

Schnell decke ich Bolle mit noch mehr Arbeit ein. „Die Freundin von Michael Markgraf heißt Sandy Kollinger. Spüre sie auf und quetsch alles aus ihr raus.“

„Das sollte möglich sein“, zeigt sich Bolle zuversichtlich. „Und was machst du?“

„Ich fahre nach Bergen. Mal wieder. Das Gymnasium freut sich schon auf mich.“

„Aber nur, weil die dich noch nicht kennen.“

Ich stecke Bolle die Zunge raus und flitze aus dem Präsidium.

Eine halbe Stunde später stelle ich unser Dienstfahrzeug auf einem Parkplatz ab, der laut Hinweisschild nur für das Personal der Schule bestimmt ist. Ein kräftiger und großgewachsener Herr kommt mit energischen Schritten auf mich zu. Auf den ersten Blick hat er leichte Ähnlichkeit mit Gröhmling. Aber er trägt weder eine Brille noch Goldschmuck.

„So geht das gar nicht“, belehrt er mich, stemmt die Fäuste in die Hüften und baut sich vor mir auf.

Schnell zücke ich meinen Dienstausweis. „Mein Name ist Burmeister. Ich bin mit dem Direktor verabredet. Entschuldigen Sie bitte, aber ich konnte auf die Schnelle keinen anderen Parkplatz finden.“

„Mein Name ist Findeisen. Ich bin mit dem Herrn Direktor nicht verabredet. Aber ich bin hier der Hausmeister. Und ich muss Sie bitten, sich einen anderen Parkplatz zu suchen.“ Ein bisschen sprachlos gucke ich den Respekt einflößenden Herrn Findeisen an.

„Aber es ist doch nicht einmal die Hälfte der Plätze belegt“, bringe ich einen Einwand vor.

„Ich möchte Sie bitten, nicht darüber zu diskutieren“, lautet die unnachgiebige Antwort des Hausmeisters.

„Dann lassen wir das bleiben“, stimme ich zu und laufe schnurstracks auf den Eingang zu.

„He, was glauben Sie denn, wer Sie sind?“, ruft mir Findeisen nach.

„Ein Gesetzeshüter“, erwidere ich und laufe schneller, um dem nörgelnden Hausmeister zu entgehen.

Im Gebäude ist es sehr still. Und wieder einmal steigt mir der typische Geruch in die Nase, den meiner Meinung nach Schulen so an sich haben. Er erinnert mich an meine lange zurückliegende Schulzeit, und ein leichtes Frösteln krabbelt an meinem Rücken nach oben. Von der gesamten Schulzeit sind mir nur die Ferien in guter Erinnerung geblieben.

Die Absätze meiner neuen Winterstiefel hallen über den leeren Flur. Am Ende des Ganges befindet sich das Büro des Direktors. Ich klopfe an und trete ein. Kein Zweifel. Da sitzt sie vor mir, meine unterkühlte Gesprächspartnerin. „Lang“, stellt sie sich vor. Im letzten Moment kann ich mir ein Grinsen verkneifen. Sie wirkt auf mich wie der längst vergangenen Zeiten angehörende Typ von Bibliothekarinnen. Brille mit goldenem Gestell, die blonden Haare straff nach hinten zu einem Knoten gebunden. Verkniffener Mund, spitze Nase, weiße Bluse, graues Kostüm, knochige Finger. Und vermutlich hat sie noch nie einen Mann an ihrer Seite gehabt. Geschweige denn ganz woanders.

„Burmeister“, sage ich und halte ihr meinen Ausweis unter die Nase.

Frau Lang rückt sich die Brille zurecht und beäugt sehr genau meine Legitimation. „Und was genau war Ihr Wunsch noch mal?“

„Zunächst würde ich gern mit dem Direktor ein paar Worte wechseln.“

Frau Lang zieht ein beleidigtes Gesicht. Immerhin steht sie auf. Ihr Rock reicht bis an die Knöchel, die Schuhe haben den Charme orthopädischer Gummistiefel. Mit aristokratischer Haltung geht sie zur Tür des angrenzenden Direktorenzimmers. Sie klopft dreimal mit jeweils zwei Sekunden Abstand. Dann tritt sie ein und verschließt sofort die Tür hinter sich. Wenige Augenblicke später kommt sie mit bittersüßem Lächeln wieder heraus. „Der Herr Direktor Kurz empfängt Sie."

„Ich bin ganz ergriffen", erwidere ich. Ob Absicht oder nicht, Frau Lang bleibt in der Tür stehen. Keine Ahnung, ob sie glaubt, mich auf diese Weise aufhalten zu können. „Sie müssten Ihren edlen Körper mal zur Seite bewegen", sage ich. Frau Lang gibt den Weg frei.

„Bitte kommen Sie herein", ruft mir der Direktor zu.

„Das ist nicht so einfach", rufe ich zurück. „Ihre Sekretärin verteidigt Ihr Revier mit viel Hingabe."

Der Direktor, ein wohlbeleibter Mittfünfziger, kommt lachend auf mich zu. „Kaffee?"

„Wäre nett."

„Frau Lang, würden Sie uns bitte Kaffee aufsetzen?", wendet sich der Direktor an seine Vorzimmerdame. Ein steifes, kurzes Nicken.

„Sie möchten vielleicht ablegen?", bietet mir der Direktor an und hilft mir sogar aus der Winterjacke. „Ich bin aus den Worten meiner Sekretärin nicht richtig schlau geworden. Was führt Sie zu uns?"

Wir nehmen in einer gemütlichen Besucherecke Platz. „Ich ermittle in drei Todesfällen", setze ich ihn in Kenntnis. „Bei den ersten beiden Opfern handelt es sich um Michael Markgraf und Dennis Luttkus. Es sind ehemalige Schüler Ihrer Einrichtung."

Frau Lang betritt mit einem kleinen Tablett das Büro. Sie sieht aus, als hätte sie eine Zitrone im Mund. Mit einem energischen Klirren stellt sie das Tablett ab. „Bitte schön, die Herrschaften", sagt sie eisig und entschwindet.

Der Herr Direktor sieht ihr nach, und dann kreuzen sich unsere Blicke. Wir müssen beide grinsen. „Fünf Jahre noch", sagt er.

„Das tut mir leid für Sie", bringe ich mein Mitgefühl zum Ausdruck.

„Sie kann gut Kaffee kochen", meint er lächelnd. „Aber bitte sprechen Sie weiter."

„Wir vermuten, dass die Männer Opfer eines Einzeltäters wurden. Jemand, der Rache für ein längst zurückliegendes Ereignis genommen hat. Mich interessiert nun, ob es vor vielen Jahren an Ihrer Schule zu einem solchen Ereignis gekommen ist."

Der Direktor schaut mich ernst und nachdenklich an. „Was sollte das für ein Ereignis gewesen sein?“

„Es könnte sich beispielsweise um eine Vergewaltigung gehandelt haben. Vielleicht nimmt ein Elternteil der vergewaltigten Person späte Rache an den Peinigern“, schlage ich vor.

„Du meine Güte“, stöhnt Herr Kurz auf und stellt mit einem leichten Zittern seine Tasse ab. „Das halte ich für absolut ausgeschlossen. Ich meine, sehen Sie“, kommt er etwas ins Stottern, „seit fast dreißig Jahren bin ich nun schon hier an diesem Gymnasium tätig. Zunächst als Mathematiklehrer. Und vor nunmehr zehn Jahren bin ich zum Direktor berufen worden. Aber von einer Vergewaltigung ist mir nichts bekannt.“

Ich mustere ihn aufmerksam über meinen Tassenrand. „Vielleicht wurde die Angelegenheit unter den Tisch gekehrt“, schlage ich vor und hebe meine Hand, um die Einwände im Keim zu ersticken. „Die damalige Schulleitung könnte versucht haben, sich mit den betroffenen Eltern des Opfers gütlich zu einigen. Eine Vergewaltigung an einem Gymnasium ist nun mal schlecht für das Image. Es wäre nicht das erste Mal, dass die Aufklärung eines Verbrechens mit Geld aus der Welt geschafft wird. Außerdem handelt es sich nur um eine Vermutung. Jedenfalls muss ich Einsicht in die Unterlagen nehmen.“

Der Direktor stöhnt erneut auf. Dieses Mal mit deutlich mehr Inbrunst. „Und was glauben Sie da zu finden, wenn ich fragen darf?“

„Ich werde die Namenslisten der einzelnen Jahrgänge ansehen“, erkläre ich ihm. „Alle Schülerinnen und Schüler, die die Schule vorzeitig verlassen haben, könnten ein Opfer gewesen sein.“

Der Direktor fährt sich mit beiden Händen durch sein schütteres Haar. „Aber unser Gymnasium haben in den letzten Jahren einige Schüler vorzeitig verlassen. Es gibt jedes Jahr ein paar, die alles hinschmeißen.“

„Das ist mir klar“, versichere ich ihm. „Und das macht die Sache keinesfalls leichter. Aber wir kommen um diese Prüfung nicht herum.“

„Verstehe ich Sie richtig? Sie möchten alle Listen der gesamten Schule einsehen?“

„So ist es. Alle Namenslisten von dem Jahr an, in dem die drei Schüler auf Ihr Gymnasium wechselten bis zu ihrem Abgang. Das Opfer muss nicht zwangsläufig in deren Klasse gegangen sein.“

„Um mal bei Ihrer Theorie zu bleiben: Wenn das vermeintliche Opfer unser Gymnasium gar nicht vorzeitig verlassen hätte, würden Sie in die falsche Richtung ermitteln.“

Den Einwand lasse ich gelten. „Wir konzentrieren uns zunächst auf die wahrscheinlichste.“

„Aber wenn die heutigen Morde nun rein gar nichts mit diesem Gymnasium zu tun haben?“

„Wenn sich das herausstellen sollte, ist das gut für Sie und schlecht für uns. Denn dann müssen wir andere Spuren finden und weitersuchen.“

„Und da denke ich immer, mein Beruf ist anstrengend“, murmelt der Direktor. „Und wie verfahren wir jetzt? Wollen Sie sich selbst in unser Archiv setzen? Oder wäre es besser, wenn wir Ihnen Kopien anfertigen?“

„Wie viele Klassen unterrichten Sie denn?“, frage ich mit einer dunklen Vorahnung.

„Wir haben in der Regel in jeder Stufe drei Klassen. Und Ihre Recherchen umfassen einen Zeitraum von acht Jahren. Von Klassenstufe fünf bis zwölf.“

Ich blinzle und versuche, schlau zu gucken. Mathe war noch nie mein Steckenpferd. Unauffällig lege ich die Hände unter dem Tisch auf meinen Schoß und nehme die Finger zur Hilfe.

„Das sind dann also … viele.“

Der Direktor lächelt milde und vielsagend.

„Ich fand Mathe immer Scheiße“, erkläre ich geradeheraus.

„Warum auch nicht“, kommt mir der ehemalige Mathematiklehrer entgegen.

Ich werfe einen Blick auf meine Uhr. Die Mittagsstunde naht. „Es hat wohl wenig Sinn, auf die Kopien zu warten“, vermute ich.

„Ein Weilchen wird es dauern.“

„Aber wenn ich schon mal da bin, würde ich gern noch mit den anderen Lehrern sprechen.“

Der nette Herr Kurz nickt verständnisvoll. „Das habe ich schon vermutet.“

„Bevor ich mich in Ihrem Kollegenkreis umhöre, habe ich noch eine Frage an Sie.“

„Bitte, nur zu.“

„Gab es in der Vergangenheit einen tragischen Unglücksfall, vielleicht während eines Schulausfluges?“

„Da muss ich nachdenken. Diese Möglichkeit kann ich nicht rigoros ausschließen, auch wenn mir spontan kein derartiges Ereignis einfällt.“

Ich halte dem netten Mann zugute, dass er meine Fragen nicht als Angriff gegen seine Einrichtung betrachtet. Da habe ich schon ganz andere Erfahrungen gemacht.

„In Ordnung", sage ich daher nur. „Denken Sie in Ruhe nach. Und die Kopien senden Sie mir bitte so schnell wie möglich."

Der Direktor schaut gleichfalls auf die Uhr. „In fünf Minuten ist große Pause. Da treffen Sie das Kollegium wahrscheinlich vollständig im Lehrerzimmer. Ich bitte Fräulein Lang, Sie dorthin zu begleiten."

„Ihre verknöcherte Vorzimmerdame möchte wirklich mit Fräulein angesprochen werden?", raune ich Herrn Kurz zu.

„Alte Schule", flüstert er.

Frau Lang betritt das Büro. Ihre kerzengerade Haltung sieht eher beängstigend als gesund aus. Sie hat eine bittersüße Leidensmiene aufgesetzt. „Frau Lang, wenn Sie bitte die Dame von der Polizei in das Lehrerzimmer bringen würden? Und es kommt heute noch jede Menge Arbeit auf Sie zu", kündigt er schon mal an.

„Das war zu befürchten."

„Nur nicht verzagen", rede ich ihr gut zu. „Über kurz oder lang werden Sie das schon schaffen."

Herr Kurz lacht schallend auf. Frau Lang empört der Wortwitz.

Der Direktor und ich verabschieden uns mit einem kräftigen Händedruck, und ich folge dem Fräulein aus dem vergangenen Jahrhundert ergeben.

Der schrille Ton der Pausenklingel hallt plötzlich durch das Gebäude. Fast zeitgleich werden alle Türen aufgerissen, und je nach Alter stürmen oder schreiten die Schüler aus ihren Klassenzimmern. Ich folge Frau Lang eine Treppe nach oben und komme mit mehreren Lehrern gleichzeitig an. Die als Sekretärin getarnte Bibliothekarin weicht nicht von meiner Seite. In wenigen Minuten ist das Lehrerzimmer gut gefüllt. Frau Lang klatscht dreimal ihre knochigen Hände zusammen, und Stille macht sich breit. „Werte Kolleginnen und Kollegen, ich bitte um Ihre Aufmerksamkeit. Diese Dame hier", Frau Lang deutet mit dem Zeigefinger drohend auf mich, „ist von der Polizei. Sie hat ein paar, wie soll ich mich ausdrücken, recht ungewöhnliche Fragen an Sie." Frau Lang nickt mir einmal energisch zu. Damit habe ich ihre Erlaubnis, mich an die werten Damen und Herren des Lehrerkollegiums zu wenden.

„Mein Name ist Burmeister. Ich bin mit der Aufklärung zweier Morde beauftragt. Bei den Opfern handelt es sich um ehemalige Schüler Ihres Gymnasiums."

Schlagartig setzt ein lautes Murmeln ein. „Ruhe, meine Herrschaften", ruft Frau Lang gebieterisch.

„Danke, aber ich kann mir selbst helfen“, fahre ich sie an. Dann wiederhole ich meine Ausführungen, die ich zuvor schon dem Direktor nahegelegt habe. Betretenes Schweigen. Jeder schaut jeden fragend an.

„Wann soll denn Ihrer Meinung nach ein Unglück oder gar ein Verbrechen geschehen sein?“ Diese Frage kommt von einem rundlichen Herrn mit munteren Augen und einem grauen ellenlangen Haarkranz um eine ausgeprägte Glatze.

„Wir müssen vorerst die gesamte Schulzeit in Erwägung ziehen“, antworte ich.

„Sie sprechen von einem Zeitraum von acht Jahren“, stellt eine korpulente Brünette mittleren Alters fest.

„So ist es.“

„Ich unterrichte seit fünfundzwanzig Jahren an diesem Gymnasium, aber ich kann keinen derartigen Vorfall entsinnen“, meint ein hagerer kleiner Mann, der deutlich mehr Haare im Gesicht als auf dem Kopf hat. Fragend schaut er in die Runde. Zustimmendes Stimmengewirr setzt ein.

„Moment bitte“, rufe ich. Anscheinend zu leise, denn eine lauter werdende angeregte Diskussion setzt sich fort.

„RUUUUHE!“, gebietet Frau Lang.

In die augenblicklich einsetzende Stille erhebe ich noch einmal meine Stimme. „Überlegen Sie nochmals und geben Sie meine Fragen an die Kollegen weiter, die heute nicht anwesend sind. Zögern Sie nicht, mich oder meine Mitarbeiter zu kontaktieren. Jeder Hinweis kann uns zum erhofften Durchbruch verhelfen.“

Ich verteile großzügig meine Visitenkarten und lasse eine aufgeregte Lehrerschaft zurück.

Auf dem Flur kommt mir der Hausmeister entgegen. „Ich habe auch an Sie ein paar Fragen. Wie war gleich noch mal Ihr Name?“

„Findeisen“, knurrt er.

„Dann hören Sie mir jetzt bitte gut zu, Herr Findeisen.“ Ich erzähle meine Geschichte ein drittes Mal. Und da Findeisen als Einzelperson vor mir steht, hat das den Vorteil, dass ich ihn genau studieren kann. Nur einmal glaube ich, eine kleine Regung in seinen farblosen Augen zu erkennen. Nämlich bei den Namen der beiden Mordopfer. „Und“, schließe ich meine Ausführungen ab, „fällt Ihnen irgendetwas ein, was uns helfen könnte? Einem Hausmeister entgeht doch in der Regel nichts“, versuche ich, einen Köder auszuwerfen.

Findeisen mustert mich mit einem Blick, der schwer zu deuten ist. „Ich denke, Sie befinden sich auf dem Holzweg, wenn Sie glauben, dass sich an unserer Schule Schlimmes zugetragen hat. So etwas lässt sich nicht verheimlichen. Und jeder würde sich daran erinnern."

„Waren Sie damals schon hier als Hausmeister beschäftigt?"

„Ich denke schon."

„Hier ist meine Visitenkarte, falls Ihnen doch noch etwas einfällt."

Meine Karte verschwindet in Findeisens grobschlächtigen Pranken. „Ich habe das Ordnungsamt angerufen", ruft er mir nach, während ich schon auf dem Weg nach draußen bin. „Die haben Ihnen ein Knöllchen rangemacht. Auf den Parkplätzen für das Personal haben Fremde nichts verloren."

Ein paar Jugendliche, die seine letzten Worte gehört haben, johlen laut auf. Ich bleibe kurz stehen. „Dann hoffe ich für Sie, dass wir uns nicht wieder über den Weg laufen. Denn dann wird es aber mal so richtig ungemütlich für Sie."

Zweifelsohne habe ich das lautere Johlen auf meiner Seite. „Ganz stark gekontert, Alte", ruft mir ein Jugendlicher zu, der dem aufgepumpten jungen Arnold Schwarzenegger ähnelt. Ich halte den Daumen nach oben und überhöre gönnerhaft die ehrlich gemeinte Bezeichnung für meine Generation. Manchmal muss man Kompromisse eingehen.

An meinem Dienstauto starre ich gedankenverloren das blaue Knöllchen an. Dann schaue ich mich um. Von den Mitarbeitern des Ordnungsamtes ist weit und breit nichts zu sehen. Auch gut. Dann muss ich im Präsidium nicht erklären, warum ich zwei Patronen weniger im Magazin habe. Während ich das Knöllchen unter dem Scheibenwischer hervorziehe, fühle ich mich beobachtet. Findeisen steht auf der obersten Stufe und lässt mich nicht aus den Augen. Genüsslich zerknülle ich den blauen Zettel und werfe ihn in seine Richtung. Ich schiebe es auf den Gegenwind, dass er nicht weit fliegt, sondern auf meinen Schuhspitzen landet. Fluchend steige ich ein und fahre nach Sassnitz.

Für nordische Verhältnisse haben wir heute einen extrem strengen Wintertag. Das Thermometer zeigt zwei Grad unter null. Wenige Sonnenstrahlen schaffen es, sich durch aufgetürmte Wolkenberge zu schlängeln. Am Ende der Weddingstraße stelle ich unser Dienstfahrzeug verkehrswidrig ab und ärgere mich, dass ich das Knöllchen nicht stecken gelassen habe. Mitunter kann man die gestrengen Mitarbeiter des Ordnungsamtes hinters Licht führen. Wenigstens wenn sie sehschwach sind.

Ich steige die steilen Holztreppen nach unten, suche mir einen vor langer Zeit abgestürzten Baumriesen und klettere hoch. Im Schneidersitz genieße ich die glasklare Sicht. Kein Mensch ist zu sehen. Drei Möwen und ein

Schwanenpaar teilen meine Einsamkeit. Nur wenige Geräusche aus der Stadt dringen bis hierher. Meist überwiegt die stille Erhabenheit dieses wunderschönen Wintertages. Mein Blick schweift über die klobigen Ufersteine und wandert nach oben zu den kahlen Buchen und ihren mitunter meterlangen freiliegenden Wurzelgeflechten. Erst als mein Nacken zu schmerzen beginnt, wende ich mich von den todgeweihten Bäumen ab.

Nachdenklich schaue ich auf die See. Der Sturm ist heute gnädig. Und die Wellen donnern mal nicht mit Brachialgewalt auf das Land. Das Schwanenpaar gleitet graziös nebeneinander, die Möwen gleiten sanft über dem Wasser. Und in mir steigt mehr und mehr eine dunkle Ahnung empor. Es ist ein undefinierbares, ungutes Gefühl. Eine Unruhe, die aus dem Nichts kommt. Als hätte sie auf mich gewartet und mir aufgelauert. Warum mussten drei junge Männer sterben? Liegt der Grund überhaupt in weiter Vergangenheit, oder liege ich völlig falsch? Womöglich haben wir es auch nicht mit einem Einzeltäter zu tun? Und warum starb einer der drei Männer später? War es schlichtweg nicht zu schaffen, drei an einem Tag zu ermorden? Oder war Maurice Hammermann nicht eher zu finden?

Bei dem Gedanken an ihn zücke ich mein Handy und wähle die Nummer von Tobias. Erneut schaltet sich nur der Anrufbeantworter ein. Wieso kann ich Tobias nicht erreichen? Was ist …

Hinter mir kracht ein Ast zu Boden. Ich schreie vor Schreck laut auf und rutsche fast vom Baumstamm. Langsam, Schritt für Schritt, läuft ein Mann die Holztreppe nach unten. Seine Bommelmütze kommt mir bekannt vor. Und bei näherem Hinschauen erkenne ich auch ihren Besitzer, den Lebenskünstler, wieder.

„Na, Frau Kommissarin, müssen Sie auch mal frische Luft schnappen? Hilft beim Nachdenken, nicht wahr? Ich komme beinahe täglich hierher. Ist ein guter Ort für die innere Einkehr. Der Blick auf das Meer und die weißen Felsen sind Balsam für die Seele. Ich meditiere manchmal bis zu vier Stunden. Frei, losgelöst von allen Zwängen der hektischen sogenannten zivilisierten Welt. Einfach nur da sein. Schauen und atmen. Und das Leben genießen." Er setzt sich neben mich.

„Wenn Sie mit Meditieren fertig sind, wo genießen Sie dann Ihr Leben?"

Ein leises Lächeln huscht über sein Gesicht. „Meistens im Freien. Unter der Hängebrücke am Stadthafen ist es am schönsten."

„Ach was", äußere ich meine Zweifel. „Ist es dort im Sommer nicht am lautesten, wenn die Touristen bis spät in die Nacht bummeln?"

„Das stört mich überhaupt nicht. Soll ich Ihnen mal was verraten?"

„Warum nicht?“

„Wenn ich plötzlich ganz viel Geld hätte, was glauben Sie, würde ich damit machen?“

„Sie würden eine größere Brücke bauen, unter der Sie schlafen könnten?“

Verdutzt guckt er mich an. „So etwas in der Art, ja. In einem Haus könnte ich auf Dauer nicht leben. Vier Wände und ein Dach nehmen mir die Luft zum Atmen. Verstehen Sie das?“

Ich spüre seinen Blick noch immer. Für ein paar Sekunden schauen wir uns tief in die Augen. „Nein“, sage ich. „Ich verstehe das nicht. Aber das erwarten Sie sicher auch nicht.“

„Mich hat noch nie jemand verstanden“, antwortet er. Es klingt nicht vorwurfsvoll. Er schließt die Augen und faltet die Hände im Schoß. Ein paar Minuten bleibe ich noch neben ihm sitzen. Es ärgert mich, dass er mich aus meinen Gedankengängen gerissen hat. Und außerdem schläft mir mein Hintern ein. Ich rutsche vom Baumstamm und sage leise „Tschüss dann“. Aber der Lebenskünstler ist bereits in einer anderen Welt versunken.

Schon von Weitem erkenne ich, wie unter dem Scheibenwischer ein neues blaues Knöllchen friedlich im sanften Winterwind vor sich hin flattert. Bei schönem Wetter spazieren eben die Ordnungshüter durchaus auch mal bis ans Ende von Sassnitz. Warum auch nicht? Für so einen Spaziergang geben die Urlauber viel Geld aus. Die hinterfotzigen Mitarbeiter des Ordnungsamtes bekommen das sogar noch bezahlt.

Langsam und deftig fluchend fahre ich zurück und halte Ausschau nach den überbezahlten Ordnungskräften. Ich habe die Hoffnung schon fast begraben, als ich sie entdecke. Unterhalb unserer wunderschönen St.-Johannis-Kirche schicken sie sich an, die Stubbenkammerstraße zu überqueren. Provozierend langsam. Es ist mir eine Freude, extra für sie einen Umweg in Kauf zu nehmen. Mit quietschenden Reifen biege ich rechts ab und haue ich mit der Faust auf die Hupe. Die beiden Damen üben sich im Synchronspringen. Sie hechten im Gleichklang auf den rettenden Fußweg. Im Rückspiegel erkenne ich, wie eine versucht, das Kennzeichen zu erkennen. Die andere rappelt sich mühsam wieder auf die Beine. Na schön. Wenn ich Glück habe, bekomme ich bald neuen Ärger, der mich von den stagnierenden Ermittlungen ablenkt.

Ich gönne mir eine kleine Pause in unserer Kantine. Seit Kurzem haben wir einen nagelneuen Kaffeeautomaten. Man kann auf einem Sensorbildschirm hin und her wischen und zwischen vierzig Getränken auswählen.

Das Problem besteht darin, dass ich ohne Brille die vielen bunten Bilder nicht mehr erkenne. Und irgendwie schmeckt auch alles gleich.

Unser zeitgemäßer Koch sitzt in der hintersten Ecke und liest Zeitung. „Den haben wir nicht mehr lange“, raunt mir unsere Küchenfrau zu. „Ihr habt ihn viel zu lange geärgert.“

„Blödsinn“, widerspreche ich heftig. „Der Kerl ärgert doch uns mit seinem Starrsinn. Seit Monaten zwingt der uns seine ungenießbaren Kreationen auf. Der soll in die Politik gehen. Da kann er bis an sein Lebensende den Willen des Volkes ignorieren.“

Unser Koch schmeißt die Zeitung in die Ecke und verlässt sein Reich. Mit einem lauten Rumms schlägt die Tür hinter ihm zu.

Ich mache es mir an einem kleinen Tisch gemütlich und versuche, den Kopf freizubekommen. Nebenbei wähle ich erneut die Nummer von Tobias Hammermann. Ich warte und warte. Das Klingelzeichen verliert sich im Nirgendwo. Ähnlich ergeht es mir bei Jutta Hammermann. Ich leere in einem Zug mein Glas und stürme in mein Büro. Dort trommle ich meine Mannschaft zusammen. Nach wenigen Minuten trudeln Winterstein, Bolle und Oliver Teichert ein.

„Jungs, ihr zuerst.“

Winterstein sieht abgekämpft aus. „Mit der Durchsicht der Ordner bin ich fertig. Die Arbeit war umsonst. Es hat sich nur bestätigt, was wir schon wussten. Das Hotel hat nicht funktioniert. Schulden über Schulden. Neben dem Gröhmling gab es noch ein paar weitere Interessenten. Aber der Schriftwechsel ist spärlich. Die meisten sind nach der ersten Besichtigung gleich wieder abgesprungen. Ansonsten hat uns der Gröhmling in Bezug auf seine Schulen die Wahrheit gesagt.“

„Was ist mit dem Hausmeister des ‚Rügen-Hotels‘?“, hake ich nach. „Diesem … wie hieß er doch gleich?“

„Wie der Baum mit n“, antwortet Willi. „Ulmen“, erklärt er dann auf meinen verständnislosen Blick. „Der Mann ist telefonisch einfach nicht erreichbar.“

Übellaunig greife ich zum Telefonhörer. Mit jeder verstreichenden Sekunde steigt meine Wut. Endlich meldet sich eine Frauenstimme. „Bitte stellen Sie mich zu Ihrem Hausmeister durch“, verlange ich mit meiner einfühlsamsten Stimme.

„Das ist nicht so einfach. Er hat kein Büro. Und sein Handy hat er meist auf lautlos gestellt.“

„Dann richten Sie ihm bitte Folgendes aus. Wenn er sich nicht binnen einer Stunde bei mir meldet, dann sorge ich dafür, dass dieser heutige Tag zu einem ganz besonderen Erlebnis für ihn wird. Ich lasse ihn mit Handschellen vorführen und in U-Haft schmoren!", brülle ich in den Hörer. Die Dame zeigt sich beeindruckt und verspricht, ihr Möglichstes zu tun.

„Weiter", knurre ich.

Bolle berichtet, dass er mit Sandy Kollinger gesprochen hat. „Was für eine attraktive Frau", schwärmt mein junger Kollege und verdreht die Augen in alle Himmelsrichtungen. „Knallrote, lockige lange Haare, giftgrüne Augen und die Figur ..." Bolle zeichnet Linien in der Luft. Winterstein bekommt große Augen. Teichert wirkt gelangweilt. Ich für meinen Teil fühle, wie gleich Dampfwolken aus meinen Ohren entweichen werden. Bolle guckt mich an und wird blass. „Sie hat Markgraf bei der Besichtigung der Immobilie kennengelernt", informiert er uns dienstbeflissen. „Es hat zwischen beiden sofort gefunkt. Sie wollte aus dem Hotel eine Beautyfarm machen. Sie hat mir allerhand Begriffe um die Ohren gehauen." Bolle guckt auf sein Tablet und schmeißt mit Eindruck schindenden Wörtern um sich. „Sie sprach von essbaren Goldflocken, Enzympeeling, einem Algen-Mineralien-Ganzkörper-Kokon und schwor auf die Lomi-Lomi-Energie. Sie …"

„Bolle", unterbreche ich ihn, „dir hat wohl die rothaarige Goldflocken-Braut das Gehirn weichgeklopft. Komm sofort zur Sache, oder ich stecke dich nicht in einen Kokon, sondern in eine Zwangsjacke."

Teichert klatscht vor Begeisterung in die Hände und lacht sich schief. Nach meinem Blick verstummt er abrupt. Bolle murrt, dass ich ihm aber auch jeden Spaß vermiesen würde. „Als Mörderin von Markgraf scheidet sie aus", fasst er zusammen. „Für den Todestag hat sie ein Alibi. Sie hat ihre Eltern besucht, weil sie wohl wieder Geld brauchte. Sie ist von Geburt an Erbin."

„Das soll vorkommen", sage ich in Erinnerung an meine zukünftige Schwiegertochter. „Und mehr hast du bei ihr nicht rausgefunden?"

„Sandy Kollinger bezeichnete Markgraf als wankelmütig und feige. Ihre Beziehung wäre vermutlich sowieso bald in die Brüche gegangen. Frau Kollinger ist eine Frau, die weiß, was sie will. Und sie geht ihren Weg. Wenn auch begünstigt durch die finanzielle Unterstützung ihrer Eltern. Geld hat schon immer alle Wege geebnet."

„Hm", brumme ich. „Sie sind dran, Teichert."

„Also, das ist so", beginnt er. „Ich sollte prüfen, von wo Maurice Hammermann seine E-Mail abgeschickt hat, in der er seinen vermeintlichen Tod ansprach. Nun verhält es sich wie folgt …"

„Ihr treibt mich heute alle in den Irrsinn!“, brülle ich und haue mit der Faust auf den Tisch. „Keiner von euch kommt auf den Punkt. Konnten Sie den Standort ermitteln oder nicht!?“

„Nein“, haucht Teichert erschrocken. „Im Nachgang können Standorte nicht mehr lokalisiert werden, sofern eine Nachricht nicht über W-LAN abgesendet wurde.“

Ich nicke und fluche innerlich. „Haben Sie noch mehr motivierende Informationen?“

„Nun ja. Tobias wollte seinen Mann und diesen Gröhmling in Sassnitz gesehen haben. Aber das Bewegungsprofil von Gröhmling spricht eine andere Sprache.“

„Dann hat uns Gröhmling nicht angelogen“, stelle ich fest. Noch schwanke ich, ob mich das freut oder ärgert.

„Die konfiszierten Handys habe ich erst zum Teil ausgewertet. Da ist mir bisher nichts Verdächtiges aufgefallen.“

„Und was ist mit den Videoaufnahmen vom Hotel?“

Teichert schaut hilfesuchend zu Willi und Bolle. „Nu mach mal langsam“, ergreift Bollermann Partei für unser Nesthäkchen. „Wir sind alle gerade aus dem Urlaub zurück. Und die Ermittlungen brauchen ihre Zeit.“

Ich verschränke die Arme vor der Brust und gucke meine drei Mitstreiter strafend an. In diesem Moment klingelt mein Telefon. Der Vertreter der Ulmengewächse meldet, dass alle Schlüssel vollzählig sind. Ich ringe mir eine freundliche Antwort ab und lege auf.

„Alle Schlüssel sind da“, informiere ich meine Kollegen. Den Blicken nach zu urteilen scheinen sie nicht zu wissen, wovon ich spreche. Verächtlich winke ich ab. „Stümper“, schimpfe ich vor mich hin.

Dann wähle ich die Nummer unserer Spurensicherung. Kein Aas meldet sich. Ich wechsle zur Rechtsmedizin. Weder Wahlberg noch unser Praktikant Mehlhorn geben ein Lebenszeichen von sich. „Wo haben Sie Ihren Freund gelassen?“, erkundige ich mich bei Teichert. Der schaut auf seine Armbanduhr. „Henning wird schon Feierabend gemacht haben. Er kocht heute für uns.“

„Aha“, sage ich. Dann wähle ich die mobile Nummer von Mehlhorn. „Haben Sie etwa auch schon Feierabend gemacht?“, knurre ich ihn an.

Mehlhorn bringt zu seiner Verteidigung vor, dass es doch schon 18 Uhr sei.

„Und stellen Sie sich vor, bei mir ist es genauso spät“, entgegne ich ungehalten. „Aber ich bin trotzdem noch im Präsidium. Kann mir wirklich niemand eine Auskunft bezüglich der Fingerabdrücke geben?“ Meine

Stimme hört sich sehr schrill an. Daraufhin erklärt mir Mehlhorn, dass die Fingerabdrücke einer unbekannten Person gehören.

„Hofmann, Elvira Markgraf und Gröhmling haben die Türklinke im Hotel nicht angefasst. Wir müssen also weitersuchen“, berichte ich meinen Kollegen.

„Aber nicht mehr heute“, sagt Winterstein. „Ich gehe davon aus, dass Frau Kriminalhauptkommissarin sich einverstanden erklärt, dass wir jetzt auch den Feierabend einläuten.“

„Läute oder läute nicht“, maule ich. „Haut ruhig alle ab und lasst mich in meinem Elend zurück.“

Ich bleibe allein an meinem Schreibtisch sitzen und starre auf die Tür. Mich befällt mit einem Male eine tiefe Melancholie. Und wie immer in solchen Momenten greift das Selbstmitleid nach mir. Von Zeit zu Zeit fallen mir ansatzweise die Augen zu. Dann gebe ich mir einen Ruck. Energisch stehe ich auf und laufe zum alten Stadthafen.

FÜNFZEHN

Der Wind ist eisig. Für einen Moment verspüre ich ein irres Hungergefühl und erwäge, im „Gastmahl des Meeres“ einzukehren. Aber dann überkommt mich wieder das liebgewordene Selbstmitleid. Ich habe absolut keine Lust, allein an einem Tisch zu sitzen. Das könnte ich zu Hause auch, und da wäre es billiger.

Die Arme fest um den Oberkörper geschlungen, stapfe ich hinunter zum Ufer. Ich suche mir einen Stein aus, der eine halbwegs gerade Sitzfläche aufweist. Und dort hocke ich mich dann hin. Ab und zu trifft mich ein Wassertropfen. Der Sturm hat zugenommen und peitscht mit vehementer Wucht die Wellen gegen das Land. Ich schaue auf die schwarze See und die dunkelgrauen, tiefliegenden Wolkenfetzen am Himmel. Bei genauem Hinschauen erkenne ich die grau-weißen Umrisse einzelner Möwen, die von den Wellen emporgehoben werden. Der Leuchtturm blinkt mit stoischer Hingabe. Die weißen Prachtvillen entlang der Strandpromenade, in denen fast ausnahmslos Hotels und Restaurants untergebracht sind, leuchten in die Nacht hinaus. Auch mein Lieblingsrestaurant lockt mit gemütlichem Licht. Ich schließe die Augen und konzentriere mich auf die Geräusche der Nacht. Das Rauschen der Brandung und das Heulen des Sturmes liefern sich ein Kopf-an-Kopf-Rennen. Selten mischt eine Möwe mit und stimmt ein Klagegeheul an. Ich lasse vor meinem geistigen Auge den heutigen Tag Revue passieren. Und ich spüre, dass ich eine Kleinigkeit übersehen habe. Irgendetwas hat mich stutzig gemacht. Aber ich weiß einfach nicht mehr, was es war.

Für den Bruchteil einer Sekunde schlafe ich ein. Mein Kopf fällt vornüber, und erschrocken blicke ich um mich. Keinen Meter von mir entfernt sitzt der Bommelmützenmann. Auch er hat sich einen bequemen Stein ausgesucht. „Na“, ruft er mir zu. „Kommen Sie voran?“

„Wie soll das gehen? Ich sitze hier“, rufe ich zurück.

Er zuckt ein wenig mit den Schultern. „Ich meinte Ihre Ermittlungen. Es ist nicht gut, wenn ein Mörder frei herumläuft.“

Klugscheißer, denke ich. Ansonsten bleibe ich eine Antwort schuldig. Ich ziehe meinen Schal fester um den Hals und vergrabe die Hände tief in den Manteltaschen. Eine Ewigkeit sitzen wir nebeneinander und schweigen. Allmählich wird mir hundekalt. Mein leerer Magen setzt mir auch gehörig zu. Sehnsüchtig schaue ich zu den Fenstern meines Restaurants. Aber mittlerweile ist das Licht verloschen. Im tiefen Winter darf man es sich erlauben, eher zu schließen. Ein paar klappernde Geräusche von den im Hafen fest vertäuten Booten dringen an mein Ohr. Ein kümmerlich erleuchteter Frachtkahn scheint am Horizont zu schweben. Eine riesige Welle zerschmettert an dem aufgeschichteten Steinwall. Ihre eiskalte Gischt erwischt mich frontal. Wieder schließe ich die Augen. Wenn ich mich nicht bald dazu durchringen kann, aufzustehen, wird dies meine letzte Stunde sein. Ich atme tief durch und schaue in Richtung Bommelmütze. Der Schreck fährt mir in die Glieder. Der Mann starrt mich mit einem Gesichtsausdruck an, der sich schwer beschreiben lässt. Es kommt mir so vor, als ob er überlegen würde, mich ins Wasser zu werfen. Als sich unsere Blicke treffen, entspannt er sich. Energisch stehe ich auf und zerre meinen feucht gewordenen Mantel zurecht. „Sie müssen keine Angst vor mir haben“, ruft er mir zu.

„Wieso glauben Sie, dass ich Angst vor Ihnen hätte?“ Nebenbei verfluche ich mich, dass er mich durchschaut hat. Meine Wut und mein Selbstmitleid sind mit einem Male verflogen. Ich fühle mich, als hätte ich einen Schlag in die Magengrube bekommen. Die Angst, die mich erfasst hat, sitzt tief und fest. Auch der Mann steht jetzt auf. Noch nie habe ich meine Waffe so sehr geliebt wie in diesem Moment. „Ich suche mir mal einen warmen Platz zum Schlafen“, sagt er. Dabei umspielt ein merkwürdiges Lächeln seinen vom Bart eingerahmten Mund. Ich sage nichts und warte. Er kommt einen kleinen Schritt auf mich zu. Instinktiv weiche ich zurück und rutsche auf dem glitschigen Stein fast aus. Nur mit größter Mühe kann ich verhindern, umzufallen. „Wie gesagt, vor mir muss niemand Angst haben“, wiederholt er. Sein bizarres Lächeln setzt mir gehörig zu. Aber irgendwie bin ich nicht in Kämpferlaune. Mein Hunger, die Kälte, meine Einsamkeit und eine Mischung aus Angst und Argwohn setzen mir zu. Der Mann mustert mich von oben bis unten, nickt mir zu und läuft in Richtung Jasmunder Nationalpark. Ich verfolge ihn, bis seine Gestalt mit der Schwärze der Nacht eins wird. Es erschließt sich mir nicht, wo er in den Weiten der kahlen Buchenwälder einen warmen Platz zu finden gedenkt. Mit gezogener Waffe trete ich den Heimweg an. Nur ganz wenige Mitmenschen kreuzen meinen Weg. Und jedes Mal sorge ich für fassungslose Blicke, schnelle Schritte und hohe Nervosität.

Ich kann das unbehagliche Gefühl nicht abschütteln, verfolgt zu werden. Mehr als einmal bleibe ich kurz stehen und drehe mich um. Aber ich kann weder den Mann noch seine saudämliche Bommelmütze entdecken. Und gerade diese Unsichtbarkeit setzt mir zu. Panik macht sich unkontrolliert breit. „Hallo Herr Gunthau", flüstere ich meinem Psychotherapeuten zu, der vermutlich schon im Bett liegt. In einem warmen und sicheren Bett. Weit weg von seiner bedauernswerten Patientin.

Anstatt zu rennen, laufe ich langsam weiter. Meine Ohren gleichen Antennen, die im All nach außerirdischem Leben suchen. Am Ende der Straße erkenne ich mein Haus. Mein heißgeliebtes und marodes Mehrfamilienhaus. Das Gefühl, dass sich mir jemand von hinten nähert, wird geradezu unerträglich. Mit einem Schrei wirbele ich herum. Eine Katze faucht und schaut mich erschrocken an. Dann hechtet sie ins Dunkle der Nacht. Ich streife mir die Kapuze herunter und nehme die Mütze ab, um besser hören zu können. Der Sturm klappert an diversen Abfalltonnen und rauscht in den kahlen Baumkronen. Nur ein einziges Mal hatte ich bisher ein ähnliches Gefühl von schier übermächtiger Angst, verfolgt zu werden. Damals war ich mit Bolle zu nächtlicher Stunde im Wald unterwegs. Heute stehe ich allein auf der dunklen und leeren Straße im diffusen Schein einer Lampe. Ich beiße die Zähne zusammen. Schritt für Schritt laufe ich rückwärts, bis ich über eine am Straßenrand abgestellte Biotonne stolpere. Kreischend und krachend gehe ich mit ihr zu Boden. Ich schlage mit dem Rücken auf den Deckel auf und lande im stinkenden Biomüll. Der Schmerz fährt mir in alle Glieder. Aber die Angst lässt mich aufspringen. Mein von der Panik schachmatt gesetzter Verstand funktioniert immerhin noch bruchstückhaft, und ich greife nach meiner Waffe, die mir aus der Hand gerutscht ist. Dann gibt es kein Halten mehr. Wie eine Bekloppte renne ich los. Vor meiner Haustür gebe ich dann beinahe auf. Ich bekomme den Schlüssel einfach nicht ins Schloss. Ständig gucke ich mich nach allen Seiten um. Dort, wo ich vor Kurzem ein paar Zweige für meine Bodenvase mauste, glaube ich, eine Gestalt wahrzunehmen. Im Film würde ich jetzt darauf zugehen und mit fester Stimme die schwarzen Umrisse eines Menschen ansprechen. Aber das hier ist kein Film. Mit meinem vorletzten Atemzug wuchte ich den Schlüssel ins Schloss und knalle hinter mir die Tür zu. Eine ungeheure Erleichterung macht sich breit, obwohl ich hinter einer Glastür stehe. Ich verzichte auf Licht und taste mich im Finsteren nach oben. Zum ersten Mal, seit ich eingezogen bin, schließe ich meine Wohnungstür ab. Dann laufe ich von einem Fenster zum anderen und starre nach unten. Nach und nach spüre ich mein Herz nur noch dort schlagen, wo es normal ist. Ich lehne mein schweißnasses Gesicht an das Wohnzimmerfenster und versuche, ruhig zu atmen. Mit zitternden Beinen taste ich mich in der dunklen Wohnung bis in den Flur, hänge meinen Mantel auf einen Bügel, werfe meine übrigen Sachen auf einen Stuhl und stehe dann eine Ewigkeit unter der Dusche. Bevor ich ins Bett krieche, kontrolliere ich noch einmal meine Wohnungstür und schaue von der Dachterrasse aus auf die Straße.

Dort unten steht er. Genau im Lichtkegel einer altersschwachen Straßenlampe. „Schlafen Sie gut“, ruft mir der Bommelmützenträger zu. Er winkt kurz und läuft weiter. Fassungslos bohre ich meinen Blick in den nächtlichen Himmel. Die erneut aufsteigende Panik sorgt dafür, dass ich mich emporgehoben fühle. Wild mit den Armen fuchtelnd halte ich mich am Balkongeländer fest. „Wer bist du dummes Schwein?“, frage ich.

„Ihr Nachbar“, sagt mein Nachbar, der auf der anderen Seite der Wand steht, die unseren Außenbereich teilt. Ich beuge mich leicht vor. „Haben Sie den Kerl da unten auch stehen sehen?“

Herr Körner nickt. „Der hat die ganze Zeit hier hochgeblickt“, gibt er mir freundlich Auskunft. Damit nimmt er meine letzte Hoffnung, halluziniert zu haben.

„Gute Nacht“, rufe ich Herrn Körner zu.

„Angenehme Träume“, wünscht er mir freundlich.

Mit der Waffe in der Hand lege ich mich ins Bett. Irgendwann falle ich in einen komatösen Schlaf.

Am Morgen liege ich noch genauso da wie vor wenigen Stunden. Auf einem schmerzenden Rücken und mit der Waffe in der Hand. Langsam rolle ich auf die Seite. Mit schweren Augenlidern blinzle ich die Müdigkeit weg. Ein klein wenig wird es grau am Horizont. Die Tage werden ganz allmählich wieder etwas länger. Unvermindert hält der Sturm an. Endlich lege ich meine Waffe auf die Kommode im Flur. Im Bad baue ich mich vor dem Spiegel auf und versuche, einen Blick auf meinen Rücken zu werfen. Eine große rötlich gefärbte Strieme ist das farbliche und schmerzende Ergebnis meines nächtlichen Zusammenstoßes mit der Tonne. Dann schleppe ich mich in die Küche und setze Kaffee auf. Der Duft hilft mir, wieder klarer zu denken. Der beginnende Tag lässt mein nächtliches Abenteuer in einem ganz anderen Licht erscheinen. Ich komme mir immer blöder vor. Dann rufe ich mir noch einmal den gestrigen Abend Stück für Stück ins Gedächtnis. So blöd bin ich gar nicht gewesen. Der Kerl hat mich verfolgt. Das steht für mich fest, Tageslicht hin oder her. Und er weiß, wo ich wohne. Zum Glück macht sich gerade eine Lücke am Himmel auf, und der erste kleine Sonnenstrahl ergießt sich in meine Wohnung. „Mensch, Burmeister", rede ich mir gut zu, „du hast doch sonst vor niemandem Angst."

Der Wintersturm hat unsere Insel fest im Griff. Ich stemme mich gegen die Windböen auf dem Weg zum Präsidium. Gleichzeitig mit unserem Rechtsmediziner Dr. Henning Wahlberg komme ich an.

„Haben Sie hilfreiche Erkenntnisse, was unser letztes Opfer anbelangt?", nehme ich ihn sofort in Beschlag.

Wahlberg guckt mich verdattert an. „Früher begann man den Tag mit einem höflichen guten Morgen", belehrt er mich.

„Darauf legen Sie doch sowieso keinen Wert", halte ich dagegen.

Wahlberg schüttelt missbilligend den Kopf. „Ich hatte mir vorgenommen, das neue Jahr friedlich zu beginnen. Aber wenn Sie Krieg wollen, soll mir das auch recht sein."

Ich hole tief Luft. „Hören Sie, Wahlberg, es wäre schön, wenn wir Gewissheit über die Identität des Opfers hätten. Ich möchte heute mit der Mutter des vermeintlichen Toten sprechen. Und da wäre es für mich hilfreich, wenn ich nicht herumeiern muss."

„Das ist verständlich. Aber solange wir keine Probe für einen DNA-Abgleich haben, wird das schwierig. Da trifft es sich doch gut, wenn Sie die Mutter aufsuchen. Die wird doch wohl was von ihrem Sohn haben, was uns Gewissheit bringt."

„Und was macht der Zahnstatus? Unser Praktikant meinte, dass die Suche läuft."

Wahlberg tippt sich an die Stirn. „Da hat der gute Herr Mehlhorn nicht bis zu Ende gedacht. Sie haben den Mann doch mit eigenen Augen gesehen. Da war vom Kopf nicht wirklich viel übrig. Darauf hätten Sie selber kommen müssen."

Wahlberg schickt sich an, mich stehen zu lassen.

„Und was ist mit den Cordsamthosen?", rufe ich ihm nach. „Gehört dieser Stofffetzen zu irgendeiner der Hosen, die wir konfisziert haben?"

„Da ist Mehlhorn dran“, antwortet Wahlberg. „Ich werde ihm mal Dampf machen.“ Und schon ist er um die nächste Ecke gebogen.

Das nächtliche Erlebnis geht mir nicht aus dem Kopf. Tief in Gedanken versunken laufe ich die Treppen nach oben. Auf dem Flur wartet Staatsanwalt Vogel auf mich. „Frau Burmeister, kommen Sie doch bitte gleich mal in mein Büro. Haben Sie Fortschritte zu verzeichnen?“

Argwöhnisch betrachte ich ihn. „Kann es sein, dass die nächste Pressekonferenz auf Sie wartet?“

Vogel versucht, erstaunt zu gucken. Aber eine leichte Röte, die unaufhaltsam von seinem Gesicht Besitz ergreift, straft ihn Lügen. Ich grinse selbstgefällig.

„Ich finde, Sie sollten nicht so grinsen“, sagt Vogel. „Also, machen wir Fortschritte?“

„Kleine“, gebe ich Auskunft. „Immerhin wissen wir, dass die Fingerabdrücke aus dem Hotel keiner uns bekannten Person zugeordnet werden können.“

„Und das nennen Sie Fortschritt?“

„Manchmal muss man sich die Situation schönreden“, entgegne ich. „Nach wie vor tappen wir im Dunkeln in Bezug auf die Identität der beiden Männer, die sich auf der Silvesterparty mal gestritten und dann wieder angehimmelt haben. Gröhmling bestreitet jedenfalls, sich dort aufgehalten zu haben. Wir wissen nur, dass eine Zimmerreservierung auf seinen Namen und auf den Namen Hammermann vorgenommen worden war.“

Vogel schüttelt den Kopf. „Ich finde das sehr merkwürdig.“

Zum Ausgleich nicke ich. „Kopfzerbrechen bereitet mir momentan, dass ich Tobias Hammermann nicht mehr erreichen kann. Vielleicht könnten die Kollegen vor Ort einmal nachsehen, was da los ist.“

„Tobias Hammermann wohnt in Zingst?“, vergewissert er sich.

„Richtig. Und es macht mich stutzig, dass er auf meine Nachrichten nicht reagiert.“

Und dann weiß ich plötzlich, was mir gestern Abend Kopfzerbrechen bereitet hat. Ich schlage mit der Faust auf den Tisch und brülle Vogel an. „Das war’s!“

Unser Staatsanwalt rutscht fast vom Stuhl. „Wie meinen?“

„Ich wusste doch, dass da was komisch war. Gestern schaltete sich der Anrufbeantworter nicht ein, als ich bei Tobias Hammermann anrief. Die Tage vorher war er aber eingeschaltet. Also ist Tobias wieder zu Hause. Trotzdem ruft er nicht zurück, obwohl er doch meine Nummer kennt. Die Kollegen sollen schnellstens vor Ort prüfen, was da los ist.“

„Selbstverständlich“, sichert Vogel mir zu.

„Wir brauchen unbedingt Material für einen DNA-Abgleich. Und dafür wiederum brauchen wir Tobias.“

„Ich verstehe“, sagt Vogel. „Ich kümmere mich darum. Mal schauen, was die Beamten erreichen werden. Und weiter?“

Ein paar Sekunden schaue ich aus dem Fenster. „Vielleicht gehen wir alles falsch an.“

Vogel zieht die Augenbrauen fragend nach oben.

„Wir vermuten, dass wir in der Vergangenheit suchen müssen. Darum habe ich um Kopien der Klassenlisten gebeten.“

„Was erhoffen Sie sich davon?“

„Einen Hinweis auf einen Schüler oder eine Schülerin, die die Einrichtung vorzeitig verlassen hat aufgrund eines Ereignisses, in das die drei Jugendlichen verwickelt waren.“

„Ich verstehe“, wiederholt Vogel. Dabei hört er sich allmählich wie mein Psychotherapeut an. „Ich finde diesen Denkansatz durchaus erfolgsversprechend“, meint er nach kurzer Überlegung.

„Aber vielleicht denken wir zu eingleisig. Hoffentlich hat Teichert die Videoaufnahmen bald ausgewertet. Und …“

„Sollte das nicht Frau Leitmeyer-Mummelthey erledigen?“

„Zwei Augenpaare sehen mehr als eins“, rette ich mich in eine Notlüge. Vogel mustert mich misstrauisch.

„Ich möchte heute nach Dranske fahren“, versuche ich, ihn auf andere Gedanken zu bringen. „Die Mutter von Maurice Hammermann lebt dort. Ich möchte ihr die gleichen Fragen stellen wie den Eltern von Dennis Luttkus. Mal schauen, wie sie reagiert.“

Vogel wiegt bedächtig den Kopf hin und her. „Na dann wünsche ich Ihnen Erfolg. Und wenn Sie bitte heute Nachmittag pünktlich zur Pressekonferenz zurück sein könnten.“

Ein breites Grinsen bemächtigt sich meiner. „Das wird unserer Frau Leitmeyer-Mummelthey aber gar nicht gefallen. Sie hat mich schon einmal beinahe gefressen, weil Sie mir den Vorrang gaben.“

„Aber offensichtlich auch wieder ausgespuckt“, sagt Vogel trocken.

„Sie sagen es“, stimme ich zu und gehe in mein Büro. Wie durch ein Wunder meldet sich Jutta Hammermann nach dem ersten Klingelton. Sie hat Spätschicht und verspricht, auf mich zu warten.

Gut eine Stunde später sitzt Frau Hammermann mir gegenüber und sieht mich erwartungsvoll an.

„Frau Hammermann, Ihr Sohn war mit Dennis Luttkus und Michael Markgraf eng befreundet", komme ich ohne Umschweife auf den Punkt.

„Die drei sind unzertrennlich", bestätigt Frau Hammermann. „Sie nannten sich Aramis, Arthos und Porthos. Sie wissen schon, die drei Musketiere. So eine Freundschaft findet man sehr selten. Und sie hält bis heute."

Ihr letzter Satz macht es mir nicht gerade leicht. „Ich habe keine guten Nachrichten", sage ich, und Frau Hammermann wird sehr blass.

„Die Freunde Ihres Sohnes fielen einem Gewaltverbrechen zum Opfer. Dennis und Michael sind tot." Ich warte ein paar Sekunden, um Frau Hammermann Zeit zu geben, das Gehörte zu verarbeiten.

„Dennis und Michael sind tot", wiederholt sie tonlos. Dann schließt sie kurz die Augen. „Das glaube ich nicht."

Währenddessen schaue ich mich im Wohnzimmer um. Es ist sauber, aufgeräumt und gemütlich eingerichtet. Ein Foto von Maurice sehe ich nirgends. Aber dem messe ich keine Bedeutung bei. Auch ich habe zu Hause weder ein Foto von Sebastian noch von seiner Freundin. Und dabei liebe ich meinen Sohn wirklich über alles.

„Wer hat die beiden Jungs ermordet?", fragt Frau Hammermann. Ihre Stimme klingt mit einem Male rau. „Haben Sie den Täter bereits gefasst?"

„Die Ermittlungen laufen. Wir vermuten, dass der Grund für beide Verbrechen in der Vergangenheit zu finden ist. Ist in der Schulzeit vielleicht etwas vorgefallen, in das die drei Freunde verwickelt waren?"

Frau Hammermann sieht mich mit großen Augen fragend an. „Woran denken Sie dabei?"

„Kinder machen oft unüberlegte Dinge. Kleine und große Streiche beispielsweise. Manchmal enden solche Spiele mit einem tragischen Unglück."

Jutta Hammermann weicht meinem Blick nicht eine Sekunde aus. „Sie meinen, dass Dennis und Michael irgendjemanden Schaden zufügten und deswegen ermordet wurden?"

„Das ist eine unserer Überlegungen. Hat Maurice vielleicht irgendwann einmal eine Andeutung gemacht? Bitte denken Sie in Ruhe nach. Sie haben dem eventuell keine große Bedeutung beigemessen und hielten es damals nur für typisches Kindergeschwätz oder Fantasie."

Noch immer ist Frau Hammermann die Ruhe in Person. Sie geht nicht in die Luft oder droht, mich hinauszuschmeißen. Man sieht ihr an, wie sie angestrengt nachdenkt. Dann senkt sie den Kopf. „Das ist alles so furchtbar", murmelt sie. „Dennis und Michael ermordet. Ich kann das nicht glauben. Aber mir fällt wirklich nicht ein, womit ich Ihnen bei Ihren Ermittlungen helfen könnte. Maurice hat mir nichts erzählt, was Ihre Theorie erhärten könnte. Tut mir wirklich leid."

„Tja", sage ich. Dann vergehen wieder ein paar Minuten. „Wie ist Ihr Verhältnis zu Ihrem Sohn?"

„Wir haben uns sehr lange nicht gesehen", antwortet sie leise. Ihre Augen werden feucht, und sie fährt sich verlegen mit der Hand übers Haar. „Er ist mein einziger Sohn. Und ich glaube, er hat den Kontakt zu mir abgebrochen, weil er … weil er schwul ist."

„Könnte es nicht auch einen anderen Grund gegeben haben?", taste ich mich vor. „Eine gleichgeschlechtliche Beziehung ist doch heute kein Grund mehr, sich unsichtbar zu machen."

„Sollte man meinen", pflichtet mir Frau Hammermann bei. „Wichtig ist doch nur, dass die Kinder glücklich sind. Nur darum geht es. Es ist mir auch völlig egal, mit wem Maurice sein Leben teilt. Hauptsache, er ist glücklich. Ich habe ihm das mehrmals versichert. Aber er kommt nicht mehr nach Hause." Sie schluchzt.

„Und Sie haben Ihren Sohn in letzter Zeit weder gesehen noch mit ihm telefoniert und auch keine Nachricht erhalten?"

„Nein, das sagte ich doch schon", antwortet Frau Hammermann schniefend. Zum ersten Mal schwingt eine Spur von Gereiztheit in ihrer Stimme mit. Plötzlich sieht sie mich erschrocken an. „Ist mein Maurice etwa auch in Gefahr?"

„Frau Hammermann", beginne ich vorsichtig. „Ich ermittle zwar in einem dritten Todesfall. Aber wir …"

„NEIN!", schreit Frau Hammermann auf. „Sagen Sie mir nicht, dass es sich um Maurice handelt!"

„Wir konnten die Identität bisher nicht zweifelsfrei feststellen. Beruhigen Sie sich bitte."

Frau Hammermann knetet ihre Hände. „Beruhigen. Wie soll ich mich denn beruhigen? Ich muss doch nicht … ich soll doch nicht … diesen Toten ansehen", haucht sie.

„Nein, das müssen Sie nicht. Wir benötigen Material für einen DNA-Abgleich."

„Oh mein Gott", stöhnt Frau Hammermann auf.

„Haben Sie etwas von Ihrem Sohn, das für einen solchen Vergleich geeignet wäre? Einen Kamm oder eine Zahnbürste?"

„Maurice war das letzte Mal vor circa drei Jahren zu Hause. Er hat alles mitgenommen", flüstert Jutta Hammermann.

„Schade, ich hatte gehofft, Sie könnten uns helfen", sage ich und stehe auf. „Mein Kollege hat während des Telefonates mit Ihnen merkwürdige Schreie und Laute im Hintergrund vernommen. Was hatte es damit auf sich?"

Frau Hammermann quält sich mühsam aus dem Sessel und hält sich leise stöhnend den Rücken. Ganzjahreshelden arbeiten körperlich hart. Und zum Ausgleich verdienen sie wenig. Noch immer hat sie Tränen in den Augen. „Merkwürdige Schreie", wiederholt sie tonlos. „Bei mir schreit niemand in der Wohnung. Ich lebe allein, seit mein Mann verstorben ist. Vielleicht hatte ich das Fenster geöffnet, und ihr Kollege hat Kinderschreie gehört."

„So wird es wohl gewesen sein", stimme ich zu. Bevor ich mich verabschiede, erkundige ich mich nach Fotos aus der Schulzeit ihres Sohnes. Ohne zu zögern öffnet Frau Hammermann zwei Schubladen des in die Jahre gekommenen Schrankes. „Viele Bilder sind es nicht", meint sie erklärend. „Damals war es nicht üblich, alles zu fotografieren. Sie können sie gern mitnehmen."

Frau Hammermann überreicht mir einen alten Schuhkarton. „Ich bin nie dazugekommen, die Fotos ordentlich einzukleben", sagt sie entschuldigend. Ich verspreche ihr hoch und heilig, dass kein einziges Bild bei uns abhandenkommen wird. Dankend klemme mir den Karton unter den Arm.

„Wie geht es denn jetzt weiter?", fragt sie mich.

„Sobald wir wissen, um wen es sich bei dem Toten handelt, erhalten Sie von mir persönlich Bescheid."

Frau Hammermann ist während meines Besuches um Jahre gealtert. Sie tut mir unsagbar leid. Länger als nötig halte ich ihre Hand zum Abschied. Auf der Rückfahrt versuche ich, abzuschalten und das zutiefst besorgte Gesicht von Frau Hammermann zu vergessen.

Beides gelingt mir nicht.

Beim Betreten des Präsidiums stoße ich fast mit Vogel zusammen, der es eilig zu haben scheint. „Ich habe die Beamten in Zingst um Hilfe gebeten", informiert er mich schnell. „Sobald sie Tobias Hammermann zu Hause angetroffen haben, erhalten wir eine Probe für einen DNA-Abgleich."

„Das ist schön."

Vogel saust an mir vorbei. Ein bisschen enttäuscht und verwundert blicke ich ihm nach. Erstens hat unser guter Staatsanwalt nicht wirklich viel erreicht, und zweitens hat die Pressekonferenz offensichtlich ohne mich stattgefunden.

Bolle und Winterstein hocken nebeneinander über den Namenslisten vom Gymnasium. „Was hast du dir eigentlich dabei gedacht, als du diese Listen angefordert hast?“, wirft Winterstein mir vor. „Weißt du, wie viele Namen auf diesen vielen Seiten verzeichnet sind? Wie sollen wir die alle überprüfen und herausfinden, was aus den vorzeitigen Abgängern geworden ist? Erkläre mir das bitte mal“, murrt er.

„Das kann eine Ewigkeit dauern und erfordert Zeit, Fleiß und Ausdauer“, schließt sich Bollermann seinem jammernden Kollegen an.

„Alles im Überfluss vorhanden“, entkräfte ich die Jammerei. „Und wenn es ewig dauert, kann euch das auch egal sein. Immerhin werdet ihr bezahlt.“

Willi und Bolle verschränken die Arme vor der Brust und gucken mich griesgrämig an. „Kopf hoch, Jungs“, motiviere ich meine beiden Kollegen durch künstliches Gelächter. „Wenn ihr meint, wir können uns diese Prüfung sparen, dann schlagt mir einen anderen Weg vor, wie wir zu Ergebnissen kommen.“ Danach warte ich. Allerdings vergeblich.

Stattdessen unkt Winterstein weiter. „Und wenn diese Person, der eventuell etwas widerfahren ist, das Gymnasium gar nicht vorzeitig verlassen hat?“

„Dann werden wir das auch herausfinden“, halte ich dagegen. „Aber irgendwo müssen wir ja mal anfangen, in der Vergangenheit zu graben.“

Willi schnieft und gibt die neueste Nachricht aus unserer Rechtsmedizin an mich weiter: „Der Stofffetzen vom Dach des Hotels passt zu keiner der Hosen vom stinkenden Hofmann. Und auch nicht zur Hose vom Gröhmling.“

„Na, wenn das so ist“, sinniere ich enttäuscht.

„Und was nun?“, fragt Winterstein. „Wollen wir eine Annonce aufgeben und alle Cordsamthosenträger bitten, sich bei uns zu melden?“

„Kümmert euch um die Listen“, brumme ich und gehe mit dem Karton in mein Büro.

Dort verfalle ich in Nachdenken. Unser dritter Toter wurde nicht mit K.-o.-Tropfen schachmatt gesetzt. Und der Stofffetzen kann den potenziell Verdächtigen nicht zugeordnet werden.

Ich suche mir einen Kaugummi und nehme mir den Karton vor, der bis oben hin mit zumeist Schwarzweißfotos gefüllt ist. Langsam wühle ich mich nach unten durch und betrachte ein Foto nach dem anderen. Auf vielen lachen mich die drei Musketiere an. Auf wenigen ist Maurice mit seinen Eltern zu sehen. Maurice hat seine Attraktivität eindeutig dem Vater zu verdanken. Auch er war einst ein stattlicher Mann. Manche Fotos hat Frau Hammermann auf der Rückseite beschriftet. Ich finde eins von der Jugendweihe. Maurice steht zwischen seiner Mutter und seinem Vater. Herr Hammermann ist noch immer sehr fotogen, aber er hat sich irgendwie verändert. Seine Haltung ist verkrampft, sein Blick erscheint mir starr. Der Mann wirkt auf mich, als hätte man ihn einzig für das Foto hingestellt. Ich vergleiche es mit einer Schulanfangsaufnahme. Herr Hammermann sieht acht Jahre später anders aus. Und das hat nichts damit zu tun, dass er älter geworden ist. Irgendeine Veränderung scheint in sein Leben getreten zu sein. Er wirkt auf dem Foto fast wie ein Gespenst.

Die Worte von Tobias Hammermann fallen mir wieder ein. „Maurice hatte sich verändert, als hätte ein Dämon von ihm Besitz ergriffen."

Ich lege die Fotos sorgsam in den Karton zurück und schließe ihn in meinem Schreibtisch ein. Dann schalte ich den PC aus und gehe nach Hause.

Die nächsten Tage fördern wenig Zählbares zutage. Willi und Bolle beziehen mich mehr und mehr in ihre Recherchen ein. Das nehme ich ihnen übel. Aber trotz geballter Kraft stoßen wir nicht auf Ungereimtheiten. Bis auf wenige Ausnahmen finden wir peu à peu die vor ihrer Zeit abgegangenen Schülerinnen und Schüler, die es nicht bis zum Abitur geschafft oder ausgehalten haben.

Abwechslung bringt Oliver Teichert ins Spiel. Er hat die konfiszierten Mobiltelefone ausgewertet. Dabei ist ihm ein Mann aufgefallen, der auf mehreren Handys verewigt wurde.

„Ob der etwas mit dem mysteriösen Tod unseres dritten Mannes zu tun hat?", fragt er mich.

„Wen meinen Sie?" Ich schaue von einem Monitor zum anderen. Die Aufnahmen gleichen sich mehr oder weniger.

„Den da." Teichert zeigt mit seinem Wurstfinger auf einen Mann, der sich etwas im Hintergrund aufhält. „Ich zoome ihn mal ran."

Plötzlich erkenne ich sie wieder: die Bommelmütze. Und natürlich auch ihren Besitzer.

„Na, da schau doch mal einer an", entfährt es mir.

„Sie kennen den?" Teichert ist die Spannung ins Gesicht geschrieben.

„Hmm", halte ich mich zurück. „So vom Sehen halt."

„Ach so", erwidert Teichert sichtlich enttäuscht.

Dann verspricht er mir, sich um die Videoaufzeichnungen zu kümmern. Von der Leitkuh haben wir diesbezüglich nichts vernommen. Was mich weiß Gott nicht überrascht. Überrascht bin ich jedoch vom Bommelmützenmann. Die Erinnerung an unsere nächtliche Begegnung drängt sich mir wieder auf. In meinem Büro schaue ich lange und nachdenklich die Fotos an, auf denen der große Unbekannte zu sehen ist. Er steht halt so da, die Hände in den Taschen des alten Mantels vergraben. So sehr ich mich auch anstrenge, in seinem Gesicht zu lesen – ich schaffe es nicht, wenn ich nicht wild spekulieren will. Ausdruckslos sieht er irgendwohin. Auf jeden Fall guckt er nicht erwartungsvoll hinauf, wo wenige Sekunden später gleich ein Mann als lebende Fackel vom Dach stürzen wird.

„Was hast du dort gewollt?“, vernehme ich den komischen Typ. Lange starre ich auf meinen Monitor, bis ich mir einbilde, ein Grinsen in seinem Gesicht zu erkennen. Gereizt schalte ich aus. Ich erinnere mich, wie er mir erzählte, lieber auf der Straße zu wohnen als unter einem Dach. Insofern ist seine Anwesenheit vor dem Hotel nicht wirklich eine Überraschung. Und trotzdem schwant mir, dass er für mehr als nur eine Statistenrolle gut sein könnte.

Dann erhalte ich endlich einen Anruf aus Zingst. Der Beamte Aigner berichtet, dass Nachbarn am Silvestertag einen heftigen Streit aus dem Haus von Tobias Hammermann gehört haben wollen. Er erklärt mir, dass Maurice Hammermann angeblich gesehen worden sei. Es habe einen verbalen Schlagabtausch mit Tobias gegeben. Das Paar habe sich zunächst im Haus, später dann vor dem Anwesen heftig gezankt. Eine Nachbarin habe ausgesagt, dass Maurice seinen Mann angebrüllt habe.

„Und weiter?“

„Seitdem sind weder Maurice noch dessen Mann gesehen worden. Auf Drängen Ihres Staatsanwaltes haben wir einen richterlichen Beschluss erwirkt und uns Zutritt zum Anwesen verschafft“, berichtet der Kollege. „Aber weder der eine noch der andere liegt tot im Haus. Verdächtige Hinweise haben wir auch nicht gefunden. Das Haus jedenfalls scheint seit ein paar Tagen unbewohnt zu sein. Das deckt sich mit den Aussagen der Nachbarn. Und die angeforderten Proben einschließlich diverser Fingerabdrücke sind bestimmt schon bei Ihnen eingetroffen. Wobei …“

„Ja?“

„Woher wollen Sie eigentlich wissen, welche DNA zu wem gehört? Da keiner der beiden Männer vor Ort war, konnten wir natürlich weder Kämme noch Zahnbürsten zuordnen.“

Ich gucke entnervt an die Decke und komme nicht umhin, Aigner recht zu geben. „Trotzdem danke für alles“, sage ich und lege auf. Ich versuche mich zu erinnern, welche Kleidung Tobias Hammermann während meines Besuches getragen hat. Wenn alle Stränge reißen, werde ich wohl noch einmal nach Zingst fahren müssen, um dieses Rätsel zu lösen.

Dann hole ich wieder den Schuhkarton mit den Fotos aus meinem Schrank. Ich verspüre nicht die geringste Lust, meine Kollegen weiterhin bei ihrer Sisyphusarbeit zu unterstützen. Stattdessen nehme ich mir die Fotos vor und beginne, sie so gut wie möglich zu sortieren. Ich bin fast am Ende angekommen, als mir ein Foto in die Hände fällt, das für einen kleinen elektrischen Schlag sorgt. Die drei Musketiere haben Zuwachs bekommen. Ein vierter und vor allem sehr hübscher Junge lacht mich an. Er steht an der Seite von Dennis Luttkus, der sich ein wenig von ihm abzuwenden scheint. Auf jeden Fall stehen die drei Musketiere enger zusammen. Eine minimale Lücke zwischen Luttkus und dem unbekannten Jungen scheint darauf hinzudeuten, dass der Neue noch nicht richtig dazugehört.

Sofort rufe ich Frau Hammermann an. Leider ist sie nicht zu Hause. Ich hinterlasse eine Nachricht, ob sie sich an einen vierten Jungen erinnert, der zu den Freunden ihres Sohnes gehörte, und bitte sie um einen Rückruf.

Danach rufe ich die Eltern von Luttkus an. Sie versichern mir, dass es nie einen vierten Freund gegeben hat. Trotzdem sende ich Ihnen per E-Mail das Foto. Es dauert keine zwei Minuten, dann ruft mich Reinhold Luttkus zurück. „Wie schon gesagt, diesem Jungen sind wir nie begegnet“, wiederholt er. Es klingt ehrlich.

Mit steifen Knochen stehe ich auf und gehe zu Bolle und Willi. „Die Eltern von Michael Markgraf müssten doch aus ihrem Urlaub zurück sein“, erkundige ich mich bei Andy Bollermann.

„Oh Scheiße“, lautet sein Kommentar. „Das habe ich aus den Augen verloren. Tut mir leid. Aber das hole ich sofort nach.“

Gönnerhaft winke ich ab. „Ich übernehme das“, sage ich und lasse einen zutiefst enttäuschten Bolle zurück.

Unsere Datenbank verrät mir den Wohnsitz von Christina und Christian Markgraf. Zu meinem Glück sind beide nach ihrem Urlaub noch nicht wieder im Dienst, sondern zu Hause. Herr Markgraf ist erstaunt, dass die Polizei ihn sprechen will. Daraus schlussfolgere ich, dass die Eltern noch nicht über den Tod ihres Sohnes durch Elvira Markgraf informiert wurden, was mich fassungslos und wütend macht.

Die Markgrafs wohnen sozusagen an der Rückwand unseres Präsidiums, nämlich auf der Merkelstraße, die nicht nach unserer Kanzlerin benannt wurde. Vielleicht erhält sie ja trotzdem bald einen neuen Namen.

Die Markgrafs begrüßen mich sehr freundlich.

„Wir sind gespannt, was Sie wissen wollen“, sagt Frau Markgraf lachend und deutet auf eine Sitzgelegenheit.

„Die Polizei kommt meistens mit sehr schlechten Nachrichten.“ Ich versuche, die Schreckensmeldung vorsichtig anzudeuten.

„Das können wir uns vorstellen, nicht wahr?“, lacht aufgekratzt Frau Markgraf zuerst mich und dann ihren Mann an.

„Also, ich bin mir keiner Schuld bewusst“, lacht nun auch der Ehemann.

Ich sehe ein, dass meine Einleitung falsch war. Jetzt lachen beide. Und das zum völlig falschen Zeitpunkt. Und vor allem auch wieder wegen mir.

„Ihr Sohn …“, beginne ich ohne Wenn und Aber. Aber Herr Markgraf unterbricht mich sofort.

„Hören Sie auf“, ruft er streng. „Mit Michael haben wir nichts mehr zu tun.“

Für einen Moment bin ich unsagbar erleichtert. „Wieso denn das?“

„Müssen wir darüber Auskunft geben?“, erkundigt sich Frau Markgraf.

„Unter diesen besonderen Umständen muss ich Sie bitten, mir über alles Auskunft zu geben. Denn ich muss Ihnen mitteilen, dass Ihr Sohn tot ist. Er fiel einem Verbrechen zum Opfer. Es tut mir aufrichtig leid, dass ich Ihnen diese traurige Nachricht überbringen muss.“

Danach lege ich eine Pause ein. Das Ehepaar Markgraf schweigt. Der Mann setzt sich neben seine Frau und greift nach ihrer Hand. Beide sind versteinert. „Ja, wenn das so ist …“, sagt er.

Seine Frau lehnt ihren Kopf an seine Schulter. „Ermordet“, wiederholt sie. „Michael wurde ermordet.“ Fassungslosigkeit zeichnet sich auf ihrem Gesicht ab. Die Erholung des Winterurlaubs löst sich auf. Die Frau zerfällt regelrecht vor mir. „Wie ist Michael gestorben?“, haucht sie.

„Wir haben ihn erhängt an einem Baum gefunden.“

„Erhängt?“, vergewissert sich der Vater, und ich nicke. Die Eltern schweigen wieder. Ich registriere, dass Herr Markgraf die Hand seiner Frau noch fester drückt.

„Würden Sie mir bitte sagen, warum Sie keine Verbindung mehr zu Ihrem Sohn hatten“, nehme ich nach einigen Minuten das Gespräch wieder auf.

Frau Markgraf schließt die Augen und überlässt es ihrem Mann, mich in Kenntnis zu setzen. „Seit der Pubertät hat sich Michael von uns entfernt“, beginnt er. „Wir hofften natürlich, dass das vorübergeht. Aber es wurde schlimmer. Michael wurde uns fremd und fremder. Wir haben sogar einen Psychologen aufgesucht. Das war für damalige Verhältnisse außergewöhnlich. Aber auch der konnte uns nicht helfen. Wir haben das Rätsel bis heute nicht lösen können. Und nun wird es wohl auch so bleiben.“

„Während der Pubertät", wiederhole ich. „Könnten Sie den Zeitraum etwas eingrenzen? Wann genau veränderte sich Ihr Sohn?"

Der Vater schaut hilfesuchend seine Frau an. Aber die schüttelt nur teilnahmslos mit dem Kopf.

Bevor ich gehe, schiebe ich das Foto mit dem ominösen vierten Jungen über den Tisch. „Wer ist dieser Junge? Besuchte auch er das Gymnasium in Bergen? War er mit den drei Musketieren befreundet?"

Herr und Frau Markgraf beugen sich vor. Und urplötzlich erleidet Frau Markgraf einen schweren Weinkrampf. Sie lässt sich weder durch ihren Mann noch durch mich beruhigen. Herr Markgraf flüstert mir zu, den Jungen nicht zu kennen, und bittet mich, zu gehen. Ich verabschiede mich von ihm und bleibe dann noch lange auf der Straße stehen. Langsam laufe ich die wenigen Schritte ins Präsidium zurück.

Kurz vor dem Wochenende erstatte ich Vogel Bericht über unsere Recherchen. „Den Schlüssel für die Aufklärung der Verbrechen in der Kindheit zu suchen, war eine sehr gute Idee", lautet das Fazit unseres Staatsanwalts. „Haben Sie denn schon alle vorzeitigen Schulabgänge aufklären können?"

„Bis auf ganz wenige Ausnahmen. Es war eine Heidenarbeit."

„Und was machen Sie mit den Ausnahmen?", erkundigt sich Vogel.

„Bolle und Winterstein graben weiter. Und ich fahre heute noch einmal nach Bergen und besuche das Gymnasium. Sehen Sie sich bitte dieses Foto an", fordere ich unseren Staatsanwalt auf. Aufmerksam betrachtet er die Aufnahme. „Darauf sind die drei Freunde abgebildet. Der Junge am rechten Bildrand wollte gern zu diesem Trio dazugehören. Jedenfalls interpretiere ich seine Körpersprache dahingehend. Es ist das einzige Foto, auf dem er zu sehen ist. Ich will wissen, wer dieser Junge ist. Irgendjemand muss ihn kennen oder sich wenigstens an ihn erinnern."

Vogel lässt ein zustimmendes Gemurmel vernehmen. Dann wünscht er mir Erfolg sowie ein erholsames Wochenende. Ich kann beides gut gebrauchen.

Bevor ich nach Bergen aufbreche, statte ich unserem Rechtsmediziner einen Besuch ab. Wahlberg thront hinter seinem Schreibtisch.

„Ach, meine kleine Schnecke", ruft er liebevoll in den Hörer. „Du hast völlig recht. Wir sollten wirklich nicht mehr zu lange warten. Wir sind uns einig. Ich stimme dir voll und ganz zu. Wie? Ja. Natürlich. Unbedingt müssen wir das machen. Und wir dürfen niemanden vergessen. Richtig. Am besten fertigen wir eine Liste an, die wir sukzessive ergänzen. Jawohl. Was sagst du …"

Wahlberg denkt gar nicht daran, sein Telefonat zu beenden. Ich ziehe mir den dritten Stuhl heran und nehme Platz. Wenn er mit seiner Schnecke turtelt, dann sollte ich mich vielleicht vornehm zurückhalten. Nach fünf Minuten gebe ich meine Zurückhaltung auf. Ich zücke mein Handy und wähle die dienstliche Festnetznummer von Teichert. Besetzt. So schlau wie meine Mutter bin ich also allemal. Dann rufe ich Teichert auf seinem Handy an.

„Was sagst du?“, ruft Wahlberg in den Hörer. „Wo klingelt es? Ach so …“

„Teichert hier“, meldet der sich. „Was kann ich für Sie tun, Frau Burmeister?“

„Legen Sie sofort auf.“

Wahlberg runzelt die Augenbrauen. Dann ruft er „Hallo“ in den Hörer. „Mausi, bist du noch dran?“

„Nein“, sage ich. „Mausi hat auf meinen Befehl hin das private Telefonat beendet.“

Wahlberg knallt den Hörer auf den Apparat und sieht mich mit zusammengekniffenen Augen böse an.

„Konnten Sie die DNA-Proben aus dem Haus des Paares Hammermann schon auswerten? Wissen wir, wer die Tür zum Dach des Hotels geöffnet hat? Wissen wir, wer vom Dach gesprungen ist oder gestoßen wurde? Und was müsste ich sonst noch alles wissen?“

Wahlberg verschränkt die Arme vor der Brust. Ich warte ab, ob er verbal oder körperlich über mich herzufallen gedenkt. Aber Wahlberg scheint durch den Einfluss von Hasi-Mausi-Schneckchen friedlich gestimmt zu sein. „Ich wollte Ihnen die Auswertungsergebnisse sowieso gleich zusenden“, antwortet er sachlich. „Die Fingerabdrücke auf der Türklinke gehören zu einem der Hammermänner.“

Ich gucke vermutlich etwas dumm drein, denn Wahlberg grinst doof. „Entweder von Maurice oder Tobias.“

„Ach ja? Und wie kommen Sie darauf? Und warum sagen Sie entweder oder?“

„Die Kollegen aus Zingst haben im Hammermann-Haus Fingerabdrücke von zwei Personen gefunden. Sie werden mir hoffentlich recht geben, dass die Vermutung nahe liegt, dass es sich somit um die von Maurice und Tobias handelt.“

„Hm.“

„Und die Fingerabdrücke von dieser mittlerweile kultverdächtigen Tür zum Dach des Hotels stimmen mit denen aus dem Haus der Hammermänner überein.“

„Aber sie gehören nicht dem Toten?“

„Nein.“

Ich grübele, was das konkret zu bedeuten hat. Und dann fällt es mir wie Schuppen von den Augen. Ich habe das Gefühl, mit einer Abrissbirne zusammengestoßen zu sein. „Wollen Sie damit sagen, dass der Tote weder Maurice noch Tobias ist?“

Wahlberg ringt sich ein vorsichtiges Lächeln ab. „Das ist ein Hammer was?“

„Was reden Sie denn da!“, rufe ich spontan aus. Ich schnelle von meinem Stuhl hoch, als hätte jemand einen Stromstoß durchgejagt. „Und wer liegt denn da nun zermatscht in Ihrem Kühlhaus? Können Sie sich da mal festlegen? Wie sollen wir denn vorwärtskommen? Sie sind uns überhaupt keine Hilfe“, werfe ich Wahlberg vor. Eine fast schon lebensbedrohliche Behauptung stoße ich aus. Doch unser Rechtsmediziner bleibt gelassen. „Weder Tobias noch Maurice. Das muss man sich mal vorstellen. Und solche halb ausgegorenen Aussagen kommen ausgerechnet aus Ihrem Mund.“

„Besser als gar nichts“, wirft Wahlberg ein, der immer noch nicht explodiert. „Und warum regen Sie sich eigentlich so auf? Immerhin war einer der beiden Hammermänner auf dem Dach. Sie vermuteten doch von Anfang an, dass es sich um Maurice handeln könnte. Und diese Wahrscheinlichkeit liegt nach wie vor bei fünfzig Prozent.“

Ich habe immer noch mit Wahlbergs Aussagen zu tun. Der deutet meinen nachdenklichen Gesichtsausdruck falsch. Anscheinend konnte er über eine dunkle Quelle in Erfahrung bringen, dass mir Mathematik suspekt erscheint.

„Das ist die Hälfte“, erklärt er mir.

Wutschnaufend schaue ich ihn an. „Wissen Sie eigentlich, was Ihre Erkenntnisse für unsere Arbeit bedeuten? Wir können ganz von vorn beginnen! Wir wissen nichts. Rein gar nichts! Ein Unbekannter ist das dritte Opfer. Und der Mörder war entweder Maurice oder Tobias! Das ist eine Ungeheuerlichkeit!“

Kraftlos sinke ich wieder auf dem Stuhl zusammen. Wahlberg übt sich in Zurückhaltung. „Dank meiner Ergebnisse tappen Sie nicht mehr in die falsche Richtung. Ein bisschen Dankbarkeit wäre jetzt angebracht, würde ich sagen. Sie müssen doch nur noch herausfinden, wer als heiße, aufgeplatzte Kartoffel unten angekommen ist.“

Wahlbergs Gewehrsalven hallen durch den Raum.

Ich habe meine Fassungslosigkeit noch immer nicht überwunden „Das bedeutet also, dass die Hammermänner noch leben. Und einer der beiden ist der Mörder der aufgeplatzten Kartoffel."

„Reden Sie mit mir, oder führen Sie Selbstgespräche?", vergewissert sich Wahlberg.

„Beides", flüstere ich zerstreut.

Wahlberg beugt sich vor. „Wie meinen?"

Ich winke ab. „Nichts von Bedeutung", ringe ich mir eine Antwort ab. „Eine Frage brennt mir noch unter den Nägeln."

„Na dann raus damit, bevor auch Sie Feuer fangen."

„Wer auch immer es war, ist als lodernde Fackel vom Dach gestürzt. Welche Rückstände haben Sie auf der Kleidung gefunden?"

„Zum Glück sprechen Sie das an. Hätte ich fast vergessen. Es handelt sich um ein extrem leicht entzündliches Desinfektionsmittel. Das findet man sehr häufig in Krankenhäusern."

„Aha", sage ich. Dann sitze ich noch ein paar Minuten leicht benommen herum. „Tobias oder Maurice und ein Unbekannter", murmele ich, während ich das Büro von Wahlberg endlich verlasse. Ich bin schwer angeschlagen.

Bollermann und Winterstein ergeht es ähnlich. „Was bedeutet denn das jetzt alles?", fragt Willi.

„Dass wir keinen einzigen Schritt vorwärtsgekommen sind. Im Gegenteil. Wir rudern zurück. Die Klärung der Identität des Toten ist in abartig weite Ferne gerückt. Macht dem Teichert Feuer unter dem Arsch. Der hatte lange genug Zeit, das Videomaterial auszuwerten. Der turtelt nur mit dem Wahlberg rum. Bis Montag will ich Ergebnisse haben. Es kann doch nicht so schwer sein, sich ein paar Filme anzusehen. Ich dulde keinerlei Aufschub mehr. Notfalls sperrt ihr den Teichert in seinem Büro ein. Da kann er dann das Wochenende über bleiben. Habe ich mich klar und deutlich ausgedrückt?"

„Wie immer", sichert mir Bolle zu.

Willi hat die ganze Zeit über geschwiegen. „Warum sind die überhaupt auf diesem Hoteldach herumspaziert?"

„Weil andere Dächer in Sassnitz nicht so hoch sind", werfe ich ein.

„Schon klar. Aber dort hinaufzugehen, war ziemlich risikoreich. Die beiden hätten gesehen werden können. Wenn es ein geplanter Mord war, und davon gehe ich aufgrund des leicht entzündlichen Desinfektionsmittels aus, ist der Aufwand übertrieben. Und für den Fall, dass es sich um Selbstmord handelte, drängt sich die nächste Frage auf: Warum hat der andere den Sprung nicht verhindert? Soweit ich mich erinnere, gab es keinerlei Anzeichen von

Abwehr- oder Kampfspuren. Und der Mann hatte auch keine K.-o.-Tropfen im Blut."

„Er war stockbesoffen", werfe ich ein.

„Wenn ich mal vorhabe, vom Dach eines Hochhauses zu springen, besaufe ich mich vorher auch", erklärt Winterstein.

„Tu, was du nicht lassen kannst. Ich fahre ins Gymnasium. Mal sehen, welche Überraschung mich dort erwartet."

SECHZEHN

Ich entschließe mich, mit Jakub die Fahrt nach Bergen anzutreten und unser altes Dienstfahrzeug stehen zu lassen. Jakub fährt außerhalb der Ortschaften fast allein, und das kommt mir in meiner derzeitigen Gemütsverfassung sehr entgegen. Wahlberg hat unsere ganze Theorie über den Haufen geworfen. Einer der Hammermänner ist wahrscheinlich ein Mörder. Aber welcher? Und wer wurde umgebracht?

Meine Gedanken kreisen zunächst um Tobias. Warum sollte ausgerechnet dieser Hammermann jemanden brennend wie Zunder vom Dach stoßen? „Ja genau!", brülle ich hinter dem selbstlenkenden Lenkrad. „Wen hätte der hinunterstoßen sollen?" Jakub schweigt, und ich starre übelgelaunt auf die Landstraße.

Mein Gehirn arbeitet weiter auf Hochtouren und konzentriert sich auf die andere Möglichkeit. Wer könnte das Opfer von Maurice sein? Haben wir etwas übersehen? Es gab keinen Hinweis auf einen Bekannten von Maurice. Außer Gröhmling. Und der lebt erwiesenermaßen.

Ich stelle mir auf der weiteren Fahrt noch weitere tiefsinnige Fragen, die ich allesamt nicht beantworten kann. Entsprechend angepisst komme ich in Bergen an.

Während ich einparke, setzt sich der Hausmeister bereits in Bewegung. Vor lauter Wut krame ich einen Zwanzigeuroschein aus meinem Portemonnaie, rolle ihn zusammen und stecke ihn hinter den Scheibenwischer. „Viele Grüße an das Ordnungsamt", sage ich und sprinte an Findeisen vorbei. Der ist augenscheinlich von meiner Großzügigkeit sehr überrascht. Jedenfalls kommt von ihm kein Kommentar.

Herr Kurz scheint sich tatsächlich über meinen erneuten Besuch zu freuen. Er verströmt gute Laune und menschliche Wärme. „Haben Ihnen denn die Namenslisten in Ihren Ermittlungen weitergeholfen?"

„Wir sind schneller vorangekommen als erwartet. Aber ich bin nicht aus diesem Grund hier, sondern vielmehr wegen dieses Fotos.“ Ich reiche Herrn Kurz eine vergrößerte Kopie über den Tisch.

„Aha“, sagt er. Lange schaut er sich die Aufnahme an. „Und um wen handelt es sich?“

Ich beuge mich über den Tisch und tippe auf die drei Freunde. „Das sind Dennis Luttkus, Michael Markgraf und Maurice Hammermann. Kurz genannt die drei Musketiere. Mich interessiert, wer der vierte ist.“

„Das sollte doch kein so großes Problem sein“, zeigt sich der Direktor zuversichtlich. „Wir müssen nur herausfinden, welche Lehrer damals diese Klasse unterrichteten. Irgendjemand wird doch dabei sein, der sich an den Jungen erinnern kann.“

„Das hoffe ich auch.“

Die Pausenklingel tönt durch das Gebäude. „Große Pause“, sagt Herr Kurz und steht entschlossen auf. „Wir gehen gleich mal ins Lehrerzimmer. Vielleicht haben wir Glück.“

Ich hefte mich an seine Fersen. Seite an Seite gehen wir schnellen Schrittes in das Lehrerzimmer.

Einige der Anwesenden erkenne ich wieder. Die lautstarke Unterhaltung endet schlagartig, als ich mit dem Direktor eintrete. Herr Kurz informiert in knappen Worten den Grund meines erneuten Kommens und reicht die Kopie an den neben ihm stehenden Lehrer. „Das Foto entstand vor …“, wendet er sich an mich.

„Wahrscheinlich Mitte der neunziger Jahre“, antworte ich. „Da waren die Jungs um die zwölf oder dreizehn Jahre alt.“

Die Kopie wandert langsam von Hand zu Hand. Ein paar vorsichtige Vermutungen werden geäußert. „Könnte es der Bernd … wie hieß er doch mit Nachnamen?“, fragt eine ältere kompakte Lehrerin ihre Kollegin. „Mir sagt das Gesicht gar nichts“, erwidert die. Der eine oder andere Name wird ausgesprochen. Eher vage und unsicher als bestimmt.

Als die Kopie die Runde gemacht hat, stelle ich fest, dass sich niemand zweifelsfrei an diesen Jungen erinnern kann. Herr Kurz fragt mich, ob ich ihm die Kopie überlassen könnte. „Ein paar Lehrer fehlen heute“, erklärt er.

„Natürlich“, sage ich niedergeschlagen. Desillusioniert verlasse ich mit dem Direktor das Lehrerzimmer und gehe mit ihm zurück in sein Büro. Ich bitte Frau Lang, eine Kopie von der Kopie anzufertigen, weil ich auch den Hausmeister gleich noch befragen will. „Schauen Sie doch bitte, ob Ihnen dieser Junge bekannt vorkommt“, flöte ich mit honigsüßer Stimme. Frau Lang hält die Kopie mit beiden Händen fest und betrachtet die Aufnahme sehr konzentriert. Das muss ich ihr zugutehalten. Sie schürzt die eingefallenen Lippen und legt dann das Blatt auf das Kopiergerät. „Ich bedaure, aber sein Gesicht kommt mir nicht bekannt vor."

„Schade", entgegne ich und schaue der verknöcherten Pseudobibliothekarin tief in die Augen. Für eine Millisekunde flackert ihr Blick. Aber das kann ich mir auch nur eingebildet haben.

Auf dem Schulhof tobt die Zukunft Deutschlands. Die Halbwüchsigen stehen mit gelangweilten Blicken in großen und kleinen Grüppchen beieinander. Es wird gekreischt, in schwer einsehbaren Nischen auch geraucht, vielleicht sogar gekifft, und jedem social-vernetzten Hoffnungsträger hängt mindestens aus einem Ohr eine Strippe. Die Generation der deformierten Daumen und zukünftigen Gehörlosen genießt das Dasein.

Herr Findeisen hat sich neben meinem Auto postiert. „Ihr Geld ist weg", informiert er mich.

„Aha. Und warum haben Sie den Diebstahl nicht verhindert?"

Der Hausmeister lacht verächtlich auf. „Sie haben doch die Tat provoziert."

Ich überhöre die klugscheißenden Worte und krame die Kopie aus meiner Tasche. „Kennen Sie diesen Jungen hier?", stelle ich Findeisen meine heutige Standardfrage. Der Hausmeister reißt sich zusammen.

„Na, geben Sie schon her. Man muss ja wohl seiner Bürgerpflicht nachkommen und den Bullen bei ihrer Arbeit helfen." Findeisen betrachtet eingehend das Foto. „Um welchen Jungen geht es denn?"

„Um diesen", sage ich und zeige auf die schmächtige Randfigur des Gruppenbildes.

„Sind das die Jungs, die ermordet wurden?"

„Zwei von denen", gebe ich Auskunft. Dann warte ich.

Findeisen sieht das Foto eine Ewigkeit an. „Ich kann Ihnen leider nicht helfen", meint er dann. „Mir sind in den vergangenen Jahren zu viele Gesichter über den Weg gelaufen. Und irgendwie sehen sich die Jungs in einem bestimmten Alter mehr oder weniger alle ähnlich."

Grübelnd schaue ich ihn an. Findeisen vergräbt seine großen Hände in den Hosentaschen. „Wenn das alles war? Ich müsste mal wieder an meine Arbeit gehen."

„Für heute war es das. Danke für Ihre Bemühungen."

„Nichts für ungut."

Während ich in mein Auto steige, bleibt Findeisen wie angewurzelt stehen. Bevor ich mich in den Straßenverkehr einordne, blicke ich noch einmal in den Rückspiegel und trete auf die Bremse. Ich tue so, als ob ich in meinem Auto nach etwas suchen würde, auch wenn man das vielleicht von draußen gar nicht sehen kann. Frau Lang schreitet mit großen Schritten über den Platz. Sie fliegt förmlich auf Findeisen zu. Sie gestikuliert wild auf ihn ein. Der nickt mit dem Kopf in meine Richtung. Daraufhin erstarrt die Sekretärin. Und ich fahre zurück nach Sassnitz.

Es ist spät geworden. Ich erledige in Windeseile ein paar kleine Besorgungen für das bevorstehende Wochenende und fahre nach Hause.

Beim Betreten meines Flurs erkenne ich, dass ich fünf neue Nachrichten habe. Nicht eine ist von meiner Mutter. Das macht mir Angst, und ich rufe sie an. Meine Mutter erfreut sich bester Gesundheit, im Hintergrund gaggert ein Huhn. „Ich will da mal nicht länger stören", sage ich und lege auf.

Zwei Nachrichten sind von Sebastian. „Da ruft man schon mal an, und dann ist die Alte nicht zu Hause", mault er. Umgehend rufe ich zurück. Unser Gespräch dauert fast eine halbe Stunde, und danach bin ich glücklich wie ein kleines Kind.

Zwei Nachrichten sind von Winterstein. „Bist du denn immer noch nicht zu Hause?", fragt er mich zunächst. Bei seinem zweiten Versuch bittet er um einen Rückruf.

Die letzte Nachricht ist dann außergewöhnlich. Denn niemand spricht. Ich kann jedoch ganz deutlich die Ostsee rauschen hören. Und auch das Geschrei von Möwen dringt an mein Ohr. Verdutzt gucke ich auf die Anrufliste. Die Nummer wurde unterdrückt. Darauf kann ich mir keinen Reim machen, und ich krieche in mein Bett.

Den Samstag nutze ich, um die Weihnachtsdekoration wieder in den Keller zu schaffen. Der gemauste Strauß nadelt bereits ergiebig. Ich nutze meinen Elan, um die Wohnung staubfrei zu bekommen.

Am frühen Nachmittag ruft mich Winterstein an. Ich frage ihn, ob er Lust hat, die Natur zu genießen. Willi freut sich riesig. „Ich hole dich ab", ruft er und legt sofort auf. Schon nach fünf Minuten klingelt es. Winterstein steht freudestrahlend vor mir. „Bist du geflogen?", erkundige ich mich, während ich vor dem Spiegel mit ein paar Handgriffen versuche, meine Müdigkeit zu retuschieren. „Wo hast du denn Sally gelassen?", frage ich, während wir nach unten gehen.

„Du wirst staunen", lautet seine Antwort.

Dann stehen wir vor Wintersteins neuem Auto. „Mensch, Willi", rufe ich, „du alter Geheimniskrämer! Warum hast du denn nicht schon längst mal erzählt, dass du dir ein neues Auto kaufen willst? Ich gratuliere dir herzlich. Und allzeit gute Fahrt", wünsche ich dem sichtlich stolzen Winterstein. Auch er hat sich für einen Škoda entschieden. „Ich war von deinem begeistert“, erklärt er seine Entscheidung, während er mir galant die Beifahrertür aufhält.

„Und wo ist Sally?“

„Die tobt zu Hause im Garten. So, und nun entspann dich und genieß die Fahrt.“

In Erinnerung an viele Fahrten mit Winterstein zwinge ich mir ein Lächeln ins Gesicht. Ich kann zwar verstehen, dass er seine Freude mit mir teilen will, aber ich wäre lieber durch den Buchenwald spaziert, als mich in meinen Sitz zu krallen. Doch meine Sorgen und Ängste scheinen heute unnötig. Winterstein kann fahren, wenn er denn nur will. Oder er nimmt Rücksicht auf sein nagelneues Gefährt. Jedenfalls fällt mit jedem Kilometer die Anspannung von mir ab. Willi verrät nicht, wohin die Reise gehen soll. Aber bei seinem heutigen Fahrstil ist mir alles willkommen. Wir verlassen Sassnitz und fahren in gemäßigtem Tempo über das Rügenland. Ich lausche seinen Erläuterungen, die allesamt sein neues Auto betreffen. Wie ein seichter Wasserfall plätschern Willis Schwärmereien an mir herunter. Nach und nach geht mir dann ein Licht auf. „Sag mal, du fährst jetzt aber nicht aufs Festland?“, frage ich, da wir uns der Rügenbrücke unaufhaltsam nähern. Winterstein vertritt die Meinung, dass Insulaner nichts auf dem Festland verloren haben. Aber heute scheint er grundsätzlich Ausnahmen zu machen.

„Wir bummeln durch Stralsund, und natürlich lade ich dich zum Kaffee ein.“

„Einverstanden.“

Einen ersten kleinen Dämpfer erhält unser harmonischer Ausflug bei der Suche nach einem Parkplatz. Die Hansestadt Stralsund ist zu jeder Jahreszeit ein beliebtes Ausflugsziel. Nach mehrmaligen Umkreisungen finden wir endlich ziemlich weit ab vom Zentrum eine Lücke. Willis gute Laune hat ein bisschen nachgelassen. Und auch das Wetter kippt. Von den sonnigen Abschnitten am Vormittag ist nichts mehr übrig geblieben. Dunkle schwere Wolken hängen bedrohlich über der Stadt. Der Sturm bläst kalt, und leichter Schneegriesel setzt ein. Bei grauem und nasskaltem Wetter büßt jede noch so schöne Stadt an Charme und Zauber ein. „Lass uns ins Ozeaneum gehen“, schlage ich vor. Willi erklärt sich einverstanden. Leider habe nicht nur ich diese Idee. Menschenmassen strömen in das Haupthaus des Meeresmuseums. Irgendwann sind wir an der Kasse und haben das Recht, uns nun zwischen die Besucher zu quetschen.

Ich war seit Jahren nicht mehr hier und bin von den Ausstellungen begeistert. Vor allem das größte Aquarium hat es mir angetan. Lange bleibe ich unter der geschwungenen Panoramascheibe stehen und bewundere die riesigen Fischschwärme.

Am Ende lasse ich mich in einem circa zwanzig Meter hohen Raum auf eine Liege fallen und starre auf die täuschend echt aussehenden Modelle von Blauwal, Pottwal und Riesenkalmar, die allesamt in Lebensgröße von der Decke hängen.

Willi drängt zum Aufbruch. Es zieht ihn ins Café „Gumpfer“, das nicht nur bei uns in Sassnitz vertreten ist. Nur wenige Schritte vom Ozeaneum entfernt liegt das größere Lokal. Wie nicht anders zu erwarten, finden wir keinen einzigen freien Platz. Wintersteins gute Laune verabschiedet sich unweigerlich. Auch mein Elan fließt jetzt haltlos aus mir heraus. Ich sehne mich nach einer heißen Tasse Kaffee und einem tollen Stück Torte. Stattdessen stehe ich mit einem fluchenden Winterstein an meiner Seite vor dem Café und friere. Ich bin müde und denke an den langen Weg zurück. Die Dämmerung hat bereits eingesetzt. Und aus dem Schneegriesel ist heftiges Schneetreiben geworden.

„Was für ein Scheißtag“, mault Willi und stiefelt los.

Als wir an seinem nagelneuen Auto ankommen, bin ich fast erfroren. Winterstein nimmt ächzend Platz und flucht auf der gesamten Rückfahrt wie ein Rohrspatz. „Ich hatte mir alle so schön vorgestellt“, endet seine Schimpfkanonade. Beruhigend lege ich ihm meine Hand auf die Schulter. „Nun schaukel dich mal nicht hoch, mein lieber Willi“, versuche ich ihn zu trösten. „Im Museum war es doch toll. Und nicht nur wir sind im Café leer ausgegangen. Wir holen das bald nach. Gehen wir eben heute Abend ins ‚Gastmahl des Meeres‘.“

„Dein Ernst?“, fragt er hoffnungsvoll, während er mit viel Gefühl sein Auto an einer roten Ampel zum Stehen bringt.

„Warum nicht?“

Dann schauen wir uns fragend an. Ein undefinierbarer schriller Ton dringt in das Wageninnere. Es gibt einen fürchterlichen Einschlag, und dann fliegen wir durch die Luft. Wir werden beide in unseren Sitzen nach vorn geschleudert. Ungläubig schauen wir uns an. Ein paar Sekunden dauert es, bis wir realisiert haben, dass wir in einen Unfall verwickelt sind. „Mein schönes Auto!“, brüllt Winterstein.

„Vorsicht!“, brülle ich zurück, denn Willi reißt seine Fahrertür auf. Die übrigen Verkehrsteilnehmer setzen ihre Fahrten unberührt fort. Vielleicht weil sie sehen, dass wir auf den ersten Blick unverletzt sind. Oder es wäre ihnen sowieso egal. Jedenfalls springe nun auch ich aus dem Auto. Willi hat es umrundet und schlägt die Hände über dem Kopf zusammen. „Guck dir das an“, ruft er mir zu. Für einen Moment sehe ich gar nichts. Der Sturm bläst mir die nassen Schneeflocken frontal ins Gesicht. Dann haste ich zu Willi. Das komplette Hinterteil seines Autos ist Schrott. Es sieht schrecklich aus. Alles, was verbeult und verschoben und zusammengequetscht werden konnte, wurde getroffen. Mühsam erkenne ich, wem wir das zu verdanken haben. Ungefähr fünfzehn Meter von uns entfernt liegt ein Lkw im Straßengraben. Dessen Fahrer kommt auf uns zugerannt. „Seid ihr verletzt?“, ruft er. Ich schüttele den Kopf und wähle die Nummer unserer Kollegen. „Burmeister hier“, sage ich. „Wir brauchen eure Hilfe. Uns ist ein Laster hinten reingefahren. Wir stehen auf der B 96 an der Kreuzung Richtung Glowe beziehungsweise Sassnitz. Und wir brauchen einen Abschleppwagen.“ Dann lege ich auf.

„Ich habe einfach die rote Ampel nicht gesehen“, stottert der Lkw-Fahrer. „Mich trifft die volle Schuld.“ Es handelt sich um einen Mittfünfziger, also einen geborenen DDR-Bürger, der noch glaubt, Ehrlichkeit währt am längsten. Armer Trottel.

Willi steht neben seinem Auto und schlägt mit der Faust auf das Dach. „Du hast meinen Wagen geschrottet!“, schreit er den ohnehin schwer gezeichneten Verursacher an. Und dann weint Winterstein tatsächlich. Es sind nur ein paar wenige Tränen, aber es nimmt mich mit. Frierend hole ich unsere Jacken aus dem Auto. „Zieh dir was über“, sage ich zu Winterstein. Wortlos folgt er meiner Aufforderung. Es dauert nur wenige Minuten bis zum Eintreffen der Kollegen.

„Oh je“, sagt der ältere der beiden mitfühlend. „Das Auto kannst du wegschmeißen.“

„Wieso tragen Sie keine Warnwesten?“, hält uns der jüngere vor.

„Weil wir unter Schock stehen, du Wichser“, faucht Winterstein ihn an.

Wenigstens leugnet der Lkw-Fahrer nach wie vor nicht seine alleinige Schuld. Wäre in seiner derzeitigen Lage auch ein fataler Fehler. Mit Mühe kann ich Willi davon abhalten, Selbstjustiz zu üben. Eine halbe Stunde später ist auch der Abschleppdienst zur Stelle. Wir kriechen auf die Fahrerbank und schleichen Sassnitz entgegen. Im Seitenspiegel erkenne ich Willis Auto, das mir traurig und schwer angeschlagen zublinzelt. Mittlerweile ist es stockfinster. Wir halten auf dem Gelände der Firma HAPS und warten dann eine Ewigkeit auf den von der IHK öffentlich bestellten und vereidigten Sachverständigen für Kfz-Schäden und -bewertungen. Auch er kommt zu dem Schluss, dass Wintersteins demoliertes Fahrzeug alle Kriterien erfüllt, um von der Versicherung einen Neuwagen zu fordern. Mit einem Taxi fahren wir nach Hause. Winterstein hat keinerlei Lust mehr, essen zu gehen.

Aber ich kann ihn mit viel Worten umstimmen. „Wir müssen froh sein, heil aus der Sache rausgekommen zu sein“, tröste ich ihn. „Und du bekommst ein neues Auto.“

„Ich hatte ein neues“, stellt Wintersein fest, während wir in einer Ecke unseres Lieblingslokals Platz nehmen. Wir teilen uns eine Flasche Wein und versuchen, uns das Essen schmecken zu lassen. Aber es funktioniert nicht richtig. Ich übernehme die Rechnung, und Willi erklärt, dass er jetzt unter keinen Umständen allein bleiben will. „Was heißt denn das?“, frage ich nach. Winterstein steht als eingefallenes Elend vor mir. „Ich könnte doch bei dir schlafen“, schlägt er vor. „Das Bett ist doch noch bezogen, oder?“

„Und was ist mit Sally?“

„Oh Gott, hoffentlich ist die nicht über den Zaun gesprungen. Dann kommst du eben mit zu mir.“ Damit packt er mich am Arm und spurtet los. Wir legen die Strecke in Rekordzeit zurück, japsend und keuchend. Zumindest die Hälfte davon. Dann sind wir beiden durchtrainierten Elitebeamten am Ende unserer Kräfte angekommen. Glauben wir. Doch das ohrenbetäubende Bellen eines Hundes setzt in uns Kräfte frei, die wir noch nie hatten. Sally kläfft sich die Seele aus dem Leib. Und Wintersteins Lieblingsnachbar begrüßt uns mit einer üblen Schimpfkanonade. „Das sage ich dir, Winterstein, noch mal lässt du deinen Scheißköder nicht so lange allein. Dann knalle ich das Vieh ab. Hörst du?! Das hält doch kein Mensch aus, dieses ewige Gekläffe! Wenn du dir einen Hund anschaffst, dann hast du auch für den zu sorgen und da zu sein!“ In das Gebrüll mischt sich jetzt das Heulen von Sally. Und nicht nur das. Auch Winterstein leistet seinen Beitrag zur nächtlichen Brüllorgie. „Walter! Verpiss dich und mach die Tür von innen zu! Du kläffst ja lauter als mein armer Hund!“

„R.U.H.E.E.E.!“, schreit es aus dem gegenüberliegenden Grundstück. Es handelt sich um die schrille Stimme einer hysterischen Dame, die ihre knochige Faust drohend in den Nachthimmel reckt.

„Halt den Rand, du alte Schachtel!“, rät ihr Winterstein lautstark. Sally gebärdet sich leicht gestört. Sie dreht sich im Kreis und bellt ohne Pause.

„Sag endlich deiner Töle, dass sie das Maul halten soll!“, brüllt Nachbar Walter über den Gartenzaun. Im angrenzenden Haus der hysterischen alten Schachtel wird Licht eingeschaltet. Jemand öffnet ein Fenster. Eine männliche Stimme übertönt uns alle. Den Nachbarn Walter, Winterstein, die Dame mit der knochigen Faust und die völlig desorientierte Sally. „Winterstein! In welchem Irrenhaus hat man dich sozialisiert? Deine Nutte hat wenigstens keinen Lärm beim Bumsen gemacht!“

Die Einzige, die keinen Ton hervorbringt, bin ich. Dafür stelle ich mich Winterstein mutig in den Weg, der sich anschickt, Vergeltung zu üben. „Ich komme rüber!“, brüllt er über die Straße und fuchtelt wild mit den Armen, um sich den Befürworter seiner geschäftlich bumsenden Noch-Gattin vorzuknöpfen.

„Na komm schon!“, schreit der zurück.

Willi schiebt mich zur Seite. Nicht brutal, aber kraftvoll. Darauf bin ich nicht gefasst. Ich komme ins Straucheln und lande auf dem Hintern. Sally rast an mir vorbei, ihrem Herrchen hinterher. Wenn ich nicht eingreife, verübt Willi vermutlich seinen ersten Mord. Und das bedeutet für mich, dass ich handeln muss. In Sekundenschnelle spule ich meine Optionen durch. Ich kann mich aufrappeln und Willi hinterhersausen, mich an seinen Arm hängen und versuchen, ihn zur Vernunft zu bringen. Oder ich beteilige mich am kollektiven Gebrüll. Allerdings würde ich dabei den Kürzeren ziehen, weil meine Stimme schnell an ihre Grenzen käme. Also bleibe ich mit nassem Arsch im kalten Schneematsch sitzen und schieße in die Luft.

Der Knall weckt höchstwahrscheinlich ganz Sassnitz auf. Doch hier sorgt er für friedvolle Stille. Alle sind erstarrt. Sogar Sally steht mit eingezogenem Schwanz tonlos neben Winterstein. Ich stehe mühsam auf und laufe langsam wie ein Cowboy den Gartenweg entlang. Die Waffe habe ich noch immer in der erhobenen Hand. Ein wenig Musik würde jetzt nicht schaden. „Spiel mir das Lied vom Tod“ wäre passend. Ich öffne das quietschende Gartentor und trete in den Lichtkegel einer Straßenlaterne. Breitbeinig und tropfend. Zumindest was meine Hose betrifft. „Jetzt reicht es, meine Herrschaften.“ Ich spreche langsam, klar und deutlich und so laut, wie ich kann. „Jeder verschwindet in seinem Haus! Ab jetzt herrscht hier Ruhe! Und zwar sofort!“

Es gibt keinen Widerspruch. Von niemandem. Zwei Minuten später sitze ich in Wintersteins Wohnzimmer. Er bringt mir eine seiner vielen Trainingshosen und entschuldigt sich für sein Ausrasten.

„Ich hätte vielleicht nicht schießen dürfen“, gebe ich zu bedenken.

Aber Willi beruhigt mich. „Die haben alle einen Heidenrespekt vor mir. Da traut sich niemand, dich anzuzeigen“, ist er sich sicher. Eine Weile sitzen wir noch einträchtig beieinander. Jeder ist mit seinen eigenen Gedanken beschäftigt. „Was für ein verdammter Scheißtag“, sagt Winterstein erneut.

„Wir könnten auch im Krankenhaus liegen“, wiederhole ich meine Gegenargumentation.

Willi murmelt etwas Unverständliches. „Na komm, gehen wir schlafen“, schlägt er vor. Dabei krault er Sally den Rücken. Die trottet hinter ihrem

Herrchen her, den ich nebenan poltern höre. Willi bringt mir ein Bettlaken und eine dicke Schlafdecke. „Alles sauber“, beruhigt er mich auf meinen skeptischen Blick hin.

„Weiß ich doch.“

Wieder einmal verbringe ich eine Nacht in Wintersteins Haus. Und wieder tobt der Sturm um die Ecken. Irgendwie habe ich manchmal den Eindruck, dass mein Leben aus aneinandergereihten Déjà-vus besteht.

Ich habe sehr schlecht geschlafen. Ständig wurde ich vom Sturm aus den kurzen Schlafphasen gerissen. Und jedes Mal verspürte ich diesen Rumms, mit dem wir vom Laster bis zur Mitte der Kreuzung geschleudert wurden. Das klitzekleine Stück vom Einschlag bis zur Landung fehlt mir. Die Flugphase hat mein Gehirn ausgeblendet. Entnervt hieve ich mich von der Couch. Im Obergeschoss ist alles ruhig. Willi und Sally scheinen noch zu schlafen. Ich schleiche mich unter die Dusche. Willi hat mir sogar ein frisches Gästehandtuch bereitgelegt. Zum Dank mache ich Frühstück. Als der Kaffee fertig ist, beginne ich, mit dem Geschirr zu klappern. Sally kommt als Erste nach unten und bleibt vor der Haustür schwanzwedelnd stehen. „Ich gehe heute nicht mit dir Gassi“, erkläre ich ihr.

Winterstein kommt als Zweiter angetrottet. „Ich kann immer noch nicht glauben, dass mein Auto einen Totalschaden hat“, lautet sein Morgengruß. Dann lässt er seine Hündin in den Garten und kommt in die Wohnküche geschlurft. Größtenteils schweigend nehmen wir unser Frühstück ein. „Das Ei schmeckt toll“, sagt Willi.

„Aber nicht doch“, wehre ich bescheiden ab.

Ich räume meine provisorische Bettstatt beiseite und mache Willi darauf aufmerksam, dass seine Pflanzen unbedingt Wasser brauchen.

„Willst du denn schon gehen?“, fragt er.

„Mir geistert da etwas im Kopf herum“, sage ich. „Ich muss dringend nachdenken und danach die richtigen Schlussfolgerungen ziehen.“

„Wovon redest du eigentlich?“

Ich erkläre Winterstein, dass Menschen, die ihre Pflanzen nicht pflegen, schlechte Menschen sind. Willi winkt ab und bettelt, ich möge noch etwas zu bleiben. Mit Mühe und Not kann ich mich durchsetzen. Motiviert werde ich von dem Gedanken, dass ich mich nicht von einem weiteren Menschen einspinnen lassen darf. Wenigstens Winterstein gegenüber muss ich mir ein Stückchen Selbstbestimmung erhalten.

Willi besteht daraufhin, mich wenigstens ein Stückchen begleiten zu dürfen. Als wir vor die Tür treten, empfängt uns bestes Winterwetter. Sturm und Schneegestöber liefern sich ein heftiges Gefecht. Langsam laufen wir vornübergebeugt durch das Schneetreiben. Und langsam aber sicher beschleicht mich das Gefühl, dass ich Winterstein heute nicht mehr loswerde.

„Brauchst keine Angst zu haben. Ich gehe mit Sally in den Buchenwald. Wenn wir viel Glück haben, schneien wir ein und erfrieren", sagt Willi plötzlich, als hätte er meine Gedanken erraten.

„Aber Willi", entgegne ich mit hochrotem Kopf, „wenn ihr eure Runde beendet habt, dann kommt einfach zu mir", biete ich ihm an. Gleichzeitig könnte ich mir in den Arsch treten, da ich bereits in Wintersteins Netz zapple.

„Na, mal sehen", hält er sich zurück. Ich sehe ihm und seiner Hündin so lange nach, bis sie von den dicken Schneeflocken verschluckt werden.

Und dann habe ich wieder das Gefühl, beobachtet zu werden. Ruckartig drehe ich mich um. Darauf gefasst, dass der Bommelmützenmann hinter mir steht. Aber weder er noch seine Mütze sind in meiner Nähe.

Dann vergrabe ich mich für den Rest des Sonntags in meiner Wohnung. Ab und zu schaue ich auf die Uhr und staune, dass Willi nicht klingelt. Am Nachmittag bin ich sicher, dass er nicht mehr kommen wird. Fast verspüre ich ein schlechtes Gewissen. Und ich verspüre Hunger. Trotzdem habe ich keine Lust, mir etwas zu kochen. Von Zeit zu Zeit durchwühle ich meinen Kühlschrank und ernähre mich von großen und kleinen Kleinigkeiten. Dabei denke ich permanent über meinen Besuch im Gymnasium nach. Zwei Merkwürdigkeiten geben mir zu denken. Zuerst wenig. Aber im Laufe des Tages nimmt deren Bedeutung enorm zu. Für mich steht fest, dass wir nicht umhinkommen, dem Gymnasium einen erneuten Besuch abzustatten.

„Wir müssen herumstochern", erkläre ich meinen beiden Kollegen, als wir uns am nächsten Morgen zur obligatorischen Lagebesprechung in meinem Büro treffen.

„Wenn du meinst", sagt Winterstein. „Wer stochert wo herum?"

„Ich fühle dem Findeisen und der Lang auf die Zähne. Ihr prüft zunächst diese Namen", sage ich und schiebe eine Liste über den Tisch. „Einige Lehrer äußerten vage Möglichkeiten, bei wem es sich um diesen vierten Jungen handeln könnte."

„Mehr haben wir nicht zu tun?"

„Oh doch", sage ich und lese meine Notizen vor. „Ihr bleibt an Jutta Hammermann dran. Wir müssen wissen, ob sie den unbekannten Jungen kennt. Und dann habe ich so ein ganz komisches Gefühl in der Magengegend, was sie bezüglich zu ihren Sohn Maurice ausgesagt hat."

„Inwiefern?“

„Sie bestritt jeglichen Kontakt zu ihm. Angeblich hat Maurice vor drei Jahren die Verbindung zu ihr abgebrochen, weil er schwul ist. Das erscheint mir fragwürdig. Ich kann es nicht näher erklären, aber ich kaufe ihr das nicht ab. Befragt sie dahingehend noch einmal.“

„Wie sehen denn unsere nächsten Schritte bezüglich Maurice und Tobias Hammermann aus?“, erkundigt sich Bolle.

„Ich bitte die Kollegen in Zingst, das Haus permanent zu überwachen. Vielleicht ...“

„Du glaubst doch selber nicht, dass die dafür Personal und Zeit haben“, unterbricht mich Winterstein.

„Gut möglich“, räume ich ein. „Aber dann könnten sie wenigstens die Nachbarn bitten, ein wachsames Auge auf das Haus zu haben. Wenn wir Glück haben, handelt es sich um alleinstehende Rentner, die dankbar für eine Aufgabe sind. Und ich muss mit Vogel sprechen. Er sollte im Fall der Hammermanns die Medien einschalten.“

„Vielleicht finden wir nie heraus, wer von wem gestoßen wurde oder freiwillig gesprungen ist.“ Ich erlebe Andy Bollermann zum ersten Mal als Pessimist.

„Zwei Menschen können sich nicht einfach in Luft auflösen. Und gegen einen Suizid spricht die brennende Kleidung“, werfe ich ein. „Warum zündet sich jemand zunächst an und springt dann?“

„Du meinst also, erst springen und danach anzünden wäre optimaler gewesen?“ Winterstein lacht in sich hinein.

Genervt verdrehe ich die Augen. „Ich wollte zum Ausdruck bringen, dass man sich nicht gleich zweimal umbringen muss.“

„Oder der Mörder wollte auf Nummer sicher gehen. Erst hat er sein Opfer in Brand gesteckt und dann hinuntergeworfen. Mal angenommen, Tobias ist der Mörder“, sinniert Willi. „Machte er auf dich den Eindruck, ein bissel irre zu sein?“

„Auf keinen Fall“, erkläre ich kategorisch. „Der war so normal wie du und ich.“

Winterstein zuckt die Schultern. „Na, das will nicht viel heißen.“

Ein Weilchen schweigen wir.

„Der Mörder wollte sein Opfer brennen sehen. Und um den Qualen zu entgehen, ist die Person selber gesprungen.“ Es ist Bolle, der sein Gedankengut preisgibt.

„Diese Überlegung klingt logisch“, stimme ich zu. „Aber diese Fachsimpelei führt zu nichts. Wie weit ist Teichert mit der Auswertung der Videoaufzeichnungen gekommen?“

„Er war dabei“, lautet die lakonische Antwort von Winterstein.

„Wenn Hasi-Mausi glaubt, wieder seine alten Gewohnheiten ungestraft aufnehmen zu dürfen, dann kann er mich kennenlernen“, murre ich und wähle seine Nummer. „Den lenkt scheinbar die Beziehung mit Wahlberg von seiner Arbeit ab. Oder ihm gehen die Kräfte ausgerechnet im Präsidium aus. Aber da hört mein Verständnis auf. Soviel ist schon mal sicher. Das kann doch … Teichert? Na endlich. Was treiben Sie denn in Ihrem Büro? Was hat Ihre Überprüfung der Videoaufzeichnungen zutage gefördert? Bitte wie? Aha. Wir kommen.“

Winterstein und Bollermann schauen mich neugierig an.

„Unser Dicker denkt, unter Umständen etwas entdeckt zu haben. Wir sollen uns selber überzeugen.“ Damit stehe ich auf, und zu dritt besuchen wir Teichert. Ich trete als Erste ein und komme gerade noch rechtzeitig, um dem Abschiedskuss der beiden Verliebten beizuwohnen. Mir wird ganz flau im Magen.

„Kein Wunder, dass wir auf der Stelle treten“, schnorrt Winterstein hinter mir. „Eure Spucke könnt ihr zu Hause austauschen. Aber nicht hier, und schon gar nicht, wenn ich dazukomme. Das ist ja widerlich. Also echt, Henning, verpiss dich in dein Reich.“ Winterstein nutzt sein Privileg, du sagen zu dürfen, redlich aus.

„Halt's Maul“, lautet die Antwort von Wahlberg, während er sich an uns vorbeischiebt. Teichert hat einen knallroten Kopf bekommen.

Missbilligend und strafend schaue ich ihn an. „Treiben Sie es nicht zu weit“, sage ich mit erhobenem Zeigefinger.

Winterstein lacht laut auf. „Du sagst es“, meint er.

„Ihr Liebesleben darf im Dienst keine Priorität genießen“, sage ich scharf. „Zuerst erledigen Sie Ihre Aufgaben. Und wenn Sie keine Aufgaben mehr haben, dann holen Sie sich neue bei mir ab, ehe Sie Ihre Arbeitszeit mit dem Austausch von Körperflüssigkeiten ausfüllen.“

Teichert beißt sich auf die Unterlippe. „Logisch“, murmelt er.

„Also gut“, lenke ich versöhnlich ein, „nun zeigen Sie uns mal die bewusste Videosequenz.“

Teicherts Finger rattern über die Tastatur. „Ich muss dazu sagen, dass die Qualität der Aufnahmen sehr schlecht ist. Das sind ganz miese Schwarzweißfilme. Sehen Sie selber. Da betreten zwei Herren das Foyer.

Aber ob das Tobias oder Maurice Hammermann sind, wage ich nicht zu beurteilen."

Wie auf Kommando beugen wir drei uns nach vorn.

„Was?", brülle ich entnervt. „Da erkennt man ja weniger als nichts! Das könnte genauso gut ein fetter Mensch mit zwei Köpfen sein!"

Andy und Willi sagen gar nichts.

„Und da lässt sich qualitativ gar nichts verbessern?"

„I'm so sorry", plärrt Teichert.

Mir schwillt der Kamm. „Die Auswertung dieses Videomaterials hatte höchste Wichtigkeit", schnauze ich ihn an. „Eine ganze Ewigkeit ist ins Land gegangen, seit ich Ihnen diese Aufgabe zugeteilt habe. Und Sie haben bis heute gebraucht, um festzustellen, dass auf diesen dämlichen Scheißfilmen kein Schwein zu erkennen ist?!"

Teichert lässt die Arme hängen. Wenn er könnte. Aber bei seiner Statur bleiben sie auf dem Bauch liegen.

„Bolle, du kümmerst dich umgehend darum, dass wir das Fotomaterial von allen Partygästen erhalten", weise ich an. „Auf irgendeinem Foto müssen diese beiden Männer zu sehen sein. Ich berichte dann mal Vogel von unserem Stillstand."

Eine Minute später stehe ich in Vogels Büro. Und ich bereue meine Entscheidung sofort. Die Leitkuh sitzt unserem Staatsanwalt gegenüber. Ich zähle langsam bis drei und erinnere mich an mein Vorhaben, sie wie Luft zu behandeln. Daher nehme ich neben ihr Platz, ohne sie eines Blickes zu würdigen, und bringe Vogel auf den neuesten Stand.

„Müssen wir demnach die ersten beiden Morde als einen Fall betrachten, der mit dem dritten Toten gar nicht in Verbindung steht?" Endlich hat sich Vogel gefasst und scheint wieder denken zu können.

„Das ist eine Möglichkeit", stimme ich zu.

Auch die Leitkuh produziert höchst selbst verworrenes Gedankengut. „Demnach heißt der Mörder vom Dach Tobi oder Mauritius."

Vogel versucht, allwissend zu gucken. Ich für meinen Teil weiß, von wem die Rede ist. Noch schwanke ich, ob ich lachen oder heulen soll. Vogel unterbricht meine Gedanken, ehe ich mich entscheiden kann. „Mauritius ist wer?"

„Keine Ahnung", sage ich schnell. „Wir müssen jetzt hoffen, dass bald eine Vermisstenmeldung eingeht. Und ich fahre jetzt noch einmal nach Bergen."

Mit einem breiten Grinsen stehe ich auf und sause aus dem Büro, über den Flur, die Treppen hinunter, springe ins Dienstfahrzeug und fahre durch heftigen Schneeregen Herrn Findeisen und Frau Lang entgegen.

SIEBZEHN

Vermutlich liegt es am Wetter, dass ich Herrn Findeisen mal nicht auf dem Schulgelände sehen kann. Ich ziehe mir die wenigen Schritte bis zur Schule die Kapuze über den Kopf und renne durch den Schneematsch.

Wie immer begrüßt mich der Direktor zuvorkommend und freundlich. „Ich würde gern mit Ihrer Sekretärin und dem Hausmeister sprechen. Ein paar Fragen sind da noch offen."

Herr Kurz ist erstaunt. „Wieso möchten Sie denn ausgerechnet Frau Lang und Herrn Findeisen befragen?" Dann hebt er sofort beide Hände. „Selbstverständlich geht mich das gar nichts an", räumt er ein. „Frau Lang hat sich heute Morgen krankgemeldet. Ich gebe Ihnen gleich mal ihre Adresse. Herr Findeisen führt in unserer Sporthalle eine dringende Reparatur aus."

Dankend nehme ich den kleinen Zettel entgegen. Zwei Minuten später betrete ich die Sporthalle. Und mir wird mulmig.

Ich konnte meiner Schulzeit vom ersten bis zum letzten Tag nichts Positives abgewinnen. Und noch mehr hasste ich den Sportunterricht. Vor allem im Winter, wenn Geräteturnen auf dem Plan stand. Das ist das Einzige, was ich der DDR-Schulbildung ankreide. Das irrsinnige Ansinnen, jeden zum Elitesportler trimmen zu wollen. Ansonsten vertrete ich standhaft meine Meinung, dass unser Schulsystem das Beste war, was man sich vorstellen kann. Einheitliche Schulbücher im ganzen Land, einheitliche Lehrstoffe, zeitgleiche Lehrpläne. Wäre man tausend Mal umgezogen – man hätte nahtlos in jeder Schule weiterlernen können.

Nun stehe ich also mitten in der leeren Sporthalle. Es muffelt, und die Geräte machen mir immer noch Angst. Herrn Findeisen kann ich nirgends sehen oder hören. „Hallo!", rufe ich. „Herr Findeisen? Sind Sie da?"

„Hier bin ich!", brüllt der aus den Katakomben.

Ich finde den Hausmeister im Geräteraum. Mit hochrotem Kopf schraubt er an der Wand herum.

„Tut mir leid, dass ich Sie bei Ihrer dringenden Reparatur stören muss. Aber bei ungeklärten Mordfällen kann ich mich leider nicht in Geduld üben."

„Das verstehe ich“, brummt Findeisen. „Aber was wollen Sie ausgerechnet von mir noch wissen? Ich kann mir beim besten Willen nicht vorstellen, wie ich Ihnen helfen könnte.“

„Na, mal abwarten“, komme ich Findeisen entgegen. „Sie haben sich doch die Kopie sehr genau angesehen. Vier Jungen lachen darauf um die Wette, einer steht ein ganz klein wenig abseits. Sie erinnern sich?“

Findeisen lehnt sich an die Wand und verschränkt die Arme vor der Brust.

„Na sicher doch.“

„Sie haben ausgesagt, dass Sie zur Identität des vierten Jungen keine Angaben machen können.“

„Ich weiß, was ich gesagt habe.“

„Die drei anderen Jungen, die sich als die drei Musketiere bezeichneten, stehen einträchtig beieinander. Wie Sie wissen, wurden zwei von ihnen ermordet.“

„Sind Sie eine gute Ermittlerin?“, fragt mich Findeisen unvermittelt.

„Äh … nun ja“, stottere ich, „eigentlich schon, denke ich. Wieso?“

„Weil ich mir nicht vorstellen kann, dass Sie Verbrechen aufklären, wenn Sie unbeteiligte Personen grundsätzlich zweimal aufsuchen. Und zwar nur, um ihnen eine Zusammenfassung des ersten Treffens zu geben und beim zweiten Treffen die gleichen Fragen zu wiederholen.“

„Solange ich bezahlt werde, komme ich manchmal sogar noch häufiger“, erkläre ich.

„Toller Job“, grunzt Findeisen.

„Und nun zurück zu meinem heutigen Anliegen.“ Unsere Blicke treffen aufeinander, und auf dem Gesicht von Findeisen zeichnet sich eine merkwürdige Wandlung ab. Seine Gesichtszüge versteinern. Seine Augen ruhen eiskalt auf mir. Und ich muss mich tatsächlich konzentrieren, um den Faden nicht zu verlieren. „Also, zwei der drei Musketiere fielen einem brutalen Verbrechen zum Opfer. Warum haben Sie mich nicht gefragt, welche beiden tot sind? Oder andersherum gefragt: Warum interessiert es Sie nicht, welcher der drei noch lebt?“

„Weil. Es. Mich. Nicht. Interessiert.“

„Sehen Sie“, erwidere ich. „Und genau das macht mich stutzig. Jeder normale Mensch hätte spontan diesen Umstand erfragt. Wenn man ein Foto mit vier Personen gezeigt bekommt und gleichzeitig erfährt, dass zwei von denen nicht mehr leben, fragt man instinktiv nach, um wen es sich handelt.“

„Definieren Sie doch bitte mal das Wort normal“, zischt Findeisen. „Welcher Mensch ist Ihrer Meinung nach normal? Da können wir gern stundenlang darüber diskutieren. Und wenn ich Ihrer Meinung nach nicht normal bin, auch gut. Damit habe ich kein Problem. Lassen Sie mich zur Abwechslung Sie mal was fragen: Was habe ich davon, wenn ich weiß, welcher von denen noch lebt? Ich kenne sie alle nicht. Also was soll's? Es ist mir egal. Ob Sie das für normal halten oder nicht, interessiert mich nicht einmal ansatzweise. Und wenn das alles war, was Sie von mir wissen wollten, dann ist unser Gespräch jetzt beendet. Ich habe nämlich zu tun."

„Wo waren Sie am dritten Advent?"

Findeisen kratzt sich den Kopf und beginnt lauthals zu lachen. „Das ist jetzt eine Scherzfrage, oder?"

„Im Dienst scherze ich nie."

„Woher soll ich denn das jetzt noch wissen? Denken Sie, ich führe Tagebuch?"

„Manche Tage brennen sich ins Gedächtnis ein", erkläre ich mit Engelsgeduld. „Nämlich dann, wenn sich etwas Besonderes ereignet hat."

„Und was hat sich Ihrer Meinung nach an diesem dritten Advent ereignet? Hat dieser Tag irgendetwas mit mir zu tun? Wenn ich gewusst hätte, dass Sie hier aufkreuzen, um mir alberne Fragen zu stellen, dann hätte ich natürlich die vergangenen Wochen minutiös aufgezeichnet." Findeisens Stimme trieft nur so vor Sarkasmus.

„Gibt es eine Person, die Ihnen für diesen Tag ein Alibi geben könnte?" Die Frau Lang zum Beispiel, denke ich.

„Ich lebe allein", sagt Findeisen. „Und das traf auch auf den dritten Advent zu, falls Ihnen das weiterhilft."

Ich stecke mein Notizbuch ein. „Ich bin mir sicher, dass wir uns noch einmal über den Weg laufen werden."

„Das möge der liebe Gott verhindern", brummt Findeisen.

„Der hat schon so viel nicht verhindern können. Da bin ich optimistisch, dass er auch dieses Mal versagt."

Beim Hinausgehen habe ich plötzlich ein flaues Gefühl in der Magengegend. Ich wende mich schnell um. Aber Findeisen steht nicht hinter mir, um mir eins über den Schädel zu geben. Also laufe ich weiter, um noch ein paar Gedenkminuten inmitten der von mir so leidenschaftlich gehassten Sportgeräte zu verbringen. Und dann ist es an der Zeit, Frau Lang einen Besuch abzustatten.

Die Fahrt dauert nur wenige Minuten. Ich finde eine Parklücke direkt vor dem Mehrfamilienhaus. Frau Lang wohnt im Erdgeschoss. Ich klingle. Einmal. Zweimal. Dreimal. Ich rufe Herrn Kurz an und lasse mir die Telefonnummern von Frau Lang geben. Durch ein gekipptes Fenster höre ich das Telefon ausdauernd klingeln. Ohne große Hoffnung versuche ich, sie auf ihrem Handy zu erreichen. Aber es schaltet sich nur die Mailbox ein, auf der ich um einen Rückruf bitte.

Ich schreibe zusätzlich auf die Rückseite meiner Visitenkarte, dass ich um sofortige Kontaktaufnahme bitte. Dann werfe ich sie in den Briefkasten und beschließe, für heute die Segel zu streichen.

Das Schneetreiben ist stärker geworden. Ich fahre mit gemäßigtem Tempo. An einer Kreuzung muss ich bei Rot halten. Als ich in den Rückspiegel schaue, überfällt mich Panik. Ein Laster rollt heran. Aber der gute Mann bremst, und sogar rechtzeitig. Und so kommt es, dass ich heil und gesund, aber völlig ausgehungert das Präsidium erreiche.

Als Erstes fällt mir Jutta Hammermann, die Mutter von Maurice, ein. Ich wähle ihre Nummer und bin freudig überrascht, als sie sich sofort meldet. Sie entschuldigt sich wortreich, weil sie mich noch nicht zurückgerufen hat.

„Das ist nicht so schlimm“, beruhige ich sie. „Können Sie mir sagen, um welchen Jungen es sich auf dem Foto handelt? Ist Maurice vielleicht einmal mit ihm zu Hause gewesen? Es ist für unsere Ermittlung von immenser Wichtigkeit, die Identität zu klären.“

„Ich habe …“, höre ich, dann vernehme ich im Hintergrund mehrere markerschütternde Schreie.

„Frau Hammermann“, rufe ich aufgeregt in den Hörer, „ist alles in Ordnung bei Ihnen?“ Statt einer Antwort geht irgendetwas zu Bruch. Es hört sich an, als würden Glasscheiben splittern.

„Bitte entschuldigen Sie“, ruft Frau Hammermann. „Aber die Nachbarskinder haben einen Ball durch mein Fenster geschossen. Ich melde mich wieder.“ Bevor sie auflegt, höre ich noch einmal einen gellenden Schrei, der für Gänsehaut in meinem Nacken sorgt.

In diesem Moment kommen meine beiden Kollegen hereingepoltert. Winterstein hat eine große Tüte unter dem Arm. Es duftet verführerisch nach frischen Fischbrötchen.

„Ich könnte euch küssen“, sage ich voller Freude. Willi strahlt mich erwartungsvoll an, während sich Bolle in Zurückhaltung übt.

Das erste Brötchen verschlinge ich wortlos. Beim zweiten esse ich langsamer und berichte, was mir mein Besuch in Bergen eingebracht hat.

„Du glaubst also, dass der Findeisen etwas mit den Morden von Luttkus und Markgraf zu tun haben könnte?“, vergewissert sich Bolle.

Ich nicke und kaue bedächtig. „Der und die kratzbürstige Sekretärin.“

„Wie kommst du auf diese beiden?“, fragt Winterstein, der bereits sein drittes Brötchen isst.

„Mir sind da ein paar Ungereimtheiten aufgefallen. Ich habe beiden das Foto mit den vier Jungen gezeigt. Die Lang meinte, sie würde den Jungen nicht erkennen.“

„Und was ist daran merkwürdig?“, fragt Andy.

„Sie hat mich nicht gefragt, welchen Jungen ich meine.“

Winterstein hält mit Kauen inne. „Das ist dann schon komisch“, brummt er. „Und was stimmt mit dem Hausmeister nicht?“

„Den hat nicht die Bohne interessiert, welche zwei der vier abgebildeten Jungen ermordet wurden.“

„Also konzentrieren wir uns auf den Findeisen und die Lang“, fasst Willi zusammen und greift zu Brötchen Nummer vier.

„Und was ist mit der Witwe Elvira Markgraf und ihrem übellaunigen und übelriechenden Vater?“, fragt Bolle.

„Die behalten wir im Auge“, antworte ich. „Falls wir bei Findeisen und Lang falsch liegen, sind die Markgraf und Klaus Hofmann die nachrückenden Kandidaten.“ Willi und Bolle äußern ihr Einverständnis. „Und welche Ergebnisse könnt ihr vorweisen?“

„Mickrige“, antwortet Willi. „Die Überprüfung der Namenslisten geht immer schleppender voran. Wir konnten auch noch nicht herausfinden, woher das leicht entzündliche Desinfektionsmittel stammen könnte. Letzten Endes gibt es das in jedem Krankenhaus.“

„Aber es gibt auch ein paar positive Entwicklungen“, informiert mich Bolle. „Ich konnte bereits einige der Partygäste kontaktieren, und von denen wiederum haben mir manche ihre Fotos von der Silvesterfeier geschickt. Ich bin gerade dabei, sie auszuwerten.“

„Da bleibst du dran, Andy. Auf irgendeinem Foto müssen diese beiden Männer zu sehen sein.“ Ich würge gerade meinen letzten Bissen hinunter, als mein Telefon klingelt. Die Vorwahl gehört zu Zingst. Es ist Herr Aigner.

„Wir sind der Meinung, dass Sie sich das selber ansehen sollten“, beginnt er etwas umständlich.

„Und was genau?“

„Das Schlachtfeld“, erklärt Aigner.

Willi und Bolle schauen mich fragend an. Ich kann nur die Achseln zucken. „Herr Aigner“, pirsche ich mich heran. „Könnten Sie ein ganz klein wenig ins Detail gehen?“

Aigner lacht laut auf. „Selbstverständlich“, ruft er fröhlich in den Hörer. „Das Haus von Tobias und Maurice Hammermann wurde zerlegt.“

Ich hole tief Luft, bedanke mich für den Anruf und lege auf. „Es ist vielleicht Verschwendung von Personal“, beginne auch ich umständlich, „aber wollen wir gemeinsam einen Ausflug nach Zingst unternehmen? Vom Haus der Hammermanns ist nicht mehr viel übrig …“

„Ach, du Scheiße“, kommentiert Winterstein die Neuigkeiten. „Und wir wollen heute Abend noch los?“, fragt er ungläubig. „Wir haben doch gleich Feierabend.“

„Mensch, Willi“, fahre ich ihn an. „Haben Verbrecher jemals Rücksicht auf unseren Feierabend genommen? Also, kommt ihr mit oder nicht?“

„Na, dann mal los“, sagt Bolle.

„Wer von euch möchte fahren?“, frage ich gönnerhaft, während ich auf die Rücksitze krieche und versuche, es mir gemütlich zu machen.

„Bolle fährt“, sagt Winterstein kurz und setzt sich auf den Beifahrersitz. Im Rückspiegel treffen sich unsere Blicke. Der Unfall sitzt bei Winterstein tief. Bolle übernimmt ohne zu murren das Steuer. Und wir fahren gen Zingst. Das Schneetreiben hat etwas nachgelassen. Im Laufe der Fahrt setzt bereits die Dämmerung ein, und als wir vor dem Grundstück halten, bin ich fest eingeschlafen. Bolle rüttelt mich vorsichtig am Arm. „Ziel erreicht“, meint er schmunzelnd. Verschlafen setze ich mich mühsam auf und versuche, mich zu orientieren. Winterstein schält sich ächzend aus dem Auto. Am Gartenzaun stehen zwei Beamte und winken uns zu.

„Hallo zusammen, Burmeister mein Name. Und das sind meine Kollegen Wilfried Winterstein und Andy Bollermann.“

„Aigner“, sagt Herr Aigner. Ein großer und kräftig gebauter Mann Ende fünfzig. Er hat ein kleines Grübchen am Kinn, ein verschmitztes Lächeln und muntere Augen. „Das ist Herr Rüttgens, unser Rechtsmediziner“, stellt er uns seinen Kollegen vor. „Wir dachten, es wäre das Beste, erst mal auf euch zu warten, damit wir uns die Sauerei gemeinsam ansehen können.“

„Find ich super“, sage ich. „Haben die Nachbarn Sie informiert?“, frage ich, während wir in den Flur treten.

„Ein Nachbar“, antwortet Aigner. „Ein älterer Herr hat das Randalieren gehört. Die anderen Nachbarn sind derzeit nicht zu Hause. Also, schaut euch dieses Chaos an!“ Er tritt zur Seite.

Ich bleibe fassungslos stehen und schaue ein paar Minuten schweigend auf das Trümmerfeld.

„So etwas habe ich noch nicht gesehen“, sagt Winterstein.

Rüttgens reicht uns Überzieher und Handschuhe, und vorsichtig betreten wir den Kriegsschauplatz. Nichts, aber auch gar nichts, wurde von der Zerstörungswut des Täters oder der Täter verschont. Schubladen wurden herausgerissen und deren Inhalt wild in alle Richtungen verstreut. Kein Bild hängt mehr an der Wand. Die Pflanzen sind zertreten. Kissen und die Couchgarnitur sind aufgeschlitzt worden. Die Möbel wurden wahrscheinlich mit einem Beil bearbeitet. Die Gardinen sind zerfetzt. Überall liegen Bücher herum, viele von ihnen mit zerrissenen Seiten. Alles, was zu Bruch gehen konnte, ist zerbrochen. Vasen, Nippes, Geschirr. „Sieht das im ganzen Haus so aus?“, frage ich mühsam.

Aigner nickt. „Kein Raum wurde verschont. Und dann haben wir das hier gefunden.“ Er reicht mir ein Plastiktütchen mit einem blutigen Stück Stoff. „Der lag im Bad.“

„Gibt es noch weitere Blutspuren im Haus?“, möchte Bolle wissen.

„Ich habe mich bisher nur grob umgesehen und muss mich noch durch dieses Trümmerfeld arbeiten“, erklärt Rüttgens.

„Selbstverständlich“, sage ich. Rüttgens ist sehr groß, sehr schlank, und er schenkt mir ein sehr freundliches Lächeln. Ein netter Rechtsmediziner. Dankbar lächle ich zurück. „Hat der Nachbar irgendwelche Personen bemerkt? Oder hat er ein Fahrzeug gesehen?“, erkundige ich mich bei Aigner.

„Leider nein. Er hat nur die Geräusche wahrgenommen.“

„Und wann war das?“

„Vergangene Nacht zwischen zwei und drei Uhr.“ Verdutzt schaue ich ihn an.

Aigner beobachtet mich mit einem verschmitzten Lächeln. „Der alte Herr ist wohl geistig nicht mehr so ganz auf der Höhe und ein bissel zerstreut“, kommt er meiner Empörung zuvor. „Er wollte die Polizei nachts nicht stören. Heute Morgen hatte er die nächtlichen Ereignisse vergessen. Und daher rief er uns halt erst vor wenigen Stunden an.“

„Ja, da kann man nichts machen“, sage ich. „Haben Sie etwas dagegen, wenn wir uns im Haus ganz vorsichtig mal umsehen?“, wende ich mich an Rüttgens.

„Aus diesem Grund sind Sie doch hier“, meint er und lächelt wieder.

Ich erwäge, mich nach Zingst versetzen zu lassen.

Bolle und Willi schauen sich im Erdgeschoss um. Ich nehme mir das Obergeschoss vor. Auf der linken Seite befindet sich das Schlafzimmer, gegenüber ist eine Art Abstellraum. Hier scheint eine Bombe eingeschlagen zu haben. Was in diesem Raum aufbewahrt wurde, ist weder auf den ersten noch auf den zweiten Blick leicht zu erkennen. Auf jeden Fall viel Papier, darunter zerrissene Fotos und zerstörte Bücher. Es stinkt gewaltig nach Alkohol. Mehrere zerborstene Flaschen liegen auf dem Boden. Zwischen all dem Chaos erkenne ich den abgebrochenen Kopf eines Räuchermännchens. Ich hebe es auf und schaue es traurig und nachdenklich an. Dann gehe ich in das Schlafzimmer und stehe inmitten aufgewirbelter Bettfedern. Sämtliche Kleidungsstücke wurden aus dem Schrank geworfen und zerschnitten oder zerrissen. Der Schrank selber ist nicht mehr zu reparieren. Da hat jemand mit einem Beil ganze Arbeit geleistet.

„Was sagst du dazu?", fragt Willi plötzlich hinter mir. Vor lauter Fassungslosigkeit habe ich ihn nicht kommen hören.

„Auf die Schnelle fällt mir kein Kommentar dazu ein", gestehe ich.

Willi kratzt sich nachdenklich die Glatze. „Glaubst du, dass hier mehrere Personen tätig waren?"

„So, wie es hier aussieht, sollte man vermuten, dass eine ganze Herde eingefallen ist."

„Aber", sagt Willi.

„Aber das glaube ich nicht. So viele Feinde können die Hammermanns doch gar nicht gehabt haben. Mein Gefühl sagt mir, dass es die Tat eines Einzelnen war. Als mögliche Motive kommen blinde Wut, tiefe Verzweiflung oder abgrundtiefer Hass in Frage. Derjenige muss wie in Trance gewesen sein. Ansonsten hätten ihn nach einiger Zeit die Kräfte verlassen. Keiner zerlegt mal so nebenbei ein ganzes Haus in seine Bestandteile. Was meinst du?"

„Ich stimme dir zu. Aber warum sollte einer der beiden sein eigenes Haus dem Erdboden gleichmachen?"

„Wie gesagt. Aus Verzweiflung zum Beispiel. Vielleicht bereut er seine Tat zutiefst, den Mann vom Dach gestoßen zu haben."

„Zu dieser These passt das entzündliche Desinfektionsmittel nicht", widerspricht Willi. „Egal, ob es Tobias oder Maurice bei sich hatten. Einer von beiden hatte den Plan mit der brennenden Kleidung. Also handelt es sich um einen vorsätzlichen Mord. Das bereut man doch ein paar Tage später nicht wieder."

Winterstein hat eindeutig die besseren Argumente auf seiner Seite. Eine Idee habe ich noch. „Und wenn die beiden Hammermänner ihr Haus gemeinsam zerhackt haben?"

„Warum denn das?"

„Weil sie längst über alle Berge sind und am Arsch der Welt ganz neu anfangen wollen."

„Wäre es da nicht besser gewesen, das Haus zu verkaufen?"

„Klugscheißer", brumme ich.

Winterstein denkt weiter nach. „Es könnte ein durchgedrehter Verehrer gewesen sein. Der Gröhmling ist doch noch immer in diesen Maurice verknallt."

„Der steht unter Beobachtung. Und das weiß er auch. Dass der mit dieser Zerstörungsorgie etwas zu tun hat, halte ich für unwahrscheinlich."

„Was ist mit Tobias? Kommt bei dem auch ein Verehrer infrage?"

Darüber sinniere ich eine Weile nach. „Ich habe keine Ahnung."

Wir beschließen, genug gefachsimpelt zu haben. „Fahren wir zurück", sagt Winterstein und marschiert die Treppe hinunter. Bolle unterhält sich mit Aigner und Rüttgens. „Nehmen Sie den blutigen Stofffetzen ruhig Ihrem Rechtsmediziner mit", sagt dieser lachend zu Andy. Dann sieht er mich an. „Ihr Kollege meinte, wenn ich das übernehme, könnte es viel Ärger geben."

„Ärger ist untertrieben", widerspreche ich. „Wahrscheinlich würde es Tote geben." Damit nehme ich mit spitzen Fingern die Tüte an mich. „Ich rede noch einmal ganz schnell mit dem älteren Herrn", erkläre ich.

„Wie Sie meinen", sagt Aigner.

Willi stöhnt auf. „Aber wenn der tüdelig ist, hat das doch keinen Zweck", protestiert er.

„Ihr könnt euch ja noch weiter auf dem Grundstück umsehen", ersticke ich den Protest im Keim. Zwei Minuten später klingle ich bei Herrn Hänig. Da klingeln nichts bringt, poche ich mit der Faust an die Tür. Dann vernehme ich schlurfende Schritte, und die Tür wird geöffnet. „Ja?"

„Mein Name ist Burmeister. Ich komme von der Polizei. Darf ich kurz zu Ihnen reinkommen?"

„Möchten Sie vielleicht kurz hereinkommen?", erkundigt sich Herr Hänig freundlich. Zerstreut und schwerhörig also.

„Das wäre sehr nett. Vielen Dank."

„Oh, es würde mich aber wirklich freuen. Ich bin doch immer so allein."

„Ich komme wirklich gern herein."

„Nicht einmal zwei Minuten?"

„Gern auch länger!", brülle ich.

„Na, da freue ich mich", strahlt Herr Hänig und tritt zur Seite.

Im Flur bleibe ich stehen und warte, dass der Hausherr die Richtung vorgibt. „Wollen wir im Flur stehen bleiben, oder darf ich mich irgendwo setzen?"

„Sie müssen doch nicht im Korridor stehen bleiben. Gehen wir in das Wohnzimmer." Herr Hänig schlurft an mir vorbei. Eine Minute später sitzen wir in der gemütlichen Küche.

„Herr Hänig, Sie haben in der vergangenen Nacht Lärm aus dem Nachbarhaus gehört. Richtig?"

Herr Hänig lächelt mich an. „Was führt Sie denn zu mir, meine Liebe?"

Ich wiederhole meine Frage fünfmal lauter. „Ach", sagt Herr Hänig. „Es war laut nebenan? Zum Glück höre ich schwer. Da hat sich wohl jemand über die beiden Männer beschwert?"

„Nein!", brülle ich. „Sie haben meinen Kollegen erzählt, Lärm gehört zu haben!"

„Das kann doch gar nicht sein", widerspricht Herr Hänig. „Und wann soll das gewesen sein?"

„Vergangene Nacht!"

„Stimmt", sagt Herr Hänig. „Jetzt erinnere ich mich wieder. Es war zwischen zwei und drei Uhr. Da habe ich diesen Tobias gesehen, wie er das Haus verlassen hat."

Ich schließe die Augen und lehne mich zurück. Die Zeit könnte stimmen. Sie deckt sich mit der Angabe, die Hänig gegenüber Aigner machte. Aber wie werte ich die übrige Aussage? „Sie haben Tobias gesehen? Sind Sie sicher?"

„Ich bin mir aber nicht sicher. Es könnte auch der andere gewesen sein."

„Der Maurice?"

„Wer?"

„Maurice Hammermann?"

„Heißt der so?"

Ich ringe mir ein Nicken ab. Herr Hänig betrachtet seine Füße. „Der andere könnte es auch gewesen sein. Es war dunkel, müssen Sie wissen. Und ich sehe sehr schlecht."

Herr Hänig sieht mich aus müden und traurigen Augen an, die versuchen, meinen Konkurrenz zu machen.

„Welchen anderen meinen Sie?"

Ich sehe, wie Herr Hänig angestrengt nachdenkt. Dann entspannt sich plötzlich sein Gesicht. „Was führt Sie eigentlich zu mir, Frau …?"

Es ist zwecklos, den alten Mann mit weiteren Fragen zu belästigen. Artig bedanke ich mich für seine Hilfe.

„Ach, ich habe Ihnen geholfen?"

„Ja, Herr Hänig, so war es. Und dafür wollte ich mich persönlich bedanken."

Herr Hänig guckt mich verständnislos an. Bevor ich den alten Herrn noch mehr verwirre, schleiche ich mich davon.

„Und?“, ruft Winterstein schon von Weitem. „Was hat dir das Gespräch gebracht?“

„Mitleid mit einem alten Herrn.“

„Wir könnten schon fast zu Hause sein“, murrt Willi.

Wir bedanken uns bei den netten Kollegen. „Vielleicht sehen wir uns ja noch einmal wieder“, meint Aigner beim Abschied.

Winterstein stiefelt als Erster zum Auto und setzt sich auf die Rückbank.

„Fährst du wieder?“, frage ich anstandshalber Bolle, während ich bereits auf dem Beifahrersitz Platz nehme.

Andy mimt den Taxifahrer und lässt zuerst Winterstein vor seinem Haus raus, und danach hält er vor meiner Wohnung. Bevor ich aussteige, prüfe ich mit einem Rundumblick die Lage. Der Bommelmützenmann geht mir nicht mehr aus dem Kopf. Besonders, wenn ich nachts unterwegs bin. „Siehst du jemanden irgendwo stehen?“, frage ich zur Sicherheit Bolle.

„Um diese Zeit?“, wundert sich mein junger Kollege. „Wer sollte das denn sein?“

Ich bitte Bolle zu warten, bis ich im Haus verschwunden bin. Andy sieht mich fragend an. Schnell springe ich aus dem Auto, schließe die Tür auf und sprinte nach oben. Dann überfällt mich bleierne Müdigkeit. Ich verzichte sogar auf das Zähneputzen, und im Nu bin ich eingeschlafen.

Nach einer ausgiebigen Dusche und einem noch ausgiebigeren Frühstück glaube ich, genug Energie für den Tag getankt zu haben, der sich mit ein paar vereinzelten Sonnenstrahlen ankündigt. Die Straßen sind trocken. Ich ziehe mich warm an und nehme nach langer Zeit wieder einmal das Rad.

Die Tür zu unserem Besprechungsraum ist weit offen. Vogel steht mittig vor unserer Pinnwand und unserer beschreibbaren Magnettafel und studiert Namen, Fotos, Verbindungspfeile und diverse Notizen.

„Guten Morgen“, grüße ich freundlich.

„Wollen wir es hoffen“, stöhnt unser Staatsanwalt auf. „Heute ist eine weitere Pressekonferenz. Ich ahne schon, welche Fragen auf mich niederprasseln werden. Am Ende denken die Medienvertreter noch, unsere Insel ist nicht mehr sicher.“

„Ist sie im Moment auch nicht“, werfe ich ein. „Wir haben drei Tote und noch niemanden verhaftet.“

Vogel knurrt etwas Unverständliches. „Rufen Sie bitte Winterstein und Bollermann.“ Damit setzt er sich auf seinen Stuhl, und ich schreie auf dem Flur herum, dass wir eine außerplanmäßige Sitzung haben. Bolle und Willi kommen mit unterschiedlichem Elan angetrabt.

„Auf die Anwesenheit unserer Führungsperson verzichten wir?“, erkundige ich mich voller Hoffnung.

„Frau Leitmeyer-Mummelthey informierte mich telefonisch, dass sie zu einer Bekannten gerufen wurde, die sich nicht gut fühlte.“

Ich nehme mir vor, der unbekannten Bekannten ein Dankschreiben zu senden und übernehme wie gewohnt die Gesprächsführung. Zunächst unterrichte ich Vogel über unseren gestrigen gemeinschaftlichen nächtlichen Ausflug nach Zingst.

„Wie passt denn dieser Vandalismus in das Bild unserer bisherigen Ermittlungen?“, fragt er schließlich.

„Schlecht.“

„Sehe ich auch so. Machen Sie mal weiter. An welchen Fronten ermitteln Sie derzeit?“

„An mehreren“, sage ich. „Ich habe mir den Hausmeister des Gymnasiums noch mal vorgeknöpft. Der verschweigt uns irgendetwas. Und mit der verknöcherten Sekretärin stimmt auch etwas nicht. Nach meinem Besuch ist die Lang auf den Findeisen zugestürmt. Die verbindet ein Geheimnis, und sie verschweigen uns Fakten. Frau Lang hat sich inzwischen krankgemeldet.“ Nach einer kurzen Pause fahre ich fort: „Die Eltern von Markgraf und Luttkus haben übereinstimmend ausgesagt, dass sich ihre Söhne während der Pubertät drastisch veränderten. Wir müssen endlich den Zeitraum eingrenzen. Findet also den Psychologen, der Michael Markgraf behandelt hat. Und treibt die letzten Fotos der Partygäste ein.“

Bevor mich Winterstein fragen kann, ob ich auch was zu tun habe, erkläre ich, dass ich an Jutta Hammermann dranbleiben werde. „Sie ist mir nach wie vor eine Antwort schuldig. Und allmählich kommt es mir komisch vor, dass man immer merkwürdige Laute im Hintergrund hört, wenn man sie anruft.“

„Was denn für Laute?“, erkundigt sich Vogel.

„Das kann man schwer beschreiben. Das Wort unmenschlich trifft es am nächsten.“

„Halten Sie es für erforderlich, dies aufzuklären?“

„Es gibt mir jedenfalls zu denken“, erwidere ich. Im Stillen muss ich Vogel recht geben, dass unerklärbare Töne nicht unbedingt einer Auflösung bedürfen. Aber mein Gefühl sagt mir, dass es nicht schaden kann, dieser Sache nebenbei auf den Grund zu gehen.

„Na, von mir aus“, zeigt sich Vogel galant. „Und was sagen die Eltern von Markgraf und Hammermann zu dem unbekannten Jungen?“

„Die behaupteten, ihn nicht zu kennen.“

„Sie haben Zweifel an diesen Aussagen?"

„Ein paar. Der Junge wird sich doch auf diesem Foto nicht verirrt haben. Der ist nicht aus Versehen mal so vor die Kamera gelaufen. Er muss die drei anderen gekannt haben. Vielleicht war er sogar bei ihnen zu Hause. Aber niemand will ihn kennen. Weder die Lehrer des Gymnasiums noch die Eltern von Markgraf und Hammermann. Als wäre er ein Geist. Kein Mensch will oder kann sich an ihn erinnern. Das kann nicht sein." Zustimmendes Gemurmel setzt ein, das in Schweigen übergeht.

Nach einer Weile räuspert sich Winterstein. „Und wenn dieser Junge nun gar nicht auf dieses Gymnasium gegangen ist", bringt er eine ganz neue Überlegung ins Spiel. „Dann wäre es logisch, dass kein Lehrer ihn erkennt. Und auch der Findeisen und die Lang wären dem dann nicht begegnet."

Ich schaue Winterstein verdutzt an. „Und das fällt dir erst jetzt ein?", knurre ich ihn an. Im Stillen könnte ich mich ohrfeigen. Warum bin ich da nicht schon längst selber draufgekommen?

„Sehr schön, Kollege Winterstein, dass Sie diesen Aspekt in die Waagschale geworfen haben", lobhudelt Vogel herum.

Willi lächelt verhalten und kratzt sich die Glatze.

„Also gut", sagt Vogel, „dann müssen wir unsere Ermittlungen wohl oder übel erweitern, um diesen Jungen zu finden. Sie sind der festen Überzeugung, dass er eine entscheidende Rolle einnimmt?", wendet er sich an mich.

„Die Wahrscheinlichkeit ist jedenfalls groß. Irgendetwas ist damals vorgefallen, was für die drei Musketiere so verstörend war, dass sie sich nicht einmal ihren Eltern anvertrauten. Wie wir wissen, war Michael Markgraf kurz vor seinem Tod bei Dennis Luttkus zu Besuch. Der Nachbar, dieser Schwanitz, hatte ein Gespräch zwischen beiden mitangehört, in dem Markgraf geäußerte hatte, dass alles für sie schlimm enden könne. Ahnten sie also, dass jemand sie zur Rechenschaft ziehen wollte? Für eine Tat, die dreißig Jahre zurücklag?"

„Aber warum räche ich mich erst nach so vielen Jahren an jemandem?", fragt Bolle nachdenklich. „Mal angenommen, wir haben recht, und die drei sind für ein Unglück verantwortlich, das sich während der Schulzeit ereignet hat. Warum werden sie erst jetzt dafür bestraft?"

„Vielleicht hat der Mörder erst jetzt zugeschlagen, weil er vorher nicht wusste, wen er zur Verantwortung ziehen kann."

„Und nach dreißig Jahren erfährt er plötzlich, an wem er Selbstjustiz verüben soll?", brummelt Winterstein zweifelnd.

„Er hat sicher nie aufgehört, nach den Schuldigen zu suchen“, entgegne ich. „Vielleicht ist er wirklich erst jetzt auf ihre Namen gestoßen. Er kann ja in Archiven recherchiert haben“, sage ich und ende abrupt.

Drei Augenpaare schauen mich fragend an.

„Ja“, sagt Vogel. „Und weiter, Frau Burmeister. Sie waren doch noch nicht fertig, oder?“

Ich springe auf und renne aus dem Besprechungsraum.

„Frau Burmeister“, ruft mir Vogel hinterher.

„Ich bin im Archiv“, rufe ich zurück und sprinte die Stufen hinunter.

Zuvor sause ich in unsere Rechtsmedizin und drücke Mehlhorn die Tüte mit dem blutigen Stofffetzen in die Hand. „Der stammt aus dem Haus der Hammermanns. Schauen Sie, ob die DNA irgendeine Übereinstimmung bringt. Und arbeiten Sie bitte so schnell wie möglich.“

„Aber selbstverständlich“, sichert Mehlhorn zu.

Schnellen Schrittes gehe ich in die Stadtbibliothek. Dort weist mich eine nette Mitarbeiterin in die Bedienung eines Microfiche-Lesegerätes ein, und ich beginne, in alten Ausgaben der hiesigen Zeitungen zu recherchieren. Nach vier Stunden lässt mein Elan merklich nach. Und ich frage mich, ob ich vorschnell gehandelt habe. Es wäre besser, wenn ich auf das Ergebnis von Bolle warten würde. Mit einem exakt definierten Zeitraum ließe sich die Suche viel zielführender eingrenzen. So gestaltet sie sich mehr oder weniger zufallsbedingt und viel zu zeitintensiv. Stöhnend und meines Hochgefühls beraubt, breche ich für heute meine Recherchen ab. Wahlbergs Worte fallen mir wieder ein, wonach der Mörder vermutlich eine Heckenschere benutzt hat. Aufgrund der Brutalität und der notwendigen körperlichen Kraft scheint festzustehen, dass es sich um einen männlichen Täter handelt, der von übermächtigem Hass getrieben wurde.

„Was habt ihr Rotzjungen in eurer Kindheit bloß angestellt?“, murmele ich.

Längst hat mein Magen die Hoffnung auf Nahrung aufgegeben. Ich verspüre weder Hunger noch Appetit.

Mein Rückweg führt mich am steinigen Ufer entlang. Und während ich auf das tosende Meer blicke, steigt in den hintersten Regionen meines Gehirns ein neuer Gedanke auf. Bisher sind wir davon ausgegangen, dass ein Angehöriger des Jungen Rache genommen hat. Doch genauso kommt natürlich der Junge selbst als Täter in Frage. Wie angewurzelt bleibe ich stehen. Diese Option ist nicht von der Hand zu weisen.

In der einsetzenden Dämmerung schimmert die Ostsee fast schwarz. Die weißen Schaumkronen auf den gigantischen Wellen bilden einen tollen

Kontrast. Laut klagend ziehen die Möwen ihre Kreise. Während ich die salzhaltige Luft tief einatme und die hell erleuchtete StenaLine um die Ecke biegt, denke ich über den unbekannten Jungen nach. Und ein weiterer Gedanke schält sich heraus. Wurde *er* vom Dach des „Rügen-Hotels" gestoßen? Maurice wusste, dass er das nächste Opfer werden würde. Kamen er oder Tobias den Racheplänen zuvor?

Grübelnd laufe ich in das Präsidium zurück. Ich horche an der Tür zum Büro unserer überflüssigen Leitkuh. Aber dahinter ist alles ruhig. Vielleicht habe ich Glück, und deren Bekannte braucht ab sofort eine ganztägige Pflegekraft. Und wenn ich noch mehr Glück habe, übernimmt diesen Job die Leitmeyer-Kuh. Das wäre zwar für die unbekannte Bekannte fatal, weil die Leitkuh vergessen würde, dass sie jemanden pflegen muss. Aber ich wäre sie eine Weile los.

Von meinem Apparat aus versuche ich vergeblich, Wahlberg oder Mehlhorn zu erreichen. „Die sind alle nur zum Glück auf der Welt", maule ich vor mich hin. Bevor auch ich nach Hause gehe, rufe ich Jutta Hammermann an.

„Frau Burmeister?", höre ich ihre freundliche Stimme. „Ich weiß schon, warum Sie anrufen. Es geht doch bestimmt um diesen Jungen, der neben meinem Maurice und seinen Freunden abgebildet ist?"

Ein Hoffnungsschimmer greift nach mir und löst einen Sekundenfrohsinn aus. „Können Sie mir sagen, wer der Junge ist?"

„Ich habe lange darüber nachgedacht", antwortet Frau Hammermann. „Falls ich mich nicht täusche, dann war er sogar einmal bei uns zu Hause. Aber es ist eben schon eine Ewigkeit her. Und ich möchte mich da auch auf keinen Fall festlegen."

„Ja, gut", rufe ich aufgeregt in den Hörer. „Sie müssen es ja nicht beeiden. Aber können Sie sich an seinen Namen erinnern? Woher kannte Maurice diesen Jungen? Wo haben sie sich kennengelernt? Waren sie befreundet?"

„Der Junge war mit seinen Eltern vom Festland nach Bergen gezogen. Soweit ich mich richtig erinnere. Er war wohl im gleichen Alter wie Maurice, aber er ging nicht auf das Gymnasium. Ich glaube, die Jungs haben sich beim Fußballspielen kennengelernt."

„Und können Sie sich an den Namen des Jungen erinnern?", wiederhole ich die Mutter aller Fragen, während ich nebenbei die Luft anhalte.

„Der Name liegt mir auf der Zunge", antwortet Frau Hammermann. „Sobald er mir einfällt, rufe ich Sie an." Damit legt sie auf.

Eine Welle großer Frustration übermannt mich. „Was nützt uns der Name des Jungen auf der Zunge von Frau Hammermann?“, zetere ich in meinem Büro. Irgendwann stehe ich auf und gehe nach Hause.

Erstaunt stelle ich fest, dass mein Anrufbeantworter keine Nachrichten meiner Mutter gespeichert hat. Das ist nicht nur ungewöhnlich, sondern geradezu erschreckend. „Rufen Sie jetzt bloß nicht Ihre Mutter an“, sagt Herr Gunthau zu mir. Mein Psychotherapeut spricht aber nur in meinem Kopf, und daher habe ich keine Veranlassung, seinen Rat zu befolgen. Also wähle ich panisch ihre Nummer.

„Wer ist da?“, krächzt meine Mutter.

„Bist du erkältet?“, frage ich besorgt und mache mir sofort Vorwürfe. Ich weiß zwar nicht warum, aber als Versagertochter ist es meine Pflicht, mich schuldig zu bekennen.

„Das hört man doch“, wispert sie.

„Seit wann fühlst du dich denn nicht gut? Soll ich zu dir kommen? Brauchst du etwas? Soll ich Besorgungen für dich machen?“ Mehr Fragen fallen mir als undankbare Tochter auf die Schnelle leider nicht ein.

„Die gute Frau Meyermummel hat alles schon erledigt“, flüstert meine Mutter. „Wenn ich die nicht hätte, sähe es schlimm für mich aus.“

Ich halte die Luft an und warte, ob noch was kommt. Ein gewaltiger Anschiss, zum Beispiel. Aber es bleibt still. Fast übermannt mich die Neugier. Aber ich schlucke die Frage, ob die dämliche Leitkuh noch bei meiner Mutter ist, hinunter.

„Dann wünsche ich dir gute Besserung“, sage ich. „Ich schaue morgen bei dir vorbei.“

„Das ist deine Entscheidung“, sagt meine Mutter und legt auf.

Eine merkwürdige Stimmung breitet sich in mir aus. Niedergeschlagenheit, Traurigkeit, Wut, Fassungslosigkeit – von allem ist etwas dabei. Und mit dieser Gefühlsmischung gehe ich ins Bett.

ACHTZEHN

Als der Wecker am nächsten Morgen klingelt, habe ich das Gefühl, gerade erst tief eingeschlafen zu sein. Ich beginne den neuen Tag mit einem kräftigen Fluch und wanke in die Küche. Dann setze ich Kaffee auf und schiebe zwei Brötchen in die Backröhre. Danach torkele ich schlaftrunken ins Bad. Dort stelle ich fest, dass der Spiegel nicht funktioniert. Er ist kaputt. Unglaublich. Oder er wurde gestohlen und an seiner Stelle ein Loch in die

Wand gehackt. Jedenfalls starrt mich eine leichenblasse alte Frau aus Augenschlitzen und mit Tränensäcken an. Prüfend stupse ich den Finger gegen das Glas. Danach hänge ich ein Handtuch darüber und steige unter die Dusche, bis mir der Geruch verbrannter Brötchen in die Nase fährt. Wenn man über Nacht um Jahrzehnte altert, sollte man sich viel Zeit nehmen ... Ich bleibe unter der Dusche stehen, creme mich von der Stirn bis zu den Fersen ein und gehe dann aufreizend langsam in die vernebelte Küche. Zunächst öffne ich die Klappe zum Herd. Dichter Qualm kommt mir entgegen. Dann öffne ich die Balkontür und schenke Rauch und Gestank die Freiheit. Und den Brötchen ebenso. „Was soll denn das?", höre ich eine empörte Stimme.

Mit einem Pott Kaffee setze ich mich auf die Couch. Ich trinke die Tasse halbleer, schütte den Rest in die Spüle und latsche grummelnd und hungrig los.

Auf unserer Etage im Präsidium kommen mir ein paar Staubmäuse entgegen. Sonst ist alles noch ruhig. Ich kippe mein Fenster, schalte den Computer ein und versuche, Frau Lang zu erreichen. Mit Erfolg. Die Sekretärin erläutert mir, dass sie nicht in der Lage sei, ein Gespräch mit mir zu führen. Ich zerstreue ihre Bedenken mit meiner warmherzigsten Stimme und kündige mein Kommen binnen einer Stunde an. Frau Lang erwidert, dass sie sich diese Unverschämtheit verbittet.

„Ich komme trotzdem."

Frau Lang öffnet nach dem vierten Klingeln. Um ihr Leiden glaubhaft erscheinen zu lassen, scheint sie sich mit Mehl eingepudert zu haben. Jedenfalls kann ihre Blässe unmöglich echt sein. Ihrer strengen Frisur hat sie heute abgeschworen. Die sonst straff nach hinten gekämmten Haare trägt sie offen. Frau Lang ähnelt einer stark mitgenommenen Vogelscheuche.

„Fassen Sie sich kurz", lauten ihre Begrüßungsworte. „Mir geht es schlecht."

„Und mir geht es noch einmal um dieses Foto." Ich halte es Frau Lang vor die weiße Nase.

„Das kenne ich bereits", haucht sie.

„Sehr richtig", stimme ich zu. „Als ich Ihnen das Foto zum ersten Mal vorlegte, wollte ich wissen, ob Sie diesen Jungen kennen", fasse ich noch einmal den Ist-Stand zusammen, während ich unaufgefordert Platz nehme.

„Jaha", antwortet Frau Lang ungeduldig. „Aber warum kreuzen Sie heute noch einmal mit diesem Foto bei mir auf?"

„Kennen Sie ihn denn, diesen Jungen?" Störrisch wie ich nun mal bin, lasse ich nicht locker.

„Nein, ich kenne ihn nicht." Die Stimme von Frau Lang klingt schrill.

„Sehen Sie, meine liebe Frau Lang", flöte ich. „Genau das ist mein Problem. Sie schauen sich zwar das Foto an, aber Sie fragen einfach nicht, welchen Jungen ich meine."

Ich beobachte das Mehlgesicht der Sekretärin. Es arbeitet heftig hinter der weißen Stirn. Heftig. Aber langsam. „Ich kenne alle vier Jungen nicht", fühlt sich Frau Lang zu einer Erklärung verpflichtet. „Darum frage ich natürlich nicht, welchen Jungen Sie meinen. Es ist mir völlig egal, da mir alle vier unbekannt sind."

Darauf erwidere ich nichts. Ich schlage die Beine übereinander und mustere die Sekretärin ausgiebig und kühl. So lange, bis sie nervös wird. Fahrig streicht sie sich die Haarsträhnen aus der Stirn. Ein bisschen Mehlstaub wirbelt sie dabei auf.

„Wie ist Ihre Beziehung zu Herrn Findeisen?"

„Ich muss doch sehr bitten. Ich habe noch nie in meinem Leben eine Beziehung …"

An dieser Stelle schweigt Frau Lang plötzlich. Vielleicht ist ihr gerade ein Licht aufgegangen, dass ihr Leben gewollt oder ungewollt doch relativ trist verlaufen ist.

„Würden Sie bitte meine Frage beantworten?"

„Ich habe mit Herrn Findeisen nichts zu schaffen. Wir sind Kollegen. Mehr nicht."

„Das glaube ich Ihnen nicht. Kann es sein, dass dieser Junge sowohl Ihnen als auch Herrn Findeisen bekannt ist? Steht Herr Findeisen sogar in einer verwandtschaftlichen Beziehung zu ihm?" Ich deute mit meinem Zeigefinger auf den lachenden Möchtegern-Musketier. Frau Lang hätte das Mehl nicht artfremd verwenden müssen. Ich erkenne, dass sie unter dem Nahrungsmittel aschfahl wird.

„Mir ist so schlecht", murmelt sie. Und dieses Mal glaube ich ihr. Mühsam bugsiere ich sie in ihr Schlafzimmer und lege sie ins Bett. Frau Lang hat die Augen geschlossen. Eine einzige Träne rollt mühsam über die Mehlreste. Ich hole ihr ein Glas Wasser. „Brauchen Sie ärztliche Hilfe?"

„Bloß nicht", flüstert sie und winkt kraftlos ab. „Lassen Sie den armen Rudi in Ruhe. Er hat genug gelitten. Und trotzdem riskiert er sein Leben für andere."

„Wer ist Rudi?", frage ich leise.

Frau Lang antwortet nicht. Sie dreht den Kopf zur Seite, und wenige Minuten später schläft sie. Ich schleiche mich aus ihrer Wohnung und sitze nachdenklich in unserem Dienstfahrzeug.

Dann führe ich ein Telefonat mit dem netten Direktor des Gymnasiums. „Wie geht es voran, Frau Burmeister? Und konnten Sie die Identität des unbekannten Knaben schon ermitteln?“

Meine recht einsilbigen Antworten lauten „Schlecht“ und „Nein“.

„Und wie kann ich Ihnen helfen?“, fragt Herr Kurz.

„Ihre Sekretärin meinte, Herr Findeisen würde sein Leben für andere riskieren. Was meinte sie damit?“

„Herr Findeisen engagiert sich bei der Freiwilligen Feuerwehr. Und da hat er sogar schon so manchen Einsatz bei uns gehabt. Immer dann, wenn Bälle auf das Flachdach unserer Turnhallte landen.“ Herr Kurz lacht schallend.

Ich täusche anstandshalber ein Lachen vor und bedanke mich für die Auskunft. Danach recherchiere ich im Internet und stehe kurz darauf vor dem Leiter der Freiwilligen Feuerwehr. Herr Kalkbrenner ist ein imposanter Hüne und kann es mit jedem Wrestler aufnehmen. Der Umfang seiner Oberarme ist ehrfurchtgebietend. „Die Polizei in unserem Hause“, brummelt Kalkbrenner gutgelaunt. „Wie kann ich Ihnen denn helfen?“

„Sie haben doch bestimmt ein Fahrzeug mit Drehleiter.“

Kalkbrenner schmunzelt. „Wir wären eine komische Truppe, wenn wir uns bei jedem Einsatz erst eine Leiter borgen müssten.“

„Hm. War es am dritten Advent im Einsatz? Und wenn ja, wo?“

Kalkbrenner versucht, seine Ballonarme vor der Brust zu verschränken, was aber nicht gut gelingt. „Ihre Fragen sind tatsächlich ziemlich schräg. Wieso erkundigen Sie sich nach unserem Spezialfahrzeug? Es wird doch niemanden umgebracht haben?“ Er lacht laut auf.

„Zumindest Beihilfe zum Mord könnte Ihrem Fahrzeug vorgeworfen werden.“

Der Leiter der freiwilligen Kameraden stellt daraufhin sein Lachen ein. „Kommen Sie mit in mein Büro. Ich muss nachsehen, ob wir am dritten Advent einen Einsatz hatten.“

Ich folge ihm und staune, wie schnell manche PCs arbeiten.

„Am dritten Advent hatten wir Ruhe hier.“

„Ganz sicher?“

Kalkbrenner nickt.

„Und wenn jemand das Fahrzeug trotzdem benutzt hätte, wäre Ihnen das aufgefallen?“

„Nicht unbedingt“, gibt er zu. „Wenn es wieder vollbetankt auf dem richtigen Platz geparkt worden wäre. Aber wer hätte denn unser Fahrzeug benutzen sollen? Den Einbruch hätten wir sicher bemerkt.“

„Wenn es jemand von Ihren Kameraden gewesen wäre, hätte er nicht einbrechen müssen."

„Was erzählen Sie denn? Verraten Sie mir doch bitte, worum es Ihnen eigentlich geht."

„Es wurde jemand aufgehängt. An einer Stelle, an die man ohne Hilfsmittel nicht gelangt", gebe ich Auskunft.

„Ach du Scheiße", sagt Kalkbrenner. „Und Sie verdächtigen tatsächlich jemanden von uns? Wen denn, wenn ich fragen darf?"

„Was können Sie mir über Rudi Findeisen sagen?", lautet meine Quasi-Antwort.

„Der Rudi soll in einen Mord verwickelt sein?" Kalkbrenner stöhnt auf und haut mit der Faust auf den Tisch. Vermutlich handelt es sich um stabile Nachkriegsware. Ein Tisch aus heutigen Zeiten wäre zusammengebrochen.

„Wir ermitteln noch. Aber die Anzeichen verdichten sich, dass Herr Findeisen in ein Verbrechen involviert sein könnte."

„Der Rudi ist zuverlässig und ein hilfsbereiter Mensch. Ich kann gar nichts Schlechtes über ihn sagen." Kalkbrenner massiert sich die Schläfen. „Wenn er in ein Verbrechen verwickelt sein sollte, darf er denn dann noch bei uns arbeiten?"

„Momentan besteht gegen Herrn Findeisen lediglich ein Verdacht. So lange nichts erwiesen ist, müssen Sie auf seine Hilfe nicht verzichten."

Kalkbrenner guckt mich verdrießlich an. „Sie haben gut reden", murrt er. „Sie kommen hierher und äußern schlimme Verdächtigungen. Und ich soll so tun, als ob nichts wäre. Den Rudi würden wir schmerzlich vermissen. Er ist nämlich für die Instandhaltung unserer Fahrzeuge verantwortlich. Damit kennt er sich aus."

„Demnach beteiligt er sich nicht an Einsätzen", sinniere ich laut. „Wissen Sie private Dinge über Herrn Findeisen? Lebt er allein, oder hat er Angehörige?"

Der Leiter der Feuerwehr legt seine Stirn in Falten. „Da muss ich passen. Über private Angelegenheiten habe ich mit ihm noch nie gesprochen."

Ich verabschiede mich von ihm mit einem festen Handschlag. Die wenigen Schritte bis zu unserem Dienstwagen nutze ich, gegen den Schmerz anzukämpfen. Und als ich hinter dem Lenkrad sitze, stelle ich erleichtert fest, dass meine Hand erstaunlicherweise noch vorhanden ist.

Auf der Rückfahrt nach Sassnitz kreiseln meine Gedanken, und mein Magen knurrt. Und auf dem Flur unseres Präsidiums duftet es nach Kaffee. Ich schenke mir eine Tasse ein und greife nach dem Teller mit belegten

Brötchen. Vielleicht hat ihn jemand für mich hingestellt. Vielleicht auch nicht. Auf alle Fälle nehme ich ihn mit.

Dann sause ich in das Büro von Winterstein. Willi hämmert auf der Tastatur herum. Und auch Bolle ist anwesend. Zufrieden fläze ich mich in die Besucherecke und gebe meinen Mitarbeitern die Erlaubnis, über ihr Tagewerk zu berichten.

„Wir haben die Eltern von Markgraf und Luttkus befragt", beginnt Winterstein. „Das Jahr, in dem sich alles veränderte oder besser, in dem sich die Jungen veränderten, war das Jahr 1990. Vater Markgraf fand die Unterlagen vom Psychologen. Die Eltern haben mit Michael ein Jahr später psychologische Hilfe in Anspruch genommen. Mit dem Psychologen habe ich auch schon gesprochen. Er praktiziert mittlerweile nicht mehr. Aber an Michael Markgraf konnte er sich noch gut erinnern. Er beschrieb ihn als aufgeschlossen und munter. Jedoch ist es ihm nicht gelungen, das Vertrauen des Jungen zu erlangen. Auch der Psychologe hat nie erfahren, was passiert ist oder passiert sein könnte."

„Was war denn das für ein unprofessioneller Halbgelehrter?", ereifere ich mich. „Konnte als Psychologe das Vertrauen eines Jugendlichen nicht erlangen. So was gibt es doch gar nicht."

Willi und Bolle schauen sich an, sagen aber nichts. Ich greife noch immer brummelnd zum zweiten Brötchen.

„Wir haben das Foto mit dem unbekannten Jungen an die Schulen in Bergen geschickt", übernimmt Bolle die weitere Berichterstattung.

„Solltet ihr das tun?"

„Nein, aber wir haben Eigeninitiative ergriffen", mault Winterstein.

„Ist ja gut. Ich wollte nur sichergehen, ob ich bereits Gedächtnislücken habe", beschwichtige ich Willi.

„Na, jedenfalls warten wir noch auf eine Antwort", fährt Bolle mit seinem Bericht fort. „Ansonsten habe ich weitere Fotos von der Silvesterparty erhalten. Ich setze mich gleich an den Computer, um sie auszuwerten."

Bevor ich meine Kollegen loben kann, reißt Wahlberg die Tür auf. „Ich habe das blutdurchtränkte Tuch untersucht."

„Sie meinen den Stofffetzen?"

„Nein. Denn es handelt sich um ein Taschentuch", erwidert Wahlberg gereizt. „Und auch wenn es Ihnen nicht passt, Frau Burmeister, kann ich mich nur wiederholen."

„Wenn Sie sagen, es handelt sich um ein Taschentuch, dann werde ich mich doch nicht mit Ihnen streiten", versuche ich Wahlberg zu beschwichtigen.

„Versuchen Sie doch wenigstens ab und zu, meine Worte zu begreifen", faucht Wahlberg. „Ich wollte zum Ausdruck bringen, dass es sich entweder um das Blut von Maurice oder um das von Tobias Hammermann handelt. Das hat die Analyse des Materialvergleichs erbracht, die uns die Kollegen aus Zingst zur Verfügung stellten."

„Demnach stehen wir mal wieder vor einem entweder oder", lautet mein kurzer Kommentar.

In diesem Moment betritt die Leitkuh das Büro von Winterstein. Sie hat wohl meine letzten Worte gehört. Ohne Gruß fordert sie Wahlberg auf, ihr seine neuesten Erkenntnisse mitzuteilen.

„Merken Sie sich für die Zukunft, dass ich keine Privataudienzen durchführe", mault Wahlberg. Dann wiederholt er seine Ergebnisse exklusiv für die hohle Nuss. Und danach tritt Stille ein. Die Leitkuh scheint den Versuch zu unternehmen, nachzudenken. Die Zeit geht ins Land. Viel Zeit. Ich tausche vielsagende Blicke mit Willi und Bolle.

Wahlberg starrt die Leitkuh an und räuspert sich. „Ihren Verstand bei der Arbeit zusehen zu dürfen, ist ein unvergessliches Erlebnis."

Die Leitkuh spürt instinktiv, dass das kein Kompliment war, und geht zum Gegenangriff über. „Ihre Erläuterungen waren lückenhaft. Sonst wären mir jetzt die Zusammenhänge klar. Aber so frage ich mich oder Sie, warum Sie das Blut nicht eindeutig zuordnen können. Haben sich Moritz oder Tobias geschnitten? Das muss doch herauszufinden sein."

Ich lehne mich mit einem breiten Grinsen entspannt zurück und hoffe, dass ich gleich einem Racheakt beiwohnen werde. Wenn wir alle Glück haben, ist die Leitkuh gleich hinüber. „Wenn Sie das Offensichtliche nicht selber erkennen, tut es mir leid. In meinem Beruf muss ich mich mit Toten auseinandersetzen. Hirntote fallen nicht in mein Ressort."

Ach ja. Der gute, alte Wahlberg.

Dann ist er auch schon auf dem Weg nach draußen. Über den Flur wuselt Teichert. „Warte auf mich, mein Wonneschnurzel", ruft Wahlberg unserem IT-Mausi-Hasi zu.

Die Leitkuh scheint einen lichten Moment zu haben und einzusehen, dass sie uns keine Hilfe ist. Jedenfalls huscht sie ebenfalls aus dem Büro.

Plötzlich taucht in meinem Hinterkopf aus dem absoluten Nichts eine Überlegung auf.

„Soll ich euch mal was sagen?"

„Ja", antworten Willi und Bolle im Chor.

„Ich habe zwei Ahnungen."

„Oh Gott, nicht schon wieder“, stöhnt Winterstein theatralisch auf. „Die Alte und ihre Ahnungen. Das kann nicht gut enden.“

„Einen schönen Feierabend euch beiden.“

„Ist das alles, was du uns sagen willst?“, kräht Winterstein hinter mir her.

„Ich muss selber erst mal meine Gedanken ordnen“, wiegele ich ab. „Aber wir haben vielleicht einen Fehler begangen. Bolle, sind die Fotos der Partygäste schon auf unserem Mitarbeiterverzeichnis abgelegt?“

„Das erledige ich sofort.“

„Das ist gut“, sage ich aufgeregt. „Die möchte ich mir unbedingt noch heute Abend ansehen. Aber zuvor suche ich das Archiv auf.“

„Dir ist klar, dass der Tag nur vierundzwanzig Stunden hat?“, erkundigt sich Winterstein.

„Absolut.“ Dann nehme ich immer zwei Stufen auf einmal und renne mit nachlassender Schnelligkeit in die Stadtbibliothek. Die nette Mitarbeiterin versichert mir, dass sie gern auch eine Überstunde einlegt, sofern ich heute noch recherchieren muss. „So lange wird es nicht dauern. Ich werde mich auf das Jahr 1990 beschränken.“

Nach zwei Stunden bin ich bis zum Mai gekommen. Meine Augen brennen, mein Genick ist steif, und ich sehe mich nach der netten Mitarbeiterin um. Sie sitzt in einem bequemen Lesestuhl, hat die Beine auf einen Tisch gelegt und blättert in Gartenzeitschriften. „Wann schließen Sie?“

„Vor einer Stunde“, ruft sie lachend. „Nehmen Sie sich ruhig Zeit. Auf mich wartet sowieso niemand zu Hause.“

Eine Stunde später habe ich noch immer keine Nachricht über ein Unglück, eine Tragödie oder eine Unfallmeldung gefunden. Dafür habe ich eine kleine Eingebung. Ich suche die Zeitung vom 12. Dezember 1994 – dem Montag nach dem dritten Advent. Eindeutig eine Fehlanzeige. Enttäuscht und grübelnd starre ich auf den Monitor.

Einer zweiten Eingebung folgend, nehme ich mir die Zeitungen der darauffolgenden Tage vor. Und dann werde ich fündig.

Eine Weile bleibe ich reglos sitzen. Die nette Mitarbeiterin ist eingeschlafen. Vorsichtig tippe ich ihr auf den Arm. „Könnten Sie mir von dieser Seite bitte eine Kopie anfertigen?“

„Aber natürlich“, sagt sie und springt auf.

Dankend nehme ich die Kopie entgegen und entschuldige mich wortreich, weil es nun doch länger dauerte als angenommen. Auf der Straße bleibe ich ein paar Minuten stehen. Der Sturm hilft mir, einen klaren Kopf zu bekommen. Ich will schon zurück ins Präsidium laufen, da fällt mir meine Mutter ein. Mit einem Aufschrei renne ich nach Hause. Ich hole Jakub in selbstmörderischem Tempo aus der engen Tiefgarage und rase mit einem nicht mehr erlaubten Tempo durch Sassnitz. Dann haste ich bis zur Wohnungstür meiner Mutter und bekomme vor Hektik den Schlüssel nicht ins Schloss. Endlich stehe ich im Flur. „Hallo, Muttchen, ich bin es. Tut mir leid, ich konnte nicht eher kommen. Aber jetzt bin ich ja da. Wie geht es dir?“

Keine Antwort. Alles ist ruhig. Zu ruhig. Mein Herz bleibt stehen. Die Knie werden weich. Meine Mutter ist tot. Denke ich. Schritt für Schritt taste ich mich an der Wand vorwärts. Zunächst schaue ich ins Bad. Es ist finster und leer. Auch im Wohnzimmer höre ich nur das Ticken des alten Weckers. Die Jalousien sind zugezogen. „Mutti“, rufe ich mit meiner leisesten Stimme, „schläfst du?“ Zaghaft klopfe ich an die Schlafzimmertür. Ich bin überzeugt, dass meine Mutter tot im Bett liegt. Zum einen fühlte sie sich gestern nicht gut. Und zum anderen hat sie mich heute noch nicht angerufen. Am liebsten würde ich Herrn Gunthau kontaktieren und ihn bitten, herzukommen, damit er mit mir gemeinsam an das Totenbett meiner Mutter treten kann.

Ich klopfe noch einmal etwas lauter und sage mit brüchiger Stimme: „Hallo Mutti, schläfst du schon?“

Das Bett knarzt, und ich reiße die Tür weit auf. „Was machst du denn hier?“, krächzt meine Mutter.

Zum ersten Mal seit Jahrzehnten habe ich das Bedürfnis, sie zu umarmen. Aber es hält nicht lange vor.

„Irgendwann kommst du hier rein und wirst dich über den Gestank wundern. Dann liege ich bestimmt schon mehrere Wochen tot in meinem Bett. Aber die Tochter hat nichts gemerkt. Und so etwas arbeitet bei der Polizei. Da lobe ich mir doch die Frau Mummeley.“

„Brauchst du Tee oder Tabletten?“, frage ich leise.

„Nein. Danke. Wenigstens hast du mal nach mir gesehen.“

Damit dreht sich meine Mutter auf die Seite. Ich gucke auf ihren Rücken und weiß nicht, ob ich aus Erleichterung oder Verzweiflung weinen soll. Die Tränen kommen mir trotzdem. Und so heule ich, bis ich wieder zu Hause bin. Und sogar unter der Dusche heule ich weiter, obwohl ich fast eine geschlagene Stunde unter dem heißen Wasserstrahl stehe.

Dann plumpse ich kraftlos auf meine Sitzlandschaft. Es ist spät geworden. Und ich habe nicht einmal alle Aufgaben erledigt. Die Fotos auf unserem Mitarbeiterverzeichnis warten noch auf mich.

Das ZDF bringt den dritten Teil von „Hurd Sun“. Ich verstehe immerhin so viel, dass ein Stick gesucht wird, auf dem wohl das Szenario über das nahende Ende der Erde gespeichert ist. Natürlich wollen diesen Stick alle Geheimdienste der Welt haben, bevor sich weltweit die Anarchie ausbreiten kann. Zwei Bullen beiderlei Geschlechts werden darauf angesetzt und mehr oder weniger als neues Team verkuppelt und gleichzeitig gegeneinander ausgespielt, was in sehr blutigen Kämpfen endet. Die beiden hauen sich diverse Knochen kaputt und die Visagen zu Brei und sehen danach nicht mehr attraktiv aus. Am Ende geht die Welt unter. Die Endzeitmusik ist super.

Im Bett geht mir meine Entdeckung nicht mehr aus dem Kopf. Wir müssen endlich die Identität des dritten Toten lüften. Und es ist mir ein Rätsel, warum Maurice noch immer leben darf.

NEUNZEHN

Diese Frage geht mir auch am nächsten Morgen nicht aus dem Kopf. Dann kommt mir ein ganz neuer Gedanke. Er ist unangenehm. Kann es sein, dass Maurice der Mörder seiner ehemaligen beiden Freunde ist? Hat er Markgraf und Luttkus getötet? Ist Hammermann im sprichwörtlichen Sinne verrückt geworden? Über diese Möglichkeit denke ich sehr lange nach. Und ich komme zu keinem eindeutigen Ergebnis.

Mein Gedanke von gestern fällt mir wieder ein. Energisch stehe ich auf und radle ins Präsidium. In meinem Büro trommle ich Bolle, Willi und Teichert zusammen.

Bollermann hat Neuigkeiten im Gepäck. „Mit Unterstützung von Herrn Teichert liegen uns inzwischen die Fotos aller Partygäste vor.“ Teichert nickt wie besessen und schaut mich verheißungsvoll an.

„Wurde auch Zeit“, sage ich.

„Außerdem habe ich versucht, über die beiden Lichtgestalten Lang und Findeisen etwas in Erfahrung zu bringen“, erzählt Bolle weiter. „Die Sekretärin ist noch nie straffällig geworden und hat keine Familie. Mehr kann ich zu ihr nicht sagen. Und zum Hausmeister kann ich noch gar nichts sagen.“

„Aber ich“, lautet mein Kommentar. „Wir müssen Birgit Findeisen finden.“

Willi guckt irritiert. „Birgit Findeisen ist …“

„… die Frau von Rudi Findeisen. Und die Mutter von Jan.“ Dann informiere ich meine Kollegen über das Ergebnis meiner Recherchen im Archiv der Stadtbibliothek.

Eine beklemmende Ruhe breitet sich aus, die von Bolle unterbrochen wird. „Gibst du mir bitte mal die Kopie?“

Willi rutscht an seine Seite und schaut mit Bolle gemeinsam auf das Blatt Papier. „Ach du meine Güte“, murmelt er. „Die Findeisens haben also vor fast dreißig Jahren ihren einzigen Sohn verloren.“

„Und das Sterbedatum von Jan ist identisch mit dem von Markgraf und Luttkus“, ergänze ich.

„Dann ist dieser Hausmeister unser Hauptverdächtiger?“, vergewissert sich Bolle.

„So sieht es aus. Und wir sollten die Mutter von Jan finden.“

„Wie passt dieser dritte Tote ins Bild?“, sinniert Winterstein.

„Darüber habe ich nachgedacht und bin zu dem Ergebnis gekommen, dass wir möglicherweise falsche Schlussfolgerungen gezogen haben.“

„Inwiefern?“, fragt Winterstein.

„Nachdem dieser Gröhmling als Partygast ausgeschieden war, sind wir davon ausgegangen, dass das Ehepaar Hammermann auf der Silvesterfeier war. Das war ein Fehler, den zunächst auch Wahlberg gemacht hat.“

„Die Beschreibungen der Gäste und das Verhalten der beiden Männer ließen doch gar keine anderen Schlussfolgerungen zu“, widerspricht Winterstein.

„Wie auch immer“, sage ich. „Wir wissen jetzt, dass nur einer der Hammermänner auf der Party war. Daraus ergeben sich zwei Fragen. Welcher Hammermann war dort? Und mit wem war er vor Ort?“

„Man sieht dir förmlich an, dass du mal wieder eine Ahnung hast“, grunzt Willi. „Nun spuck es schon aus. Um wen handelt es sich deiner Meinung nach?“

„Um einen anderen eben.“

Willi knurrt wie sein Hund.

„Wir wissen, dass sich Maurice veränderte, als hätte ein Dämon von ihm Besitz ergriffen.“

„Ich kann dir nicht mehr folgen“, sagt Willi übellaunig. „Denkst du jetzt, ein Dämon bringt alle nacheinander um und hat das Haus dem Erdboden gleichgemacht?“

„Ach Quatsch. Ich denke an so etwas Ähnliches wie Irrsinn“, antworte ich und überlege, ob mein Psychotherapeut vielleicht eine Erklärung für das Verhalten von Maurice parat hätte.

„Du meinst also, der Maurice ist wahnsinnig geworden. Und hältst du ihn auch für den Mörder seiner ehemaligen Freunde? Ist diese Theorie nicht sehr weit hergeholt?“

„Wenn er verrückt geworden ist, wäre das doch möglich“, entgegne ich. „Aber bevor wir weiter in Nebel herumstochern, schaue ich mir die Fotos an. Erinnert euch bitte an den Silvesterabend. Nach Zeugenaussagen hat ein Mann öfter das Wort Erlösung gerufen. Und genau darüber bin ich gestern gestolpert.“

„Über die Erlösung?“, fragt Willi.

„Ja. Und auch über die merkwürdigen, unmenschlichen Schreie bei Frau Hammermann. Das alles könnte auf einen wahnsinnig gewordenen Maurice hindeuten.“

„Logisch“, brüllt Teichert. „Frau Burmeister, alle Achtung. Da muss man erst mal drauf kommen.“

„Nu krieg dich mal wieder ein, ja“, mault Willi und poliert sich nachdenklich die Glatze.

„Ich schaue mir jetzt die Fotos an“, sage ich. Je mehr ich über alles nachdenke, umso fester bin ich überzeugt, dass wir der Wahrheit plötzlich ganz nahe gekommen sind.

„Und was ist mit diesem Hausmeister, dem Findeisen?“, wirft Bolle ein.

„Dem statten wir gleich noch heute einen Besuch ab. Bis dahin habt ihr vielleicht dessen Frau gefunden. Legt euch ins Zeug.“

Die drei Herren verlassen mein Büro, und ich schließe meine Tür ab. Ich brauche Ruhe. Dann setze mich an meinen Computer. Und dann schaue ich mir die Fotos der diversen Partygäste an. Ganz langsam und mit steigender Nervosität betrachte ich jede einzelne Aufnahme. Von Zeit zu Zeit reibe ich mir die tränenden Augen. Da soll mal einer sagen, Beamte würden nicht für ihr Geld arbeiten. Stoisch schaue ich weiter konzentriert auf den Monitor. Und irgendwann ist es da. Dieses eine so heiß- und langersehnte Foto, das unser Rätsel löst. Für einen Moment verharre ich in andächtigem Schweigen. Dann gerät mein Blut in Wallung, und mein Puls rast. Und ich erwäge, den Menschen, der dieses Foto aufgenommen hat, für das Bundesverdienstkreuz vorzuschlagen.

„Ich wusste es, verdammt noch mal!“, schreie ich in meinem leeren Büro.

Ich springe auf und reiße das Fenster weit auf. Ich brauche Sauerstoff. Dann setze ich mich wieder und überlege, was zu tun ist. Tief durchatmend, wähle ich erst einmal die Nummer von Winterstein.

„Seit wann rufst du mich an? Ich sitze nach wie vor nur zwei Türen weiter“, murrt er herum.

„Ich weiß jetzt, wer auf der Silvesterparty war. Und zwar ...“

Winterstein hat aufgelegt. Dann höre ich auf dem Flur laute Schritte. Ich renne zu meiner Tür und reiße sie auf.

Neben Willi steht Bolle.

„Wen hast du denn auf einem der Fotos entdeckt?“ Willi ist die Anspannung ins Gesicht geschrieben.

„Einen der Hammermänner. Den anderen kennt ihr beide nicht. Ich erzähle euch das auf der Fahrt nach Bergen.“

„Ach“, sagt Willi. „Wir fahren jetzt alle drei nach Bergen?“

„Wir sollten nicht länger warten. Rudi Findeisen hat mit den Morden etwas zu tun. Das weiß ich. Und daher möchte ich dem nicht mehr allein gegenübertreten. Und auch die Lang steckt mit in der Sache drin. Um die kümmerst du dich, Bolle. Klopf sie weich.“

Während meiner Rede wähle ich zunächst die Telefonnummer von Herrn Findeisen und danach die der eisigen Sekretärin. Der Hausmeister brummt, dass er im Dienst sei und für uns keine Zeit habe.

Frau Lang wispert, ihr gehe es nach wie vor gar nicht gut, und sie könne auf keinen Fall Besuch empfangen.

„Sowohl Herr Findeisen als auch Frau Lang freuen sich auf unser Gespräch“, informiere ich meine Kollegen. „Auf, auf, in den Krieg, Kameraden.“ Ich klatsche in die Hände und gebe das Signal zum Aufbruch.

Ich bin froh, dass Vogel nicht sieht, wie wir drei mit allen zu unserem Fuhrpark gehörenden Dienstfahrzeugen den Parkplatz verlassen. Winterstein scheint den Unfall mit seinem neuen Auto noch nicht verkraftet zu haben. Anstandslos setzt er sich auf die Beifahrerseite. Also klettere ich hinter das Lenkrad und registriere, dass Willi ständig in den Seitenspiegel schielt und grundsätzlich das imaginäre Bremspedal betätigt, ehe ich auf das vorhandene trete. Bolle folgt uns im zweiten Auto. Auf der Fahrt nach Bergen informiere ich meine Kollegen, wen ich auf dem Foto entdeckt habe. Bollermann bekommt aufgrund diverser Funklöcher scheinbar nur die Hälfte mit. Wenn überhaupt. Als ich am Ende meiner Erzählung angekommen bin, ist nur Winterstein sprachlos. Bolle hingegen fragt, was ich denn herausgefunden habe. Ich vertröste ihn auf einen späteren Zeitpunkt.

In Bergen trennen sich unsere Wege. Vorbildlich verabschieden wir uns an der Kreuzung mit einem Hupkonzert.

„Sollten wir nicht die Kollegen aus Bergen über unser Kommen informieren?“, fragt Winterstein. „Wenn der Findeisen Schwierigkeiten macht, sind wir vielleicht auf deren Unterstützung angewiesen.“

„Übernimm du das bitte.“

Ich spüre, dass die Zeit gegen uns läuft, und stelle unser Dienstfahrzeug mit einem Ruck auf dem mir mittlerweile vertrauten Platz ab. Nirgends ist ein Mensch zu sehen. Man könnte meinen, die Schule habe geschlossen.

Auch Findeisen kann ich nirgends entdecken. Vorsorglich stecke ich trotzdem einen Zwanzigeuroschein hinter den Scheibenwischer. Winterstein beobachtet mich mit offenem Mund. „Manchmal mache ich mir wirklich Gedanken über dich", murmelt er. „Nicht, dass die Anwesenheit der Leitkuh negative Auswirkungen hat."

„Gegen deren Blödheit bin ich immun."

Schnellen Schrittes betreten wir den langen und spärlich beleuchteten Flur. Ich wähle die mobile Rufnummer des Hausmeisters und vernehme die Freizeichen. Eine Mailbox schaltet sich nicht ein.

„Lass uns in die Turnhalle gehen", weise ich an und spurte los.

In der Halle stehen ein Schwebebalken und ein Stufenbarren. Und wieder überfällt mich dieses aus Kindheitstagen bekannte Gefühl, den eiskalten und unerbittlichen Foltergeräten ausgeliefert zu sein.

„Herr Findeisen, sind Sie da?", rufe ich in die gähnende Leere. Wir inspizieren jeden Winkel der Halle, jeden Quadratzentimeter des Außengeländes und am Ende unseres Rundganges jede Ecke des Schulgebäudes.

Findeisen hat sich in Luft aufgelöst. In diesem Moment erhalte ich einen Anruf von Bollermann. „Die Sekretärin ist nicht zu Hause."

„SO EINE RIESENGROSSE SCHEISSE!", brülle ich auf dem Flur.

Herr Kurz kommt aus dem Büro gesaust. „Waren Sie das etwa? Frau Kommissarin, es ist Unterricht", haucht er.

Ich nicke ergeben und entschuldige mich wortreich. Mit Wut im Bauch verlasse ich fluchtartig das Gebäude. „Auf Wiedersehen", ruft Herr Kurz uns nach.

Auf den Eingangstreppen bleibe ich ein paar Minuten stehen. Dann mache ich mir Luft. „Wie blöd sind wir eigentlich?", brülle ich. „Wir hatten nichts Besseres zu tun, als den Findeisen und die Lang zu warnen! Da kündigen wir unser Kommen sogar noch an und geben denen die Möglichkeit, sich aus dem Staub zu machen! Wir hätten nie und nimmer anrufen dürfen!"

Winterstein steht neben mir und schweigt. Unerklärlicherweise umspielt ein kleines Lächeln seine Lippen. „DU hast angerufen", sagt er dann leise. „DU hast unser Kommen angekündigt. Und DU hast ihnen die Möglichkeit gegeben, abzuhauen."

Ich atme tief durch und schließe die Augen. „Und DU hast Glück", sage ich. „Hätte die Leitkuh das zu mir gesagt, wäre sie jetzt tot."

Dann stakse ich zum Auto, steige ein und gebe Gas, während Willi fassungslos noch immer auf den Treppen steht. Aber ihn dort stehen zu lassen, bringe ich nicht fertig. Ich trete auf die Bremse und warte, bis er eingestiegen ist. „War nur Spaß“, murmele ich und fahre vom Hof. Willi ist viel zu sehr damit beschäftigt, auf den Verkehr vor und hinter uns zu achten, als dass er mit mir schimpfen könnte. Er ruft mehrere Male „Vorsicht!“ und „Achtung!“ und bremst weiterhin vor mir. „Wo fahren wir eigentlich hin?“, fragt er dann.

„Vielleicht ist der Findeisen zu Hause“, sage ich kleinlaut.

„Das glaubst du doch selber nicht.“

Ich rufe derweil Bolle an und schicke ihn zurück in unser Präsidium. „Hilf dem Teichert, nach Frau Findeisen zu suchen“, weise ich ihn an. „Und versuch herauszufinden, ob am dritten Advent eine Feuerwehr in Sassnitz geblitzt wurde.“

„Wenn sie im Einsatz war, bestimmt nicht“, murmelt Bolle neunmalklug. Ich gebe keine Antwort und beende das Gespräch.

Nach wenigen Minuten halten wir vor dem Haus von Findeisen. „Wenn der sich querstellt, wäre ein Durchsuchungsbeschluss hilfreich. Aber den haben wir nicht, oder?“, fragt Winterstein.

„Ihr seid heute alle so gescheit“, keife ich herum. „Einer ist klüger als der andere. Ich muss ja dankbar sein, mit euch arbeiten zu dürfen.“

Willi tippt sich an die Stirn.

Ich klingle. Dann rufe ich laut „Hallo“, öffne die Gartentür und stürme auf das Haus zu. An der Haustür klingle ich erneut. „Herr Findeisen!“, brülle ich. „Sind Sie zu Hause?“

„Wenn er jetzt nein ruft, haben wir Klarheit“, murmelt Willi hinter mir.

Ich rufe erneut und poche mit der Faust an die Tür. Und siehe da, wie durch ein Wunder öffnet sie sich. Erschrocken trete ich einen Schritt zurück. Vorsichtig schiele ich in den Flur.

„Und was nun?“, fragt Willi.

„Wir gehen rein“, flüstere ich und zücke meine Dienstwaffe. Mit voller Wucht trete ich gegen die Tür, die daraufhin gegen die Wand knallt.

„Also, hinter der Tür hat er schon mal nicht gestanden“, stellt Winterstein fest. Auch er hat seine Waffe im Anschlag. Schritt für Schritt arbeiten wir uns vorwärts. Es wirkt vielleicht nicht ganz so souverän wie in Filmen, wenn sich die abgeklärten Helden blitzschnell um sich selber drehen und Schulter an Schulter Deckung geben. Aber wir schaffen es, heil aus der Situation herauszukommen. Auch weil Findeisen nicht da ist. Halb erleichtert und halb wutschnaubend setze ich mich auf die Couch im Wohnzimmer.

„Wir sollten die Gelegenheit nutzen und hier mal gründlich suchen“, sage ich.

„Warum auch nicht“, stimmt Winterstein zu. „Jetzt, wo wir nun schon mal da sind. Und wonach suchen wir?“

„Nach Hinweisen“, lautet meine Antwort. Willi geht ins Obergeschoss. Ich beginne die Schränke im Wohnzimmer zu durchsuchen. Peinlichst darauf bedacht, die bestehende Unordnung nicht zu verändern. Nach zwei Stunden geben wir auf. Wir haben nichts gefunden. Keine Fotoalben, kein einzelnes Foto. Keinen Hinweis auf die Mutter von Jan. Es ist, als hätten beide nie existiert. Und so, wie wir gekommen sind, gehen wir. Unversehrt und ohne Ergebnisse.

Winterstein erklärt, dass er die Schnauze voll habe, weil sein Magen leer wäre.

„Ich lade dich heute Abend zum Essen ein“, tröste ich meinen Kollegen.

„Schön“, meint Willi. „Aber was essen wir jetzt?“

„Gar nichts“, lautet meine Antwort, während ich auf meinem Handy recherchiere. „Komm, fahren wir los.“

Wenige Minuten später stehen wir auf dem Friedhof von Bergen. „Du meine Güte“, entfährt es Winterstein. „Suchen wir jetzt das Grab von Jan Findeisen? Das kann ewig dauern.“

„Es gibt bestimmt einen gesonderten Bereich mit Kindergräbern“, beruhige ich ihn. „Den finden wir sicher relativ schnell.“

Langsam gehen wir den Hauptweg entlang. Nach fünf Minuten holt mich eine schwere Depression ein. Die Verlassenheit des Friedhofsgeländes gepaart mit den kahlen Bäumen und dem grauen Himmel ziehen mich plötzlich ins Bodenlose. Zum Glück ist Willi an meiner Seite. Sein Gemaule tut mir gut. „Wie kann man an einem so tristen Tag über einen Friedhof spazieren? Vielleicht lauert der Findeisen ausgerechnet hier auf uns. Dir ist doch wohl klar, dass der nicht einen Moment zögert, um auch uns abzumurksen.“ Winterstein kontrolliert, ob seine Waffe richtig sitzt.

„Hier sind wir auf dem richtigen Weg“, meint er dann und biegt ab. Ich folge ihm gehorsam auf dem aufgeweichten Boden und schaue traurig auf die Gräber. Einige sind verwahrlost, andere geradezu mustergültig gepflegt. Den Inschriften auf den Grabsteinen nach zu urteilen ruhen hier die meisten friedlich. Bei solchen Augenblicken frage ich mich immer, ob wir wirklich eine Seele haben. Und wenn ja, was macht sie, die Seele? Fliegt oder wandert sie umher? Vor allem, wo streift sie herum? Muss sie weiterhin das Elend der Welt oder der Hinterbliebenen anschauen? Oder darf sie in die grenzenlosen Weiten des Weltalls hinaus? Und ist dieses Seelen-Dasein dann wirklich unendlich? Für mich wäre das keine Erlösung, sondern vielmehr eine Strafe.

„Du hattest recht“, reißt mich Winterstein gerade noch rechtzeitig aus meinen niederschmetternden Gedanken. Wir stehen am Rand der Kindergräber. Auf einigen sitzen durchnässte Plüschtiere oder Puppen, deren tote Augen mir schwer zu schaffen machen. Das Grab, das wir gesucht haben, ist an beispielloser Pflege nicht zu übertreffen. Die grünen Zweige, mit denen es liebevoll abgedeckt wurde, sind allesamt auf eine Länge von maximal zehn Zentimetern geschnitten und akkurat in die Erde gesteckt worden. Jeweils links und rechts neben dem Grabstein steht eine schwarze Laterne. Die roten Kerzen brennen noch. Ein Strauß von zwanzig gelb leuchtenden Chrysanthemen ist ganz frisch. Die weißen Kieselsteine neben der Grabeinfassung sehen aus, als wären sie erst vor Kurzem gewaschen worden.

„Ich bin froh, dass der Findeisen nicht hier ist“, reißt mich Willi aus meinen Betrachtungen. „Im Gegensatz zu seiner Frau.“ Damit deutet er auf den linken Grabstein. Jan und seine Mutter liegen eng beieinander. Birgit Findeisen starb zwei Jahre nach ihrem Sohn.

Wortlos bleiben wir noch ein paar Minuten vor den Gräbern stehen. Der Wind frischt auf, und es fängt zu nieseln an. Fluchtartig verlasse ich das Friedhofsgelände. Willi hat Mühe, mit mir Schritt zu halten.

Bevor ich losfahre, rufe ich Andy Bollermann an. „Wir haben die Mutter von Jan Findeisen gefunden“, erkläre ich.

„Wir auch“, sagt Bolle und erläutert, dass er mit Teichert vor dessen Monitoren sitzt.

„Bolle, hör zu. Vogel soll die Fahndung nach dem Findeisen und der Lang veranlassen. Und Sie, Herr Teichert, orten deren Mobiltelefone.“

Goldmausi brüllt mir sein „Logisch“ ins Ohr, und dann starte ich den Motor. Als Willi merkt, dass ich nicht den Weg nach Sassnitz nehme, erkundigt er sich, wohin die Reise geht.

„Wir fahren nach Dranske zu Frau Hammermann“, erkläre ich meinen Kollegen, der daraufhin einen cholerischen Anfall erleidet.

„Für so viel Selbstaufopferung werden wir nicht bezahlt!“, brüllt er aus Leibeskräften. „Ich bin am Verhungern! Ist dir das klar? Was wollen wir denn bei der Hammermann, verdammt noch mal? Die hat ihren Sohn seit Jahren nicht mehr gesehen. Wir sollten lieber den Findeisen suchen, als an den Arsch der Welt zu fahren!“

Ich hülle mich in Schweigen und kämpfe weiterhin gegen die hartnäckig heraufziehende Depression an. Ganz Rügen scheint mittlerweile von grauen

Nieselwolken eingehüllt zu sein. Die Fahrt über unser Inselparadies setzt mir zu. Leere Straßen, kahle Bäume. Überall. Wie schön wären jetzt ein paar Touristen, auf die man schimpfen könnte, weil sie einen am zügigen Fahren hindern.

Als wir in Dranske ankommen, spüre auch ich ein übermächtiges Hungergefühl. Es ist noch stärker als meine Depression. Die gewinnt aber sofort wieder die Oberhand, als Frau Hammermann auf mein Klingeln nicht öffnet.

„Na toll", mault Willi, „ganz toll. Die Hammermann ist nicht zu Hause. DIE hättest du mal lieber vorher anrufen sollen. Aber nein. Frau Kommissarin hatte scheinbar wieder eine Ahnung, dass die Hammermann zu Hause ist. Schon wieder ein Fehlschlag."

Bevor ich Winterstein eine runterhauen kann, öffnet eine ältere Dame die Haustür. „Zu wem möchten Sie bitte?", erkundigt sie sich freundlich.

„Zu Frau Hammermann." Ich bin schwer bemüht, meine Stimme ebenfalls freundlich klingen zu lassen.

„Die arme Frau", sagt die ältere Dame. „Frau Hammermann ist immer so freundlich. Sie leidet unter dem Verlust ihres einzigen Sohnes, müssen Sie wissen."

„Wieso Verlust?"

Die Dame hebt beschwichtigend beide Hände. „Maurice ist nicht tot. Aber er hat sich von seiner Mutter abgewendet. Schon vor vielen Jahren. Das hat sie nicht gut verkraftet. Verständlicherweise. Den Mann hat sie schon so frühzeitig verloren. Und der Sohn kommt nicht nach Hause. Das hat diese nette Frau wirklich nicht verdient."

„Wissen Sie, wo sich Frau Hammermann aufhalten könnte?", frage ich und zeige ihr meine Legitimation. Auf die ältere Generation wirken Polizisten immer noch ein wenig Respekt einflößend. Erschrocken sieht mich die Dame an. „Es ist doch hoffentlich nichts Schlimmes passiert?"

„Nein, nein. Wir benötigen nur ein paar Informationen."

„Ich habe sie heute noch nicht gesehen. Aber das will nichts heißen. Man sieht sich manchmal tagelang nicht." Damit wünscht uns die nette Dame einen schönen Tag. Und wir bleiben hungrig und durchnässt zurück. „Sie wird vermutlich im Discounter sein", sage ich und wähle die Nummer. Aber ein freundlicher Mitarbeiter erklärt, dass Frau Hammermann kurzfristig freigenommen habe.

„Hat sie den Grund dafür genannt?", erkundige ich mich. „Und wissen Sie, wo sich Frau Hammermann aufhalten könnte?"

Der nette Kollege antwortet zweimal mit nein, und ich bin mit meinem Latein am Ende. „Wieso nimmt sich Jutta Hammermann immer mal kurzfristig einen freien Tag?“ Fragend sehe ich Willi an.

„Ist mir scheißegal.“

„Welchen Fehler haben wir gemacht?“

Winterstein kann anscheinend nicht mehr klar denken. „Wir hätten was essen müssen.“

„Überleg doch mal“, herrsche ich ihn an. „Der Findeisen ist von der Bildfläche verschwunden. Die Lang ebenso. Und jetzt ist auch Jutta Hammermann nicht mehr zu erreichen. Wieso sind drei erwachsene Personen plötzlich nicht mehr auffindbar?

„Das Rätsel werden wir schon irgendwann einmal lösen“, knurrt Willi.

„Das muss ich Ihnen noch sagen.“ Da ich Willi böse angucke, habe ich nicht bemerkt, wie die alte Dame zurückgekommen ist. „Wenn Sie von der Polizei sind, dann schickt Sie vielleicht der Himmel“, äußert sie einen Verdacht.

„Das halte ich für ausgeschlossen.“

Aber sie lässt sich nicht beirren. „Etwas Seltsames passiert in letzter Zeit in diesem Haus.“ Sie sieht argwöhnisch von einem Fenster zum anderen und senkt die Stimme zu einem Flüstern. „Ich überlege schon lange, die Polizei zu rufen. Aber wenn man alt ist, wird man häufig nicht mehr ernst genommen. Und was ich zu sagen habe, klingt wahrscheinlich sehr befremdlich.“

„Für Spinnereien sind wir nicht zuständig“, raunzt Winterstein. Ich trete ihm auf den Fuß und schaue die Dame freundlich an. „Was beunruhigt Sie denn?“

„Merkwürdige Schreie“, erklärt sie.

Ich verspüre ein kleines emotionales Beben. „Merkwürdige Schreie“, wiederhole ich.

„Es hört sich gruselig an. Und es sind nicht nur diese Schreie, die mir Angst machen. Es sind auch so komische Laute. Sie hören sich an, als kämen sie nicht von dieser Welt.“

„Na super“, unterbricht Winterstein die Erzählung der alten Frau. „Ausgerechnet in Dranske ist ein Außerirdischer gelandet. Und wo genau ist er eingezogen?“

Ich trete Winterstein erneut auf den Fuß. Aber dieses Mal kräftiger.

„Lass das!“, schnauzt er mich an.

„Geh schon mal zum Auto vor“, bitte ich Winterstein, der daraufhin maulend davonschlurft. „Aus welcher Wohnung kommen diese Laute?“, nehme ich das Gespräch wieder auf.

„Das habe ich nicht herausgefunden. Aber diese Töne sind markerschütternd und dringen durch alle Wände. Ich wundere mich, dass die anderen Mieter noch nichts unternommen haben. Sie werden sich doch darum kümmern, oder?“ Die alte Dame sieht mich hoffnungsvoll an.

„Wir gehen der Angelegenheit nach“, verspreche ich ihr. „Sie haben aber bisher nur Schreie und Laute gehört und niemanden gesehen?“

Die Dame schweigt und sieht mich prüfend an. „Wie schätzen Sie meinen Geisteszustand ein?“

„Äh“, sage ich und trete von einem Bein auf das andere. „Sie wirken auf mich völlig normal, Frau …“

„Eiselmayer“, antwortet diese.

„Warum fragen Sie mich das, Frau Eiselmayer?“

„Weil ich einmal einer Gestalt begegnet bin, die zum Fürchten aussah. Wie ein Zombie, die man ständig im Fernsehen sieht.“

Ich bin heilfroh, dass ich Winterstein zum Auto geschickt habe. „Beschreiben Sie die Gestalt bitte.“

Frau Eiselmayer atmet tief ein und aus. „Fahle, weiß schimmernde Gesichtsfarbe. Rote Augen. Schwarze Augenringe. Leerer, stumpfer Blick.“

„Handelte es sich um einen Mann?“

„Ja.“

„Und wo haben Sie ihn gesehen?“

„Im Treppenhaus. Ich kam spät abends von einer Freundin zurück. Und wie ich die Treppen hochlaufe, steht er plötzlich auf dem Absatz. Ich war so heftig erschrocken, dass ich nicht einmal schreien konnte. Mir hat es die Kehle zugeschnürt. Wie versteinert stand ich da. Zum Glück hat er sich blitzschnell umgedreht und ist weiter nach oben gelaufen. Voller Panik bin ich in meine Wohnung. Dort habe ich mich eingeschlossen und gewartet, dass die Nacht vorübergeht.“

„Wann war das denn?“

„Sie machen sich nicht lustig über mich?“

„Dafür gibt es nicht den geringsten Grund.“

Frau Eiselmayer nickt mir dankbar zu. „Das war vor ungefähr zehn Wochen. Ich habe es nur meiner Freundin erzählt.“

Wir stehen schweigend nebeneinander. Welche Gedanken durch den Kopf der alten Dame gehen, weiß ich nicht. Aber durch meinen kreisen sehr viele. Und ganz langsam formen sie sich zu einem Verdacht, der von Minute zu Minute mehr und mehr Gestalt annimmt.

„Haben Sie Frau Hammermann gegenüber Ihre Wahrnehmungen erwähnt?“

„Wie gesagt, mein Aufeinandertreffen mit dieser schauderhaften Gestalt habe ich nur meiner Freundin erzählt. Frau Hammermann habe ich nur einmal gefragt, ob auch sie diese beängstigenden Schreie hört.“

„Und was hat sie erwidert?“

„Dass sie nichts höre.“

Frau Eiselmayer sieht sehr niedergeschlagen aus, was mir in meiner derzeitigen depressiven Phase mächtig an die Nieren geht. „Es hört sich alles sehr merkwürdig an, nicht wahr?“

„Ich glaube Ihnen“, versichere ich ihr. Daraufhin drückt Frau Eiselmayer ganz fest meine Hand und bedankt sich. Nachdenklich schaue ich ihr nach. Und genauso nachdenklich steige ich ins Auto. Winterstein hat es geschafft, am Arsch der Welt etwas Essbares aufzutreiben. Dankbar greife ich nach dem belegten Brötchen.

„Was hat denn die Alte noch so geäußert? Ich meine, die war doch plemplem.“

„War sie keineswegs“, nehme ich Frau Eiselmayer in Schutz. „Hast du mir nur ein Brötchen mitgebracht?“ Ich bin weder satt noch froh.

Winterstein reicht mir ein zweites Brötchen und einen Becher heißen Kaffee. „Ich hätte nicht gedacht, dass die hier oben schon Becher zum Mitnehmen haben“, meint er.

„Auch Drankse hat sich gemausert“, stelle ich fest und schlürfe das heiße Getränk, das Kaffee sein soll.

„Du meinst also, dass die Alte nicht gesponnen hat?“, nimmt Willi das Gespräch wieder auf. „Ich bitte dich. Die will einen Außerirdischen gehört haben.“ Er tippt sich unmissverständlich an die Stirn und schaut vorwurfsvoll in meine Richtung.

Ich habe inzwischen auch mein zweites Brötchen verdrückt und den letzten Tropfen des heißen Getränkes dem Becher entlockt.

„DU hast von einem Außerirdischen gesprochen“, stelle ich klar. „Aber bevor wir streiten, sollten wir zurückfahren. Du bist einfach mal still. Und ich nutze die Zeit, um meine Gedanken zu ordnen.“

„Soll mir recht sein.“

Frau Eiselmayers Beschreibung der furchteinflößenden Gestalt kreist durch mein Gehirn. Und mit jedem zurückgelegten Kilometer bin ich überzeugter, wem Frau Eiselmayer begegnet ist.

Der Nieselregen hält sich. Die einsetzende Dämmerung erzeugt unangenehmes Zwielicht. Das Hin und Her der Scheibenwischer empfinde ich heute als besonders störend. Ein Laster, der vor uns her zuckelt, sorgt für unangenehme Gischt. Winterstein rutscht nervös auf seinem Beifahrersitz herum. „Den willst du doch nicht überholen, oder?", fragt er mich mit zitternder Stimme.

„Ich bin nicht lebensmüde."

Wir kommen langsam, aber gesund hinter dem Laster in Sassnitz an. Bolle und Teichert sind tatsächlich noch im Dienst und empfangen uns mit warmen, aber ernüchternden Worten. „Ich kann die Handys von Findeisen und von Frau Lang leider nicht orten", sagt Teichert.

„Die Fahndung läuft", informiert uns Bolle.

„Konntest du bereits Einzelheiten über den Tod von Birgit Findeisen in Erfahrung bringen?", erkundige ich mich bei ihm.

Bolle nickt. „Sie hat sich das Leben genommen. Meine Recherchen haben ergeben, dass sie nach dem Tod des Sohnes schwere Depressionen bekam, die mit starken Medikamenten behandelt wurden. Sie war auch mehrfach in einer Klinik. Aber letzten Endes waren die Therapien erfolglos. Sie hat mit einer Überdosis Tabletten ihrem Leben ein Ende gesetzt."

Der Wind hat zugenommen, und der Regen trommelt gegen die Fensterscheiben. Für heute habe ich genügend depressive Eindrücke gesammelt. „Lasst uns ins ‚Gastmahl des Meeres' einfallen", sage ich. Keiner meiner drei Kollegen widerspricht. Teichert schlägt vor, mit seinem Auto zum Stadthafen hinunterzufahren. Das Peitschen der Regentropfen veranlasst mich, einzuwilligen. Wir quetschen uns hinein, wobei Willi darauf besteht, vorn sitzen zu dürfen.

Teicherts Auto ist auf seine Körperform ausgerichtet: klein und rund. Und es hat nur drei Türen. Ich muss gegen meine aufkommende Platzangst arg ankämpfen und nehme mir vor, meine Sitzungen bei Herrn Gunthau mit kürzeren Zeitabständen wieder aufzunehmen.

Unser hart erkämpfter Stammtisch ist heute besetzt. Unter anderem auch deshalb, weil wir heute außerplanmäßig eintreffen. Die nette Bedienung lotst uns zu dem letzten noch freien Tisch, und wir widmen uns dem Essen. Allerdings will heute keine fröhliche Stimmung aufkommen. Teichert ist ungewöhnlich still. Bolle spielt mehr mit seinem Essen, als dass er es zu sich nimmt. Winterstein sieht blass aus und schaufelt seine Portion gedankenverloren in sich hinein. Während ich esse, denke ich über die als Silvesterböller verkleidete Gestalt nach, deren Identität noch immer nicht zweifelsfrei geklärt ist. „Wenn ein Pfarrer verschwindet, wer merkt das als Erstes?“

Drei Augenpaare fixieren mich.

„Hier oben im Norden kein Aas“, sagt Winterstein.

Bolle sieht mich fragend an. Natürlich. Aufgrund der Funklöcher weiß er nicht, wen ich auf dem bundesverdienstkreuzverdächtigen Foto gesehen habe. Für ihn und Teichert wiederhole ich meine Entdeckung.

„Was für eine abgefuckte Angelegenheit“, schmettert Teichert lautstark los.

Wir entscheiden, dass sich Bolle mit der Kirche in Verbindung setzen soll. „Mit welcher?“, fragt Andy nach.

„Haben wir hier oben mehr als eine?“, lautet meine Gegenfrage.

Teichert befragt sein Handy, auf dem er jedoch noch keine Kirchen-App installiert hat, so dass er uns auf die Schnelle keine Antwort geben kann.

Am Ende des Abends bestelle ich vier Cappuccini und ordne für den kommenden Tag eine klar strukturierte Arbeitsweise an. „Ich will meinen Urlaub nachholen. Wir sollten den Fall schnellstmöglich zu Ende bringen.“

Daraufhin trinken wir schweigend unser Heißgetränk, und ich übernehme die Rechnung. Wir gehen die wenigen Schritte bis zum alten Stadthafen gemeinsam. Dann trennen sich unsere Wege. Willi ist eingefallen, dass seine Sally auf ihn wartet, und eilt mit Riesenschritten davon. Teichert watschelt zum Parkhaus. Bolle will nach Hause joggen.

Ich laufe mit eingezogenem Kopf langsam heim. Der starke Wind weht mir beständig den Nieselregen ins Gesicht. Keinem Menschen begegne ich unterwegs. Trotzdem habe plötzlich das Gefühl, verfolgt zu werden. Abrupt bleibe ich stehen und schaue mich um. Instinktiv greife ich zu meiner Waffe. Was machen bloß Menschen, die keine Waffe haben?

Aufmerksam beobachte ich die verlassene Straße. Langsam geht mir mein nächtlicher Verfolgungswahn tüchtig auf die ohnehin blank liegenden Nerven. Ich laufe immer schneller und kann nicht verhindern, dass mir der Angstschweiß ausbricht. Vor der Haustür verfehle ich mehrmals das Schlüsselloch. Ich fummele wie wild herum und schiele nach allen Seiten. Endlich habe ich es geschafft. Mit einem Bein schon im sicheren Hausflur stehend, schaue ich noch einmal auf die Straße zurück. Und da sehe ich ihn. Einen Schatten. Einen Umriss. Ist es der Bommelmützenmann?

Warum ich nicht die Haustür zuschlage und in meine Wohnung renne, bleibt ungeklärt. Jedenfalls kehre ich um und laufe mit festen Schritten und gezogener Waffe auf die dunkle Silhouette zu.

„Bleiben Sie stehen!“, brülle ich durch die finstere Nacht. Der Schattenmann bewegt sich keinen Millimeter. Mittlerweile bin ich voller Adrenalin. Mit Wut im Bauch und meinem Schießeisen in der Hand rase ich ungebremst auf die Erscheinung zu. „Was willst du Arsch von mir?“ Ich bin ganz nah an ihm dran und erkenne immer noch kein Gesicht. Nach wie vor steht der Mann unbeweglich da. Nur sein viel zu großer Mantel bewegt sich im Sturm. Ich muss höchstens noch zwei oder drei Schritte laufen, dann stehe ich von Angesicht zu Angesicht ihm gegenüber. Ich bilde mir ein, schon seinen Atem zu spüren.

„Hände hoch!“, schreie ich und halte mit beiden Händen meine Waffe. Plötzlich schnellen die Arme der Gestalt nach vorn, und ich erhalte einen Faustschlag ins Gesicht. Er trifft mich mit voller Wucht. Ich kippe wie ein gefällter Baum nach hinten und krache ungebremst auf den Rücken. Vor Schreck und Schmerzen stöhne ich laut auf. Das Schattenwesen gibt Fersengeld.

„STEHEN BLEIBEN!“

Mühevoll rappele ich mich auf. Ich wanke ein paar Schritte auf die Straßenmitte und starre die Straße entlang. Der Schattenmensch hat sich aufgelöst. Dann registriere ich, dass meine Beine zittern. Kraftlos plumpse ich auf die Straße. Ich staune, dass hinter keinem Fenster Licht eingeschaltet wird. Mein Brüllen müsste doch die ganze Straße aus dem Schlaf gerissen haben. Mit zusammengekniffenen Augen suche ich die Häuserfronten ab. Vielleicht beobachten mich alle aus ihrer dunklen, vermeintlich sicheren Wohnung.

Dann schmecke ich Blut, und mir wird schlecht. Für ein paar Minuten bleibe ich mitten auf die Straße sitzen. Der Nieselregen tut mir gut. Ich schließe die Augen und hoffe, dass mir der Schattenmensch nicht die Nase gebrochen hat. Voller Angst taste ich sie ab. Sie scheint in Ordnung zu sein. Dann fühle ich mit der Zunge, ob ich noch alle Zähne habe. Keine Lücken vorhanden. Das ist gut. Dann scheint nur die Lippe aufgeplatzt zu sein.

„Das wird schon wieder“, spreche ich mir Mut zu. Nach ein paar Minuten fange ich vor Kälte zu zittern an. Vielleicht sind es auch die Nachwehen der nächtlichen Auseinandersetzung mit einem Schreckgespenst. Auf allen vieren krabbele ich bis zum Fußweg. In Zeitlupentempo richte ich mich auf. Dann schlurfe ich langsam die Treppen hoch. Ich werfe die nassen Kleidungsstücke in die Wanne und vermeide tunlichst den Blick in den Spiegel. Ich krieche schluchzend und stöhnend in mein Bett und schlafe tatsächlich ein.

ZWANZIG

Das Klingeln des Weckers reißt mich unbarmherzig aus dem Tiefschlaf. Mit einem Schlag fällt mir mein nächtliches Erlebnis wieder ein. Es wirkt derart surreal, dass ich für einen Moment an einen Traum glaube. Aber der Schmerz ist echt.

Ich setze mich im Bett auf und spüre den nächsten Schmerz. Vermutlich ist mein Rücken für alle Zeiten hinüber. Ächzend schlurfe ich ins Bad. Dann stehe ich vor dem Waschbecken und überlege, ob ich einen Blick in den Spiegel riskieren soll. Ich denke an die vielen Helden im Fernsehen und hebe langsam den Kopf. Peinlichst darauf bedacht, die Augen nicht zu öffnen. Dabei bleibt es.

Noch immer mit geschlossenen Augen stelle ich mich unter die Dusche. Das warme Wasser tut meinem Rücken gut. Die Seele, sofern vorhanden, hat Schaden genommen. Noch nie hat mir jemand ein paar in die Fresse gehauen. Ich bin verletzt im doppelten Sinne und glaube zum ersten Mal nachempfinden zu können, wie sich Opfer fühlen, die noch stärkerer körperlicher Gewalt ausgesetzt waren. Man müsste ihnen zeitlebens eine Entschädigung zahlen.

Dann sitze ich an meinem Esstisch und versuche zu frühstücken. Aber sobald ich die Tasse mit heißem Kaffee an meine Lippen drücke, gebe ich auf. Auch das Brötchen kann ich nur mühevoll beißen. Ich schwanke zwischen Selbstmitleid und Wut. Zum Glück geht die Wut als Sieger hervor. „Mir die Schnauze zu polieren. Das wirst du bereuen, du Aas“, kündige ich schon mal vorsorglich an. Dann schütte ich den Kaffee in die Spüle und fahre mit Jakub ins Präsidium.

Auf den Weg in mein Büro gibt es niemanden, der mich nicht erschrocken ansieht. Ich hätte mir einen Schleier umbinden sollen. Aber vermutlich hätten mich dann ebenfalls alle Beamten erschrocken angeguckt. Ich hoffe nur, dass mir die verhasste Leitkuh nicht über den Weg läuft. Sie würde laut und vor allem genüsslich gaggern. Bei dem Gedanken an das Miststück fällt mir dann auch meine Mutter wieder ein. Ich renne in mein Büro und rufe sie an. „Hat man denn nicht einmal am frühen Morgen mehr seine Ruhe?“, hält sie mir vor. Ihre Reaktion beruhigt mich außerordentlich. Also scheint sie ihre Unpässlichkeit überwunden zu haben. Ich frage, ob ich sie heute besuchen soll. „Du bist erwachsen“, erwidert meine Mutter. „Du musst selber wissen, was du tust.“

Damit ist der erste Teil des Tages schon mal gut angelaufen. Ich weiß jetzt, dass ich erwachsen bin. Dann widme ich mich meinem Vorhaben, das ich eigentlich schon in der vergangenen Nacht umsetzen wollte. Ich denke lange und angestrengt nach und zeichne ein neues Organigramm mit allen toten, lebenden und eventuell schon toten oder noch lebenden Personen.

Danach recherchiere ich ausgiebig im Internet. Zwischendurch rufe ich meinen Psychotherapeuten an. Ich erläutere ihm den Sachverhalt, bringe meinen Verdacht vor und frage ihn um Rat. Herr Gunthau meint, dass meine Vermutung durchaus stimmen könnte. Er empfiehlt mir dringend, einen Facharzt zu Rate zu ziehen.

Am Ende unseres Telefonates vereinbaren wir noch einen Akuttermin für die kommende Woche, da ich sonst wahrscheinlich nachts nie wieder meine Wohnung verlassen werde, was für die Ausübung meines Berufes ein gewisses Hindernis darstellen könnte.

Gegen Mittag erhalte ich Besuch von Winterstein und Bollermann. „Was ist denn mit dir passiert?“, erkundigt sich Andy mitfühlend.

Winterstein guckt mich ebenfalls erschrocken an. „Dir hat doch hoffentlich niemand aufs Maul gehauen?“, lauten seine besorgten Worte.

„Doch“, antworte ich kurz angebunden.

Meine Kollegen setzen sich wie auf Kommando mir gegenüber und schauen mich erwartungsvoll an.

„Hast du dich etwa mit der Leitkuh geprügelt?“, fragt Willi und erntet ein verächtliches Schnaufen meinerseits.

„Wer war es? Konntest du ihn dingfest machen?“ Bolles Fragen klingen sachlicher.

„Ich werde schon seit längerer Zeit nachts verfolgt“, beginne ich hochdramatisch meinen Überlebensbericht.

„Erzähl keine Scheiße“, rutscht es Willi heraus. „Und das verheimlichst du uns? Was soll denn der Quatsch? Und wer verfolgt dich? Und seit wann genau geht das schon so? Meine Güte, das musst du uns doch erzählen. Wenn dir nun was Ernsthaftes passiert wäre.“

Die Fürsorge meines raubeinigen Kollegen tut mir ungemein gut. Ich beginne vom Bommelmützenmann zu erzählen und schildere ausführlich meine gestrige nächtliche Begegnung. Zunächst stockend, komme ich immer besser in Schwung. Am Ende meiner Geschichte herrscht erst einmal Schweigen.

„Also, ich weiß nicht“, nimmt Willi den Gesprächsfaden als Erster auf. „Wenn du nicht vom Faustschlag gezeichnet wärst, würde ich dir kein Wort glauben.“

„Danke, Willi“, maule ich. „Wie sehr bin ich denn gezeichnet?“, erkundige ich mich dann. Sofort verspüre ich wieder ein flaues Gefühl in der Magengegend.

„Hast du etwa noch nicht in den Spiegel gesehen?“, staunt Bollermann.

„Nö“, antworte ich einsilbig. Dann stehe ich energisch auf und laufe zur Toilette. Dort stelle ich mich tapfer vor den Spiegel. Dieses Mal mit offenen Augen. Quasimodine lässt grüßen. Meine Lippe ist geschwollen und von geronnenem Blut bedeckt. An meiner rechten Wange zeichnet sich ein riesiges Hämatom ab. Das rechte Auge ist ebenfalls geschwollen, und meine sorgfältig in Form gerupfte Augenbraue hat Schaden genommen. Falls mir der Bommelmützenmann noch einmal über den Weg laufen sollte, wäre das sein Todesurteil. Übellaunig trotte ich in mein Büro zurück.

„Du solltest vielleicht zum Arzt gehen“, schlägt Andy vor.

„Kommt gar nicht in Frage. Was macht die Kirche?“, frage ich stattdessen.

„Dort jemanden zu erreichen, gestaltet sich als schwierig“, erklärt Bolle. „Aber ich gebe nicht auf und informiere dich, sobald ich Erfolg habe.“

Ich nicke und verspüre Magengrummeln. Unser neuzeitlich kochender Koch wurde durch einen neuen Koch ersetzt, der unter der Prämisse eingestellt wurde, Essen zuzubereiten, das nicht nur Wahlberg schmeckt.

„Gehen wir mal wieder in unserer Kantine“, schlage ich vor.

Ich schlürfe eine Champignoncremesuppe, die geradezu verdächtig gut schmeckt. Bolle und Willi haben sich für Fischfilet und Kartoffelsalat entschieden. „Was sagt denn unser Vogel zu der derzeitigen Entwicklung?“, fragt Bolle dann.

„Der weiß noch gar nicht, dass mittlerweile drei Personen abhandengekommen sind“, antworte ich.

„Und hast du durch den Schlag auf deine Murmel Schaden genommen? Oder konntest du deine unausgegorenen Überlegungen klarer strukturieren?“, erkundigt sich Winterstein.

Die erste Frage überhöre ich. Zur zweiten nehme ich lange und ausführlich Stellung. Als ich fertig bin, strömt eine Wolke wohligen Glücksgefühls durch meinen Körper. Der Anblick meiner zu Salz erstarrten Kollegen ist einfach zu schön. „Wenn sich herausstellen sollte, dass du nicht falsch gelegen hast, falle ich vor dir auf die Knie“, verspricht Winterstein.

Ein paar Minuten später sitze ich bei Vogel im Büro. Leider ist es mir nicht vergönnt, die holde Zweisamkeit zu genießen. Die Leitkuh erscheint auf der Bildfläche und nimmt neben mir Platz. Ich werfe ihr schon mal vorsorglich einen Blick zu, der sie eigentlich vom Stuhl katapultieren müsste. Aber das Aas bleibt sitzen. Zum Glück gaggert sie wenigstens nicht, als sie mein ramponiertes Gesicht sieht.

Unser Staatsanwalt zeigt sich ernstlich besorgt. „Was um alles in der Welt ist denn mit Ihnen passiert?“

So komme ich in den Genuss, mein nächtliches Abenteuer noch einmal zu erzählen.

Vogel ist sichtlich erschrocken. „Haben Sie einen Verdacht, um wen es sich gehandelt haben könnte?“

„Zwei Personen kommen in Frage“, beginne ich vorsichtig. „Entweder war es dieser mysteriöse Bommelmützenmann oder …“

„Was hätte der denn für ein Motiv, Sie zu überfallen?“, unterbricht mich Vogel.

„Gar keins“, antworte ich. „Zumindest aus meiner Sicht dürfte er keins haben. Aber der Kerl ist mir nun schon mehrere Male über den Weg gelaufen. Und ich habe keine Ahnung, ob das zufällig oder gewollt war.“

Vogel reibt sich die Stirn und schaut zur Leitkuh. Die beteiligt sich ungeahnt lebhaft an unserer Besprechung. Sie zuckt die knochigen Schultern.

„Und um wen handelt es sich möglicherweise bei der zweiten Person?“, knüpft Vogel an meine Ausführungen an.

„Tja“, sage ich und überlege, wie ich Vogel meinen Verdacht erklären soll. Aber ein Verdacht ist nun mal ein Verdacht. Und besser als gar nichts. Ich entscheide, mit einer Einleitung zu beginnen.

„Tobias Hammermann hatte mir von der drastischen Wesensveränderung von Maurice erzählt. Ich habe gestern mit einer Nachbarin von Jutta Hammermann gesprochen. Deren Äußerungen haben mich auf eine Idee gebracht.“

„Welche Äußerungen?“

„Sie erwähnte Laute, die nicht von dieser Welt stammen. Und sie stand einer Gestalt gegenüber, die sie an einen Zombie erinnerten.“

Das Gaggern der Leitkuh stockt meinen Redefluss.

„Frau Leitmeyer-Mummelthey“, fährt Vogel ihr in die Lachparade. „Bitte halten Sie sich zurück. Wir haben drei Tote und sollten jeden noch so abwegig erscheinenden Hinweis ernst nehmen.“

Das Gaggern der Leitkuh stirbt, und ich grinse breit, was sich mal wieder als unüberlegt herausstellt. Meine Lippe ist erneut aufgeplatzt.

„Die Zeugin wirkte auf mich absolut Vertrauen erweckend. Auch Kollege Bollermann hörte merkwürdige Laute während eines Telefonates mit Jutta Hammermann. Maurice veränderte sich in seinem Wesen. Diese Fakten haben mich auf folgende Vermutung gebracht."

Danach erstatte ich einen ausführlichen Bericht. Am Ende meiner Ausführungen steht Vogel auf und schaut aus dem Fenster. „Mal angenommen, Ihre Theorie bewahrheitet sich. Was bedeutet das?"

„Dass wir nicht wissen, warum es einen dritten Toten gibt. Es bedeutet, dass wir Tobias und Maurice finden müssen. Genauso wie Rudi Findeisen, Frau Lang und Jutta Hammermann." Ich schaue zur Leitkuh, die allein schon bei der Erwähnung der Namen überfordert ist. Ganz allein für sie gebe ich eine Zusammenfassung. „Wir suchen fünf Personen."

„Und den Bommelmützenmann", ergänzt Vogel.

„Auch den", stimme ich zu.

„Wie gehen wir weiter vor?", fragt Vogel.

„Wir kontaktieren alle umliegenden Krankenhäuser und Kirchen und Gotteshäuser, vorzugsweise in der Region um das Fischland Darß."

„Und Sie glauben, dass sich dieser Jan Findeisel in einem dieser Gebäude aufhalten könnte? Gehen Sie davon aus, dass er Arzt oder Pfarrer geworden ist?" Die Leitkuh gibt ihr ganzes Wissen preis.

„Ich gehe dann einfach mal", sage ich so neutral wie möglich und lasse den armen Staatsanwalt mit der hohlen Leitkuh allein zurück.

Bolle sitzt mit hochrotem Kopf vor seinem Computer. „Ich habe die Schule gefunden, die Jan Findeisen besucht hat. Der Direktor spricht mit der Belegschaft und informiert uns umgehend, falls sich jemand erinnern kann, unter welchen Umständen Jan gestorben ist."

Teichert bearbeitet sein Laptop. „Sorry, ich fühle mich schon overpaced. Aber ich kann die Handys von Herrn Findeisen und Frau Lang nicht orten."

Anstatt Teichert anzuschnauzen, erzähle ich ausführlich von meinem Gespräch bei Vogel. „Der Höhepunkt war erreicht, als unser Staatsanwalt endlich die ermittlungstechnisch limitierten Fähigkeiten unserer Leitkuh erleben durfte. Durch sie erreicht das Sprichwort ohne Sinn und Verstand eine völlig neue Dimension." Ich schwelge in freudigen Erinnerungen. „Ansonsten läuft die Fahndung nach Findeisen und der Lang. Das Verschwinden von Jutta, Maurice und Tobias Hammermann können wir lösen, sobald wir eine Klinik gefunden haben, die Patienten betreuen, die an …", hier unterbreche ich meinen Redefluss und lese aus meinem Notizbuch ab, „… letaler familiärer Insomnie leiden."

„Legale was?", fragt Teichert.

Ich erkläre, worum es sich bei dieser stets tödlich verlaufenden Krankheit handelt.

„Das war also eine deiner Ahnungen?“, fragt Winterstein. „Und wer ist deiner Meinung nach von dieser Krankheit betroffen?“

„Natürlich Maurice. Das liegt doch auf der Hand. Es handelt sich um eine Erbkrankheit. Der Vater von Maurice ist auch relativ jung gestorben. Auf den Fotos sind mir seine äußerlichen Veränderungen aufgefallen. Und die Schilderungen von Tobias erhärten meinen Verdacht.“

Bolle ist der Erste, der meine Meinung teilt. „Das würde alles einen Sinn ergeben.“

„Demnach suchen wir also mindestens zwei Mörder“, sinniert Winterstein. „Den Findeisen. Und ein Mitglied des Paares Hammermann.“

„Wir müssen schnellstens einen kompetenten Arzt finden, der uns etwas zu dieser Erbkrankheit sagen kann“, lege ich fest.

Willi murmelt, dass er das übernimmt. „Einen kompetenten Arzt zu finden, sollte schnell gehen“, meint er. „So viele gibt es ja nicht davon.“

Aus Mangel an weiteren Aufgaben sagt Teichert seine Unterstützung zu. „Auf meinen Support können Sie zählen. Ich möchte endlich mal wieder richtig gehyped sein.“

Ich beiße mir auf die Zunge, fahre ins Café Peters, kaufe einen Berg Kuchen und besuche meine Mutter.

„Mein liebes Mädel. Das ist aber eine schöne Überraschung! Komm rein! Dass du mich mal aus freien Stücken besuchen kommst, ist wirklich selten.“

Meine Mutter strahlt mich an und überrascht mich wieder einmal aufs Neue. Sie setzt in Rekordgeschwindigkeit Kaffee auf, während ich den kleinen Couchtisch eindecke. „Ach herrje, wer soll denn das alles essen?“, fragt meine Mutter. Noch immer klingt ihre Stimme voller Wohlwollen.

Dann sitzen wir uns gegenüber, und ich bemühe mich nach Herzenskräften, eine kleine Unterhaltung am Leben zu halten. Ich erzähle von Sally, von Winterstein, dessen Scheidung in wenigen Tagen ansteht. Auch unseren derzeitigen Fall erwähne ich mit ein paar Sätzen. Meine Mutter hört tatsächlich aufmerksam zu und isst mit großem Appetit. „Da musst du wirklich einen schweren Fall lösen“, meint sie folgerichtig. Eine kleine Glückswelle durchflutet mich. Ich habe noch keinen Anschiss bekommen, und meine Mutter zeigt Verständnis für meine Arbeit. Mutter ist eben doch die Beste.

„Zum Glück hast du Frau Leihmurmel an deiner Seite“, sagt sie.

Ich schaue meiner Mutter in die Augen und versuche herauszufinden, was in ihrem Kopf vor sich geht. Sie schenkt uns Kaffee nach und erzählt mir, wie sie dank der Fürsorge der Leitkuh ihre Unpässlichkeit schnell überwinden konnte. Danach verebbt unser beiderseitiger Redefluss. Nach einer Stunde verabschiede ich mich. Für unsere Verhältnisse war es eine gute Stunde.

Während zwei Steaks in der Pfanne brutzeln, versuche ich Sebastian anzurufen. Meine Sehnsucht ist übergroß, und ich muss unbedingt wieder einmal seine Stimme hören. Aber Sebbl meldet sich nicht. Und so hinterlasse ich eine Nachricht. Ich hoffe, ich höre mich nicht wie meine Mutter an.

Dann versuche ich, mir die Steaks schmecken zu lassen. Ich schneide Fleischstückchen in der Größe von Rosinen und kaue vorsichtig und andächtig. Bei jedem Bissen wächst meine Wut auf den Unbekannten, dem ich die Schmerzen und mein Aussehen zu verdanken habe.

Am Ende des Abends setze ich mich mit einem Glas Grand Marnier vor meinen Computer und lese mir noch einmal durch, was ich zur tödlich verlaufenden familiären Schlafkrankheit finde. Die Krankheit ist äußerst selten und beginnt mit vermeintlich harmlosen Einschlafstörungen. Dann stellen sich Probleme beim Durchschlafen ein. Allesamt Symptome, die eigentlich jeder Mensch mindestens einmal erlebt. Aber dann tritt dieser entscheidende Unterschied ein. Die Störungen weiten sich dramatisch aus, bis der Betroffene nur noch wenige Stunden Schlaf findet. Irgendwann verschwindet die Fähigkeit zu schlafen vollkommen. Spätestens ab diesem Zeitpunkt beginnt ein unvorstellbar grausamer Leidensweg. Die Müdigkeit wird unerträglich, und doch kann der Betroffene keine Sekunde mehr schlafen. Die Folgen sind massive Konzentrations- und Denkstörungen. Es kommt im Wachzustand zu Traumerlebnissen. Der Kranke kann nicht mehr zwischen Traum und Realität unterscheiden. Halluzinationen und unkontrollierbare Muskelkontraktionen treten auf. Der Kranke verliert die Fähigkeit zu sprechen. Schwere Muskelkrämpfe, Inkontinenz, Schweißausbrüche, Herzrasen und drastische Änderungen der Körpertemperatur folgen. Irgendwann fällt der Patient ins Koma, bis er endlich erlöst wird und sterben darf. Der Leidensweg kann bis zu vierzehn Monate dauern. Es gibt keinerlei Möglichkeiten einer Therapie.

Betroffen bleibe ich vor meinem Computer sitzen und nippe vorsichtig am Likör. Dass es keine Therapie gibt, ist logisch. Die Kriegsmaschinerie der Pharmakonzerne gibt kein Geld für wenige Menschen aus, auf die der Scheißplanet getrost verzichten kann. Und falls nicht mal ein millionenschwerer Vorstandsvorsitzender eines Pharmakonzerns von dieser Krankheit betroffen sein sollte, wird sich daran auch nichts ändern.

Mit meinem Glas in der Hand stehe ich auf und denke an Maurice.

Obwohl es sehr kalt ist, öffne ich das Fenster. Ich schaue nach draußen und suche die Straße nach einer schattenhaften Gestalt ab. Aber die Straße ist wie leergefegt. Ich trinke meinen Likör aus und krabbele mit schmerzenden Knochen ins Bett.

Am nächsten Morgen erwartet mich Teichert bereits im Präsidium. „Ich fühle mich ja so gehyped, Frau Burmeister. Denn ich konnte den Findeisen lokalisieren."

„Na endlich." Erleichtert atme ich auf. „Wo hält er sich auf?"

„Vermutlich zu Hause."

„Wollen Sie mich verarschen?"

Teichert hebt abwehrend beide Hände in die Höhe. „Das würde ich mir niemals wagen. Der Findeisen hat Geld an einem Automaten in Bergen abgehoben. Also wird er sich auch dort aufhalten", erläutert mir Teichert seine Schlussfolgerungen. „Incredible, was?"

„Unglaublich", stimme ich zu. Ich kontaktiere die Kollegen in Bergen. Wie es der Zufall so will, lande ich bei Linus Heider. Nachdem ich ihm erläutert habe, dass er nicht zur schwangeren Frau Markgraf muss, sondern einen Hausmeister dingfest machen soll, der zwei Menschen bestialisch ermordet hat, wird Heider zugänglich. „Den Kerl schnappen wir uns", verspricht er.

Während des Telefonates kommt Bolle in mein Büro. In seinem Schlepptau befindet sich Winterstein.

„Der Direktor hat angerufen. Ein älterer Lehrer konnte sich noch sehr gut an Jan Findeisen erinnern", beginnt Andy seine Erzählung. „Er wäre ein netter und aufgeweckter Junge gewesen. Man fand seine Leiche in der Nähe von Buschvitz am Ufer des Kleinen Jasmunder Boddens. Ich habe mir die Untersuchungsberichte angesehen. Demnach meldeten die Eltern Birgit und Rudi Findeisen ihren Sohn am 17. Dezember des Jahres 1990 als vermisst. Er war nach dem Mittagessen nach draußen gegangen und nicht wie verabredet gegen 16 Uhr zurückgekommen. Die Suche nach ihm wurde sofort eingeleitet. Letztendlich fand man seine Leiche erst zwei Tage später. Sie wies keinerlei Kampfspuren auf. Fremdeinwirkung wurde ausgeschlossen. Warum Jan mit voller Montur in das eiseskalte Wasser gestiegen war, blieb ein Rätsel."

„Es war ein dummer Jungenstreich", sage ich nach einigen Minuten.

„Du meinst, die Musketiere haben Jan so eine Art Mutprobe abverlangt, bevor sie gewillt waren, ihn in ihre Clique aufzunehmen", nimmt Bolle meine Überlegungen auf.

„Genau das meine ich. Eine dieser blöden, kindischen Mutproben, bei denen sich Heranwachsende rein gar nichts denken. Und diese Mutprobe ist aus dem Ruder gelaufen und hat Jan das Leben gekostet. Dieses tragische Ereignis hat die drei selbstverständlich nachträglich geprägt. Aber auch zusammengeschweißt. Sie haben ein Leben lang zusammengehalten und ihr Geheimnis bewahrt. Bis zu jenem Tag, als es kein Geheimnis mehr zu bewahren gab. Zumindest nicht für einen. Er wollte sein Gewissen erleichtern, wie es immer so schön heißt. Und damit hat er den Tod seiner Freunde heraufbeschworen."

„Ich frage mich immer wieder, woher du deine Weisheiten nimmst", brummt Winterstein. „Habt ihr Weiber uns da wirklich was voraus? Stimmt das mit der Intuition etwa? Da hätte ich mir die Mühe sparen können, um nach einem kompetenten Arzt zu suchen."

„Du hast einen gefunden?"

„Er behauptet jedenfalls, einer zu sein", erklärt Winterstein. „Ich habe den Arzt gefunden, die Klinik und den Mann, der nun mit reinem Gewissen die letzten Atemzüge seines Lebens macht."

„Und wo befindet sich diese Klinik?"

„In Stralsund. Und ich fahre nicht mit", macht Winterstein deutlich.

„Begleitest du mich, Bolle?", frage ich. „Mir graut es, einer Mutter gegenüberzutreten, die am Bett ihres sterbenden Sohnes sitzt." Schwerfällig stehe ich auf.

„Selbstverständlich begleite ich dich", meint Bolle.

„Die Kollegen in Bergen sind Rudi Findeisen auf der Spur. Bleibe mit denen in ständigem Kontakt", bitte ich Willi.

„Das geht klar."

Ein schöner Mix aus Wolken und viel Sonnenschein begleitet uns auf der Fahrt nach Stralsund. Bolle sitzt am Steuer. Und ich schaue hinaus. Die Bilder wechseln ständig. Malerischen und verträumten Dörfchen folgen Baustellen, die mich an eine Mondlandschaft erinnern. Wieder einmal wird Platz gemacht für breitere Straßen.

Eine gute Stunde später betrete ich mit Bolle das Foyer der Klinik. Die Mitarbeiterin an der Rezeption beschreibt uns den Weg. Kurz danach spreche ich mit dem behandelnden Arzt. „Wir können für Herrn Hammermann nichts tun", erklärt er uns. „Wenn Sie zu ihm wollen, den Flur entlang, dritte Tür links." Dann geht er mit schnellen Schritten und wehendem weißen Kittel weiter.

In diesem Moment kommt Jutta Hammermann aus besagtem Zimmer. Als sie uns erblickt, kommt sie auf uns zu. Sie ist um Jahre gealtert. „Maurice ist nicht mehr ansprechbar“, flüstert sie und fängt zu weinen an.

Ich schaue mich um und steuere auf eine Sitzecke zu. „Kommen Sie, Frau Hammermann, setzen wir uns hierher.“

Dann sitzen wir drei stumm an einem kleinen Tisch. Ich weiß nicht, in welcher Abteilung der Klinik wir uns befinden. Mir fällt die Totenstille auf, die hier herrscht. Es ist ruhiger als in Wahlbergs Reich. Ich bin froh, dass Bolle an meiner Seite ist. Dankbar nicke ich ihm zu. Er zwinkert zurück. Endlich beendet Frau Hammermann ihr Schweigen.

„Ich wusste, dass es meinen Jungen treffen würde“, nimmt sie mit brüchiger Stimme ihre Erzählung auf. „Die Ärzte haben es mir gesagt, als mein Mann starb. Unter den gleichen Umständen. Die Krankheit ist erblich und nicht heilbar.“ Ihre Stimme bricht erneut, und wieder erleidet Frau Hammermann einen Weinkrampf. Mir fällt nichts Besseres ein, als ihren Arm zu streicheln. Worte erübrigen sich in dieser Situation.

Irgendwann erzählt Frau Hammermann stockend weiter. „Als mich vor circa einem Jahr Tobias anrief und um meine Hilfe bat, weil sich Maurice so verändern würde, wusste ich sofort, was das bedeutete. Tobias konnte Maurice überzeugen, sich mit mir zu treffen. Und so erzählte ich ihm von dieser verfluchten Krankheit. Maurice war geschockt. Was auch sonst? Ich hatte ihm damals nicht informiert, woran sein Vater gestorben war. Ich hielt es für das Beste. Er sollte sein Leben unbeschwert genießen. Und zwar so lange wie nur möglich. Und nun ist sein Leben vorbei.“ Frau Hammermann verfällt erneut in Schweigen und schließt die Augen. Ich tausche einen Blick mit Bolle, dem die Erzählung von Frau Hammermann mächtig an die Nieren zu gehen scheint. Ich warte, bis ich glaube, sie wieder ansprechen zu können. „Sie trafen sich also mit Maurice?“

„Wir trafen uns sogar öfter. Und sein Krankheitsverlauf gestaltete sich geradezu bilderbuchhaft. Irgendwann erzählte er mir, dass er unbedingt noch eine Sache erledigen müsse, ehe er sterben würde. Er hat mir erst sehr spät erzählt, worum es ihm dabei ging. Und nun … nun liegt er hier und wird nie wieder mit mir sprechen.“

Frau Hammermanns Schultern beben. Ihr Schluchzen treibt mir ebenfalls Tränen in die Augen. „Diese Laute, die Sie hörten, waren von Maurice“, sagt Frau Hammermann. „Ich hätte es Ihnen nicht verschweigen dürfen. Aber ich hatte Angst, Maurice könnte für den Tod seiner Freunde verantwortlich sein. Jetzt ist es mir egal. Mein Maurice wird sterben. Mein armer Junge.“ Frau Hammermann sinkt zusammen. Ich halte ganz fest ihre Hand.

„Darf ich kurz zu Maurice?“, frage ich leise.

„Aber selbstverständlich.“

„Wenn es Ihnen recht ist, bleibe ich bei Ihnen“, bietet Bolle Frau Hammermann an. Die nickt dankbar und hält sich an seinem Arm fest.

Ich stehe auf und staune, dass mich meine Beine tragen. Schwer wie Blei kommen sie mir vor. Dann öffne ich die Tür und schaue auf den Sterbenden. Und ich schaue Tobias Hammermann in die Augen, der die Hand von Maurice hält.

Ich nehme mir einen Stuhl und setze mich an das Fußende des Bettes. Die Krankheit hat Maurice schwer gezeichnet. Von seiner einstigen Attraktivität ist nichts mehr geblieben. Fast fünfzehn Minuten sitze ich da und schaue ihn an.

„Die Ärzte können nicht sagen, wann es Maurice geschafft hat“, sagt Tobias schließlich. „Es kann jeden Moment vorbei sein. Aber es kann auch noch Tage dauern.“

Wortlos nicke ich.

„Ich müsste eigentlich auf die Toilette“, flüstert Tobias, „aber ich habe Angst, seine Hand loszulassen. Vielleicht stirbt er gerade in diesem Moment. Und das würde ich nur schwer verkraften.“

„Aber wenn Maurice noch ein paar Tage lebt“, flüstere ich zurück.

Tobias nickt. „Sie haben recht. Ich beeile mich.“ Damit steht er auf und verlässt das Zimmer. Ich müsste ihm vielleicht folgen, denn es gibt eine ungeklärte Frage. Eine entscheidende Frage. Ich weiß nicht, ob Tobias für den Tod von Pfarrer Klaus Gehrke verantwortlich ist. Momentan tendiere ich sogar zu der Annahme, dass wir dessen Tod überhaupt nicht aufklären können.

Aber ich bleibe sitzen. Und außerdem ist Bolle auf dem Flur.

Unentwegt schaue ich auf Maurice. Sein Anblick tut mir weh. Und ich weiß, dass ich mit Herrn Gunthau ein neues Thema besprechen muss.

Nach und nach wird mir bewusst, dass Tobias eigentlich schon längst zurück sein müsste. Sollte ich mich so sehr getäuscht haben? Strenggenommen müsste ich jetzt aufspringen und auf den Flur rennen, um nach ihm zu suchen. Aber ich bin unfähig, aufzustehen. Mein Blick fällt auf den Monitor, der die letzten Lebenszeichen von Maurice aufzeichnet. Das leise Piepen ruft in mir Panik hervor. Und die bunten zuckenden Linien machen mir ebenfalls Angst.

Zum Glück kommen in diesem Augenblick Tobias, Frau Hammermann und Bolle herein. Im letzten Moment kann ich verhindern, mich bei Tobias zu bedanken, dass er nicht geflüchtet ist. Bolle beugt sich zu mir herunter. „Tobias hat mir erzählt, was auf dem Dach passiert ist“, flüstert er mir ins Ohr.

Schwerfällig stehe ich auf. Frau Hammermann setzt sich neben ihren Sohn. Tobias greift sofort nach der Hand seines Mannes.

„Sie können mich jederzeit anrufen“, raune ich Frau Hammermann zu. Dann werfe ich einen letzten Blick auf Maurice, verspüre einen starken Schwindel, halte mich an Bolle fest und verlasse mit ihm das Zimmer.

„Nimm dir diese Tragödie nicht zu sehr zu Herzen“, ermahnt mich mein junger Kollege.

Wir setzen uns wieder an den kleinen Tisch. „Wie lautet denn nun die Version von Tobias Hammermann?“

Bolle hat ganz offensichtlich selber zu tun, das Drama nicht zu nah an sich heran zu lassen. „Tobias ist ein gebrochener Mann“, beginnt Andy langsam zu erzählen. „Er hat erst spät von Jutta Hammermann erfahren, woran Maurice erkrankt ist. Viel zu spät, wenn du mich fragst. Da stand es um Maurice schon ganz schlecht, und Tobias konnte kein Wort mehr mit ihm sprechen. Es war natürlich ein Schock für ihn, den er bis heute nicht überwunden hat. Und er nahm sich vor, seinem Leben ein Ende zu setzen.“

„In dieser Silvesternacht?“

„So hat er es mir erzählt. Sein Plan war, sich anzuzünden. Das Desinfektionsmittel hat er sich hier in dieser Klinik besorgt.“

„Warum wollte er sich ausgerechnet in Brand stecken? Es gibt doch humanere Methoden, sich das Leben zu nehmen.“

„Sicher. Aber wer weiß schon, was in einem vorgeht, wenn man nur noch sterben möchte.“

„Tja“, sage ich leise. „Und warum ist er mit diesem Pfarrer auf die Party gegangen?“

„Das habe ich ihn auch gefragt. Klaus Gehrke war für Tobias wirklich eine große moralische Stütze. Und die einzige dazu. Tobias wollte noch einmal mit ihm zusammen sein und sich von ihm verabschieden.“

„Glaubst du das? Er wird doch wissen, dass die katholische Kirche Suizid verurteilt.“

Bolle zuckt mit den Schultern. „Es kann durchaus stimmen. Und das Gegenteil können wir ihm nicht beweisen.“

„Wieso hat Tobias die Zimmerreservierung unter den Namen Gröhmling vorgenommen? Hast du ihm diese Frage auch gestellt?“

„Selbstverständlich“, nickt Bollermann. „Tobias hoffte, dass er Gröhmling damit in Schwierigkeiten bringen würde. Wenigstens für eine kurze Zeit. Und das ist ihm in gewisser Weise ja auch gelungen.“

Ich verschränke die Arme vor der Brust und denke nach. „Und weiter?“

„Im Verlaufe der Silvesterparty hat Tobias dem Pfarrer anvertraut, sich das Leben zu nehmen. Daraus resultierte der lautstarke Streit, den die anderen Gäste erwähnten. Und es war nicht der Pfarrer, der von Erlösung sprach, sondern Tobias.“

„Aha“, sage ich nachdenklich. „Und dann?“

„Gehrke hatte im Verlaufe des Abends Tobias endlich so weit gebracht, dass dieser ihm versprach, von seinen Selbstmordabsichten abzusehen. Und so sind die beiden kurz vor Mitternacht gemeinsam auf das Dach hinaus, um sich das Spektakel am Himmel anzusehen. Tobias hatte dort bereits eine Flasche mit Desinfektionsmittel deponiert. Nach seinen Worten griff er zu dieser Flasche, um sie vom Dach zu werfen. Gehrke interpretierte dies wohl falsch. Er riss sie ihm aus der Hand, und es entstand ein leichtes Handgemenge. Beide standen nicht mehr auf sicheren Beinen. Am Ende dieser Rangelei hielt der Pfarrer die Flasche in der Hand. ‚Ich dulde nicht, dass du dich versündigst!‘, hätte Gehrke gerufen. Und mit diesen Worten habe er die Flasche geöffnet und die Flüssigkeit in alle Himmelsrichtungen ausgeschüttet. Und eine erhebliche Menge davon landete auf seiner eigenen Kleidung.“

Ohne es zu wollen, falte ich die Hände wie zum Gebet. „Also gut. Der Pfarrer hat sich das entzündliche Mittel versehentlich selber auf die Kleidung geschüttet. Das könnte stimmen, oder?“

„Es ist durchaus vorstellbar.“

„Aber warum hat er Feuer gefangen?“

„Mehrere Silvesterböller sind auf dem Dach gelandet. Und einer davon traf den Pfarrer. Er brannte binnen weniger Sekunden lichterloh. Er ist instinktiv weggerannt und vermutlich aus Verzweiflung vom Dach gesprungen.“

Bolle schweigt. Ich schließe die Augen und versuche mir vorzustellen, ob es sich tatsächlich so ereignet haben könnte.

Bolle errät meine Gedanken. „Falls sich Tobias dieses Szenario nur ausgedacht hat, müssten wir ihm das beweisen.“

„Hm“, stimme ich zu. „Und das wird schwer, wenn nicht unmöglich.“

„Und er hatte kein Motiv, den Pfarrer zu töten“, ergänzt Bolle.

„Ja“, sage ich.

Ein paar Minuten nehme ich mir noch Zeit, um mich emotional abzukühlen. Sollte es sich in dieser Silvesternacht tatsächlich so abgespielt haben, hätte der liebe Gott mal wieder eins seiner Schafe im Stich gelassen.

„Warum hat Tobias sein Haus zerlegt?"

„Du hattest die richtige Ahnung", führt Bolle aus. „Du meintest, ein Motiv könne tiefe Verzweiflung gewesen sein. Tobias Hammermann ist verzweifelt. Sein Mann liegt im Sterben. Und er musste ansehen, wie Gehrke in den Tod sprang. Ihm ist niemand mehr geblieben. Und momentan fehlt ihm der Mut, wieder an Suizid zu denken. So lauteten seine Worte."

Energisch hieve ich mich aus dem unbequemen Stuhl.

Auf der Rückfahrt erhalte ich einen Anruf von Winterstein. „Ich habe mit Heider telefoniert. Der Findeisen wartet im Revier auf unser Erscheinen."

Es zieht mich magisch nach Bergen. Es gilt, den Fall endlich abzuschließen.

Ich vertraue wieder Bolles Fahrkünsten. Noch immer bin ich aufgewühlt und dankbar, einfach nur hinausschauen zu können. Ich muss meinen Kopf freibekommen, in dem sich die Bilder des sterbenden Maurice festgesetzt haben.

Auf dem Hof unseres Präsidiums wartet bereits Winterstein auf uns. Ich tausche mit Bolle den Platz. Willi setzt sich neben mich.

Dreißig Minuten später sitzen wir drei Rudi Findeisen gegenüber. Auch Heider ist anwesend. Ich mache die drei Herren miteinander bekannt. Heider wirkt sehr aufgekratzt und gelöst. Immerhin kann er uns Findeisen präsentieren. Und außerdem ist der nicht schwanger. Er nimmt neben Bolle Platz.

„Herr Findeisen", beginne ich die Vernehmung. „Möchten Sie, dass wir Ihnen Fragen stellen, oder erzählen Sie uns aus freien Stücken, was Sie veranlasst hat, zwei junge Männer auf grausame Art zu ermorden?"

Findeisen verschränkt die Arme vor der Brust. Sein Blick gleitet langsam von einem zum anderen. Ein Lächeln umspielt seine Lippen. Für den Bruchteil einer Sekunde befürchte ich, dass der Hausmeister aus seinem Ärmel ein Maschinengewehr hervorholt und es auf unserer Seite zu einem Massenmord kommen könnte.

„Möchte wissen, was Sie jetzt so denken." Er schaut mich belustigt an.

„Es geht hier nicht um meine Gedanken, Herr Findeisen. Es geht hier ausschließlich um Ihre Taten. Ich wiederhole also: Möchten Sie ein Geständnis ablegen?"

Findeisens Lächeln wird breiter. Er schlägt ein Bein über das andere. „Wenn Sie mich so fragen, dann tendiere ich zu nein.“

Wie auf Kommando nehmen wir vier die gleiche Sitzposition wie unser Gegenüber ein. Ich weiß nicht, ob es meinen Kollegen ebenfalls so geht, aber in mir macht sich ein wunderbares Zusammengehörigkeitsgefühl breit. Es ist ein schönes Gefühl. Und es entlockt mir ein breites Grinsen. Findeisen spürt, dass es an der Zeit ist, uns nicht länger hinzuhalten.

„Ich wollte mich mit Maria aus dem Staub machen“, beginnt er seine Geschichte.

„Mit Frau Lang, der Sekretärin des Gymnasiums?“, vergewissere ich mich.

Findeisen nickt. „Wir wollten nach Mallorca. Aber mir fiel ein, dass Sie uns wahrscheinlich schon suchen würden. Und dann wäre unser Plan spätestens am Flughafen gescheitert.“ An dieser Stelle legt er eine kurze Pause ein. „Ich habe kein Glück im Leben. Außerdem, was soll ich in Spanien? Mich für den Rest meines Lebens verstecken? Lieber geh ich in den Knast.“ Eine längere Pause folgt. Und dann erzählt er uns, was sich in der Vergangenheit abgespielt hat.

„Die drei Ausgeburten der Hölle haben unseren Jan gezwungen, in ein kaputtes Boot zu steigen. Es war ein altes, längst ausrangiertes kleines Fischerboot. Jan wollte unbedingt zu den Musketieren gehören, wie sie sich nannten. Er hätte andere, richtige Freunde finden können. Aber er redete sich ein, es gäbe keine besseren.“ Findeisen stöhnt auf und wischt sich über die Augen. „Jedenfalls sollte unser guter Junge eine bestimmte Strecke auf dem Bodden zurücklegen. Das musste natürlich schnell geschehen, da das Boot voll Wasser lief. Und es lief viel schneller voll als gedacht. Jan hatte noch nicht einmal die Hälfte der Strecke zurückgelegt, als das Boot sank. Und unser Jan konnte nicht schwimmen. Die drei haben am Ufer gestanden und tatenlos zugesehen, wie er jämmerlich im kalten Wasser ertrank.“

Diese Sätze sind alles, was wir von Findeisen zu hören bekommen. Und doch erklären sie alles. Sie erklären, warum Jan nur zwölf Jahre alt wurde. Und sie erklären, warum Jahre später zwei junge Männer sterben mussten.

Findeisen sieht uns abwechselnd an. Keiner von uns spricht. Jeder ist mit seinen eigenen Gedanken beschäftigt.

„Die hätten Hilfe holen können“, höre ich die Stimme von Findeisen, „aber sie haben nichts unternommen. Das muss man sich mal vorstellen. Stehen einfach nur so da und gucken zu, wie unser Jan um sein Leben kämpft. Was für Verbrecher!“

Wutschnaubend haut Findeisen mit den Fäusten auf den Tisch, und sogar Winterstein erschrickt. „Die drei haben einfach nur dagestanden und zugesehen, wie unser guter Junge ertrinkt.“ Seine Stimme ist hasserfüllt, und plötzlich schluchzt er auf. Findeisen weint hemmungslos. Er schlägt die Hände vor sein Gesicht. Die Schultern beben.

„Wollen wir einen Arzt rufen?“, raunt mir Bolle zu.

Mitleid für Findeisen steigt in mir auf. Aber dann sehe ich den starr und steif gefrorenen Michael Markgraf wieder vor mir. Und den einsamen Dennis Luttkus mit fast abgetrenntem Kopf unterhalb des Leuchtturms. „Ich habe schon viel schlimmer geheult, als dieser Zweifachmörder. Und niemand hat nach einem Arzt gerufen“, antworte ich.

Bolle nickt wortlos.

„Es waren Kinder“, sage ich dann mit energischer Stimme. „Hören Sie, Herr Findeisen? Es waren noch Kinder! Die waren starr vor Schreck. Die konnten die Tragödie nicht voraussehen. Und als sie eintrat, waren sie vor Angst gelähmt. Es war eine idiotische, unbedachte Mutprobe unter Kindern, wie sie immer wieder vorkommen wird. Im Falle von Ihrem Sohn endete sie furchtbar. Aber es war keine Tat, die die drei geplant hatten.“

„Halten Sie den Mund!“, schreit Findeisen. Dann wiegt er seinen Oberkörper hin und her. „Jan ist ertrunken. Wissen Sie eigentlich, wie furchtbar es ist, wenn man ertrinkt?! Das ist ein grauenvoller Tod!“

Er sieht uns aus roten und verquollenen Augen vorwurfsvoll an.

„Ertrinken. Ersticken. Erfrieren. Verhungern. Verdursten. Die Natur hat für viele grauenvolle Arten des Sterbens gesorgt“, sage ich leise. „Ich darf Ihnen versichern, Herr Findeisen, dass der Tod eines Kindes für die Eltern das Grausamste ist, was das Schicksal bereithält. Und doch ist Ihr Sohn nicht Opfer eines geplanten Verbrechens geworden, so wie Markgraf und Luttkus. In seinem Fall war es ein schrecklicher Unfall. Im Falle der beiden Männer war es eiskalter Mord.“

„SCHWACHSINN!“, brüllt Findeisen und springt auf. Heider und Bollermann tun es ihm gleich und packen ihn an den Schultern, um ihn wieder auf den Stuhl zu drücken. Findeisen bäumt sich noch eine Weile auf und scharrt mit den Füßen. Endlich begreift er, dass er unterlegen ist. „Nehmt eure Pfoten von mir“, stößt er hervor. Sowohl Heider als auch Bolle bleiben hinter ihm stehen, was mir ein gewisses Sicherheitsgefühl verleiht.

„Haben Sie sich jemals gefragt, ob Jan gewollt hätte, dass Sie seine Freunde töten?“

Findeisen streift mich mit einem Blick, der bei mir ein unangenehmes Kribbeln hervorruft. Seine Haare hängen wirr über der Stirn.

„Der Hammermann stand eines Tages vor meinem Haus“, setzt Findeisen mit fester Stimme seine Geschichte unerwartet fort. „Er erzählte mir etwas von einer Krankheit, die ihn befallen habe, und dass er bald sterben müsse. Und er erzählte mir, was sich damals zugetragen hatte. Er bat um Vergebung, wie er sich ausdrückte. Und ich musste ihm versprechen, seinen beiden Freunden nichts anzutun. Das Versprechen habe ich ihm gegeben“, sagt Findeisen mit einem hässlichen und Angst einflößenden Grinsen im Gesicht.

„Aber das war dann auch alles“, sagt Winterstein.

Findeisen nickt.

„Haben Sie sich später noch einmal mit ihm in Sassnitz getroffen?“, frage ich.

Erneut nickt Findeisen. „Ich musste ihn noch ausquetschen, wo seine Freunde wohnten. Ein ganzes Wochenende habe ich mit dem verbracht. Und während ich den verständnisvollen Mann spielte, reiften die Rachepläne in mir. Zuerst wollte ich den Luttkus und den Markgraf erschlagen oder mit dem Auto überfahren. Aber das wäre zu schnell gegangen. Sie sollten leiden. Und da kam ich auf die Idee, sie mit K.-o.-Tropfen außer Gefecht zu setzen und sie hinzurichten. Es war ein unbeschreibliches Gefühl, beide wehrlos vor mir zu haben.“

„Haben Sie sich den beiden Männern zu erkennen gegeben? Und hegten diese keinerlei Misstrauen Ihnen gegenüber?“

Findeisen schnieft verächtlich. „Ich habe den beiden wahrheitsgemäß erzählt, dass ich durch Maurice erfahren hatte, was sich damals abgespielt hat. Dann bin ich in die Rolle geschlüpft, die ich monatelang geprobt hatte. Unter Weinen habe ich ihnen vergeben. Ich war absolut überzeugend. Beide haben ohne Bedenken mit mir auf Jan angestoßen. Und das war der Beginn ihres Endes.“

„Haben Sie Michael Markgraf tatsächlich mit einer Feuerwehr auf das verlassene Feld transportiert?“

„Blödsinn“, herrscht mich Findeisen an. „Denken Sie, ich wäre ein so großes Risiko eingegangen und wäre mit der Feuerwehr von Bergen nach Sassnitz gefahren? Welche Kriterien muss man eigentlich erfüllen, um als Beamter arbeiten zu dürfen? Ein Gehirn von der Größe einer Walnuss?“

Ich denke an die Leitkuh und nicke.

Verächtlich winkt Findeisen ab. „Ich hatte mir von einem Freund einen kleinen Transporter geborgt. Und außerdem herrschte an diesem Tag schlechtes Wetter. Wer sollte schon über ein verlassenes Feld spazieren? Ich hatte mir den Ort vorher genau angesehen. Und ich hatte Alternativen ausgewählt. Sowohl für den Leuchtturm als auch für den Baum. Fest stand für mich, dass Markgraf und Luttkus an diesem Tag sterben mussten. Und so ist es dann auch gekommen."

„Und warum haben Sie nicht gleich Maurice mit umgebracht?", fragt Winterstein.

Das Lachen des Zweifachmörders klingt gruselig. „Der Tod, der ihn jetzt ereilt, kann doch gar nicht grausamer sein. Nein, nein. Ich habe mich schlau gelesen. Ehe der ins Gras beißt, geht der durch die Hölle. Er erleidet Qualen ohne Ende. Das kann man gar nicht toppen."

Ich schaue Winterstein an, der meinen Blick wortlos erwidert. Eine Zeitlang herrscht auf unserer Seite betretenes Schweigen. Aber auch Bolle und Heider sagen nichts. Findeisen guckt uns zufrieden an.

„Es waren Kinder", wiederhole ich. „Es war keine böse Absicht. Ihre Rache bringt Ihnen Jan nicht wieder zurück. Sie haben zwei Kindern ihren Vater genommen und Eltern den einzigen Sohn. Sind Sie sicher, dass Jan das gewollt hätte?"

„Diese Verbrecher haben mir Frau und Kind genommen."

Ich überlege, ob ich das Verhör abbrechen soll. Das Wichtigste haben wir erfahren. Ein Detail gilt es noch zu klären. „Was hat Frau Lang mit allem zu tun?"

„Als sich meine Frau mit Tabletten das Leben genommen hatte, gab Maria mir Halt. Sie war immer für mich da, wenn ich sie brauchte. Es gibt Tage und Jahreszeiten, die man schlecht erträgt, wenn man Frau und Kind verloren hat. Maria hat mich immer begleitet, wenn ich meine Lieben am Grab besuchte. Und ich gehe jeden zweiten Tag dorthin. Ach ja, meine Maria", flüstert er. „Sie hat mich nie bedrängt, müssen Sie wissen. Wir hatten eine wunderbare Beziehung, auch ohne den üblichen Sex. Sie wird mir fehlen, die gute Seele."

Findeisen stürzt mich für einen Moment in ein großes Gefühlschaos.

„Wusste Frau Lang von Ihren Plänen, Markgraf und Luttkus zu töten?"

„Ich habe nur mal gesagt, dass ich sie am liebsten umbringen würde. Sie meinte, das wäre zwar gerecht, aber nicht richtig. Daraufhin habe ich ihr gegenüber nie wieder etwas gesagt."

Plötzlich wird mir schwindlig. „Ich muss an die frische Luft", flüstere ich zu Willi und renne fast aus dem Verhörzimmer.

Ich warte vor dem Revier und atme tief und gleichmäßig ein und aus. Nach wenigen Minuten kommen Bolle und Willi in Begleitung von Heider. „Dagegen war der Besuch bei der Markgraf echt ein Klacks", sagt der.

„Immerhin haben Sie heute durchgehalten. Danke für die gute Zusammenarbeit.“

Wir verabschieden uns mit einem festen Handschlag. Und dann chauffiere ich Willi und Bolle langsam und sicher nach Sassnitz zurück.

EINUNDZWANZIG

Das Wochenende steht vor der Tür. Den Samstag verbringe ich damit, über unseren abgeschlossenen Fall nachzudenken. Ich habe mich in eine Ecke meiner Sitzlandschaft gehockt und blättere in meinem Notizbuch. Gravierende Fehler sind uns nicht unterlaufen. Ich erinnere mich mit einem unguten Gefühl an unseren vorhergehenden Fall, als wir beinahe einen Mörder hätten ungeschoren davonkommen lassen.

Ich habe die Fotoalben von Dennis Luttkus seinen Eltern zurückgebracht und erfahren, warum einige Fotos fehlten. Mit Jan Findeisen hatte es nichts zu tun. Dennis war in das Mädchen seiner Träume verliebt, das aber seine Zuneigung nicht erwiderte. Aus einer anfangs kindlichen Zuneigung entwickelte sich später eine tiefe, innige Sehnsucht. Aber sie blieb unerwidert. Darum weist das Fotoalbum so viele Lücken auf.

Karin Luttkus hat sich noch nicht von dem Verlust ihres Sohnes erholt. Die Zeit heilt bei Weitem nicht alle Wunden. Und vielleicht wird Karin Luttkus für den Rest ihres Lebens ein Schatten ihrer selbst sein. Der Besuch bei den Eltern hat mich tief betroffen gemacht.

Ich denke an Christina und Christian Markgraf, die Eltern von Michael. Ich denke an ihre Schwiegertochter Elvira und frage mich, ob sie es schafft, ihren Kindern eine gute Mutter zu sein. Ich denke an ihren Vater, den stinkenden und tief verbitterten Klaus Hofmann mit seiner klappernden Zahnprothese.

Natürlich denke ich auch an Tobias Hammermann, den genialen Koch, dessen Version vom Tod des Pfarrers mir glaubhaft und erschreckend zugleich erscheint. Im Moment befindet er sich in psychologischer Behandlung. Er hat nicht nur seine moralische Stütze verloren, sondern auch seinen Mann. Ich erwäge, auf Maurice’ Beerdigung zu gehen. Ich weiß, ich werde leiden. Aber ich habe das Bedürfnis, Jutta Hammermanns Hand zu halten.

Ganz zuletzt denke ich an meine nächtliche Begegnung mit dem Schattenwesen. Fest steht, dass es nicht Maurice war. Der lag zu diesem Zeitpunkt bereits in der Klinik. So bleibt als einzige Erklärung nur der mysteriöse Bommelmützenmann. Warum er sich mir an die Fersen geheftet hatte, bleibt vorerst ein Rätsel.

Am Nachmittag reißt mich ein Anruf von Sebastian und Schneewittchen aus meinen Gedanken. Beide zeigen sich begeistert und erklären, nie wieder nach Deutschland kommen zu wollen. Das verschlägt mir zunächst die Sprache. „Kann man denn einfach so bleiben?“, frage ich zaghaft nach. Sebbl erklärt, wo ein Wille ist, wäre auch ein Weg. Daraufhin schließe ich die Augen und höre eine Weile den Erzählungen Schneewittchens zu. Nach gut einer Stunde beenden wir das Gespräch. Für einen Moment bin ich überzeugt, dass es besser gewesen wäre, wenn mein Sohn nicht angerufen hätte. Dann erkläre ich mich für bescheuert und sage mir, dass es nichts Wichtigeres im Leben gibt als glückliche Kinder. Und wenn Sebastian mit seinem Schneewittchen in Norwegen glücklich ist, dann ist alles in Ordnung. Danach erleide ich einen Weinkrampf und trinke mir den Rest des Tages mit meinem französischen Likör schön.

Am Sonntag lade ich meine Mutter zum Mittagessen ins „Gastmahl des Meeres“ ein. Wir sitzen gerade erst einmal fünf Minuten, da stöhnt sie auf, weil nichts vorwärtsgeht. „Ich ertrage es nicht, wenn man mich warten lässt“, untermauert sie ihre Ansicht.

„Aber wir haben doch Zeit“, versuche ich, einen Einwand vorzubringen.

„Wir müssen sie aber deswegen noch lange nicht mit Warten verplempern“, widerspricht meine Mutter. „Wenn nicht bald jemand kommt, gehe ich wieder.“

Natürlich geht sie nicht. Und ich gebe mein Bestes, um einen Eklat zu verhindern. Nach dem Essen laufen wir auf der Strandpromenade langsam zurück. Als ich mich von meiner Mutter vor ihrem Haus verabschieden will, zeigt sie sich damit nicht einverstanden. „Du willst mich doch zum Sonntagnachmittag nicht alleine lassen?“, wirft sie mir vor. „Komm rein, mein Mädel. Wir trinken jetzt noch ganz in Ruhe eine Tasse Kaffee.“

Ich kapituliere. Das Schweigen, das sich während des Kaffeetrinkens einstellt, versuche ich wieder einmal mit Musik zu überbrücken. Dass Sebastian erwägt, in Norwegen sesshaft zu werden, behalte ich für mich. Solange das nicht wirklich feststeht, muss es meine Mutter nicht wissen. Das Wichtigste über unseren Fall habe ich schon im Restaurant erzählt. Wie üblich enden dienstliche Erzählungen stets mit der Frage meiner Mutter nach dem Wohlbefinden von Frau Leihmeiermummelmeyermurmel. Ansonsten reden wir noch ein wenig über das Wetter und die größtenteils bösen Nachbarinnen meiner Mutter. Und dann herrscht wirklich tiefes Schweigen. Gegen 17 Uhr darf ich nach Hause.

Ich lasse mir heißes Wasser ein, lege mich in die Wanne und freue mich auf die neue Arbeitswoche.

Im Foyer werde ich von Beifall spendenden Beamten empfangen. Jeder hat ein breites Grinsen im Gesicht. Alle Alarmglocken läuten.

„Was freut euch abartiges Gesindel, mich mit solchen blöden Zeremonien zu begrüßen?“, erkundige ich mich wohlwollend bei den Umstehenden.

„Wir haben eine kleine undichte Stelle“, erläutert mir Baumann, ein dicker Beamter, der mit Stolz und Würde seinen Kugelbauch vor sich herschiebt und nie aus der Ruhe zu bringen ist.

„Ah ja“, sage ich und warte auf die Fortsetzung.

„Frau Barsch war der Meinung, für einen fröhlichen Start in die neue Woche sorgen zu müssen. Das hebt die kollektive Motivation“, erklärt er mir.

„Unsere Sekretärin ist diese undichte Stelle?“

Baumann nickt.

„Und für die allgemeine Volksbelustigung ist wer zuständig?“

„Ein Blitzer“, sagt Baumann und reicht mir unter Johlen und Kreischen ein Foto. Na gut. Wenn nicht ich es wäre, die auf dem Foto zu sehen ist, müsste ich auch lachen. Obwohl ich die Zunge weit rausstrecke und mein Stinkefinger einen Teil meiner Nase abdeckt, bin ich zweifellos zu erkennen. Da war meine Reaktion also doch nicht zu spät, als ich am Silvestertag als Raserin im Bild festgehalten wurde. Baumann brüllt auf vor Lachen. „Sie gucken jetzt sogar noch dümmer als auf dem Foto.“

Das Grölen der Umstehenden tut mir fast in den Ohren weh. Meine Blicke sorgen dafür, dass sich schnell Grabesstille ausbreitet. „Ihr hattet allen euren Spaß. Zwar auf meine Kosten, aber ich bin ja als großzügig bekannt. Ich gehe jetzt erst einmal die Barsch erschießen, und dann sprechen wir uns.“

Mit einem gönnerhaften Grinsen nicke ich allen zu und erklimme die Stufen in die zweite Etage. Hinter meinem Rücken erkundigt sich ein junger Beamter, ob meine Worte ernst zu nehmen seien. Baumann erklärt ihm, dass auf meiner Todesliste schon mehrere Namen stünden. Ich lache in mich hinein und betrete das Büro der todgeweihten Frau Barsch, die geistesgegenwärtig die Flucht ergriffen hat.

Aus dem Zimmer unseres Staatsanwaltes dringt die Stimme unserer Leitkuh. „Sie wissen, dass ich die Ermittlungsleiterin bin“, sagt sie. „Ich sehe nicht ein, warum Sie Frau Burmeister ebenfalls in die Pressekonferenz mitnehmen wollen. Ich habe mich mittlerweile sehr gut in mein neues Tätigkeitsfeld eingearbeitet und kann den Medienvertretern ebenfalls Rede und Antwort stehen. Mit unterstehen drei Beamte, und ich kann mit Fug und Recht sagen, dass ich aus dieser undisziplinierten Gruppe eine gut funktionierende Truppe gemacht habe. Der schnelle Erfolg, den wir verzeichnen konnten, ist zu einem Großteil meiner Führungsrolle zu verdanken. Wenn Sie anderer …“

„SIE“, brülle ich und rase ungebremst in das Büro von Vogel, der mich erschrocken ansieht und wild den Kopf schüttelt. Er hält seine Hände abwehrend in die Höhe und dreht die Augen aus den Höhlen.

„Sie haben sich gut eingearbeitet?!“, kreische ich wie von Sinnen. „Und Ihrer Führung haben wir den Erfolg zu verdanken?! Sie leiden ja an kranker Selbstüberschätzung! Sie müssen zum Psychiater! Lassen Sie klären, wie es möglich sein kann, dass man von sich absolut überzeugt und gleichzeitig völlig dämlich ist.“

Sowohl ich selbst als auch meine Stimme sind am Überschnappen. Zum Glück habe ich vor Kurzem Inspektor Barnaby geguckt. So kann ich meine Wutrede mit einem passenden Zitat beenden. „Wenn man Ihren Kopf ans Stromnetz anschließen könnte und sich Blödheit in elektrische Energie umwandeln ließe, würden Sie die gesamte Republik zum Leuchten bringen!“, brülle ich.

An dieser Stelle greift Vogel ein. „RUHE!“, donnert er. Er haut mit der flachen Hand auf den Tisch. „Ich gehe allein zur Pressekonferenz“, erklärt er. „Ich habe lange genug Geduld mit Ihnen beiden bewiesen. Mir reicht es! Ihr kindisches Verhalten werde ich nicht länger tolerieren. Überlegen Sie, wie Sie zukünftig zusammenarbeiten wollen!“

Daraufhin lache ich laut auf. Das passiert mir manchmal. Dass ich entgegen aller Vernunft zu Reaktionen neige, die ich mir lieber verkneifen sollte.

„Die Zusammenarbeit mit dieser Frau können Sie vergessen, Dr. Vogel!“ Ich habe mein Letztes gegeben, zumindest stimmenmäßig. Sollte die Sirene in Sassnitz mal ausfallen, könnte ich mich zur Verfügung stellen. Wutschnaubend stürme ich aus dem Zimmer.

Frau Barsch steht hinter ihrem Schreibtisch und sieht mich fassungslos an.

„Mit Ihnen habe ich auch noch ein Hühnchen zu rupfen!“, quieke ich und schließe hinter mir mal wieder eine Tür auf meine ganz spezielle Art und Weise.

Auf dem Flur bleibe ich stehen und lausche. In diesem Gebäude lacht heute niemand mehr. Mein Herz rast. Ich vergrabe die Hände in den Hosentaschen und starre an die Decke.

„Komm, gehen wir ein Stück spazieren." Winterstein steht plötzlich neben mir. Er setzt sich seine Mütze auf den Kopf und greift mir unter den Arm. „Wir sollten einen Plan erarbeiten, wie wir die Leitkuh loswerden", tröstet er mich.

„Wie meinst du das?", frage ich, während wir Arm in Arm durch unser Präsidium schreiten. Das Foyer hat noch nie so viele Beamte auf einen Haufen gesehen. Ehrfurchtsvoll treten alle zur Seite. Und wir schreiten majestätisch durch ein Menschenspalier ins Freie.

„Es soll schneien", sagt Willi draußen. „Die nächsten Tage sollen ergiebigen Schneefall bringen. Die Medien schreiben bereits, dass Rügen im Schnee versinken wird."

„Schön, dann können wir die Leitkuh im Schnee verscharren."

„Wir denken uns was Realistischeres aus", schlägt Winterstein vor.

Langsam laufen wir zum Alten Stadthafen. Die Luft ist kalt und klar und geradezu unverschämt gesund und sauber. Noch ist der Himmel wolkenfrei. Auch der Wind hat merklich nachgelassen. In der vergangenen Nacht war es feucht und sehr kalt. Der Leuchtturm glitzert herrlich in der Wintersonne. Vielleicht ist es die berühmt-berüchtigte Ruhe vor dem Sturm. Sowohl wettermäßig als auch dienstlich. Irgendetwas wird kommen. Irgendetwas wird passieren. So kann es auf Dauer nicht weitergehen.

„Herrlich, oder?", fragt Willi und deutet auf die glasklare Ostsee.

Sanfte Wellen rauschen auf die Küste zu. Schneeweiße Möwen kreisen vor einem stahlblauen Himmel. Die märchenhaften Kreidefelsen strahlen im Sonnenlicht.

„Na los", sagt Winterstein. „Wir laufen jetzt unterhalb der Felsen weiter und immer weiter. Wir haben doch sonst nichts anderes zu tun."

Ich kralle mich an seinen Arm und laufe mit.

EPILOG

Da liefen sie. Arm in Arm. Er wurde nicht richtig schlau aus ihrer Beziehung. Waren sie wirklich nur Kollegen? Oder bahnte sich da zwischenmenschlich etwas an? Im Grunde genommen war ihm das völlig egal. Viel interessanter war, wie weit sie in diese Richtung noch spazieren würden. Wenn sie ungefähr noch vierzig Minuten unterwegs wären, würden sie die Leiche finden. Und heute lud das Wetter durchaus zu einem langen Spaziergang ein.

Ja. Das Wetter. Es war fast schon unheimlich, wie das Wetter für ihn gearbeitet hatte. Wochenlang war es grau, kalt und nass gewesen. Touristen gab es wenige. Und Einheimische spazierten bei dieser Witterung sowieso nicht unterhalb der Felskante oder durch den aufgeweichten Jasmunder Nationalpark.

Er dachte an die vergangenen Monate, als er sich auf den Weg in den Norden begeben hatte. Der Moment, als sie sich endlich von Angesicht zu Angesicht gegenüberstanden, war viel unspektakulärer verlaufen, als er sich ausgemalt hatte. Und dann hatte sich alles, aber auch alles, komplett anders entwickelt. Gemeinsam hatten sie begonnen, Pläne zu schmieden. Diese Pläne waren immer detaillierter geworden. Hatten in beeindruckender Schnelligkeit Gestalt angenommen. Was er zunächst als albern empfunden hatte, überzeugte ihn plötzlich.

Warum sollte er nicht seinen Spaß haben? Was sprach dagegen? Letzten Endes hatte er zugestimmt. Er würde sein Vergnügen haben und zuschauen. Vielleicht hatte ihn dieser Aspekt unvorsichtig werden lassen. Das war ein Fehler gewesen. Ein schwerwiegender, nicht zu verzeihender Fehler. Warum hatte er sich ihr nur so weit genähert? Warum hatte er nicht die Distanz zu dieser Beamtin gewahrt? Er hätte aus sicherer Entfernung den stillen Beobachter spielen können. Unerkannt. Unerreicht. Aber er hatte mehrfach ihren Weg gekreuzt. Denn eine nervöse, innere Unruhe hatte von ihm Besitz ergriffen. Als nach ein paar Tagen die Leiche noch immer nicht entdeckt worden war, wurde er von ihr gepackt. Von dieser unerklärlichen Anspannung. Es war diese innere Erregung, die er nicht in den Griff bekam. Eigentlich hätte er mit jedem Tag ruhiger werden müssen. Aber das Gegenteil war der Fall. Er musste sich zwingen, den Tatort nicht aufzusuchen. Das gelang ihm mit letzter Willenskraft. Aber dann versagte seine mentale Stärke. Und er pirschte sich mehr und mehr an die Beamtin heran. Er wollte das nicht. Aber es war, als würde er von einer unsichtbaren Kraft gesteuert.

Er konnte es sich selbst nicht erklären. Warum nur hatte er immer wieder ihren Weg gekreuzt? Warum war er nicht unsichtbar geblieben?

Langsam setzte er sich in Bewegung. Es war nicht klug, den beiden Polizisten zu folgen. Die Wahrscheinlichkeit, dass sie auf dem gleichen Weg zurückkommen würden, lag bei fast einhundert Prozent. Er blieb stehen und schaute hinaus aufs Meer. Selbst wenn die beiden heute nicht so weit kommen würden, war es nur eine Frage der Zeit, bis man die Leiche finden würde. Dann würde endlich alles seinen Lauf nehmen. Vielleicht kamen die Dinge viel schneller ins Rollen, als er sich vorstellen konnte. Bei diesem Gedanken machte er sich schwere Vorwürfe. Er hätte die vergangenen Tage besser nutzen sollen. Er hätte intensiver arbeiten und die Gunst der Stunde nutzen müssen. Die Gunst der Wochen, wenn man es genau betrachtete. Denn die Polizei war durch die Morde genug abgelenkt und beschäftigt gewesen.

Er begann, sich ernsthafte Sorgen um seinen Gesundheitszustand zu machen. War er etwa tatsächlich verrückt, wie sein Vater behauptet hatte, als er ihm endlich gegenüberstand? Hatte er sich vielleicht zu viel vorgenommen? Waren ihre Pläne realistisch? Was geschah, wenn ihre Nerven versagten? Er hatte sich noch nicht einmal einen Plan B ausgedacht. War er naiv? Zu leichtsinnig?

Anstatt Vorsorge zu treffen, hatte er sich darauf beschränkt, die Polizistin zu beobachten. Und er war ihr zu nah gekommen. Sie würde sein Gesicht wiedererkennen.

Wie auf Kommando setzte er sich in Bewegung. Schnell nahm er die Verfolgung der beiden auf. Nach ungefähr fünfzehn Minuten sah er sie. Sehr weit waren sie nicht gekommen. Beide saßen auf einem Baumstamm und schauten hinaus aufs Meer. Auch er setzte sich. Er ließ sie nicht mehr aus den Augen. Vielleicht kehrten sie ja bald wieder um. Dann musste er schnell sein und verschwinden. Vielleicht liefen sie aber auch weiter. Plötzlich wusste er, was zu tun war. Es war blödsinnig gewesen, ihnen zu folgen. Entweder heute und später würde man die Leiche entdecken. Und wenn heute, sollte er nicht hier sein.

Entschlossen stand er auf und trat den Rückweg an. Es galt, keine Zeit mehr zu verschenken. Er hatte bereits einen groben Fehler begangen, und er musste weitere vermeiden. Schnee, viel Schnee war angekündigt worden. Das war gut. Schnee besaß die wunderbare Eigenschaft, Geräusche zu verschlucken und Unliebsames zu verbergen. Vermutlich würde der Winter nur ein kurzes Intermezzo geben. Und diese Phase wollte er sich zunutze machen. So eine günstige Gelegenheit kam nicht so schnell wieder. Der Plan B musste endlich Gestalt annehmen. Bevor er um die nächste Kurve bog, schaute er sich noch einmal um. Die beiden Polizisten saßen nicht mehr auf dem Baumstamm. Sie waren weitergegangen. Tief sog er die kalte Luft ein. Der Blick auf das heute tiefblau leuchtende Meer war wohltuend. Er registrierte mit Erleichterung, wie seine innere Unruhe nachließ. Bald würde man die Leiche finden.

Noch ein paar Minuten der Ruhe gönnte er sich. Es gelang ihm, eine gewisse Tiefenentspannung zu erreichen. Er fühlte sich fast euphorisch. In den nächsten Tagen würde sich zeigen, ob sie an alles gedacht hatten. Fast schon leichtfüßig schritt er über das steinige Ufer. Ein Kormoran flog geräuschlos an ihm vorbei. Er schaute ihm nach, und ein selten wahrgenommenes Glücksgefühl durchflutete seinen Körper.

Das Spiel konnte beginnen.

Nachbemerkungen & Dank

Wie immer konnte ich mich auf meine bewährten Stützen verlassen.

Ein herzliches Dankeschön sage ich daher wieder meinem Sohn Marcel. Auf meine Bitte nahm er sich mein Manuskript dreimal vor, bis wir der Meinung waren, alle Ecken und Kanten rundgeschliffen zu haben.

Auch meine Hausärztin, Frau Dr. Susanne Bock, stand mir erneut mit fachmännischem Rat zur Seite. „Mein“ Kriminalhauptkommissar aus dem Freiberger Polizeirevier, Jens Heidrich, „darf“ als Statist in Teil 4 mitspielen. Es ist zwar nur eine Minirolle – aber wir haben ja alle mal klein angefangen.

Das traumhaft schöne „Landhotel zu Heidelberg“ im erzgebirgischen Seiffen gibt es tatsächlich. Genauso wie seinen Besitzer, Herrn Krallert. Der Hotelinhaber war sofort einverstanden, Jessica Burmeister in seinem Haus willkommen zu heißen.

Meine Lektorin, Yasmin Ehlers, hielt sich dieses Mal mit Kürzungen gewaltig zurück :-) Stattdessen fiel ihr noch die eine oder andere Unstimmigkeit auf. Ein herzliches Dankeschön dafür! Die Verlagsleiterin, Frau Repotente, hatte dann ausnahmsweise mal nicht mehr viel zu tun.

Ansonsten hoffe ich sehr, liebe Leserinnen & Leser, dass die „Rügener Vergeltung“ ihren drei Vorgängern in nichts nachsteht und Sie tüchtig lachen müssen, wenn Jessica Burmeister auch dieses Mal wieder über die Insel poltert.

In diesem Sinne viel Spaß – Ihre Sylvia Voigt

Kommissarin Burmeister ermittelt

RÜGENER ABGRÜNDE

Insel-Krimi – der erste Fall

November 2016
ISBN 978-3-89841-930-7
12,80 Euro

Auf Rügen wird eine weibliche, kopflose Leiche gefunden. Die Ermittlungen von Kriminaloberkommissarin Jessica Burmeister und ihrem Team gestalten sich demzufolge schwierig, und nur langsam lässt sich aus den Puzzleteilen ein Bild zusammensetzen, das lang gehütete Geheimnisse ans Licht bringt. Als polizeiinterne Konflikte, unkooperative Zeugen und private Nebenschauplätze immer wieder das Vorankommen gefährden, beschließt die eigenwillige Burmeister, ihrer Intuition zu vertrauen und zieht gegen alle Widerstände ihr Ding durch ...

RÜGENER HAIE

Insel-Krimi – der zweite Fall

Dezember 2017
ISBN 978-3-96152-121-0
12,80 Euro

Als Kriminaloberkommissarin Jessica Burmeister Ruhe an Rügens steiniger Küste sucht, wird ihr sprichwörtlich eine Leiche vor die Füße gespült. Dass der Luxusimmobilienmakler Carsten Kortus in seiner eigenen Badewanne umgebracht und danach in die Ostsee geworfen wurde, ist schnell ermittelt, doch der Rest des Falls gestaltet sich für Burmeister und ihr Team bedeutend komplizierter. Irgendetwas scheint faul an der ganzen Geschichte: Der Hauptverdächtige, der Geschäftspartner des Opfers, hat ein hieb- und stichfestes Alibi vorzuweisen, und dann stellt sich ein Unschuldiger. Während Burmeister den Zeugen auf den Zahn fühlt, kämpft sie mit den Vorgesetzten, ihrer anstrengenden Mutter, ihrem Sohn und dessen neuer Freundin sowie mit den Eheproblemen ihres Kollegen Winterstein. Es dauert eine Weile, bis sich der Knoten im Netz der Intrigen löst …

RÜGENER INFERNO

Insel-Krimi – der dritte Fall

November 2018
ISBN 978-3-96152-185-2
12,80 Euro

Der Kleingarten: Refugium für Menschen und Tiere, die sich nach Ruhe sehnen? Weit gefehlt! Auf Rügen wird eine Kleingartenanlage zum Schauplatz schauerlicher Verbrechen. Dramatischer Höhepunkt ist ein verheerendes Feuer, das zahlreiche Parzellen zerstört. Doch es gibt noch weitere Brandherde auf der Insel, denn plötzlich verschwinden nach und nach ältere, alleinstehende Frauen, die auf den ersten Blick in keiner Verbindung zueinander stehen. Dagegen taucht plötzlich eine Leiche auf, die niemand vermisst. Kriminaloberkommissarin Jessica Burmeister und ihr Team müssen bei der Suche nach dem Täter tief in der Vergangenheit der Beteiligten graben. Was sie am Ende zutage fördern, verschlägt selbst der sonst so schlagfertigen Burmeister die Sprache …

RÜGENER VERGELTUNG

Insel-Krimi – der vierte Fall
November 2019
ISBN 978-3-96152-202-5
12,80 Euro

Hauptkommissarin Jessica Burmeister sucht das Weite: Sie packt ihre Koffer und verlässt ihr geliebtes Rügen, um sich im Erzgebirge in vorweihnachtliche Stimmung zu bringen. Sie besucht Freiberg und quartiert sich im verschneiten Seiffen ein. Doch kaum hat sie Tuchfühlung zur winterlichen Idylle aufgenommen, wird sie von Staatsanwalt Vogel ins völlig unterbesetzte Kommissariat zurückgepfiffen. Kein Schnee, sondern ein ungewöhnlicher Fall wartet auf Burmeister: Am Fuße des Leuchtturms von Sassnitz wurde ein enthaupteter junger Mann gefunden. Frustriert macht sich Burmeister nun als Einzelkämpferin an die Ermittlungen. Als eine weitere Leiche auftaucht, ist schnell klar, dass sie es mit einer Serie zu tun hat. Irgendjemand auf der Insel übt Vergeltung – und alles deutet darauf hin, dass es ein weiteres Opfer geben wird. Für die Kommissarin beginnt ein Wettlauf, den sie unbedingt noch im alten Jahr gewinnen will.

Alle Rügen-Krimis auch als eBook.